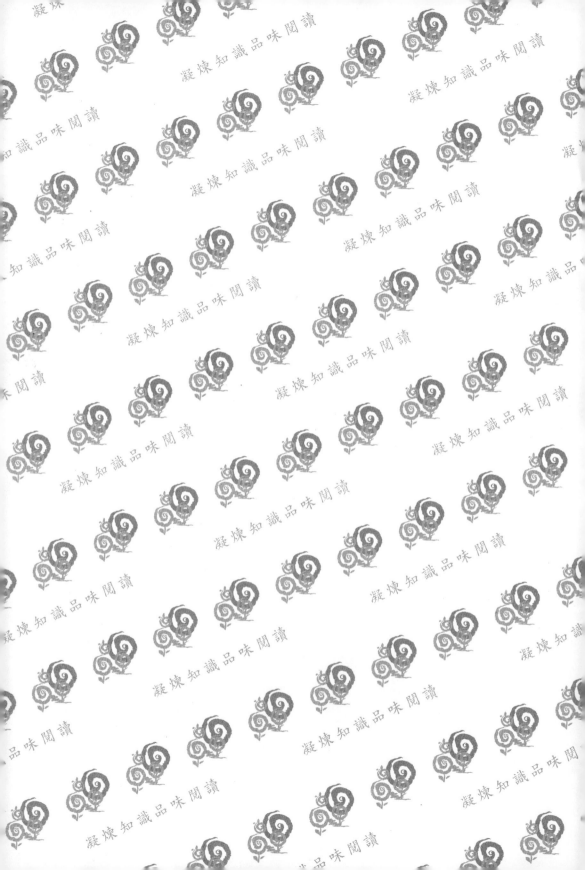

客語教學叢書

古國順◎主編

臺灣客語概論

概論

古國順　羅肇錦　何石松	
呂嵩雁　徐貴榮　涂春景 ◎著	
鍾榮富　彭欽清　劉醇鑫	

五南圖書出版公司 印行

總序

各色花開遍地春＜客語教學叢書＞

　　臺灣是一個多元語族的社會，原住民使用南島語，老住民使用閩南語和客家語，民國三十八年以後移入的新住民，則大致使用國語。其中的國語，隨著五十多年來的大力提倡，已經成為全臺灣最多人懂，最方便溝通的共同語言。閩南語雖然在都會區的年輕一代，稍有弱化現象，但由於使用人口較多，加上媒體傳播的影響，吸引不少其他語族的加入，所以仍能保持旺盛的活力。但是客家話和原住民語，由於人數較少，政經地位較弱，加上媒體使用上的長期禁錮，所以目前正面臨逐漸式微的命運。

　　語言是文化的表徵，而文化是人類共同的瑰寶。多元的文化正如多元的物種，具有相激相盪、互補互利的作用。隨著環保觀念的普及，很多人都知道要保護瀕臨絕種的生物，那麼，瀕臨消亡的語言，也同樣須要加以保護。所以從政治解嚴以後，若干縣市即相繼推行母語教育，雖然當時由於尚無明確的教材大綱，也缺乏正式的教學時間，效果難以彰顯，不過突破禁忌的象徵意義卻不可忽視。終於在民意的促使下，教育部於民國八十二年九月，委任人文及社會科教育指導委員會，著手規劃國民中小學鄉土語言輔助教學相關事宜，研定「臺灣鄉土語言教材大綱」，並從八十五學年度起，與

新課程標準同時實施。可惜由於研訂時機是在新課程標準定案之後，既定的各科教學時間難以更動，所以鄉土語言教學只能佔用「團體活動」或「鄉土教學活動」的時間，由各校自行斟酌運用。換言之，鄉土語言教學仍非正式課程，所以宣示性的意義要大於實質的意義。

　　不過鄉土語言教學實施五年以來，各校雖然未必普遍開課，但是熱心辦理的學校仍然不少，而各縣市大致都曾經指示重點學校試辦，並定期舉辦觀摩教學。這樣可以一方面發現問題，一方面累積經驗，巧妙的起了課程實驗的作用，給即將於九十學年度正式實施的鄉土語文教學，提供了寶貴的參考方向。

　　「國民中小學九年一貫課程暫行綱要」的訂定，是秉持多元文化精神及尊重各族群語文特性之理念，將客家語文、閩南語文及原住民語文列入「語文學習領域」，成為正式課程。其課程目標為：一、了解客家語內涵，建立自信，以為自我發展之基礎；二、培養客家語文創作之興趣，並提升欣賞能力；三、具備客家語文學習之自學能力，奠定終身學習之基礎；四、應用客家語表情達意並能與人分享；五、透過客家語文互動，因應環境，適當應對進退；六、透過客家語文學習認識文化，並認識外國及不同族群之文化習俗；七、應用客家語言文字研擬計畫及執行；八、充分運用科技與資訊，進行客家語文形式與內涵之整理保存，推動科技之交流，擴充臺灣語文之領域；九、培養探索客家語文的興趣，養成主動學習的態度；十、應用客家語文獨立思考、解決問題。如果從設立課程的基本理念來看，就是要培養學生聽、說、讀、寫、作的基本能力，並能在日常生活中靈活應用；培養學生有效應用客家語文從事思考、理解、推理、協調、討論、欣賞、創作和解決問題；培養學生

應用客家語文學習各科的能力，擴充生活經驗、拓展學習領域、認識中華文化、面對國際思潮，以因應現代化社會之需求；同時也要指導學習利用工具書，及結合資訊網路，以擴展客家語文之學習，培養學生獨立學習之能力。

從課程綱要的內容來看，對鄉土語文教學的要求是全面的，儘管教學時數每週只有一節，但仍把它視為完整的語文課程，從聽和說的語言訓練，到閱讀和寫作的文字運用教學，樣樣俱全，而不以能說日常用語為已足，這與共同語文的教學要求並無二致。

曾經有人擔心：實施鄉土語文教學，是否會妨礙國家語文的統一？也有人懷疑：鄉土語言仍有一些寫不出字的語音，有全面文字化的可能嗎？其實這是完全不必擔心的。因為：第一、臺灣的共同語已經形成，今後的教育和政治上使用的主要語文，仍舊是國語文，而且在語文領域中，國語文的教學時間為鄉土語文的數倍，它是語文教學的主軸。何況目前幾乎所有的文字資料，幾乎都是以國語文寫成的，就連討論鄉土語文的文章，都使用國語文寫作，甚至字、詞典都用國語解釋，以期擴大閱讀群。所以從各方面判斷，國語文的地位仍將是臺灣語文的主軸。第二、學習鄉土語文不僅不會妨礙國語文的發展，反而對學習國語文有幫助。例如學習客家話，對了解國語文就很有助益，比如〈木蘭辭〉「不聞爺孃喚女聲」，爺孃就是父母，它是南北朝流行的用語，客諺「爺孃想子長江水，子想爺孃擔竿長」，這個詞彙至今仍活在客家人的口語中，所以了解客家語，就更能深刻體會。又客語稱母也叫做「姐」，山歌有道是：「黃巢出世無爺姐，觀音出世無丈夫」，這「姐」字的用法見於東漢許慎的《說文解字》，今天可以藉客語來證明它。又時下流行稱丈夫為「老公」，這也是客家用語，所以方言的使用也可豐富

國語的詞彙。至於客語保留完整的陽聲韻和入聲韻,可藉以體會古典詩文的韻味,更是大家所熟知的。這些都是學習鄉土語言有益於國語的實例,相信可以消除問者的疑慮。

　　至於文字書寫,更不成問題。國語原來也不是有音都有字的,當需要用時可以造字,也可以借字,例如呎、哩、氧、鈾是新造字,「嗎」本是「罵」的俗字,去聲,今讀作輕聲,為疑問助詞,是借字。這些是近代形成而顯然可知的。有些是早已形成而不易察覺的,例如「彼」「此」,國語說「那」「這」,那字從邑部,與地名有關,所以《說文解字》解其本義為「西夷國」。在先秦典籍裡即有各種用法,如《詩經》「受福不那」,「那」解為多;又「有那其居」則解為安適;在《左傳》「棄甲則那」句中,據顧炎武的解釋,「那」是「奈何」的合音,大約從宋代以後才借為指稱詞「那個」(去聲)的用法,到現代又增加了疑問助詞「那裡」(上聲)的意思,並且為了區別起見,又新造了「哪」字使用。又「這」本是「迎」的意思,見於《玉篇》,自唐代以後又被借為指稱詞「此」,可見這、那,都是借字。

　　國語用字可以這樣解決,客語用字自然也可以如法炮製。何況客語中很多是本有其字的,只因歷來都不作書面語,才被世人所淡忘,例如客語呼雞的聲音如「朱朱」,其字作「翢」,見於《說文解字》;又客語說把蛋碰破為 kab8,其字作磕,又以頭碰壁為 ngab8,是磕字的音轉,像這種找本字的工作,只要花些時間便可完成,至於找不到本字的,也有方法可以解決。這在學術界已有不少討論,在技術上是可行的。

　　真正值得注意的倒是實施方法的一些問題,尤其是學習機會的公平性問題。目前規定國小學生必須就閩南語、客語或原住民語中

任選一種修習。學校得依地區特性及學校資源開設閩南語、客家
語、原住民語以外之鄉土語言供學生選習。所謂任選一種，原意恐
怕是讓學生自由選擇，而且學會了一種之後，也可改學其他一種。
問題是假如學校以地區特性或師資缺乏為由，拒開某些課程，那麼
有些學生，是否就學不到他想學的語言課程？例如某校有兩名想學
原住民語的小孩就讀，如果學校不開原住民語言課程，那豈不是就
剝奪他們學習原住民語的權利？目前客家人在城市裡也是散居的，
相信也可能碰到同樣的境遇，所以類似這種狀況，是應該事先加以
防範的。

　　鄉土語文教學的目的，是要透過語文學習，去了解以及尊重各
族群文化。所以比較理想的方式是：只要有學生選修，學校就必須
開課；其次，每校至少應同時開設兩種以上鄉土語文課程供學生選
修，讓學生有機會學習本族群以外的語文。即使學生對於第二種語
言只學到一百句或五十句，或僅學到簡單的日用品名稱和問候語，
相信對了解和尊重各族群文化，都有正面的意義。最近臺北市準備
推出會話一百句，配上各族群語言發音，供學生學習，這是很有創
意的做法，值得借鏡。

　　把鄉土語文列入學校正式課程，是我國教育史上的創舉，所以
其實施成效必將為全國人民所關注。相信大家都知道，語文絕不止
是一種溝通工具，它更承載著深厚的文化內涵。任何一種語文，不
僅是這種語族文化賴以維繫的象徵，同時也是人類文化共同的遺
產，希望有朝一日，臺灣的電視節目，都有語音選擇，你可以選擇
國語、客語、閩南話，也可以選擇各種原住民語；無論你走到臺北
或臺東，接觸任何一種鄉土語言，都同樣感到親切，並且還能跟他
應對幾句。到那時，臺灣各語族的語言文化都能獲得較好的發展，

展現臺灣多元文化的面貌，就像各色花種，遍布大地，共同營造美麗的春天。

　　五南圖書出版公司一向以服務教育文化爲宗旨，多年來曾出版許多品質優良的教學和參考用書。最近爲配合鄉土語文教學的實施，又決定系列推出相關的圖書，「客語教學叢書」就是其中的一種。本叢書以出版中小學教師和學生適用的書籍爲主，同時也考慮一般社會人士學習客語和認識客家文化的需要，陸續出版與客家有關的語言、文學、鄉土、歷史、社會風俗及工具性、資料性等各類圖書，以期爲教育文化事業盡一分力量，殷切期盼各界賢達，惠予支持，並賜指教！

古國順

序言

　　近十幾年來，臺灣的語言政策有了極大的變化，使得一向上不到檯面的客家話，得以登上鄉土語言的列車，堂堂進入校園和社會公共領域。由於師資與傳播人才的需求，一時之間，興起了一片學習客語的學習熱潮，其熱烈的程度似乎勝過從前。記得臺灣光復初期，到處漢學書房林立，不但許多逾齡學童和青少年會到書房去讀漢書，連小學畢業而不再升學的，也紛紛到書房去學習客家語文。因為家長們認為學了六年的國語，卻無法流暢的轉換成客語，等於學而不能用，因此有再教育的必要。不過這都屬於民間的自發性活動，與目前政策性的導向完全不同。

　　從羅香林倡導客家學研究以來，有關客家問題的研究，日漸受到重視。其中客家語言部分，由於與客家的形成與民族遷移史關係密切，更成為語言學者關注的重要對象。又從民國七十六年政府宣布解嚴以來，隨著鄉土意識的擡頭，客語教學終於在民國八十五學年起，得以正式進入校園，並從九十學年起，正式納入國民中小學課程。這種轉變，使得一向被忽視和隱藏的客家話，受到更多民眾的重視，無論在研究或傳習上，變成由少數人士漸次推展到學校與社會，蔚成前所未有的盛況。

　　檢視臺灣近十幾年來母語政策的演變，可分為排斥、放任，和主動規畫三個階段。從七十六年到八十一年為排斥期，當時教育廳雖曾通令全省中小學「不得以任何方式禁止校園內說方言」，但是經過客家風雲雜誌社發動「還我母語」大遊行的呼籲，以及若干縣市提出實施母語教學的要求，教育部也僅以「可利用課外時間學

習」和「在新修課程中，可在課外活動時做彈性處理」做回應，基本態度是排斥的。從八十二年到八十五年爲放任期，先是由教育部決議，各校學生可利用「團體活動」時間，自由選擇母語課程，但以口頭說話能力爲主，不涉及文字書寫；接著在修訂國民小學課程標準中增列「鄉土教學活動」，每週一節，鄉土語言與鄉土歷史、地理、自然、藝術，共占四十分鐘。這次修訂的課程標準，預備於八十五年起實施，故於實施之前，母語教學仍在團體活動名義下，聽任各校自行決定是否實施。

八十五學年度新課程標準甫告實施的次年，教育部即根據行政院教育改革審議委員會提出的「教育改革諮議報告書」，著手研訂「九年一貫國民中小學新課程方案」，至八十八年六月草案公布，正式將客家語、閩南語及原住民語列入語文領域之中，並列爲一至六年必選科目，由學生任選一種學習。次年九月，又決定母語教學師資採短、中、長期三種方式培訓，短期的培訓對象爲在職教師，中期的對象爲校外專業人士，經甄試合格後，以兼任方式授課，至於長期方面，則由師資培養機構養成。

事實上，從民國八十二年起，各縣市教育局即陸續辦理母語教學師資研習班，至八十五年以後，班次逐漸加密，至九十一年五月，辦理客語支援教師甄試工作前後，由於願意角逐者眾多，加上新成立的電視、廣播電臺需才孔殷，使得各地學習客語的風氣，盛極一時。當時筆者曾經對友人說，假如這種榮景能夠延續下去，那麼客語傳承的前景，應該是充滿希望。

近四年來，客語教學的實施情況，雖然不能盡如先前的期望，但是既然做了，不論是屬於人爲或制度的缺失，相信可以透過檢討、溝通的手段獲得改進。何況從行政院客家委員會設置以來，臺北市政府及其他若干縣市，也相繼增設單位，專司客家語言文化傳

承與推廣的工作。於是在幾年之間，可以看到在大眾傳播方面，有客語電視臺、客語廣播頻道的相繼成立；在高等教育方面，有客家學院和客家相關系所的成立，並有客家語言文化課程的開設。相信對提高客語能見度，培養客家研究人才，和提升客家學術研究水準等，都將產生重大的影響。

　　筆者有感於各方客語學者，無論在各類客語研習班擔任講師，或在大學中開課，都需要一套入門的客語教材，以便利學習者使用，三年前即開始邀約常見面的朋友共同編寫《臺灣客語概論》，以節省各自編撰之勞，但由於個人疏忽於催稿，所以直到月前方才收齊，依本書目次順序為：羅肇錦〈客家人的分布〉、〈臺灣客家的入墾與分布〉，何石松〈臺灣客語與國語的音系對應〉，呂嵩雁〈臺灣客語的次方言〉，徐貴榮〈臺灣客語音系與中古音系的對應〉，涂春景〈臺灣客語的詞彙和語法〉，鍾榮富〈臺灣客語的特性〉，彭欽清〈臺灣客語教學的檢視〉，劉醇鑫〈臺灣客語同音字表〉和附錄：〈客家研究參考書目〉，加上筆者〈緒論〉和〈臺灣客語的音韻系統〉，經編定為十一章。在此，特別先向各位學者致上崇高的敬意。

　　本書有以下幾點值得向讀者一提：首先，在內容結構上力求具體完整：除了臺灣客語本身的語音、詞彙和語法之外，還包括客家源流與分布、共時及歷時的比較、臺灣客語的特性、教學檢視及同音字表等，提供了相當完整的訊息。其次，在論述方法上力求詳簡得宜：各章文字多寡，都視論述的需要而定，材料多的非有較大篇幅不能完整表達，偏重分析的只須少量篇幅即可顯示清晰，從繁趨簡，各適其宜。第三，在學理與實用的權衡上，力求兼顧：介紹臺灣客語，既各呈現基礎學理，也各列舉適當例證，幫助理解及應用。又如同音字表，也提供了簡易字書的功能，可使讀者一本在

手，便利無窮。這本書不但是客語入門學習的鑰匙，也可供進一步研究的參考。

　　本書從交稿到出版，時間也算匆促，錯誤在所難免，而且站在學術和教育的立場，我們永遠追求更高遠、更務實的目標，因此，如果有任何需要改進之處，敬請不吝告訴我們！

古國順

2005 年 5 月

目次

第一章

緒 論

古國順

第①節　客語與漢語

　　臺灣客家人一向稱爲「客人」，稱客人說的話爲客話、客家話；有時又稱之爲客語或客家語，無論自稱或他稱都一樣。客語是漢語中的一個支系，它是由客家先民在遷徙過程中，以及定居在贛南、閩西、粵北、粵東一帶的廣袤山區以後，與贛、閩、粵的原住民畬族及當地先住民交流融合，約於唐末至宋代，逐漸形成的語言。

　　全球中，使用客語的人口約五千萬，並且分布於世界各大洲之中，在世界語言系統裡，居於重要的地位。

　　世界上的語言大約有五千種，依據其親屬關係，可以歸納成十幾個語族，包括：一、漢藏語族（Sino-Tibetan family）：如漢語系（Sino group）、藏緬語系（Tibeto-Burman group）等；二、印歐語族（Indo-European family）：如印度－伊朗語系（Indo-Iranian group）、斯拉夫語系（Slavic group）、日耳曼語系（Germanic group）的英語、德語等，羅曼（拉丁）語系（Romance group）的義大利語、西班牙語、法語等；三、烏拉爾語族（Uralic family）：如芬蘭－烏戈爾語系（Finno-Ugric group）的芬蘭語、匈牙利語等；四、阿爾泰語族（Altaic family）：如突厥語系（Turkic group）的土耳其語、維吾爾語等；五、南島語族（Austronesian family）：如印度尼西亞語系（Indonesian group）的印尼語、爪哇語、馬來語、臺灣原住民語等；六、南亞語族（Austro-Asiatic family）：如捫達語系（Munda group）的捫達里語、孟－高棉語系（Mon-Karmer group）的越南語、高棉語等；七、達羅毗荼語族（Dravidian family）：如印度、斯里蘭卡的泰米爾語、馬拉馬蘭語等；八、閃含語族（Semito-

Hamitic family）：如閃語系（Semitic group）的阿拉伯語、柏柏爾語系（Berber group）的卡布來語等；九、高加索語族（Caucasian family）：如卡巴爾達語、車臣語等；十、尼日爾－科爾多凡語族（Niger-Kordofanian family）：如盧旺達語、剛果語等；（土）尼羅－撒哈拉語族（Niluo-Sahala family）：如肯亞的盧奧語、蘇丹的努埃爾語等。此外，尚有系屬未定的其他語族：如愛斯基摩語、印地安語等。

在中國大陸和臺灣境內使用的有五種語族：

一、漢藏語族：包括

㈠漢語

又分十種方言，詳見下文。

㈡侗臺語系

簡稱臺語，又分為壯語、布依語、傣語、侗語、水語、黎語等，流行於貴州東南、廣西北部、海南島北部、雲南東南部，與漢語關係最為密切。

㈢苗傜語系

又分苗語和傜語，分布於雲貴高原及兩粵山地，傜語中的畬語對客家話的形成，具有重要關係。

㈣藏緬語系

包括藏語、羌語、彞語、景頗語、緬甸語等，分布於青藏高原、四川、雲南西部及滇緬邊界等地；古代的西夏語也屬於這種語系。

二、阿爾泰語族：包括

㈠突厥語系

突厥語的分布極廣，西起歐洲巴爾幹半島，經小亞細亞、中央亞細亞，東到西伯利亞的科里木河，幾乎綿延不斷的，都有這種語

言存在。天山北路的哈薩克語、天山南路的維吾爾語、西部裕固語等都屬於這種。

㈡蒙古語系

可分蒙古語和東鄉語等，分布於蒙古、青海、西藏北部等地。

㈢通古斯語系

又分滿語、赫哲語，分布於葉尼塞河及通古斯喀河一帶。

三、南島語族

臺灣原住民語即屬之。臺灣原住民語內部又有泰雅、賽夏、布農、曹族、魯凱、排灣、卑南、阿美、雅美和邵族語之分。

四、南亞語族

包括雲南的布朗語、佤瓦語、崩龍語等。

五、印歐語族

包括伊朗語系的塔其克語，斯拉夫語系的俄羅斯語，分布在新疆西南角。

漢語是世界上使用人口最多的語言，約有九億多人，占世界人口的20%，占中國人口的73%。在臺灣，漢語的使用人口約占97%。

現代漢語原分七大方言，根據李榮於一九八五年的分類，又增晉語、徽語、平話三種，合併起來共有十種：

1. 北方方言：北方方言即廣義的北方話，舊稱官話，通行區域包括長江以北各省漢族居住區，長江以南鎮江以上、九江以下兩岸，四川、雲南、貴州三省漢族地區，以及湖北大部分、廣西西北部和湖南西北角。此外還有若干方言島，例如福建南平的「官話」和海南島崖縣的「軍話」等，是通行地域最廣、使用人口最多的一種方言，所以自然形成漢民族共同的基礎方言。

2.**吳語**：分布於江蘇南部、安徽南部及浙江大部分地區。內部可分爲兩種次方言：江浙方言與浙南方言。傳統上，蘇州話是吳語的代表，不過新興吳語則以上海話爲代表。

3.**湘語**：根據現代的調查，湘語有三種不同類型：其中第一區主要分布在湘水、資水流域及沅水中游東岸的少數地區；第二區分布很廣，大約在湖南西北部一帶，湘水以南、京廣鐵路以西地區，接近北方方言的西南官話；第三區在湖南東部，接近客贛方言。所以真正的湘語只有第一區。

4.**贛語**：分布於江西贛江流域，以南昌話爲代表。贛語南部接近客家話，北部毗鄰江淮方言，西部與湖南方言的第三區相連，所以特點不十分鮮明。

5.**客家語**：分布於贛南、閩西、閩南、粵北、粵東及四川、湖南、廣西及臺灣。此外，東南亞印尼、馬來西亞、新加坡、菲律賓、越南、泰國的華僑中，客家人爲數很多，散居世界其他各洲的也有不少。

6.**粵語**：分布於廣東、廣西及海外各地，是漢語中特性較明顯，在國內外影響較大的方言。內部可分五種次方言：粵海系、欽廉系、高雷系、四邑系和桂南系。

7.**閩語**：分布於福建大部分地區、廣東潮汕地區、海南和雷州半島部分地區、浙江溫州一部分和舟山群島以及臺灣和南洋等地區，是漢語方言中內部分歧最大、語音現象最複雜的一種方言。至少可以再分爲南、北、東三大支系，但在語音和詞彙上，都有其共同特徵。

8.**晉語**：分布於山西、河北西部、河南的黃河以北地區和黃河以南的三門峽市、靈寶縣、陝縣，以及內蒙古中部黃河以東、陝西省北部地區。其特點是具有入聲，但又與江淮官話不同，故從官話

中獨立出來。

　　*9.*徽語：分布於安徽新安江流域舊徽州府（包括今屬江西省的婺源），浙江的舊嚴州府，以及江西的興德、舊浮梁縣等地。包括安徽、浙江、江西等三省的十六個縣市。

　　*10.*平話：分布於廣西省桂林之北的靈川以南，沿鐵路（古官道路線）到南寧所形成的主軸線兩旁。又分桂北片與桂南片。

　　臺灣目前使用客語的人口數，根據行政院客家委員會民國九十三年九月製作的「臺灣客家人口分布圖」的紀錄，爲 4,408,818 人，占 19.5%。各縣市客家人口推估人數及其所占人口百分比分別爲（括弧內數字爲百分比）：臺北市 497,269 人（18.9）、高雄市 187,364（12.4）、臺北縣 553,402（15.0）、桃園縣 732,600（40.1）、新竹縣 315,298（68.5）、苗栗縣 372,438（66.4）、臺中縣 278,688（18.3）、彰化縣 168,366（12.8）、南投縣 90,404（16.7）、雲林縣 61,202（8.3）、嘉義縣 43,460（7.8）、臺南縣 58,012（5.2）、高雄縣 242,810（19.6）、屏東縣 209,760（23.2）、宜蘭縣 74,491（16.1）、花蓮縣 104,580（29.8）、臺東縣 49,340（20.4）、澎湖縣 7,279（7.9）、基隆市 54,111（13.8）、新竹市 114,893（30.0）、臺中市 129,614（12.8）、嘉義市 13,088（4.9）、臺南市 50,349（6.7）。

　　又據該圖所附的「客家人口 10%以上臺灣鄉鎮市一覽表」資料顯示，除了臺北、高雄兩個院轄市和新竹市、基隆市、臺中市三個市以外，客家人口超過 10%的共有一百八十六個鄉鎮市，其中人口超過一半的有四十一個鄉鎮市。

　　有些原來幾乎都是純客鄉的地方，由於半世紀以來的工商業發展，帶動了人口流動，有些地方不免產生稀釋現象。另一方面，客

家人口遷入其他地區的也不少，分布面也更爲寬廣。

　　臺灣客語的來源有福建汀州（上杭、永定、武平）、漳州（南靖、平和、詔安、雲霄、龍岩、漳浦、長泰）；廣東梅州（梅縣、興寧、五華、平遠、蕉嶺）、惠州（海豐、陸豐、河源、惠東、陸河）、潮州（饒平、大埔、豐順、揭西、揭揚）等，就其來源的不同和發展的結果，又可分爲四縣、海陸、饒平、大埔、詔安、永定、長樂等，但目前以四縣話及海陸話通行較廣。

第2節　客家學與客家研究

一、客家學

　　客家學（Hakkaology）一詞，是羅香林於一九三三年提出的學科名詞。他在《客家研究導論》第一章裡說：「三年前，我在北平，遇著一位辦報的朋友，他便主張將『客家研究』這門學問，逕以『客家學』名之。」雖然羅氏本於對學術的審慎，三年後出版的這部新書仍未以客家學命名；不過，由於他對客家研究的卓越成就，所以後來學術界都認爲他是奠定「客家學」的代表人物。

　　所謂客家學，陳運棟在〈客家學研究導論〉一文中說，客家學就是一門運用科學的觀點和方法，研究客家民系歷史、現狀和未來，並揭示其發生及發展規律的學科。其內涵爲：全面而又系統的研究客家民系的源流、社會經濟、語言習俗、心理情感、民系意識等發生、發展及其演進過程，揭示這一民系的發展規律及其未來趨向。其外延則是：從歷史學、社會學、民族學、人類學、語言學和民俗學等各種學科的視角出發，全面的、多角度、多方位的研究客

家民系和整個漢民族共同體及中華民族大傳統的關係，分析客家人的族群性，揭示客家族群性在文化人類學上的意義，並進而科學的論證客家族群對漢民族、對中華民族乃至整個人類所做出的重大貢獻及其原因。

　　客家學的研究領域包括：客家族群的發展史，客家文化、民俗、語言及其人口分布及其族群意識，客家地區之區域研究、人類學研究、經濟學研究、社會學調查分析，以及民間文學之蒐集整理並與其他地區之比較研究。客家學具有明確的研究對象，且與民族學、歷史學、語言學、文化人類學、歷史人文地理學等關係密切，是一門綜合性的學科。

二、客家研究

　　客家學一詞建立之前，或建立之後，凡從事於客家問題的研究，都可統稱為客家研究。客家研究在今日，已經成為一門顯學。回顧從最早記錄客家語言風俗的《惠州府志》到今天諸多以「客家」命題的研究紛紛問世，其間大約經歷了五百年，其發展情形，約可以分為以下六個時期：

　㈠**蒙昧期**（1522～1807）

　　早在明嘉靖年間（1522～1566）編修的《惠州府志》，曾描寫當時長樂、興寧的語言、風俗，稱「言語習俗與贛相類」；同時編修的《興寧縣志》卷三〈方言〉曾記錄興寧的語言，謂「其聲大率齊韻作灰，庚韻作陽，如黎為來」，「謂父曰阿爸，母曰阿姐」，「遊樂曰料，問何物曰罵介，問何人曰罵鄞」。又清乾隆十八年（1783）編修的《歸善縣志》卷十五《興寧縣志》〈人事部〉〈方言〉目，也記錄了客家話，但都沒有出現客家之名，可稱為蒙昧期。

　㈡**發軔期**（1808～1850）

　　嘉慶十三年（1808），徐旭曾掌教惠州豐湖書院，因東莞、博

羅土客械鬥，乃召集門人，告以客人來源及其語言習俗的特色，門人做成筆記，這篇〈豐湖雜記〉雖文僅千餘字，卻是研究客家源流和語言特色的最早論述。其後黃釗的《石窟一徵》第七、八兩卷，也詳實記錄了客家方言，而爲其後研究客家語言者奉爲前驅。有目標的研究客家問題，當以這兩部著作爲開端，其所代表的時期稱爲發軔期。

(二)奠基期（1850～1904）

　　道光三十年（1850）洪秀全起義反清，建立太平天國，雖然政權維持不長，但由於其主要成員都是兩粵的客家子弟，他們所表現的魄力，已引起中外人士對客家民系發展的注意。咸豐六年（1856），兩廣總都葉名琛下令鶴山知縣沈造舟，統率客家丁勇搜剿攻擾鶴山、高要等六縣城池的土匪，引起廣東西路六邑土客械鬥事件，相持十二年始告平息，雙方死傷慘重。

　　事件後，本地系諸人的紀錄，竟稱參與械鬥的客民爲客賊或客匪，甚至於將客字加犬旁以示輕蔑，於是客家源流問題引起學術界熱烈討論，重要的著作如：英人愛德爾（E. J. Eitel）著〈客家人種志略〉（Ethnographical Sketchs of Hakka Chinese）、〈客家歷史綱要〉（An Outline History of Hakkas）；拜爾‧德爾（Bell Dyer）著《客話易通》（Hakka Made Easy）及《客話淺句》（Easy Sentences in Hakka Dialect）；法國人賴‧查里斯（Rey Ch.）編輯《客法辭典》（Dictonaire Chinois-Francais Dialecte Hacka）；斯卡安克（S. K. Schaank）編輯《陸豐方言》（Loeh-Foeng Dialect）；麥奇威爾（D. MacIver）編輯《客英大辭典》（A Chinese-English Dictionary in The Hakka-Dialect）。中文方面，則有林達泉〈客說篇〉，鍾用龢〈土客源流考〉等。

　　至光緒三十年（1904），參與論述客家問題之中外人士，前後

達三十餘人，羅香林稱這是客家問題轟動學界的第一期，爲客家研究工作奠下良好基礎。

㈣發展期（1905～1948）

光緒三十一年（1905），黃節著《廣東鄉土歷史》，其中誤據上海徐家匯教堂所編《中國輿地志》，謂：「廣東種族有曰客家、福佬二族，非粵種，亦非漢種。」引起客家人不滿，於是組織「客家源流研究會」及「客族源流調查會」，呼籲各地客家人著爲論說，披露客家源流。主其事者有丘逢甲、黃遵憲、鍾用龢等，響應者甚多：溫廷敬撰有〈客族非漢族駁辯〉、〈與國學保存會論種族問題書〉等文，楊恭桓著有《客話本字》，胡曦著有《廣東民族考》，鄒魯、張煊著有《漢族客福考》，章太炎著有〈嶺外三州語〉，鍾用龢著有《客家考源》。或考證客家語言文字，或論述客家源流。

當時西方學者研究客家歷史語言者也有不少，例如民國元年（1912）英國傳教士艮貝爾（George Compbell）曾著有《客家源流與遷移》（*Origin and Migration of the Hakkas*），一九一九年美國紐約再版的《最新國際百科全書》（*The New International Encyclopaedia*）中即條錄客家語言及歷史，並列有西人研究客家問題簡目，可見中外學者都已留意到客家問題的研究。羅香林說這是客家問題轟動學界的第二期。

但是，誤解客家民系者，仍大有人在，民國九年（1920），上海商務印書館出版烏爾葛德（R.D.Wolcott）所編的《世界地理》（*Geography of the World*）英文版，「廣東」條下竟指客家人爲廣東山地的野蠻人，引起饒芙裳等人組織「客系大同會」出面交涉；周輝輔於汕頭創辦《大同日報》，以宣揚客家文化爲目標；香港客家人也組織「崇正公會」，賴際熙等人並編纂《崇正同人系譜》，是

爲融會客家人傳志譜牒而成之專著。

在這十年中，與客家有關的著作，西人有韓廷頓（Ellsworth Huntington）的《種性》（*The Character of Races*）、布克斯頓（Buxton）的《亞細亞的人》（*The People of Asia*）、史祿國（S.M. Shirokogoroff）的《中國東部及廣東的人種》（*Anthropology of Eastern Chinese People*），均述及客家源流。

國內則有李濟之《華民組成論》、王力《兩粵音說》、謝廷玉《客家源流與遷徙》、潘光旦譯韓廷頓《種性》爲《自然淘汰與中華民性》、彭阿木以日文著〈客家之研究〉一文，引起日人對客問題之重視。民國八年（1909）胡適提倡白話文學以後，接著興起平民文學、民間文學，採集客家民間歌謠、傳說整理發表的書刊也日益增多。羅香林稱這是客家問題轟動學界的第三期。

不料於民國十九年（1930）七月，廣東省《建設週報》刊載一篇短文，有云：「吾粵客人，分大種小種二類，大種語言喞啾，不甚開化；小種則語言文化取法本地人。」完全不解客家語言，且昧於客地文教發達狀況。事經客家人提出交涉，以更正道歉了事。但是經此刺激，對客家研究的影響頗大。其年冬天，古直出版《客人對》，編印《客人三先生詩選》、《客人駢文選》，並籌印羅翽雲《客方言》一書。同年，燕京大學顧頡剛、洪煨蓮教授，商請羅香林編輯《客家史料叢刊》，李濟之、羅常培等也致力於客家問題研究。接著又有羅香林《客家研究導論》、丁迪豪《客家研究》、羅常培〈臨川音系跋〉及〈從客家遷徙的蹤跡論客贛方言的關係〉、鄒魯《廣東語言說略》、董同龢《華陽涼水井客家話記音》、張資平《粵音與客音之比較》，以及日人山口縣造《客家與中國革命》、菅向榮《廣東語典》等著作問世。

羅香林認爲從《建設週報》事件開始，是客家問題轟動學界的

第四期。

羅香林並於《客家研究導論》中，綜論從咸豐六年廣東西路事件以來，客家問題的性質爲：(1)因客家賦性的殊異，與勢力的膨脹，活動的擴展，及其與其他鄰居民系的傾軋，引起中外人士的注意，而成爲一個種族學上、社會學上、語言學上，或歷史上的重要問題；(2)因客家被系外人士有意或無意的加上不好的名詞或記述，引起客家人士的憤激，而不能不爲一番的辯論，連帶的又引起一般學者的注意與研究；(3)有些學者，因研究某種問題走向客家問題內找擇材料，結果，覺得客家問題意義尤大，因而轉移其工作的對象，或逕以蒐集或採錄關於客家問題的一部分材料爲其工作的對象；(4)前此諸人之所謂客家問題者大都是屬於「客家研究」範圍內一部分的問題；(5)前此加入客家問題討論的人，其態度並不一致，各視其所站的地位如何而分主觀的辯護、論述、詆毀、攻擊，和客觀的探討、考覈、論證、批評。

從現在回頭看，詆毀、攻擊固然沒有意義，但是透過辯護、論述，卻有釐清真相的作用。羅氏曾對這段時期客家研究獲得的結果，就界說、源流、居地、語言、文教、風俗各方面，分析其成就與缺失，並針對缺失與不足，提出修正與補充，爲客家學研究提出高瞻遠矚的籌畫，也把客家學研究推向一個新的歷史高峰。

㈤沉潛期（1949～1978）

民國三十八年（1949），由於政治社會的巨變，此後三十年間，客家研究忽然處於半靜止狀態。劉佐泉在他的《客家歷史與傳統文化》中曾提出三點他對大陸地區的觀察：(1)社會學、文化人類學被取消，客家學僅保留語言的部分；(2)對階級鬥爭理論片面的、錯誤的理解，甚至出現否定客家人與太平天國運動之關係的論調；(3)忽視漢族歷史文化的研究。所以僅有羅常培《語言與文化‧從地名看

民族遷徙的蹤跡》、王力《漢語音韻學・客家話》，並附錄了賴・查理斯《略述客家的歷史》之譯文等少數論著出版。

　　臺灣這段時期，也忌談族群及鄉土問題，出版的專書僅有中原苗友雜誌社編印的《中原禮俗實用範例專輯》、陳運棟的《客家人》等，為數極少。在海外地區則有較好的表現，例如羅香林的《客家源流考》、《客家史料彙編》附錄〈寧化石壁村考〉、〈國父家世源流再證〉，日本橋本萬太郎的《關於客家四縣方言的音韻體系》、《客家話海陸方言之音素分析》，石田武夫的《客方言中入聲的象徵性和中國語的音樂性》，陳真愛〈梅縣方言在華語上的異化現象〉，平山久雄的〈客家桃園方研聲調調質內的再構〉，文山的〈漫談客家音義〉，夏冰的《客家話的根源》，以及郭壽華《客家源流新志》等。

㈥振興期（1979～）

　　民國六十八年（1979）以後，大陸實施開放改革，追求現代化，而客家地區普遍貧困落後，華南地區的客家問題尤為突出。因此，客家問題再度成為歷史學、社會學、文化人類學上迫切的課題。於是研究客家，弘揚客家歷史文化，發揚客家精神，振興客家經濟，成為大家共同的願望。其具體表現如下：

　　1. 成立了一批研究機構：如華東師範大學歷史研究所客家研究室、深圳大學客家研中心、深圳師專暨深圳教育學院客家方言研究中心、嘉應大學客家研究所、嘉應師專客家文化研究室、廣西師範大學暨鄭州大學客家文化研究室等。

　　2. 舉辦客家方言研討會：首屆於民國八十二年（1993）在福建省龍岩市舉辦，三年後，在廣東省增城市舉行第二屆，到二〇〇四年，已辦理五屆，是連續性的學術會議。

　　3. 重印一些海外研究專著：如羅香林《客家源流考》、《客家研

究導論》等。

　　4.出版研究專刊：如華東師大的《客家史與客家人研究》、《客家學研究》，嘉應大學的《客家研究輯刊》，閩西客家研究會的《客家縱橫》，梅州客家研究會的《客家人》等。

　　5.調查客家方言：包括調查報告及專著，如李如龍、張雙慶《客家方言調查報告》，李如龍等《粵西客家方言調查報告》，藍小玲《閩西客家方言》，項夢冰《連城客家話語法研究》，林立芳《梅縣方言語法論稿》，劉鎮發《香港客粵方言比較研究》，陳曉錦《廣西玉林市客家方言報告》等。

　　6.出版研究專著：如劉佐泉《客家歷史與傳統文化》，房學嘉《客家源流探奧》，萬陸《客家學概論》，謝重光《客家源流新探》、《閩西客家》，嘉應大學中文系《客家話字典》，黃雪貞《梅縣方言詞典》，楊彥杰《閩西客家宗教社會》，劉正剛《閩粵客家人在四川》，孫曉芬《四川的客家人與客家文化》，陳則平、彭怡玢《長汀客家方便熟語歌謠》等。

　　臺灣則由於近半世紀來，客家語言急速的流失，引起客家人士的關切；加上政治解嚴前後，本土族群意識擡頭，搶救鄉土母語的呼聲，由地方漸及國會，於是從民國八十五學年起，在國民中小學鄉土課程中加入母語教材，隨後從九十學年度起，將母語列入正式課程。並且在行政院成立客家委員會，職司客家語言文化傳承、推展工作。各大學也相繼成立研究所或客家學院，以培養研究人才、帶動相關學術發展，使客家研究嶄露振興之勢，相關的出版品也逐漸增多，例如：

　　⑴字詞典方面

　　例如：中原週刊社《客話辭典》，楊政男、龔萬灶、徐清明、宋聰正《客語字音詞典》，詹益雲《海陸客家字典》，李盛發《客

家語發音字詞彙》，劉添珍《漢字客家語文字典》，徐兆泉《臺灣客家話辭典》，何石松、劉醇鑫《現代客語詞彙彙編》等。

(2)**族群史方面**

例如：陳運棟《臺灣的客家人》、《新竹風雲錄》，徐正光《徘徊於族群與現實之間》、《臺灣客家族群史社會篇》，蕭新煌《臺灣客家族史政治篇》，尹章義《臺灣客家史研究》，簡炯仁《屏東平原的開發與族群關係》，黃榮洛《渡臺悲歌》，邱彥貴、吳中杰《臺灣客家地圖》，潘朝陽、邱榮裕《客家風情》等。

(3)**語言及語言調查研究方面**

例如：羅肇錦《客語語法》、《臺灣的客家話》、《臺灣客家族群史語言篇》，張光宇《閩客方言史稿》，呂嵩雁《臺灣饒平方言》、《臺灣客家話的源與變》，江俊龍《臺中東勢客家方言詞彙研究》、《兩岸大埔客家話研究》，吳中杰《臺灣福佬客分布及其語言研究》，鄧盛有《臺灣四海話的研究》，古國順、何石松、劉醇鑫《客語發音學》，鍾榮富《臺灣客家語音導論》，涂春景《臺灣中部地區客家方言詞彙對照》、《苗栗卓蘭客家方言詞彙對照》，徐貴榮《臺灣桃園饒平客話研究》，廖烈震《雲林縣崙背地區詔安話音韻研究》，陳秀琪《臺灣漳州客話的研究——以詔安話為代表》，李厚忠《臺灣永定客話研究》，江敏華《客贛方言關係研究》，彭盛星《臺灣五華客家話研究》，龔萬灶《客話實用手冊》等。

(4)**民間文學調查研究方面**

例如：徐運德《客家諺語》，何石松《客諺一百首》、《客家謎語（令子）研究》，楊兆禎《客家諺語拾穗》，廖德添《客家師傅話》，鄧榮坤《客家歌謠與俚語》，涂春景《形象化客話俗語1200句》，黃恆秋《客家民間文學》、《臺灣客家文學史概論》，

馮輝岳《客家謠諺賞析》，楊冬英《臺灣客家諺語研究》，范姜灯欽《臺灣的客家民間傳說研究》等。

(5)音樂戲劇方面

例如：楊兆禎《客家民謠九腔十八調的研究》，劉茜《臺灣粵贛山歌研究》，鄭榮興《臺灣客家音樂》、《臺灣客家三腳採茶戲研究》，徐進堯《客家三腳採茶戲研究》，謝進一、徐進堯《客家三腳採茶戲與客家採茶大戲》，范韻青《從情意觀點探討客家採茶改良大戲》，劉新圓《山歌子的即興》，楊寶蓮《臺灣客家說唱研究》等。

(6)禮俗信仰方面

例如：張祖基等《客家舊禮俗》、陳運棟《臺灣的客家禮俗》、劉還月《臺灣的客家族群與信仰》、《臺灣客家族群史民俗篇》，姜義鎮《臺灣的鄉土神明》、梁榮茂等《臺灣民俗與文化》等。

(7)語文教材方面

例如：古國順《臺灣客家話記音訓練教材》、徐登志《大埔音東勢客》、臺北市客家委員會《生趣介人公仔書》，以及各縣市、書局等出版之客語教材等，為數很多。

(8)教學研究方面

例如：林雅雯《兒童母語教學活動與社會支持之研究——以臺北縣國小客教學為例》、黃德祥《國小海陸客家話語音教學研究》、黃美鴻《新竹市國民小學老師對市編版客語教科書滿意度相關意見之調查研究》等。

(9)其他方面

例如：李經漢《客家叢談》、彭欽清《心懷客家》、邱權政《客家與現代中國》、曾逸昌《客家概論》等。

這當中，有些是民間文化工作者的著作，有些是學術界的專門

論著，其中學位論文的篇數，成長可觀，而單篇論文數量尤多。無論參與的人數，涉及的範圍、品質和數量都不斷提升。至於海外學者的著作，如日人高木桂藏的《硬頸客家人》、松本一男《客家人的力量》，或高宗熹《客家人——東方的猶太人》等，大都有中文譯本在臺灣出版。

從海峽兩岸和海外地區，對客家研究的活動和出版數量看來，客家研究可以說已經受到重視。

第 3 節　客家研究的兩大議題

從徐旭曾以來，客家源流和客家語言，一直爲較多人關切的兩大議題。因爲源流涉及「客家」的定義問題，如果沒有這個問題，也就談不上客家，更不會有客家研究。語言則爲客家最明顯的標誌，不僅在語言學上有其獨特的地位，亦爲探索客家源流之重要途徑。

一、客家源流問題

客家源流問題，在羅香林所謂客家問題轟動學界的時期裡，已有各種異說，羅香林把它歸納爲四派：其一謂客家爲苗蠻的別支，如中華書局《世界地理教本》等；其二謂客家爲古代越族的苗裔，如鍾用龢《粵省民族考源》等；其三一派，則不斷定客家系屬，但謂其不與漢族同種，如西人哀德爾氏嘗抱此見解；其四一派，則謂客家爲純種漢族，如韓廷頓諸人大率皆主張此說。自從民國二十二年（1933）羅香林出版《客家研究導論》及民國三十九年（1950）出版《客家源流考》以後，學界多宗其說，但也激發更多學者參與討論。茲介紹如下：

㈠羅香林的主張

羅氏的主要論點，認為客家是中原南遷的先民，定居贛閩粵之
間的地區以後所形成的民系。他指出自秦漢以降，中華民族內地人
民不斷向南遷移。第一次大遷移是由五胡亂華所引起的，他們遷移
的路線與到達的地點，或移居的結果，形成了三大支流：「其一為
一部分居於今日陝西、甘肅以及山西一部分的人民，當時稱為『秦
雍流人』，他們輾轉遷徙，初沿漢水流域，順流而下，渡過長江而
達洞庭湖區域，其更遠的是溯湘水轉至桂林，沿西江而移入廣東的
中部或西部；其二為一部分居於今日河南以及河北的一部分人民，
當時稱為『司豫流人』，他們輾轉遷徙，初沿汝水而下長江，渡江
後分布於江西的鄱陽湖區域，或順長江而下，達皖蘇的中部，或溯
贛江而至粵贛閩交界地；其三為一部分居於今日山東以及江蘇、安
徽一部分的人民，當時稱為『青徐流人』，他們也輾轉遷徙，初循
淮水而下，越長江而分布於太湖流域，其更遠的則分布於浙江福建
的沿海。」客家的先民就是其中的「司豫流人」，其原居地「實北
起并州上黨，西屆司州弘農，東達揚州淮南，中至豫州新蔡、安
豐；換言之，即漢水以東，潁水以西，淮水以北，北達黃河以至上
黨，皆為客家先民之居地」。「客家先民雖未必盡出於這些地方，
然此實為他們基本住地。」此期遷移「遠者已達贛省中部、南部，
其近者則仍淹滯於潁、淮、汝、漢諸水間」。

客家先民的第二次南遷是迫於唐末黃巢造反，「這次遷移，其
遠者已達惠、嘉、韶等地，其近者則達福建寧化、長汀、上杭、永
定等地；其更遠者則在於贛東、贛南各地」。又從出發地而言，
「則遠者多由今河南光山、潢川、固始，安徽壽縣、阜陽等地渡江
入贛，更徙閩南（按：指汀州府，今稱閩西）；其近者則逕自贛北
或贛中徙於贛南或閩南（閩西），或粵北邊地」。羅氏並將客家民

系的形成定位在「五代宋初」這段時期。

　　第三次南遷是迫於金人、元人的入侵，特別是南宋末年宋帝南逃，文天祥、張世傑、陳宜中、陸秀夫力謀抵抗，「於是閩贛粵交界地遂成爲雙方輾轉攻守的場所。原居此地的客民，或輾轉逃竄流入廣東東部、北部，或奮起勤王，隨從帝駕，戰死於碙州或崖門」。換言之，即「多分由贛南、閩南（閩西）徙於粵東、粵北」。

　　第四次遷移是在明末清初，一則基於內部人口膨脹，一則基於滿洲部族入主中國之影響。「蓋客家的大部分，於明末至清初徙至廣東內部後，經過朱明一代的生息，系裔日繁。當滿洲的兵打至福建、廣東以後，客家節義之士多起而號召徒眾舉義，迨至義師失敗，遂多被迫而散居各地。而滿清政府於統一中國後，四川及廣東各地以及臺灣等，或以兵災荒廢，或以遷界衰落，或以本來人稀，不得不招致農民前往墾啓。」具體言之，即「多分由粵東、粵北而徙於粵省中部，及沿海地區和四川東部、中部，以及廣西蒼梧、柳江所屬各縣，臺灣彰化、諸羅、鳳山諸縣；或自廣東嘉應與贛南閩南（閩西）而徙於贛西和湘南湘中」。

　　第五次遷移則在清代後期，蓋自乾嘉以後，因臺山、開平、四會一帶，人口激增，勢力擴展，耕植所獲不敷供用，乃向土著租賃土地耕殖。其後又由租賃進而收購，引起土著民系不滿，釀成紛爭。事經官府調停後，遂陸續「南入高、雷、欽、廉諸州，而尤以高州的信宜，雷州的徐聞爲最眾；其遠者且渡海至海南島崖縣及安定等地」。亦即「多分由粵省中部東部徙於高、雷、欽、廉各地，或更渡海至海南島的西南部」。

　　羅香林說：「這是客家向南遷移所曾經過的大概途程，與客家民系的所以形成頗有關係。」至於何時何地形成客家民系，他也從各民族民系演化的歷史推論出來，他說：「鄙意客家先民，其南徙

雖肇自東晉，然而形成特殊之系統，則在五代以後。」「鄙意欲定客家界說，自時間言之，當以趙宋一代爲起點；客家居地雖至今尚無普遍調查，然依其遷移所屆，大體言之，其操同一客語而與鄰居乃能相混者，則以福建西南部、江西東南部、廣東東北部爲基本住地，而更及於所再遷之住地，此就空間言之者也。」

　　羅香林又考證同爲中原南遷之人，所以形成不同方言和民系的原因，乃由於五代的政權割據，各自爲政，各有特殊的風氣，兼以當時居住的部族分支亦有所不同，所以逐漸形成大小不同的方言。五代紛爭停止後，這些方言和風氣仍然保存，於是又再分化爲不同的民系，其較顯著者有五：一爲越海系，即今江浙民系；二爲湘贛系；三爲南海系，即今兩廣的本地系；四爲閩海系，即今閩粵的福佬民系；五爲閩贛粵系，即今客家民系。

　　羅氏並認爲：越海系形成，與吳越南唐建國有相當關係；而湘贛系的形成，則與楚王馬殷的建國有關；南海系的形成，則與劉龑的建國有相當關係；閩海系的形成，則與楚王審知的稱王八閩有相當關係。只有閩贛粵系「以其當時所處的地域爲南唐以南，王閩以西，馬楚以東，南漢以北的地帶，即閩粵贛三省交界的三角地帶，各個割據政權的融化勢力既不能支配他們，而適以環繞他們，使他們保存了傳統的習俗，而與其四圍的民系相較，則一者已爲個別混化，一者仍爲純粹的自體，對照起來，便覺二者有點不同」。

　　對於「客家」稱謂的由來，羅氏認爲：在五胡亂華，中原人民輾轉南遷的時候，已有「給客制度」，「可知客家的客字，是沿襲晉元帝詔書所定的。其後到了唐宋，政府簿籍乃有『客戶』的專稱。而客家一詞則爲民間的通稱」。

㈡各家對羅香林研究的迴響

　　羅香林的兩部著作，對學術上的主要貢獻在於：第一，具體的

探討客家先民之原居住地，及其自中原南遷的歷史背景、遷移過程、轉遷途徑，從而釐清客家源流及其歷史發展過程。第二，提出「民系」的概念，並使用於客家研究，系統的論述客家的民族屬性，爲往後客家研究奠定民族學上的理論基礎。第三，分析了客家民系形成的具體過程及時間，討論了民系形成的標準，和區別各民系的重要標誌，提供此後討論民系問題的重要參考。第四，大量使用族譜資料用於客家研究，爲以後客家學研究，在研究方法上和資料應用上，開闢一條大道。第五，建立客家學在學術研究上的地位。

　　不過從羅氏的著作問世以來，引起許多的迴響，有些是在他建立的基礎上加以闡述、補充或修正，有些是運用不同的材料、不同的方法重新考索，提出新的觀點。前者如郭壽華《客家源流新志》、陳運棟《客家人》、鄧迅之《客家源流研究》、雨青《客家人尋根》等屬之，而以陳運棟最具代表性。《客家人》一書不但系統完整，也引證豐富的前人研究成果，同時對每一專題提出自己的結論，對羅氏的說法也有一些修正。例如，他說：「客家是『客而家焉』的意思，顧名思義，本來就不是中國南方的固有民系。」「宋以前越海、閩海、湘贛、南海各系已經形成。在這種情形之下，很自然的他們便把宋以後由其他地區南遷來的漢人，稱之爲『客』了。因此，客家的由來必定是在各個民系成立之後。」這就不同於主戶客戶的「客」了。

　　後者由於觀點新異，頗能引起學界的注意，其中較具代表者如：

　　1. 日本中川學氏〈華人社會與客家史研究〉、〈關於客家在中國及東南亞的歷史地位〉、〈中國客家史的新動向〉等文章：批評羅氏以血緣關係爲研究取向的客家論點「容易令人想起人種主義的排他性」，並質疑：「試問在討論到客家遷徙到華南山岳地帶獲得安堵之際，是否應先探討：客先民與土著非漢族之間的關係是如何？他

們在相互之間是否結有婚姻關係？」他提出客家源流的新觀點，應該從移民及方言的地理格局來考量，從移民、區域、山川，與方言本身的內部演變，特別是客先民與土著是否通婚等因素，來探討客家族群的形成，的確是比較宏觀的看法。

2.**房學嘉《客家源流探奧》**：房著從客地古代文明、客家宗教文化、客家婦女各方面，通過對客地大量的田野調查，把客家的形成時代向前推移，認爲：秦漢以來流落在閩粵贛山區的「少數中原人帶來了中原文化，在與古越人民混化的過程中，形成了具有特色的客家文化。客家共同體的初步形成期當在秦至南朝間。客家先民之主體應是生於斯長於斯的古百越族人，而不是少數流落於這一地區的中原流人」。他並進一步說：「（客地）漢族人及漢化較早的荊楚人、吳越人等稱這些居山的越人、漢人爲『山客』，而古山客之客，即今天客家之客。歷史上並不存在客家中原南遷史。」

房學嘉的推論，確實令人一新耳目，所以林曉平曾以「新的視角，新的探討」爲題，發表評論，但也認爲書中「還存在一些明顯的不足之處，例如，族譜類的資料畢竟用得太少了，書中有的資料和論點之間缺乏緊密的邏輯聯繫等等」。

王東在《客家學導論》中，也提出若干質疑，例如：「既然中原漢人在客家民系的形成過程中只占有少數，那麼，爲什麼中原的漢語古音又在客家話中起主導作用呢？」又就房著指稱「歷史上並不存在客家中原南遷史」這點而論，吾人似乎也可以理解到：當唐末第二期南遷以後，客家民系尚在醞釀之中，宋元之際第三期南遷，客家之名可能尚未出現，自然就看不到客家中原南遷史了；但是一部分中原南遷人士後來形成客家的事實，應該是存在的。

3.**陳支平《客家源流新論》**：本書是透過社會調查、參考客家與非客家的族譜，所獲得的研究成果。他認爲南方的客家人與非客家

人的中原居地沒有差別,南遷過程大致相同,故其論述客家民系的
形成及其源流有四種類型:⑴「客家人與非客家人南遷時同祖而分
支」;⑵「由非客家漢民分支而成為客家人」;⑶「由客家人分支
而成為非客家人」;⑷「客家人與非客家人的反覆交錯遷移」。結
論謂:「客家民系與南方民系的主要源流來自北方,客家血統與閩
粵贛等省的其他非客家漢民的血統並無明顯差別,客家民系是由南
方各民系相互融合而形成的,他們都是中華民族一千多年來大融合
的結果。」

　　這種矯正過去若干「客家血統論」的論述,很有見地。此外,
陳支平推論客家名稱的起源,是在「十六、十七世紀之交,粵東的
居民向西南遷移,進入廣東南部的海豐、歸善地區,繼而博羅及廣
州府北部,於是當地居民與移民間的摩擦衝突不斷出現,並且爆發
了許多次大規模的械鬥衝突」。於是「廣東南部的當地居民,蔑稱
外來的移民為『客民』」,從此「客家」一詞才逐漸在地方和官府
的文獻中引用。這點,據王東的研究,認為就是「生活在廣東潮汕
一帶的閩南人」。

　　4.謝重光《客家源流新探》:本書首先指出自羅香林的《客家研
究導論》問世以來,有些論著強調客家血統的高貴、純正,以血緣
作為判定是否客家之最重要標準的做法,是沒有根據的,也是無助
於說明客家民和客家精神的。

　　謝重光認為:「客家是一個文化的概念,而不是一個種族的概
念。因為種族的因素——即自北方南移的大量漢人,固然是形成客
家的因素,但單有南移的漢人還不能形成客家,還有待這批南移的
漢人在某一特定的歷史時期,遷入某一特定地區,以其人數的優勢
和經濟、文化的優勢,同化了當地原住居民,又吸收了其中的有益
成分,形成了一種新的文化——迥異於當地原住居民的舊文化,也

不完全雷同於外來漢民原有文化的新型文化，那麼這種新型文化的載體——一個新的民系，即客家民系才得以誕生。」

所以，謝重光具體的論定客家是：「共同生活在贛閩粵交界地區，形成了一種有別於相鄰各民系語言的方言系統，過著帶有顯著山區特點的農耕經濟生活，還形成了以團結、奮進、吃苦耐勞和強烈的內部凝聚力及自我認同意識爲主要特徵的族群心理素質。」「具有上述典型特徵的居民共同體就是客家民系，其居民共同體的成員就是客家人。」

謝重光又認爲：客家先民的主體應該是普通平民百姓，但也不否認衣冠士族在客家形成過程中，確實起過重要作用。此外，他還說客家民系是一個開放的體系，即非客家人遷入客家住地可能同化爲客家，客家人遷出外地，也有可能被異化爲非客家人，「起根本作用的因素唯文化而已」。謝著兼顧移民歷史、民族融合、語言發展、區域特色、文化習俗等因素做全面的論述，很富參考價值。

5.王東《客家學導論》：本書除了闡述客家學的體系和研究方法，對客家學研究做了回顧和展望外，特別提出客家研究的基本理論問題，包括客家民族與漢民系的關系、客家民系與漢民族共同體內其他民系的關系、客家民系與大本營區域土著居民的關系、客家民系的血統問題，並在此基本理論架構下，分別論述客家民系的起源、孕育和形成，以及明清時期的客家，客家民系的發展，客家文化的歷史生成，客家的社會與客家文化，客家的生命禮俗等，關於客家的歷史淵源、遷徙流布及其基本的文化特徵等問題，進行全面的探討，對前此的諸多客家問題研究，也做了修正或補充。

王東還指出：「客家學研究發展的前景，將不再論證客家民系及其文化的優越性，而是分析客家民系及其文化的典型性，及其在文化人類學方面的獨特性及其意義所在。」此外，對於語言、民俗

等課題，也有待進行更多的田野調查，這是今後從事客家學研究應努力的方向。

這些研究成果都能擺脫客家學研究的自我中心傾向，爲其帶來更多的理性探討和科學精神，以更寬廣的視野，深化研究的內涵。

二、客家語言問題

語言學家羅常培在《臨川音系》中說：「如果有人把客家問題徹底的研究清楚，那麼，關於中華民族遷徙的途徑和語言演變的歷程，我們就可以認識了多一半。」可知客家問題不僅牽涉到客家源流和客語發展問題，同時也牽涉到中華民族遷徙史和漢語的演變歷史問題，是中華民族歷史的一部分，也是漢語發展史的一部分，因此成爲客家學研究及語言學界共同關心的課題。

藉由客語研究，可以協助解決許多客家研究的問題，舉例如下：

㈠藉以佐證客家民系的遷移過程

羅香林所論客家先民之基本住地，及其五期南遷經過的大概途程，與後來張光宇在《閩客方言史稿》中的考察，頗多足以相印證之處。張氏認爲魏晉時期北方漢語有有中原東部方言與中原西部方言之分，客家先民大部分來自西部方言區的「司豫流人」，所以該地區的語言也影響到客家話的發展。

客家話與中原西部方言的關係，影響較著的是「鼻」字，鼻字《廣韻》注音「毗至切」，去聲，今讀此一音的漢語方言只見於客語（如梅縣 p'i꜄）、粵語（如廣州 pei꜄）和閩語（如廈門 p'i꜄），其他方言多讀爲入聲毗質切，沒有入聲的方言，鼻字多隨全濁入聲字一起變化，北京音 pi³⁵ 即來自古入聲。「客家話唸毗至切是先民南下時，從司豫一帶方言攜下的結果。」今客語饒平、永定、詔安話「水」字讀 fi，贛語也有類似現象；現代山西南部洪洞、萬榮、臨汾、吉縣等地屬西晉司州轄境，水字也均讀 f-聲母，「極可能是

司豫移民足跡所至留下的殘跡」。「母親」一詞在客語中有 ₍me、姐 ₍tsia、哀₍oi 三種說法，今洪洞方言也有姐 ₍tɕiɑ、默 ₍mɛ 兩種說法，「和臺灣海陸、四縣話如出一轍」。

張氏又說：從江蘇通泰地區開始迤邐向西到安徽南部，再從黃山南麓直下鄱陽湖流域，沿贛江而上到達贛南，或攀越武夷山到閩西、粵東，這一帶方言古全濁聲母今讀不分平仄皆爲送氣清音，這是客贛方言的特徵。「從西晉以來移民史路線看起來，幾可說凡司豫移民及其後世子孫足跡所到之處，都留下這個語音標誌。」而這種語音特點在華北集中見於古司州所屬的河東方言。例如「步 p'、杜 t'、在 ts'、淨 ts'、跪 k'」在運城、芮城、永濟等二十餘縣幾無例外。據張氏推斷：司豫移民從西晉末年逃離故土以前，古全濁聲母早已讀爲送氣清音。

皖南是西晉末年司豫移民南逃的首站，司豫移民在此駐足五、六百年，唐末亂事又起，其子孫才再度相率南遷，到達贛南和閩西山區。不過，就此落戶不隨人潮南遷者，肯定也有。績溪方言古全濁聲母今讀不分平仄皆爲送氣清音，張氏認爲這是第一期司豫移民所留下來的語言。從這個研究顯示，客語研究的結果與客家先民南遷史，可以互相印證。

㈡藉以推斷客家民系的形成年代

客家話和客家民系的形成是互爲表裡的，張衛東在他所著《客家文化》一書及〈論客方言與客家民系同步形成〉的文章中，即曾做過這方面的探討。他認爲：客家先民在東晉南朝直至隋唐的六百年間，多數是生活在長江中下游的南北，他們把北方官話帶到這吳楚方言的領域繼續發展，形成一個新的北方官話次方言——江淮官話，江淮官話是客家方言的直接源頭。唐末再度南遷沿路吸收南方方言的一些語料，在新的社會區域中逐漸孕育發展起來。經過南宋末年的第三次大遷移，終於在閩粵贛交界的山區形成了客家人與客

家話。

　　張衛東應用漢語音韻發展的理論處理這個問題。首先，古舌頭音變爲舌上音，是北方官話區的普遍現象，演變始於唐代中葉，到宋代已經基本完成。此時客家先民仍居於江淮地區，故仍受官話的制約，跟較早脫離北方官話的閩語和贛語老派方言如臨川方言就明顯不同。在閩贛二系的方言，中古知徹澄母字多讀同端透定母字，而客家方言只殘存一個「知」字的口語音聲母還是 t-，這表明客先民離開江淮之前其所操方言已經基本完成了舌頭音到舌上音的演變。唐末宋初可視爲客家先民脫離江淮官話走向獨立發展道路的起點。

　　其次，唐末至元代的民族大融合，使北方漢語發生重大變化——如中古全濁聲母清化，咸山深臻的合併，古四聲的分合等等；而客家先民此時已離開江淮地區，宋代大部分時間暫居贛南，客家話的發展，一方面脫離北方官話區演變的軌道，一方面又不與贛語混同，如知系字的語音即有明顯分別。

　　客家話的形成，是以其脫離江淮官話「完全獨立」爲標誌。其具體的時間上下限，是以客家話語音系統跟江淮官話明顯分離爲標誌。他採用王力《漢語史稿》討論〈由中古到現代的語音發展〉的觀點，分別以《中原音韻》（1324）和《西儒耳目資》（1626）爲這段歷史的上下限。此時期「北方話愈來愈和南方的方言發生紛歧」，其中最典型意義的，是咸深二攝併入山臻二攝，即韻尾-m 併入韻尾-n，這一演變發生於十五世紀到十六世紀，所以他的結論說：「客方言的產生不能早於十四世紀，也不能晚於十七世紀初葉，當是十六世紀，即一五○○年前後。」

　㈢藉以探討客家社會與文化

　　語言是生活的寫照，有怎樣的生活，便有怎樣的語言，故從客

家話的詞彙、諺語或歌謠中，可探討客家的社會與文化。

　　首先就客家社會而言，語言中反映出的現象很多，例如：

　　1. 農耕墾殖的現象：無論原鄉或臺灣，客民多居於山區或丘陵之地，所到之地均須披荊斬棘，開闢經營，才能成爲可資種植的田園。所以現在談起父祖的生活，常以「開山打林」、「開埠作圳」等話來描述，「耕田度子」可以說是大多數人生活的寫照。

　　儘管有些人從事各種行業，但多數人仍認爲「耕田正（才）係正業」，雖然耕田辛苦，但他們也安於「米穀割起做伙食，半年辛苦半年閒」的現實。由於長期務農的結果，於是傳下來很多的農諺，像：「立春落水透清明，一日落水一日晴。」「清明前好蒔田，清明後好種豆。」「五月北風平平過，六月北風無好貨。」「六月秋，緊啾啾，七月秋，寬悠悠。」「秋霖夜雨，肥過屎。」「耕田莫耕河壩田，上晝萬富下晝乞。」「蓄羊種薑，利益難當。」等等，頗能反映三、四十年以前那種農耕墾殖的現象。

　　2. 崇文尚武的現象：習文可以開發智慧，提高身分地位；練武可以健身強種，防身保家，客家社會向來都很重視。因爲通點文墨，小者可以「訂簿記數」，便利當家做買賣；大者可以繼續攻讀，求取功名。所以「降賴仔愛過學堂，降妹仔愛過家娘」被視爲當然，「高山頂棟起學堂」似乎也成了社會普遍現象。伴隨文教的發展，帶動社會對文字的尊重，可以見到臺灣許多客家聚落建有「聖跡亭」、「倉頡亭」，而「敬惜字紙」的觀念，婦孺皆知，這些都是崇尙文教的表現。

　　約五、六十年前，許多客家村莊，凡聚族而居的姓氏，幾乎都請來「拳頭師父」教導拳術和兵器，「齊眉棍、單刀、長槍、鐵尺」等，樣樣齊全。學徒也要兼學「擎獅頭」、「打獅」，以便年節迎神賽會時參加表演。每年的聯莊活動時，還要「打完棚獅」，

並加上「過桌」、「扰長槌」、「打飛桃」等競技以助興，其尙武風氣可見一斑。

3.**崇祖敬宗的現象**：木本水源之思，國人皆同，而崇祖敬宗的觀念，客家人表現尤爲明顯。客家許多族譜載有當年遷徙時，身負祖先牌位或先人骸骨以俱行的紀錄，父祖輩口耳相傳，也津津樂道這類故事，稱爲「揹阿公婆牌」、「揹大牌」或「揹金斗罌」。他們到達落腳處如果一時無地下藏者，則以「寄岩」方式暫時安頓；但是一旦有地，則必「選地理」、「做風水」。繁衍幾代之後，則會建「塔」集藏，以便利子孫祭祀，這種塔稱爲「佳城」，如余氏的「新安佳城」，曾氏的「魯國佳城」，各姓氏所建的「佳城」隨處可見。「風水」「佳城」一般是「清明、掛紙」時才去墓祭，日常及年節祭拜，則有「公廳」或「祠堂」。大陸客地到處祠堂林立，臺灣亦然，目的是便於各房子孫集中祭祀，聯繫宗誼。而同姓不同近祖的，也往往組成「宗親會」，互相幫忙，這是客家社會很重視的組織。

4.**婦女勞動的現象**：客家婦女自古以來不纏足，可能與需要參加勞動生產有關係。客家女兒從小即被教導學習勞動，要求兼顧「灶頭鑊尾」、「針頭線尾」、「田頭園尾」，一旦養成勞動習慣之後，到老都不會改變；「八十歲介老阿婆，肢骨慣」之俗諺，大概也是這樣得來的。

在臺灣，男女共同上山下田工作，是極爲平常之事，山歌中「阿哥蒔田妹擔秧」或男女「兩人共蒔一坵田」的景象隨處可見。有些客地由於人多田少，謀生不易，男人必須到外地謀生，並且往往一年半載或三年兩載才能回家一趟，這時，家鄉田園的耕種，只得由婦女一肩獨挑了。如果家中衣食無缺的，則又可能鼓勵男人在家讀書，準備參加考試，而婦女則仍負責下田勞動。

正因爲婦女經常在家，故其教育子女、奉侍公婆，以及四時八節的祭祀活動等家庭綱常的維持，也多半要倚靠婦女。所以，客家人稱婆媳婦是「討來做祖婆」，「討來頂綱常」的。

其次，就客家文化而言，亦可從客家詞語中探知梗概，例如：

1. **生活方式**：單就以食的方面來說，客家人習慣吃「硬飯」，因爲吃硬飯才能「耐飽」，才有氣力工作；「食鮮粥（糜）」是不得已的。當然如果家中缺糧，「食番薯榜豬菜」也是無可奈何的。客家人年節時習慣「打粄」，從過年的「甜粄、發粄、假柿子、菜包（豬籠粄）」，到清明節的「艾粄、紅粄」，以及一般宴客用的「粄圓（惜圓）、粢粑仔、湯粢、米篩目」，還有當點心小吃的「鑊壁粄、九層粄、牛舌嫲粄」等，樣式極多，風味也各不相同。

差不多在四、五十年前，客家人還習慣製做乾菜，多半是醃了再曬乾，以便長年保藏，品類有「鹹菜乾、蘿蔔乾、瓠乾、瓜脯」等，也有醃漬的小菜如：「鹹菜、醬多瓜」等，總稱爲「鹹淡」，從前是常用的佐餐食品。現在客家酸菜和梅干扣肉還遠近馳名，實際就是鹹菜和鹹菜乾。

論客家菜之味美者，過去有「頭蛇、二貓、三狗肉，第四蒜仔炒豬肉」之說，但在臺灣，從未聽過有人吃貓肉的。宴客時過去講究「封雞、封肉」，現在已不算稀奇，倒是「小炒」廣受歡迎。至於「擂茶」，在臺灣似乎銷聲匿跡幾十年，現在「擂缽、擂槌」又可以派上用場了。

2. **生命禮俗**：婦女生育叫做「做月」，習慣以麻油薑雞酒供產婦補身；第一隻必須用雄雞，生第一胎時還必須煮雞酒送到外家報喜；外家則回送酒與雞，供產婦進補；其他親朋好友也會致贈營養補品或禮物，謂之「送庚」。

嬰兒出生三天要「洗三朝」，一個月要「做滿月」，外婆家要

送「揹帶、裹衫」以供揹負嬰兒。四個月要「做四個月」，主要活動是準備「光餅」串成一圈，掛在嬰兒項上，謂之「收口水（瀾）」。

從前把年幼的女兒送給別人家，是常有的事；婦女久婚不育，向人抱個女兒來招喜，叫做「攬來摘花」；這個女兒叫做「花蔓女」，花蔓女長大是要出嫁的，故與原鄉有些地方「等郎妹」之習俗不同。如果是抱來當童養媳，則稱「攬來做細心舅仔」；童養媳長大與兒子成婚後，以其從小來家，故稱「細來介」；大娶的則稱爲「大討介」，女子長大才出嫁則稱「大行嫁」。

客家男人做生日很重視「做三十一」（滿三十），通常岳家要送衣帽鞋襪，是祝賀「三十而立」之意。以後的大生日從五十一做起，不過做與不做，隨人而定。客家人大生日做出頭不做齊頭，因爲傳統的習慣出生即算一歲，算虛歲，假如虛歲八十一，實際上是八十整壽，這與有些地方做虛的整壽，或以七十九算八十的習俗不同。至於百年歸壽的習俗，臺灣傳統上大致按《家禮》行事，不過閩客仍有不同，徐福全《臺灣民間傳統喪葬儀節研究》可供參考。

3.宗教信仰：臺灣客家人的宗教信仰約可分成三大類：一是全國性的信仰，包括儒、釋、道及其他宗教，信仰的對象如「孔子」、「三界爺」、「佛祖」、「觀音」、「玉皇上帝」、「玄天上帝」、「灶君爺」、「城隍爺」、「五穀爺」、「伯公」等；二是地方性的信仰，如「定光佛」、「三山國王」、「義民爺」等；三是自然崇拜，如「石爺」、「虎爺」、「龍神」等。

三界爺供奉堯、舜、禹所代表的天官、地官、水官，又稱三官大帝，客家傳統聚落幾乎都有供奉，是天旱祈雨的主要對象。土地公原是全國性的普遍信仰，但是客家人供奉特別虔誠，並稱之爲「伯公」，一如家族中之老長輩，可見其倚賴心與親切感。除了初一十五去拜以外，幾乎大小行事都要拜，例如建屋、插秧、割稻

「做完工」去拜，賣豬「還豬福」也拜，都是祈求保祐和答謝之意。

定光佛是閩西永定的地方神祇，永定人來臺後，在臺灣建廟供奉。三山國王原本是潮州地區的地方神祇，臺灣建有一百多座廟，被認爲是客家人的保護神。義民爺是臺灣歷史特殊背景下產生的信仰，是客家人心目中保鄉衛民的神祇，至今仍有由莊民輪流「奉飯」的儀式，事奉一如家中的先人，可見其崇敬之誠。

客家人在子女成長過程中，有些父母會領小孩去「拜義父爺」，有拜關公爲義父爺的，也有拜石爺爲義父爺的；有些人會向神祇請求保安符佩帶，稱爲「帶絭」，如「帶七星娘絭」、「帶石爺絭」等，都是爲了祈求保護平安。龍神是土地龍脈之神，實際上也是土地神，但與「伯公」職司有別，客家人特重風水地理，所以把龍神供奉在正廳神桌正下方。

（四）藉以分析客家民系的心理特質

言爲心聲，客家日用語言中，也能相當程度的反映出客家人的心理特質，舉例說明如下：

1. **重視家庭，恪遵倫常**：夫妻是家庭的開端，客家人信守「男大當婚，女大當嫁」的古訓，子女長大後，做父母的總要想盡辦法爲子女成婚。有室有家的，人稱「有家有竇」；有妻有子的，人稱「有婆有卵」；這才算正常人，否則，打單身，「死無人承受」，「香爐耳吊竹頭尾」，變成「閒神野鬼」，對不起祖先。所以無力成婚或婚後無子嗣者，也要立螟蛉，或過繼兄弟族人之子來繼承香火，接續事業，否則一旦年老力衰而後繼無人，就會很辛苦了。諺語說：「有子子推身，無子做出肫。」又說：「前蹽不如後踐。」正是說明後繼有人的重要。

重視子女必須重視子女教育，常言道：「牛愛牽鼻，子愛教示。」「養子不教不如養驢。」「縱子出逆子，嚴父出孝郎。」對

廣東、安徽五省的畬族幾乎都使用客家方言。

　　㈡《中國語言學大辭典》（1991），則把客家方言分成八片[10]：

　　1.**粵臺片**：包括廣東東部二十個縣市、北部三個縣市以及臺灣西北部三個縣、南部兩個縣。

　　2.**粵中片**：包括廣東中部的和平等五縣。

　　3.**惠州片**：通行於廣東惠州市。

　　4.**粵北片**：包括廣東北部的始興、南雄等十縣。

　　5.**汀州片**：也稱「閩客片」，包括福建西部的長汀（舊汀州府）等八縣。

　　6.**寧龍片**：包括江西的寧都、龍南等十三縣。

　　7.**于桂片**：包括江西于都、贛縣、井岡山市等十三個縣市及湖南的桂東等五個縣市。

　　8.**銅鼓片**：包括江西的銅鼓、宜豐等縣及湖南的瀏陽、平江。

　　㈢**海外客家人[11]**

　　目前分布在海外的客家人有四百多萬，在世界的五大洲中，亞洲最多，總共有三百五十多萬，涉及二十多個國家和地區。其中，客家人人口達百萬以上的國家有印度尼西亞和馬來西亞；五十萬人以上、一百萬人以下者，有泰國和新加坡；五十萬人以下者有越南、緬甸、印度和日本等；一萬人以下者有菲律賓、柬埔寨、老撾（寮國）、汶萊、東帝汶、韓國（南韓）、朝鮮（北韓）、巴基斯坦、尼泊爾、孟加拉國、土耳其等。

　　亞洲之外，客家人聚集的第二個主要地區是南北美洲，總共有四十多萬人。其中，客家人人口達十萬人以上者有美國、秘魯、牙

註釋

[11]▶參見王東，《客家學導論》（1994），頁 206～209。

子女之愛，須是「惜骨莫惜皮」，這說明子女教育的重要和準則。

勸人行孝的言語也反映在許多客家話當中，例如：「千里求神去燒香，毋當屋下敬爺娘。」「在生一碗湯，當過死後敬豬羊。」兄弟姆娌相處之道在於「和」字，有道是：「兄弟和，土變金；姐嫂和，家業興。」「兄弟一條心，黃泥變成金。」家庭倫常不僅表現於父子兄弟，從「堂上交椅輪流坐」和「白毛孫黎（遺也）屎叔」的話，也能體會出敬老尊長和遵從輩分的觀念。

2.**樂天安命，知足守分**：客家人心目中的天，與傳統的相同，有自然之天和意識之天；後者主宰人類命運，一切成敗得失、禍福榮辱，無不受其支配。在歷史的經驗中，總使人感覺到人力之卑微與天意之難測，所以產生「人會算，天會斷」「人算不如天算」「謀事在人，成事在天」這種信天樂天的心理。具體的反映是認命：「萬般都是命，半點不由人。」「千斤力，毋當四兩命。」「命底生入骨，斧頭削毋歃。」「千爭萬爭，莫與命爭。」這些話都在強調「命裡有時終須有，命裡無時莫強求」的道理。

與命相連的是時與運，「運去金成鐵，時來鐵成金」，是國人普遍的心理，客家人常說：「時通運通，門前青草變成蔥」，時運衰「賣鹽會發蟲」；但也相信「三年一閏，好壞照輪」，「天無三日雨，人無一世窮」的定律，相信「天公惜好人」。這股力量永遠在鼓勵人們：安分守己，堅忍一時之苦，爭取未來的幸福。

3.**勤勞節儉，積極進取**：客家人所處的環境，生活條件較差，所以為求生存，必須勤勞節儉，為圖發展，必須積極進取。關於前者，表現在「賺錢愛命，賺食愛煞猛。」「有做正（才）有好食，無做那有別人撿你食。」「只有餓死，那有做死。」「做死較贏餓死。」和「一個銅錢三點汗。」「賺錢恰似針挑笁，使錢可比水推砂。」「好食東西莫豁忒，留來無時好過餐。」等俗諺之中。

　　至於後者則表現在他們變通之道，例如：「人窮志不窮」，鼓勵人立志向上；「男人百藝好隨身」，鼓勵人學習各種技藝以謀生；「毋敢落河無魚食，毋敢上山無樵燒」，鼓舞人積極進取；「小小生理贏做工」，叫人做小本生意；所以即使在家務農，也往往兼營副業，如編製竹器、養羊、養豬、養雞鴨等；而冒險離鄉到外地求發展者也大有人在，「捨不得嬌妻，成不得好漢」，正是他們心理的寫照，因而發達致富的也比比皆是。故積極進取似乎是他們突破困境、創造幸福的不二法門。

　　4.**懷戀故土，認同中原**：當初來臺灣的客家人，經濟能力許可的，三年兩載就要回鄉探親；經濟能力不許可的，即使在夢魂中也想「轉唐山」。轉唐山一詞，遂由實際的活動變成為「過世」的同義詞。資料記載，有些海外謀生的客家人，即使事業有成，年老時也寧願賣盡家產回到故鄉，眷戀故土的情懷特別濃厚。

　　客家人新建「大屋」總不忘在正門楣上大書郡望堂號，如陳氏「穎川堂」，林氏「西河堂」，王氏「太原堂」，李氏「隴西堂」等，各姓氏皆然，標示著他們在中原地區的來歷，這在原鄉時期即已如此。許多家族都會教育子孫，記住祖籍所在。大陸開放以來，回鄉尋根的也絡繹不絕，甚至有人按族譜索驥，遠到「中原」地區探訪更古老的源頭。早期客家人辦的週刊雜誌，取名「中原」，介紹客家禮俗的書也以「中原禮俗」取名，這也顯示客家人的心理認同中原。

　　由上可知，透過詞彙、諺語、歌謠等語言資料的研究很多社會文化或心理現象，以上不過舉其犖犖大者而已。所以欲深入了解一個民族或民系的文化，最好從了解他們的語言入手。何況語言本身，也是一門饒有趣味的學問。

第二章
客家人的分布

羅肇錦

㈠據《客家研究導論》、《客總會訊》、《江夏淵源》的統計共有十七省，一百八十多個縣市。

江西省二十七縣市：尋鄒、安遠、定南、龍南、虛南、信豐、南康、大餘、崇義、上猶、贛縣、興國、餘都、會昌、寧都、石城、瑞金、廣昌、永豐、萬安、遂川、吉安、萬載、萍鄉、修水、吉水、泰和。

福建省十四縣市：寧化、長汀、上杭、武平、永定、將樂、沙縣、南平、清流、連城、龍岩、歸化、平和、詔安。

廣東省七十一個縣市（見廣東省客家人分布情況調查）。

海南省十個縣：僧縣、崖縣、澄邁、萬寧、文昌、東京、臨高、定安、陵水、白沙。

廣西省二十一個縣市：武宣、容縣、鬱林、柳城、藤縣、桂平、平南、貴縣、博白、陸川、北流、賀縣、象縣、昭平、平樂、灌陽、欽州、防城、合浦、蒼梧、上西。

四川省十三個縣市：涪陵、巴縣、榮昌、隆昌、瀘縣、內江、資中、新都、廣漢、成都、灌縣、華陽、新繁。

臺灣省十三個縣市：苗栗、新竹、彰化、嘉義、鳳山、高雄、桃園、花蓮、基隆、臺中、臺東、臺北、屏東。

河南省十個縣市：光山、固始、商城、鞏縣、正陽、許昌、湯陰、開封、信封、修武。

註釋

1 ▶ 參見羅香林，〈中華民族中客家的遷移和系統〉、《客家研究導論》；《客總會訊》（新加坡）；《江夏淵源》（賀新，〈客家人在中國的分布地域〉收錄《客家源流與分布》，1994）。

湖南省五個縣市：汝城、郴縣、測陽、平江、新田。

湖北省兩個縣：紅安、麻城。

以上十省區的一百八十五縣中，純客縣及基本純客縣共有五十個，其餘均為土客雜處。而雲南、貴州、安徽、江蘇、浙江、新疆及西藏（原西康劃入部分）等省區，均有一些小區域的客家人聚居。【作者附記：有關「河南省」客家問題，據一九九一年考察，發現無客人居住。】

㈡又據廣東《**客家民族研究**》**2**，把廣東客家居住地大體分在東部、中部、南部，概述如下：

1. **東部客家：**發祥地在嘉應州（東區潮梅地方）之說。說客家就聯想幾乎在大埔、梅縣、五華、饒平、惠來、興寧、蕉嶺、普寧、平遠、海豐、陸豐等全部是客家。其他附近的紫金、南澳、潮陽、龍川、揭陽、河源、和平、潮安、連平等相當多，約三十萬戶，算是有二百五十萬人口，同地客家又有好多赴南洋謀生。

2. **中部客家：**由洪秀全鄉裡起，從化、佛岡、清遠、赤溪、乳源、英德、翁源等居住的客家，和土著民對半數，七十二烈士中客家占過半數是出身於此。

3. **南部客家：**廣東省南部的欽廉地方。即防城、欽縣、靈山、合浦、廉江等居住，其數達八十萬。東部的客家多數都欠融和，張發奎、陳銘樞、陳濟棠都是同地方的客家，可說在政界、軍界有相當勢力，其他如海康、遂溪、徐聞、吳川、化縣、信宜、電白、茂名、陽江、陽春大部分是客家。博羅、南雄、始興、寶安等地有三

┈註釋┈┈┈┈┈┈┈┈┈┈┈┈┈┈┈┈┈┈┈┈┈┈┈┈┈┈┈┈┈┈┈┈┈┈┈┈

2▶日本外務省情報部，《廣東客家民族研究》，第二章〈客家人口及其分布狀態〉。

成客家，又海南島諸縣也有客家移住。其他縣少些，但新興、高明、開平、新會、三水、臺山、南海、順得等幾乎也有客家的足跡。

　　㈢侯國隆先生根據縣地方志辦公室填報之數字[3]，廣東省全省七十九個縣（市）包括不帶縣的東莞、中山兩市及潮州（市），查有客家人居住的縣（市）七十二個，它們是：

　　廣州市：花縣、增城、從化、番禺。

　　深圳市：寶安。

　　珠海市：斗門。

　　佛山市：南海、三水、高明。

　　江門市：臺山、新會、恩平、開平、鶴山。

　　汕頭市：普寧、揭陽、揭西、潮州市、饒平、惠來、潮陽。

　　湛江市：廉江、海康。

　　茂名市：信宜、化州、電白。

　　韶關市：仁化、乳源、南雄、曲江、樂昌、翁源、新豐、始興。

　　肇慶市：四會、封開、德慶、新興、懷集、雲浮、鬱南、廣
　　　　　　寧、高要、羅定。

　　惠州市：龍門、博羅、惠東、惠陽。

　　汕尾市：陸河、陸豐、海豐。

　　河源市：和平、龍川、紫金、連平。

　　梅州市：梅縣、興寧、五華、大埔、平遠、蕉嶺、豐順。

　　清遠市：佛岡、連縣、連山、英德、連南、陽山。

　　陽江市：陽春、陽西。

…註釋……………………………………………………………………………………………

[3]▶侯國隆，〈關於廣東客家人分布情況的調查〉，收錄在《客家源流與分布》，頁120～131。

東莞市。

中山市。

廣東全省客家人占99%以上的縣有梅縣、大埔、蕉嶺、五華、平遠、和平、龍川、連平、翁源、新豐等十個縣。此外，興寧占98.2%，南雄占 97.61%，陸河占 97.64%，始興占 96.8%，紫金占98.07%。如果以純客家、非純客家概括的話，這些客家超過95%的縣應歸屬純客家縣，共十五個。沒有客家人居住的縣有七個，它們是：順德、南澳、澄海、徐聞、吳川、遂溪、高州。無客家人的縣，指在農村裡，沒有客家人聚居的村落，但不是絕對沒有客家人在該縣。比如順德縣，估計有二、三百客家人，大都在城鎮的機關、學校、醫院、企事業單位，他們大多數解放後（1949年）大學畢業分配或幹部調動去的。

廣西的住民以壯族爲主體，所以現在稱「廣西壯族自治區」，客家人屬入其中自然比較分散。

㈣**徐杰舜先生民國時期的調查**█，得到這樣的結論：

廣西的信都、賀縣、中山、平樂、陽朔、修仁、榴江、三江、中渡、融縣、宜北、南丹、鳳山、東蘭、河池、羅城、柳城、荔浦、蒙山、昭平、梧州、平南、武宣、貴縣、象縣、桂平、興業、北流、藤縣、鬱林、陸川、博白、橫縣、來賓、遷江、永淳、宜山、柳州、隆山、那馬、武鳴、崇善、寧明、明江、綏淥等四十五縣，均有客家人分布。

客家人自明末清初入桂後，歷經四百餘年的發展，現在約有三百五十萬人左右，是廣西境內漢族中僅次於講白話和桂柳話漢人的

█▶徐杰舜，〈廣西客家的源流和分布〉，《嘉應鄉情報》，1992 年 6 月。

一個支系。目前，廣西的客家人大分散、小集中在桂東南、桂中、桂東北一帶。最集中的一片是陸川、博白、浦北、合浦一帶，人口約有一百四十餘萬人。其次是欽州、防城、靈山，以及以貴縣為中心的鐵路沿線兩個片，人口各有四十餘萬人。再次是賀縣、鍾山、昭平一片，人口約有三十萬人。最後是散布在西江及支流洱江、黔江、柳江、融江等河流沿岸縣市，分別有數萬或十幾萬人的分布點，總數約有百餘萬人。在所有客家人聚居的縣中，以陸川和博白客家人為最多，兩縣的客家人均占居民總數的一半以上。

㈤袁少芬、彭艷（1988）《廣西漢族支系略談》中所記[5]，廣西客家人分布在四十四個縣（市），包括：

邕寧（大塘、定西、那梨）。

橫縣（各鄉鎮均有）。

武鳴（陸斡鄉尙志村）。

賓陽（陳平鄉那榮、石義、亞陵、甘棠鎮南喬、南岸、新村）。

上林（白圩、巷賢、澄太、覃排）。

馬山（周鹿、永州、林圩、古零）。

大化（共和鄉眼圩村屯）。

扶綏（山圩、那派、豈盆、渠培等）。

崇左（和平鄉宜村，新和鎮洞班、蘭山、慶合、新村、太平鎮駄灶，駄盧鎮雷州）。

寧明（城中、海淵、謝良、龍伯、駄龍、亭亮，明江鎮利江村、祥春村，思樂鄉三臺、北岩、那功等）。

龍州（下凍、上龍、水口、上金、靖安、獨山）。

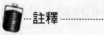

……註釋……………………………………………………………………………………

[5]▶參見袁少芬、彭艷，《廣西漢族支系略談》（1988），「國際漢民族學術討論會論文」。

憑祥（榴利、哨平等村）。

隆安（那桐鎮，浪灣、鎮流、大滕等村）。

大新（檻圩、桃城、龍門鄉武安）。

百色市（華僑農場）。

田林（浪平）。

上思（平福鄉平福、明旺、公安村，在州鄉在州、馱從、平良
　　　村等）。

合浦（公館白沙環城堂排）。

欽州（大寺、小董、那祝鄉土地村）。

防城（峒中鄉、那良鄉）。

博白（全縣各鄉村）。

陸川（全縣各鄉村）。

玉林（南江鄉峒心村、樟木村等）。

北流（民樂、西根、田心、木棉新旺等）。

貴縣（古樟鄉川山村、東龍鎮、山北鄉、大圩）。

桂平（金田、紫荊、龍山山區、東區江口、南木等）。

平南（大安、丹竹、思旺、武林、大新、環城）。

武宣（大嶺、清水、三里、沙安、祿新、太平、東鄉、古立、
　　　田寮、江北、桐嶺、河馬）。

來賓（大灣、良江）。

忻城（守江鄉同良村）。

合山市（里蘭石、東石、河里石）。

柳江（進德、洛滿）。

柳城（東泉、大埔、沙埔、上雷、龍頭、田廠、山頂等）。

融水（三防鎮、大浪鄉竹瓦村）。

融安（大巷鄉河勒、上木寨、小洲、木樟、花安）。

荔浦（青山、松林、荔江、茶城、杜莫）。

恭城（栗木、蓮花鄉蒲原等）。

陽朔（高田鄉、莫村、蒙村）。

蒙山（西河、新圩、文圩等鄉）。

昭平（樟木林鄉，鳳凰、鞏橋）。

富川（白沙、富陽、古城、祿利、石家、葛城、朝東、城北、
　　　柳家）。

鍾山（清塘、英家、望高）。

賀縣（黃田、沙田、蓮塘、永慶、桂嶺、公會、鵝塘）。

　　㈥四川的客家人是在清代中葉從廣東遷來的，主要來自廣東粵北的韶關，粵東的龍川、興寧、五華、梅縣等地。客家人分散在四川各地，如川西的成都市（郊區東山一帶）、雙流、新都、溫江、金堂、新津、廣漢、什鬱、彭縣，川北的儀隴、巴中、通江，川中的廣安，川南的簡陽、資中、威遠、隆昌、榮昌、富順、合川、瀘州、宜賓以及涼山州的西昌等二十多個縣市**6**。

　　㈦**福建省**主要通行於長汀，連城、上杭、武平、永定、清流、寧化、明溪等縣。此外，南靖縣的曲江，平和縣的九峰、長樂，詔安縣的秀篆、官陂，龍岩西北部的萬安（舊名溪口鎮）等地說的也是客家方言**7**。

　　㈧**江西省**主要通行於南部的興國、寧都、石城、瑞金、會昌、尋烏、安遠、定南、龍南、全南、信豐（不包括縣城嘉定鎮和部分

……註釋

6▶參見崔榮昌，〈從四川客家方言島談起〉，四川《龍門陣》，1984 年 6 期。

7▶《中國大百科全書》（1988），頁 237～242。

農村）、大餘、崇義、上猶、南康、贛縣、于都等十七個縣和西北部的銅鼓縣。此外，廣昌、永豐、吉安、泰和、萬安、遂川、井岡山、寧岡、永新、萬載、宜豐、奉新、靖安、高安、修水、武寧、橫峰的部分鄉鎮均講客家方言**8**。

（九）**湖南省**主要通行於攸縣、茶陵、酃縣、汝城，桂東等縣的某些鄉村，其次通行於瀏陽和平江縣的某些鄉村。江永、江華等地也有少數人說客家方言**9**。

（十）**臺灣省**主要通行於北部桃園、新竹、苗栗大部分地區，屏東、高雄六堆地區和高雄縣的美濃鎮等地，花蓮、臺東部分地區，臺中東勢、雲林二崙和崙背、南投國姓，及宜蘭壯圍、冬山、三星等地。可分成：

1. **四縣話：**以苗栗及屏東六堆為主，來自梅州的興寧、五華（長樂）、平遠、蕉嶺（鎮平），所以稱為四縣。今梅州除前舉四縣外，還包括大埔、豐順、梅縣、梅州。

2. **海陸話：**以新竹縣市為主，來自廣東海豐、陸豐、河源、揭西、揭陽各縣，但以海豐、陸豐為主，所以稱海陸話。

3. **饒平話：**分布新竹芎林、六家、桃園中壢、苗栗卓蘭等地。來自廣東饒平縣。

4. **詔安話：**分布雲林縣西螺、二崙、崙背鄉，來自福建詔安縣。

除上述地區的漢族居民使用客家方言外，福建、浙江、江西、

註釋

8▶《中國大百科全書》（1988），頁237～242。
9▶《中國大百科全書》（1988），頁237～242。
10▶中國語言學大辭典編纂委員會，《中國語言學大辭典》（1991），頁515，江西教育出版社。

買加；一萬至十萬人者有加拿大；萬人以下者有巴西、圭亞那、古巴、蘇里南、巴拿馬、阿根廷、厄瓜多爾、委內瑞拉、智利、多米尼加、墨西哥、哥倫比亞、瓜地馬拉、玻利維亞等。此外，歐洲、非洲和大洋洲也有部分客家人，其總人數約在十四萬人左右。

第二章

臺灣客家的入墾與分布

羅肇錦

　　客家人入臺以後，如何遷徙演化，典籍記載頗豐。我們先來了解以前學者對客家歷史的基本看法以後，再來做細部的調查分析。首先劉南彪先生在《臺灣客家小考》中對客家分布的說法，給客家在臺灣的入墾，有梗概的說明：「客家人大量東移遷臺，是在清康熙二十年以後。尤其在清康熙三十年代以後，不少首批遷臺的嘉應州屬客家人逐漸南下，前往今屏東高屏溪東岸及東港溪流域墾居。他們在原籍的鄉親，紛紛前來。他們有的仍走官道，有的則直接從韓江口備小港偷渡至臺灣，到高雄前溪、鳳山等港口，再由小船接運登陸，而後徒步到達目的地。這是客家人最早的東移臺灣的路線。」

　　後來，由於朱一貴作亂（康熙六十五年，1721），臺灣鳳山各地客家人組織「六堆義軍」協助平亂，有功清廷。因此，清政府才放寬粵籍人遷臺的限制，使客家人遷臺不再受歧視。不僅嘉應州屬各縣，且有潮州、惠州二府所屬的各縣，均有不少客家人陸續遷臺。以後到了雍正、乾隆年間，除粵東三府屬者外，還包括有福建汀州府屬的客家人。這些人大都是在本籍窮困潦倒，無以為生，才不得已冒險出外謀求生計，從不同的海路，以不同的方式（官准或偷渡）到達臺灣各港口，而後散居各地，墾居安家。

　　大致說來，客家人東遷臺灣的時間，開始在康熙二十年代，盛於雍正、乾隆年間。這些客家人，以嘉應州屬（包括鎮平、平遠、興寧、長樂、梅縣等縣）的客家人占最多數，約占全部客家人口總數的二分之一弱。其次，為惠州府屬（包括海豐、陸豐、歸善、博羅、長寧、永定、龍川、河源、和平等縣）的客家人，約占四分之一。再其次，為潮州府屬（大埔、豐順、饒平、惠來、潮陽、梅陽、海陽、普寧等縣）的客家人，約占五分之一強。而福建汀州府屬（包括永定、上坑、長汀、寧化、武平等縣）的客家人較少，約

占十五分之一。

　　下面分北區、中區、南區、東區四個部分加以說明。

第1節　大臺北區客家的入墾與分布

　　客家族群入墾臺灣北部，始於康熙年間，根據戴炎輝先生的說法，臺北、宜蘭一帶地方，「閩籍多而粵民微不足道」（戴炎輝，1979），直指客家人在臺灣北端開發的非常少。但是，代表客家人開發的守護神三山國王廟，在宜蘭地區卻多達二十七座，與中部客家開發區的彰化縣多達三十四座，同樣開發早，三山國王廟多；而號稱臺灣客家人聚集最多的縣份桃竹苗地區，卻三山國王廟極少，如新竹縣只有十三座，苗栗縣四座，桃園縣一座都沒有，屏東縣二十三座。這是為什麼？

　　一般而言，論者都承認三山國王是客家來臺開墾的守護神，因為三山國王為廣東省揭陽縣河婆崙的明山、獨山、巾山的山神總稱，所以來臺開墾時拜三山國王的，以潮州饒平、漳州詔安等鄰近縣的客家人為主。翻開史籍記載，康熙年間來臺開墾，以潮州的大埔、饒平和漳州的詔安、平和、南靖最多。這些來臺開墾的潮州、漳州客，主要分布在宜蘭、桃園、臺中、彰化、南投、雲林、嘉義、屏東為主，他們早期都以三山國王為守護神，所以各地都建了許多的三山國王廟；而桃竹苗一帶的客家，大都是乾隆以後來臺的，他們在原鄉並不拜三山國王，所以建廟很少。屏東多閩西及潮州大埔人移墾，與苗栗大都是四縣人並不相同，所以屏東多三山國王廟，也有義民廟。這些拜三山國王的潮州、漳州客，由於械鬥頻繁，又處於強勢泉州人的範圍，終至慢慢放棄自己的母語，變成只

說閩南語的福佬客。於是客家文化語言只得以梅州四縣客及惠州海陸客為代表，事實上梅州、惠州客只能代表乾隆以後的客家文化，代表後來拜義民的客家文化。

　　因此戴炎輝先生的說法只以梅州及惠州客才是客家入手，沒有把潮州及漳州客納入，也沒有思索過三山國王的問題，當然臺灣北部開發史上，客家所扮演的角色更微不足道了。倒是尹章義[1]先生的說法較合乎真實，他援引康熙五十六年（1712）所修的《諸羅縣志》[2]〈兵防志‧陸路防汛門〉中的記載：

　　　大抵北路之內憂者二，曰土番，曰流民……汀漳與潮州
　　接壤，明季數十年，汀被潮寇者十有一，漳被潮寇者十有
　　六，而饒寇之張璉，程鄉之李四子，至於攻破城邑，洗蕩街
　　坊，兩郡記載，班班可考也……今之流民大半潮之饒平、大
　　埔、程鄉、鎮平、惠之海豐，皆千百無賴而為一莊。

於是得出康熙末期臺灣中北部的開拓者「大半」是客家人的結論。

註釋

[1] 尹章義對北部客家的移墾遷徙有獨到的看法，尤其對福佬客地區的指證，常有驚人之說，曾引起部分人士的非議，但從近幾年的調查結果看來，尹先生所言不虛。參見尹章義《臺灣開發史研究》（1989），聯經出版事業公司。

[2] 見《諸羅縣志》卷七〈水陸防汛〉，頁115～129。作者周鍾瑄在康熙五十六年（1712）任諸羅縣知事時，感於土番流民之難抑，特加按語以誌之，末云：「今流民大半潮之饒平、大埔、城鄉、鎮平，惠之海豐，皆千百無賴而為，一莊有室家者百不得一。」這些流民的造成，皆因施琅時嚴禁粵籍人攜眷來臺，有以致之。

　　尹章義（1989）**3**對客家人開發臺北史、客家族群在臺北盆地的分布情況，以及全省各地三山國王廟的分布和建廟年代，均有詳細的研究。他從新莊地區的三大寺廟：關帝廟（乾隆二十五年建，1760）和廣福宮（乾隆五十四年建，1780）──都出於客家人之手，以及最古老的慈佑宮（雍正九年建，1731）──也和客家人有相當密切的關係，並他所蒐集到的「老字據」等等，指出新莊平原大部分地區是客家人開墾的。

　　尹章義**4**指出，新莊平原在開墾初期（康熙末期及雍正年間）由先住民的漁獵經濟轉變成漢人農業經濟型態的過程中，先住民曾經因而獲得相當大的經濟利益。但由於初期時待墾地廣大，缺乏勞動力，因此，不同族群之間並無明顯的利害衝突，以致形成「莊社雜居」（閩、粵等各籍漢人的墾莊和先住民各支社）和「家戶雜居」（同一墾首之下有不同籍的墾佃）。但開發完成後，閩粵移民即由於戶籍造冊規費問題而產生摩擦，乾隆中期（26～37）更由於開鑿灌溉渠爭奪水源而形成對立緊張的局面。乾隆四十五年（1780）的三山國王廟（廣福宮）則是「群體意識」對立的象徵。

　　乾隆五十一年（1786），林爽文事件爆發，臺北地區的客家人和泉州人幫助政府平亂而與漳州人對立，次年五月發生「分莊互殺」的鬥爭。嘉慶年間，葛瑪蘭（今宜蘭平原）的開發，移轉了臺北地區漢移民的注意力，舒緩了各籍漢民的對立情勢。但道光六

───**註釋**───────────────────────────────

3▸以前對潮州客家人、漳州客家人在臺灣的歷史，所知甚少，至今一般人的印象中潮州人與漳州人總無法與客家溝連在一起。見尹章義《閩粵移民的協和與對立──以客屬潮州人開發臺北及新莊三山國王廟的興衰史》（1989）的研究。

4▸尹章義，《臺灣移民開發史上與客家人相關的幾個問題》（1991），頁261～262。

年，今苗栗中港溪一帶的閩粵械鬥，重燃對立的戰火。道光十四至二十年（1834～1840）新莊平原上的漢移民經過長達六七年的纏鬥之後，大部分的粵人才變賣田業遷移到今天的桃竹苗一帶富產樟腦、茶葉的粵籍移民區。此後到清末，臺北一帶成為漳泉人互鬥的形勢[5]。

尹章義雖然從新莊地區的三大寺廟和他所蒐集到的「老字據」宣稱，新莊平原大部分地區是客家人開墾的，也把客家族群之所以遠離臺北到桃竹苗，解釋為嘉慶和道光年間整合運動的結果[6]。但他更早時卻已承認，自己所蒐集到的「胡焯猷、林成祖、劉和林和張必榮等人的佃戶名冊中，雖有詳細的田畝紀錄，卻沒有籍貫紀錄」，而且「嘉慶、道光以後的移民整合運動，客屬移民大抵都遷往他處，相關史料的蒐集倍增困難」[7]。

這些問題都為大臺北地區的客家史研究留下了很大的空間：究竟在有清一代，客家族群在大臺北地區是如何發展他們的聚落？為什麼會遷居他處？那時的客家族群有多少遷居到桃竹苗？為什麼要遷居桃竹苗？等等問題，都有待我們從各種文獻證據或田野調查中再重新釐清其中的過程[8]。

註釋

[5]▶ 乾隆中期爭奪水源，乾隆四十五年以後三山國王廟代表客籍墾區，形成族群對立；乾隆五十一年林爽文事件以後，粵籍客家人與泉州人幫助政府平亂，而與漳州人對立；直到吳沙調和漳州、泉州及粵客一起開墾葛瑪蘭以後，才紓解對立的景況。參見蔡采秀〈臺灣北部的客家聚落分布〉（1998）。

[6]▶ 尹章義，《閩粵移民的協和與對立——以客屬潮州人開發臺北及新莊三山國王廟的興衰史》（1989）。

[7]▶ 尹章義，《閩粵移民的協和與對立——以客屬潮州人開發臺北及新莊三山國王廟的興衰史》（1989）。

[8]▶ 蔡采秀，〈臺灣北部的客家聚落分布〉（1998）。

　　在清代雍正元年，因淡水地方日益重要，而增設了淡水廳和彰化縣。到雍正九年，把大甲溪以北都歸淡水廳管轄，當時的淡水廳包括了今天的臺灣北部後山（即宜蘭、羅東）以外的地區。嘉慶十七年又設葛瑪蘭廳；光緒元年，在臺灣北部增設臺北一府，管轄淡水、新竹、宜蘭三縣及基隆一廳。光緒十三年，從新竹縣分出苗栗縣，以中港與中港溪上游之南港溪爲新竹和苗栗二縣的縣界**9**。

　　如果再參照《諸羅縣志》有關客家莊的記載，當時各莊佃丁，山客十居七八，靡有室家，漳、泉人稱之曰「客仔」。客稱莊主曰「頭家」。「頭家」始藉其力以墾草地，漸乃引類呼朋，連千累百，飢來飽去，行凶竊盜，「頭家」不得過而問矣。由之，轉移交兌，「頭家」拱手以聽，權盡出於佃丁。照此看來，當時山客在各莊佃丁中占十之七八，同時，也說明了客家族群「引類呼朋」的群聚特性使他們得以在佃耕的過程中掌握佃權。

　　另外，藍鼎元在《鹿州奏疏》內的〈經理臺灣疏〉中也指出類似的情形：

> 　　臺民素無土著，皆內地作奸逋逃之輩，群聚閭處，半閩、半粵。粵民全無妻室，佃耕行傭，謂之「客子」，每村落聚居千人、百人，謂之「客莊」。客莊居民，結黨尚爭，好訟樂鬥，或毆殺人，匿滅蹤跡，白晝掠人牛，莫敢過問，由來舊矣。

從這個說法看來，就族群的比例而言，當時是「半閩、半粵」的對立形勢，而且其中半閩的人口中，還包含了漳州與汀州客也在半閩

註釋

9▶洪敏麟，《臺灣堡圖集》（1969），臺灣省文獻會。

之中，如此一來大臺北的開發，客家人占了絕大的優勢比數。

　　然而，如此多的客家族群，何以後來都消失無蹤？原因在於客家話差異性很大，不管漳州或潮州客家話都與梅州、惠州客家話不相類屬；加以當地人並不稱自己是客家人，只以所住地來稱呼：漳州人說他們說的是漳州話或福建話（即閩語），潮州人說他們說的是潮州話（也稱廣東話），唯有梅州人才被稱客家人，梅州話才叫做客家話。職是之故，層出不窮的械鬥事件以後，住在大臺北地區的客家人往桃竹苗轉移；所剩多種次方言不盡相同的客家人，就因泉州人的一致性較高，而慢慢的改說泉州閩南話，因此大臺北地區變成閩語的天下。一般研究者不查其中原委，自然會說成「閩籍多而粵民微不足道」了。

　　總的來說，清代從大陸遷徙來臺定居大臺北區的客家人分布很廣，而且以福建省汀州的永定、武平，漳州的詔安，廣東省潮州府的饒平、大埔，嘉應州各地人爲多。根據尹章義（1989）、戴寶村、溫振華（1998）、吳中杰（1999）的調查，分：㈠南部新莊、泰山、土城、三峽、樹林、鶯歌一帶；㈡北部淡水、三芝、石門、萬里、金山等地；㈢東部貢寮、汐止、平溪一帶；㈣西部八里、林口、蘆洲、五股、三重等地；㈤中部板橋、中和、永和、新店、深坑、石碇一帶；㈥中心臺北市區；㈦基隆市一帶等七個區域加以說明：

一、南部新莊、泰山、土城、三峽、樹林、鶯歌一帶

　　汀州永定胡姓建立了新莊街的關帝廟和泰山的明志書院，墾地延伸到丹鳳、迴龍；至今仍爲泰山的望族。潮州府則以饒平劉姓爲主，在新莊建立三山國王廟。根據《泰山鄉志》顯示，泰山鄉十四個世居大家族之中，有五個屬於客籍，他們依次是：永定胡姓、大埔黎姓、饒平林姓、梅縣鄧姓、陸豐張姓（尹章義，1989）。鶯歌鎮阿南坑、阿西坑的李姓，中湖、東湖里的游姓都是漳州詔安客所開

墾。土城埤埔里爲詔安游姓墾地。樹林則有嘉應州長樂鍾姓入墾柑園、西園等里；山佳里黃姓屬客籍，家族遍布新莊、迴龍地區，後來部分搬往竹北；彭厝里則爲陸豐彭姓開墾。三峽白雞里有詔安客李姓入墾，龍埔里有饒平劉姓入墾。以今天的地理分，土城的大安寮、清水里，三峽的大埔里，鶯歌的建德、鳳鳴、中湖、東湖，樹林的東園、北園、西園、柑園、彭厝等地，都是客籍較集中的地方。

二、北部淡水、三芝、石門、萬里、金山等地

清代客家移民以福建汀州府爲主，其中永定縣江、胡、蘇、李、徐、游、花、鍾等姓氏爲多，江姓人口尤多，另外武平練姓、上杭華姓；其次，漳州府方面，有詔安官陂客家謝姓；潮州府有饒平許姓，後來家族多數遷往中壢過嶺。這些來臺後裔今天還找得到痕跡的，如三芝鄉八賢、古莊、新莊等地仍有不少永定江姓子孫，二坪有江姓和詔安謝姓，茂長有詔安謝姓和上杭華姓，興華村多饒平許姓；石門鄉乾華和山溪多武平練姓，淡水鄧公里一帶則有永定江、胡、蘇、徐、游以及武平練姓等六個家族；金山鄉的金包里、頂中股，萬里鄉加投、國聖等地，也有不少客家人入墾。

三、東部貢寮、汐止、平溪一帶

清代貢寮客家移民以梅州吳姓爲主，集中在龍門、仁里、五美等村（戴寶村、溫振華，1998）。汐止市的峰仔峙、平溪鄉的東勢村，都有客籍入墾。

四、西部八里、林口、蘆洲、五股、三重等地

清代有汀州永定胡姓組成的「胡林隆」及饒平劉姓的「劉和林」二大墾號開墾五股、觀音一帶水源豐沛的地帶，墾地一直延伸到頭重埔（今三重市頭前里）。五股大廟西雲岩寺就是永定胡家所

建。蘆洲和五股之間（今爲二重疏洪道），原有羅古莊，又名古屋莊，爲客籍羅、古二姓所建立，清末遷往彰化鹿港、福興（尹章義，1989）。林口鄉頂福村則有嘉應州興寧縣陳姓入墾。

五、中部板橋、中和、永和、新店、深坑、石碇一帶

　　清代客家移民以來自廣東大埔縣的「廖簡岳」墾號爲主，從景美入墾新店、深坑。板橋、中和、永和是汀州府永定縣江姓聚居之所（戴寶村、溫振華，1998）。石碇有永定村是汀州府永定縣游姓入墾所建。其他，板橋的湳興里，中和的南勢角（詔安秀篆的呂、游，永定的江姓），新店的大坪林、安坑、頭城、二城（詔安官陂廖、秀篆游）、三城、四城、五城，深坑的頭重溪，石碇的永定坑、客人寮等地，都是客籍較爲集中的地方（吳中杰，1999）。

　　日據時代客家移民，從桃竹苗、屏東六堆移往花東爲主，但也有部分移往臺北縣，如一九二〇至三五年間移入板橋、新莊地區的客家人較多，約占該區人口 1.6%。以祖籍廣東的漢人爲主（戴寶村，1998）。另外不少桃竹苗客家人搬到新店的大坪林，和三峽郊區的竹崙、竹坑、大寮等里，也有部分搬到瑞芳的九份、金瓜石。

　　民國以後，臺北縣客家居民最初以烏來、三峽、新店爲多（陳紹馨，1956），後來以祖籍廣東的客家移入最多（1966 年統計），依序以烏來、三峽、三重、永和最集中，其中三重市聚集不少桃竹苗客家移民。雲林縣詔安客的移民也很可觀，大都從二崙、崙背、西螺搬來。一九八〇至九〇年間，以苗栗縣移入北縣的人口最多，按比例推算約有七萬左右，以中和、永和爲集中地；其次是桃園縣移民，集中於鶯歌、林口；再其次是新竹縣，也集中在中和及永和。總計到一九九〇年爲止，中和、永和以及新店爲近來客家城鄉移入人口較多的地區（戴寶村、溫振華，1998）。

　　以上所舉的鄉鎮地名是從清代到現代客家人遷入聚居的情況，

可以想見他們初到北縣時，所使用的語言一定是客家話，後來因為附近閩南語愈來愈多，變成閩南人而不自知。我們從一些地名可以了解，如：淡水有鄧公里、鄧公路，是來自於汀州客家守護神定光古佛——永定客語稱「定光」為 t'en⁵⁵ kong²²，因而當地閩南人依據其發音，稱呼定光佛廟為「鄧公廟」（tenn¹¹ kong³³ mio³³），鄧公里地名也因此而來。可知「鄧公」實屬誤寫。

另外在神明名稱上，三芝一帶有「定光古佛」、「東峰公太」等永定帶來的鄉土神明稱謂，其中「東峰公太」明顯是客語的特色（因為永定客語稱祖父為「阿爹」，曾祖父為「阿太」，高祖父為「公太」；吳中杰，1999）。而石碇鄉有「永定坑」、「永定溪」是以祖籍名當地名，石碇「客人寮」更以族群名稱當地名。當然民國以後桃竹苗來北的客家人，三十歲以上大都還會說客家話，但三十以下則客語日漸消失或說不完整了。

六、中心臺北市區

有清一代在臺北市發展的客籍人士以文山區的萬盛（今萬盛街）一帶，為廣東大埔縣「廖簡岳」墾號的根據地，墾地往北擴展到今天的大安區長興街、舟山路臺大校區一帶，往南到萬隆（今羅斯福路五段），並越過景美溪，到達新店方面。萬華區興德里原名「客仔厝」，現在當地的居民認為是「客棧」之意，極力否認跟客家移民有關係（吳中杰，1999）。

日據時代一九二〇至三五年間以市內（今城中區）、七星（今士林、北投區）地區移入的客家人較多，約占該區域人口 1.6%（戴寶村、溫振華，1998）。日據後期，桃竹苗客家移民搬往大安區三張犁（忠孝東路、光復北路口一帶）、六張犁（基隆路、和平東路口一帶），楊梅張姓等移入坪頂（士林區平等里）。內湖區名剎金龍寺，為日治末年竹東客家移民主持興建。

　　日本時代的客家移民已經被後來的移民層稀釋，如泰順街數十戶客家人，湖口鄭家一九三〇年代就到該地定居，其他都是光復以後的移民。

　　民國以後移入臺北市的客家移民，依陳紹馨、傅瑞德的統計（1956），以大安、城中、古亭、中山區客籍人口較密集，約占全市3.5%，一九六六年統計則占 6.7%。一九七〇至八〇年間，以桃園縣民移入北市者為最多，其次是苗栗縣；依照鄉鎮別則以中壢市移居北市的人數最高。一九八〇至一九九〇年間，桃園縣移入北市的人口集中在古亭區，新竹縣集中在大安區，花、東二縣的移民以在南港、內湖最多（戴寶村、溫振華，1998）。按街道來分，以克難街（今萬青街）、南昌街、羅斯福路、同安街、廈門街、泰順街、通化街、臥龍街、嘉興街、吳興街及虎林街、合江街、五常街、長春路、塔城街等等，都是現在客家人比較密集的地方。這些客籍鄉民，以桃竹苗為大宗，其次臺中東勢、高屏六堆、花東等區移入。另外帶有特色的街區是同安街多為桃園中壢、平鎮、龍潭移民；通化街多為新竹新埔、關西、竹東移民（古秀如，1998）。一九四九年以後來臺的大陸客，從他們所設立的同鄉會址來看，也以臺北市為最集中，且多數在羅斯福路、汀州路。

　　這些客家移民在臺北並未形成真正的客語社區，因為與閩南、國語區交雜在一起，所以客家話消失得非常快，三十歲以上的還說客語，但第二代就岌岌可危了。普遍觀察臺北市的客家話現象，四十歲以上客家移民之間還使用北部四縣或海陸話。由於移民時間絕大多數不超過五十年，臺北與桃竹苗原鄉距離接近，往來尚稱頻繁，因此北市目前使用的客家話，和桃竹苗的客語沒有什麼差別，並未形成地方的特色。

七、基隆市一帶

　　基隆及大臺北地區客家族群入墾基隆及大臺北地區，都是從家鄉被招募來臺從事佃耕。康熙二十四年，泉人陳瑜入墾三峽，由南部招佃來拓墾，多爲福建的南靖人，故鶯歌有南靖里。以竹塹地區萃豐莊業戶的祖籍來看，像汪仰詹（即汪祺楚墾號）、曾益吉、曾龍順、曾通記、鄭吉利以及陳源泰等也都是來自泉州。

　　如果再根據《臺灣通志》的記載，乾隆五十二年，林爽文之亂時，淡水已失，獨存艋舺一隅。當時徐夢麟任淡水同知，召集義民平亂，分布在北路自石湖、金包里、七堵、八堵、三貂等地的漳、泉、粵人民，因爲分莊互殺而曾受到徐夢麟開諭禍福而就撫。這至少說明，到乾隆五十二年時，漳、泉、粵三籍的人民還是勢均力敵的同時存在於今天的基隆、臺北一帶。

　　根據光緒八年（1875）的《淡新檔案》，屬於大臺北地區的大加蚋保、拳山保、芝蘭保、擺接保、海山保、興直保以及石碇保等七保中，客家族群在拳山保六莊占有28%，主要分布在大坪林莊和頭重溪溪莊；芝蘭保一十八莊占有25.35%，分布在毛少翁社莊、淇里岸莊、北投莊、嘎嘮別莊、雞北屯莊以及長潭堵莊；擺接保五莊占有 27，66%，分布在冷水坑莊；海山保九莊占有 13.7%，分布在柑園莊。

　　到了日治時期，根據一九〇五年的《臺灣在籍漢民族鄉貫別調查》，客家族群在大臺北都會區的基隆市占有23.70%，淡水的三芝莊占30.2%，石門莊占7.04%，海山郡的中和莊占8.89%，土城莊占4.42%，三峽莊占3.42%，板橋莊占2.98%，鶯歌莊占1.99%，七星郡的松山莊占1.47%，平溪莊占1.37%，臺北市占1.23%──這些數據顯示，基隆和淡水在清末日治初期時，聚集了相當多的客家族群[10]。

　　因此，大臺北地區的客家族群應該不是在「嘉慶、道光以後的

移民整合運動，客屬移民大抵都遷往他處」。而且，日本據臺後，「閩粵之間、漳泉之間今仍相卑」的現象還是普遍存在的話，那麼，理論上，客家族群即使在嘉慶、道光以後，應該還是有相當數量，才能和閩人之間可以「相卑」。

事實上，基隆和大臺北地區即使到割臺以前，的確仍有非常多客家族群居住在附近。一個明顯的證據是，在一八九五年的乙未之役，日軍之所以能夠攻陷基隆，主要是廣勇和臺勇之間的內訌造成獅球嶺的失守[11]，甚至直到今天，基隆的獅球嶺附近仍有非常多客家族群居住。

大臺北地區的開拓早在康熙初年即已開始，甚至有客家族群在順治年間即已來臺的族譜記載[12]。淡水河以南的大漢溪下游流域，包括八里、泰山、林口、五股、新莊等地，在康熙末年即有閩粵人來此耕番地。雍正初年，由於新莊、艋舺間開始舟渡，該地區急速發展而成為整個大臺北地區的水陸交通中心；閩粵移民被雇用為佃農所開墾的區域集中在新莊。到雍正十一年，淡北和南部之間的交通經南崁海岸、龜崙嶺，越坪頂高地的西麓，到八里堡，沿淡水河上溯至新莊的道路，陸續開築完成，使乾隆年間由南部北來的客家族群更日見增多。水路交通的便利對當時客家族群所入墾的地區，是一個重要的決定因素。雍正年間，除了大漢溪下游流域之外，板

註釋

[10] 從所占百分比數可以知道，日治時期大臺北客家本來以淡水、三芝、新莊和基隆比例最高，為何後來幾乎消失，值得深入追討答案。參見戴寶村、溫振華，《大臺北都會圈客家史》（1998），臺北市文獻委員會。

[11] 參見許佩賢譯，《攻臺戰紀：日清戰史·臺灣篇》（1995），臺北遠流出版社。

[12] 連文希，〈客家人入墾臺灣地區考〉，《臺灣文獻》（1971）23（2），頁21～23。

橋、土城、三峽、樹林、鶯歌等海山地區也因為大漢溪的地緣關
係，不斷有客家族群入墾；而入墾石碇附近的客家族群也是由淡水
溯基隆河，在汐止上陸。乾隆初年，到大臺北地區墾拓的客家族群
除了到大漢溪下游流域，也同時在淡水、三芝、石門等處開始墾拓
事業。

　　如前面所提到的，這些客家族群即使到乾隆末年時，都仍和
漳、泉二籍民人一樣的散布於基隆和大臺北地區一帶。即使經歷乾
隆、嘉慶、道光三代的族群械鬥，部分沒有遷居留在今天的臺北市
和臺北縣，也就是今天所謂大臺北都會區的大部分地區，以及基隆
的小部分地區，包括現今臺北附近的八里、泰山、林口、五股、新
莊（以上屬興直堡）、淡水、三芝、石門（以上屬芝蘭堡）、土
城、三峽、樹林、鶯歌（以上屬海山堡）、平溪、汐止、瑞芳（以
上屬石碇堡）、景美、木柵、石碇、新店、深坑（以上屬文山堡）、
金山和萬里（屬金包里堡）等地的客家族群則被同化成福佬客[13]。

　　光緒年間，基隆砂金的開採吸引不少客家族群的人力。金礦的
開採原本在雍正、嘉慶、乾隆三代，由於土地初闢，三籍民人均以
農為生，而且，清人對於採金的態度初期是採取聽民開採的政策，
並未引起民間的注意。但自光緒十六年在基隆河中游發現砂金礦苗
後，邵友廉為了在臺灣開源以紓財政經費之困，在基隆河設立金砂
局。朝野間一時注意到砂金礦為一重要利源，盜採砂金也成為官方
難以禁絕的流弊。由於當時的砂金是分布在基隆河兩岸，雖然居住
在兩岸的多為安溪人，但擁有採金技術的人卻是粵籍的路工[14]，因

🗑️ 註釋

[13]▶ 參見施添福著，《清代在臺漢人的祖籍分布和原鄉生活方式》（1990），
　　頁 167～168。陳運棟，《臺灣的家人》（1993），臺原出版社。
[14]▶ 唐羽，〈清光緒間基隆河砂金之發現與金砂局始末〉，《臺灣文獻》（1985）
　　36 期。

此，頗多客家族群投入採金的工作。砂金在當時取代了土地，成爲漳泉粵三籍民人競相謀利的對象，以致臺灣巡撫邵友廉必須規定「准由本地殷實業戶雇工淘洗」。官方除立札嚴示本地以外，還行文及於漳、泉、潮、嘉等來臺移民之原籍地，揭櫫金砂局的設立是在爲臺灣開闢財源，並預防再次造成「墾民」渡臺的風潮。砂金的開採說明了，客家族群何以在清末、日治初期聚集到基隆、淡水等大臺北地區。

後期基隆市客家移民情形沒有資料可以追索，但依據一九五六年陳紹馨、傅瑞德的統計，基隆客家居民以暖暖區所占人口比例最高，而以中山區人口最集中。目前基隆客家人口透過當地同鄉會了解，應有三萬人，多從桃竹苗搬來。

第 2 節　桃竹苗區客家的入墾與分布

桃竹苗區的開墾一般都認爲是客家的大本營，從清康熙以降，就陸陸續續有潮州、漳州、梅州、惠州、汀州人客籍人士移墾此地區。乾隆年間，梅州、惠州人士更大量移入，因此後來桃竹苗區，變成以梅州、惠州人爲主體的四縣話和海陸話占極高優勢；其他各州的饒平話、永定話、南靖話、詔安話等，都慢慢被四縣和海陸所吞併或被閩南話所同化。

有些研究指出，客家族群是在經歷了乾隆、嘉慶和道光三代的族群械鬥以後，退居到桃竹苗地區。但是，桃竹苗地區的開墾歷史卻顯示，這個地區的客家族群卻不完全是由基隆和大臺北地區移入的。

今天所謂的桃竹苗地區在清代，分別屬於臺北廳的桃澗堡和竹

北二堡，以及新竹廳的竹北一堡、竹南一堡、苗栗一堡以及苗栗二堡。在日治時期的州郡制度下，都屬於當時的新竹州，包括新竹市、竹東郡、竹南郡、苗栗郡、大湖郡、中壢郡、桃園郡以及大溪郡。

　　在康熙三十五年以後的五年之間，臺灣北路發生一連串的騷動，先是吳球謀亂，之後有吞霄（今通霄）、淡水土官以及劉卻的動亂，於是，在康熙四十九年設淡水分防千總，增大甲以上七塘。當時，開墾之民眾已過半線大肚溪以北了。此後，流動頻繁，無論南日、後壠、竹塹、南崁所在都有[15]。

　　客家族群入墾新竹地區的時間，則是在雍正初年置淡水廳以後，由西北部的紅毛港地區開始，再向南擴及全區。開發年代始於雍正三年，盛於乾隆年間，至道光時達到極盛[16]。竹塹地區保留區主要是由熟番和客籍移民所組成，社番雖貴為業主，但其力不足以控制為數眾多的客籍墾佃和耕佃，亦屬於一個純客地區。隘墾區的墾戶、隘首、墾佃或隘丁等人，除熟番外，大都為客籍移民，少有閩籍插足其間，可以說是一種純客的移墾社會[17]。

　　其次，入墾苗栗地區的時間，有人認為是在乾隆初年以後，至乾隆中末葉而漸盛，其後歷經嘉慶、道光二世，隨著墾務日漸擴展，客家族群移居該地區的日漸增多。但也有人認為，有些客家族群所入墾的地區，由於位於沿海平原，交通較方便，所以客家族群的入墾苗栗較早。至於桃園地區，早在康熙二十三年平臺以後，就有閩粵居民來此開拓。早期的拓墾僅限於交通便利、地勢平坦的沿

註釋

[15]▶周鍾瑄，《諸羅縣志》（1985），頁110，臺北：宗青圖書有限公司。

[16]▶參見連文希，〈客家入墾臺灣地區考〉，《臺灣文獻》（1971）23（2），頁12。

[17]▶施添福，〈清代臺灣竹塹地區的土牛溝與區域發展〉，《臺灣風物》（1990）40（4），頁54。

海平原，直到乾隆中葉以後才有全面性的拓墾。苗栗地區的拓墾也有人發現是在康熙二十三年，清廷一統治臺灣，即有閩粵一帶的墾民開始零星的渡海到苗栗開發濱海地區[18]。

　　因此，從開拓的空間秩序而言，北部近海的南崁、竹圍、苗栗及其內陸的桃園一帶最先開發，之後才漸及中、南部，至於西部的楊梅、中壢地區，則是遲至乾隆末葉才有興盛的拓墾事業。日人伊能嘉矩在《地名辭典》中就指出，苗栗地區有粵人邱姓與閩人林、張二姓在康熙四十年，墾闢三日堡日南、三十甲莊等一帶，所以苗栗地區的移墾和臺中地區客家聚落的入墾區域，有相當程度的重疊，都屬於大甲和大安地區。

　　就理論上而言，遠在乾隆、嘉慶、道光之前的雍正年間，位於今天桃竹苗的竹塹地區如果是很少有客家族群聚住此處，那就不會有閩客攜手合墾而設立的「墾區莊」——萃豐莊；而道光年間在經歷了械鬥衝突之後，更不會有閩客共同籌組資金所組成的金廣福了。

　　從桃竹苗地區的開拓歷史來看，客家族群較之漳、泉兩個族群還晚進入這三個地區從事拓墾事業。原來為平埔族道卡斯族生存活動的竹塹社，從雍正中期到乾隆初期，除少數熟番自耕社地外，全部落入漢業戶手中，成為閩粵墾佃拓荒置產的新天地。乾隆年間，竹塹社協助清廷平亂，獲准設立采田福地，並有乾隆二十五年新頒贈的「義勇可嘉」的匾額。根據光緒年間竹塹社佾生廖瓊林所立的「新社采田公館記」上的記載，竹塹社的發展「於嘉慶年間，山川呈納祿之象，至道光年間，富媼亨蕃釐之光。無如咸豐四年天災流

……註釋……

[18]▶黃鼎松，《苗栗的開拓與史蹟》（1998），頁 18～19，臺北：常民文化事業股份有限公司。

行，閩粵交戕，室毀人離，滿目蕭然」[19]。從這樣的發展過程可見，咸豐年間，客家族群和閩南族群之間的衝突，造成「室毀人離，滿目蕭然」，但在咸豐年間之前，兩個族群之間應該是和平共處的。只是隨著竹塹社從近海遷至近山區，壓縮泰雅族和賽夏族活動範圍的東移過程，與漢人的接觸愈多，愈漢化，愈客家化。

徵諸史料，客家族群入墾桃、竹、苗地區，應是在康熙末年和雍正初年之間。當時，由於軍事和土地開墾上的需要，清廷放寬墾拓「番」地的限制，使得桃竹苗地區的拓墾事業頓時發展得相當蓬勃。康熙六十年朱一貴之亂時，漳浦人藍鼎元參南澳總兵藍廷珍戎幕而隨軍來臺，在平定亂事後即力主開闢竹塹埔。雍正元年，藍鼎元上書巡臺御史吳達禮，建議清廷恢復官莊之制獲准。雍正二年，覺羅滿保奏請讓「福建臺灣各番鹿場曠地，可以耕種者，令地方官曉諭，聽各番租與民人耕種」後，一時進墾甚盛[20]。承購汪祺楚產業的廣東陸豐人徐立鵬即是在雍正二三年之間來臺拓墾謀生。新竹縣除了徐立鵬之外，另有徐里壽、黃君泰、徐錦宗、羅朝章也是陸豐的客屬。此外，桃園和苗栗地區的客屬也都是在雍正初年才見諸入墾的記載，如龍溪的郭振岳、陸豐的黃海元、張阿春等入墾桃園[21]。

日治時期屬於新竹州的大溪，由於適合種植樟樹和茶樹，早在乾隆五十三年，最初即有漳州入謝秀川和賴基郎合夥開墾田心仔、

　···註釋·······

[19] ▶ 張炎憲，〈歷史文獻上的竹塹社〉，收於張炎憲、王世慶、李季樺主編，《臺灣平埔族文獻資料選輯》（1993），頁 9，臺北：中央研究院臺灣史田野研究室。

[20] ▶ 盛清沂，〈新竹、桃園、苗栗三縣地區開闢史（上）〉，《臺灣文獻》（1980）31（4），頁 163。

[21] ▶ 盛清沂，〈新竹、桃園、苗栗三縣地區開闢史（上）〉，《臺灣文獻》（1980）31（4），頁 165～166。

月眉一帶的荒地。嘉慶年間，板橋林本源家由新莊遷到大科崁，興建一座占地四甲餘的堅固石城以防禦泉人的攻擊。之後，在道光、咸豐以及同治年間，陸續有陳集成、潘永清、黃安邦和金永興等漢人墾首率眾來墾，普遍種植茶樹爲大宗產物。大溪經龍潭到關西的道路是在乾隆五十三年，由林本源、李金興、黃明興、黃明漢、衛阿貴等，共同捐助龍銀一千五百圓修造而成。大溪到桃園間的輕便鐵道是由大溪呂建邦、桃園簡朗山發起募股組織桃崁輕便鐵道會社所敷設[22]。

苗栗在雍正元年屬淡水廳治的淡南二堡，後來北路設臺北府，廳治改設新竹縣。苗栗屬新竹，至光緒十五年，臺灣改設行省，中路添臺灣府，新竹界內的中港溪以下即劃爲苗栗。光緒年間，苗栗的疆界東至內獅潭，西至白沙墩（邊大海），南至大甲溪與臺灣分界，北至中港溪與新竹分界；東南一帶爲內山番界，西北一帶爲大海；界內設三堡，苗栗一堡東以內獅潭爲界，西以過港莊爲界，南與吞霄堡分界，北以中港溪與新竹分界；吞霄二堡東至鯉魚潭爲界（山後罩蘭，臺灣界），西至吞霄港爲界（邊大海），南以房裡溪與大甲堡分界，北以高澗山與苗栗分界；大甲三堡東以七塊厝與臺灣縣分界，西至大安港爲界（邊大海），南以大甲溪與臺灣縣分界，北以房裡溪與吞霄堡分界[23]。

苗栗最南端的卓蘭是在乾隆四十八年，由居住在東勢角的粵籍墾民越過大安溪，前來拓墾，墾殖的方向是由南向北推進。這對照臺中地區客家聚落的發展，事實上正是劉啓東等東勢地區的拓墾首

───註釋────────────────────────────

[22]▶黃師樵，〈臺灣名勝大溪墾拓的史話〉，《臺灣文獻》（1973）24（4），頁54。

[23]▶黃鼎松，《苗栗的開拓與史蹟》（1998），頁18，臺北：常民文化事業有限公司。

腦，因應官方需要而深入大安溪上游番界，採伐木材的時候。但屬於中港溪流域的獅潭，其拓墾方向是由北向南推進；位居苗栗核心的公館則是由南向北推進的開拓。在乾隆二年即有客家族群開始入墾尖山地區。介於公館和卓蘭之間的大湖地區是在嘉慶二十三年，由公館度的理番通事率族人開始入墾[24]。

　　下面就依桃園、新竹、苗栗三個縣區把桃竹苗區的入墾與分布，做較深入的分析。

一、桃園區

　　清代客家移民，以中壢、龍潭、平鎮、楊梅都有大量客籍入墾，且以廣東蕉嶺縣移民爲主，其次梅縣，再次爲五華縣。楊梅、新屋、觀音則有海豐、陸豐縣移民入墾。以上六鄉鎮以客籍爲主，但也包含部分閩南人。中壢自從清代開始，街區就十分繁榮，吸引不少福佬人定居，尤其內壢、青埔，如楊梅街上的望族鄭姓也是福佬人。觀音鄉東邊靠近中壢、南邊靠近新屋的區域都是客家人，但北邊靠近大園鄉則爲福佬人，南邊的保牛村原爲同安縣籍福佬人入墾，因供奉保生大帝而得名。新屋鄉蚵殼港爲泉州人聚落，該鄉大牛稠、石牌的葉姓雖然來自廣東陸豐，仍屬於福佬人（洪惟仁，1992）。

　　其他桃園、龜山、蘆竹、大園、八德、大溪清代移民以漳州府福佬人和漳州客家人爲主，廣東各府的客家人和泉州府的福佬人都占相當少數。大抵蘆竹、桃園、大園、大溪、龜山等鄉鎮的游、李、黃、廖、呂等大姓多來自詔安秀篆和官陂（福建漳州），江姓多來自平和縣大溪（福建漳州）。八德市以詔安秀篆邱姓爲最大

註釋

[24] 黃鼎松，《苗栗的開拓與史蹟》（1998），頁41，臺北：常民文化事業有限公司。

姓，秀篆呂姓居第三（吳中杰，1993），平和大溪、詔安秀篆官陂都是閩西客語區，想見來臺之初他們說的是閩西客家話。

　　目前中壢、龍潭、平鎮通行四縣客語，不過中壢、平鎮的外來人口近年來大幅增加。雖然中壢自清代以來福佬移民就不曾間斷，但早期福佬移民在中壢居住，都會說閩客雙語。然而近二十多年的移民，則不會說客語，反而是世居中壢的客家人會說閩客雙語了。客家話勢力在桃園的式微，中壢是最明顯的例子。楊梅是四縣、海陸兩種客語交雜的地方，當地的四縣話帶有海陸話的 zh、ch、sh、r 略捲舌的舌尖面混合聲母，可見該鎮海陸話較爲強勢。新屋、觀音通用海陸話，但觀音鄉的客語有退卻的趨勢，北邊大園鄉的閩語不斷向觀音擴大其語言範圍。

　　另外，桃園縣客語區內有不少客語次方言點，例如中壢過嶺許姓的饒平話，龍潭竹窩吳姓的永定話，中壢華勳里陳姓的長樂話（呂嵩雁，1995），新屋鄉紅崁頭、康榔村陳姓的長樂話（洪惟仁，1992），楊梅高山頂王姓的饒平話，平鎮官路缺，龍潭粗坑、深窩于余姓的永定話，中壢大牛欄劉姓的長樂話，中壢三座屋秀篆邱姓的詔安話，觀音鄉藍埔、金湖高姓的豐順話（吳中杰，1998）。眾多的次方言點說明了桃園縣客語區內方言的複雜度。

　　當然，在桃園、龜山、蘆竹、大園、八德、大溪目前雖然是桃園縣的閩語區，通行偏漳州腔的閩南語，但他們的閩南語帶有閩西客家話的成分，足可證明早期這一帶有許多漳州客家人後來被閩南話融合。但他們所說的閩南話仍保有一些客家話的特徵，例如吳中杰在一九九九年的論文中指出：「桃園閩語區的各方言點，如大溪南興里黃姓、大園鄉國際機場周圍李、游姓的詔安客語，龜山、蘆竹鄉交界一帶的王姓饒平話，八德霄裡地區則以四縣話爲主，也有少數海陸、永定話。至於蘆竹、八德、大溪等地都有一些母語面臨

流失的詔安客，比如蘆竹游象財（1986 年 56 歲），只記得『阿公』（a²² kun³³）、『阿叔』（a²² su¹²）兩個客語詞彙，八德呂乾、呂昌有兄弟（1986 年 75、72 歲）還會說詔安客語，但家族七十歲以下就沒有人會了（洪惟仁，1992）。大溪除了靠近復興鄉的山區有日本時代客家移民還說四縣話、南興里還說詔安客語以外，其他的地區一般都聽不到客語了。但該鎮街路上其實有大量詔安客家後裔。大溪老街區中年以上的人說『去』為 k'ui²¹，跟一般閩南語不同。」這裡的「去」讀為 k'ui²¹ 的語音，與詔安客話「去」唸 k'ui⁵⁵ 音韻相同只是聲調改變而已，可見當地的閩南話有許多是早期閩西客家話的成分保留下來，這是無可遁逃的語言痕跡。不過，這類特殊詞彙發音，經過長時間的學習，將來勢必會為強勢的 k'i 音所取代，那時候就無法從語言上看出桃園北部閩西客家人開墾的影子了。

二、新竹區

新竹縣除了山地的五峰、尖石以外，全數鄉鎮清代均有客家人入墾，並以海陸豐移民為大宗；嘉應州客家也有不少，如湖口戴姓、關西羅姓、芎林徐姓、北埔黃姓來自蕉嶺，新埔潘姓來自梅縣，關西陳姓來自五華或興寧等等。饒平的移民也比桃、苗二縣更密集，如竹北六家林姓，新埔街路及枋寮劉姓、照門林姓，關西鄭姓，三墩許姓和劉姓，石光林姓，芎林紙寮窩、五龍、上山、下山村劉姓，竹東頭車埔林姓，北埔陳姓、張姓等等。詔安客則有黃、游等姓散布於關西一帶。永定客有湖口湯姓、少數吳姓，和關西拱子溝余姓（吳中杰，1999）。

日據時代新竹縣各鄉鎮客家移民更往深山定居成村，如橫山鄉內灣，竹東鎮上坪、員崠，進而移民到山地的五峰、尖石。從民國七十年（1981）前後到現在，新竹縣客家人大量湧入新竹市區，根據估計，約占新竹市 25% 的人口（楊鏡汀，1995）。

　　由於新竹縣居民大都是清代惠州府海陸豐一代移民入墾，所以當地大致都通行海陸客語。而竹北、新豐福佬人較多，但福佬人大都居住於城區和靠海的地方，客家人則在郊外和丘陵區。該二鄉鎮的人大都是閩、客雙語交互使用。五峰、尖石多數爲原住民，約占一成的客家人也說海陸話。新竹市的傳統客家聚落由於和寶山、竹東等客家鄉鎮接壤，還能保持海陸客語的使用。其實新竹縣嘉應州客籍也不少，但與海陸客住一起，都改說海陸客家話了；只有關西鎮，與桃園龍潭的四縣客語區相鄰，所以鎮內四縣、海陸雙語通用。另外新竹縣也有不少饒平話保留下來，如竹北六家、芎林紙寮窩；而新埔、關西、北埔的饒平籍家族，則大都變成說海陸話了。至於新竹的詔安客話已經全被海陸話取代（如前面所舉關西游、黃兩姓）；永定話尚在使用，也有被海陸話吞沒的危險。

　　海陸話之中也有少許受閩南語影響的痕跡，如「蘿蔔」說成「菜頭」，「食粥 zuk」說成「食糜 moi」，「當喙 kioi」說成「當悿 tiam」，「叔姆 suk me」說成「阿妗 a gim」，「肚飢 gi」說成「肚么 iau」等。

　　依據饒平縣臺灣事務辦公室的鄭國勝先生[25]對饒平縣來臺的分布、流衍、搬遷的記載，這裡轉記一段話，可以了解新竹六家林姓、桃園劉姓的祖地饒洋鎮的情形：

　　　　饒洋鎮地處饒平縣北部。東與詔安縣交界，西與大埔縣、本縣九村鎮毗鄰，南接新豐鎮，北連上饒鎮。明、清時期部分地區屬弦歌都上饒堡，部分地區屬弦歌都中饒堡。民國時期屬上饒區。中華人民共和國建立後，一九五一年屬第

註釋

[25] 鄭國勝先生以近十餘年來由臺灣返饒平尋根的紀錄，加上楊緒賢《臺灣區姓氏堂號考》（1979），寫成《饒平鄉民移居臺灣紀略》（1999）一書。

二區（上饒），一九五六年始稱饒洋鄉，一九五？年併入上
饒公社，一九六二年屬新豐公社，一九五一年六月從新豐公
社析出，成立饒洋公社，一九八三年改稱饒洋區，一九八六
年改稱饒洋鎮至今。轄陳坑、赤棠、楊慈埔、溪背樓、陳
本、山前、石北、大樓、中先、埔下、南星、能與、安全、
崗下、大埔背、名揚、桐北、三樂屋、八瓜洋、游鳳崗、水
東、水西、水南、上山、藍屋二十五個管理區和祠東居委
會。鎮政府駐地設在祠東居委會饒洋墟，離縣城黃岡六十三
公里。一九九六年末，全鎮人口 56,934 人，散居一百三十六
個自然村（其中有饒平縣唯一畬族藍屋村），聚居著劉、
詹、邱、黃、陳、林等姓村民，他們都講上饒客家話。

　　饒洋鎮是饒平縣先民移居臺灣人數較多的地方，清乾隆
年間弦歌都水口社石頭鄉金場老屋里安石樓（今石頭林村）
林先坤一次就招引數百位鄉民到新竹竹北六家墾荒。饒洋鎮
也是饒平縣與臺灣文化交流較早的地區，清道光年間弦歌都
上饒堡陳坑鄉漢劇戲班就到南投縣鹿谷鄉演出。當今，臺灣
立法委員、新竹縣縣長林光華，曾任臺灣國大代表、新竹縣
縣長林保仁，曾任桃園縣縣長劉邦友，他們都是饒洋鎮籍[26]
人。

　　從以上的記載，可以了解新竹六家一帶的林姓家族，的的確確
是饒平的客族遷徙而來，一些不肯花功夫研究，憑空亂猜測的先生
們可以休矣（如施添福先生之說）！這些饒平話與四縣、海陸的最
大差別是書母和禪母字部分唸成聲母f-，喻母字合口音部分唸成v-，
比較如下：

　註釋

[26]▶鄭國勝，《饒平鄉民移居臺灣紀略》（1999），頁 109～114。

	四縣	海陸	饒平
稅	soi⁵⁵	soi¹¹	fi³³
水	sui³¹	shui²⁴	fi⁵³
睡	soi⁵⁵	shoi¹¹	fe³³
唇	sun¹¹	shun⁵⁵	fin⁵⁵
雨	i³¹	ji²⁴	vu³¹
遠	ien³¹	jien²⁴	ven³¹
圓	ien¹¹	jien⁵⁵	ven⁵³

　　韻母部分也有很清楚的差別，海陸與四縣很明顯的是廣東系統音，而饒平則與詔安同屬閩西系統的客家話，比較如下：

	四縣	海陸	饒平	永定
矮	ai³¹	ai²⁴	e⁵³	e³¹
弟	t'ai²⁴	t'ai⁵³	t'e¹¹	t'e³³
聽	t'ang²⁴	t'ang⁵³	t'en¹¹	t'en³³
冷	lang²⁴	lang⁵³	len¹¹	len³¹
買	mai²⁴	mai⁵³	mi¹¹	mi³³
賣	mai⁵⁵	mai³³	mi³³	mi¹¹
食	siit⁵	shit²	ts'et²	ts'eh²

　　韻母[-ai：-e]、[-ang：en]的對立，在聽覺上有非常明顯的差異，「買賣」二字，廣東系統唸 mai，閩西系統唸 mi，都是很容易分辨大系統差異的常用語詞。可見饒平語音與福建西部客家話屬同一系統，與漳州詔安話最為接近，反而與梅州四縣話相差較遠。在新竹，一般認為饒平話和海陸比較接近，與雲林二崙、崙背的詔安話相差較多；其實這是錯誤的感覺，原因是新竹有一些人仍會說饒平話，常接觸的結果自然熟習不以為怪，加上新竹的饒平人所說的饒平話，或多或少帶有海陸話特質，所以聽起來容易懂。相對的，與

雲林詔安客不相往來，不曾或難得聽到這種客家話，自然覺得海陸話與饒平可通與詔安不能通了。這與南部六堆客家人聽不懂新竹海陸話，可是苗栗客家人卻耳熟能詳，一樣是接觸少與多的差別；同樣的，在臺灣的人學國語、閩南話較容易，學客家話較難，原因依然是客家話不容易聽到，而國語、閩南話天天聽到的關係。

三、苗栗區

苗栗縣本隸屬新竹州，清代客家移民遍及除了今泰安鄉以外各鄉鎮，並且以廣東嘉應州蕉嶺縣移民為主，其次是梅縣，再其次為五華縣（如銅鑼鄉三座屋羅姓）、平遠縣（如公館鄉南河劉姓）。由於蕉嶺人居最多，所以今天流行於臺灣的四縣話，基本上上就是「蕉嶺腔」。蕉嶺話的語音和興寧、五華、平遠、梅縣仍有些許差別，一般不大了解，誤以為所謂四縣話，應該蕉嶺、五華、平遠、興寧完全一致。而且今天苗栗一帶的四縣話，向來都說他們說的是梅縣話，事實上是說蕉嶺話，與五華、平遠、興寧並不相同。

除了四縣占最多以外，在頭份、三灣一帶也有部分人說海陸話，南莊、西湖更為海陸話強勢地區。後龍（校椅）、銅鑼、造橋（豐湖）、通霄（北勢、福興）、卓蘭（十八股）也有特定的海陸話聚落。最突出的家族是卓蘭的詹姓，屬潮州饒平搬來開墾，集中在卓蘭老莊里一帶，詹姓占該地人口40%，但目前只有老莊里一帶說饒平話，稍微外圍的中街、溪洲等里由於饒平話跟四縣話居民二百多年來的混合，形成了兼有四縣、饒平特色的方言，稱之為「卓蘭腔」[27]，該鎮南方的新厝、新榮等里則為劉姓饒平移民集中地，也說饒平話。該鎮郊區的壢西坪、埔尾等地則未受饒平話影響，仍

……註釋……………………………………………………………

[27]▶見涂春景，《苗栗卓蘭客家方言詞彙對照》（1998），國家文化藝術基金會。

說一般的四縣話。此外,由於卓蘭鎮跟隔鄰的臺中縣豐原、東勢往來密切,該鎮居民大都會說閩南語和東勢客話。公館鄉中小義的大埔劉姓只剩下「祖父」稱爲 $a^{22}ta^{55}$,「祖母」稱爲 $a^{22}ne^{31}$,其他均已改說四縣話。

　　據涂先生的調查(涂春景,1998)在卓蘭草寮、大坪林、雙連潭、眾山、東盛、白布帆、埔尾、瀝西坪等地說四縣話,食水坑屬海陸話,老莊說饒平話,中庄街、內灣、水尾則說混合的「卓蘭腔」。據回鄉臺灣宗親稱,饒平詹姓先民移居臺灣,主要分布苗栗卓蘭、彰化永靖、臺中東勢、臺北松山、桃園中壢等地,今人口近十萬,逾臺灣詹姓人口一半以上。

　　據臺灣區百大姓源流考證[28],有清以來詹氏族人渡海來臺,以詹肇熙(字東瀝)派下居多,其中又以廣東饒平占最大宗。

　　除了四縣、海陸與饒平之外,在苗栗也有客家話與閩南話混和互相影響的地方。例如:包含竹南鎮大部,後龍、通霄、苑裡城區以及沿海地帶,頭份鎮跟竹南交界的蘆竹里、頭份客語區內的土牛里、新華里三角仔,三義鄉鯉魚潭的岐仔城。卓蘭市區也有一部分近年移入的福佬人。這其中只有頭份的福佬人爲閩客雙語,其他閩南語地區居民都不會客家話。後龍、通霄、苑裡城區以及沿海地帶的閩語區,有許多是清代的客家移民居住區,但目前都已經不會客語了。保有清楚痕跡的是通霄海邊山區說閩南語,但山區鄉村仍然說客家話,只是他們的客家話帶有閩南話特色,譬如他們把客家話的舌根鼻音聲母ng-說成閩南話的g-。例如:$ngai^{11}$(我)說成 gai^{11},nga^{31}(瓦)說成 ga^{31} [29]。

註釋

[28]▶ 見楊緒賢,《臺灣區姓氏堂號考》(1979)。

[29]▶ 李存智,〈四縣客家話通霄方言的濁聲母「g」〉,《中國文學研究》(1994)第 8 期,頁 23~28。

第3節　中部地區客家的入墾與分布

　　這裡所指的中部，包括今天的臺中、彰化、南投、雲林、嘉義地區，這個地區以康熙年間到乾隆年間來臺的漳州客（南靖、平和、詔安）、潮州客（饒平、大埔）為主，另外有少部分日據時代由新竹、苗栗搬到雲林、彰化、臺中的四縣及海陸客。早年在嘉義、彰化、雲林、臺中開墾的潮州、漳州客，今天大都不會說客語，成了名副其實的福佬客，唯一留存的漳州客家話，只剩雲林的二崙、崙背還能說詔安客話而已。臺中東勢、石岡、新社因早年大埔張達京來此開發，保有一定的大埔話勢力，不過後來也有不少饒平及四縣人搬入，大埔話也日漸式微。

　　根據涂春景先生調查的《臺灣中部地區客家方言詞彙對照》一書中所列，彰化縣的二林、埤頭、竹塘、溪洲，南投縣的中寮、國姓、埔里、魚池、水里、信義諸鄉鎮，皆有數個村莊還流傳客家話，形成客家方言島。島上居民都是客家人來臺後，自桃、竹、苗遷來的二次移民後裔。雲林縣的崙背、二崙兩鄉，也各有三五個村落，聚居著祖先來自大陸福建省最南端詔安縣的客家後裔。因此中部地方的客家話，有雲林二崙、崙背的詔安話，有東勢石岡的大埔話，有彰化二林、埤頭、竹塘、溪洲，以及南投中寮、國姓、埔里、魚池、水里、信義的四縣話和海陸話。

　　根據吳中杰先生的調查[30]，把臺中、彰化、雲林、南投四個區的客籍移墾與分布，分別加以說明早期到現在的變化：

　註釋

[30] ▶ 吳中杰，《臺灣福佬客分布及其語言研究》（1998），頁 25～41。

一、臺中區

臺中縣豐原鎮，早年稱葫蘆墩，開墾祖以大埔張達京為首。其他入墾客籍家族也有潮州府大埔縣朱、嚴姓人士，其次饒平的林、劉、詹，豐順的羅姓，嘉應州蕉嶺縣的張、吳、盧等姓，漳州府南靖縣梅林魏姓，詔安縣官陂廖姓、秀篆游姓等，都是早年移墾葫蘆墩的。

臺中市土地多為「六館業戶」所開闢，廖朝孔為詔安官陂移民，是六大墾首之一。西屯區有「潮洋（應作陽）厝」、「惠來厝」等地名，可見有潮州府潮陽、惠來的移民。南屯、北屯區各有一個「鎮平」地名，是廣東梅州鎮平（今名蕉嶺）入墾的後裔。南屯還有「永定厝」代表汀州府移民入墾。北屯區的大坑，客籍居多的新社鄉鄰接，有饒平詹姓祖入墾。

后里鄉清初有陸豐黃姓、永定蘇姓、武平張姓、饒平詹姓入墾。客家居多的聚落有牛稠坑、中社、新店、七塊厝、公館等。清末有新竹蔡姓，苗栗蘇、劉、黎等家族入墾。

神岡鄉名來自廣東蕉嶺縣神岡社，有該縣張、徐，陸豐林、羅，大埔張、劉，詔安秀篆呂姓，霞葛朴姓等入墾。客家居多的聚落有社口、三角仔、後寮等。而神岡、北莊等聚落後來被泉州人取代。

潭子鄉的開墾也以大埔張達京家族為首，因而留下「大埔厝」、「頭家（指墾首張家）厝」等地名，另外潭子鄉有陸豐黃姓，饒平詹、劉、林，大埔羅，蕉嶺劉，詔安秀篆呂、游，霞葛林姓（最大），平和大溪江姓，南靖梅林魏姓等客家家族入墾。

大雅鄉本名「阿河壩」，而「河壩」為客語「河流」之意。當地福佬人按照其最末音節「壩」（pa⁵³），簡稱為「壩仔」（pa³³ a[31]），後來改爲「壩雅」，最後定名「大雅」[31]。大雅另有饒平黃、張兩姓，大埔蔡、朱兩姓，蕉嶺吳姓，詔安官陂廖姓等客家家族入墾。

大里市有永定盧、曾兩姓，蕉嶺羅姓，詔安秀篆呂姓等客家家族入墾。霧峰鄉有大埔曾、何、巫姓家族於此建立來臺的第一個聚落，名之爲「登臺」（伊能嘉矩，《臺灣地名辭典》，1909），今誤爲「丁臺」村。太平市有廣興（今興隆里）、頭汴坑（今頭汴里）跟客籍居多的新社鄉鄰接，有該鄉客籍入墾。

烏日鄉有「溪心壩」地名，閩南語中無意義，客語指「溪流中間的沙洲」，如苗栗頭份有「雞心壩」的地名；該鄉也有南靖梅林魏等客家家族入墾。

大甲鎮融泉里有「海風」地名（應作海豐），來自廣東海豐縣移民之命名，該地今以陸豐邱姓最大。清水鎮老街有三山國王廟，後來爲泉州人接管，改祀「三仙國王」劉關張，可見此地原有客籍入墾（洪麗完，1988）。另外「三塊厝」本名「三座屋」，是客式地名改成同意義的閩南式地名。清水鎮也有「海風」地名（應作海豐）。沙鹿鎮老街有三山國王廟，後來爲泉州人接管，改祀「三仙國王」劉關張，可見原有客籍入墾。

東勢、石岡、新社三鄉鎮在清代幾乎全數爲客籍入墾，計有大埔張、劉、曾、何、巫、廖等姓，饒平劉、詹、林，豐順張、馮、羅、陳，蕉嶺徐、賴、戴，陸豐田、彭等家族入墾。該區少數福建移民也多來自永定（胡、魏、蘇）、南靖梅林（魏）、平和大溪（江），仍屬客籍。石岡鄉有大埔劉、郭、曾、何、巫、鄭，饒平劉、黃、詹、林，豐順鄧、海陽黃等家族入墾。新社鄉有大埔張、劉，饒平詹，豐順羅、彭，蕉嶺張，五華彭等家族入墾。雖然祖籍

　註釋

[31] ▶吳中杰，《臺灣福佬客分布及其語言研究》，頁 26。

來源分歧，但以潮州府大埔、饒平、豐順爲主。

　　豐原市在一九三五年的調查中，十一個大字（行政單位）之中，仍有七個大字粵籍多於閩籍。

　　大甲鎮日治時期有苗栗公館等地客家移民來墾，一九三五年該鎮日南社、日南、九張犁等十個大字客籍較密集，其中最多者爲日南社（今日南里），客籍占有 40%。

　　外埔鄉日治時期有苗栗移民進入，一九三五年客家人占全鄉30%，其中六分、蔀子客家占多數。

　　后里鄉也有新竹、苗栗、東勢客籍進入口莊、墩仔腳等地。

　　和平鄉有東勢、新社方面客籍移入，遍布南勢到谷關之間各聚落，尤其是裡冷、雪山坑、久良栖、南勢、埋伏坪客籍較密集。

　　根據陳紹馨、傅瑞德（1956）的統計結果，民國四十五年臺中市客籍約占 4.3%，以北屯區最集中。該統計指出，民國四十五年豐原認同粵籍者只剩下 27.6%。然而許雪姬等（1992）普查豐原所有具規模的傳統式民宅後，發現全數屬於客籍，可見豐原的客家後裔至今仍爲數可觀。后里、外埔一九五六年客籍也都還超過 20%。至於和平鄉在民國四十五年的統計裡，客家人占 40%，已經取代原住民，成爲該鄉人口最多的族群。

　　目前這區客家居民的語言現況：臺中市詔安廖姓至今仍爲西屯區大家族，然而語言已經流失。由該家族宗祠——烈美堂祖先牌位看來，十四世女性先祖還稱爲客式的「孺人」，十五世到十九世（現今爲二十世）就已經改稱爲閩式的「媽」，可見廖姓家族最遲在清末以前就被福佬人同化了。臺中市只有少數客家地名殘留，除了前述以祖籍地作爲地名外，其他如西屯路底的「火房」，閩南語之中沒有意義，而客語中「夥房」，指同家族居住的合院；該地爲廖姓所居，應是來自客語。西屯區有「烈美街」路名，來自廖姓的

堂號；北屯區大坑的「東山」，來自當地大埔謝姓客家的堂號。

　　豐原市目前幾乎已經沒有世居者說客語，但有客家地名遺留，如「社皮」（閩語 siall p'ue²⁴）原名「社背」（東勢客語 shia⁵⁵ poi⁵³），意爲「原住民部落後方的村莊」，此類地名閩南語應作「社後」，如臺北板橋就有「社後」地名；而客話稱之爲「社背」。此外，豐原閩南語「努力」說 sua⁵³ me⁵³，較接近客語的 sat³² mang³⁵，而不同於一般閩南語的 kut⁴⁴ 1at³²。豐原翁子里爲張連京家族世代所居，但也不說客語了。

　　張國立（1998 年 73 歲）爲張達京八世裔孫，所記得的客語只剩下（有星*號者代表語音不準確）：

「祖母」（阿婆）a³³p'o¹¹　「孫子」sun³⁵　「姑姑」a³³ ku³³

「阿姨」a³³ zi¹¹　「姊妹」tsi³¹ moi⁵³　「舅舅」a³³ k'iu³³

「舅媽」k'iu³³ me³³　「伯父」a³³ pak³²　「伯母」pak³² me³³

「叔父」*a³³ shiuh³²　「嬸嬸」*shiuh³² me³³　「母親」a³³ me³³

「舊」k'iu⁵³　「食飯」shit⁵⁵ p'on⁵³　「很多」it³² to³³

「忙」（無閒）mo¹¹ han¹¹　「聽得懂」ten³³ tet³² shit³²

「我」ngai¹¹　「住（待）」tai⁵³　「石岡」shiak⁵⁵ kong³⁵

「翁仔社」（地名）*mong³⁵ sa⁵³　「努力」（打拼＼拼勢）ta³¹ piang⁵³＼piang⁵⁵ she⁵³　「一樣」（共款）k'iung⁵⁵ k'uan³¹

「兄弟」*hiung³³ ti⁵³　「男孩」*sie⁵⁵ lai⁵³　「女孩」sie⁵⁵ moi⁵³

「老公」*lu³¹ kong³³　「讀書」*tuk⁵⁵ su³³　「街路」ke³³ lo⁵³

　　雖然張國立所記得的只有約二十個語詞，但說明了豐原一帶確實曾經使用過客語，而且按照詞彙特色來看：「一樣」說「共款」而非「共樣」，沒有小稱「仔」詞尾，陰平字運用變調來呈現小稱（如「孫」sun³³＼「孫子」sun³⁵）等特色，證明以往的豐原客語正

和今日的東勢客語相同。

　　大甲、外埔、后里鄉清代客籍語言流失，而日本時代移民的客語目前退居家庭，如當地地名「墩仔腳」（tun³³ a⁴⁴ k'a⁴⁴），仍按照東勢客語習慣，沒有「仔」尾，用「下」表示；方位不用「腳」，而稱其爲「墩下」（tun³⁵ ha³³）。后里眷村內的客家人占24%，但現在還使用客語的只剩4%，流失約六分之五（洪惟仁，1997）。大雅、潭子、神岡等鄉鎮目前已經無人使用客語，只剩部分人知道自己本來是客家人而已。如神岡鄉社口劉家知道自己家族爲客裔，但全家族沒人會說客語，有的家族甚且不曉得自身原來爲客籍。再如神岡鄉三角仔呂姓，以往一直想不通爲何自己漳州詔安籍的呂家，歷來通婚對象卻常爲附近鄉鎮的客家人，近年到詔安秀篆祭祖才發現該地呂姓都說客語，方知呂家爲客籍。

　　東勢、石岡、新社、和平四鄉鎮是臺中縣市目前僅存的客語區。雖然區內客家祖籍複雜，但四鄉鎮現在所使用的客語方言差甚微，較明顯者只有東勢「這裡」說 lia³¹ hong⁵³，合音爲 liong³⁵，石岡則說 lia³¹ vui⁵³，合音音爲 lui³⁵ 而已。根據吉川雅之（1996）的研究成果[32]和東勢客語比對，可發現東勢客語聲韻調極其接近大埔縣客語的高陂片，而高陂正是東勢地區墾首張、劉姓家族的祖籍地；墾首的家族語成了現在東勢地區的通用語。至於那些祖籍爲大埔以外的客家移民，原有次方言幾乎消失殆盡，只有東勢鎮石角的劉姓還有少數七十歲以上的人能說饒平話；他們所說的饒平話沒有名詞「仔」尾，跟東勢客語相同，卻跟臺灣其他地點的饒平話不同，可見東勢客語區內大埔高陂話占據優勢地位。

　　不過，東勢、石岡、新社、和平一帶也有閩南語人口，清末新

……註釋……………………………………………………………………………

[32] ▶ 文見吉川雅之，〈大埔縣客家話語音特點簡介〉，《第二屆客家方言研討會論文集》（1996），頁158～173。

社鄉西北部就漸有福佬移民入墾。民國四十九年（1960）因爲清水鎮興建機場，將當地福佬人移往新社鄉建立七個村落，使新社鄉客籍比例下降不少。東勢、石岡街路上也有不少閩南人。和平鄉以谷關爲界，以西客家人多，以東則爲原住民和榮民所居。東勢等四鄉鎮跟桃竹苗地區很不相同的是：幾乎當地所有的客家人至少都會閩客雙語，而且不分地區、年齡；從最西邊跟豐原閩語區交界的石岡鄉九房村，到最東邊深山內的烏石坑、谷關，從三十歲到八十歲的客家人都能說流利的閩南語。反觀東勢區內的閩南人媳婦，嫁進東勢老街六十多年，仍然完全不會說東勢客語；因爲鄰居都跟她說閩南語。東勢地區閩南語滲入得如此深刻和全面，該地客語不免受到影響，尤其是詞彙。諸如：

	東勢客語	四縣客語	閩南語
「以後」	liau^{31} heu^{53}（了後）	ko^{55} e（過仔）	liau^{55} au^{33}（了後）
「精緻」	su^{31} si^{11}	iu^{55} siu^{55}	su^{53} si^{21}
「多」元	nguai^{53}（外）	lang^{11}（零）	gua^{33}（外）
「一樣」	k'iung^{55} k'uan^{31}	k'iung^{55} iong^{55}	kang^{11} k'uan^{53}
「孩提＼老么」	se^{55} hon^{53}（細漢）	se^{55} fo^{55}（細貨）	se^{53} han^{33}（細漢）
「長大＼老大」	t'ai^{55} hon^{53}（大漢）	t'ai^{55} e（大的）	tua^{11} han^{33}（大漢）
「北部」	shong^{55} kong^{31}	song^{55} poi^{55}	ting^{55} kang^{53}
「南部」	ha^{33} kong^{31}（下港）	ha^{11} poi^{55}（下背）	e^{11} kang^{53}（下港）
「太過」	siang^{33}	t'et^{32}	siong^{44}（尚）

二、彰化區

　　彰化區現居民，客家人聚居在二林鎮（東興里犁頭屋、興華、東華、復豐、圳寮、後厝、原斗、西斗、饒平里、大橋頭）、彰化市（東興、民安、華北、中華路一帶、平和里、磚窯里、水尾莊、忠孝里、鐵路宿舍）、大城鄉、埤頭鄉（大湖崙豐）、溪州鄉（三圳、成功、西畔、圳寮、舊眉、）、大溪鎮、竹塘鄉（面前厝、牛

稠仔、巷仔溝、洲仔莊、下溪垻）、田尾鄉（海豐、陸豐、饒平村）、大村鄉（新興村池姓）、和美鄉（義犁里、彰美路）、糞箕湖車站、北斗鎮（新生、沙壩底）等地方，他們大都是日據時代三五公司源成農場留下來的客家人，是由新竹州招來開發荒地的佃農，以及光復後由大陸來臺的客家人，目前還會說客家話。

　　至於早期由漳州、潮州來這裡拓墾的漳州詔安客及潮州饒平客，及少部分汀州客（現在彰化火車站前站仍有定光寺可以證明），都已被閩南話同化，變成道地的「福佬客」了。但是今天永靖（湳港溪、五汴頭、崙仔、保安宮）、員林（大饒昔稱火燒莊、柴頭井、番仔崙、田中央、三條圳、東山、三塊厝）、田中（大紅毛社、內灣、太平）、田尾（曾厝崙、鎮平厝、海豐崙、小紅毛社）、埔心（坡心鄉、梧鳳、二重、埤腳、埤霞）、福興鄉（福興、鎮平）、社頭（北東部蕭、劉、柳姓，鎮安宮）、鹿港（鎮內三山國王廟）、溪湖鎮（巫厝、中竹、霖肇宮）、埔鹽鄉（埔南大安宮）、花壇（三家春）留下許多與客家有關的痕跡。

　　彰化在有清一代一直動亂不安，所以縣名由「半縣」改「彰化」，地名中有永靖，廟名中有永安宮，所謂「彰顯皇化」「永保七十二莊年年青吉；安排三百六日日日亨通」，足見此地的動盪，在清代的械鬥「三年一小鬥、五年一大鬥」，彰化當之無愧。

　　清代的械鬥中有所謂「漳泉鬥」，歷來研究都說是漳州閩南人與泉州閩南人的械鬥，事實上從彰化的開墾，及各事件發生的籍貫來看，所謂「漳泉鬥」，應該是另類的閩客鬥，也就是說「漳泉鬥」是漳州客家人與泉州人的械鬥[33]。曾國慶先生在他的大著《彰化縣三山國王廟》[34]中指出：

……註釋

[33] 見羅肇錦，〈漳泉鬥與閩客情節初探〉，《臺灣文獻》（1998）。

[34] 見曾慶國，《三山國王廟》（1996），彰化縣立文化中心印行，頁17～20。

　　三山國王廟與客家人相重疊的地區有，彰化、花壇、員林、社頭、田尾、永靖、埔心、溪州、竹塘等鄉鎮市，占絕對多數，是三山國王廟信仰圈與客裔集中區。

　　不重疊地區有兩種：一為有客家人無三山國王廟或神者，如埔心鄉梧鳳、二重、埤腳、埤霞四村，祖籍詔安，信五顯大帝；又如二林、埤頭、竹塘、北斗、溪州、福興等鄉鎮，在日治初才由桃竹苗來墾的聚落，多數信奉關公。一為有三山國王廟而附近居民非客家人者，如溪湖鎮霖肇宮、埔鹽鄉大安宮、鹿港鎮三山國王廟，都是歷史不幸事件的閩粵分類械鬥造成的，這些都是客家人建的廟。

　　所謂客家人，來臺者，除廣東省外，尚有福建省西南部山區的客家人，如汀州永定縣、漳州詔安縣、平和縣的山區也有客家人，叫「漳客」。漳客與粵客都是客家人，因此，歷史上的不幸事件，在正史上稱「閩粵械鬥」，在彰化平原的民間則叫「漳泉拚」；客家人常自稱漳人，明明是客家人與泉州人相械鬥，之間沒有河洛漳人參加，卻也叫「漳泉拚」。

　　官方在人口統計上也一向如此，把廣東籍叫客家，把福建籍都叫福佬，日治如此，民國也如此；史上的人口普查有兩次統計祖籍的都如此，如：第一次是一九二五年，分泉州籍、漳州籍、客家籍，客家籍為廣東省潮州、嘉應川、惠州及福建汀州等地，當年全臺客家籍有 58.5 萬人，占漢人總數 15.6%。彰化平原有客籍二萬八千二百人。第二次是一九五六年，分福建省、廣東省等籍貫，當年廣東省有一百二十二萬零七十餘人，占全臺人口 12.5%，客家籍數字概依此來計算。

　　以上兩次官方資料，客籍人口都只計算廣東省籍，沒有列入福建省漳州山區的客家籍。不僅官方如此，民間長久以來的認知，也都誤以為理當如此。

　　何以會如此呢？因為在日治之前的一百年前，福建籍的客家人已經河洛化了，客語逐漸消失或隱藏不用，連廣東省潮州、饒平客等也是如此；彰化平原的員林附近一大片地區就是如此，而被稱之為「河洛客」或「福佬客」。

　　每思及客家在臺灣的歷史，漳州客的械鬥血淚史，無不令筆者掩卷太息，篳路藍褸的祖先，奮力維繫自己的身家性命，犧牲如此慘烈，結果後代子孫卻不會說客家話了；把自己歸類為閩南人以後，反而倒過來指責與自己同族的粵籍客家人幫助清朝打閩南人；殊不知多次械鬥戰役中，主要是泉州人打漳州客家人，甚至與清朝合作的也以泉州人為主體，粵籍客家人當時與漳籍客家人不通往來（漳州客話與梅州客話不能互通），也與泉人一起合作打漳州客。因此漳泉鬥是客家自己人打自己人，也是泉州人與漳客的爭戰。當時犧牲的所謂「義民」，大都是幫助清政府與泉州人打漳州客的粵籍客家子弟，粵籍客家人犧牲後是被封為「義民」，而與之對立的漳籍客家人（包括林爽文、戴潮春等人），則是亂黨、禍首。更可哀的是，現代的閩南人（包括泉州閩人、漳州閩人、漳州客後裔）竟指粵籍客家的「義民」為不義之民。研究臺灣史如果不把這點弄清楚，那麼族群歷史將會扭曲變形得荒唐可笑。

　　原來居臺的客家人，依腔調又分為：上四縣、下四縣、海豐、陸豐、饒平、詔安等多種。以上下四縣人口較聚集，語音一致性高；海豐、陸豐次之；饒平、詔安語音差別較大，且饒平詔安接近潮州、漳州的平地閩南語區，上山講客語，下山講閩南語，久而久之，腔調夾雜一半客音、一半閩南語音，在大陸被稱為「半山客」，在臺灣被稱為「朽客仔」（音 au^{33} k'eh^{32}）。

▌註釋

[35] ▶ 曾國慶，《彰化縣三山國王廟》（1997），頁 17～19。

　　早期到彰化平原拓墾的客家人，就是以來自潮洲、饒平等朽客仔爲多，生活的四周盡是福佬，爲生存計，也是出門講福佬話，回家講客家話，久而久之，客語消失殆盡。而潮州、饒平等地區也正是三山國王最顯赫的信仰區，因此，彰化區的三山國王廟會有三十四處之多，也就無足爲奇了。在這三十四座中，又以溪湖鎮荷婆崙霖肇宮最具代表性，它具有開臺祖廟及宗廟的地位，本身建廟史又與彰化平原歷史息息相關。

　　彰化平原除河洛化的客裔，除早在清朝之前即來拓墾者外，尚有一小部分乃於日治初期，由桃竹苗移墾而來，從事製糖用甘蔗種植的佃農，他們均自成聚落，散居於二林、竹塘及埤頭的源成糖廠「七界」內，以及舊濁水溪堤防外河川地的「溪埔」上，人口總計僅約 5,655 人。

　　彰化區的客家人拓墾，最集中區是埔心、永靖及田尾三鄉，極其相連的員林鎮大部分、社頭鄉一部分，溪湖鎮、大村鄉、竹塘鄉一小部分，當地客家人清朝以前來墾的，百年以前以河洛化了。其他都呈點的分布，只有日治初期由桃竹苗來的，散居在埤頭、二林、竹塘、溪州、北斗、福興等鄉鎮聚落的，尚保有客語及客家文化。彰化區福佬客的拓墾，以最集中區的埔心鄉爲例，依《埔心鄉志》資料[36]已做了詳盡統計及歸納，從這裡可以類推全境，也就是說埔心鄉之開拓史與彰化平原整個開發史密不可分。埔心鄉之前賢先輩，數百年來胼手胝足開發荒埔之地的足跡，正足以反映整個彰化區客家人的開發史。

　　從《埔心鄉志》紀錄可以知道，彰化區的客家人，大都來自廣東潮州饒平，其次爲福建漳州詔安，其次爲漳州平和、龍溪。他們

註釋

[36] ▶ 見《埔心鄉志》，頁 92～157。

的語言文化與泉州閩人完全不同，爲爭水爭其他經濟利益，發生械鬥是不可避免的。如此看來彰化縣的擾攘不安，與早期族群複雜有必然的關係。

　　至於彰化境內的客家話，前面提過彰化縣清代移民目前沒有人會說客語，也多半否認客籍身分，只有少數家族還肯承認。據吳中杰的調查（1999），彰化市車站對面一帶世居的永定蘇姓（筆者案：彰化火車前站郵局附近有定光寺一座，定光寺是永定名寺），該家族的蘇英建（1998 年 45 歲）知道家族爲客家後裔，但族中沒有人會說客語。其他自認客籍但母語流失的還有埔心鄉平和楊姓、詔安黃姓（黃順興）、田尾鄉豐順彭姓、社頭鄉饒平劉姓、竹塘鄉饒平詹姓等等。雖然客語不復存在，但員林地區福佬化客家人密集的鄉鎮（員林、社頭、埔心、永靖、田尾、大村）閩南語口音很特殊，俗稱「員林腔」。

　　觀察彰化客家移民的原鄉以饒平（詹伯慧，1993）、大埔（吉川雅之，1996）、永定（黃雪貞，1983）、詔安（李如龍、張雙慶，1992）、平和（縣志編委）等各地點的客語，把「冰冷耿頂聽零星」等字唸成-en 韻母。與蕉嶺（縣志編委）、海陸豐「冰耿」唸-en，「冷頂聽零星」唸-ang，並不相同。反觀閩南語潮州話和漳州南部的漳浦、平和的閩南話都唸成-eng 韻母，與泉州廈門的閩南話唸成-ing 不同。可見彰化一帶的福佬客這一類字都唸成-eng，有兩種可能：一種是受漳州話、潮州話的影響，把-en 唸成-eng；一種是受泉州話的影響，由舌尖鼻音-en變成舌根鼻音-eng，但彰潮一帶主要元音-e並不受泉州廈門-i的影響，所以講閩南語以後，說成-eng，不說成-ing。因此「零零星星」一詞，彰化福佬客說 leng leng seng seng，仍會說饒平、詔安、大埔客家話的人說成 len len sen sen，四縣、海陸客家話則說 lang lang sang sang，泉州廈門則說成 lan lan san san。而「冰

冰冷冷」一詞，彰化福佬客說 peng peng leng leng，仍會說饒平、詔安、大埔客家話的人說成 pen pen len len，四縣、海陸客家話說 pen pen lang lang，泉州廈門則說成 ping ping ling ling。至於相對應的入聲-k由於詔安的塞音尾-k消失（或弱化爲喉塞音-？）了，四縣、海陸、大埔、饒平的梗曾攝部分入聲字收舌尖尾-t，泉州廈門則唸-ik。所以「歷史」的「歷」字，詔安說 li，四縣、海陸、大埔、饒平說 lit，泉州廈門則唸 lik。比較如下：

	冰	冷	零	星	歷
閩南語	ping	ling	lan	san	lik
福佬客	peng	leng	leng	seng	lik
漳潮客	pen	len	len	sen	li
梅惠客	pen	lang	lang	sang	lit

　　至於信仰稱謂上，女性先祖彰化客籍（蕭、呂、劉等姓）普遍都稱客式的「孺人」，而非閩南式的「媽」。親屬稱謂上彰化客裔有更突出的特色，試比較彰化地區客裔親屬稱謂與閩南、客家之間的差異：

	閩南語			客家語	
	福佬客	廈門話	泉州話	饒平（臺客）	詔安（臺客）
「伯父」	a^{22} pah^{12}	an^{22} peh^{32}	a^{22} peh^{32}	a^{11} pak^{32}	a^{11} pa^{24}
「伯母」	a^{22} mi^{44}	an^{22} m^{53}	a^{22} m^{53}	pak^{32} me^{24}	a^{11} m^{31}
「叔父」	a^{22} suh^{12}	an^{22} $tsik^{32}$	a^{22} $tsik^{32}$	a^{11} $shiuk^{24}$	a^{11} shu^{24}
「嬸嬸」	a^{22} sim^{44}	an^{22} $tsim^{44}$	a^{22} $tsim^{44}$	a^{11} $shim^{53}$	a^{11} sim^{55}
「舅舅」	kiu^{11} hu^{44}	an^{22} ku^{33}	a^{22} ku^{33}	a^{11} $k'iu^{24}$	a^{11} $k'iu^{11}$
「舅媽」	kiu^{11} bo^{53}	an^{22} kim^{44}	a^{22} kim^{33}	$k'iu^{11}$ me^{55}	$k'iu^{11}$ mi^{55}
「姑姑」	a^{22} ku^{44}	an^{22} ko^{44}	a^{22} ko^{44}	a^{11} ku^{11}	a^{11} ku^{11}
「哥哥」	a^{22} ko^{44}	an^{22} $hiann^{44}$	a^{22} $hiann^{44}$	a^{11} ko^{11}	a^{11} ko^{11}
「母親」	a^{22} i^{44}	$1au^{22}$ bu^{53}	a^{22} bu^{53}	i^{55} me^{24}	a^{11} ne^{31}

　　從表上可以很清楚知道,閩、客在稱謂上,有不同系統。基本上,「伯」在閩音系統是唸[pe],客音系統是唸[pa];「伯母」在閩音系統是唸[m],客音系統是唸[me];「叔」在閩音系統是唸[tsik],客音系統是唸[suk];「叔母」在閩音系統是唸[tsim],客音系統是唸[sim];「舅」在閩音系統是唸[ku],客音系統是唸[k'iu];「姑」在閩音系統是唸[ko],客音系統是唸[ku];「哥」在閩音系統是唸[hi-ann],客音系統是唸[ko];「姆」在閩音系統是唸[bu],客音系統是唸[me]。從上面的稱謂,可以很明顯的分出是閩還是客。彰化埔心、田尾、永靖、社頭等地的特殊閩南話,說穿了就是把漳州(饒平)、潮州(詔安)客話成分,融入閩南話中,所產生的另種閩南話罷了。

　　此外,社頭鄉老一輩的人,常把把「買菜」說成 be^{55} ts'oi^{21},而不是說的 be^{55} ts'ai^{21};這種將「菜」讀 ts'oi 的特色,跟客語一致,而泉州、漳州閩南話完全沒有-oi 韻母,而「菜」字不管潮州或泉州、漳州閩語都唸-ai,可見-oi 是客語發音的殘留。

　　至於日據時代搬到彰化的桃竹苗客籍,移民時間大都在六、七十年以內,一般仍會說客話,而以四縣、海陸話為主,間有少許饒平話,以二林鎮東華里人數最多。

三、雲林區

　　以前大家都以為雲林與客家開發無關,近年來,由於對「三山國王廟」及「漳州客」的了解以後,以前的認定完全推翻。尤其大家知道二崙、崙背地方還會說純正的詔安客話以後,更讓雲林的客家色彩,愈描愈鮮明。光看本地鄉名有褒忠鄉、東勢鄉,就知道雲林與義民以及臺中東勢有某些相關聯;再從史載「新街五十三莊」「西螺七崁」潮州客與漳州客的墾區,更能讓人領悟到,雲林早期漳潮客屬開墾的艱辛。

　　《諸羅縣志》記載:「自下茄苳(臺南縣後壁鄉)至斗六門

（雲林縣斗六市），客莊、漳泉人相半，斗六門以北，客莊漸多。」
（周鍾瑄，1716）說明從臺南縣北境，經過整個嘉義縣，到雲林縣南
部、中部，客家移民曾經占有半數；而斗六以北的雲林縣北部，客
籍的比例還要更高。這和一九五六年陳紹馨、傅瑞德的統計結果，
客家人占雲林縣的 2.3%，出入甚大，可見雲林縣的福佬客為數甚
多。雲林褒忠、東勢、水林、元長、北港、土庫、虎尾、莿桐、麥
寮等鄉鎮清代均有客籍入墾，到了嘉慶十四年（1809）前後，客籍
大都集中到大埤鄉全境、斗南鎮西南部，成立「新街五十三莊」聯
莊組織；以及聚集到更東邊的斗六市西南部、古坑鄉西北部，是為
「前粵籍九莊」（邱彥貴，1998）。原本分布的褒忠等鄉鎮，遂只剩
下少數散居的客籍，唯有元長鄉新吉村，至今仍以饒平邱姓為主；
不過從信仰（東勢、北港、土庫均有三山國王廟）和地名（褒忠鄉
有龍岩厝、潮厝，元長鄉有龍岩厝、客厝，虎尾鎮有惠來厝，莿桐
鄉有饒平厝，水林和麥寮鄉有海豐）來看，都有客籍意味。

　　「新街五十三莊」聯莊組織以大埤鄉新街（太和街）三山國王
廟為中心，橫跨雲嘉二縣八鄉鎮，轄下只有大埤鄉西鎮村謝姓、斗
南鎮石龜里葉姓二家族為福佬人，其他均為客家。「五十三莊」在
雲林縣境內（大埤全部、斗南西南部、元長、古坑一小部分）主要
客籍家族有陸豐張姓（最大）、廖姓，蕉嶺徐姓，大埔連姓，潮陽
李姓、王姓，饒平劉姓、邱姓、林姓，詔安秀篆李姓、南靖書洋蕭
姓等等。

　　「前粵籍九莊」隔著斗南市區跟「五十三莊」東西相望，今雲
林科技大學以西、以南的斗六市區盡屬之；前延至古坑鄉田心、湳
仔等村，以饒平劉姓（最大）、賴、詹、黃姓為多，也有揭陽鄧
姓、永定江姓、詔安廖姓（吳中杰，1998）。

　　其次雲林著名的「西螺七崁」，以廖姓為主，根據廖丑先生

的[37]紀錄，七崁主要分布地是將當時二十五個聚落合併劃分爲七大角落，稱七崁（或稱七欠）：

第一崁：廣興、頂湳、埔姜崙（以上各村落今屬西螺鎮）。

第二崁：魚寮、下湳、九塊厝、大和寮、吳厝（均屬西螺鎮）。

第三崁：犁份莊、田尾、湳仔（今均屬二崙鄉）。

第四崁：十八張犁、三塊厝、深坑仔（今均屬二崙鄉）。

第五崁：港尾、（崙背鄉）、下新莊仔（今屬土庫鎮）。

第六崁：回來厝、打牛湳、瀑部仔、塘仔面、頂莊仔、張厝、
　　　　　下新店（均屬二崙鄉）。

第七崁：二崙、下莊仔。

　　七崁所除了其中第五崁屬土庫鄉外，其餘都在西螺、二崙，可見盛名一時至今爲人稱道的西螺七崁，當時都是詔安客所營生防衛之處，劉明善的武功至今爲人所稱道，也顯示當時擾攘不安防衛自保的需要。《張廖元子公族訊》更有這樣的說法：

　　　　張廖一族之開宗祖張願仔的祖先張伯記（諱虎）是陳元
　　光之參將，也是開漳功勞者之一。至於張願仔岳父廖三九郎
　　的開廖始祖叔安是以封地（河南省汝南縣）廖為氏，所以可
　　以說詔安官陂的廖氏，也是永嘉之亂群遷南來的一族，因此
　　使用的是福佬客家話，即是河洛話。西螺七崁人的祖籍地是
　　福建漳州府詔安縣官陂。屬於福佬（學佬）客家人。學佬客
　　家人的祖先，雖然和廣東客家人的祖先。同樣是從「河洛」
　　（中原）地區，集體南遷過來的，但原來的居住地不同，所
　　以西螺七崁人講的詔安系客家話，和新竹、苗栗以及屏東縣

🗑️ ⋯註釋⋯⋯⋯⋯⋯⋯⋯⋯⋯⋯⋯⋯⋯⋯⋯⋯⋯⋯⋯⋯⋯⋯⋯⋯⋯⋯⋯⋯⋯⋯⋯⋯⋯⋯⋯

[37] ▶ 參見《張廖元子公族訊》（1995），頁 126，張廖姓宗親會。

一帶的客家人使用的廣東省饒平、潮州、梅縣等系的客家語方言雖然相近，但大概只有一半相類似。同目前西螺七崁人，能講福佬（學佬）客家話者已經很少。現在西螺地區廖姓宗親還在使用福佬（學佬）客家話方言交談的人已經很少，大概不超過一萬人，大半的人只聽得懂而不會講，甚至根本聽不懂的青少年大有人在。

　　雲林縣廖姓人口，大概有四萬餘人，占雲林縣人口約二十分之一，可以說是少數族群，且其祖先自清康熙末葉至雍正、乾隆初年移民來臺，歷經二三百年的歲月，所以少數族群使用的方言，被多數族群的一般福佬話同化，是一種自然現象。今將會使用閩南系客家話交談的人愈來愈少的主要原因列舉如下 [38]：(1)婚姻關係：國人對婚姻的倫理和觀念是同姓不婚，因此兒女受不會講客家話的母親影響很大。(2)交通發達：和使用一般閩南語方言的人接觸的機會多的關係，少數族群與多數族群的人在一起，必須學另一種方言才能溝通，因此講客家話的機會相對減少。(3)就業關係：二十年來臺灣地區南北各都市工商業發達，而工商業落後的雲林縣人，因農村經濟蕭條使五十歲以下的青壯年人，大半外流他地謀職，所以其妻以及子女完全不會講客家話方言。「福佬人」稱呼的由來：住在臺灣地區的閩南人，都自稱自己是福佬人或河洛人；所謂的「福佬」兩字，實際上是「河洛」的轉化字，因為多數的閩南人和廣東省的客家人，他們的祖先都是從河洛（中原）地區，集體南遷來這一帶定居的。

從廖先生這一段話，可以了解他們自認詔安客話是福佬話，是

註釋

[38] ▶ 參見廖丑，《臺灣與西螺七崁開拓史》。

福佬客家話。福佬客家話與閩南話的不同，在雲林詔安客的看法是：「閩南話是一般的福佬話」，詔安客話是「福佬客家話」。也就是說，泉州閩南話是一般福佬話，漳州客家話是福佬客家話，這種看法是目前廖先生等人的看法（1998），是已經了解詔安話是客家話以後的看法。我們可以推測在詔安人來臺開墾之初，一定不知道他們說的是客家話，只知道他們說的是漳州福佬話的一種，只是與一般福佬話不太一樣而已。後來迫於械鬥失敗，迫於人口少於一般福佬話（泉漳閩南話），都改口說閩南話，因為他們認為，「少數族群使用的方言，被多數族群的一般福佬話同化，是一種自然現象」，所以漳州客話的消逝，是在一種不警覺的情況下，被迫放棄，然後當作是一種自然現象。其他饒平縣、平和縣、南靖縣——來臺的潮州客與漳州客，也都因同樣的態度造成同樣的命運。

另外，詔安官陂張廖（或稱雙廖）的稱號，與其他地方的單廖有別，尤其堂號各取張姓「清河堂」、廖姓「武威堂」，各取其上半，稱為「清武堂」，這種「生廖死張」的習俗，至今仍然沿襲下來，足見張廖兩姓，是非常有恩義的家族。廖丑先生的《西螺七崁開拓史》（1998，前衛）中又指出「生廖死張」的由來：

　　七崁廖氏，俗稱張廖，或稱雙廖（編按：正統純系之廖氏稱單廖），而張廖這一姓氏是獨特的姓氏，既非複姓，也不是音譯，乃是兩姓的結合，一嗣雙祧的一族，在血緣上是張公廖母，即張骨廖皮二姓合一家。張廖氏發源於福建漳州府詔安縣官陂。元順帝時（1341～1367），白蓮教猖亂，官陂始祖張願仔（字再輝），原籍雲霄縣（位於詔安縣北部）西林和尚塘，為張天正之第三子，避居官陂坪寨教讀。當地有一員外叫廖化（又稱廖三九郎），單生一女，名大娘，品行端正，聰慧賢淑，通讀詩書，事親至孝。廖化見夫子張願

仔英姿義氣，忠厚風雅，敬而慕之，贅為東牀（女婿）。廖
翁視婿如子，把產業全部交愛婿執掌。女婿張願仔對岳父母
也像親生父母一樣孝敬，深受族人讚譽。

　　明洪武八年（1375），張願仔四十八歲，獨生子廖友來
出生，洪武二十二、三年，友來未冠之時（編按：古禮男子
二十歲行加冠禮，所以二十歲叫冠），廖族有犯國法不容赦
者若干人逃逸無蹤，累及廖氏全族。此時廖元子（編按：張
願仔入贅時兼養子，改名為廖元子）挺身而出，以廖姓親族
身分往官申辯，然官司拖累多年，結案後，在返家途中患病
垂危，臨終遺囑廖友來：「吾深受汝外祖父母知遇之恩，欲
捨命圖報，未能如願，汝當代父報答，子孫生當姓廖，以光
母族，死當姓張，以存子姓，生死不忘，張廖兩全。」（編
按：此處所言外祖父母是指廖三九郎夫婦，子姓指父姓。）
廖友來謹承父志，以張承廖，並立誓：「凡我子孫，生則姓
廖，歿後書張，不違祖命，以報廖公之德。父本姓張，來源
於河南清河郡衍派，雲霄西林和尚塘有祖跡（編按：雲霄縣
在北，詔安縣在南，兩縣相鄰），以後應回祭祖掃墓，以盡
孝道，若移居外地，姓張、姓廖由其自便。」

　　明洪武二十五年（1392）廖元子逝世，享壽六十五歲，
廖友來奉父神主往廖姓祖祠，廖族善意奉還後，友來轉奉神
主往雲霄西林和尚塘張姓祖祠，並將父囑告知親族，張族嘉
勉曰：生廖死張，是一嗣雙祧，宜自立一族，以光張廖門
楣。賜祠堂號為「崇遠堂」，並賜燈一對「清河（張氏代
號）衍派，汝水（廖氏代號）流芳」。賜譜序五十字：「宗
友永元道，日大繼子心，為朝廷國士，良名萬士欽，信能攻
先德，作述昭古今，本基源流遠，詒謀正清深，課治組家
法，其慶式玉金。」並用籃轎八欓，鼓樂送回其父神主，囑

堂號如不適宜，可再撰，燈字勿廢。於是將坪賽故居中廳改
為祖祠，為其父立祠。於是「張廖」二家遂成一派，自立一
族，謂「張廖」，又稱「活廖死張」，「張骨廖皮」。溪口
樓祖祠「上祀堂」的對聯是：「五世開宗，溪口上游承汝水
（汝水揩廖）；雙房衍派，廟宗祀典溯清河（清河指張）。」
這首對聯主旨是請下代子孫正本清源，葉落歸根，永遠記住
（張廖）來源，勿忘本源。

　　不過這兩地的客籍住民也有交叉的所在，如桃竹苗客家人，在
日治時代搬到崙背鄉水尾、田底、頂厝，或二崙鄉莊西、公館、港
後、二崙、八角亭等地；尤其田底、水尾成了北部客家移民的村
落。另有部分苗栗移民搬到大埤鄉，建立田寮、茄苳角、柳樹腳三
個聚落。部分中壢的饒平許姓搬到土庫鎮的南新莊。一九五一年陳
紹馨、傅瑞德的統計結果，廣東籍客家人在雲林各鄉鎮所占比例都
在 5%以下，唯有大埤鄉達到 22%，可見「五十三莊」客裔至今仍
有不少人自認為是客家籍。

　　雖然雲林縣清代客家移民分布廣泛且人數可觀，但是雲林縣採
訪冊已經提到雲林的客家人「言語起居多效漳人」（倪贊元，1959），
可見該地客家的語言流失現象，最遲在清末就很顯著了。

　　清代移民的雲林客家人語言消失了一大半，只剩下二崙、崙背
兩鄉還有廖、李、鍾等姓的部分人口說詔安客話。雖然如此，二崙
鄉（三和、來惠、復興、崙西、崙東、田尾）、崙背鄉（港尾、羅
厝、崙前、崙背、鹽園、枋南、新莊）仍是臺灣目前面積最大、人
數最多的漳州客語地區（吳中杰，1998）。

　　從前面的推斷（《張廖元子公族訊》，1995）及後來學者的分析（鄧
曉華，1998；曾少聰，1994），漳州客語在原鄉就已經受到閩南語深刻
影響，在雲林又被閩南語四面包圍，聲韻跟詞彙上都帶有很重的閩

語特色。今天大埤鄉清代的移民幾乎都改說閩南語了，不過地名還有「潭肚寮」，用「肚」代表「中央」，為客語命名習慣。親屬稱謂則還普遍保存「叔父」a^{22} suh^{24} 和「姑姑」a^{22} ku^{44}。該鄉浮潭為饒平劉姓聚集地，族內耆老劉長益也記得「哥哥」a^{22} ko^{44}，「伯母」a^{22} mi^{44}，「頂高」（上面）$tang^{33}$ ko^{31}，「瘋癀斷死」（罵人絕子絕孫）ko^{31} mo^{31} $t'on^{11}$ si^{11} 幾個詞語。斗南一帶也還有「挑扁擔」的「挑」一詞使用類似客語的 $k'ainn^{44}$（客語為 $k'ai^{24}$，但加上了閩語特色的鼻化韻。斗六市昔日「粵籍九莊」範圍內也有「溝壩」的客式地名。至於日據時代從北部移民來的，在大埤鄉四十歲以上者還會說四縣話；在二崙、崙背由於移民較密集，仍有不少年輕人會說客語。該移民地區以四縣為主，海陸其次，也有少數饒平話。

四、南投區

　　南投也是福佬客占非常高比例的縣，目前會說客家話的人，大都是桃竹苗及臺中東勢搬來的較多。如：國姓、埔里、中寮、魚池、水里、信義等，其他如草屯鎮（中原里義民廟、中新興村），中寮鄉（詔安廖姓、李姓）、名間鄉、鹿谷鄉、南投市、集集鎮、仁愛鄉、竹山鎮，都是康熙年間由漳州南靖、平和、詔安遷徙而來，其中中寮鄉廖姓，與雲林崙背的廖家同屬「雙廖」，都是詔安官陂來臺開發的。中寮鄉早期又稱「鄉親寮」，乾隆年間，廖姓族人發生摩擦，特請當時負盛名的林爽文先生（漳州平和縣人）當和事佬，林爽文事件後，鄉人感念鄉親的義助，遂定鄉名為鄉親寮，且在鄉里道路定名「爽文路」。從林爽文到中寮廖家當和事佬看來，林爽文當時一定會說平和、詔安一帶的客家話，否則怎麼當和事佬？！又怎麼後來定名鄉親寮？！凡此種種資料，顯示林爽文事件，是泉州人與漳州客家人之間的大型械鬥，後來清廷為了平亂，說服廣東客家人也加入平亂行列，變成漳州客與泉州人、廣東客對

峙，不是客家人與清廷合作打臺灣人。歷史真相應回歸歷史，寫史
者不可不慎。

　　南投市有南靖書洋蕭、詔安官陂廖、部分秀篆李姓。中寮鄉有
「龍岩村＼漳平溪＼永福村」地名，恰對應於福建的「龍岩州（今
龍岩市）＼漳平縣＼永福鄉」，應有龍岩閩客移民入墾。該鄉有
「番仔壩」、「暗坑」、「汶水寮」、「東勢閣」（客語「角」讀
kok³²，恰同於閩語「閣」，東勢閣實從客語「東勢角」來）等客式
地名。該鄉清代有永定曾姓、揭陽吳姓、詔安廖、李、邱姓入墾，
並有五座來自廣東大埔縣的慚愧祖師廟。名間鄉有「客莊」、「大
埔」、「牛牯（客語公牛）嶺」等客家地名。埔里鎮清末桃竹苗客
籍入墾珠子山、生番空、挑米坑、牛相觸；東勢客籍入墾小埔社、
福興、一新、史港坑等地。國姓鄉全境為東勢方面客籍所入墾，也
有部分客家移民來自竹苗、員林、南投市。魚池鄉清代建有兩座慚
愧祖師廟，一座三山國王廟。鹿谷鄉清代建有三座慚愧祖師廟，一
座三山國王廟。該鄉地名「凍頂」實來自客語的「崠（山脊）頂」；
「初鄉」（ts'o³³ hiang⁴⁴）來自客語「粗坑」（ts'u¹¹ hang²⁴）的雅化，
閩南語「粗坑」則是 ts'o³³ k'enn⁴⁴（吳中杰，1998）。

　　草屯鎮雙冬、平林二里有桃竹苗、國姓鄉來的客家人，約占當
地 27%；而北勢、中原、土城等里之內也都有客籍移民的小型聚
落。中寮全鄉客籍占 25%（洪敏麟，1984），其中永平村多新竹客籍。
名間鄉新民村多苗栗客籍。埔里鎮日治時期桃竹苗移民多到馬牛
欄、水尾、牛眠山、大湳；日據末期埔里鎮客家居多的聚落有挑米
坑（今暨南大學一帶）、水尾、小埔社等。國姓鄉日治以來陸續有
桃竹苗、東勢移民搬入，其中以新竹縣民居多。水里鄉水里坑、社
仔、郡坑、新興、民和、城中均有不少客籍，包含新竹黃姓，東勢
鄧、劉、羅、詹等姓。魚池鄉加道坑、蓮花池客籍居多，東光、鹿

篙也有不少。仁愛鄉客籍日治起分布於霧社、東眼、萬大、千卓萬、武界等地。信義鄉客籍日治時期分布於內茅埔（多為新竹縣移民）、望美、和社、東埔、人倫、地利、雙龍等地，其中在和社客籍居多；近年的調查顯示，愛國、自強、神木村均為客籍（汪明輝，1996）。

南投區客家居民的語言現況，除了國姓鄉以外，南投縣清代客家移民語言幾乎流失殆盡，中寮鄉有少數跟二崙、崙背客屬經常聯絡的鄉親還會說詔安客語。而日據到光復初期的客家移民，現今基本上還會說客語，以北部四縣、海陸和東勢三種次方言為主，並且也都會說閩南語。不過只有國姓鄉客語仍能在社會上通用，其他鄉鎮的客語都已經退入家庭。

第 4 節　南部地區客家的入墾與分布

一、嘉義區

周鍾瑄（1716）在《諸羅縣志》中記載：「自下茄苳至斗六門，客莊漳泉人相半，斗六門以北客莊漸多。」**39**茄苳在今臺南後壁鄉，斗六門在今雲林斗六，可見從臺南縣北境，經過整個嘉義縣，到雲林縣中部，客家移民曾經占有半數。一九二六年日本官方的統計顯示，本縣溪口鄉客籍還占 40%，大林鎮占 25%。而今天嘉義縣境的客家人已將消失殆盡，可見嘉義縣市的福佬客為數甚多。

在嘉義縣北部的大林鎮西半部、溪口鄉東半部、民雄鄉寮頂

註釋

39 ▶ 參見周鍾瑄，《諸羅縣志》（1716），頁 121。

村、梅山鄉圳北村，屬「五十三莊」的範圍。該區的信仰中心爲雲林縣大埤鄉的三山國王廟。移民多半來自廣東潮州府，以饒平縣張、劉、郭、曾、邱、林姓爲主。邱彥貴（1998）〈試掘舊嘉義縣下客蹤〉一文中指出[40]：新港鄉西側郊區有永定李姓，北側有饒平曾、郭姓，揭陽林姓，南側有「大客莊」的永定魏姓、上杭江姓，和「姓江厝」永定江姓。新港市街東側的民雄鄉客籍更多：民雄市街上有饒平許、周、徐、劉，永定魏姓；市街北側連接「五十三莊」，有饒平周姓，東側三興村（今中正大學）有平和縣大溪鎮陳姓，東南側有詔安黃姓、饒平賴姓，南側有饒平劉、賴、張、熊姓，揭陽鍾姓，西南側有饒平張、賴、許、郭、劉姓。

　　嘉義東部靠山的竹崎鄉大部分，梅山、中埔鄉一部分，屬於「內埔仔十三莊頭」的範圍，也有許多是潮州府移民，組成跟「五十三莊」類似；如饒平縣詹姓、石井鄉劉姓、何姓、許姓，大埔縣百侯鎮邱、李、池姓等；此外還有漳州府屬的客家人，以詔安南陂林姓爲最大，其次爲詔安朱姓、南靖楊姓、蕭姓（池永歆，1997）。中埔鄉另有平和縣大溪吳姓；梅山鄉未加入聯莊組織的客屬還有永定廖、劉姓，詔安廖姓，陸豐李、劉姓等。

　　嘉義地區福佬客分布極廣，客家人入墾本區，可溯及康熙中葉時代，首先拓墾的是白河鎮的馬稠後、客莊內兩莊，及嘉義市、民雄鄉。嘉義縣福佬客以中埔、大埔、溪口三鄉爲主，其他如大林、民雄、新港、水上、竹崎、番路都有一定比例。

　　嘉義市世居的客屬有梅縣劉、蕉嶺徐、永定江、饒平張等姓。市郊的北社尾蕭姓來自彰化社頭鄉，祖籍爲漳州南靖縣的客家鄉鎮書洋。

註釋

[40] 邱彥貴，〈試掘舊嘉義縣下客蹤〉，《客家文化研究通訊》（1998），創刊號。

　　日治時代從桃竹苗招佃，在嘉義縣成立許多客家移民村，繁衍至今，總人數約有三四萬。尤其集中於近山的番路鄉、竹崎鄉、阿里山鄉（以十字村最多，其次豐山村、香林村、遊樂區內的中山村、中正村也有不少）、中埔鄉、大埔鄉（大埔、茄苳腳、坪林、雙溪、射兔潭）。中部的平原地帶，則以民雄鄉、水上鄉日治客家移民較多。尤其是水上鄉尖山村，居民幾乎都是來自新竹縣的，說海陸客語。海線的布袋鎮菜脯里、中安里鹽地仔也多劉姓海陸客家移民。

　　以上所舉福佬客地區，差不多都不會說客家話了，有少部分老人家知道祖母叫「阿婆」a^{24}p'o^{11}、「姑姑」叫a^{22}ku^{33}、「姑丈」ku^{22}ts'ong^{22}、「舅舅」叫 a^{22}k'i^{113}，「舅媽」叫 k'iu^{33} mi^{33} 幾個詞語而已（吳中杰，1999）。

　　另外當地還有一些地名留有客語的痕跡，例如大林鎮「溝背」，以「背」指稱「後方」為客語地名習慣，而當地為永定江姓聚落。竹崎鄉嶺尾、溪洲為當地客家林姓借用原鄉詔安南陂的地名而命名，如「六伙灶」為詔安朴姓六兄弟各立家屋而命名之聚落，其中用「伙」來指稱分房的家屋，來自客語「伙（夥）房」一詞。竹崎鄉另有「番仔路料」和「白枸寮」，以「料」稱呼小山為大埔縣客家命名習慣，如臺中東勢有「中料」地名；「白枸寮」一名則來自當地客籍邱姓的祖居地大埔縣百侯鎮。梅山鄉則有「南靖寮」，是由南靖客家楊姓開墾和命名。中埔鄉則有「崠頂」、「湆（客語混濁）水」等各式地名。新港鄉地名還有「莊肚潭」，用「肚」代表「中央」為客語命名習慣（吳中杰，1998）。

二、臺南區

　　臺南縣福佬客主要集中在最東邊沿山的白河、東山、楠西三鄉。白河鎮中心的莊內里站名「客莊內」，鎮內有「海豐厝」、「詔安厝」等地名。世居客家家族至少有客莊內張家（祖籍漳州南

靖，明末從大埔縣遷來）、內角魏家（南靖梅林）、海豐厝林家
（廣東海豐）和劉家（廣東饒平）、詔安厝李家（漳州詔安）、草
店李家（汀州永定）、甘宅鄭家（廣東潮陽）等等，估計約占本鎮
人口的 30%（莊華堂，1997）。該鎮「糞箕料」地名則反映客語命名
小山爲「料」的習慣。

早在清初藍鼎元的〈東征集〉（1723）裡，就提到「前大埔粵
莊」，所指即之東山鄉東原、嶺南村。此外還有「大客莊」（今大
客村），鄉內最高峰爲「大凍山」，而客語稱山峰爲 tung，方言字
寫作「崠」，來自客語稱呼。該鄉還有「頂窩」、「料里」村名，
「窩」、「料」也是客語地名用字。臺南市西門路的三山國王廟，
建於清初，兼爲潮汕會館[41]，後來移民六堆而廢棄。

白河鎮也有日本時代招來的桃竹苗勞工後來定居者，散布於崎
內、林子內等近十個聚落裡，其中鵝酒坑爲純客家聚落，其他各村
莊則客家人和世居住民混居（莊華堂，1997）；楠西鄉香蕉山也是日
治苗栗客家移民村，居民多數姓徐、羅，說四縣話[42]；南化鄉關山
村以北部客籍移民占多數。

臺南縣市清代客家移民如今客語已經完全流失，部分人知道自
己家族爲客家後裔，但他們家族之中沒有任何人會說客家話，更多
的家族甚至不知道自己是客裔[43]。

…註釋………

[41] ▶ 由潮州大埔縣客籍楊姓和海陽縣福佬人共建，今已廢棄。

[42] ▶ 筆者族中一支今住此地，由苗栗銅鑼三座屋移民來此，祖籍是嘉應州五華
縣，開臺祖柏康公於乾隆三十二年（1776）來臺，世居銅鑼三座屋。

[43] ▶ 據莊華堂訪查臺南市西門路的三山國王廟，及吳中杰一九九三年調查，發
現廟祝皆爲潮汕人，說潮汕閩南語和臺南腔閩南語，而每年的廟會前來參
加的也是潮汕人的後裔，不少人還會說潮汕閩語，可見本廟現在已經跟客
家人無關了。

三、高雄區

高雄客籍的開墾與屏東同時，所謂「六堆」中的右堆，就是今天里港鄉的武洛、高樹、美濃、六龜、杉林等，除美濃鎮全爲客家村之外，其餘客家人都居少數。因此今天談高雄客家，非美濃莫屬。其他地方零散分布，加以說明如下：

岡山地區爲廣東蕉嶺邱姓所開拓設店，人稱「阿公店」，後來演變爲聚落名，即今天的岡山鎮。鳳山市區也有清代客家移民，在舊縣城中心的「三角通」有三山國王廟**44**。

大寮鄉拷潭「張簡」複姓來自漳州南靖縣書洋和梅林鄉，該二鄉爲客家語區，且張簡乃當地大姓（南靖縣志，1998），因此大寮鄉張簡應是客家後裔。而〈番俗六考〉說：「羅漢內門、外門田……臺諸民人招汀州屬縣民墾治。」（黃叔璥，1722）可見旗山、內門等鄉鎮有汀州的客家移民後裔。內門還有饒平劉姓，而茄萣鄉莊姓來自南靖縣書洋，也屬客籍。自屏東北上的「六堆」客家人分布於今美濃鎮大部分、六龜和杉林鄉南半部、旗山鎮東緣（石萬壽，1985）。

日本時代不少桃竹苗客家人移居澄清湖一帶，如蔦松鄉三抱竹謝姓，來自苗栗銅鑼；仁武鄉劉姓來自新竹新埔等；形成了灣內、大灣、大華等聚落。

旗山東緣的旗尾一部分、美濃西南部的南隆地區，幾乎都是北部客家移民所居住，繁衍至今已有二萬多人；他們更深入到六龜市街，以及該鄉更北的新發村。

總計高市客家人約有二十萬以上，高雄縣市清代客家移民除了大美濃地區（美濃全境，以及杉林、旗山、六龜一部分）通行美濃

註釋

44▶ 後來移民搬走而廢棄，今爲成功派出所，鳳山城內本有「潮軍（指六堆民軍）義勇祠」，現亦不存。

客話之外，其他地方客語皆消失無痕跡。美濃客語內部有相當的方言差（鍾榮富，1995），而在長期和旗山市街福佬人的接觸下，跟苗栗客話比起來，美濃鎮的客語發音與詞彙受到閩南語影響較大。美濃北鄰的杉林鄉，全鄉七村中，四個村說客語，三個說閩南話，該鄉客語受閩語影響更為顯著。

　　日治時代客家移民在高雄市三民區、高雄縣六龜市街、澄清湖一帶的客籍人士，還能說四縣跟海陸話。大美濃地區北部移民雖然現在都說客語，但已經受美濃當地客語的影響，北部帶來的饒平、海陸等客方言先後流失。整個說來，高雄客語以美濃最為凸顯，也最具客家意識。北部來的四縣話也被美濃客語融合，只有甲仙鄉中年以上的人也還說四縣跟海陸話。

四、屏東區

　　屏東地區的開發，簡炯仁先生在《屏東平原的開發與族群關係》中提出「撞球理論」**45**，認為屏東地區族群的遷徙就像撞球遊戲一樣，以Ａ（河洛人）球強力去撞擊Ｂ球（客家人），Ａ球（河洛人）勢必取代Ｂ球（客家人）的位置，並將她（客家人）撞擊到別處去；如果有Ｂ（客家人）、Ｃ（平埔族人）兩球並排，以Ａ球（河洛人）強力去撞擊Ｂ球（客家人），Ａ球（河洛人）勢必取代Ｂ球（客家人）的位置；而被重擊的Ｂ球（客家人），則會再將Ｃ球（平埔族人）撞走，以取代她（平埔族人）的位置。被撞走的平埔族，被迫順勢去撞擊游獵於潮州斷層的丘陵河牀礫石層原野及內山的高山原住民。當然，該理論並不意味著這些族群的遷徙是採直

……註釋……

45▶ 簡炯仁，《屏東平原的開發與族群關係》緒論〈屏東平原的開發與族群關係兼評臺灣大勢海口多泉，內山多漳，再入與生番毗連則為粵籍人〉之說，頁5～48。撞球理論在頁33。

線進行的。後來，早已適應山地地形的生態環境，基於「適者生存」的原理，成爲當地的優勢族群。

從這個說法可以了解，屏東平原的漢人開發以廣東之鎮平、平遠、嘉應州、大埔等州縣客家人爲最早，渡臺後寓居在下淡水港東西二里的地方[46]。清代客家移民在屏東平原的拓墾約始於康熙三十年，六十年朱一貴事件後形成「六堆」客家聚落聯防組織（石萬壽，1985）。「六堆」包含今高樹鄉中、南部，內埔鄉西南部，竹田鄉中、東部，麟洛鄉全部，長治鄉中、西部，萬巒鄉中、西部，新埤鄉西部，佳冬鄉東部；後來擴展到高雄縣。要言之，屏東平原八個客家人居多的鄉鎮，只有麟洛全部是客家人，其他鄉鎮都兼有閩客語居民，而且客家聚落從北往南呈現不連續的分布。

屏東平原福佬人居多的鄉鎮內，也散布著清代客家移民點狀村落，俗稱「堆外」，包含屏東市的海豐、田寮、崇蘭、大埔角（今名公館），九如鄉的玉泉、中莊，鹽埔鄉圳寮、洛陽、七份，里港鄉武洛，萬丹鄉客厝、濫濫莊，南州鄉羅家莊，枋寮鄉玉泉。

恆春半島客籍在車城鄉集中於保力、統埔、射寮等村，滿州則集中於永靖、太古公、滿州、響林、萬里得、港仔等村。恆春鎮內的南門街清代謂之「客人街」，恆春地區潮州客民公建的廟宇達四座之多，該地區水蛙潭、墾丁等近三十個聚落清代爲「客家莊」或「客番混雜莊」（屠繼善，1897）。

伊能嘉矩把客家人墾殖臺灣的年代，定爲康熙二十五、六年間，謂當時嘉應州所屬各縣人氏，渡海來臺到臺南府城，因沒有餘土可以拓荒，乃在東門外以種菜爲生，後來發現下淡水溪（今高屏

註釋

[46] 見王瑛，《重修鳳山縣志》卷十人物志，臺灣研究集刊第四十九種，臺灣銀行經濟研究室，頁120。

溪）以東地區，尚有一大片未墾荒地，乃相率移居。到了康熙六十年朱一貴事變，這些四縣客家人的墾區「北起羅漢門南界，南至林仔溪口，沿下淡水、東港兩流域，大小村落，星羅棋布」。鍾壬壽撰寫的《六堆客家鄉土志》，則進一步說明六堆初墾，是一六八三年施琅平臺之後，清軍後遣部隊中的蕉嶺、梅縣籍士兵，先屯田於臺南東門，後移阿公店。到了一六九二年解甲歸田之後，被清政府安排在萬丹鄉濫濫莊從事開墾，並召來原鄉墾民，於六七年後再移居到今天六堆地區[47]。

康熙六十年五月，朱一貴與杜君英於府城之役，因爭功封王而自相殘殺之後，六堆客家人在墾首李直三籌謀下，於內埔天后宮祀典會中，決意創設「六堆」組織及設立章程，以保護鄉土協助清兵對抗判軍。今日高屏二縣的六堆，就是當年（六堆）團練組織發展而成，其涵蓋範圍如下：

1. **先鋒堆**——萬巒鄉。共十四村，客家村有八村。

2. **中　堆**——竹田鄉。共十五村，客家村有十一村。

3. **前　堆**——長治、麟洛二鄉。共二十三村，客家村十七村。

4. **後　堆**——內埔鄉。共二十三村，客家村十四村。

5. **左　堆**——新埤、佳冬二鄉。共十九村，客家村十村。

6. **右　堆**——含里港鄉武洛、高樹、美濃、六龜、杉林等。除美濃鎮全爲客家村之外，其餘客家人居少數。

以上所列六堆地區，共十二鄉鎮，除了美濃、麟洛爲純客家鄉鎮之外，其他均爲閩客混居地區。但客家人有集居於某些村莊的現象，其中萬巒、竹田、長治、內埔四鄉，客家人約居六成以上強勢；新埤、佳冬、高樹、杉林等鄉，閩客約各占一半；六龜約占三

註釋

[47] ▶ 詳見鍾壬壽，《六堆客家鄉土志》（1973），第三篇〈六堆開發史〉。

成。此外六堆客家人還移居恆春半島的滿州、車城二鄉。日本時代桃竹苗、東勢客家移民至屏東平原者現在大都仍說客語（九如鄉玉水除外），但海陸、東勢話已開始流失，北部四縣話也加入六堆客語的成分。恆春半島日治客家移民目前客語也嚴重流失。

第 5 節　東部地區客家的入墾與分布

一、宜蘭區

　　宜蘭區是三山國王廟特盛的地區，與彰化區在伯仲之間，可見當地很多潮州客和漳州客開墾。根據《淡水廳志》上的記載，宜蘭和羅東地區所屬的葛瑪蘭在淡水東北、三貂、雞籠大山之後，原為社番地。客家族群大約是在乾隆中葉入墾，乾隆末年，吳沙招三籍流民入蘭破土以後，漢人的拓墾事業才順利的展開。乾隆三十七年楊廷理權署臺灣府，府內上下人等大都是龍溪、漳浦等二縣之人；因此，漳州人在那時大量移居臺灣。而宜蘭雖以漳州府移民占多數，但並非漳州府屬各縣移民平均分配，而是以漳浦、詔安、平和、南靖四縣占絕大多數（潘英，1969），其中詔安、平和、南靖三縣居民，幾乎都是客家籍人士；如游姓來自詔安秀篆，以冬山鄉和員山鄉為發源地，廖姓、賴姓來自詔安官陂，南靖客家則以梅林張姓、邱姓為多。

　　汀州府客家移民集中在蘇澳鎮的隘丁里（本名隘丁城）聚落。廣東嘉應州移民集中在宜蘭市的梅洲、昇平等里。員山鄉頭份村，冬山鄉的順安、廣興、廣安等村及三星鄉大隱村，主要是鎮平（蕉嶺縣）移民。惠州海陸豐移民多半先居住於新竹、苗栗一帶，吳沙入墾前後，才搬到宜蘭；如羅東鎮北成里，本名「客人城」，是新

竹關西陳、劉等姓移民所建立的聚落；冬山鄉大興村也是新竹關西前來的陳、魏、彭等姓移民開墾；頭城鎮城東里盧家則是來自關東橋（新竹市跟竹東鎮交界處）；冬山鄉林姓則從竹北入墾的饒平人（吳中杰，1999）。

　　日治時代從桃竹苗移民到宜蘭的客家居民，集中在三星鄉，尤其是天山、天福二村（本名天送埤）占有80%，主要為桃園平鎮宋姓、新竹關西張、戴、徐姓。員山鄉則分布於粗坑、圳頭、雙連埤，還有礁溪鄉十六結徐姓，大同鄉松蘿村（本名鹿場），冬山鄉大進村（本名淋漓坑），蘇澳鎮東澳、朝陽、南強里以及南澳鄉（東澳、大南澳地區）等地。

　　一九九一年，宜蘭縣成立「鄉土教材客家語推行委員會」（筆者擔任縣府諮詢顧問協助客語教學），對全縣客家人的分布重新調查，將漳州、汀州等福佬客納入，發現客家後裔應該占全縣20%，達九萬人之眾。依當時推行鄉土教材（客家語）的宣導資料，〈客家人與蘭陽平原的開發關係〉[48]，有這樣的記載：

　　　　蘭陽平原為漳、泉、粵三籍先民，篳路藍縷，以啟山林。根據文獻記載，乾隆末年至嘉慶初年，福建漳浦人吳沙和友人許天送、朱合、洪掌等招募漳、泉、粵三籍流民一千多人，鄉勇二百餘人及擅通先住民語言者二十三人，進入蘭陽平原，先後開墾烏石港、頭城、二城、壯圍等地。嘉慶七年，即西元一八〇二年，漳州人吳表、楊牛、林循、簡東來、林瞻、陳理、陳孟蘭等，及泉州人劉鐘、廣東客家人李

……註釋

[48]▶宜蘭縣推行鄉土教材客家語小組編〈宜蘭縣推行鄉土教材（客家語）宣導資料〉，文中「客家人與蘭陽平原的開發關係」詳述蘭陽一帶客家人開拓的歷史，從有清一代到日治時期，客家姓的開發都有扼要的紀錄。

先等九旗首，也相繼進入蘭陽平原開發。

從田野紀錄中我們可以追尋出下列地方為客屬先民所參與開發完成之地：

頭圍——今頭城。嘉慶元年吳沙率眾入墾時，首先築土圍禦番害墾殖之地。世居於頭城鎮城東里之盧家，其先祖原居新竹關東橋，在一百五十餘年前遷徙到宜蘭頭圍（城）招佃開墾。

七結——今宜蘭市思源里。在神農、泰山、建軍等路兩側，原係由粵人李先等人於嘉慶七年（1802）率眾墾成。

六結——今宜蘭市建軍里。在泰山、軍民、農權路之間，嘉慶七年九旗首之一粵人李先率眾入墾。

五結——今宜蘭市負郭里。在泰山路兩側，原係粵人李先率眾入墾之地，嘉慶七年前後墾成。

二結仔——今宜蘭市梅洲里。據傳此地為葛瑪蘭平埔族吳氏所居，後梅縣客家人入墾。初墾之時，設土圍防禦番害稱梅洲圍，現里名沿襲舊名，梅洲取自梅縣。

十六結、番割田、七結——今礁溪鄉三民村。此地住民以賴姓居多，次為游姓，均為客屬。賴氏祖先是第十二世從祖籍地福建省彰州府詔安縣二都三角里，遷徙到三民村開墾。至今已傳到第二十一世，有十代，約計一百九十八年。其位於十六結路八十一號的祖屋正廳奉祀的主神位這樣寫著：「十二世祖考章羅公姊田氏，派宗親烈士神位——陽世子孫章禮」，這一系的賴氏人家陽世姓賴，陰世姓羅，與傅、羅姓不聯姻。相傳古時候為逃避楚雲王的殺害，賴姓人家分別逃往羅姓、傅姓人家從姓，彼此有血緣關係，是故。祖屋後還留有數口初墾時期的古井，泉水源源不斷，讓後代子孫緬懷祖先恩情，如井水長年不歇。

　　四結——今礁溪鄉四城村。嘉慶七年（1802）粵籍九旗首李先等人墾殖地域。

　　公館——今壯圍鄉紅葉、後埤二村。公館地方，嘉慶十六年（1811）由福建詔安縣移民林開成所開墾，後為林本源所收購。地名起源於林家設租館於此，故以公館為地名。

　　壯六——今壯圍鄉壯六村。嘉慶初年，吳沙率眾入墾蘭陽平原，開墾完成之後，為酬庸壯丁的功勞，劃地為壯一、二……七等，分賞壯丁。據知壯六為來自苗栗之游瑞毛等客屬墾民所分得。為稻米、青蔥之產地。

　　過嶺——今壯圍鄉過嶺村。清代有漳州人入墾於此，後來又有新竹州苗栗地區客家人歐南鎮等人遷來從事漁撈事業。

　　大湖——今員山鄉湖東、湖北、逸仙、湖西等村。大湖舊稱大湖八十佃，傳原屬高山族群分布區。嘉慶年間有福建省詔安縣呂媽生等人，率佃農八十餘人入墾於此，今呂姓為此地大姓。湖西村舊稱隘界，因此地在清代設有隘寮，至今遺址尚存於隘界路一九九號（是宜蘭縣僅存的一座）。湖西村境內有個山村稱「雙連埤」，係九十餘年前由日人中村招募楊梅、竹東一帶客家人來此開墾，人口最多時有百餘戶，現只餘三十多戶。因位於海拔四百公尺高之山間盆地，有二潭相連，故名「雙連埤」。

　　內員山——今員山鄉永和村。永和村包含內員山、永廣、中和三個聚落：永廣舊稱「永康成」，在村的北方。永廣是客家墾民組織之名或用以表示廣東省人墾成的永久耕地，故稱永廣成。境內有創建於同治年間的永廣廟和光緒八年遷建的碧仙宮，皆奉祀客家墾民守護神之三山國王。

　　結頭——今員山鄉頭份村。現今住民以陳、李姓居多，李姓是來自福建省漳州府詔安縣的客家人。歌仔戲的原鄉在頭份村俗稱大

樹公之地，而在距大樹公不到二百公尺處有一座客家人信仰的三山
國王廟。是否表示著歌仔戲和客家三角採茶戲有著血緣關係？！

新城——今員山鄉同樂村。本地方在清代由粵籍移民黃阿蘭率
客家人開墾完成。同樂村包括阿蘭城（以墾首之名為地名）和鎮平
（廣東省嘉應州鎮平縣人開墾之地）。境內有建於咸豐年間的鎮安
宮和廣濟宮，皆奉祀三山國王。

九成——今羅東鎮九成里。俗稱客人城，由樹林、北投、茅仔
寮三聚落構成。為一百五十餘年前來自新竹縣關西鎮（鹹菜甕）之
陳燕臺、劉阿先和劉阿納三位客家墾首帶領客家墾民完成開墾，現
居民以游姓為最多，祖籍亦為詔安客屬。每年農曆年後本地住民均
組團回新竹縣關西鎮祭祖。

阿兼城（又名火燒城）——今冬山鄉大興村、東城村。此地為
清康熙二十三（1684）年新竹關西客家人陳振福等三十八人所開墾
完成。大興村振安宮奉祀三山國王，而當時客家先民從大陸原鄉所
帶來的鴛鴦劍、銅幣、銅鏡均還完好保存於廟內，而先民死後合葬
於廟後約五百公尺處之塋地。

順安——今冬山鄉順安、清溝二村。本地區是由一百二十八位
客籍先民所開墾，當年客籍墾民入墾時，皆遭遇原住民猛烈抵抗，
從附近有二塹地名（塹為壕溝之意，為防禦工事）可看出拓墾時期
險惡之情況。設於順安村順安路三十八號之永安宮奉祀客籍移民之
守護神三山國王，廟內有墾民一百二十八人之祿位。

鹿埔——今冬山鄉鹿埔、得安二村。咸豐年間有祖籍福建永定
之客家人江錦章、許梁等人率領族人入墾。鹿埔路十八號之鎮安
宮，奉祀客籍移民之守護神之三山國王廟，創建於同治元年
（1862）。

廣興——今冬山鄉廣興、廣安、柯林三村。廣興係客籍移民拓

墾之地，地名寓意廣東省人興盛之地，位於廣興路六十八號設有創建於同治十一年之三山國王廟。

小南澳──今多山鄉大進村。大進村境內之「淋漓坑」聚落有數十戶，九十餘年前祖先來自新竹竹東地區的客家墾民，目前以種植柑桔、生薑為生。

天送埤──今三星鄉天山村、天福村。地名起源於嘉慶初葉，曾有通事許天送者與吳沙合作，說服原住民（平埔族），從事開墾。許天送曾在此地利用西南山中之天然地形挖築水塘，引水灌溉，取名天送埤。客家人進入天送埤開墾約一百年，客家人初到天送埤時，當地荒草漫漫，原始林木遍布，屬平埔族人的勢力範圍。平埔族人憨厚老實，易於相處。唯山上高山族，神出鬼沒，漢人為避免遭到殺害，晨間或夜晚閉戶不敢外出。到了日據時期，客家人除了開墾水田，種稻為生外，也受雇於日人，到山上種伐樟腦樹製煉樟腦油，宋家一位長輩還保存著當年製樟腦油的工具。當地老一輩的人，還心有餘悸的記起發生在日據末期的一場大水災，日人窮兵黷武，將蘭陽溪上游通往天送埤圳溝的水閘門拆下送兵工廠製造砲彈，等到有一天山洪爆發，氾濫天送埤，造成田園流失大半，慘遭淹死的人也有八十餘人。天送埤地區客家人約占六成，閩南人二成，平埔族二成。此地客家人以祖籍來分，來自中壢的宋家為大家族，新竹縣關西鎮的戴、張，苗栗縣徐家等均為數可觀。宋家子孫每年農曆年後還兼程回中壢祖宅祭祖。

松蘿村（鹿場）──當地住戶有五十餘戶，二百餘人，他們的祖先是於九十多年前從本省桃竹苗縣搬遷而來的客家人。先民初到之時，原在蘭陽溪上游河畔開地六十餘公頃，取蘭陽溪水灌溉種植水稻為生。詎料，於民國五十年（1961）葛樂禮颱風侵襲，村民賴以維生的水田一夜之間悉遭山洪流失，呼天搶地再也喚不回那塊美

麗的田園。在進退維谷無以爲賴的窘況中，村民只好含著淚水往山上走，終於發現一片可開發的山坡，於是駐足下來，同心協力，披荊斬棘，開山種茶。三十三年來已闢出二百餘公頃茶園，茶葉已打響了知名度，村民生活漸趨安康。

大埔——今三星鄉大隱村的一部分。地名起源，是因爲早期前來開墾者多爲廣東省大埔縣人之故。

隘丁——今蘇澳鎮隘丁里。嘉慶二十二年（1817）有福建省汀州府客家人四十餘人來此開墾。當時墾民爲防南澳高山族群之出草，設有隘寮派駐隘丁，因而得名。

大南澳——今蘇澳鎮南強里、朝陽里。蘭陽平原的大舉開發近二百年，在本省開發史上屬中期開發，而大南澳地區位處宜蘭縣最南端崇山峻嶺中一塊三面環山，一面臨海的盆地。開發年代大約七十六年前，和本省東部花蓮縣、臺東縣屬同一期，而人文景觀上也頗爲相似。民國八年（1919）日本人在南澳經營樟腦業，於是前往當時的新竹州招募腦丁，客家人始進入南澳開墾且種植樟腦。目前南澳地區可耕水田約二百三十餘公頃，本地客家人口約占三分之一。

下面以宜蘭地區游氏族人渡海來臺，分入臺灣各地開墾情形加以比較[49]：

來自福建漳州府者，詔安縣：(1)游禮闕派下：康熙中葉，游東壬入墾今鳳山，其後裔移墾宜蘭縣；康熙末葉，游進忍、游進榮入墾今彰化花壇。雍正年間，游東夷入墾今臺灣南部；嘉慶年間，其後裔厚雉、厚恆、厚懷、厚靜等，入墾宜蘭縣。游東明入墾今臺北板橋，嘉慶年間，其後裔厚炳、厚熹、厚杰、厚鳳、厚奇、厚桂、厚雁等，移墾宜蘭縣。游東輄入墾今臺南市，嘉慶年間，其後裔道

註釋
[49] ▶ 見楊緒賢，《臺灣區姓氏堂號考》，頁 282〜283。

維等多人入墾宜蘭縣，並在今宜蘭冬山倡建祠堂「東興堂」（取東渡興隆意）。乾隆初葉，游厚枕入墾今臺中豐原，游升平入墾今桃園龜山；嘉慶年間，其後裔厚悅、厚賢、厚稍、厚壽等，入墾宜蘭縣。乾隆中葉，游秀夫入墾今南投鎮。(2)先益派下：康熙末葉，游學糠入墾今桃園蘆竹。雍正年間，游群仰入墾今臺北市，其孫瑞南，移墾宜蘭市；游位欽入墾今臺北市內湖區；游士倍入墾今臺北中和；游文郭入墾今桃園市；游士灼入懇今龜山；游士恨入墾今桃園大園；游文翁入墾今彰化大村。乾隆初葉，游士鎮入墾今臺北市；游士追、游士昭、游士臟入墾今中和；游維蟾、游和居入墾今桃園市；游士焰入墾今蘆竹；游士憬、游維將入墾今大園；游世叟入墾今桃園新屋；游文豪、游文靜入墾今臺中潭子；游文僧入墾今大村。乾隆中葉，游志篤入墾今中和；游維來、游維酸入墾今臺中市；游心正入墾今大村。乾隆末葉，游國錫入墾今豐原；游維插入墾今潭子；游維井入墾今臺中市。嘉慶年間，游世且入墾今宜蘭市；游德智入墾今宜蘭礁溪；游文徹入墾今宜蘭員山；游國錠、游國豐、游典堯入墾今豐原。同治年間，游民發入墾今臺中市。(3)四五郎派下：乾隆初葉，游宗賜入墾今彰化員林。嘉慶年間，游宗亮入墾今宜蘭三星。

　　來自福建汀州府者：永定縣，五九郎派下：康熙末葉，游光顯、游光源入墾今中和；乾隆末葉，游三滿入墾今豐原；嘉慶年間，游盛彩入墾今彰化市。

　　宜蘭市有游氏家廟「立雪堂」，冬山鄉有「東興堂」各一座。

　　從上面的姓氏考可以看出臺灣游姓家族幾乎都是來自漳州詔安的客家族，來臺後到宜蘭開墾的最多，有的本來在中南部後來又移居宜蘭，使宜蘭游姓成為臺灣的最大游姓聚落。

　　宜蘭既然有如此多的客家區及漳州客區，無怪乎宜蘭人的閩南

話有特殊的腔調，流行民間的 sng³³ sng⁵⁵ nng⁵⁵ nng⁵³（酸酸軟軟）說成 sui³³ sui⁵⁵ nui⁵⁵ nui⁵³（酸酸軟軟），zia⁷ bng³³ pe⁵³ a⁵³ ng³³（吃飯配鴨卵）說成 zia⁷ pui⁵⁵ pue⁵³ no⁵⁵ nui³³（吃飯配滷卵），就是用漳州客家話融入閩南語所形成的特殊閩南腔。另外礁溪鄉地名「瓠杓崙」是來自詔安的客家話「瓠杓」（水瓢）音 p'u²² shioh⁵，與閩南話 hau³³ hia²⁴，員山鄉的粗坑，當地閩南語說成 ts'o³³ k'enn⁴⁴，但又名「粗巷」（ts'o³³ hang³³），其實是客語 ts'u¹¹ hang²⁴（粗坑）的本音。「坑」字客語唸 hang 與閩南話「巷」（hang）同音，可見當地原為客家住地，所以地名源自詔安客語[50]。

二、花東區

莊華堂在〈客家人、福佬客的開發背景與分布現況〉一文中，對花東的客家之開拓歷史有很平實的敘述[51]，他說：位於後山地區的花蓮、臺東，一直到清季以前都是滿清皇朝的化外之地。到了一八七四年恆春半島的「牡丹社事件」之後，沈葆楨實施「開山撫番」政策，調三路軍開北、中、南三通後山，才設有「臺東直隸州」管轄其地。第一批墾民，就是跟著客家籍的南澳鎮總兵吳光亮，打通中路——竹山到玉里的古道之後，部分客家籍士兵在玉里鎮西緣落籍，促成「客人城」興起。這個東部第一個客家村，位於

　註釋

[50] ▶ 參考吳中杰，《臺灣福佬客分布及其語言研究》（1999），頁 152～154。

[51] ▶ 福佬客的開發向來不受重視，近兩年來，對漳州客的重視以後，陸續有新的調查出現，莊華堂先生勤於走訪調查，有不少新的發現。據他調查花蓮客家人比較集中的地區首推鳳林鎮占的比例最高，其他玉里鎮 32%，吉安鄉 36%，壽豐鄉 28%，光復鄉 18%，瑞穗鄉 33%，富里鄉 43%；而臺東縣則以池上鄉最多 35%，其次關山鎮 34%，鹿野鄉 22%，臺東市 15%。詳見〈客家人、福佬客的開發背景與分布現況〉，《臺灣族群變遷》（1999）研討會論文集，頁 102，臺灣省文獻委員會編印。

源城里一帶。

　　至於客家人大批入墾花東地區，可概分爲兩階段，首先是八、九十年前，約爲大正初期，日本官方因爲花東兩縣還有不少荒埔，乃計畫自內地「日本本土」直接移民到東部，建立了吉安、旭村、壽村、鹿野、龍田等近二十個內地移民村。客家人也隨著移民潮移居花東地區，他們有的做日本移民的傭工，有的做雜工、佃工，慢慢的在後山地區建立客家人新家園。這批移民潮都是屬於二次移民，若以今日客家人在本地區的分布來看，關山鎮以北的客裔人士，大都是來自桃竹苗的北部客，關山以南則是六堆客，其間還有少數移民，是從埔里盆地移居的客家人。

　　客家人移居花東地區的另一批移民潮，大約是光復初年之後，西部地區客家人因爲人口增加，耕地不足，而陸續向花東地區遷移，這些二次、三次移民，加上日據時代的客家移民，建立了不少東部的客家村，甚至客家鄉鎮。以民國四十五年（1956）的人口統計，當時花蓮縣的客家人，占總人口數的 25%，臺東縣客家人占14%，其中客家人居於強勢的僅有花蓮縣的鳳林鎮，其他還有十個鄉鎮，客家人口占有率達 15%以上。

　　讓我們回頭看花蓮縣的行政區域，共轄有一市（花蓮市）、兩鎮（玉里、鳳林）、十鄉（秀林、新城、吉安、壽豐、豐濱、光復、瑞穗、萬榮、卓溪、富里）等十三個鄉鎮市。秀林、萬榮、卓溪三鄉多爲原住民部落，其餘十個鄉鎮都有客家聚落分布，或客家人散居其間。其中臨海的新城、豐濱、花蓮市及光復等鄉境內，客家人口不及三成，其餘鄉鎮中包括吉安、壽豐、鳳林、瑞穗、玉里、富里等六個鄉鎮，保守估計占有四成以上客籍人口。

　　在這些鄉鎮中，客家族群或者群居成客家風格濃厚的客家聚落，或者混居、散居在閩南、平埔及原住民聚落裡，然而只要有客

家人落腳的地方，傳統客家的獨特文化，就會呈顯在日常生活、民間信仰、產業或者飲食習慣中[52]。

《臺東州采訪冊》記載：「大莊、客人城等處，民多粵籍。」（胡傳，1894）本縣清代客屬集中在復興莊、新復興莊（今花蓮市區），吳全城（在壽豐鄉），客人莊、客人城（在玉里鎮）。

桃竹苗移民集中在花東縱谷，富里、鳳林、吉安、玉里、瑞穗等鄉鎮客家人居多數，其他如壽豐、光復等鄉也有不少。花蓮市則以主權、國富等里為多。高屏移民集中在本縣南邊的玉里、富里，人數遠少於北部客家人。此外還有西螺一帶搬來的廖、李姓詔安客家，約二百多人，集中在吉安市南埔、稻香等里。鳳林也有桃園大溪來的詔安客。

花蓮縣乃多族群混居之地，純粹由客家人形成的聚落不多，如鳳林鎮南方的長橋里、瑞穗鄉的池家、瑞北，玉里鎮南方的源成里（本名「客人城」）、富里鄉的竹田等地。本縣有些地名搬移自西部客家莊，由移民帶到東部，例如：山崎（新竹縣湖口──→花蓮鳳林）、坪林（新竹關西──→花蓮壽豐、鳳林）、南埔（新竹北埔──→花蓮吉安）、赤柯（新竹峨眉──→花蓮玉里）、竹田（屏東竹田──→花蓮富里）等等（張振岳，1997）。

一九四一年日本人在花蓮構築港口，於一九四七年建港完成，便捷的交通使得當時的日本政府從西部徵集許多漢人到東部墾殖，其中包括許多客籍先民，目前還居住在花蓮市和吉安鄉境內。之後更有來自臺灣西部的新竹、中壢、苗栗、桃園及南部屏東等地的客

　註釋

[52] ▶ 參見劉還月，《花蓮縣鳳林鎮客家文物館建管計劃規劃報告書》，第二章〈花蓮的客家歷史與人文〉，有關花蓮地區拓墾史，採用《花蓮縣志》的紀錄及新近的調查，分清代、日治期、民國後，依序臚列有關客籍入墾資料。

家人紛紛前來拓墾及經商。

　　由日本時代到光復初期，有些客家移民直接從廣東梅縣地區來花蓮，分布上以富里鄉東部較為密集。

　　臺東客家人主要是桃竹苗客家人移入，其次是高屏六堆客家。客家移民在花東縱谷區最為密集，池上、關山成為客家居多的鄉鎮；其次為鹿野、卑南、海端、臺東市；海線長濱、太麻里等地也有少部分。臺東縣乃多族群混居之地，純粹由客家人形成的聚落不多，如關山鎮的德高、新福、北莊，鹿野鄉的瑞源、瑞豐等地（張振岳，1997）。臺東市的馬蘭聚落分為阿美族區跟漢人區，而漢人區幾乎部是苗栗客家移民。鹿野鄉瑞豐多為屏東客家；關山鎮月眉多為新竹客家，地名「月眉」也來自新竹縣峨眉鄉；太麻里鄉的香蘭多為美濃客家；池上鄉的萬安多為新竹新埔魏姓移民（吳中杰，1998）。

第四章

臺灣客語的音韻系統

古國順

第 1 節　聲母系統

一、聲母的意義

　　客語是一種單音節語言，通常一個漢字就是一個音節，每個音節又包括聲母、韻母和聲調三項。換言之，一個音節的結構，也包括這三項。例如「關」字的音節結構爲kuan¹，即聲母k（ㄍ）加韻母 uan（ㄨㄢ）加聲調 1。

　　聲母是字音開頭有辨義作用的輔音（consonant）。例如客語「巴」【pa¹】（ㄅㄚˊ）和「花」【fa¹】（ㄈㄚˊ）兩個字的韻母和聲調都相同，但是由於開頭的輔音不同，分別是 p-（ㄅ）和 f-（ㄈ），於是形成不同的意義，這【p-】和【f-】就是聲母。如果一個字音的開頭沒有輔音，而是只有元音（vowel）或以元音開頭，例如客語的「阿」【a¹】（ㄚˊ）和「安」【on¹】（ㄛㄣˊ），我們就稱它爲無聲母或零聲母。

　　聲母是一種輔音，它是口腔或鼻腔裡一部分器官的阻礙或摩擦，本身不能單獨構成聲音。因此單獨發聲母時，必須借助韻母，才能讓人聽得清楚。例如發 p-、pʻ-、m-、f-、t-、tʻ-、n-、l-時通常借助韻母ɤ-（ㄜ），發 tʃ-、tʃʻ-、ʃ-、ʒ-時則借助韻母-ï（ㄭ）。

　　聲母雖然都是輔音，但是輔音並非全是聲母，因爲輔音不僅可作爲聲母，同時也可作爲韻母的一部分，例如客語三、碗、公三字的韻母-am、-on、-uŋ，分別以鼻音m、n、ŋ三個輔音做韻尾，又如合、得、落三字的韻母-ap、-et、-ok，也分別以塞音p、t、k三個輔音做韻尾。簡單的說：輔音除了可以做聲母，也可以做韻尾。所以，聲母和輔音是兩種不同的觀念。

二、聲母的種類

客語的聲母，從發音部位看，有雙唇、唇齒、舌尖中、舌尖前、舌尖面、舌根和喉音，共七類；從發音方法看，有塞音、塞擦音、擦音、鼻音和邊音，共五類。聲母總數含零聲母在內共有二十一個，不過四縣話沒有舌尖面音tʃ-（ㄓ）、tʃ'-（ㄔ）、ʃ-（ㄕ）、ʒ-（ㄖ），所以只有十七個。分類列表如下：

客語聲母表（二十一個）

發音方法 發音部位	塞音		塞擦音		鼻音	邊音	擦音	
	清	次清	清	次清	次濁	次濁	清音	濁音
	不送氣	送氣	不送氣	送氣				
雙唇	p 班兵	p' 評判			m 滿妹			
唇齒							f 紅火	v 橫屋
舌尖中	t 丁對	t' 逃脫			n 難能	l 來路		
舌尖前			ts 精莊	ts' 清泉			s 沙蘇	
舌尖面			tʃ 轉戰	tʃ' 穿齒			ʃ 書城	ʒ 野容
舌根	k 該久	k' 開缺			ŋ 疑我			
喉							h 汗喜	Ø 安歐

說明：1. 四縣腔舌尖面音tʃ-、tʃ'-、ʃ-、ʒ-併入舌尖前音ts-、ts'-、s-及零聲母ʒ-，故爲十七個聲母。

2. ts-、ts'-、s-後與齊齒韻i相拼時，有些會顎化爲tɕ-、tɕ'-、ɕ-，本書直接以tsi、ts'i、si表示，故不另立音位。

3. 喉擦音h-與舌根擦音x-是互補分配，故以h-爲代表。

三、聲母的發音

發聲母的時候，通常可分爲「成阻」、「持阻」、「除阻」三個步驟。

1. **成阻**（closure）：指阻礙的開始形成，即發音部位形成阻礙的階段。此時尚無氣流到達，不發音。

2. **持阻**（tension）：指阻礙的繼續保持，即發音部位持續阻礙的階段。此時氣流到達，發音器官不變，持續對氣流的阻礙。有的聲母發音時部位完全閉合，持阻時氣流無法從口腔或鼻腔衝出，只是壓迫阻礙的部位，這時不發聲；有的聲母發音時部位不完全閉合，持阻時氣流可以從中摩擦擠出，例如發【s】時，氣流可以由舌間與上齒背之間的縫隙擠出，發出摩擦聲，且其發聲可以延長。

3. **除阻**（released）：指阻礙的解除，即發音部位消除阻礙的階段，也叫做破阻。持阻時不發音的聲母，這時由於阻礙解除，氣流衝出發聲，例如發【p】時，除阻時雙唇突然打開，氣流一下子衝出來發聲，這種聲音不能持久；持阻時發聲的聲母，這時就不發聲了。

以上三個步驟實際上可歸納爲兩個階段，首先是哪些器官阻住氣流；其次是氣流怎樣衝破阻礙到口腔外面來。前者是發音部位，後者是發音方法。

㈠**發音部位**

發音部位指的是發音器官。人類的發音器官，可以藉著不同的方法，發出並調整語音。這些器官包括：肺和氣管、喉頭和聲帶、咽頭、口腔和鼻腔。

1. **肺和氣管**：這是人類的呼吸器官。肺是呼吸氣流的源頭，靠著肺的一呼一吸，發出氣流，構成人類發音的原動力。氣管是輸送氣流的器官，它把肺裡的氣流，輸送到口腔或鼻腔。

一般語言都是用呼出的氣流來發音的，但有些聲音也可以用吸氣來發音，例如我們表示稱讚或惋惜時，利用舌尖發出「嘖嘖」的聲音就是吸氣音。客家話幾乎都是呼氣音，但是非洲及海南島的有些語言卻有吸入音（implosion）。

2.**喉頭和聲帶**：喉頭是由甲狀軟骨、環狀軟骨和杓狀軟骨所組成。脖子前方正中突起的部位，稱爲喉結的，就是喉頭。

聲帶位在喉室裡，它是由肌肉、粘膜等所組成的兩片韌帶，富有彈性，可以左右分開，也可以合攏。當肺裡呼出的氣流，通過合攏的聲門，就引起聲帶顫動而發出聲音來。所以聲帶是人類發音的主體。

3.**咽頭、口腔和鼻腔**：人類發音的主體是聲帶、聲門，而咽頭、口腔和鼻腔三者是發音的共鳴器。咽頭最接近聲門，上通鼻腔，中通口腔，下通喉頭。咽頭的後壁叫做咽壁，當我們面對鏡子張開口腔時，可以看得很清楚。

口腔的內部包括唇、舌、齒、牙、顎，又可以細分爲上唇、下唇、上齒、下齒、上齒齦、硬顎、軟顎、舌頭等；舌頭也可分爲舌尖、舌面和舌根。說話時，如果氣流從口腔流出，就成爲「口音」（oral）。

鼻腔在口腔的上頭，由軟顎和小舌隔開口腔。當呼吸時，軟顎、小舌懸在中間，口腔和鼻腔的通路同時打開，氣流可以自由出入。說話時，如果軟顎、小舌下垂，關閉了口腔的通路，氣流從鼻腔流出，就成爲「鼻音」（nasal）。下面是發音器官圖：

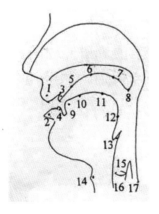

1.上唇	10.舌面前
2.下唇	11.舌面後
3.上齒	12.舌根
4.下齒	13.會咽軟骨
5.上齒齦	14.喉頭
6.硬顎	15.聲帶（中爲聲門）
7.軟顎	16.氣管
8.小舌	17.食道
9.舌尖	

㈡**發音方法**

發音方法共有五種：塞音、鼻音、擦音、邊音、塞擦音。

1. **塞聲**（stop or plosive）：發音時，口腔中某兩部分發音器官完全緊密，同時軟顎擡起，堵塞鼻腔的通道，然後突然打開，氣流從口腔迸裂而出，有如爆竹原理，這種音叫做塞音，也叫做爆音或塞爆音。

塞音又可分爲兩種：一種是發音時氣流出來較強，叫做送氣（aspirate）；一種是氣流較弱，叫做不送氣（unaspirate）。客語中有下列三組相對的送氣與不送氣塞音聲母：

雙唇塞音：p-（ㄅ）-p'-（ㄆ）
舌尖塞音：t-（ㄉ）-t'-（ㄊ）
舌根塞音：k-（ㄍ）-k'-（ㄎ）

2. **鼻音**（nasal）：發音時，口腔的通道完全阻塞，軟顎和小舌下垂，讓氣流從鼻腔逸出，同時聲帶振動，這種音叫做鼻音。客語裡的鼻音有三個：

雙唇鼻音：m-（ㄇ）
舌尖鼻音：n-（ㄋ）
舌根鼻音：ŋ-（ㄫ）

3. **擦音**（fricative）：發音時，發音器官的某兩部分相互接近，把通路變得很窄，甚至只留下一條隙縫，氣流從隙縫中擠出來，發出帶有摩擦成分的音，這種音叫做擦音。客語中的擦音有：

唇齒擦音：f-（ㄈ）、v-（万）
舌尖前擦音：s-（ㄙ）
舌尖面擦音：ʃ-（ㄕ）、ʒ-（ㄖ）

舌根擦音：h-（ㄏ）

4.**邊音**（lateral）：發音時，舌尖抵住上齒齦，氣流在口腔中央的通路遇到了阻礙，改從舌頭兩邊的間隙流出，這種音叫做邊音。客語的邊音有：

舌尖邊音：l-（ㄌ）

5.**塞擦音**（affricative）：這是結合「塞音」和「擦音」在一起的發音方法。發音時，口腔某兩部分發音器官完全阻塞以後，一面阻塞的部分也打開了，氣流同時摩擦出來，這種音叫做塞擦音。塞音和擦音結合的時候，非常緊密，幾乎是同時發生，聽起來就像是只有一個音素，擦音也有送氣與不送氣的分別。客語裡有兩組相對的塞擦音聲母：

舌尖前塞擦音：ts-（ㄗ）、ts'-（ㄘ）
舌尖面塞擦音：tʃ-（ㄓ）、tʃ'-（ㄔ）

這裡要說明與發音方法有關的兩組名詞：一是暫音和久音：塞音在除阻時才能發出聲音來，而且一發即逝，無法延長，所以叫做暫音（momentary consonant）；而擦音的持阻就可以一口氣延長下去，所以又叫做久音（continuant consonant）。二是清音與濁音：發音時，如果兩條聲帶之間的空隙很大，氣流可以自由的流出，聲帶不顫動的，叫做清音，也稱不帶音（voiceless），如 p-、ph-、t-、th-等都是；如果聲門閉住，兩條聲帶靠得很緊，氣流出來時，聲帶受氣流摩擦而發生顫動的，叫做濁音，也稱為帶音（voiced）。客語聲母的濁音有 m-、v-、n-、ŋ-、l-、ʒ-六個，其餘的是清音。

以下從發音部位和發音方法，分別介紹客語的聲母：

1.**雙唇音**（bilabial）：這是聲母中最容易發的音，各種語言裡幾

乎都有。它是氣流受到上下唇的阻礙而成的音，古人稱爲重唇音。
客語裡有三個，發音時通常借助韻母ㄜ：

p-：不送氣的雙唇清塞音——如巴、布、邦的聲母。
p'-：送氣的雙唇清塞音——如皮、普、培的聲母。
m-：濁的雙唇鼻音——如麻、米、麵的聲母。

2.**唇齒音**（labio-dental）：唇齒音是氣流受到下唇和上齒的阻礙
而成的音。古人稱爲輕唇音。客語裡有兩個，發音時也要借助的韻
母ㄜ：

f-：清的唇齒擦音——如方、奉、服的聲母。
v-：濁的唇齒擦音——如溫、黃、屋的聲母。

3.**舌尖中音**（alaveolar）：舌尖中音是氣流受到舌尖和上齒齦阻
礙而成的音。客語裡有四個，發音時通常借助的韻母ㄜ：

t-：不送氣的舌尖清塞音——如都、多、刀的聲母。
t'-：送氣的舌尖清塞音——如天、庭、透的聲母就是。
n-：濁的舌尖鼻音——如耐、奴、鬧的聲母。
l-：濁的邊擦音——如來、魯、龍的聲母。

4.**舌根音**（velar）：舌根音是氣流受到舌根和軟顎阻礙而成的
音。客語裡有四個，發音時通常借助韻母ㄜ：

k-：不送氣的舌根清塞音——如交、敢、甘的聲母。
k'-：送氣的舌根清塞音——如看、康、考的聲母。
ŋ-：濁的舌根塞音——如疑、咬、誤的聲母。
h-：舌根清擦音——如寒、巷、海的聲母。

5.**舌尖前音**（dantal）：舌尖前音一般稱爲舌尖音，是舌尖與門齒背阻礙而成的音。客語裡有三個，發音時，借助的韻母都是【ï】：

ts-：不送氣舌尖清塞擦音——如精、資、早的聲母。

ts'-：送氣的舌尖清塞擦音——如清、次、草的聲母。

s-：舌尖清擦音——如心、所、愁的聲母。

6.**舌尖面音**（palato-alveolar）：舌尖面音是舌尖到舌面之間（舌葉）與前顎阻礙而成的音，又叫做舌尖面混合音或舌葉音。客語裡有四個，發音時，借助的韻母也是【ï】：

tʃ-：不送氣舌尖面清塞擦音——如海陸話照、紙、張的聲母。

tʃ'-：送氣的舌尖面清塞擦音——如海陸話穿、稱、綢的聲母。

ʃ-：舌尖面清擦音——如海陸話神、燒、尙的聲母。

ʒ-：舌尖面濁擦音——如海陸話影、樣、有的聲母。

四、聲母發音舉列

1. p-：巴西　埠塘　幫忙　拜年　頒布　寶貝　幫撥　兵變
2. p'-：皮鞋　部長　破格　鋪路　枇杷　鋪排　乒乓　批評
3. m-：梅山　麻索　蒙古　貿易　磨米　眉毛　微末　門面
4. f-：花假　和平　壞底　紅花　鳳凰　火灰　發揮　豐富
5. v-：和尙　衛生　舞臺　委員　禾黃　威武　橫屋　換位
6. t-：打算　端正　董事　頂高　擔當　丁對　到底　打鬥
7. t'-：屠龍　貪心　湯匙　剃頭　地豆　逃脫　土地　偷渡
8. n-：南港　難免　嫩薑　納稅　湳泥　內奶　難能　能耐
9. l-：來往　冷凍　羅盤　藍衫　流連　老路　來料　亂來
10. k-：校正　學校　比較　計較　講古　尷尬　久見　檢舉
11. k'-：苦心　堪得　慶祝　奇巧　慷慨　刻苦　坎坷　健康

12. ŋ：誤會　額頭　硬飯　巍峨　咬牙　外人　鵝肉　鱷魚

13. h-：號碼　豪華　憲法　候選　稽查　休閒　河溪　巷口

14. tsi：濟貧　借錢　將就　接續　酒精　浸酒　接濟

15. ts'i：淒慘　尋人　請求　青松　千秋　漸漸　親像

16. ŋi：牛眼　娘親　認定　惹禍　忍讓　韌肉　粘人　入耳　軟弱

17. si：邪術　心得　秀才　西皮　相信　消息　習俗　西席　瀉洩

18. tʃ-/ts-：遮蔭　張良　執照　主張　終止　針黹　豬隻　正種

19. tʃ'-/ts'-：車輛　除權　奢華　癡迷　抽牽　吹唱　長尺　直腸

20. s-/ʃ-：燒香　上海　閃避　常識　聲勢　失手　實施　神社

21. Ø-/ʒ-：野外　用心　影片　養育　艷陽　容易　夜遊　永遠

22. ts-：資格　詐欺　莊嚴　祖宗　總則　栽贓　走桌　尊祖

23. ts'-：自從　造橋　初級　曹操　參差　粗糙　差錯　蒼翠

24. s-：思想　篩米　鎖匙　愁慮　算數　唆慫　三歲　生疏

25. Ø-：恁多　恩典　安全　阿舍　愛心　矮屋　襖婆　惡化　漚水

　　※以上 18～21 海陸腔 tʃ-、tʃ'-、ʃ，四縣腔的聲母是 ts-、ts'-、s-；ʒ-，四縣腔是 Ø 聲母。

第 2 節　韻母系統

一、韻母的意義

　　韻母是一個字音的後一部分，如果一個字音沒有聲母（零聲母），則其全部都是韻母。韻母不單指元音而言，有些韻母的末尾也帶有輔音，就是輔音尾韻母。

　　韻母和聲調是字音最重要的部分，因為有的字音可以沒有聲母，卻不能沒有韻母和聲調（tone）。而韻母又可分成韻頭（medial）、韻腹（vowel）和韻尾（ending）三部分：韻頭就是介音，韻腹就是主要元音，韻尾有的是元音，有的是輔音。有的字音沒有韻頭，有的沒有韻尾，但是不能沒有韻腹，所以韻腹又是韻母中最重要的部分。請看下圖即可明白：

客語語音結構圖

聲母（C）	韻母			聲調（T）	例字	結構
	韻頭（M）	韻腹（V）	韻尾（E）			
		a		1	阿	VT
	i	a		3/7	夜	MVT
		a	i	2	矮	VET
p		i		3	蔽	CVT
k	u	a		1	瓜	CMVT
m		o	i	5	梅	CVET
ts'	i	o	ŋ	1	槍	CMVET

　　發元音的時候，氣流出入不受任何阻礙或摩擦，由於聲帶顫動而發出聲音來，所以也是一種久音。元音的性質由口腔的形狀決定，口腔的形狀則由舌頭的移動和嘴唇的形狀來決定。所以分析元音時要注意兩個原則：㈠舌位的前後、高低；㈡嘴唇的圓展。

　　語言學家把人類發【i】、【e】、【ɛ】、【a】、【u】、【o】、【ɔ】、【ɑ】八大元音時的口腔形狀用X光拍攝下來，就成為下面的元音舌位圖：

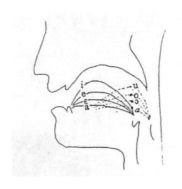

二、韻母的種類

　　客語韻母包括舒聲韻母、入聲韻母和成音節鼻音三類。舒聲是與促聲相對的名稱，由於其韻尾不是塞音，發聲比較舒長，因以得名。舒聲韻母又分開尾韻母和鼻音尾韻母兩種：前者是以【ɨ】、【i】、【e】、【a】、【o】、【u】六個元音所組成，又稱做陰聲韻母；後者是分別以【m】、【n】、【ŋ】三個鼻音爲韻尾的韻母，又稱做陽聲韻母。入聲韻母是分別以【p】、【t】、【k】三個塞音爲韻尾的韻母，所以叫做塞音尾韻母；由於其發聲比較急促，所以又稱做促聲韻母或入聲韻母。至於成音節鼻音則是可能單獨發音而具有意義的輔音，客語中有【m】、【n】、【ŋ】三個鼻音。

　　四縣腔韻母計有開尾韻母二十二個，鼻音尾韻母二十四個，入聲韻母二十四個，外加成音節鼻音三個，共計七十三個。但是其中【-ɨm】、【-ɨn】、【-ɨp】、【-ɨt】四個，海陸及饒平、大埔等腔的客語，與【-im】、【-in】、【-ip】、【-it】合併，而且也沒有成音節鼻音【n】，故只有六十八個韻母。

　　開尾韻母的韻尾有【i】、【u】兩類元音，鼻音尾和塞音尾韻母的韻尾各有【m】、【n】、【ŋ】和【p】、【t】、【k】三類輔音，這是從韻尾比較的結果。若從韻頭和主要元音來看，又可分成開口、齊齒和合口三類：凡韻頭或主要元音是【i】的爲齊齒韻母，韻頭或主要元音是【u】的爲合口韻母，韻頭或主要元音不是【i】或【u】的，就是開口韻母。客語中沒有撮口韻母。茲分別列表如下：

(一)舒聲韻母（46個）

韻攝＼韻頭	開尾韻母（陰聲韻母）22								
開口	ï 自私	a 家花	o 寶島	e 洗齊	ai 泰賴	oi 開來		au 吵鬧	eu 走漏
齊齒	i 起機	ia 謝惹	io 茄靴	ie 契蟻	iai 解街	ioi（脆）	ieu 鉤扣	iau 料條	iu 九秋
合口	u 扶父	ua 瓜誇		ue□	uai 怪乖		ui 水雷		

韻攝＼韻頭	鼻音尾韻母（陽聲韻母）24										
	m 韻尾 6			n 韻尾 11					ŋ 韻尾 7		
開口	am 膽敢	em 岑森	ïm 深斟	an 滿限	on 安寬	en 恩等	ïn 陳神		aŋ 莽撑	oŋ 光黨	
齊齒	iam 欠驗	iem □	im 欽心	ian 天眼	ion 全軟	ien [天眼]	in 親人	iun 君銀	iaŋ 請領	ioŋ 向娘	iuŋ 弓誦
合口				uan 關款		uen 耿迴		un 崑崙	uaŋ 梗莖		uŋ 公紅

(二)入聲韻母（24個）

韻攝＼韻頭	塞音尾韻母（入聲韻母）24										
	p 韻尾 6			t 韻尾 11					k 韻尾 7		
開口	ïp 汁濕	ap 納臘	ep 澀	ït 實質	at 發達	et 北得	ot 脫割		ak 白石	ok 莫落	
齊齒	ip 立入	iap 接業	iep □	it 七力	iat 結缺	iet [結缺]	iot 嘬	iut 屈	iak 逆錫	iok 略腳	iuk 曲足
合口				uat 括	uet 國			ut 骨佛	uak □		uk 目祿

㈢成音節鼻韻（3 個）

m：晤、毋（不）

n：你

ŋ：魚、女、五、吳、你

說明：　1.上表未附例字的，表示口語有此音，一時找不到適當
的字。

2.表中-ïm、-ïn、-ïp、-ït四個韻母，四縣話有，海陸話無。

3.括號中的（ien）、（iet）與-ian、-iat 可分可合，如
顛、結二字，六堆地區多說成【tian】、【kiat】，北
部則說成【tien】、【kiet】，南北發音有別，如果分
別標記，就是嚴式記音法；如果記【ian】也可以代表
【ien】，就是寬式記音法。本書採用寬式，所以第二
式音標仍要注ㄧㄢ（如國語的「煙」）。

4.成音節鼻音【n】，只有四縣話使用，但「你」也可
說成【ŋ】，所以嚴格說來，只有兩個。成音節鼻音
在國際音標中須加附加符號「｜」在音標之下，本書
為了書寫方便，予以省略。

三、韻母的發音

㈠開尾韻母（陰聲韻母）

1.開口韻母：主要元音或介音不是 i 或 u 的韻母。有八個：

-ï（帀）：有兩種發音，一種是和 ts-、tsʻ-、s-配合的舌尖前元
音【ï】，發音時舌尖接近上齒背，嘴唇略扁，如資、此的韻母就
是。一種是和 tʃ-、tʃʻ-、ʃ-配合的舌尖面元音【ɿ】，發音時，舌葉
接近前顎，舌中部略下垂，嘴唇略扁。如四縣海陸混合腔「詩」字
的韻母就是。但是這兩個元音不會同時出現在一個音節中，所以用

【ï】代表。

　　-a（ㄚ）：前低元音，展唇。音位合併時也代表央低元音 A 和後低元音ɑ。如巴、爬的韻母就是。

　　-o（ㄛ）：後半高元音，圓唇。如玻、科的韻母就是。

　　-e（ㄝ）：前半高元音，展唇。如細、係的韻母。

　　-ai（ㄞ）：a 和 i 合起來的複韻母。如唉、泰的韻母。

　　-oi（ㄛㄧ）：o 和 i 合起來的複韻母。如開、來的韻母。

　　-au（ㄠ）：a 和 u 合起的複韻母。如包、貌的韻母。

　　-eu（ㄝㄨ）：e 和 u 合起來的複韻母。如歐、後，和四縣話蕭、廟的韻母。

　　2.齊齒韻母：主要元音或介音是 i 的韻母。有九個：

　　-i（ㄧ）：前高展唇元音。如衣、機的韻母就是。

　　-ia（ㄧㄚ）：i 和 a 合起來的複韻母。如寫、謝的韻母。

　　-io（ㄧㄛ）：i 和 o 合起來的複韻母。如茄、靴的韻母。

　　-ie（ㄧㄝ）：i 和 e 合起來的複韻母。如蟻、契的韻母。

　　-iu（ㄧㄨ）：i 和 u 合起來的複韻母。如救、舊的韻母。

　　-iai（ㄧㄞ）：iai 三個元音結合而成。如南部四縣話街、解的韻母。此音目前分為兩流：北部四縣系歸入 ie，海陸系歸入 ai。

　　-ioi（ㄧㄛㄧ）：ioi 三個元音結合而成。如脆的又音。

　　-ieu（ㄧㄝㄨ）：ieu 三個元音結合而成。如溝、箍，和四縣話嬌、橋的韻母。

　　-iau（ㄧㄠ）：iau 三個元音結合而成。如廖、挑的韻母。

　　3.合口韻母：主要元音或介音是 u 的韻母。有五個：

　　-u（ㄨ）：後高元音，圓唇。如古、府的韻母。

-ua（ㄨㄚ）：u 和 a 合起來的複韻母。如瓜、誇的韻母。

-ue（ㄨㄝ）：u 和 e 合起來的複韻母。如呱（kue，形容雞啼聲）、□（k'ue，形容碗破聲）的韻母。

-ui（ㄨㄧ）：u 和 i 合起來的複韻母。如貴、危的韻母。

-uai（ㄨㄞ）：uai 三個元音結合而成。如乖、快的韻母。

㈡鼻音尾韻母（陽聲韻母）

1. -m 韻尾：雙唇鼻音韻尾，以輔音 m 收尾。有六個：

-am（ㄚㄇ）：發音時，嘴唇由大開到全合，氣流先從口出，收尾時從鼻孔出來。如甘、坎的韻母。

-em（ㄝㄇ）：先發 e，收尾時，雙唇緊閉，氣流從鼻孔出來。如森、岑的韻母。按：本韻母漢語音標作 êm。

-ïm（帀ㄇ）：國語注音可以寫作ㄜㄇ，為四縣話及詔安話特有的韻。如針、深的韻母。

-im（ㄧㄇ）：先發 i，收尾時，雙唇緊閉，氣流從鼻孔出來。如金、欽的韻母。

-iam（ㄧㄚㄇ）：先發 ia，再以 m 收尾。如兼、欠的韻母。

-iem（ㄧㄝㄇ）：先發 ie，再以 m 收尾。如□（kiem，蓋起來）、□（k'iem，蓋起來）的韻母。

以上的雙唇鼻音韻尾，國語都變舌尖鼻音-n 韻尾。

2. -n 韻尾：舌尖鼻音韻尾，以輔音-n 收尾。有十一個：

-an（ㄢ）：a 和 n 的合音。氣流先從口出，然後從鼻子出來。如單、散的韻母。

-on（ㄛㄣ）：o 和 n 的合音。氣流先從口出，再從鼻子出來。如端、團的韻母。

-en（ㄝㄣ）：e 和 n 連成一個音。如恩、曾的韻母。

-in（帀ㄣ）：國語注音可以寫作ㄣ，漢語音標作en。也是四縣和詔安話特有的音。如四縣話真、陳的韻母。

-in（一ㄣ）：i 和 n 的合音。如精、新的韻母。

-un（ㄨㄣ）：u 和 n 的合音。如昆、倫的韻母。

-ian（一ㄢ）：i 和 an 的合音。如間、牽的韻母，北部客語實際發音爲 ien。

-ion（一ㄛㄣ）：爲 i 和 on 的合音。如全、軟的韻母。

-iun（一ㄨㄣ）：爲 i 和 un 的合音。如軍、銀的韻母。

-uan（ㄨㄢ）：u 和 an 的合音。如關、款的韻母。

-uen（ㄨㄝㄣ）：u 和 en 的合音。如耿、焖的韻母。

3.-ŋ 韻尾：舌根鼻音韻尾，以輔音 ŋ 收尾。有七個：

-aŋ（ㄤ）：a 和 ŋ 之合音。收音時，舌後部抵住軟顎，使氣流後一半從鼻子出來。如彭、莽的韻母。

-oŋ（ㄛㄥ）：o 和 ŋ 的合音。如光、當的韻母。

-uŋ（ㄨㄥ）：u 和 ŋ 的合音。如公、多的韻母。

-iaŋ（一ㄤ）：i 和 aŋ 的合音。如醒、嶺的韻母。

-ioŋ（一ㄛㄥ）：i 和 oŋ 的合音。如枋、相的韻母。

-iuŋ（一ㄨㄥ）：i 和 uŋ 的合音。如弓、凶的韻母。

-uaŋ（ㄨㄤ）：u 和 aŋ 的合音。如梗、莖的韻母。

㈢塞音尾韻母（入聲韻母）

這三種輔音做韻尾發音時只有成阻和持阻兩個階段，發音時氣流衝擊發音部位，但阻礙部分不打開，氣流無法衝出，只做勢而不出聲，叫做唯閉音（implosive sound）。有-p、-t、-k 三類韻尾。

1. p 韻尾：雙唇塞音韻尾，以輔音 p 收尾，收音時，雙唇快速

合閉起來。有六個：

-ïp（帀ㄅ）：如四縣話汁、十的韻母。這也是四縣和詔安話特有的韻母。

-ap（ㄚㄅ）：如甲、答的韻母。

-ep（ㄝㄅ）：如澀、撮的韻母。

-ip（ㄧㄅ）：如急、及的韻母。

-iap（ㄧㄚㄅ）：如接、挾的韻母。

-iep（ㄧㄝㄅ）：如□（kiep[8]，水激蕩）、□（khiep[4]，覆蓋）的韻母。

2. -t韻尾：舌尖塞音韻尾，以輔音t收尾的韻母，收音時，使氣流堵住。有十一個：

-ït（帀ㄉ）：如四縣話質、直的韻母。

-at（ㄚㄉ）：如達、辣的韻母。

-et（ㄝㄉ）：如得、色的韻母。

-ot（ㄛㄉ）：如刷、渴的韻母。

-it（ㄧㄉ）：如的、力的韻母。

-ut（ㄨㄉ）：如骨、佛的韻母。

-iat（ㄧㄚㄉ）：如結、穴的韻母。

-iot（ㄧㄛㄉ）：如嘬的韻母，客語僅與聲母〔ts〕相配。

-iut（ㄧㄨㄉ）：如屈的韻母，客語僅與聲母〔k′〕相配。

-uat（ㄨㄚㄉ）：如刮的韻母。

-uet（ㄨㄝㄉ）：如國的韻母，客語僅與聲母〔k〕相配。

3. -k 韻尾：舌根塞音韻尾，以輔音-k 收尾的韻母，收音時，快速使舌根抵住軟顎如發 k 的動作，堵住氣流。有七個：

-ak（ㄚㄍ）：如百、麥。

-ok（ㄛㄍ）：如角、落的韻母。

-uk（ㄨㄍ）：如木、祿的韻母。

-iak（ㄧㄚㄍ）：如額、錫的韻母。

-iok（ㄧㄛㄍ）：如削、弱的韻母。

-iuk（ㄧㄨㄍ）：如菊、肉的韻母。

-uak（ㄨㄚㄍ）：如□（kuak⁸，形容石頭相擊的聲音）。

㈣成音節鼻韻：

成音節鼻韻發音時與聲母m、n、ŋ發音實際上一樣，只是不能借助ㄜ韻母而已。國語中沒有這類音節，閩南語裡有 m，例如說「不去」（m k'i）前一個音節即是。有三個：

m：毋（唔）

n：你

ŋ：吳、魚、五、梧、蜈

四、韻母發音舉列

1. ï：咨詢　子弟　自然　自私　私事（四縣：詩詞　時制）
2. i：比率　批發　米酒　里長　句語　稀奇　拘禮　意義　異
議（四縣：培養　配合　佩服　輩分　味道　透尾　肥肉）
3. eu：計謀　斗六　歐洲　愁慮　猴頭　蓮藕　某人　牡丹　走
漏（四縣：苗栗　藐視　渺茫　趣妙　寺廟　漂萍　票價
標題　貓公　消息　笑容　小學　肖虎　逍遙　通霄）
4. ieu：鉤搭　夠工　水溝　狗寶　口味　篾箍　扣稅（四縣：繳
錢　扛轎　要領　邀請　滿嬌　嗷吱　驕傲　撬開　蹺課
翹起　橋樑　僑胞）
5. io：靴子　揉皺　茄仔　瘸腳　蹴蟻公　幾多錢

6. oi：才調　來得　開發　不該　會衰　海外　賠償　媒人　銀
　　　堆　好彩　興衰　溜苔（海陸：培養　配合　佩服）

7. ioi：當脆（恁 k′—）

8. iu：救援　糾紛　舊曆　秋波　衫袖　流傳　揪出來　求學
　　　永久　水牛　山丘　一坵田　繡球　扭皺

9. ui：桂花　飛來　追蹤　退休　推行　內容　犯罪　隨緣　食
　　　虧　擂槌（海陸：輩分　寶貝　味道　透尾　肥肉）

10. ue：雞子 gue² gue² 啼

11.（ïm）：（四縣：針線　深淺　審查　謹慎）

12. im：飲酒　尋味　興頭　黃金（海陸：針線　深淺　審查　謹
　　　慎）

13. em：砧枋　lem⁵ 窿　人參

14. iem：撣蓋　kiem³ 被　奄雞仔（奄，借為 ŋiem³，奄奄一息貌。）

15. am：甘願　堪得　敢死隊　砍殺　擔心　貪污　南投　膽量
　　　探親　攬權　纜車　簪花　參加　遊覽車　南崁　攙扶
　　　衫褲　鑱除　閃開　占地　懺悔　禪房

16. iam：店長　添丁　染色　點心　舔味　念佛　劍潭　謙虛
　　　棄嫌　尖峰　簽約　潛水　兼粘　拈甜　冉妹

17.（ïn）：（四縣：身體　整理　懲處　申報　成績　稱讚）

18. in：靈感　緊縮　清楚　確實　親情　認定（海陸：真除　身
　　　體　整理　懲處　申報　稱讚　成績）

19. en：冰糖　朋友　盟約　衡量　登場　藤條　能力　烹煮　恆
　　　春　燈籠　等待　三等　九層　叮嚀

20. ien：肩頭　編選　免費　田地　聯絡　堅持　牽連　願望　掀
　　　開　遷徙　賢達　千年　捐獻　剪綵　淺見　蠶繭

21. uen：耿直

22. on：官僚　寬鬆　韓信　灌溉　罕有　端陽　斷烏　暖氣　亂
　　　世　肝膽　寒酸　幹部　鴨卵　看管　換算　汗衫　旱田

23. ion：軟糖　安全　吮奶　姓阮

24. un：捆綁　嫩芽　倫常　順利　尊重　村長　遁逃　竹筍　崑
　　　崙　孫文　分錢　噴漆　問題　奮鬥　焚香　糞窖

25. iun：君子　芹菜　忍耐　勳業　謹慎　接近　金銀　軍訓
　　　均可　僅有　刀刃　勺線　運動　雲林

26. o：棒球　旁觀　放棄　當時　湯匙　錦囊　江山　康寧　降
　　　落　投降　章程　腸胃　常識　賞金　上級　塘蝨　方案
　　　文章　幫忙　康莊（海陸：樣本　秧苗　陽光　養護）

27. ioŋ：將就　搶劫　薑絲　讓步　滑翔　風向　相框　獎勵　腔
　　　調（四縣：樣本　秧苗　陽光　養護　揚蝶仔）

28. iuŋ：弓箭　凶惡　貧窮　英雄　恐龍　縱子行凶　蹤影　訟案
　　　縱貫鐵路　松樹　誦經　鞏固　共同　擁護　勇敢

29. （ïp）：（四縣：十分　果汁　執行　摯友）

30. ip：立法　及格　聚集　加入　補給　翕氣　蒞臨（海陸：十
　　　分　果汁　執行　摯友）

31. ep：酸澀　稼穡　齧齒　垃圾

32. iep：激水　khiep[4] 起來　垃激

33. ap：甲等　恰似　臘鴨　面頰卵　拉雜　煠卵　插花

34. iap：挾制　協調　業績　打獵　貼紙　疊牀架屋　洩漏　協調
　　　脅逼　劫難　捷運　妻妾　聶姓　躡手躡腳　武俠

35. （ït）：（四縣：織布　值日　常識　職務　質詢　姪孫　植
　　　物　繁殖　秩序　斥喝　飭令　敕封　實際　食品）

36. it：畢業　避邪　目的　點滴（海陸：織布　值日　常識　職
　　　務　質詢　姪孫　植物　繁殖　秩序　斥喝　飭令　敕封
　　　實際　食品）

37. et：北部　魄力　烏墨　或者　得知　忒多　捏碎　呃酸　總
　　　則　賊臟　塞入　厄運　德政　紅色

38. iet：結盟　缺點　月光　血管　揭幕　跌倒　鋼鐵　裂縫　龍
　　　穴　切結　熱烈（四縣：乙等　越南　関卷　粵東）

39. uet：國際

40. at：八仙　潑水　末朝　活動　光滑　嘎啦　瞎眼　值錢　鞭
　　　撻　辛辣　發達　撥款　察訪　煞氣　徹底　撤銷（海
　　　陸：乙等　越南　悅耳　関卷　粵東）

41. uat：刮痧　包括　闊嘴（大埔）

42. ot：發水災　呫狗相咬　脫班　拎鬚　割草　喝令　肚渴

43. iot：嗼奶

44. ut：不足　渤海　沒落　猝然　術科　一齣　佛骨　物品　禿
　　　頂　突破

45. iut：委屈

46. ak：伯婆　魂魄　打脈　計畫　吹笛　中壢　擘開　白石　麥
　　　片　炙燒　尺寸　隔壁　喀喀衮笑　嚇倒

47. iak：壁蛇　劈開　趔遽　劇團　鞋屜　腳跡　草蓆　惜福　錫
　　　箔　額度　逆黨

48. uak：kuaŋ⁵　kuak⁸（突出貌）

49. ok：剝皮　薄荷　莫愁　鑊頭　豁免　剁碎　托盤　諾言　落
　　　後　覺醒　確實　音樂　熇乾　桌布　鑿空　索取　酌酒
　　　著病　芍藥　落寞　硌碗

50. iok：腳步　衰弱　一卻　稈縛　虐削　方略　爵位　孔雀

51. uk：卜卦　樸實　牧場　福壽　督學　獨裁　蠕動　食祿　啼
　　　哭　民族　速度　轆磟　祝賀　觸犯　熟練　促成　鹿茸

52. iuk：滿足　刺激　宿舍　夙願　黃菊　包穄　羊肉　體育

第3節　聲調系統

一、聲調的意義

在客語中，聲調（tone）是任何音節中不可或缺的因素。不同的音高升降起伏變化，具有區別詞義的作用，如【kam^{53} ts'o^{13}】、【koŋ^{11} lioŋ^{55}】四個音節，海陸、四縣的聲韻都相同，只是升降起伏狀態的不同，兩者代表的意義也不同，它可能指四縣話的敢坐、光亮四字，也可能代表海陸話的甘草、鋼樑四字，這種聲音升降起伏的狀態就叫做聲調。

聲音的要素有四：音色（quality or timber）、音強（stress）、音長（duration）和音高（pitch）。音色與音強都和聲調無關，例如同音高的 la，提琴和鋼琴的聲音不同，就是音色的不同；用力的唱或輕輕的唱，一樣是 la。影響聲調的因素，主要是音高，其次是音長。音高是由聲帶振動的頻率來決定，聲帶繃得愈緊，振動的頻率愈多，聲音就愈高；反過來，聲帶愈鬆，聲音就愈低。所以聲帶的鬆緊變化，就形成聲調的高低變化。

音長也會影響聲調，像客家話的舒聲調，如都（tu）東（tuŋ）的發音時間較長，但是入聲調就很短促，其結果就變成督（tuk）的入聲調。

二、聲調的種類

中古漢語有平、上、去、入四種聲調，現代國語有陰平、陽平、上聲、去聲，也是四種聲調，不過聲調的內容並不相同。後者是平聲分爲陰平和陽平，但是沒有入聲。由此可見聲調是會產生分

化或合併的現象。例如西北天水話只有平、上、去三種聲調，中古
入聲都合併到去聲裡面；溫州話是平、上、去、入各分陰陽，共有
八種聲調；廣州話除了平、上、去、入各分陰陽之外，陰入聲又分
兩種，稱爲上陰入和下陰入，所以有九種聲調；廣西博白方言，連
陽入聲也分上下兩種，所以有十種聲調。這些聲調的種類，簡稱爲
調類。

　　臺灣客家話的海陸腔有七個調類：二平、一上、二去、二入；
四縣腔、饒平、東勢腔等，去聲不分陰陽，只有六個調類。爲了簡
化對調類的稱呼，國語把陰平、陽平、上聲、去聲叫做第一聲、第
二聲、第三聲、第四聲。但漢語方言中，五聲到八聲的爲數最多，
這些方言都有入聲，爲了兼顧平上去入的歷史傳統，並便於各方言
之間的調類對照，我們可以用阿拉伯數字1、2、3、4、5、6、7、8
來代表陰平、陰上、陰去、陰入、陽平、陽上、陽去、陽入。也就
是「先分陰陽再分四聲」，據此可以列出客語的調類如下表：

陰陽＼四聲	平	上	去	入
陰	1	2	3	4
陽	5	（6）	*7	8

說明：　1.客語上聲不分陰陽，所以缺6，6的空位預留給有陽上聲的方言使用。
　　　　2.四縣去聲不分陰陽，陰去和陽去調值相同。

三、聲調的音值

　　聲調的音值，簡稱調值，就是各種聲調的實際調音。同樣是平
上去入，古與今可能不同，各地的方言間也有不同，即使同爲客家
話，各種次方言也有差別。爲了科學的描寫調值，一般採用趙元任

的五度制，例如國語的陰平是 55，陽平 35，上聲 214，去聲 51（如下圖）。

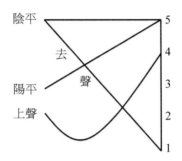

我們也可以把測量到的調值，用數字寫出來分別列表如下：

（四縣陰去陽去相同）

語別＼調號	1.陰平	2.上聲	3.陰去	4.陰入	5.陽平	7.陽去	8.陽入
四縣	24	31	55	32	11	（55）	55
海陸	53	13	11	55	55	33	32

音值的不同，代表聲調起落點和調子的形成也不同。我們可就音值的數字來分析調性（調型），如 55 做高平，33 叫做中平，11 叫做低平，24 和 13 叫做低升，53 叫做高降，31 叫做中降，55 叫做高促，也可用 5 表示，32 叫做低促，也可用 2 表示。

四、調號

依照調型來記錄聲調的符號叫做調號。在語音學的研究上，常把調值的數字寫在一個音節的後面或右上角，作爲調號，如海陸話「臺北」，可以標成 t'oi⁵⁵ pet⁵⁵，這是比較精確的記法，可以稱爲調值符號，本書即採用這種方法爲主。

一般使用的「調型符號」，是採用調型的座標來標示，現在把

臺灣客語四縣、海陸兩種次方言的調值、調號、調型，各依調類列表如下：

調類		陰平 1	上 2	陰去 3	陰入 4	陽平 5	陽去 7	陽入 8
四縣	調值	24	31	55	32	11	(55)	55
	調號	⟨符號⟩	⟨符號⟩	⟨符號⟩	⟨符號⟩	⟨符號⟩	(⟨符號⟩)	⟨符號⟩
	調性	低升	中降	高平	中降促	低平		高促
海陸	調值	53	13	11	55	55	33	32
	調號	⟨符號⟩	⟨符號⟩	⟨符號⟩	⟨符號⟩	⟨符號⟩	⟨符號⟩	⟨符號⟩
	調性	高降	低升	低平	高促	高平	中平	中降促
例字		先生 鄉村	點火 討保	看破 送報	德國 出色	情形 神明	電視 盡量	入學 毒藥

　　為了方便，也可以把調型符號撤去縱座標，例如國語注音符號的一、ㄥ、ˇ、ˋ就是採取這種方法，並且高平的符號可以省略。這可稱為「無座標韻尾調型符號」，簡稱韻尾法；又教會音標是把調號放在主要元音的上下方，可稱為「無座標韻中調型符號」，簡稱韻中法，請見下表：

語別	調類	1. 陰平	2. 上聲	3. 陰去	4. 陰入	5. 陽平	7. 陽去	8. 陽入
四縣	韻尾法	sam ∕	so ﹨	sai	kuk ﹨	mo ∨	ts ∕ in	lit
	韻中法	sám	sò	sai	kùk	mo	ts ∕ in	lit
海陸	韻尾法	sam ﹨	so ∕	sai ∨	kuk	mo	ts∕ in+	lit ﹨
	韻中法	sàm	só	sai	kuk	mo	ts ∕ i'n	lìt
例字		三	嫂	曬	穀	無	盡	力

　　此外，也有人使用傳統的四角記調法，即分別在漢字的左下、左上、右上、右下做半圓符號代表平上去入。但是不論哪一種調型符號，一次只能標註一種調值，這對語調單純的語言都沒有問題。

然而客語次方言種類很多，而且其間最大的差別在於聲調，例如陰平聲，四縣是上升調，海陸卻是下降調（見上表），如「金」字注成kim²⁴或kim′/ki′m，只能表示四縣音，不能兼顧其他次方言，這在編寫教材或字詞典時，很不經濟。如果為了採用調類標調，就可以一體適用。例如：「甘草做得和萬藥」，標記成kam¹ ts'o² tso³ tet⁵ fo⁵ van⁷ iok⁸/ʒiok⁸，不論四縣、海陸、大埔、饒平，均可就其調值，各讀各的調，非常方便（見下表）。

調類		1.陰平	2.上聲	3.陰去	4.陰入	5.陽平	7.陽去	8.陽入
例字		甘	草	做	得	和	萬	藥
標音		kam¹	ts╱o²	tso³	tet⁴	fo⁵	van⁷	iok⁸/ʒiok⁸
調值	四縣	24	31	55	2	11	(55)	5
	海陸	53	13	11	5	55	33	2

（藥字四縣與海陸發音不同，以斜線隔開，四縣在前，海陸在後。）

第4節　聲韻配合

臺灣客語聲母和韻母的配合有一定的規律，不是每一個聲母和每一個韻母都能相配，並且聲韻能相配的也不是每一聲調都具備。以下的聲韻配合表是把能配的填入文字，其中的空格，就是聲韻配合不出字音的，有此音義但寫不出字的，則以圓圈表示。四縣與海陸有一小部分聲韻不同，所以分開列表，以免混淆，且便比較。

一、臺灣四縣話聲韻配合表

四縣話聲韻配合表

呼	韻	調	P-	p-	m-	f-	v-	t-	t'-	n-	l-	ts-	ts'-	s-	k-	k'-	ŋ-	h-	Ø-
開口呼	-ï											資	次	私					
	-a		巴	爬	麻	花	蛙	打	他	拿	拉	渣	差	沙	加	卡	牙	哈	阿
	-e				姆	籬	穢		○	膩	哩	姊	齊	洗				係	誒
	-o		玻	破	毛	火	禾	刀	討	腦	勞	早	草	掃	高	科	臥	好	屙
	-ai		跛	排	買	懷	歪	低	態	乃	犁	災	猜	曬	個	○	涯	孩	唉
	-oi		背	賠	梅	灰	煨	堆	梯		來	胎	才	衰	該	開	呆	海	哀
	-au		包	拋	矛					鬧		蚤	炒	巢	交	考	咬	孝	凹
	-eu		飆	飄	茂	否		兜	偷	鈕	樓	鄒	湊	搜	狗	叩	偶	侯	歐
	-am					凡		擔	淡	南	藍	斬	滲	三	甘	堪	岩	喊	暗
	-em							○		○	○	砧	岑	森				喊	掩
	-an		班	潘	滿	番	彎	單	灘	難	蘭	贊	殘	山	艱	刊	研	限	恁
	-en		冰	朋	盟	弘	○	等	滕	能	楞	曾	層	僧				幸	恩
	-on			翻		歡	碗	端	團	暖	卵	鑽	賺	酸	幹	寬		寒	安
	-aŋ		邦	彭	莽	○	橫	釘	廳	○	冷	爭	撐	省	庚		硬	坑	盎
	-oŋ		幫	旁	忙	方	往	當	湯	囊	郎	莊	倉	桑	光	狂	昂	項	○
	ap	陰				法		答	塔		落	札	插	圾	甲	恰		○	壓
	ap	陽								納	臘	雜			○	磕	○	合	
	ep	陰						肭				撮		澀					○
	ep	陽						○				○							
	at	陰	八	潑	抹	發				○	瘌	紮	察	殺	□	刻	曱	瞎	揱
	at	陽	○	拔	末	活	滑	值	達		辣	○				斡			
	et	陰	北	弼	搣		域	德	踢	○		則	策	色				黑	噎
	et	陽		帛	墨	或				○		賊						核	
	ot	陰	發					咄	脫		劣	撮	刷	割				□	遏
	ot	陽						奪			捋	○							
	ak	陰	百	魄	脈	○	○	○	○	蹍	壢	摘	拆	析	隔			嚇	扼
	ak	陽		白	麥		劃	○	笛		曆				○			○	
	ok	陰	剝	拍	膜	霍	握	琢	托			作	斲	索	角	確	顎	殼	惡
	ok	陽		薄	莫		鑊	剁	鐸	諾	洛	鑿					岳	學	

呼	韻	調																	
齊齒呼	-i		碑	披	米			抵	提	你	里	濟	妻	西	基	其	語	虛	衣
	-ia		○	○	摸			爹		這		嗟	且	寫	迦	擎	惹	○	野
	-ie														雞	契	蟻		蟓
	-io										○	○	○	○	茄	揉	靴		喇
	-iai														街				椰
	-iau							吊	挑	裊	料							曉	枵
	-ieu														狗	扣	堯		邀
	-iu		○	○				丟	○		留	酒	秋	修	九	舅	牛	休	柚
	-ioi															○			
	iui																		銳
	-ĭm											針	深	審					
	-im										林	浸	侵	心	金	欽	壬	鑫	任
	-iam							點	添	○	廉	尖	簽	潛	兼	欠	拈	嫌	炎
	-iem														○	弇	○		
	-ĭn											真	稱	申					
	-in		兵	品	民	○		鼎	定		鄰	精	清	新	京	卿	人	興	因
	-ien		邊	偏	棉			顛	天		連	煎	千	仙	堅	牽	年	現	
	-ion										吮						軟		
	-iun														君	近	忍	勳	閏
	-iaŋ		丙	坪	名			艇			領	井	青	姓	鏡	擎	迎		影
	-ioŋ		枋	房	網			○	暢		兩	將	搶	箱	姜	腔	娘	香	秋
	-iuŋ										龍	蹤	松	誦	弓	窮	○	兄	用
	ĭp	陰										汁		濕					
		陽												十					
	ip	陰						○				○			給	吸		翕	邑
		陽									立	集		習		及	入		
	iap	陰							帖		粒	接	竊	楔	劫		攝		
		陽							疊		獵		捷		挾	○	業	俠	葉
	iep	陰															○		
		陽																○	
	ït	陰										質		識					
		陽										直		食					
	it	陰	必	匹		○	○	滴	剔		○	責	七	息	吉		日	隙	益
		陽						特	匿		力	唧	疾	席		極			

呼	韻母	調																	
	iet	陰	鱉	撇				跌	鐵			節	切	雪	結	缺	臬	血	乙
	iet	陽	○	別	滅			○			列	○	絕	○		杰	月	穴	
	iot	陰																	
	iot	陽										○							
	iut	陰														屈			
	iut	陽																	
	iak	陰	壁	劈								跡	蓆	錫	遽	劇	額	○	○
	iak	陽	○					○			○		蓆		展		逆		
	iok	陰										雀	○	削	腳	卻	虐	○	約
	iok	陽		縛				○			略	○					弱		藥
	iuk	陰									六	足	刺	宿	趜	曲	肉	畜	育
	iuk	陽									綠				○	局	玉		
合口呼	-u		補	普	母	夫	武	都	土	奴	魯	祖	粗	蘇	姑	苦	誤		
	-ua														瓜	跨	瓦		哇
	-ue														○	○			
	-uai														怪	快			歪
	-ui		杯	肥	味	費	位	對	退	內	類	醉	罪	隨	歸	虧	危		
	-uan														關	款	頑		
	-uen														耿				
	-un		本	盆	門	昏	溫	敦	吞	嫩	倫	尊	寸	孫	滾	昆			
	-ua(														桃	○			
	-u(		捧	蓬	蒙	逢	翁	東	通	農	隆	宗	聰	雙	公	空			
	uat	陰													刮				
	uat	陽																	
	uet	陰													國				
	uet	陽													嘓				
	ut	陰	不	○	歿	忽			突			卒		率	骨		兀		
	ut	陽		勃	沒	佛	物	○	○		律	○	捽	術	○	○			
	uak	陰																	
	uak	陽																○	○
	uk	陰	卜	扑	目	福	屋	督			祿	捉	促	束	谷	哭			
	uk	陽			牧	服		獨		蟆	鹿		族					○	

說明：　1. 舌尖高元音/ɿ/，在四縣話中除了與舌尖前音/ts、tsʻ、s/拼音外，也有與帶輔音韻尾的韻母/im、ïn、ïp、ït/跟舌尖前音相配。

　　　　2. 有些韻母能與聲母結合的音節少，像/ue、uak/多用來狀聲，但如/ioi、uat、uet/拼成的音節雖少，使用頻率卻很高。

　　　　3. 入聲韻/iot/是與陽聲韻/ion/對應的韻母，tsiot 與 tsʻon 都是「吸吮」之意。

二、臺灣海陸話聲韻配合表

海陸話聲韻配合表

		P-	p'	m-	f-	v-	t-	t'	n-	l-	Ts-	ts'	s-	tʃ-	tʃ-'	ʃ-	ʒ-	k-	k'	ŋ-	h-	∅-
開口呼	-ɿ										資	次	私									
	-a	巴	爬	麻	花	蛙	打	他	拿	拉	渣	差	沙	遮	扯	舍	野	加	卡	牙	哈	阿
	-e			姆	籬	穢	○	膩	哩	姊	齊	洗	嬲		癡	舐	蝓				係	誒
	-o	玻	破	毛	火	禾	刀	討	腦	勞	早	草	掃			○		高	科	臥	好	屙
	-ai	跛	排	買	懷	歪	低	態	乃	犁	災	猜	曬		椰			個	○	涯	孩	唉
	-oi	背	賠	梅	灰	煨	堆	梯		來	脧	才	衰	喙	吹	稅		該	開	呆	海	哀
	-au	包	抛	矛					鬧		蚤	炒	巢	昭	超	燒	妖	交	考	咬	孝	凹
	-eu			茂	否		兜	偷	鈕	樓	鄒	湊	搜								侯	歐
	-am				凡		擔	淡	南	藍	斬	滲	三	詹		閃	炎	甘	堪	岩	喊	暗
	-em				○		○		砧		岑	森									喊	掩
	-an	班	潘	滿	番	彎	單	灘	難	蘭	贊	殘	山	戰	纏	善	鉛	艱	刊	研	限	恁
	-en	冰	朋	盟	弘	○	等	滕	能	楞	曾	層	僧								幸	恩
	-on		翻		歡	碗	端	團	暖	卵	鑽	賺	酸	專	川	船		幹	寬		寒	安
	-aŋ	邦	彭	莽	○	橫	釘	聽	○	冷	爭	撐	省	正	程	聲	影	庚	○	硬	坑	盎
	-oŋ	幫	旁	忙	方	往	當	湯	囊	郎	莊	倉	桑	張	場	商	秧	光	狂	昂	項	○
ap 陰					法		答	塔		落	札	插	圾	摺	眨			甲	恰		○	壓
ap 陽									納	臘		雜				涉	葉	○		磕	合	
ep 陰								胹				撮	澀									
ep 陽						○							○									
at 陰		八	潑	抹	發			○		瘌	紮	察	殺	折	撤	設	乙	嘎	刻	齾	瞎	關
at 陽		○	拔	末	活	滑	值	達		辣		○			舌				齾			
et 陰		北	弻	摵		域	德	踢	○		則	策	色								黑	噎
et 陽			帛	墨		或			○			賊									核	
ot 陰		發					咄	脫		劣		撮	刷	拙	啜	說		割		□		遏
ot 陽								奪		捋		○										
ak 陰		百	魄	脈	○	○	○	○	謫		摘	拆	析	炙	赤			隔			嚇	扼
ak 陽			白	麥		劃	笛	○		曆						石	○		○			
ok 陰		剝	拍	摹	霍	握	琢	托			作	戳	索	酌	綽		約	角	確	嚳	殼	惡
ok 陽			薄	莫		鑊	剁	鐸	諾	洛		鑿		著		芍	藥			岳	學	
	-i	碑	披	米			抵	提	你	里	濟	妻	西	紙	池	詩	衣	基	其	語	虛	
	-ia	○	○	摸			爹		這		嗟	且	寫	遮	扯	舍	野	迦	擎	惹		○
	-ie													嬶	癡	舐	蝓	計	契	蟻		
	-io							○		○		○					揉	○	茄		靴	喲
	-iai																椰	街				
	-iau	表	票	廟			吊	挑	裊	料	焦	鍬	消					嬌	橋	堯	曉	枵

呼	韻母	調	p	pʰ	m	f	v	t	tʰ	n	l	ts	tsʰ	s	tʃ	tʃʰ	ʃ	ʒ	k	kʰ	ŋ	h	∅
齊齒呼	-ieu																		狗	扣			
	-iu		○	○				丟	○		留	酒	秋	修	周	抽	收	柚	九	舅	牛	休	
	-ioi																	脆					
	-im										林	浸	侵	心	枕	沉	審	任	金	欽	壬	鑫	
	-iam							點	添	○	廉	尖	簽	潛	詹		閃	炎	兼	欠	拈	嫌	
	-iem																	○	拿	○			
	in		兵	品	民	○		鼎	定		鄰	精	清	新	真	稱	申	因	京	卿	人	興	
	-ien		邊	偏	棉			顛	天		連	煎	千	仙					堅	牽	年	現	
	-ion													吮	專	川	船				軟		
	-iun														圳	春	順	閏	君	近	忍	勳	
	-iaŋ		丙	坪	名				艇		領	井	青	姓	正	程	口	影	鏡	擎	迎		
	-ioŋ		枋	房	網			○	暢		兩	將	搶	箱	張	場	商	秧	姜	腔	娘	香	
	-iuŋ										龍	蹤	松	誦	中	重		用	弓	窮	○	兄	
	ip	陰								○				○	汁		濕	邑	給	吸		翕	
		陽									立	集		習			十			及	入		
	iap	陰							帖		粒	接	竊	楔	摺				劫			攝	
		陽							疊		獵		捷		○		涉	葉	○	挾	業	俠	
	iep	陰																	○				
		陽																	○				
	it	陰	必	匹	○		○	滴	剔		○	責	七	息	職		識	益	吉		日	隙	
		陽						特		匿	力	喞	疾	席	直		食	液		極			
	iet	陰	鱉	撇	○			跌	鐵			節	切	雪				乙	結	缺	桌	血	
		陽	○	別	滅						列	○	絕	○					杰		月	穴	
	iot	陰																					
		陽									○												
	iut	陰													出					屈			
		陽																					
	iak	陰	壁	劈							跡	蓆	錫	炙	尺			遽	劇	額		○
		陽	○								○		○				石	○	屐	逆		
	iok	陰									雀	○	削	斫	綽			腳	口	虐	○	
		陽		縛							略	○		著	芍		藥			弱		
	iuk	陰									六	足	刺	宿	竹		叔		趨	曲	肉	畜	
		陽									綠				逐		熟	育	○	局	玉	玉	
合口呼	-u		補	普	母	夫	武	都	土	奴	魯	祖	粗	蘇	朱	苧	輸		姑	苦	誤		
	-ua																		瓜	跨	瓦		哇
	-ue																		○	○			
	-uai																		怪	快			歪
	-ui		杯	肥	味	費	位	對	退	內	類	醉	罪	隨	追	錘	水	銳	歸	虧	危		
	-uan																		關	款	頑		
	-uen																		耿				
	-un		本	盆	門	香	溫	敦	吞	嫩	倫	尊	寸	孫	圳	春	順	閏	滾	昆			

-uaŋ																		桃	○	
-uŋ	捧	蓬	蒙	逢	翁	東	通	農	隆	宗	聰	雙	中	重		用		公	空	
uat 陰																		刮		
uat 陽																				
uet 陰																		國		
uet 陽																		嘓		
ut 陰	不	○	歿	忽		突		卒		率		出						骨		兀
ut 陽		勃	沒	佛	物	○	○		律	捽	術							○	○	
uak 陰																				
uak 陽																		○	○	
uk 陰	卜	扑	目	福	屋	督		祿	捉	促	束	竹		叔				谷	哭	
uk 陽			牧	服			獨	蠋	鹿		族		逐	熟	辱			○		

說明：　1. 海陸話舌尖高元音/ï/只與舌尖前音/ts-、tsʻ-、s-/拼音；不與舌葉音/tʃ-、tʃʻ-、ʃ-、ʒ-/相配。

2. 有些韻母能與聲母結合的音節少，像/-ue、-uak/多用來狀聲，但如/uat、uet/拼成的音節雖少，使用頻率卻很高。

3. 舌葉音/tʃ-、tʃʻ-、ʃ-、ʒ-/不論開口或合口，都有宏音細音兩讀的現象，表中於細音出現處加框表示。

4. 「乙」字的韻母用/iat/或/at/較普遍，用/iet/的較少，這跟與其他聲母相配時用/-iet/的情形不同。

第5節　語音變化

一、語音變化的意義

語音包括聲韻調三類，我們說話時，總是把一些音連續的說出來，形成語音的結合。在一個音節裡有音素的結合，在一個詞或一個句裡有音節的結合，語音在結合時互相影響，發生變化，這叫做音變。世界上的語言很多，音變的情形很複雜，主要的有同化、異化、元音和諧、增音、減音、變調和歷史音變等。

在客語中，最明顯的音變是聲調變化，其次聲母和韻母的變化。聲調變化有兩種情形：一是口氣變調，即因口氣不同、感情的

不同而發生的變調。例如直述的口氣和疑問的口氣,兩者的語調顯然不同。二是連音變調,即在連續語流中,因前後音節環境不同,使詞句中相鄰的字音發生變調。本節介紹連音變調。

二、連音變調

　　客語連音變調通常發生在雙音節的前一音節,或多音節的前幾個音節。如「通」這個字,四縣話在「交通」一詞中,用的是本調(低升調),但「通過」一詞中,就變為低平的調子了。重疊詞「通通」的前一個字,變化情形也相同。這是語言的一種異化作用,可使人聽得更清楚。

　　變調在,因前後音的相互影響,使某些詞的聲母或韻母發生變化,也稱連音變化。至於歷史音變,請參考本書第六章。

㈠四縣話的變調

　　四縣話的連音變調,僅發生在以陰平調為詞首的詞語中,有後字接陰平、接去聲和接陽入三種,且都是由低升調(24)變為低平調(11),最後一字的聲調不變。分別舉例如下:

$$
陰平24（低升）+\begin{cases}陰平24（低升）\\去聲55（高平）\\陽入\underline{55}（高促）\end{cases}\rightarrow變調11（低平）+\begin{cases}陽入\\去聲\\陽入\end{cases}
$$

　　1. **陰平接陰平**:張(tsoŋ²⁴)→張張(tsoŋ¹¹ tsoŋ²⁴)　通(tʻuŋ²⁴)→通通(tʻuŋ¹¹ tʻuŋ²⁴)。

　　可寫作:張張(tsoŋ²⁴⁻¹¹ tsoŋ²⁴)　　通通(tʻuŋ²⁴⁻¹¹ tʻuŋ²⁴)

　　在非重疊詞及多音節詞裡,居前的幾個音節也會變調。例如:高山(kau²⁴⁻¹¹ san²⁴)、風光(fuŋ²⁴⁻¹¹ koŋ²⁴)、秋分(tsʻiu²⁴⁻¹¹ fun²⁴)擔當(tam²⁴⁻¹¹ toŋ²⁴)、張三豐(tsoŋ²⁴⁻¹¹ sam²⁴⁻¹¹ fuŋ²⁴)、通街通莊(tʻuŋ²⁴⁻¹¹

kie$^{24\text{-}11}$ t'uŋ$^{24\text{-}11}$ tsoŋ^{24}）。

2.**陰平接去聲**：倉庫（ts'oŋ$^{24\text{-}11}$ k'u^{55}）通過（tung$^{24\text{-}11}$ ko^{55}）、開山路（k'oi$^{24\text{-}11}$ san$^{24\text{-}11}$ lk^{55}）、三斤番豆（sam$^{24\text{-}11}$ kin$^{24\text{-}11}$ fan$^{24\text{-}11}$ t'eu^{55}）。

3.**陰平接陽入**：三月（sam$^{24\text{-}11}$ ŋiet^5）、消毒（seu$^{24\text{-}11}$ tuk^5）、花邊葉（fa$^{24\text{-}11}$ pian$^{24\text{-}11}$ iap^5）、花開花落（fa$^{24\text{-}11}$ k'oi$^{24\text{-}11}$ fa$^{24\text{-}11}$ lok^5）。

四縣話的三疊詞有這種變調情形，平聲調較常用，不過陰平與陽平的變化不同。陰平的如：

光光光（koŋ^{24} koŋ$^{24\text{-}11}$ koŋ^{24}）、空空空（k'uŋ^{24} k'uŋ$^{24\text{-}11}$ k'uŋ^{24}）

只有中間的字發生變化，變化情形也是由低升調變成低平調。陽平的如：

平平平（p'iaŋ$^{11\text{-}24}$ p'iaŋ^{11} p'iaŋ^{11}）、黃黃黃（voŋ$^{11\text{-}24}$ voŋ^{11} voŋ^{11}）

其變化情形是首字變成陰平調。

（二）**海陸話的變調**

海陸話的連音變調有三類：上聲變調、陰入聲變調，和重疊的變調。與四縣話變調相同的是，都發生在雙音節詞起頭的音節，或多音節詞的前幾個音節，最後一字都不變。分別舉例說明如下：

1.**上聲變調**：後接任何聲調，前字都變為 33，如同陽去。變化情形如下：

$$
\text{上聲13（低升）} +
\begin{cases}
\text{陰平 53（高　降）}\\
\text{上聲 13（低　升）}\\
\text{陰去 11（低　平）}\\
\text{陰入 }\underline{55}\text{（高平促）}\\
\text{陽平 55（高　平）}\\
\text{陽去 33（中　平）}\\
\text{陽入 }\underline{32}\text{（中降促）}
\end{cases}
\rightarrow \text{變調33（中平）} +
\begin{cases}
\text{陰平}\\
\text{上聲}\\
\text{陰去}\\
\text{陰入}\\
\text{陽平}\\
\text{陽去}\\
\text{陽入}
\end{cases}
$$

⑴上聲接陰平

上聲之後接陰平調的詞，這個上聲的調值就由 24 變爲 33。若是多音節的詞，其前面的幾個音節也是同樣的變化。例如：

好天（ho$^{13\text{-}33}$ t'ian^{53}）、點心（tiam$^{13\text{-}33}$ sim^{53}）、寶山（po$^{13\text{-}33}$ san^{53}）、酒杯（tsiu$^{13\text{-}33}$ pui^{53}）、老虎哥（lo$^{13\text{-}33}$ fu$^{13\text{-}33}$ ko^{53}）、請老管家（ts'iaŋ$^{13\text{-}33}$ lo$^{13\text{-}33}$ kon$^{13\text{-}33}$ ka^{53}）

⑵上聲接上聲

老狗（lo$^{13\text{-}33}$ kieu^{13}）、保險（po$^{13\text{-}33}$ hiam^{13}）、雨水（ʒi$^{13\text{-}33}$ ʃui^{13}）講解（koŋ$^{13\text{-}33}$ kai^{13}）、老老（lo$^{13\text{-}33}$ lo^{13}）、早早（tso$^{13\text{-}33}$ tso^{13}）洗碗水（se$^{13\text{-}33}$ von$^{13\text{-}33}$ ʃui^{13}）、請老總統（ts'iaŋ$^{13\text{-}33}$ lo$^{13\text{-}33}$ tsuŋ$^{13\text{-}33}$ t'uŋ^{13}）

⑶上聲接陰去

老旦（lo$^{13\text{-}33}$ tan^{11}）、轉向（tʃon$^{13\text{-}33}$ hiong^{11}）、繳庫（kiau$^{13\text{-}33}$ k'u^{11}）、想妙計（sioŋ$^{13\text{-}33}$ miau$^{13\text{-}33}$ kie^{11}）、想好妙計（sioŋ$^{13\text{-}33}$ ho$^{13\text{-}33}$ miau$^{13\text{-}33}$ kie^{11}）

⑷上聲接陰入

所得（so$^{13\text{-}33}$ tet^{5}）米國（mi$^{13\text{-}33}$ kuet$^{\underline{55}}$）解決（kai$^{13\text{-}33}$ kiet$^{\underline{55}}$）老子叔（lo$^{13\text{-}33}$ tsï$^{13\text{-}33}$ ʃuk^{5}）走轉老屋（tseu$^{13\text{-}33}$ tʃon$^{13\text{-}33}$ lo$^{13\text{-}33}$ vuk^{5}）

⑸上聲接陽平

枕頭（tʃim$^{13\text{-}33}$ t'eu^{55}）、本來（pun$^{13\text{-}33}$ loi^{55}）、小寒（siau$^{13\text{-}33}$ hon^{55}）、講求（ts'iaŋ$^{13\text{-}33}$ k'iu^{55}）、好口才（ho$^{13\text{-}33}$ k'ieu$^{13\text{-}33}$ ts'oi^{55}）、請老產婆（ts'iang$^{13\text{-}33}$ lo$^{13\text{-}33}$ san$^{13\text{-}33}$ p'o^{55}）

⑹上聲接陽去

等路（ten$^{13\text{-}33}$ lu^{33}）子弟（tsï$^{13\text{-}33}$ t'i^{33}）遠路（ʒian$^{13\text{-}33}$ lu^{33}）好子弟（ho$^{13\text{-}33}$ tsï$^{13\text{-}33}$ ti^{7}）展老手路（tian$^{13\text{-}33}$ lo$^{13\text{-}33}$ ʃiu$^{13\text{-}33}$ lu^{33}）（展露老手藝）

⑺**上聲接陽入**

　　伙食（fo¹³⁻³³ ʃid²）好藥（ho¹³⁻³³ ʒiok²）採好藥（tsʻai¹³⁻³³ ho¹³⁻³³ʒ

iok²）水打寶石（ʃui¹³⁻³³ ta¹³⁻³³ po¹³⁻³³ ʃak²）（水沖寶石）

　　由上可知，上聲變調都是由 13 變為 33，但如果是加強語氣的

用詞，包括確指的數詞，就不變調。例如：

做「兩工」人（lioŋ¹³ kuŋ⁵³）　　「頂高」（taŋ¹³ ko⁵³）

「早早」就來到（tso¹³ tso¹³）　　關到「老老」（lo¹³ lo¹³）

早去早轉（tso¹³ hi¹¹ zo¹³ tʃon¹³）　　五歲（ŋ¹³ soi¹¹）

險呔（hiam¹³ ted⁵）　（差點完蛋）九節（kiu¹³ tsiet⁵）

寶樣（po¹³ ʒioŋ³³）　兩件（lioŋ¹³ kʻien³³）　穩贏（vun¹³ ʒiaŋ⁵⁵）

（井水）緊打水緊來（kin¹³ ta¹³ ʃui¹³ kin¹³ loi⁵⁵）

兩石（lioŋ¹³ ʃak²）　（兩百斤）火著（fo¹³ tʃʻok²）等

　　2.**陰入聲變調**：後接任何聲調，前字都變為陽入。其變化情形

如下：

$$
\text{陰入 55（高促）} +
\begin{cases}
\text{陰平 53（高降）}\\
\text{上聲 13（低升）}\\
\text{陰去 11（低平）}\\
\underline{\text{陰入 55}}\text{（高促）}\\
\text{陽平 55（高平）}\\
\text{陽去 33（中平）}\\
\underline{\text{陽入 32}}\text{（中降）}
\end{cases}
\rightarrow \text{變調 32（中降促）} +
\begin{cases}
\text{陰平}\\
\text{上聲}\\
\text{陰去}\\
\text{陰入}\\
\text{陽平}\\
\text{陽去}\\
\text{陽入}
\end{cases}
$$

⑴**陰入接陰平**

　　菊花（kʻiuk⁵⁻² fa⁵³）、發燒（fat⁵⁻² ʃau⁵³）、伯公（pak⁵⁻² kuŋ⁵³）

　　割香（kot⁵⁻² hioŋ⁵³）、鐵骨生（tʻiet⁵⁻² kut⁵⁻² saŋ⁵³）、福德伯公

　　（fuk⁵⁻² tet⁵⁻² pak⁵⁻² kuŋ⁵³）

(2)陰入接上聲

織女（tʃit⁵⁻² ng¹³）捉鬼（tsuk⁵⁻² kui¹³）穀雨（kuk⁵⁻² ʒi¹³）

國寶（kuet⁵⁻² po¹³）缺碗（k'iet⁵⁻² von¹³）齧察鬼（ŋat⁵⁻² ts'at⁵⁻²

kui¹³）接腳女（tsiap⁵⁻² kiok⁵⁻² ng¹³）

(3)陰入接陰去

切 菜（ts'iet⁵⁻² ts'oi¹¹）桌 布（tsok⁵⁻² pu¹¹）、鐵 蓋（t'iet⁵⁻²

koi¹¹）、缺貨（k'iet⁵⁻² fo¹¹）、濕桌布（ʃip⁵⁻² tsok⁵⁻² pu¹¹）、十

七八個人（ʃip² ts'it⁵⁻² pat kai¹¹ ŋin⁵⁵）

(4)陰入接陰入

各國（kok⁵⁻² kuet⁵）發覺（fat⁵⁻² kok⁵）約束（ʒiok⁵⁻² suk⁵）

鐵尺（t'iet⁵⁻² tʃ'ak⁵）八角桌（pa⁵⁻² tkok⁵⁻² tsok⁵⁵）發赤目（pot⁵⁻²

tʃ'ak⁵⁻² muk⁵）各各（kok⁵⁻² kok⁵）闊闊（fat⁵⁻² fat⁵）

(5)陰入接陽平

測量（ts'et⁵⁻² lioŋ⁵⁵）出行（tʃ'ut⁵⁻² haŋ⁵⁵）腳盆（kiok⁵⁻² p'un⁵⁵）

竹簾（tʃuk⁵⁻² liam⁵⁵）雪梅（siet⁵⁻² moi⁵⁵）七八僑（ts'it⁵⁻² pat⁵⁻²

sa⁵⁵）八角樓（pat⁵⁻² kok⁵⁻² leu⁵⁵）

(6)陰入接陽去

國內（kuet⁵⁻² nui³³）各樣（kok⁵⁻² ʒioŋ³³）出事（tʃ'u⁵⁻²t sï³³）

法度（fap⁵⁻² t'u³³）出路（tʃ'ut⁵⁻² lu³³）福德路（fuk⁵⁻² tet⁵⁻² lu³³）

七八樣（ts'it⁵⁻² pat⁵⁻² ʒioŋ³³）

(7)陰入接陽入

篤實（tuk⁵⁻² ʃit²）出入（tʃ'ut⁵⁻² ŋip²）筆墨（pit⁵⁻² met²）

國樂（kuet ŋok²）接骨藥（tsiap kut ʒiok²）六七勺（liuk⁵⁻² ts'it⁵⁻²

ʃok²）日落西山（ŋit⁵⁻² lok⁵⁻² si⁵³ san⁵³）

以上七種變調是在平常語氣中出現，但如果在加強語氣時，則
不變調，包括確指的數詞在內。例如「踢到石頭」則踢字要變調，

若強調「踢」字，比如「分牛踢到」（被牛「踢」了一腳），則不變調；香料胡椒，八角等熟語，八要變調，八毛錢說成八角則不變調。其他的例子如：

雪冷（siet⁵ laŋ⁵³）八張（pat⁵ tʃoŋ⁵³）七等（tsʻtʻ⁵ ten¹³）著過（介衫）（tʃok⁵ ko¹¹）出來（tʃʻut⁵ loi⁵⁵）鐵樣（tʻiet⁵ ʒioŋ³³）福薄（fuk⁵ pʻok²）

　　3.**重疊變調**：同聲調的重疊，在一般狀況下，僅有上聲重疊和陰入重疊起變化，已見於上述。此外，有些形容詞或副詞的聲調重疊，在加強語氣時也起變化，且都是聲調上揚，有如上聲。共有四種，其變化情形如下：

陰平 53（高　降）重疊⎫
陰去 11（低　平）重疊⎪
陽去 33（中　平）重疊⎬→上聲 13（低升）＋
陽入 <u>32</u>（中降促）重疊⎭

　　⎫陰平
　　⎪陰去
　　⎬陽去
　　⎭陽入

(1)**陰平重疊**
　　例如：面曬到烏烏（vu⁵³⁻¹³ vu⁵³）、皮鞋拭到金金（kim⁵³⁻¹³ kim⁵³）、頭那剃到光光（koŋ⁵³⁻¹³ koŋ⁵³）。三疊音時，也只有第一音節變調。複音詞重疊時，則前詞的最後音節變調，如烏金烏金（vu⁵³ kim⁵³⁻¹³ vu⁵³ kim⁵³）。以下各調重疊，變化規則相同。

(2)**陰去重疊**
　　加強語氣時，第一音節變調，如戀戀（ŋoŋ¹¹⁻¹³ ŋoŋ¹¹）、分人看透透（tʻeu¹¹⁻¹³ tʻeu¹¹）；三疊音如：透透透（tʻeu¹¹⁻¹³ tʻeu¹¹ tʻeu¹¹），複音詞重疊如生趣生趣（sen⁵³ tsʻi¹¹⁻¹³ sen⁵³ tsʻi¹¹）。

(3)陽去重疊

重疊詞如：扯到爛爛（lan$^{33-13}$ lan^{33}）、飯煮便便（p'ian$^{33-13}$ p'ian^{33}），曬到硬硬（ŋaŋ$^{33-13}$ ŋaŋ^{33}）。三疊音如：硬硬硬（ŋaŋ$^{33-13}$ ŋaŋ^{33} ŋaŋ^{33}）。複音詞重疊如：塞鼻塞鼻（set$^{5-2}$ p'i$^{33-13}$ set$^{5-2}$ p'i^{33}）。這裡「塞」的變調是因「塞鼻」（陰入接陽去）的自然變調。

(4)陽入重疊

重疊詞如：（雜草）除到絕絕（ts'iet$^{2-13}$ ts'iet^{2}）、衫洗到白白（p'ak$^{2-13}$ p'ak^{2}）。三疊音如：白白白〈p'ak$^{2-13}$ p'ak^{2} p'ak^{2}〉。複音詞重疊如：生白生白（霉霉的樣子，生白，發霉）說成（saŋ^{53} p'ak$^{2-13}$ saŋ^{53} p'ak^{2}）。

海陸話的連音變調有三類，第一類上聲變調，變的結果是上聲變陽去，即由低升調變爲中平調：13→33。第二類陰入聲變調，變的結果是陰入變陽入，即由高促變爲中降促：5→2。第三類重疊音的變調，變的結果，不論陰平、陰去、陽去、陽入，都變爲上聲：53／11／33／2→24，至於上聲和陰入的重疊，則與自然變調無異。其他變調例子請參看《客語發音學》。

三、同化與異化現象

兩個輔音相鄰，其中的一個影響到另一個，使其發音方法或發音部位方面，變得同自己一樣或相近，一般稱爲同化作用（assimilation）。從同化的方向來看，同化又有順同化與逆同化兩種：兩音相連，後一個音變得與前一個音相同或相似，叫做前向同化或順同化。例如檳榔 pin$^{24/53}$ loŋ$^{11/55}$ 一般說成 pin$^{24/53}$ noŋ$^{11/55}$，榔字的聲母 l-，受到檳字韻尾 -n 的影響，變成一樣的音，發音部位與發音方法都相同。客家話除了「懶」字等有 n/l 混用的現象以外，其他都是 n/l 界限分明，所以把它當同化現象來看。又兩音相連，前一個音變得與後一個音相同或相似，叫做後向同化或逆同化。如麵包 mien pau 說

成 miem$^{55/33}$ pau$^{24/53}$ 時，麵字的韻尾-n，受到包字的聲母雙唇音 p-的影響，也變成一個雙唇音-m，p/m 的發音部位相同。

異化作用（differentiation）是兩個相同部位的音，出現在相近的距離時，其中有一個變作另一種音。例如犯罪 fam$^{55/33}$ ts´ui$^{55/33}$ 一般說成 fan$^{55/33}$ ts´ui$^{55/33}$，犯字的韻尾-m 變成-n，顯然是受到同部位 f-（唇音）的影響。

客語中以同化現象爲多，順同化時，變化的是後面的聲母；逆同化時，變化的是前面的韻尾。

(一)順同化——聲母的音變

*1.*同化為同音：後字聲母因受前字韻尾的順同化，而產生與前字韻尾相同的聲母：前面所舉檳榔的例子可以寫作（斜線前的是四縣音，斜線後的是海陸音）：

檳榔：pin$^{24/53}$（loŋ$^{11/55}$→）noŋ$^{11/55}$

其他的例子如：

甘願：kam$^{24/53}$（ŋian$^{55/33}$→）mian$^{55/33}$
生介生（生的生）：saŋ$^{24/53}$（ke^{55}/kai^{11}→）ge^{55}/gai^{11} saŋ$^{24/53}$
死介死（死的死）：si$^{53/13}$（ke^{55}/kai^{11}→）jie^{55}/jiai^{11} si$^{53/13}$
走介走（走的走）：tseu$^{53/13}$（ke^{55}/kai^{11}→）we^{55}/wai^{11} tseu$^{53/13}$
十個銀（十塊銀）：sïp^{55}/ship^{32}（ke^{55}/kai^{11}→）be^{55}/bai^{11} ŋiun$^{11/55}$

*2.*同化為同部位：後字聲母因受前字韻尾的影響，和前字韻尾發生同部位變化，例如：

七個銀（七塊錢）：tsit$^{32/55}$（ke^{55}/kai^{11}→）de^{55}/dai^{11} ŋiun$^{11/55}$
一個銀（一塊錢）：it^{32}/(it^{55}（ke^{55}/kai^{11}→）de^{55}/dai^{11} iun$^{11/55}$

　　上兩例「個」的聲母本為 k-，因受前字韻尾舌尖音 t 的同化，變為發音部位也是舌尖的 d-，於是 ke⁵⁵/kai¹¹ 就變成 de⁵⁵/dai¹¹ 的音。

(二)逆同化——韻母的音變

　　客語中常見的逆同化有以下三類：

　　1. 逆同化為同音：即後字聲母影響前字韻母，使前字韻尾變為與後字聲母「同音」的韻尾，上面所舉麵包的例子可以寫作：

　　麵包：（mien⁵⁵ᐟ³³）→miem⁵⁵ᐟ³³ pau²⁴ᐟ⁵³

　　又如：

　　隔壁：（kak²ᐟ⁵→）kap²ᐟ⁵ piak²ᐟ⁵
　　難免：（nan¹¹ᐟ⁵⁵→）nam¹¹ᐟ⁵⁵ mian²⁴ᐟ⁵³
　　幾多（ki⁵³ᐟ¹³→）kit²ᐟ⁵ to²⁴ᐟ⁵³

　　隔、難、幾三字的韻尾本為-k、-n、-i，因受壁、免、多字聲母 -p、-m、-t 的同化，變成 kap²ᐟ⁵、nam¹¹ᐟ⁵⁵、kit²ᐟ⁵ 的現象。

　　2. 逆同化為同部位：即後字聲母影響前字韻母，使前字韻尾發生與後字聲母「同部位」的變化，例如：

　　新聞：（sin²⁴ᐟ⁵³→）sim²⁴ᐟ⁵³ vun¹¹ᐟ⁵⁵

　　「新」字的韻尾本為 n，因受後字唇音聲母 v-的影響，也變成了唇音-m，而變成心 sim²⁴ᐟ⁵³ 的音。又如：

　　輕便（車）：（kʻin²⁴ᐟ⁵³→）kʻim²⁴ᐟ⁵³ pʻian⁵⁵ᐟ³³
　　天光日：（tʻian²⁴ᐟ⁵³→）tʻiaŋ²⁴ᐟ⁵³ koŋ²⁴ᐟ⁵³ ŋit²ᐟ⁵

　　輕、天的鼻音韻尾-n受到後字聲母pʻ-、k-的影響，分別變成與pʻ、k-同部位的雙唇鼻音 m 舌根鼻音 ŋ，而產生 kʻim²⁴ᐟ⁵³、tʻiaŋ⁵⁵ᐟ³³ 的

聲音。

　　3.韻母逆同化：即前字韻母受後字韻母的影響，產生與後字韻母一致的現象，例如：

　　亂彈：（lon$^{55/33}$→）lan$^{55/33}$ t'an$^{11/55}$→ lan$^{11/55}$ t'an$^{11/55}$

　　「亂」的韻母本為on，受後字韻母的逆同化，也變為an，成為爛lan$^{55/33}$的音，甚至連聲調也被同化，變成蘭lan$^{11/55}$，說成「蘭彈」。

(三)異化

　　客語異化的現象較少，除前舉犯字之外，「法」字情況也相同：

　　法度：（fap$^{2/5}$→）fat$^{2/5}$ t'u$^{55/33}$

三、合音與增音現象

(一)合音

　　二字、三字的詞，唸快時合併成一個或兩個音節的現象，叫做合音變化。例如：

　　自家（自己）：ts'ï$^{55/33}$ ka$^{24/53}$→ts'ia$^{24/53}$，省略了【k】。例：～煮來食。

　　分佢（給他）：pun$^{24/53}$ ki$^{11/55}$→pi$^{53/13}$，省略了【un、k】。例：這本書拿～。

　　無愛（不要）：mo$^{11/55}$ oi$^{55/11}$→moi$^{24/53}$，省略了【o】。例：～去。

　　親家母：ts'in$^{24/53}$ ka$^{24/53}$ me$^{24/53}$→ts'ia$^{24/53}$ me^{1}，省略了【n、k】。例：親家～來食酒。

　　第一好：t'i$^{55/33}$ it^{2}/ʒit^{5} ho$^{53/13}$→t'i$^{53/13}$ ho$^{53/13}$，省略了【i、t】。例：熱天食西瓜～。

　　等佢去（隨他去）：ten$^{53/13}$ ki$^{11/55}$ hi$^{55/11}$ → tei$^{53/13}$ hi$^{55/11}$，省略了【n、k】。例：～去，莫插佢（隨他去，不要理他。）。

幾多儕（多少人）：ki⁵³/¹³ to²⁴/⁵³ sa¹¹/⁵⁵ → kio²⁴/⁵³ sa¹¹/⁵⁵，省略了
【t】。例：～愛去爬山？

上列合音變化的詞，都省略了一些音素，所以合音變化也是一
種減音的現象。

(二)增音

連續發音時，增加了單說時沒有的音素，叫做增音。客語的語
氣詞「啊」和「仔」尾詞，如果遇到前面的音節以-i、-e、-u、-o、-
m、-n、ŋ、-p、-t、-k 收尾時，即會產生一個同音或同部位的聲母
來。例如：

去啊：hi³ ja³/⁷，增加了【j】。

係啊：he³ ja³/⁷，增加了【j】。

書啊：su¹/ʃu¹ wa³/⁷，增加了【w】。

坐啊：ts'o¹ wa³/⁷，增加了【w】。

衫啊：sam¹ ma³/⁷，增加了【m】。

看啊：k'on³ na³/⁷，增加了【n】。

聽啊：t'aŋ¹ ŋa³/⁷，增加了【ŋ】。

臘啊：lap⁸ ba³/⁷，增加了【b】。

襪啊：mat⁴ da³/⁷，增加了【d】。

尺啊：ts'ak⁴/tʃ' ak⁴ ga³/⁷，增加了【g】。

鬚仔：si¹ je²/jə⁵，增加了【j】。海陸的另一種說法是【si¹—j⁵】。

簿仔：p'u¹ we²/wə⁵，增加了【w】。海陸又說【p'u¹—w⁵】。

糕仔：ko¹ we²/wə⁵，增加了【w】。海陸又說【ko¹—w⁵】。

柑仔：kam¹ me²/mə⁵，增加了【m】。海陸又說【kam¹—m⁵】。

磚仔：tson¹/tʃon¹ ne²/nə⁵，增加了【n】。海陸又說【tʃon¹—n⁵】。

釘仔：taŋ¹ ŋe²/ŋə⁵，增加了【ŋ】。海陸又說【taŋ¹ —ŋ⁵】。

盒仔：hap⁸ be²/bə⁵，增加了【b】。海陸又說【hap⁸—b⁵】。

笪仔：tat⁴ de⁵/də⁵，增加了【d】。海陸又說【tat⁴—d⁵】。

格仔：kak⁴ ge⁵/gə⁵，增加了【g】。海陸又說【kak⁴—g⁵】。

　　上述各種語音變化，只是一種可能的發音趨勢，一種習慣而已，其實有些是可以認真的、一字一音的說出來，可以是不變的。探討客語的音變問題，歷史音變是很重要的部分，請參看本書第七章。

第五章

臺灣客語與國語的音系對應

何石松

第1節　國語的音系

　　一個民族的共同語言，常隨著它所處的環境而改變，因此當時空發生了變化，表現在語言的現象也會跟隨著變化。所謂的國語，它是以「現代北平音」為標準，為目前臺灣最通行的口頭語言。依據陸法言《切韻》序所言，《切韻》之分韻，其所以如此之細，是因為書中包含了「古今是非，南北通塞」。考諸現代音的淵源，差不多都可以從切韻系韻書的範圍中找到。關於古今的音變，無論其聲、韻，大概有下面幾個特點：

1. 聲母的衍變多受韻頭的開合和洪細以及聲調影響。
2. 聲母的衍變多受發音部位的改變而影響。
3. 韻母的衍變多受元音舌位高低前後的改變而影響。
4. 鼻化元音的產生多受韻尾鼻音的影響。
5. 聲調的衍變多受聲母清濁而影響。

　　下面我們將先從國語的聲、韻、調介紹以後，分別說明它們發展的關係。

一、國語的聲母

（國語聲母注音符號與國際音標的對照）

ㄅ [p]	ㄆ [pʻ]	ㄇ [m]	ㄈ [f]	万 [v]
ㄉ [t]	ㄊ [tʻ]	ㄋ [n]	ㄌ [l]	
ㄍ [k]	ㄎ [kʻ]	兀 [ŋ]	ㄏ [h]	
ㄐ [tɕ]	ㄑ [tɕʻ]	□ [ɲ]	ㄒ [ɕ]	
ㄓ [tʃ]	ㄔ [tʃʻ]	ㄕ [ʃ]	ㄖ [ʒ]	
ㄗ [ts]	ㄘ [tsʻ]	ㄙ [s]		

　　就上列二十一聲母分析而言，我們可以從發音的部位與發音的方法及聲音的清濁和送氣之有無說明如下

（一）**按發音的部位分**

　　1.**雙唇音**：ㄅ、ㄆ、ㄇ——上下唇發的音。

　　2.**唇齒音**：ㄈ——上齒與下唇發的音。

　　3.**舌尖音**：ㄉ、ㄊ、ㄋ、ㄌ——舌尖與上牙牀發的音。

　　4.**舌根音**：ㄍ、ㄎ、ㄏ——舌根與軟顎發的音。

　　5.**舌面音**：ㄐ、ㄑ、ㄒ——舌面與硬顎發的音。

　　6.**舌尖後音**：ㄓ、ㄔ、ㄕ、ㄖ——舌尖後與硬顎發的音。

　　7.**舌尖前音**：ㄗ、ㄘ、ㄙ——舌尖前與上齒發的音。

（二）**按發音方法分**

　　1.**塞音**：ㄅ、ㄆ、ㄉ、ㄊ、ㄍ、ㄎ。

　　2.**擦音**：ㄈ、ㄏ、ㄒ、ㄕ、ㄖ、ㄙ。

　　3.**塞擦音**：ㄐ、ㄑ、ㄓ、ㄔ、ㄗ、ㄘ。

　　4.**鼻音**：ㄇ、ㄋ。

　　5.**邊音**：ㄌ。

（三）**國語聲母之清濁與送氣**

　　國語裡的濁聲母只有鼻音的ㄇ、ㄋ，邊音的ㄌ和擦音的ㄖ四個而已，其餘都是清聲母。至於送氣音則僅出現在塞音ㄆ、ㄊ、ㄎ與塞擦音ㄑ、ㄔ、ㄘ而已，其他的都是不送氣的聲母。

國語聲母表

發音方法＼發音部位	實用順序	1	2	7	3	6	5	4
	上阻	上唇	上齒	齒背	上齒顎	前硬顎		軟顎
	下阻	下唇	舌尖			舌尖後	舌面前	舌面後

狀態	聲帶	簡稱\氣流	雙唇	唇齒	舌尖前	舌尖	舌尖後	舌面	舌根
塞	清	不送氣	ㄅ			ㄉ			ㄍ
		送氣	ㄆ			ㄊ			ㄎ
塞擦	清	不送氣			ㄗ		ㄓ	ㄐ	
		送氣			ㄘ		ㄔ	ㄑ	
鼻聲	濁		ㄇ			ㄋ		口	ㄫ
邊聲	濁					ㄌ			
擦	清			ㄈ	ㄙ		ㄕ	ㄒ	ㄏ
	濁			万			ㄖ		

說明：万、口、兀這三個音目前的國語中沒有用到，但客語仍有這三個音，因此列出供比對。

二、中古聲母與國語聲母衍變的關係

(一)中古全濁音到了國語完全變作清音

1.**濁塞音：**

(1)中古平聲→變成國語送氣的清音：如「陪」、「徒」。

(2)中古仄聲→變成國語不送氣清音：如「度」、「郡」。

2.**濁塞擦音：**

(1)中古平聲→變成國語送氣的清塞擦音，或清擦音，如「唇」、「神」。

(2)中古仄聲→變成國語的清擦音，如「順」、「實」。

3.**濁擦音：**

(1)中古平聲→變成國語送氣的清塞擦音或清擦音，如「囚」、「徐」；「匙」、「時」。

(2)中古仄聲→變成國語的清擦音，如「袖」、「市」。

(二)中古清塞音及清塞擦音變為現代國語，仍是清塞音及清塞擦

音，但音值有些則有改變，如：中古ㄍ、ㄎ的細音到了國語則衍化爲ㄐ、ㄑ。如「見」、「牽」等是。

㈢中古清擦音變爲現代國語仍爲清擦音，但某些音值也有改變，如：中古時的ㄙ細音到了國語則變爲ㄒ，如「西」、「息」。

㈣中古「明」、「泥」二母變爲現代國語依然爲雙唇鼻音及舌尖鼻音，但「疑」母則大部變爲無聲母，如「五」、元」、「吟」等；少數三等開口字則變成國語的ㄋ，如「牛」、「逆」等。

㈤中古「來」母變爲現代國語仍是邊音的ㄌ；而「日」母則分兩途：「止」攝的「日」母字衍變到了國語都變爲無聲母，如「而」、「耳」、「二」等；其他各攝則變爲濁擦音，如「人」、「日」等。

㈥中古重唇音變爲現代國語還是雙唇音，輕唇音「非」、「敷」、「奉」三母全變爲現代國語清的唇齒擦音，如「非」、「敷」、「奉」三字是；「微」母則變爲無聲母字，如「微」、「武」、「無」等是。

㈦中古「端」系字變爲現代國語，仍爲舌尖音。

㈧中古「知」、「徹」、「澄」三母大部分爲現代國語捲舌塞擦音，只有梗攝二等的「讀音」變爲舌尖塞擦音，如「宅」、「摘」等是。

㈨中古「精」系字聲母的衍變則是：如果跟隨的韻母變洪音，到了國語則仍爲舌尖塞擦音及擦音；若韻母變細音，則顎化爲舌面塞擦音及擦音。例如「再」、「蘇」兩字聲母不變，而「千」、「須」兩字的聲母則顎化爲舌面音。

㈩中古「莊」系到了國語大致是變爲捲舌音，只有在「深」攝及「曾」、「梗」、「通」三攝的入聲韻中變爲國語的舌尖音，如「抄」、「沙」、「師」變爲捲舌音；「森」、「測」、「責」變

成舌尖音。

㈡中古「照」系字的聲母到了國語全變爲捲舌音，如「章」、「昌」、「船」、「書」、「常」等是。

㈢中古屬舌根音聲母到了國語在發洪音的情形下仍保持舌根音，而細音則顎化爲舌面音，如「根」、「匡」、「汗」不變；「巾」、「羌」、「現」則變爲舌面音。至於「影」、「喻」二母字則全變爲國語的無聲母，如「安」、「焉」、「遠」、「爲」、「余」、「遙」等是。

三、國語的韻母

韻母注音符號與國際音標的對照

Ｙ〔a〕	ㄛ〔o〕	ㄜ〔ə〕	ㄝ〔e〕
ㄞ〔ai〕	ㄟ〔ei〕	ㄠ〔au〕	ㄡ〔ou〕
ㄢ〔an〕	ㄣ〔ən〕	ㄤ〔aŋ〕	ㄥ〔əŋ〕
ㄦ〔ər〕	一〔i〕	ㄨ〔u〕	ㄩ〔y〕
ㄭ〔ï〕			

說明：ㄭ原是專門用作「ㄓㄔㄕㄖ」及「ㄗㄘㄙ」七個聲母拼音用的韻母，實際上「ㄓㄔㄕㄖ」及「ㄗㄘㄙ」的韻母並不相同，但在音位上並不發生辨義上的衝突，因此注音符號只用一個共同的ㄭ來代替。又爲方便教學，如「ㄓㄔㄕㄖ」及「ㄗㄘㄙ」單獨使用時，取消標注韻符，而把ㄭ韻稱之爲「空韻」，國際音標也算它們是一個音位，以〔ï〕標之。

國語韻母的分類大概以發音時舌位前後高低與嘴唇的圓展不同而有別，通常我們是以開、齊、合、撮「四呼」來分韻的。然就韻母的結構來看，我們又可將它分成單韻母、複韻母、聲隨韻母、捲舌韻母等。

㈠單韻母

凡是由單獨元音所構成的韻母就叫做單韻母。國語裡共有八

個，七個是舌面元音的ㄚㄛㄜㄝㄧㄨㄩ，另一個則是舌尖元音的ㄭ。

㈡複韻母

凡是由兩個元音構成的韻母，那就是ㄞㄟㄠㄡ等四個韻母。

㈢聲隨韻母

凡是元音後面帶有輔音韻尾的韻母。漢語聲隨韻可分二類，一類是鼻聲隨韻，即元音後面附有〔m〕〔n〕〔ŋ〕等鼻音韻尾；另一類是塞聲隨韻，即元音後面附有〔p〕〔t〕〔k〕等塞音韻尾。但在國語裡頭沒有塞聲輔音韻尾，只有鼻聲隨韻，而且只有〔n〕〔ŋ〕兩個鼻音韻尾而已；因此整個國語韻母韻尾中只有ㄢㄣㄤㄥ等四個聲隨韻。

㈣捲舌韻母

凡是由元音及附隨的捲舌輔音所組成的韻母。簡單的說這個韻母是由輔音化成的，所以又叫做「聲化韻母」。國語裡的聲化韻母只有一個ㄦ。

國語韻母，除了前述十七個韻母外，另有二十二個與ㄧㄨㄩ三個介音結合成的韻母，大概可分為三類：

㈠齊齒呼韻母

這類韻母指的是韻頭或韻腹與「ㄧ」結合而成的韻母。例如：ㄧㄚ、ㄧㄛ、ㄧㄝ、ㄧㄞ、ㄧㄠ、ㄧㄡ、ㄧㄢ、ㄧㄣ、ㄧㄤ、ㄧㄥ等。

㈡合口呼韻母

這類韻母指的是韻頭或韻腹與「ㄨ」結合而成的韻母。例如：ㄨㄚ、ㄨㄛ、ㄨㄞ、ㄨㄟ、ㄨㄢ、ㄨㄣ、ㄨㄤ、ㄨㄥ等。

㈢撮口呼韻母

這類韻母指的是韻頭或韻腹與「ㄩ」結合而成的韻母。例如：ㄩㄝ、ㄩㄢ、ㄩㄣ、ㄩㄥ等。

國語韻母表

韻母	單韻母					複韻母				聲隨韻母				捲舌韻
						收一		收ㄨ		收ㄋ		收兀		
開口呼		ㄚ	ㄛ	ㄜ	ㄝ	ㄞ	ㄟ	ㄠ	ㄡ	ㄢ	ㄣ	ㄤ	ㄥ	ㄦ
	結合韻母													
齊齒呼	ㄧ	ㄧㄚ	ㄧㄛ		ㄧㄝ			ㄧㄠ	ㄧㄡ	ㄧㄢ	ㄧㄣ	ㄧㄤ	ㄧㄥ	
合口呼	ㄨ	ㄨㄚ	ㄨㄛ			ㄨㄞ	ㄨㄟ			ㄨㄢ	ㄨㄣ	ㄨㄤ	ㄨㄥ	
撮口呼	ㄩ				ㄩㄝ					ㄩㄢ	ㄩㄣ		ㄩㄥ	

四、中古韻母與現代國語韻母的衍變關係

㈠中古入聲韻變為現代國語，其塞音韻尾完全消失：

如「國」、「白」、「立」、「渴」、「各」等是。

㈡中古陽聲韻變為現代國語，其結果是：

1.「山」、「臻」兩攝仍保持〔n〕韻尾：如「干」、「根」、「真」、「寒」等是。

2.「通」、「江」、「宕」、「梗」、「曾」五攝仍保持〔ŋ〕韻尾：如「東」、「唐」、「更」、「蒸」等是。

3.「深」、「咸」二攝的〔m〕韻尾變為〔n〕韻尾：如「今」、「侵」、「甘」、「鹽」等是。

㈢開口合口的分別，中古音與國語大體如舊，只有一些小的變異，茲不贅述。

五、國語的聲調

國語的聲調分為陰平、陽平，上聲、去聲四類，調值分別是陰平55，陽平35，上聲315，去聲51。為了方便在注音時捨調值的標

桿只取其旁型態表示，而且陰平省略，只注╱∨╲三個就可以表示
四個調了。

項　目	說　明				
四聲俗名	第一聲	第二聲	第三聲	第四聲	
調類名稱	陰平	陽平	上聲	去聲	
四聲調值	55	35	315	51	
調型符號	˥	˩	˅	˨	
注音調號	(一)	╱	∨	╲	
四聲音長	次短	次長	最長	最短	

六、中古四聲與現代國語聲調的衍變關係

　　㈠中古平聲的清聲母字，全變為現代國語的「陰平」：如
「多」、「當」等。濁聲母字則全變為國語的「陽平」：如「駝」、
「查」、「胡」等。

　　㈡中古上聲的清聲母字及次濁聲母字，全變為現代國語的「上
聲」：如「請」、「討」、「領」、「免」等。全濁聲母字則一律
變為國語的「去聲」：如「靜」、「善」、「舅」、「皓」等。

　　㈢中古的去聲字，無論聲母之清濁，一概變為現代國語的「去
聲」：如「配」、「放」、「換」等。

　　㈣中古入聲的次獨濁聲母字，一律變為現代國語的「去聲」：
如「列」、「逆」、「役」等。全濁聲母字則大部分變為國語的
「陽平」：如「俗」、「笛」、「直」「核」等；小部分變為國語
的「去聲」：如「夕」、「術」、「穴」、「涉」等。清聲母字則
分別變為國語的「陰平」、「陽平」、「上聲」、「去聲」而無條

例可尋。

　　總之，中古音與國語衍變的關係，我們可以簡單的說：中古音到了國語時，已經「濁音清化」與「入派三聲」了。

<h1 style="text-align:center">第 2 節　聲母的對應</h1>

一、對應的意義

　　對應，是指某一系統中的某一項性質意義或位置與另一系統中的某一項相當，稱為對應，對應可以是全對等，至於無法完全對應時則謂之轉換。客語與國語的對應，基本上極為密切，因為，方言（客語）與共同語在結構上是既對立又統一的。客語大都承古漢語而來，而國語也是由古代漢語和方言漸漸演變形成，其系統相同，有些且為相通，其對應關係，可說是古今、地域不同所致。

　　客語國語的對應內容包含語音、詞彙、語法，本文則著重在語音的對應，並附例詞以明。然因篇幅限制，僅以四縣、海陸、國語為準。

二、聲母的對應

　　聲母的對應，可分為唇齒音、舌尖音、舌尖前音的對應，茲依ㄅㄆㄇㄈ四縣、海陸、國語的對應分述如下，例詞以第一字音為主，加（）者，以第二字音為主。

(一)唇齒音的對應

四縣	海陸	國語	例詞	備註
〔p〕	p	p	爸爸、巴西、霸王、芭蕉、疤、背人、把戲、八仙、缽頭、撥錢、百姓、伯公、柏樹、擘開、報告、波浪、玻璃、煲糜、播音、褒獎、保重、寶山、奔波、本心、卜卦、補助、不時、笨笱、浡波	
		p'	抔穀	
		f	發大水、放手、枋仔、腹內、糞堆、分錢、幅度	
〔p'〕	p'	p	罷工、跋涉、撥涼、白淨、薄荷、背書、敗家、稗仔、脖鍊、撥塵灰、泊車、別儕、標準、抱不平、暴力、爆炸、伴唱機、辦法、伴、備查、鼻公、濞流濞串、被骨、避暑、便利、辯證、騙人、辯解	
		p'	潑血、爬山、剖腹、破病、婆婆、拍手、椪柑、膨風、膨脹、抨鎚、澎湃、旁人、膀胱、焙火、胚想、賠錢、迫害、朋友、棚頭、票價、漂白、飄流、派頭、排骨、牌匾、泡茶、炮彈、曝光、拋鹽、跑馬、叛亂、蟠桃、攀駁、盤仔、攀擎、彭祖、澎湖、屁卵、呸痰、被害人、批評、皮帶、枇杷、琵琶、陪伴、脾氣、僻靜、闢謠、扁舟、偏心、篇章、便宜、片仔	
		f	伐草、翻血、紡織、芙蓉、符詁、伏等、縫仔、楓樹、蜂糖、斧頭、浮泭、浮浮、肥湯、蝠婆、縛仔、訃文、覆菜、蓬白、符箬	
		m	冇穀	
		h	瓠瓜	
〔m〕	ŋ	m	貓仔	
	m	m	媽媽、罵陣、馬力、媽祖、瑪瑙、碼仔、麻油、痲痺、麼儕、末賺、抹鬚、麥芽、仔、帽仔、摩挲、磨粄、毛辮仔、盲目仔、沒落、莫非、漠視、篾仔、芒神	
		u	毋使、無愛、魍神、罔用、微末、網路、問卜、蚊仔	
〔f〕	p	f	飛鼠	
	p'	f	飯店	

	f	發財、花草、華陀、法官、犯法、範文、凡人、活血、罰酒、放榜、方向、飯店	
	k'	闊步、會計、苦瓜、窟仔	
f	h	畫虎　、貨車、禍福、和平、火車、幻象、患者、荒地、皇上、灰匙、或者、壞蹄、懷念、會見、戶口、胡椒	
h	h	賀詞	
	u	完身、王子、黃瓜、枉死、委員、挖井	
	h	滑鼻、劃刀仔、鑊仔、霍亂、豁忒、換衫、會行、還願、（耳）環	
〔v〕	v	u	哇哇滾、挖耳屎、窩湖、碗公、旺季、往日、煨蕃薯、萬年、歪心、晚安、完畢、位置、無限	
	i	遺失、遺訓	
	y	芋荷、蘿荣	

説明：　1.客語四縣腔讀唇音 p 者，海陸亦爲 p，國語則分別讀爲 p、p'、f 音。
　　　　2.客語四縣腔讀唇音 p' 者，海陸亦爲 p'，國語則讀爲 p、p'、f、m、h 音。
　　　　3.客語四縣腔雙唇鼻音 m，海陸讀爲 m、ŋ，而國語則讀爲 m、u。
　　　　4.客語四縣腔擦音 f，海陸讀爲 p、p'、f、h 的情形，國語則讀爲 f、k'、h。
　　　　5.客語四縣腔濁擦音 v，海陸讀爲 v，國語全部消失，唸爲 u、h、i、y 等。
簡表如下：

客語四縣腔	客語海陸腔	國語的對應
p	p	p、p'、f
p'	p'	p、p'、f、m、h
m	m、ŋ	m、u
f	p、p'、f、h	f、k'、h
v	v	u、h、i、y

㈡舌尖音的對應

[t]	t	t	打子、答案、搭信、擔竿、擔頭、膽事、的對、倒貼、刀石、多謝、倒訣、剁人、破仔、斷真、短劇、斷心	
		t'	恬恬、囥水、貼地、探頭	
		n	鳥子	
		tʃ	值錢、逐下、著的、琢琢仔、啄米	
		tʃ'	儲金、輟恬	
		ʃ	（胡）適、適奈	
[t']	t'	t	達成、道理、導師、大家、地豆、待遇、但是、毒老鼠、定貨、杜甫、度量、淡水	
		t'	團體、踏高踏低、探橋、貪心、談笑、妥當、桃園	
		tʃ'	揣令仔、暢樂、（禾）埕	
[n]	n	n	你兜、拿等、納稅、男仔人、撓人、內部、膿包、農民、噥噥	
		u	妄想	
		l	攬人、笐竹、蹦命	
		ʒ	瓤、蠕蠕動	
		ɕ	系統	
[l]	n	l	懶尸	
	l	l	垃圾、喇叭、臘肉、邋食、蠟燭、楠仔、籃球、襤褸、蘭花	
		ʒ	遶境	
		i	蔭著	?

說明：*1.* 客語四縣腔舌尖音 t，海陸亦為 t，國語分別讀為 t、t'、n、tʃ、tʃ'、ʃ。

2. 客語四縣腔舌尖音 t'，海陸亦為 t'，國語讀為 t、t'、tʃ'。

3. 客語四縣腔舌尖音 n，海陸亦為 n，國語讀為 n、u、l、ʒ、ɕ。

4. 客語四縣腔邊音 l，海陸讀為 l 和 n，國語讀為 l、ʒ、i 等。

簡表如下：

客語四縣腔	客語海陸腔	國語的對應
t	t	t、t'、n、tʃ、tʃ'、ʃ
t'	t'	t、t'、tʃ'
n	n	n、u、l、ʒ、ɕ
l	l、n	l、ʒ、i

(三)舌根音的對應

[k]	k	k	甘心、柑仔、感人、橄欖、耕田、觀看、官員、關公、過門、歌曲、古人	
		tɕ	嫁人、價錢、假精、髻鬃、紀念、寄信仔、結果、降子、韭菜	
		h	合火、頦口	
		tɕ'	洽水、（山）崎	
		ɕ	校長	
		tʃ	枝冰、支持	
	k'	tɕ	競爭	
[k']	k'	k	共屋、（干）戈	
		k'	卡片、刻字、考試、叩首、鏗鏘、開春、可以	
		h	環保、怙杖仔、（出）虹、鎬、摼等	
		tɕ	屐仔、忌日、（省）儉、（花）轎、鞠躬、近視	
		n	凝錢	
		ɕ	吸收	
[ŋ]	ŋ	n	扭打、齧鋸、拈香、虐待、瞴目	
		y	魚船、玉女、娛樂、語言、月光、願望、遇	
		i	衙門、牙齒、宜蘭、雅士、岩石、研究、硬頸	
		Ø	（驕）傲、役、吾	
		ʃ	攝影	
		ʒ	惹禍、若、認識、肉材、日時頭、軟怠怠、入門、染色	
		t	呆呆	

		tɕ	稽查、姣妮妮	
[h]	h	ɕ	孝心、限制、下筆、夏至、蝦公、狹之狹極、銜恨、鹹淡、瞎目、嚇著、學生、項項、幸福、血水、許可、陷害	
		k'	客家、肯無、口涎、糠仔、渴水	
		h	合作、盒仔、闔家、憨癡、含羞、涵空、核卵、號頭、耗損、何苦、河背、豪門、壤溝、畜豬、涵養、蛤蟆	
		tɕ'	氣力、去路、棄嫌	

說明：1.客語四縣腔讀舌根音k，海陸讀為k和k'，國語則分別讀為k、tɕ、h、tɕ'、ɕ、tʃ音。

2.客語四縣腔舌根音k'，海陸亦讀為k'，國語則分別為k、k'、h、tɕ、n、ɕ。

3.客語四縣腔舌根音ŋ，海陸亦讀為ŋ，國語ŋ音已消失，分別讀為n、y、i、Ø、ʃ、ʒ、t等。

4.客語四縣腔舌根音h，海陸亦讀為h，國語則分別讀為tɕ、ɕ、k'、h、tɕ'等。

簡表如下：

客語四縣腔	客語海陸腔	國語的對應
k	k、k'	k、tɕ、h、tɕ'、ɕ、tʃ
k'	k'	k、k'、h、tɕ、n、ɕ
ŋ	ŋ	n、y、i、Ø、ʃ、ʒ、t
h	h	tɕ、ɕ、k'、h、tɕ'

㈣舌面前音的對應

		tɕ	祭天、濟貧、接花、僭越、尖臍、節氣、浸濕、精神、進步、姐公	
[tɕ]	tsi	tɕ'	（麻）雀	
		tʃ	輒、皺紋、占領	
		ts	足歲、縱容	
[tɕ']	ts'i	tɕ	聚賭、捷運、盡量、漸漸、（恬）靜	
		tɕ'	趣事、妻妾、娶親、取近、七月、情節、臍帶	
		ɕ	謝恩、尋頭路、斜、旋轉	

		tʃʼ	崇拜、重頭	
〔tɕʼ〕	tsʼi	tsʼ	刺腦殼、從頭	
		s	松樹、嵩壽	
	si	ʃ	（米）篩	
〔ŋ〕	〔ŋ〕	ər	耳公、爾、二	
		i	義民	
		ɕ	鬚毛並白、寫字、邪術、先人、仙人	
		s	宿舍、誦讀、四面	
〔ɕ〕	si	tɕʼ	潛水	
		l	黎濞	
		ʃ	熟水	

說明：1.客語讀舌面前音 tɕ，海陸亦讀爲 tɕ，國語則已分別讀爲 tɕ、tɕʼ、tʃ、ts。

　　　2.客語舌面前音 tɕʼ，海陸亦讀爲 tɕʼ、ɕ，國語分別爲 tɕ、tɕʼ、ɕ、tʃʼ、tsʼ、s、ʃ。

　　　3.客語舌面前音 ŋ，海陸亦讀爲 ŋ，國語無此聲母，相對應者爲韻母ər、i。

　　　4.客語舌面前音 ɕ，海陸亦讀爲 ɕ，國語分別讀爲ɕ、s、tɕʼ、l、ʃ等。

　　簡表如下：

客語四縣腔	客語海陸腔	國語的對應
tɕ	tɕ	tɕ、tɕʼ、tʃ、ts
tɕʼ	tsʼi	tɕ、tɕʼ、ɕ、tʃʼ、tsʼ、s、ʃ
ŋ	ŋ	ər、i
ɕ	si	ɕ、s、tɕʼ、l、ʃ

㈤舌尖前後音的對應

		tʃ	炸彈、瞻仰、詹、志氣、戰爭、豬隻、中央大學、折錢、摺紙	
	tʃ	tʃʼ	舂米	
		tʃ	抓捉、齋公、債權、摘花、斬頭、詐死	
〔ts〕		ts	紮花、再見、燥料、贊同、贈品、增壽、奏樂、做工、灶頭、走開、子孫	
	ts	tɕʼ	磧錢	
		n	碾過	
		tsʼ	測量、側門	
	tɕ	tɕ	蕉嶺	

[ts]	tʃ'	tʃ	輾著	
	k	tʃ	支持	
	t	tʃ	知識、中央	
[ts']	ts'	ts'	詞句、瓷磚、詞典、草木、菜瓜、曹操、彩色、材料、參加	
		tʃ'	岔路、差錯、撐船、查看、茶米、插手、摻雜	
		ts	雜貨、在來、座位、坐車、昨夜、罪責滿貫	
		s	塞車	
		ʃ	杉仔、閂門、呻	
	tʃ'	tʃ'	車站、纏人、超過、尺寸	
		ʃ	深山、賒數	
[s]	tʃ'	ʃ	試看	
	ʃ	tʃ	召見、兆頭	
		tʃ'	禪宗、成時、蟬叫、蟾蜍、傳說、船期、承蒙、仇人	
		ʃ	社會、射箭、蛇身、捨身、蝕本、殺氣、石炭、聲失失、（倚）恃、試驗	
	s	s	塞車	
		tɕ'	誚	
		ʃ	沙坑、衫褲、梳頭、生卵、曬衫、山頂、史書	
		ɕ	徙屋、星仔、殉職、笑科、宵夜、銷頭、消毒、洗手、細人	
		ts	字典	
		s	三更、散步、塞車	
[Ø]				

說明：1.客語四縣腔只有舌尖前音，海陸腔兼有舌尖前和舌尖後音。

2.客語四縣腔讀舌尖前音 ts，海陸讀為 tʃ、ts、tɕ、tʃ'、k、t，國語則分別讀為 tʃ、tʃ'、ts、ts'、tɕ、tɕ'、n。

3.客語四縣腔舌面前音 ts'，海陸讀為 tʃ'、ts'，國語讀為 tʃ'、ts'、ts、s、ʃ。

4.客語四縣腔舌面前音 s，海陸讀為 tʃ'、ʃ、s，國語則讀為 tʃ'、tʃ'、ʃ、tɕ'、ɕ、ts、s 等。

簡表如下：

客語四縣腔	客語海陸腔	國語的對應
ts	tʃ、ts、tɕ、tʃ'、k、t	tʃ、tʃ'、ts、ts'、tɕ、tɕ'、n
ts'	tʃ'、ts'	tʃ'、ts'、ts、s、ʃ
s	tʃ'、ʃ、s	tʃ、tʃ'、ʃ、tɕ'、ɕ、ts、s

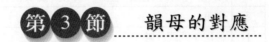

第 3 節　韻母的對應

　　客語韻母可分為舒聲韻母四十七個，入聲韻母二十四個，成音節輔音三個，其系統已如前所述。在此，則敘述與國語之對應，分為㈠開尾韻母；㈡鼻音韻尾；㈢塞音韻尾的對應。

一、韻母音標對照表

㈠開尾韻母（陰聲韻母）對應

1. 開口韻母的對應

四縣	海陸	國語	例字	備註
〔ï〕	ï	ï	師資、自私、子女、次要、事業、史書、駛車	
		u	祖公、（算）數、蘇先生	
	i	ï	至少、智慧、志工、知識、制度、屎尿、蒔田、視人、詩人、持平、時間、布施	
	o	u	梳頭	
	u	u	蘇先生、祖先	
〔a〕	a	a	茶花、阿公、雅致、亞洲、牙齒、打算、（爭）差、卡著、麻子	
		ia	價值、嫁妝、假使、架仔、稼接、加減、佳作、家庭、（羊）豭	
		o	邏邏看、轉仔	
		ə	社會、射箭、賒數、赦免、蛇哥、舍弟、捨身、遮仔	

		au	報告、婆媳、傳播、磨石、褒獎、刀槍、高尚、絢牛、寶山、腦囟、掃地	
[o]	o	uo	多少、禍福、貨色、過路、巡邏、揉圓、拖延、所有	
		ə	賀喜、和平、哥哥、課本、禾苗、科學、可以	
		iau	潦草	
		u	無相干	
		ou	剖開析	
		o	婆婆、磨石、（廣）播、摸挲	
[e]	ə	ai	（兔）仔	
	e	i	細心、（阿）姆、癡癡、系統、齊全、比比看	
		y	蝓螺	
		ï	舐	
			te te 滾（話多）、fe² (歪)、ve ve 滾（哇哇叫）、te 一下（躺一下）	
[ai]	ai	ai	大溪、買賣、挨扳、拜斗、排列、矮細、在行、帶路、埋頭、再會、壞蹄、齋公、泰國、牌樓、敗家、奈何、曬衫	
		i	低頭、底盤、□田、黎、泥水、徙屋	
		ie	鞋店、懈怠、偕老	
		a	拉兼、大家	
		o	跛腳	
[oi]	ai	ai	載人	
	oi	i	替人	
		ai	該衰、海外、頰鰓、菜包、財源、才調、來源、蒜醯、開始、慷慨、比賽、颱風、哀傷、臺灣、呆呆、（還）在	
		ei	背囊、梅花、媒人、妹妹、煤田、焙乾、胚芽	
		uei	吹風、堆山、灰心、稅務、睡目、會議、堆山、脧仔	
		uai	外家、衰齡	
[au]	au	au	吵鬧、包公、胞衣、飽氣、操練、吵鬧、炒菜、搞料、好搞、孝心、考試、燥水、找錢、爪子	
		iau	教育、交換、郊外、絞綿、效果、巧思、咬人	
		iou	流潦	
[eu]	au	au	超人、朝代、潮水、少年、召見、笑話、紹介、招生	
	o	u	浮菜	

	iu	iou	扭打	
		iou	紐空	
	eu	ou	走漏、湊雙、瘦夾夾、鬥爭、兜茶、斗量、豆腐、頭下	
		au	撓人	
		u	浮動	

說明：　1. 客語無 ou 韻。

　　　　2. 其對應情形與聲母對應之呈現方式相同，茲不再贅述。

2.齊齒韻母對應

		i	地區、秘方、幣值、麻痺、寄信、既然、紀錄、比喻、李仔、棋子、衣裳、以前	
		ie	姊妹	
		ei	眉開眼笑	
	i	y	徐姓、句語、鋸仔、居功、居留、舉例、虛名、許可、羽毛、區域、濾水、旅行	
		ï	粢粑、知己、蜘蛛、死睡、四川	
		u	如意、茹素	
〔i〕		ər	而且	
		ei	杯仔、悲傷、廢票、費心、飛行機、菲律賓、輩分、美滿	
	ui	uei	揮發、（智）慧、諱言、衛生、回報、威儀、慰問	
		i	遺失	
		i	崎	
		──	gia⁵ gia⁵ 滾（喻嘈雜不休）、kia³ mei³ gi³（不以為然的口氣）	
		ie	借錢、姐公、嗟、邪術、斜斜、躞躞	
〔ia〕	ia	iŋ	擎手	
		o	摸手	
		uo	若爸	
		ə	惹火	
		a	扒扒走	

		uo	踩著（踩到）	
[io]	io	——	gio¹ 屙糟（搞髒）、ŋio¹ 人	
		ye	靴仔、茄仔、瘸手	
		iou	啾人（煩人）	
		o	好 lio¹、到 lio¹（語尾詞）	
		iau	布屌	
[ie]	ai	ie	街路	
		i	雞頦	
	ie	ie	戒心、芥菜、階下、解開	
		i	計程車、契約、喫甘蔗、蟻公	
		ia	價值	
		i	雞頦	
		ai	艾粄	
[iu]	iu	iou	琉球、幼秀、九千、酒菜、韭菜、就醫、舊衣、舅公、求人、球隊、留學、溜走、牛犅、修養、皺紋	
[iai]	ai	ie	街路	
[ioi]	ioi	uei	（當）、脆脆	
[ieu]	iau	iau	嬌癡、噭眵、梟心、姣妮妮、繳稅、翹翹板	
	ieu	ou	狗牯、購買、溝通、構想、夠頦、枸杞、叩首、勾搭	
		u	箍桶	
[iau]	iau	iau	撩刁、聊天、了了、療效、刁蠻、吊車、鳥卵、雕刻、屌死、澆水、蹺腳	
[iui]	iui	uei	銳利、睿智	

3.合口韻母的對應

		u	u	路途、葫蘆、糊塗、孤苦、補血、夫娘、捕捉布紗、巫術、都市	
[u]		iu	ou	收租、籌備、獸醫、抽籤、受訓、紂王	
		u	o	模範	
		o	u	初一、無影	
		ï	u	祖公業	
[ua]	ua	ua		掛紙、瓜子、寡婦、刮著、誇口	
[ue]	ue	ue		○杁（kue³ ted⁴ 狀聲詞，陶瓷器破裂聲）	

| 〔ui〕 | ui | ue | 歸類、擂槌、吹風、對答、歸家、貴賓、跪地、翠玉、催油、推行、維持、危險 | |
| 〔uai〕 | uai | uai | 乖巧、怪手、拐人、枴棍、快樂、蚋仔 | |

說明：　1.模仔、模範，客語都唸 u，國語分為 u 和 o。

　　　　2.祖公業的祖，海陸客語唸 ï 和 u 韻，國語唸 u。

(二)鼻音尾韻母（陽聲韻母）

1. m 韻尾的對應

〔am〕	am	an	藍衫、籃球、濫貨、暗晡、醃瓜、庵堂、杉仔、參加、蠶葉、膽識、范丹、凡人、閃開、柑仔、含著、糁糁、崁頂	
〔em〕	em	an	沾秧仔、臉濟、淰淰	
		ən	森林、砧板	
〔ïm〕	im	ən	針線、斟酒、深坑、沉底、審問	
〔im〕	im	in	琴音、金銀、錦山、欽差、禽獸、蔭著、禁止、撳等、擒拿、浸水、唚嘴、寢食難安、心肝	
		iŋ	興趣	
		i	燖人、燖等	
		un	尋人、蟳仔	
〔iam〕	iam	ian	檢驗、拈籤、欠債、潛逃、尖尾、拈香	
〔iem〕	iem	ian	弇蓋、奄奄	
〔an〕	an	an	半單、蠻綻、班長、單身、慢板、蘭花、山頂、鰻魚、滿屋、爛衫、翻身、難題、產業、攤位	
		uan	金鑾殿	
		ian	奸臣、簡單、撿食	
		yan	學生	
〔on〕	on	uan	轉碗、端莊、川芎、穿空、歡喜、觀察、寬悠、斷截、緞仔、段落、暖酒菜、卵黃、鑽仔、酸梅	
		an	餐廳、寒冷、旱田、按算	
〔en〕	en	ən	恩人、恨上心、呻生呻死、襪肩	
		əŋ	朋友、衡量、等待、增加、贈送、藤凳、凳仔	
		iŋ	叮嚀、挺直、冰店、憑壁、銘謝、星期	

		ai	乳菇	
		ian	先走、星期	
	iaŋ	iŋ	星仔	
〔ïn〕	in	ən	神聖、身體、腎水、申冤、伸張、珍珠、貞節、塵土、偵查、診斷、箴言、拯救、振作、鎮定、陣圖、趁火打劫	
		əŋ	正身、勝算、盛興、政治、證人、徵兵、癥結、整容、秤仔、稱呼、澄清、逞強、懲治、聖旨、昇華、成長、承包	
〔in〕	in	in	殯葬、盡好、賓客、親生、民主、緊張、品相、拼音、筋頭、斤兩、巾幗英雄	
		iŋ	秉公、摒屎、屏風、蘋果、評審、平靜、青天、情人、頂下來、警察、清秀、興旺、形投、停鈍、亭仔、庭園、命令、並且、併吞、兵役、精進	
		un	輪仔	
		iaŋ	跟蹌	
		ian	眠牀	
		ən	奮命	
〔un〕	un	un	論文、溫馴	
		ən	分錢、奔波、本身、芬芳、焚化、伸腰骨、春光、分類、粉筆、奮鬥	
		un	圳頭、寸步難行、頓井、敦睦、燉飯、囤水、昏迷、婚姻、葷腥	
		an	顢無停	
〔ian〕〔ien〕	ian	yan	圓圈、園藝、冤仇、淵源、院長、選手	
		ian	牽連、年房、虔誠、建設、健康、煎油、顛倒、間房、前途、騙仔、片頭、變天、現在、仙人、鮮汁、淺見、縣長	
〔ion〕	ion	uan	軟賺	
		un	吮乳	
		yan	全家、攀衫	
〔iun〕	iun	yn	軍訓、君子、群眾、裙腳、勳章、銀單、勤儉	
		yŋ	瓊樓	
〔uan〕	uan	uan	關公、款待、摜菜、環環轉、慣勢	

〔uen〕	uen	əŋ	耿直	
〔aŋ〕	aŋ	əŋ	棚頂、繃緊、彭祖、棚頂、（禾）埕、坑壢、正月、鄭國、城門、聲音、爭權、撐船、生卵、冷落	
		aŋ	蟒蛇、莽撞	
		iŋ	零星、鈴響、釘衫、另力、硬頭、行血、桁桷、聆聽、伶俐、訂貨、星光半夜	
		iaŋ	亮頭、晾衫	
〔oŋ〕	oŋ	əŋ	碰著、棒球、幫手、榜上有名、椪柑、膨風、澎湃、旁觀	
		aŋ	長江、幫忙、忙亂、（乒）乓、方向、堂上、當面、湯淨、糖盎、蒼天、唱歌、葬身、藏族、喪事、賞花	
		iaŋ	養成、（皮）癢、羊猲、秧田、（災）殃、降下	
		uaŋ	忘本、罔看、魍神仔、光芒、狂風	
		u	墓埔	
〔uŋ〕	uŋ	əŋ	捧水、風神、鳳仙、奉命、俸給、封面	
		uŋ	東風、通風、東片、凍頂、棟樑、紅花、工業、公平、攻擊、奉勸、豐工、濛煙、朦朦、多下頭、農家、噥噥、楝頂、隆重、礱糠、功勞	
〔iaŋ〕	iaŋ	iŋ	姓名、命靚、餅店、丙丁、病痛、坪數、清明、醒睡、名片、靚裝、令仔、（發）性、驚生、請教、槳燥、輕秤、井肚	
		iaŋ	鏘鏘滾	
		in	拼命	
		əŋ	抨擊	
〔ioŋ〕	ioŋ	aŋ	放香、（姓）房、紡織、暢樂、長錢	
		iaŋ	良將、香蔥、羌仔、槍手、腔頭、將來、搶購、強迫、薑頭、姜女、僵蠶、響聲、想真、享福、像樣、向前、娘親、相親	
		uaŋ	網羅	
〔iuŋ〕	iuŋ	uŋ	龍宮、從戎報國、崇正、松仁、重陽、弓箭、供豬、（出）虹、蹤影	
		yŋ	芎林、窮苦、兄長、雄雞、凶多吉少	
		iaŋ	降子	

〔uaŋ〕	uaŋ	iŋ	（青）莖	

說明：客語與國語在陽聲韻尾對應的關係一如中古音衍變爲國語的情形相同：客語陽聲韻
　　　〔m〕韻尾變爲現代國語大都爲〔n〕韻尾，少部分則爲〔ŋ〕韻尾；客語讀爲〔n〕、
　　　〔ŋ〕韻尾者，仍保持〔n〕、〔ŋ〕韻尾。唯客語較特殊的是：

　　　1. 國語的 in 與 iŋ，四縣海陸都只唸 in。

　　　2. 客語雙唇音韻尾 m，國語全部唸爲 an。

　　　3. 降有三音：分別爲 hoŋ⁵、koŋ³、kiuŋ³，國語則爲ɕiaŋ ╱、tɕiaŋ ╲。

　　　4. 星，四縣唸 sen²、ɕien²，海陸唸ɕien²、ɕiaŋ²、saŋ²，國語注音唸ɕiŋ。

㈢塞音韻尾（入聲韻母）的對應

關於塞音韻尾（入聲韻母）的對應，國語的入聲字已經消失，客語則仍保留，其對應如下：

1. p 韻尾

〔ïp〕	ip	ï	（目）汁、十籮、濕潤、拾遺、執行	
〔ap〕	ap	a	法國、答應、搭碴、（靈）塔、踏著、納稅、喇叭、蠟燭、臘月、拉雜、塌底	
		ə	合作、磕頭	
		ia	甲、（面）頰、舺板、袷仔、洽水、鉀肥	
		ie	貼貼	
〔ep〕	ep	ï	擲球	
		ə	澀澀、垃圾	
		uo	撮鹽	
〔ip〕	ip	i	立急、急忙、及格、翕熱、集合、（配）給、笠仔、吸收、習慣、襲著風	
		u	入籍	
〔iap〕	iap	i	粒粒	
		ie	接帖、捷運、貼紙、葉下桃	
		ia	夾仔、俠女、洩漏、楔平、袂下	
		ə	攝影、攝楔、業務	
		au	凹鼻	
〔iep〕	iep	i	激出	

2. t 韻尾：舌尖韻尾有十一個。

[ĭt]	it	ĭ	失職、直接、實質、食飽、織布、職業、植物、值班、姪女、侄仔、殖民地	
[at]	at	a	發達、辣椒、襪仔、罰跪、伐草、笡仔、（警）察、殺氣、達目的、紮花	
		o	缽頭、撥錢、潑水、抹粉	
		uo	闊	
		ie	結煞、醫察、烈火	
		ia	瞎目	
		ə	折扣、哲學、刻字、掣一下、闔死、（結）舌	
		ĭ	蝕本、值錢	
[et]	et	i	逼死、踢球、歷史、息仔	
		uo	獲得、或者、國家	
		ie	捏忔、（竹）篾、別儕	
		ə	竻竹、（堵）塞、色相、德國	
		ai	塞車	
		ei	北方	
		y	（領）域	
[ot]	ot	a	發發	
		ua	刷仔	
		uo	咄人、說人、脫鞋、啜湯	
		ə	喝咄、捋鬚、渴水、割開	
[it]	it	i	一筆、筆架、吉祥、激烈、必須、劈開、歷史、（利）息、避暑、力量、舂栗、碧潭、必然、畢業、闢謠、僻靜	
		u	（囊囊）矻矻、拂尾、蝠婆仔	
		ĭ	適奈	
[ut]	ut	u	不出、窟仔、突出、骨頭、卒仔、捽下、囫飽	
		o	沒術、浡出、佛祖	
		ou	抔泥	
		y	（委）屈	
		ye	掘泥	
		ə	核仁	

[iat]	iat	ə	熱烈	
[iet]	[iet]	ie	結緣	
		ye	穴道	
[iot]	iot	uo	啜乳	
[iut]	iut	y	（委）屈	
[uat]	uat	a	刮沙、括號、鴨嫲鴣	
[uet]	uet	uo	國家、（巾）幗、摑一下	

說明： *1.* ït 是四縣腔及詔安腔獨有的韻母。

　　　2. 歷、息有 et、it 兩音。

3. k 韻尾：舌根塞音韻尾、以輔音 -k 收尾的韻母，共有七個。

		o	伯公、劈析	
		ai	百萬、拆散、麥片、白雪雪、（打）脈	
		ï	石頭、磧燥、（三）隻、（一）呎、赤色	
		i	（開）析、笛子、糴米、怒怒滾痛、壢溝	
[ak]	ak	ə	（註）冊、隔開、（籮）篢、格仔、（上）膈、合味、客氣、搇拳頭、核卵、咯痰	
		u	逐日	
		a	縮緪、捹腰	
		ua	（計）畫、畫圖	
		ia	嚇死	
		ye	嚇死人	
		ai	拍桌	
		o	剝殼、博人惱、莫等閒、薄荷、（糟）粕	
		au	鑿空鬥榫、（姓）郝、杓仔、芍藥、著火	
		iau	角色	
[ok]	ok	u	于上于下	
		ue	覺醒、學問、梋仔、岳飛、確實、（榷）确、爵位	
		uo	榷确、郭子儀、剝樵、桌腳、托盤、託夢、豁特、（竹）籜、（雕）琢、（董）卓、鑊頭、斫樹	
		ə	各位、（硬）殼、擇菜、鱷魚	

〔uk〕	uk	u	祝福、福氣、幅度、卜居、腹內、目珠、木材、督學、篤實、讀書、復古、穀雨、服裝、伏等、促進、嗽症、觸犯、族群、輻射、竹筍、肉類、牧馬、鹿茸、燒著、贖罪	
		uo	啄米、涿水、捉人	
		ou	粥水	
〔iak〕	iak	i	壁頂、錫桶、屐仔、惜福、錫桶、劈開、（蹤）跡、（流）利、（草）蓆	
		ï	刺額	
		ə	額頭	
		ie	蝶仔	
		iau	搖手	
		y	劇本、遽遽、（作）劇	
〔iok〕	iok	——	無 tiok[8]	
		iau	腳步、藥店、削皮	
		ye	钁頭、虐削、卻是、略略仔	
		uo	弱勢	
		u	縛仔、賻屋	
〔iuk〕	iuk	y	菊花、焗腦、畜豬	
		u	足月、（包）黍、淑女、熟水、陸續	
		iou	六畜	
		ï	刺激	
〔uak〕	uak	ia	硈硬	
		ə	（鹽霜）榼-[鹽膚木]	

說明：*1.* 格另有一-iet 韻，核另有 ut 韻，畫另有-a 韻尾。

2. 粥，海陸讀 tʃip。

3. 刺，客音讀 tɕ，iag、tɕ'iug。

㈣成音節輔音的對應

四縣客語	海陸客語	國語	例字	備註
〔m〕	m	u	毋	
〔n〕	ɳ	ni	你	

〔ŋ〕	ŋ	y	魚	
		u	五	

說明：成音節輔音有m、n、ŋ三個；但n只出現於四縣腔；m即是國語不的意思；魚與汝，古音同，所謂「望魚來」，其實是「望汝來」。

第 4 節　聲調的對應

　　關於聲調對應，四縣有六個聲調，海陸有七個聲調，國語有四個聲調。四縣海陸陰平，即國語第一聲；四縣海陸陰上，即國語第三聲；四縣海陸陰去，即國語第四聲；四縣海陸陽平，即國語第二聲；四縣的陽去就與陰平同；四縣的陰入與陽入，國語已消失，分別歸於平上去三聲。茲為學習便利，特編一口訣「仙女唱曲遊大學」代表各聲調，同時配合調值，以注音符號調號標明，唯陽去調以「＋」標註。其對應分別列表如下：

聲調	調類	調值			調號			例字
		四縣	海陸	國語	四縣	海陸	國語	
陰平	1	24	53	55	ˊ	ˋ	一★（一聲）	春天
陰上	2	31	13	315	ˋ	ˊ	ˇ（三聲）	海水
陰去	3	55	11	51	一★	ˇ	ˋ（四聲）	見面
陰入	4	<u>32</u>	<u>55</u>		ˋ	一★		約束
陽平	5	11	55	35	ˇ	一★	ˊ（二聲）	人民
（陽上）	6							
陽去	7	(55)	33		一★	＋		內外
陽入	8	<u>55</u>	<u>32</u>		一★	ˋ		學術

★高平調調號「一」，一般都不加標註。

※客家話的聲調舉例（方框內為海陸調號）：

陰平	上聲	陰去	陰入	陽平	陽去	陽入
24 53	31 24	55 11	2 5	11 55	55 33	5 2
ɕien ╱╲	ŋ ╲╱	ts'oŋ-/tʃ'oŋ ∨	k'iuk ╲-	iu ∨/ʒiu -	tai-+	hok-╲
ㄒㄧㄢˊ╱╲	㎄╲╱	ㄘㄛㄥ-/ㄔㄛㄥ∨	ㄎㄧㄨㄍˋ-	ㄧㄨˇ/ㄖㄧㄨ-	ㄊㄞ-+	ㄏㄛㄍ-╲
仙	女	唱	曲	遊	大	學

第六章

臺灣客語的次方言

呂嵩雁

第1節 四縣話

臺灣地區通行的四縣客語有p、p'、m、f、v、t、t'、n、l、ts、ts'、s、k、k'、ŋ、h以及Ø共有十七個輔音。n、l是舌尖音，分屬兩個音位，雖然有極少數混合例字：恁「懶」nan、煩「惱」no～lo，但是不影響其分類。p、t、k是雙唇、舌尖、舌根部位的不送氣清塞音；p'、t'、k'是p、t、k加上送氣成分的讀法；ts、ts'、s是舌尖部位的不送氣清塞擦音、送氣清塞擦音、清擦音；h是喉清擦音；f、v是唇齒清擦音、唇齒濁擦音；ŋ是舌根輔音，可以出現在字首當作聲母，也可以出現在字尾當作鼻音韻尾；Ø是零聲母，以元音開端，發音時帶有程度不等的緊喉作用。

ŋi是舌面鼻音，來自於ŋ、n加i元音顎化而成（n加i也有不顎化者，但是不多見，大部分產生顎化，如「『宜』蘭」有ni、ŋi兩讀）。本文爲簡化語音系統，把舌面鼻音併入ŋ音當中。

四縣客語是臺灣客家話最通行的方言，只要是客家人都能使用四縣客語交談（以下資料摘錄自羅肇錦〈客語語法〉語音描寫部分）。

一、聲母

p-：枋 pioŋ^{1}、杯 pi^{1}、飽 pau^{2}、八 pat^{4}、半 pan^{3}

p'-：皮 p'i^{5}、符 p'u^{5}、步 p'u^{3}、爬 p'a^{5}、伴 p'an^{1}

m-：米 mi^{2}、馬 ma^{1}、罵 ma^{3}、網 mioŋ^{2}、妹 moi^{3}

f-：花 fa^{1}、褲 fu^{3}、府 fu^{2}、非 fi^{1}、番 fan^{1}

v-：禾 vo^{5}、未 vi^{3}、武 vu^{2}、煨 voi^{1}、歪 vai^{1}

t-：賭 tu^{2}、刀 to^{1}、島 to^{2}、膽 tam^{2}、堆 toi^{1}

t'-：臺 t'oi^{5}、泰 t'ai^{3}、梯 t'oi^{1}、淡 t'am^{1}、添 t'iam^{1}

n-：泥 nai⁵、納 nap⁸、腦 no²、耐 nai³、尼 ni⁵

l-：來 loi⁵、論 lun³、犁 lai⁵、爛 lan³、雷 lui⁵

ts-：借 tsia³、早 tso²、再 tsai³、炸 tsa³、組 tsu¹

ts'-：茶 ts'a⁵、斜 ts'ia⁵、猜 ts'ai¹、坐 ts'o¹、齊 ts'e⁵

s-：徙 sai²、洗 se²、豺 sai⁵、酥 su¹、寫 sia²

k-：家 ka¹、姑 ku¹、己 ki²、雞 ke¹、乖 kuai¹

k'-：快 k'uai³、契 k'e³、科 k'o¹、卡 k'a²、區 k'i¹

ŋ-：牙 ŋa⁵、餓 ŋo³、危 ŋui⁵、咬 ŋau¹、外 ŋoi³

h-：虛 hi¹、效 hau³、曉 hiau²、猴 heu⁵、鞋 hai⁵

Ø-：衣 i¹、愛 oi³、安 on¹、煙 ien¹、右 iu³

二、韻母

韻母系統由六個元音音位，六個輔音韻尾，及一些特殊韻讀組成，總共有六十五個韻母。

元音音位有 i、u、a、e、o、ï，其中 i、u 可做介音和韻尾。輔音韻尾有 p、t、k、m、n、ŋ 六個，出現在韻尾，其音值跟當作聲母輔音不同。p、t、k 在字首是塞爆音，有很明顯的除阻，但是作為韻尾時，因為音節短暫，只占舒聲韻的一半時間，所以只有成阻階段卻沒有除阻階段。

有三個成音節鼻音：m、n、ŋ，發音時口腔保持成阻狀態，聲帶振動，氣流從鼻腔釋出，形成一個音節。

-i-：徐 ts'i⁵、西 si¹、居 ki¹、趣 ts'i³、肥 p'i⁵、機 ki¹

-ï-：事 sï³、資 tsï¹、司 sï¹、次 ts'ï³、自 ts'ï³

-a-：價 ka³、夏 ha³、打 ta²、麻 ma⁵、拿 na¹

-o-：毛 mo¹、哥 ko¹、高 ko¹、河 ho⁵、帽 mo³

-e-：娓 me¹、洗 se²、舐 se¹、世 se³、係 he³

-u-：補 pu²、苦 k'u²、助 ts'u³、奴 nu⁵、胡 fu⁵

-iu-：劉 liu⁵、酒 tsiu²、袖 ts'iu³、秀 siu³、休 hiu¹

-ie-：計 kie³、契 k'ie³、蟻 ŋie³、雞 kie¹、k'ie³（啃）

-ia-：夜 ia³、爺 ia⁵、寫 sia²、謝 ts'ia³、斜 ts'ia³

-io-：瘸 k'io⁵、靴 hio¹

-ioi-：k'ioi³（疲累）

-iau-：廖 liau³、跳 t'iau³、鳥 tiau¹、條 t'iau⁵、寮 liau⁵

-ui-：退 t'ui³、追 tui¹、龜 kui¹、季 kui³、瑞 sui³

-ue-：國 kuet⁴、kuet⁴（用手關節敲打）

-ua-：瓜 kua¹、卦 kua³、誇 k'ua¹、寡 kua²

-uai-：乖 kuai¹、拐 kuai²、怪 kuai³、筷 k'uai³、塊 k'uai³

-oi-：菜 ts'oi³、睡 soi³、衰 soi¹、灰 foi¹、梅 moi⁵

-ai-：敗 p'ai³、壞 fai³、曬 sai³、蟹 hai²、矮 ai²

-au-：包 pau¹、炮 p'au³、飽 pau²、教 kau¹、交 kau¹

-eu-：兜 teu¹、少 seu²、廟 meu³、某 meu⁵、標 peu¹

-ïm-：深 ts'ïm¹、枕 tsïm²、針 tsïm¹、斟 tsïm¹、沉 ts'ïm⁵

-im-：林 lim⁵、尋 ts'im⁵、心 sim¹、金 kim¹、鑫 him¹

-em-：砧 tsem¹、森 sem¹、蔘 sem¹

-am-：範 fam³、凡 fam⁵、衫 sam¹、杉 ts'am¹、擔 tam¹

-iam-：甜 t'iam⁵、廉 liam⁵、欠 k'iam³、潛 siam⁵、漸 ts'iam³

-ïn-：神 sïn⁵、陳 ts'ïn⁵、貞 tsïn¹、臣 sïn⁵、身 sïn¹

-in-：今 kin¹、巾 kin¹、辛 sin¹、清 ts'in¹、進 tsin³

-an-：散 san³、單 tan¹、半 pan³、飯 fan³、攤 t'an¹

-en-：僧 sen¹、鶯 en¹、恩 en¹、等 ten²、冰 pen¹

-ien-：先 sien¹、賢 hien⁵、縣 ien³、間 kien¹、建 kien³

-on-：閂 ts'on¹、賺 ts'on³、管 kon²、看 k'on³、旱 hon¹

-ion-：全 ts'ion^5、軟 ŋion^1、ts'ion（吸吮）

-un-：溫 vun^1、吞 t'un^1、昆 k'un^1、本 pun^2、筍 sun^2

-iun-：軍 kiun^1、近 k'iun^1、訓 hiun^3、群 k'iun^5、銀 ŋiun^5

-uen-：耿 kuen^2、互 kuen^3

-uan-：關 kuan^1、款 k'uan^2、頑 ŋuan^5

-aŋ-：頂 taŋ^2、鄭 ts'aŋ^3、坑 haŋ^1、冷 laŋ^1、省 saŋ^2

-iaŋ-：領 liaŋ^1、井 tsiaŋ^2、姓 siaŋ^3、鏡 kiaŋ^3、輕 k'iaŋ^1

-oŋ-：幫 poŋ^1、莊 tsoŋ^1、張 tsoŋ^1、巷 hoŋ^3、港 koŋ^2

-ioŋ-：枋 pioŋ^1、網 mioŋ^2、暢 t'ioŋ^3、量 lioŋ^5、薑 kioŋ^1

-uŋ-：東 tuŋ^1、蜂 p'uŋ^1、中 tsuŋ^1、空 k'uŋ^1、送 suŋ^3

-iuŋ-：弓 kiuŋ^1、窮 k'iuŋ^5、雄 hiuŋ^5、松 ts'iuŋ^5、縱 tsiuŋ^3

-ïp-：十 sïp^8、濕 sïp^4、汁 tsïp^4、執 tsïp^4

-ip-：立 lip^8、笠 lip^8、入 ŋip^8、急 kip^4、翕 hip^8

-ep-：澀 sep^4、tep^4（丟擲）、lep^8（豬吃食物聲）

-ap-：答 tap^4、法 fap^4、納 nap^8、涉 sap^8、塔 t'ap^8

-iap-：粒 liap^4、帖 t'iap^4、捷 ts'iap^8、脅 hiap^8、妾 ts'iap^4

-ït-：直 ts'ït^8、值 ts'ït^8、質 tsït^4、式 sït^4、姪 ts'ït^8

-it-：必 pit^4、滴 tit^4、力 lit^8、責 tsit^4、疾 ts'it^8

-et-：北 pet^4、密 met^8、德 tet^4、黑 het^8、色 set^4

-iet-：撇 p'iet^4、節 tsiet^4、雪 siet^4、穴 hiet^4、歇 hiet^4

-uet-：國 kuet^4、kuet^4（能言善辯）

-at-：潑 p'at^4、達 t'at^8、瞎 hat^8、滑 vat^8、辣 lat^8

-uat-：刮 kuat^4

-ot-：發 pot^4、脫 t'ot^4、奪 t'ot^8、捋 lot^8、說 sot^4

-ut-：突 t'ut^8、卒 tsut^4、出 ts'ut^4、骨 kut^4、物 vut^8

-iut-：屈 k'iut^4

-ak-：百 pak⁴、麥 mak⁸、壢 lak⁴、隔 kak⁴、客 hak⁴

-iak-：壁 piak⁴、跡 tsiak⁴、蓆 ts'iak⁸、劈 p'iak⁴、額 ŋiak⁴

-ok-：博 pok⁴、莫 mok⁸、洛 lok⁸、託 t'ok⁴、作 tsok⁴

-iok-：略 liok⁸、削 siok⁴、腳 kiok⁴、約 iok⁴、若 iok⁸

-uk-：竹 tsuk⁴、卜 puk⁴、鹿 luk⁸、燭 tsuk⁴、穀 kuk⁴

-iuk-：六 liuk⁴、足 tsiuk⁴、俗 siuk⁸、育 iuk⁸、陸 liuk⁸

-m̩-：唔 m̩⁵

-n̩：你 n̩⁵

-ŋ̩-：魚 ŋ̩⁵

三、聲調

四縣客語有六個聲調，古代平上去入各分陰陽，共有八個調類：陰平、陰上、陰去、陰入、陽平、陽上、陽去、陽入。但是大多數陽上調分別併入陰平和上聲，以及去聲不分陰陽，所以總共有六個聲調，我們以 1、2、3、4、5、8 代表六個調類。

調類	調號	調值	例字
陰平	1	24	天 t'ien¹、邊 pien¹、仙 sien¹、山 san¹、買 mai¹
上聲	2	31	短 ton²、府 fu²、管 kon²、火 fo²、粉 fun²
去聲	3	55	去 hi³、路 lu³、界 kie³、細 se³、賣 mai³
陰入	4	32	竹 tsuk⁴、北 pet⁴、國 kuet⁴、色 set⁴、骨 kut⁴
陽平	5	11	倫 lun⁵、來 loi⁵、其 k'i⁵、肥 p'i⁵、盧 lu⁵
陽入	8	55	鹿 luk⁸、麥 mak⁸、白 p'ak⁸、力 lit⁸、納 nap⁸

第2節　海陸話

臺灣地區通行第二大客語是海陸話，有 p、p'、m、f、v、t、t'、n、l、ts、ts'、s、tʃ、tʃ'、ʃ、ʒ、k、k'、ŋ、h 以及 Ø 總共二十一個輔音。海陸話比四縣客語多了一套舌葉音 tʃ、tʃ'、ʃ、ʒ，至於舌尖前音 ts 有兩個音值，如果後接細音 i 音值接近舌面音 tɕ，如果後接洪音仍然讀作 ts。本文爲描寫方便，一律以 ts 表示。

一、聲母

p-：餅 piaŋ²、幫 poŋ¹、八 pat⁴、分 pun¹、枋 pioŋ¹

p'-：旁 p'oŋ⁵、肥 p'ui⁵、普 p'u¹、病 p'iaŋ⁷、孵 p'u⁵

m-：民 min⁵、夢 muŋ⁷、妹 moi⁷、味 mui⁷、盲 miaŋ¹

f-：膚 fu¹、福 fuk⁴、方 foŋ¹、房 foŋ⁵、負 fu⁷

v-：位 vui⁷、往 voŋ¹、禾 vo⁵、聞 vun⁵、橫 vaŋ⁵

t-：打 ta²、堆 toi¹、當 toŋ¹、督 tuk⁴、多 to¹

t'-：度 t'u⁷、糖 t'oŋ⁵、杜 t'u⁷、退 t'ui³、唐 t'oŋ⁵、宕 t'oŋ⁷

n-：泥 nai⁵、努 nu¹、南 nam⁵、難 nan⁵、男 nam⁵

l-：老 lo²、臘 lap⁸、辣 lat⁸、類 lui⁷、旅 li¹

ts-：曾 tsen¹、精 tsin¹、最 tsui³、做 tso³、接 tsiap⁴

ts'-：層 ts'en⁵、粗 ts'u¹、倉 ts'oŋ¹、妻 ts'i¹、漆 ts'it⁴

s-：爽 soŋ²、洗 se²、所 so²、四 si³、先 sien¹

tʃ-：畫 tʃiu³、專 tʃon¹、中 tʃuŋ¹、皺 tʃiu³、蛀 tʃu³

tʃ'-：抽 tʃ'iu¹、臭 tʃ'iu³、車 tʃ'a¹、穿 tʃ'on¹、鎚 tʃ'ui⁵

ʃ-：水 ʃui²、射 ʃa⁷、十 ʃip⁸、手 ʃiu²、收 ʃiu¹

ʒ-：右 ʒiu³、醫 ʒi¹、儒 ʒi⁵、有 ʒiu¹、友 ʒiu¹

k-：工 kuŋ¹、間 kien¹、家 ka¹、假 ka²、貴 kui³

k'-：跪 k'ui⁷、抗 k'oŋ³、匡 k'oŋ³、康 k'oŋ¹、開 k'oi¹

ŋ-：牙 ŋa⁵、硬 ŋaŋ⁷、危 ŋui⁵、鵝 ŋo⁵、餓 ŋo⁷

h-：海 hoi²、坑 haŋ¹、曉 hiau²、夏 ha⁷、行 haŋ⁵

Ø-：壓 ap⁴、安 on¹、恩 en¹、鴨 ap⁴、鴉 a¹

二、韻母

海陸客語韻母系統由 i、ï、u、a、o、e 六個元音音位，-m、-n、-ŋ、-p、-t、-k 六個輔音韻尾組成，陰聲韻十九個，鼻音韻二十個，塞音韻十九個，共有五十八個韻母。成音節鼻音與四縣客語同樣有三個：m 唔、n 你、ŋ 吳。

-i-：比 pi²、米 mi²、鼻 p'i⁷、基 ki¹、西 si¹

-ï-：司 sï¹、私 sï¹、辭 ts'ï⁵、資 tsï¹、史 sï²

-u-：普 p'u¹、補 pu²、母 mu¹、固 ku³、孤 ku¹

-a-：打 ta²、家 ka¹、假 ka²、蝦 ha⁵、爸 pa¹

-ia-：惹 ŋia¹、畬 sia⁵、謝 ts'ia⁷、斜 ts'ia⁵、邪 sia⁵

-ua-：瓜 kua¹、誇 k'ua¹、掛 kua³、寡 kua²、垮 k'ua²

-o-：何 ho⁵、河 ho⁵、破 p'o³、多 to¹、所 so²

-io-：靴 hio¹、瘸 k'io⁵

-e-：姐 tse⁵、細 se³、洗 se²、齊 ts'e⁵、舐 ʃe¹

-ie-：蟻 ŋie⁷、計 kie³

-ai-：怠 t'ai⁷、雞 kai¹、帶 tai³、帥 sai³、溪 hai¹、解 kai²

-uai-：乖 kuai¹、怪 kuai³、快 k'uai³、拐 kuai²、塊 k'uai³

-oi-：該 koi¹、開 k'oi¹、梅 moi⁵、堆 toi¹、衰 soi¹

-ui-：淚 lui⁷、腿 t'ui²、類 lui⁷、罪 ts'ui⁷、追 tui¹

-au-：包 pau¹、飽 pau²、鬧 nau⁷、咬 ŋau¹、教 kau¹

-iau-：雕 tiau¹、條 t'iau⁵、寮 liau⁵、跳 t'iau³、料 liau⁷

-eu-：兜 teu¹、頭 t'eu⁵、漏 leu⁷、樓 leu⁵、飆 peu¹

-ieu-：勾 kieu¹、狗 kieu²、構 kieu¹、kieu³（哭）、k'ieu¹（圈起
　　　來）

-iu-：丟 tiu¹、秋 ts'iu¹、邱 hiu¹、九 kiu²、酒 tsiu²

-am-：擔 tam¹、潭 t'am⁵、南 nam⁵、淡 t'am¹、三 sam¹

-iam-：尖 tsiam¹、甜 t'iam⁵、廉 liam⁵、兼 kiam¹、鉗 k'iam⁵

-em-：森 sem¹、砧 tsem¹

-im-：針 tʃim¹、深 tʃ'im¹、尋 tɕ'im⁵、金 kim¹、琴 k'im⁵

-an-：單 tan¹、檀 t'an⁵、散 san³、簡 kan²、恁 an¹

-ien-：間 kien¹、錢 ts'ien⁵、先 sien¹、邊 pien¹、片 p'ien³

-uan-：關 kuan¹、款 k'uan²、慣 kuan³

-on-：安 on¹、亂 lon⁷、汗 hon³、旱 hon¹、案 on³

-ion-：軟 ŋion¹、全 ts'ion⁵、ts'ion¹（吸吮）

-en-：等 ten²、騰 t'en⁵、冰 pen¹、鵬 p'en⁵、孟 men⁷

-in-：兵 pin¹、平 p'in⁵、明 min⁵、根 kin¹、精 tsin¹

-un-：溫 vun¹、噴 p'un³、問 mun⁷、吞 t'un¹、嫩 nun⁷

-iun-：君 kiun¹、欣 hiun¹、群 k'iun⁵、近 k'iun¹、裙 k'iun⁵

-aŋ-：硬 ŋaŋ⁷、耕 kaŋ¹、庚 kaŋ¹、罌 aŋ¹、釘 taŋ¹

-iaŋ-：平 p'iaŋ⁵、清 ts'iaŋ¹、迎 ŋiaŋ⁵、嶺 liaŋ¹、名 miaŋ⁵

-ua-：梗 kuaŋ²、k'uaŋ⁵（銅鑼聲）

-oŋ-：芳 foŋ¹、肮 koŋ¹、旁 p'oŋ⁵、茫 moŋ⁵、當 toŋ¹

-ioŋ-：娘 ŋioŋ⁵、將 tsioŋ¹、搶 ts'ioŋ²、強 k'ioŋ⁵、相 sioŋ¹

-iuŋ-：芎 kiuŋ¹、窮 k'iuŋ⁵、松 ts'iuŋ⁵、龍 liuŋ⁵、恭 kiuŋ¹

-uŋ-：風 fuŋ¹、功 kuŋ¹、蜂 p'uŋ¹、農 nuŋ⁵、宋 suŋ³

-ip-：立 lip⁸、集 sip⁸、級 kip⁴、習 sip⁸、急 kip⁴

-ap-：答 tap^4、涉 ʃap^8、鴨 ap^4、塔 t'ap^4

-iap-：獵 liap^8、接 tsiap^4、帖 t'iap^4、粒 liap^4、夾 kiap^4

-ep-：圾 sep^4、澀 sep^4、tep^4（丟擲）

-it-：筆 pit^4、闢 p'it^4、力 lit^8、漆 ts'it^4、膝 ts'it^4

-iut-：鬱 iut^4、屈 k'iut^4

-ut-：骨 kut^4、不 put^4、核 fut^8、突 t'ut^4

-at-：八 pat^4、辣 lat^8、達 t'at^8、瞎 hat^4、拔 p'at^8

-uat-：刮 kuat^4

-ot-：割 kot^4、脫 t'ot^4、捋 lot^4、刷 sot^4、渴 hot^4

-et-：得 tet^4、踢 t'et^4、北 pet^4、或 fet^8、則 tset^4、蜜 met^8

-iet-：撇 p'iet^4、跌 tiet^4、鱉 piet^4、鐵 t'iet^4、乙 ʒiet^4、歇 hiet^4

-uet-：國 kuet^4

-ak-：剝 pak^4、脈 mak^8、冊 ts'ak^4、隔 kak^4、嚇 hak^4

-iak-：跡 tsiak^4、壁 piak^4、僻 p'iak^4、惜 siak^4、蓆 ts'iak^8

-ok-：剁 tok^4、諾 nok^8、拍 p'ok^4、莫 mok^8、薄 p'ok^8、樂 lok^8

-iok-：略 liok^8、雀 tsiok^4、削 siok^4、腳 kiok^4、弱 ŋiok^8

-iuk-：菊 k'iuk^8、玉 ŋiuk^8、六 liuk^4、足 tsiuk^4、曲 k'iuk^4

-uk-：穀 kuk^4、卜 puk^4、目 muk^8、福 fuk^4、毒 t'uk^8

-m̩-：唔 m̩^{5}

-n̩-：妳 n̩^{5}

-ŋ̩-：吳 ŋ̩^{5}

四縣、海陸話韻母在音類的分合上有幾個特點：

1. 都有開口呼、齊齒呼、合口呼，沒有撮口呼。所有的撮口呼讀作齊齒呼，例如：區 k'i^1、居 ki^1、取 ts'i^2。

2. 兩種方言的鼻音韻尾-m、-n、-ŋ和塞音韻尾-p、-t、-k保留完整，例如：三 sam^1、單 tan^1、東 tung^1、澀 sep^4、達 t'at^8、獨 t'uk^8。

3.海陸話流攝開口三等字保留細音特點，但是四縣話已經消失，例如：手ʃiu²-su²、抽tʃ'iu¹-ts'u¹、守ʃiu²-su²、晝tʃiu³-tsu³、壽ʃiu³-su³。

4.海陸話效攝開口三四等字分讀 au、iau，例如：朝 tʃau¹、少ʃau²、表 piau²。至於四縣話只有在端泥兩組讀 iau，如：雕 tiau¹、廖 liau⁷。影組讀 ieu，如：邀 ieu¹、妖 ieu¹，其餘各組讀作 eu，如：表 peu²、焦 tseu¹。目前四縣、海陸話因交流密切，語言混合而產生「四海話」客語，例如：招 tʃeu¹、邀ʒeu¹。

三、聲調

海陸話有七個聲調，古代平上去入各分陰陽，共有八個調類：陰平、陰上、陰去、陰入、陽平、陽上、陽去、陽入。但是陽上調分別併入陰平和上聲，所以總共有七個聲調，我們以 1、2、3、4、5、7、8 代表七個調類。

調類	調號	調值	例字
陰平	1	53	天 t'ien¹、邊 pien¹、仙 sien¹、山 san¹、買 mai¹
陰上	2	13	短 ton²、府 fu²、管 kon²、火 fo²、粉 fun²
陰去	3	11	去 hi³、句 ki³、界 kai³、細 se³、據 ki³
陰入	4	55	竹 tʃuk⁴、北 pet⁴、國 kuet⁴、色 set⁴、骨 kut⁴
陽平	5	55	倫 lun⁵、來 loi⁵、其 k'i⁵、肥 p'ui⁵、盧 lu⁵
陽去	7	22	路 lu⁷、賣 mai⁷、怒 nu⁷、類 lui⁷、妹 moi⁷
陽入	8	32	鹿 luk⁸、麥 mak⁸、白 p'ak⁸、力 lit⁸、納 nap⁸

第 3 節　　饒平話

　　根據田野調查，臺灣饒平客語已經退入家庭，而且居住分散呈現點狀分布。徐貴榮普查饒平方言點（2005：48），並區分爲 ABC 三組，經過比較分析，各方言點的音韻在不同區域影響下呈現不平衡發展現象。換言之，語音系統有同有異。比較說明如下：

聲韻數 方言點	聲母數	韻母數				聲調數
		陰聲韻	陽聲韻	入聲韻	聲化韻	
竹北六家	21	19	21	19	0	6
A 組	17	21	25	24	3	6
B 組	21	21	22	22	2	7
C 組	21	21	22	22	2	6

㈠聲母方面

　　A 組聲母缺少四個舌尖面音 tʃ、tʃ'、ʃ、ʒ所以只有十七個聲母而已。

㈡韻母方面

　　陰聲韻：ABC 三組同樣二十一個韻母，竹北六家缺少-ue、-iui 兩個韻母，所以只有十九個陰聲韻。

　　陽聲韻：A 組有二十五個韻母，B、C 組缺少鼻化韻、iim、iin 三個韻母：「鼻」p'ĩ、「沈」siim、「珍」tsiin，所以有二十二個陽聲韻。至於竹北六家點缺少上述三個韻母以及-uen，如「耿」kuen。

　　入聲韻：A 組有二十四個韻母，B、C 組缺少-iip、-iit 兩個韻

母：「汁」tsiip、「失」siit，所以只有二十二個韻母。至於竹北六家點缺少上述兩個韻母以及-iep、-iot、-uak，如「□」（水波搖蕩沖激貌）kiep、「□」（吸食）tsiot、「□」（非常硬）kuak。

　　鼻化韻：A組有三個聲化韻：m、n、ŋ。B組、C組有m、ŋ兩個聲化韻，竹北六家沒有聲化韻。（比較語料可以參考徐貴榮的《臺灣饒平客話》，五南圖書出版公司，2005）

　　饒平方言有21個聲母（包括零聲母），分別用21個符號表示。有一套跟海陸客語相同的舌葉音 tʃ、tʃ'、ʃ、ʒ，至於舌尖前音 ts 有兩個音值，如果後接細音 i 則讀作舌面音 tɕ，如果後接洪音仍然讀作 ts（以下語料採自竹北鹿場里、中興里六家）。

一、聲母

p-：布 pu³、飽 pau²、保 po²、北 pet⁴、百 pak⁴

p'-：爬 p'a⁵、倍 p'oi³、別 p'et⁸、怕 p'a³、盤 p'an⁵

m-：門 mun⁵、麻 ma⁵、買 mi¹、賣 mi³、尾 mui¹

f-：飛 fui¹、灰 foi¹、紅 fung⁵、胡 fu⁵、花 fa¹

v-：聞 vun⁵、圍 vui⁵、微 vui⁵、武 vu²、蛙 va¹

t-：到 to³、低 te¹、等 ten²、得 tet⁴、凳 ten³

t'-：道 t'o³、奪 t'ot⁸、太 t'ai³、天 t'ien¹、童 t'ung⁵

n-：難 nan⁵、怒 nu³、腦 no¹、宜 ni⁵、努 nu¹

l-：蘭 lan⁵、路 lu³、呂 li¹、連 lien⁵、龍 liung⁵

ts-：祖 tsu²、增 tsen¹、爭 tsen¹、尊 tsun¹、走 tseu²

ts'-：齊 ts'e⁵、倉 ts'ong¹、曹 ts'o⁵、醋 ts'u³、初 ts'u¹

s-：巢 sau⁵、散 san²、蘇 su¹、生 sen¹、師 sii¹

tʃ-：招 tʃau¹、主 tʃu²、蒸 tʃin¹、豬 tʃu¹、專 tʃon¹

tʃ'-：昌 tʃ'ong¹、潮 tʃ'au⁵、處 tʃ'u²、蟲 tʃ'ung⁵、除 tʃ'u⁵

ʃ-：扇 ʃan³、書 ʃu¹、聲 ʃang¹、詩 ʃi¹

ʒ-：若 ʒiok^4、約 ʒiok^1、閏 ʒiun^3、運 ʒiun^3、而 ʒi^5

k-：貴 kui^3、經 kin^1、舉 ki^2、結 kiet^4、高 ko^1

k'-：跪 k'ui^3、開 k'oi^1、葵 k'ui^5、旗 k'i^5、期 k'i^5

ŋ-：岸 ngan^3、岳 ngok^8、硬 ngang^3、巖 ngam^5、娛 ngu^5

h-：休 hiu^1、去 hiu^3、玄 hien^5、虛 hi^1、胸 hiung^1

Ø-：安 on^1、襖 o^3、案 on^3、壓 ap^4

二、韻母

饒平客語韻母系統由 i、ii、u、a、o、e 六個元音音位和六個輔音韻尾組成，開尾韻十九個，鼻音韻二十一個，塞音韻十九個，共有五十九個韻母。

ii-：使 sii^2、士 sii^3、資 tsii^1、絲 sii^1、駛 sii^2

i-：體 t'i^2、第 t'i^3、題 t'i^5、衣 ʒi^1、詩 ʃi^1

u-：初 ts'u^1、婦 fu^3、付 fu^3、粗 ts'u^1、扶 fu^5

a-：麻 ma^5、怕 p'a^3、架 ka^3、打 ta^2、家 ka^1

ia-：謝 ts'ia^3、邪 sia^5、借 tsia^3、卸 sia^3、斜 ts'ia^5

ua-：瓜 kua^1、卦 kua^3、誇 k'ua^1

o-：到 to^3、稻 t'o^3、老 lo、坐 ts'o^1、高 ko^1

io-：瘸 k'io^5

e-：稅 fe^3、齊 ts'e^5、嘴 tʃe^3、睡 fe^3、蟹 he^3

ie-：蟻 ngie^3、雞 kie^1

ai-：太 t'ai^3、介 kai^3、壞 fai^3、歪 vai^1、懷 fai^5

uai-：乖 kuai^1、怪 kuai^3、塊 k'uai^3、劍 k'uai^3、快 k'uai^3

oi-：開 k'oi^1、才 ts'oi^5、愛 oi^3、蓋 koi^3、灰 foi^1

ui-：委 vui^1、尾 mui^1、飛 fui^1、隨 sui^5、虧 k'ui^1

au-：茅 mau^5、包 pau^1、飽 pau^2、交 kau^1、咬 ngau^1

iau-：蕉 tsiau¹、椒 tsiau¹、醮 tsiau³、消 siau¹、饒 ngiau⁵

eu-：偷 t'eu¹、頭 t'eu⁵、走 tseu²、猴 heu⁵、樓 leu⁵

ieu-：狗 kieu²、溝 kieu¹、勾 kieu¹、鉤 kieu¹

iu-：抽 tʃ'iu¹、九 kiu²、救 kiu³、牛 ngiu⁵、劉 liu⁵

am-：凡 fam⁵、減 kam²、銜 ham⁵、鹹 ham⁵、監 kam¹

iam-：染 ngiam³、嚴 ngiam⁵、檢 kiam²、廉 liam⁵、尖 tsiam¹

em-：森 sem¹、蔘 sem¹、砧 tsem¹

iem-：k'iem⁵（覆蓋）

im-：林 lim⁵、臨 lim⁵、心 sim¹、沈 sim⁵、今 kim¹

an-：單 tan¹、碗 van²、難 nan⁵、閒 han⁵、山 san¹

uan-：關 kuan¹、慣 kuan³

on-：寒 hon⁵、端 ton¹、酸 son¹、團 t'on⁵、管 kon²

ion-：全 ts'ion⁵

en-：恩 en¹、曾 tsen¹、能 nen⁵、登 ten¹、星 sen¹

ien-：棉 mien⁵、麵 mien³、免 mien¹、天 t'ien¹、變 pien³

in-：雲 vin⁵、平 p'in⁵、神 ʃin⁵、因 ʒin¹、陳 tʃ'in⁵

un-：昏 fun¹、魂 fun⁵、尊 tsun¹、文 vun⁵、婚 fun¹

iun-：君 kiun¹、軍 kiun¹、群 k'iun⁵、裙 k'iun⁵、勳 hiun¹

ang-：庚 kang¹、行 hang⁵、耕 kang¹、棚 p'ang⁵、彭 p'ang⁵

iang-：病 p'iang³、名 miang⁵、餅 piang²、領 liang¹、鏡 kiang³

uang-：梗 kuang²

ong-：抗 k'ong³、唱 tʃ'ong³、放 fong³、望 mong³、礦 k'ong³

iong-：匡 k'iong¹、網 miong²、香 hiong¹、枋 piong¹、強 k'iong⁵

iung-：胸 hiung¹、雄 hiung⁵、龍 liung⁵、窮 k'iung⁵、兄 hiung¹

ung-：東 tung¹、同 t'ung⁵、懂 tung²、宋 sung³、蒙 mung⁵

ap-：納 nap⁸、雜 ts'ap⁸、合 hap⁸、塔 t'ap⁴、搭 tap⁴

iap-：接 tsiap⁴、夾 kiap⁴、粒 liap⁴、獵 liap⁸、業 ngiap⁸

ep-：澀 sep⁴、擲 tep⁴、撮 tsep⁴

ip-：習 sip⁸、十 ʃip⁸、急 kip⁴、入 ngip⁸、笠 lip⁸

at-：八 pat⁴、發 fat⁴、罰 fat⁸、襪 mat⁸、達 t'at⁸

uat-：刮 kuat⁴、國 kuat⁴

ot-：說 ʃot⁸、割 kot⁴、渴 hot⁴、豁 hot⁸、脫 t'ot⁴

et-：宅 ts'et⁸、得 tet⁴、北 pet⁴、踢 t'et⁴、滅 met⁸

iet-：缺 k'iet⁴、鐵 t'iet⁴、雪 siet⁴、決 kiet⁴、切 ts'iet⁴

uet-：kuet⁴（用手指關節敲打）

iut-：曲 k'iut⁴、屈 k'iut⁸

it-：失 ʃit⁸、織 tsit⁴、積 tsit⁴、七 ts'it⁴、匹 p'it⁴

ut-：出 tʃ'ut⁴、骨 kut⁴、卒 tsut⁴、突 t'ut⁸、沒 mut⁸

ak-：白 p'ak⁸、麥 mak⁸、百 pak⁴、伯 pak⁴、脈 mak⁸

iak-：壁 piak⁴、額 ngiak⁴、惜 siak⁴、屐 k'iak⁸

ok-：郭 kok⁴、各 kok⁴、落 lok⁸、桌 tsok⁴、剝 pok⁴

iok-：若 ʒiok⁸、腳 kiok⁴、略 liok⁸、卻 k'iok⁴、藥 ʒiok⁸

iuk-：綠 liuk⁸、局 k'iuk⁸、六 liuk⁴、宿 siuk⁴、局 k'iuk⁸

uk-：木 muk⁸、目 muk⁸、鹿 luk⁸、竹 tʃuk⁴、督 tuk⁴

三、聲調

　　饒平話有六個聲調，古代平上去入各分陰陽，共有八個調類：陰平、陰上、陰去、陰入、陽平、陽上、陽去、陽入。但是陽上調分別併入陰平和上聲，以及去聲不分陰陽，所以總共有六個聲調，我們以 1、2、3、4、5、8 代表六個調類。

調類	調號	調值	例字
陰平	1	11	天 t'ien¹、邊 pien¹、仙 sien¹、山 san¹、買 mai¹
上聲	2	53	腿 t'ui²、府 fu²、補 pu²、火 fo²、粉 fun²
去聲	3	33	去 hi³、句 ki³、界 kie³、路 lu³、賣 mi³、怒 nu³
陰入	4	32	竹 tsuk⁴、北 pet⁴、答 tap⁴、色 set⁴、骨 kut⁴
陽平	5	55	倫 lun⁵、來 loi⁵、其 k'i⁵、符 p'u⁵、盧 lu⁵
陽入	8	55	鹿 luk⁸、麥 mak⁸、白 p'ak⁸、力 lit⁸、納 nap⁸

第 4 節　詔安話

　　詔安客語（雲林縣二崙鄉、崙背鄉）有二十一個聲母（包括零聲母）。p、t、k 是雙唇、舌尖、舌根部位不送氣的清塞音，p'、t'、k'則是加入送氣成分的發音。ts、tʃ是舌尖前、舌葉部位不送氣的清塞音，ts'、tʃ'則是加入送氣成分的發音。f、s、ʃ、h 是唇齒、舌尖、舌葉、舌根部位的清擦音，v是唇齒濁擦音，只出現在「會」字的白話音中，讀作 voi；本文以特例處理。l是舌尖邊音。

　　b 是不送氣雙唇濁塞音，發音部位和閩南語相同；b 後接不鼻化的元音，m後接鼻化的元音，兩者可以合併為一個音位。m、n、ŋ是鼻音聲母，部位分別是雙唇、舌尖、舌根。m、ŋ後接洪音時發音不變，但是接細音時會顎化為舌面鼻音 ŋi，本文合併為 m、ŋ 兩個音位。

一、聲母

　　p-：碑 pi¹、補 pu²、把 pa²、標 pio¹、輩 pue²

　　p'-：肺 p'ui²、吠 p'ui³、敗 p'ai³、牌 p'e⁵、波 p'o¹

m/b-：煤 moi⁵、梅 mui⁵、苗 mio⁵、邁 mai³、矛 mau⁵

f-：揮 fui¹、懷 fai⁵、回 fue⁵、稅 fe²、睡 fe³

v-：會 voi³

t-：釘 ten¹、短 ton²、單 tan¹、刀 to¹、膽 tam²

t'-：貪 t'am¹、探 t'am²、添 t'ien¹、炭 t'an²、團 t'on⁵

n-：暖 non¹、覽 lam²、年 nen⁵、懶 lan¹、難 nan⁵

l-：爛 lan²、亂 lon³、冷 len¹、聯 lien⁵、籃 lam⁵

ts-：增 tsen¹、餞 tsien²、煎 tsien¹、盞 tsan²、針 tsim¹

ts'-：秋 ts'iu¹、慘 ts'am²、簽 ts'iam¹、殘 ts'an⁵、問 ts'on¹

s-：算 son²、省 sen²、羨 sien²、心 sim¹

tʃ-：煮 tʃu²、遮 tʃa¹、蔗 tʃa²、招 tʃio¹

tʃ'-：吹 tʃ'e¹、持 tʃ'i⁵、車 tʃ'a¹、茶 tʃ'a⁵、遲 tʃ'i⁵

ʃ-：世 ʃe²、輸 ʃi¹、時 ʃi⁵、沙 ʃa¹、社 ʃa³

ʒ-：醫 ʒi¹、如 ʒi⁵、爺 ʒia⁵、妖 ʒio¹、爪 ʒiau²

k-：龜 kui¹、教 kau¹、勾 kieu¹、該 kai¹、跟 kun¹

k'-：瘸 k'ui⁵、巧 k'au²、課 k'o²、啓 k'ie²、去 k'ui²

ŋ-：鵝 ŋo⁵、危 ŋui⁵、熬 ŋau⁵、藕 ŋau²、岸 ŋon³

h-：險 hiam²、喊 ham²、汗 hon³、賢 hien⁵、顯 hien²

Ø-：怨 uan²、鸚 en¹、閹 ʒiam¹、暗 am²、安 on¹

二、韻母

雲林詔安客語的韻母系統由 i、u、a、o、e 五個元音，十九個開尾韻，十九個鼻音韻，十八個塞音韻，以及一個成音節鼻音組成，共有五十七個韻母。

-i-：碑 pi¹、比 pi²、賣 mi³、水 fi²、利 li³、主 tsi²

-u-：姑 ku¹、懼 k'u³、資 tsu¹、訴 su²、事 su³

-a-：爬 p'a⁵、怕 p'a²、花 fa¹、加 ka¹、卡 k'a²、牙 ŋa⁵

-ia-：摸 mia¹、野 ʒia¹、斜 ts'ia⁵、且 ts'ia²、藉 tsia²

-ua-：瓜 kua¹、寡 kua²、誇 k'ua¹、跨 k'ua²、瓦 ŋua²

-o-：多 to¹、到 to³、羅 lo⁵、老 lo²、歌 ko¹、科 k'o¹

-io-：標 pio¹、表 pio²、飄 p'io¹、苗 mio⁵、焦 tsio¹、消 sio¹

-e-：批 p'e¹、牌 p'e⁵、低 te¹、底 te²、體 t'e²

-ie-：雞 kie¹、計 kie²、溪 k'ie¹、啓 k'ie²、契 k'ie²

-ue-：輩 pue²、倍 p'ue³、回 fue⁵、悔 fue²、帥 sue²

-ai-：邁 mai³、懷 fai⁵、帶 tai³、該 kai¹、介 kai²

-uai-：乖 kuai¹、怪 kuai³、拐 kuai²、快 k'uai²、外 ŋuai³、歪 uai¹

-oi-：灰 foi¹、妹 moi³、胎 t'oi¹、代 t'oi³、在 ts'oi¹

-ui-：杯 pui¹、貝 pui³、肥 p'ui⁵、肺 p'ui²、吠 p'ui³

-au-：包 pau¹、飽 pau²、袍 p'au⁵、矛 mau⁵、貌 mau³

-iau-：爪 ʒiau²、繳 kiau²、曉 hiau²、iau¹（饑餓）

-eu-：雕 teu¹、釣 teu²、偷 t'eu¹、條 t'eu⁵、豆 t'eu³

-ieu-：勾 kieu¹、狗 kieu²、箍 k'ieu¹、口 k'ieu²

-iu-：表 piu²、留 liu⁵、糾 kiu¹、九 kiu²、休 hiu¹

-am-：三 sam¹、閃 ʃam²、甘 kam¹、堪 k'am¹、感 kam²

-iam-：廉 liam⁵、尖 tsiam¹、簽 ts'iam¹、兼 kiam²、劍 kiam²

-em-：添 t'em¹、甜 t'em⁵、店 tem²、森 sem¹

-iem-：撿 k'iem⁵

-im-：林 lim⁵、心 sim¹、針 tim¹、金 kim¹、錦 kim²

-an-：般 pan¹、半 pan²、潘 p'an¹、盤 p'an⁵、艱 kan¹

-uan-：官 kuan¹、罐 kuan²、環 k'uan⁵、款 k'uan²、旋 suan⁵

-on-：飯 p'on³、端 ton¹、斷 t'on¹、團 t'on⁵、干 kon¹

-en-：崩 pen¹、村 ts'en¹、專 tʃen¹、閒 hen⁵、限 hen²

-ien-：鞭 pien^1、變 pien^2、篇 p'ien^1、院 mien^2、完 mien^5

-in-：濱 pin^1、稟 pin^2、品 p'in^2、貧 p'in^5、斤 kin^1

-un-：遵 tsun^1、存 ts'un^5、跟 kun^1、芹 k'un^5、銀 ŋun^5

-aŋ-：正 tʃaŋ^1、整 tʃaŋ^2、耕 kaŋ^1、更 kaŋ^1、坑 k'aŋ^1

-iaŋ-：丙 piaŋ^2、領 liaŋ^1、井 tsiaŋ^2、姓 siaŋ^2、輕 k'iaŋ^1

-uaŋ-：梗 kuaŋ^2

-oŋ-：旁 p'oŋ^5、黃 voŋ^5、望 moŋ^3、慌 foŋ^1、房 foŋ^5

-ioŋ-：網 mioŋ^2、暢 t'ioŋ^2、量 lioŋ^5、薑 kioŋ^1、羌 k'ioŋ^1

-iuŋ-：龍 liuŋ^5、縱 tsiuŋ^2、松 ts'iuŋ^5、弓 kiuŋ^1、共 k'iuŋ^3

-uŋ-：蜂 p'uŋ^1、風 fuŋ^1、多 tuŋ^1、通 t'uŋ^1、公 kuŋ^1

-ip-：笠 lip^8、習 sip^8、濕 sip^4、汁 tʃip^4、十 ʃip^8

-ap-：答 tap^4、踏 t'ap^4、臘 lap^8、插 ts'ap^4、雜 ts'ap^8

-iap-：妾 ts'iap^4、捷 ts'iap^8、涉 siap^8、夾 kiap^4、脅 hiap^8

-ep-：帖 t'ep^4、疊 t'ep^8、撮 tsep^4、澀 sep^4

-it-：筆 pit^4、匹 p'it^4、力 lit^8、七 ts'it^4、吉 kit^4

-ut-：勃 p'ut^8、沒 mut^8、突 t'ut^8、律 lut^8、骨 kut^4

-at-：潑 p'at^4、襪 mat^8、法 fat^4、達 t'at^8、辣 lat^8

-uat-：決 kuat^4、缺 k'uat^4

-ot-：脫 t'ot^4、奪 t'ot^8、捋 lot^8、割 kot^4、渴 k'ot^4

-et-：八 pet^4、別 p'et^8、踢 t'et^4、特 t'et^8、栗 let^8

-iet-：撇 p'iet^4、乙 miet^8、血 fiet^4、列 liet^8、歇 hiet^4

-uʔ-：屋 vuʔ^4、福 fuʔ^4、服 fuʔ^8、足 tsuʔ^4、谷 kuʔ^4

-aʔ-：百 paʔ^4、拍 p'aʔ^4、白 p'aʔ^8、脈 maʔ^8、格 kaʔ^4

-iaʔ-：壁 piaʔ^4、僻 p'iaʔ^4、額 ŋiaʔ^4、劇 k'iaʔ^8

-oʔ-：剝 poʔ^4、縛 p'oʔ^8、莫 moʔ^8、託 t'oʔ^4、落 loʔ^8

-ioʔ-：略 lioʔ^8、削 sioʔ^4、蜀 sioʔ^8、腳 kioʔ^4、卻 k'ioʔ^4

-iuʔ-：六 liuʔ⁴、陸 liuʔ⁸、肉 ŋiuʔ⁴、縮 siuʔ⁴、曲 k'iuʔ⁴

-m̩-：毛 m̩¹、冒 m̩³

㈠「鼻」字發音與閩南語同樣帶有鼻化成分，表示移借自閩南語。

㈡中古-p、-t、-k 三種塞音韻尾只剩雙唇塞音韻尾-p 和舌尖塞音韻尾兩種-t，舌根塞音韻尾-k 已經變成喉塞音。

三、聲調

雲林詔安客語有六個聲調，古代平上去入各分陰陽，共有八個調類：陰平、陰上、陰去、陰入、陽平、陽上、陽去、陽入。但是詔安客語陽上調分別併入陰平和上聲，陰去併入上聲，陽去獨立一個調類，所以總共有六個聲調，我們以 1、2、3、4、5、8 代表六個調類。

調類	調號	調值	例字
陰平	1	11	西 si¹、機 ki¹、孤 ku¹、沙 sa¹、買 mi¹
上聲	2	31	巧 k'au²、李 li²、娶 ts'i²、豈 k'i²、省 sen²
去聲	3	55	謝 ts'ia³、地 t'i³、利 li³、簿 p'u³、互 fu³、助 ts'u³
陰入	4	24	谷 kuʔ⁴、捉 tsuʔ⁴、百 paʔ⁴、索 soʔ⁴、腳 kioʔ⁴
陽平	5	53	房 foŋ⁵、堂 t'oŋ⁵、狂 k'oŋ⁵、田 t'en⁵、年 nen⁵
陽入	8	32	襪 mat⁸、罰 fat⁸、族 ts'uʔ⁸、笠 lip⁸、及 k'ip⁸

說明：1.詔安方言的陽上大致歸陰平，少數歸上聲，陰去歸陽去，入聲只有-p、-t兩種，-k變成喉塞音，所以只有六個聲調。

2.舌根入聲變成喉塞音，表示正逐漸消失中。

第 5 節　永定話

　　永定客語（桃園縣龍潭鄉「竹窩」）有 p、p'、m、f、v、t、t'、n、l、ts、ts'、s、tʃ、tʃ'、ʃ、ʒ、k、k'、ŋ、h以及Ø共有二十一個輔音。n、l是舌尖音，分屬兩個音位，雖然有極少數混合例字：恁「懶」nan、煩「惱」no～lo，但是不影響其分類。p、t、k 是雙唇、舌尖、舌根部位的不送氣清塞音；p'、t'、k'是 p、t、k 加上送氣成分的讀法；ts、ts'、s是舌尖部位的不送氣清塞擦音、送氣清塞擦音、清擦音；h 是喉清擦音；f、v 是唇齒清擦音、唇齒濁擦音；ŋ 是舌根輔音，可以出現在字首當作聲母，也可以出現在字尾當作鼻音韻尾；Ø零聲母以元音開端，發音時代有程度不等的緊喉作用。

　　ŋi 是舌面鼻音，來自於 ŋ、n 加 i 元音顎化而成（n 加 i 也有不顎化者，但是不多見，大部分產生顎化，如「『宜』蘭」有 ni、ŋi 兩讀）。本文為簡化語音系統，把舌面鼻音併入 ŋ 音當中。

一、聲母

　　p-：玻 po¹、輩 pe³、拜 pai³、霸 pa³、補 pu²

　　p'-：孵 p'u⁵、帕 p'a³、剖 p'o²、肥 p'e⁵、排 p'ai⁵

　　m-：媒 moi⁵、尾 mui¹、茅 mau⁵、某 meu¹、蠻 man⁵

　　f-：灰 foi¹、飛 fui¹、否 feu²、凡 fan⁵、宏 fen⁵

　　v-：威 vui¹、完 van⁵、換 von³、永 ven²、萬 van³

　　t-：追 tui¹、釣 tiau³、鬥 teu³、單 tan¹、知 ti¹

　　t'-：臺 t'oi⁵、腿 t'ui²、跳 t'iau³、豆 t'eu³、斷 t'on¹

　　n-：內 nui³、鈕 neu²、難 nan⁵、懶 nan¹、暖 non¹

　　l-：來 loi⁵、雷 lui⁵、廖 liau³、劉 liu⁵、卵 lon²

ts-：最 tsui³、蚤 tsau²、走 tseu²、酒 tsiu²、增 tsen¹

ts'-：在 ts'oi¹、罪 ts'ui³、湊 ts'eu³、就 ts'iu³、餐 ts'on¹

s-：衰 soi¹、瑞 sui³、愁 seu⁵、秀 siu³、山 san¹

tʃ-：蒸 tʃin¹、准 tʃun²、正 tʃin³、章 tʃoŋ¹、眾 tʃun³

tʃ'-：陳 tʃ'in⁵、春 tʃ'un¹、鄭 tʃ'aŋ³、廠 tʃ'on²、蟲 tʃ'uŋ⁵

ʃ-：燒 ʃeu¹、紹 ʃeu³、升 ʃin¹、唇 ʃun⁵、少 ʃeu²

ʒ-：腰 ʒeu¹、右 ʒiu³、英 ʒin¹、影 ʒaŋ²、央 ʒoŋ¹

k-：居 ki¹、姑 ku¹、瓜 kua¹、高 ko¹、乖 kuai¹

k'-：筷 k'uai³、溪 k'ie¹、課 k'o³、誇 k'ua¹、卡 k'a²

ŋ-：瓦 ŋa²、鵝 ŋo⁵、外 ŋuai³、危 ŋui⁵、藕 ŋeu³

h-：害 hoi³、孝 hau³、後 heu³、邱 hiu¹、韓 hon⁵

Ø-：恩 en¹、安 on¹、歐 eu¹、愛 oi³、恁 an¹

二、韻母

1. 永定話有 ï、i、u、a、o、e 六個元音，開尾韻有二十個，鼻音韻有十五個，塞音尾有九個，共有四十四個韻母。

2. ï 展唇舌尖前元音只出現在 ts、ts'、s 舌尖前輔音之後。

3. -m 雙唇鼻音韻尾已經消失，但是很有規則的併入-n、-ŋ 兩種韻：當細音接-am 時，-a 受高元音-i-的影響，部位往上往前，變成-ien；當洪音接-am 時，-m 受低元音-a的影響，部位往下往後，變成aŋ。

4. 古效攝分讀 iau、iu，大多數讀作 iau，少數讀作 iu，例如：票 p'iau、僑 k'iau、橋 k'iu、樵 k'iu。

5. 古蟹攝舒聲開口一四等合口一三四等字分讀e、ui、oi、i，其中-e 是四縣客語所沒有的，例如：妹 me、低 te、犁 le、齊 ts'e。

6. 有開口呼、齊齒呼、合口呼，沒有撮口呼。撮口呼大致讀作齊齒呼，例如：居 k'i、須 si、區 k'i。

-ɿ-：資 tsɿ^1、紫 tsɿ^2、詞 ts'ɿ^5、自 ts'ɿ^3、史 sɿ^2

-i-：卑 pi^1、知 ti^1、體 t'i^2、里 li^1、紙 tʃi^2

-u-：庫 k'u^3、樹 ʃu^3、粗 ts'u^1、土 t'u^2、烏 vu^1

-a-：查 ts'a^5、巴 pa^1、馬 ma^1、打 ta^2、沙 sa^1

-ia-：摸 mia^1、斜 ts'ia^5、瀉 sia^3、借 tsia^3、且 ts'ia^2

-ua-：瓜 kua^1、寡 kua^2、卦 kua^3、誇 k'ua^1

-e-：倍 p'e^3、低 te^1、底 te^2、題 t'e^5、犁 le^5

-ie-：蟻 ŋie^3、艾 ŋie^3、雞 kie^1、計 kie^3、溪 k'ie^1

-ai-：淮 fai、賴 lai^3、徙 sai^2、皆 kai^1、械 hai^3

-uai-：乖 kuai^1、怪 kuai^3、拐 kuai^2、檜 k'uai^3、外 ŋuai^3

-oi-：背 poi^3、吠 p'oi^3、灰 foi^1、袋 t'oi^3、菜 ts'oi^3

-iei-：街 kiei^1、界 kiei^3、戒 kiei^3

-ui-：尾 mui^1、味 mui^3、位 vui^3、雖 sui^1、瑞 sui^3

-au-：袍 p'au^5、豹 pau^3、茅 mau^5、巢 sau^5、膏 kau^1

-iau-：表 piau^2、票 p'iau^3、廟 miau^3、釣 tiau^3、寮 liau^5

-eu-：貓 meu^4、貿 meu^3、斗 teu^2、鬥 teu^3、偷 t'eu^1

-ieu-：牛 ŋieu^5、溝 kieu^1、狗 kieu^2、夠 kieu^3、口 k'ieu^2

-iu-：流 liu^5、秋 ts'iu^1、秀 siu^3、九 kiu^2、舅 k'iu^1

-an-：般 pan^1、潘 p'an^1、慢 man^3、單 tan^1、灘 t'an^1

-uan-：官 kuan^1、罐 kuan^3、寬 k'uan^1、款 k'uan^2、慣 kuan^3

-on-：換 von^3、端 ton^1、團 t'on^5、暖 non^1、卵 lon^2

-en-：孟 men^3、永 ven^3、丁 ten^1、零 len^5、冷 len^1

-ien-：編 pien^1、扁 pien^2、棉 mien^5、園 vien^5、遠 vien^2

-in-：貧 p'in^5、民 min^5、雲 vin^5、閏 vin^3、定 t'in^3

-un-：本 pun^2、盆 p'un^5、門 mun^5、敦 tun^1、昆 k'un^1

-iun-：銀 ŋiun^5、軍 kiun^1、謹 kiun^2、芹 k'iun^5、勳 hiun^1

-aŋ-：彭 p'aŋ⁵、橫 vaŋ⁵、整 tsaŋ²、耕 kaŋ¹、坑 haŋ¹

-iaŋ-：餅 piaŋ²、命 miaŋ³、井 tsiaŋ²、驚 kiaŋ¹、鏡 kiaŋ³

-uaŋ-：梗 kuaŋ²、（銅鑼聲）k'uaŋ⁵

-oŋ-：荒 foŋ¹、黃 voŋ⁵、當 toŋ¹、堂 t'oŋ⁵、光 koŋ¹

-ioŋ-：放 pioŋ³、紡 p'ioŋ²、網 mioŋ²、暢 t'ioŋ³、良 lioŋ⁵

-iuŋ-：龍 liuŋ⁵、弓 kiuŋ¹、窮 k'iuŋ⁵、共 k'iuŋ³、兄 hiuŋ¹

-uŋ-：蜂 p'uŋ¹、風 fuŋ¹、東 tuŋ¹、凍 tuŋ³、工 kuŋ¹

-iʔ-：筆 piʔ⁴、滴 tiʔ⁴、特 t'iʔ⁴、力 liʔ⁸、積 tsiʔ⁴、擊 kiʔ⁴

-uʔ-：腹 puʔ⁴、伏 p'uʔ⁸、福 fuʔ⁴、屋 vuʔ⁴、督 tuʔ⁴

-aʔ-：法 faʔ⁴、滑 vaʔ⁸、答 taʔ⁴、達 t'aʔ⁸、納 naʔ⁸

-iaʔ-：壁 piaʔ⁴、疊 t'iaʔ⁴、跡 tsiaʔ⁴、惜 siaʔ⁴、額 ŋiaʔ⁴

-eʔ-：北 peʔ⁴、墨 meʔ⁸、或 feʔ⁴、挖 veʔ⁴、澀 seʔ⁴

-ieʔ-：鱉 pieʔ⁴、撇 p'ieʔ⁴、血 fieʔ⁴、裂 lieʔ⁸、缺 k'ieʔ⁴

-ueʔ-：國 kueʔ⁴

-oʔ-：拍 p'oʔ⁴、莫 moʔ⁸、脫 t'oʔ⁴、作 tsoʔ⁴、郭 koʔ⁴

-ioʔ-：略 lioʔ⁴、削 sioʔ⁴、弱 ŋioʔ⁸、腳 kioʔ⁴、卻 k'ioʔ⁴

三、聲調

　　永定話有六個單字調，古代平上去入各分陰陽，共有八個調類：陰平、陰上、陰去、陰入、陽平、陽上、陽去、陽入。但是永定客語陽上調分別併入陰平和上聲，去聲不分陰陽，入聲全部變成喉塞音，所以總共有六個聲調，我們以 1、2、3、4、5、8 代表六個調類。

調類	調號	調值	例字
陰平	1	33	西 si¹、虛 hi¹、枯 k'u¹、沙 sa¹、買 mi¹
上聲	2	31	米 mi²、李 li²、取 ts'i²、豈 k'i²、假 ka²
去聲	3	11	稅 fe³、替 t'e³、內 ne³、歲 se³、舐 ʃe³
陰入	4	24	督 tuʔ⁴、捉 tsuʔ⁴、德 teʔ⁴、索 soʔ⁴、腳 kioʔ⁴
陽平	5	53	魔 mo⁵、和 fo⁵、羅 lo⁵、鞋 he⁵、諧 hai⁵、其 k'i⁵
陽入	8	44	極 k'iʔ⁸、族 ts'uʔ⁸、目 muʔ⁸、襪 maʔ⁸、鑿 ts'oʔ⁸

第6節　美濃話

　　臺灣四縣客語有北部、南部區分，北部是指桃、竹、苗一帶；南部是指「六堆」地區使用的客家話。其中美濃地區人口集中，凝聚力強，保存道地客語。比較之下，跟北部四縣客語也有些不同的地方，但是差異不大。（以下資料摘錄自楊時逢，《臺灣美濃客家方言》，1971）。

　　美濃客語跟北部四縣客語一樣只有十七個聲母（含零聲母），沒有舌尖面音。

　　n、l 在美濃地區有時混讀為 n，有時 n、l 分讀，所以是變值音位。本文一律以舌尖鼻音描寫。舌面鼻音 ŋi 來自於中古的疑母日母接細音而成，本文獨立為一個音位。

一、聲母

　　p-：比 pi²、布 pu³、波 po¹、兵 pin¹、必 pit⁴

　　p'-：步 p'u³、皮 p'i⁵、牌 p'ai⁵、平 p'in⁵、別 p'iet⁸

　　m-：母 mu¹、命 miaŋ³、滅 miet⁸、莫 mok⁸

f-：飛 fi¹、戶 fu³、宏 fen⁵、法 fap⁴

v-：烏 vu¹、戊 vu³、娃 va¹、禾 vo⁵、胃 vui³

t-：知 ti¹、都 tu¹、多 to¹、刁 tiau¹、釘 ten¹

t'-：地 t'i³、討 t'o²、透 t'eu³、甜 t'iam⁵、鐵 t'iet⁴

n-：奴 nu⁵、乃 nai¹、匿 nit⁸、尼 ni²、藍 nam⁵

ts-：之 tsï¹、煮 tsu²、酒 tsiu²、枕 tsm²、責 tsit⁴

ts'-：自 ts'ï³、取 ts'i²、謝 ts'ia³、侵 ts'im¹、絕 ts'iet⁸

s-：西 si¹、仇 su⁵、沙 sa¹、掃 so²、消 seu¹

k-：居 ki¹、姑 ku¹、瓜 kua¹、高 ko¹、乖 kuai¹

k'-：筷 k'uai³、欺 k'i¹、課 k'o³、琴 k'im⁵、卡 k'a²

ŋ-：瓦 ŋa²、鵝 ŋo⁵、外 ŋoi³、危 ŋui⁵、岳 ŋok⁸

h-：希 hi¹、下 ha¹、後 heu³、鞋 hai⁵、嫌 hiam⁵

Ø-：恩 en¹、安 on¹、鴉 a¹、愛 oi³、音 im¹

二、韻母

美濃話有 ï、i、u、a、o、e 六個元音，陰聲韻有十九個，鼻音韻有十九個，塞音尾有二十二個，有兩個成音節鼻音，共有六十二個韻母。

有開口呼、齊齒呼、合口呼，沒有撮口呼。撮口呼大致讀作齊齒呼，例如：區 k'i¹、鬚 si¹、欺 k'i¹。

-ï-：之 tsï¹、子 tsï²、遲 ts'ï⁵、自 ts'ï³、史 sï²

-i-：卑 pi¹、皮 p'i⁵、飛 fi¹、回 fi⁵、地 t'i³

-u-：補 pu²、步 p'u³、母 mu¹、幕 mu³、夫 fu¹

-e-：滯 ts'e³、舐 se¹、計 ke³、係 he³

-ie-：蟻 ŋie³、艾 ŋie³、雞 kie¹、砌 ts'ie³

-a-：花 fa¹、巴 pa¹、馬 ma¹、舍 sa³、沙 sa¹

-ia-：摸 mia¹、斜 ts'ia⁵、瀉 sia³、借 tsia³、些 sia¹

-ua-：瓜 kua¹、寡 kua²、卦 kua³、誇 k'ua¹

-o-：保 po²、火 fo²、多 to¹、桃 t'o⁵、老 lo²、做 tso³、草 ts'o²、掃 so²

-io-：瘸 k'io⁵、靴 hio¹

-ai-：拜 pai³、買 mai¹、壞 fai³、低 tai¹、尼 nai⁵、賴 lai³、泰 t'ai³

-iai-：街 kiai¹、介 kiai³

-uai-：乖 kuai¹、怪 kuai³、拐 kuai²、檜 k'uai³

-oi-：背 poi³、吠 p'oi³、灰 foi¹、袋 t'oi³、梅 moi⁵、來 loi⁵、改 koi³、菜 ts'oi³

-ui-：對 tui³、類 lui³、罪 ts'ui³、雖 sui¹、規 kui¹、危 ŋui⁵、水 sui³

-eu-：某 meu¹、斗 teu²、豆 t'eu³、走 tseu³、表 peu²、苗 meu⁵、消 seu¹

-iu-：流 liu⁵、秋 ts'iu¹、秀 siu³、九 kiu²、舅 k'iu¹

-au-：袍 p'au⁵、豹 pau³、茅 mau⁵、巢 sau⁵、考 k'au²、炒 ts'au²

-iau-：刁 tiau¹、條 t'iau⁵、廖 liau³、釣 tiau³、寮 liau⁵

-ïm-：深 ts'ïm¹、枕 tsïm²、森 sïm¹、針 tsïm¹、審 sïm²、沉 ts'ïm⁵

-im-：林 lim⁵、尋 ts'im⁵、心 sim¹、今 kim¹、金 kim¹、鑫 him¹

-am-：膽 tam³、甘 kam¹、貪 t'am¹、衫 sam¹、杉 ts'am¹、擔 tam¹

-iam-：甜 t'iam⁵、廉 liam⁵、欠 k'iam³、兼 kiam¹、暫 ts'iam³、漸 ts'iam³

-en-：冰 pen¹、朋 p'en⁵、銘 men⁵、宏 fen⁵、杏 hen³、能 nen⁵、恩 en¹、等 ten²

-in-：斤 kin¹、巾 kin¹、津 tsin¹、秦 ts'in⁵、形 hin⁵、進 tsin³

-an-：班 pan¹、盤 p'an⁵、滿 man¹、單 tan¹、辦 ṕan³、飯 fan³、攤 t'an¹

-ian-：邊 pian^1、賢 hian^5、騙 p'ian^3、天 t'ian^1、連 lian^5、間 kian^1、
建 kian^3

-uan-：關 kuan^1、款 k'uan^2

-on-：閂 ts'on^1、端 ton^1、團 t'on^5、亂 lon^3、賺 ts'on^3、管 kon^2、
看 k'on^3、旱 hon^1

-ion-：全 ts'ion^5、軟 ŋion^1

-iun-：軍 kiun^1、君 kiun^1、雲 iun^5、近 k'iun^1、訓 hiun^3、群 k'iun^5、
銀 ŋiun^5

-un-：門 mun^5、婚 fun^1、吞 t'un^1、吞 t'un^1、昆 k'un^1、本 pun^2

-aŋ-：頂 taŋ^2、撐 ts'aŋ^1、成 saŋ^5、庚 kaŋ^1、坑 haŋ^1、冷 laŋ^1

-iaŋ-：丙 piaŋ^2、名 miaŋ^5、井 tsiaŋ^2、姓 siaŋ^3、鏡 kiaŋ^3、輕 k'iaŋ^1

-oŋ-：幫 poŋ^1、旁 p'oŋ^5、方 foŋ^1、莊 tsoŋ^1、張 tsoŋ^1、巷 hoŋ^3

-ioŋ-：枋 pioŋ^1、網 mioŋ^2、香 hioŋ^1、梁 lioŋ^5、薑 kioŋ^1

-uŋ-：冬 tuŋ^1、通 p'uŋ^1、鐘 tsuŋ^1、空 k'uŋ^1、送 suŋ^3

-iuŋ-：弓 kiuŋ^1、龍 liuŋ^5、兄 hiuŋ^1、窮 k'iuŋ^5、雄 hiuŋ^5、松 ts'iuŋ^5

-ip-：立 lip^8、笠 lip^8、入 ŋip^8、急 kip^4、翕 hip^8

-ep-：澀 sep^4

-ap-：甲 kap^4、雜 ts'ap^8、答 tap^4、法 fap^4、納 nap^8、涉 sap^8

-iap-：粒 liap^4、帖 t'iap^4、捷 ts'iap^8、脅 hiap^8、妾 ts'iap^4

-ïp-：十 sïp^8、濕 sïp^4、汁 tsïp^4、執 tsïp^4

-it-：必 pit^4、滴 tit^4、吉 kit^4、疾 ts'it^8、力 lit^8、責 tsit^4、疾 ts'it^8

-et-：北 pet^4、密 met^8、或 fet^8、測 ts'et^4、德 tet^4、黑 het^8、色 set^4

-iet-：別 p'iet^4、滅 miet^8、跌 tiet^4、列 liet^8、穴 hiet^4、歇 hiet^4

-uet-：國 kuet^4

-at-：八 pat^4、拔 p'at^8、襪 mat^4、髮 fat^4、潑 p'at^8、達 t'at^8、瞎
hat^8、辣 lat^8

-iat-：月 ŋiat⁸、結 kiat⁴、傑 k'iat⁸、血 hiat⁴、穴 hiat⁸、越 iat⁸

-uat-：刮 kuat⁴

-ï-：直 ts'ït⁸、值 ts'ït⁸、術 sït⁸、失 sït⁴、姪 ts'ït⁸

-uət-：不 puət⁸、弗 fuət⁸、突 t'uət⁴、出 ts'uət⁴、骨 kuət⁴、物 uət⁸

-ot-：割 kot⁴、脫 t'ot⁴、奪 t'ot⁸、撮 ts'ot⁴、說 sot⁴

-ut-：突 t'ut⁸、卒 tsut⁴、出 ts'ut⁴、骨 kut⁴、物 vut⁸

-iut-：鬱 iut⁴、屈 k'iut⁴

-ak-：石 sak⁸、握 ak⁴、百 pak⁴、麥 mak⁸、曆 lak⁸、隔 kak⁴、客 hak⁴

-iak-：壁 piak⁴、跡 tsiak⁴、蓆 ts'iak⁸、劈 p'iak⁴、額 ŋiak⁴

-ok-：拍 p'ok⁴、各 kok⁴、硞 k'ok⁴、博 pok⁴、莫 mok⁸、洛 lok⁸、
　　　託 t'ok⁴

-iok-：略 liok⁸、削 siok⁴、腳 kiok⁴、約 iok⁴、若 iok⁸

-uk-：目 muk⁴、篤 tuk⁴、毒 t'uk⁸、竹 tsuk⁴、卜 puk⁴、鹿 luk⁸、燭
　　　tsuk⁴、穀 kuk⁴

-iuk-：六 liuk⁴、菊 k'iuk⁸、局 k'iuk⁸、足 tsiuk⁴、俗 siuk⁸、陸 liuk⁸

-m̩-：唔 m̩⁵

-ŋ̍-：五 ŋ̍²、女 ŋ̍²、魚 ŋ̍⁵

三、聲調

　　美濃話有六個單字調，古代平上去入各分陰陽，共有八個調
類：陰平、陰上、陰去、陰入、陽平、陽上、陽去、陽入。但是美
濃話陽上調分別併入陰平和上聲，去聲不分陰陽，所以總共有六個
聲調，我們以 1、2、3、4、5、8 代表六個調類。

調類	調號	調值	例字
陰平	1	33	希 hi¹、虛 hi¹、巴 pa¹、沙 sa¹、家 ka¹
上聲	2	31	打 ta²、者 tsa²、取 ts'i²、寫 sia²、假 ka²
去聲	3	11	霸 pa³、怕 p'a³、係 he³、歲 se³、卦 kua³
陰入	4	24	必 pit⁴、劈 p'it⁴、滴 tit⁴、北 pet⁴、色 set⁴、則 tset⁴
陽平	5	53	爬 p'a⁵、麻 ma⁵、茶 ts'a⁵、蛇 sa⁵、邪 sia⁵、其 k'i⁵
陽入	8	44	陸 liuk⁸、俗 siuk⁸、族 ts'uk⁸、鹿 luk⁸、牧 muk⁸

第 7 節　大埔話

　　臺中縣東勢大埔腔客語有 p、p'、m、f、v、t、t'、n、l、ts、ts'、s、tʃ、tʃ'、ʃ、ʒ、k、k'、ŋ、h、Ø共有 21 個輔音。n、l是舌尖鼻音與邊音，分屬兩個音位。p、t、k是雙唇、舌尖、舌根部位的不送氣清塞音，p'、t'、k'是 p、t、k 加上送氣成分的讀法。ts、ts'、s是舌尖前部位的不送氣清塞擦音、送氣清塞擦音、清擦音。h 是喉清擦音。f、v 分別是脣齒清擦音、濁擦音。ŋ是舌根輔音，可以出現在字首當作聲母，也可以出現在字尾當作鼻音韻母。Ø是零聲母，以元音開端，發音時帶有程度不等的緊喉作用。

　　ŋi 是舌面鼻音，來自於 ŋ 加 i 前高元音顎化而成。本文為簡化語音系統，把舌面鼻音併入舌根鼻音當中。（以下語料整理自江俊龍，《兩岸大埔客家話研究》，92 年五月，國立中正大學中國文學研究所博士論文，〈第二章第四節　台中東勢的聲韻調〉與〈附錄二　台中東勢詞彙表〉）

一、聲母

p-：八 pat^2、板 pan^{31}、暴 pau^{52}、邊 pien^{33}、霸 pa^{52}、貶 pien^{31}

p'-：撇 p'et^2、符 p'u^{113}、牌 p'ai^{113}、排 p'ai^{113}、片 p'ien^{52}

m-：馬 ma^{33}、無 mo^{113}、命 mian^{52}、眉 mui^{113}、煤 mui^{113}、味 mui^{52}

f-：花 fa^{33}、鳳 fuŋ^{52}、蜂 fuŋ^{33}、風 fuŋ^{33}、化 fa^{52}、歡 fan^{33}、患 fan^{52}

v-：黃 voŋ^{113}、畫 vak^5、歪 vai^{33}、文 vun^{113}、無 vu^{113}、屋 vuk^2

t-：鳥 tiau^{33}、棟 tuŋ^{52}、答 tap^2、跌 tiet^2、多 to^{33}、雕 tiau^{33}

t'-：頭 t'eu^{113}、定 t'in^{52}、途 t'u^{113}、地 t'i^{52}、太 t'ai^{52}、塔 t'ap^2

n-：難 nan^{113}、南 nam^{113}、怒 nu^{52}、寧 nen^{113}、奶 nen^{52}、泥 ne^{113}

l-：樑 lioŋ^{113}、龍 liuŋ^{113}、來 loi^{113}、落 lok^5、亂 lon^{52}

ts-：災 tsai^{33}、之 tsii^{33}、截 tsiet^2、責 tsit^2、則 tset^2

ts'-：罪 ts'ui^{52}、彩 ts'ai^{31}、情 ts'in^{113}、樵 ts'iau^{113}、漆 ts'it^2

s-：蟬 siam^{113}、三 sam^{33}、塑 sok^2、事 sii^{52}、賽 sai^{52}、寫 sia^{31}

tʃ-：汁 tʃip^2、嘴 tʃioi^{52}、真 tʃin^{33}、章 tʃ ioŋ^{33}、張 tʃ ioŋ^{33}

tʃ'-：陣 tʃ'in^{52}、車 tʃ'ia^{33}、程 tʃ'iaŋ^{113}、場 tʃ'ioŋ^{113}、尺 tʃ'ak^2

ʃ-：屎 ʃi^{31}、石 ʃiak^5、書 ʃu^{33}、水 ʃiui^{31}、式 ʃit^2、時 ʃi^{113}

ʒ-：樣 ʒioŋ^{52}、丸 ʒien^{113}、然 ʒien^{113}、陽 ʒioŋ^{113}、□ʒie^{33}（tu^{31}～～腹肚肥肉下垂貌）

k-：閣 kok^2、感 kam^{31}、交 kau^{33}、桿 kon^{31}、家 ka^{33}、金 kim^{33}、歸 kui^{33}

k'-：刻 k'iet^2、欠 k'iam^{52}、期 k'i^{113}、劇 k'iak^2、開 k'oi^{33}

ŋ-：頜 ŋam^{33}、外 ŋuai^{52}、鵝 ŋo^{113}、牙 ŋa^{113}、癌 ŋam^{113}、礙 ŋoi^{52}

h-：閒 han^{113}、形 hin^{113}、海 hoi^{31}、行 haŋ^{113}、渴 hot^2、好 ho^{31}、下 ha^{52}、猴 heu^{113}

Ø-：鞍 on^{33}、漚 eu^{52}、案 on^{52}、應 en^{52}、恩 en^{33}、暗 am^{52}

二、韻母

韻母系統由六個元音音位，和六個輔音韻尾，及一些特殊韻讀組成，總共有 61 個韻母。

元音音位有 ii、a、e、i、u、o，其中 i、u 可作介音和韻尾。輔音韻尾有 m、n、ŋ、p、t、k 六個，出現在韻尾。其音值跟當作聲母的輔音不同，p、t、k 在字首是塞爆音，有明顯的除阻，但是當作韻尾時，因爲音節短暫，只有舒聲韻一半的時間，所以只出現成阻階段而已。

有兩個成音節鼻音：m、ŋ，發音時口腔保持成阻狀態，聲帶振動，氣流從鼻腔釋出，形成音節。

㈠舒聲韻

-ii-：師 sii^{33}、字 sii^{52}、資 $tsii^{33}$、次 $ts'ii^{52}$、事 sii^{52}、子 $tsii^{31}$

-a-：假真~ka^{31}、花 fa^{33}、家 ka^{33}、打 ta^{31}、把 pa^{31}、紗 sa^{33}、假放~ka^{52}

-ai-：大 $t'ai^{52}$、界 kai^{52}、才 $ts'ai^{113}$、賽 sai^{52}、解 kai^{31}

-au-：包 pau^{33}、巧 $k'au^{31}$、炮 $p'au^{52}$、校學~kau^{31}

-e-：底 te^{31}、洗 se^{31}、齊 $ts'e^{113}$、系 ne^{52}、泥 ne^{113}、婿 se^{52}

-eu-：陋 leu^{52}、斗 teu^{31}、招 $tseu^{33}$、猴 heu^{113}、頭 $t'eu^{113}$、後 heu^{52}

-i-：地 $t'i^{52}$、世 si^{52}、枝 ki^{33}、止 $t\!\int i^{31}$、期 $k'i^{112}$、禮 li^{33}

-iu-：久 kiu^{31}、手 $\int iu^{31}$、求 $k'iu^{113}$、抽 $t\!\int 'iu^{33}$、書 $\int iu^{33}$、壽 $\int iu^{52}$

-o-：火 fo^{31}、科 $k'o^{33}$、和平~fo^{113}、戈 ko^{33}、螺 lo^{113}

-oi-：妹 moi^{52}、害 hoi^{52}、堆 toi^{33}、來 loi^{113}、代 $t'oi^{52}$、海 hoi^{31}

-u-：姑 ku^{33}、孤 ku^{33}、古 ku^{31}、股 ku^{31}、咐 fu^{52}、組 tsu^{33}

-ui-：眉 mui^{113}、肥 $p'ui^{113}$、杯 pui^{33}、退 $t'ui^{52}$、尾 mui^{33}、配 $p'ui^{52}$

-ia-：車 $t\!\int 'ia^{33}$、野 $\textctyogh ia^{33}$、寫 sia^{31}、謝 $ts'ia^{52}$、舍 $\int ia^{52}$、射 $\int ia^{52}$

-iau-：飆 $piau^{33}$、樵 $ts'iau^{113}$、攪 $kiau^{31}$、笑 $siau^{52}$、苗 $miau^{113}$、料

liau^{52}

-ie-：勢ʃie^{52}、蟻ʃie^{52}、計 kie^{52}、雞 kie^{33}、契 k’ie^{52}

-ieu-：鉤 kieu^{33}、構 kieu^{52}、狗 kieu^{31}、枸 kieu^{31}、照 tʃieu^{52}

-io-：靴 hio^{33}

-ioi-：□k’ioi^{52}（疲倦）、睡ʃioi^{52}、嘴 tʃioi^{52}

-iui-：水ʃiui^{31}

-ua-：瓜 kua^{33}、掛 kua^{52}、卦 kua^{52}、誇 k’ua^{33}

-uai-：乖 kuai^{33}、外 ŋuai^{52}、怪 kuai^{52}、快 k’uai^{52}、拐 kuai^{31}

-ue-：□ue^{35}（語氣詞）

-m-：毋 m^{113}

-ŋ-：魚 ŋ^{113}

㈡**陽聲韻**

-am-：三 sam^{33}、淡 t’am^{33}、甘 kam^{33}、含 ham^{113}、站 tsam^{52}

-em-：森 sem^{33}

-im-：心 sim^{33}、金 kim^{33}、沈下～tʃ’im^{113}、針 tʃim^{33}、音ʒim^{33}、審ʃim^{31}

-iam-：念 ŋiam^{52}、店 tiam^{52}、嚴 ŋiam^{113}、險 hiam^{31}、添 t’iam^{33}

-an-：班 pan^{33}、旦 tan^{52}、還 van^{113}、滿 man^{33}、歡 fan^{33}、難困～nan^{113}、盤 p’an^{113}

-en-：能 nen^{113}、生 sen^{33}、省 sen^{31}、肯 hen^{31}、寧 nen^{113}、燈 ten^{33}

-in-：精 tsin^{33}、情 ts’in^{113}、新 sin^{33}、今 kin^{33}、巾 kin^{33}、塵ʃin^{113}

-on-：安 on^{33}、旱 hon^{33}、乾 kon^{33}、亂 lon^{52}、暖 non^{33}

-un-：吞 t’un^{33}、文 vun^{113}、盆 p’un^{113}、本 pun^{31}、紛 fun^{33}

-ien-：面 mien^{52}、前 ts’ien^{113}、麵 mien^{52}、錢 ts’ien^{113}、變 pien^{52}

-ion-：軟 ŋion^{33}、磚 tʃion^{33}、全 ts’ion^{113}、轉 tʃion^{31}

-iun-：運ʃiun^{52}、軍 kiun^{33}、群 k’iun^{113}、順ʃiun^{52}、君 kiun^{33}、準

tʃiun³¹

-uan-：關 kuan³³、管 kuan³¹、寬 k'uan³³、款 k'uan³¹、慣 kuan⁵²

-aŋ-：整 tsaŋ³¹、坑 k'aŋ³³、撐 ts'aŋ⁵²、行動～haŋ¹¹³

-oŋ-：煌 foŋ¹¹³、航 hoŋ¹¹³、剛 koŋ³³、堂 t'oŋ¹¹³、黨 toŋ³¹、芳 foŋ³³

-uŋ-：蜂 p'uŋ³³、同 t'uŋ¹¹³、東 tuŋ³³、窗 ts'uŋ³³、工 kuŋ³³

-iaŋ-：頸 kiaŋ³¹、名 miaŋ¹¹³、井 tsiaŋ³¹、病 p'iaŋ⁵²、醒 siaŋ³¹

-ioŋ-：量 lioŋ¹¹³、腸 tŋ'ioŋ¹¹³、梁 lioŋ¹¹³、良 lioŋ¹¹³、鄉 hioŋ³³、秧 ʒioŋ³³

-iuŋ-：龍 liuŋ¹¹³、用 ʒiuŋ⁵²、弓 kiuŋ³³、恐 k'iuŋ³¹、兇 hiuŋ³³、容 ʒiuŋ¹¹³

-uaŋ-：梗 kuaŋ³¹

㈢塞音韻

-ap-：合 hap⁵、壓 ap²、法 fap²、塔 t'ap²、鴨 ap²、甲 kap²、雜 ts'ap⁵

-ep-：澀 sep²

-ip-：十 ʃip⁵、入 ŋip²、汁 tʃip²、習 sip⁵

-iap-：涉 siap²、帖 t'iap²、葉 ʒiap⁵、挾 kiap²、協 hiap⁵

-at-：發 fat²、達 t'at⁵、八 pat²、潑 p'at²、活 fat⁵

-et-：賊 ts'et⁵、色 set²、核 het⁵、或 fet⁵、蔔 p'et⁵、或 fet⁵

-it-：力 lit⁵、職 tʃit⁵、役 ʒit⁵、食 ʃit⁵、日 ŋit²、漆 ts'it²、植 tʃ'it⁵、式 ʃit²

-ot-：脫 t'ot²、割 kot²、渴 hot²

-ut-：物 vut⁵、佛 fut⁵、骨 kut²、律 lut⁵、不 put²

-iet-：別 p'iet⁵、列 liet⁵、設 ʃiet⁵、決 kiet²、鐵 t'iet²、節 tsiet²、血 hiet²

-iut-：屈 k'iut²、出 tʃ'iut²

-uat-：闊 k'uat²、國 kuat²

-ak-：百 pak²、隔 kak²、逐 tak²、客 k'ak²、曆 lak⁵

-ok-：惡 ok²、樂 lok⁵、學 hok⁵、角 kok²、各 kok²、學 hok⁵

-uk-：伏 fuk²、穀 kuk²、族 ts'uk⁵、目 muk²、屋 vuk²、福 fuk²、
　　　 服 fuk⁵、谷 kuk²

-iak-：蓆 ts'iak⁵、惜 siak²、壁 piak²、錫 siak²、劇 k'iak²、石 ʃiak⁵

-iok-：腳 kiok²、藥 ʒiok⁵、約 ʒiok²

-iuk-：肉 ŋiuk²、俗 siuk⁵、屬 ʃiuk²、縟 ʒiuk²、局 k'iuk⁵、菊 k'iuk⁵、
　　　 綠 liuk⁵

三、聲調

台中東勢大埔腔客語有六個聲調，古代平上去入各分陰陽，共有八個調類，但是大埔腔客語的陰上、陽上合併為上聲，陰去、陽去合併為去聲，所以共有六個調類。

調類	調號	調值	例字
陰平	1	33	金 kim³³、剛 koŋ³³、星 sen³³、身 ʃin³³、花 fa³³
上聲	2	31	洗 se³¹、手 ʃiu³¹、卡 k'a³¹、斗 teu³¹、襠 toŋ³¹
去聲	3	52	見 kien⁵²、獻 hien⁵²、動 t'uŋ⁵²、慣 kuan⁵²、介 kai⁵²
陰入	4	2	屋 vuk²、骨 kut²、穀 kuk²、竹 tsuk²、百 pak²
陽平	5	113	城 ʃiaŋ¹¹³、糖 t'oŋ¹¹³、紅 fuŋ¹¹³、堂 t'oŋ¹¹
陽入	8	5	毒 t'uk⁵、局 k'iuk⁵、族 ts'uk⁵、納 nap⁵、立 lip⁵

第七章

臺灣客語音系與中古音系的對應

徐貴榮

第①節　廣韻音系

一、中古音系與切韻系韻書

　　所謂中古音系，即是以切韻系統爲主的音系。要明瞭中古音系，須先知悉切韻系統的韻書，切韻系統至今保存最完整的韻書是宋朝的《廣韻》。王力在《漢語語音史》（1985，北京：中國社會科學出版社）第一章〈韻書〉開宗明義說：「現存最古的韻書是《廣韻》，《廣韻》的前身是《唐韻》，《唐韻》的前身是《切韻》。《廣韻》基本上保存了《切韻》的語音系統。」由此可見，《廣韻》一書是承襲著《切韻》、《唐韻》而來，都屬切韻系的韻書。《廣韻》不但是唐宋時期作詩填詞的韻書，向來也是隋唐韻書的基礎，研究漢語語音史，考定中古音的主要材料，可上推上古音系和下展現代音系、方音最重要的典籍。

　　㈠《切韻》

　　1.《切韻》的成書：《切韻》所代表的語音系統是南北朝的語音系統，作者是隋代陸法言，書成於隋文帝仁壽元年（601），是今傳最早的韻書。

　　說到韻書，《切韻》並非史上第一本，自來都推三國魏人李登的《聲類》爲鼻祖（見《隋書經籍志》：《聲類》十卷，魏左校令李登撰）。李登之後，音韻學家蜂出。其後又有孫炎著《爾雅音義》，用反切注音，從此反切盛行（見王運熙、顧易生主編《中國文學批評史》上，頁129，1993，臺北：五南圖書公司出版），雖有學者認爲考之未精（見董同龢，《漢語音韻學》，頁 77），但可以認爲《爾雅音義》應是應用反切最受人推崇的一部書。到晉代呂靜仿李登《聲類》編有《韻集》。隋人音

韻學家陸法言於開皇初，年才弱冠，與劉臻、蕭該、顏之推諸人等
討論音韻，評論古今是非，南北通塞，編成《切韻》一書。

　　自《切韻》一書出，六朝諸家韻書漸亡。在《切韻》序裡提到
的諸家，比較重要的有：

呂　靜：《韻集》　　夏侯該：《韻略》　　陽修之：《韻略》

周思言：《音韻》　　李季節：《音譜》　　杜臺卿：《韻略》

　　這些韻書久已不傳，現在只能就唐寫本《刊謬補缺切韻》韻目
下的附註，考見他們分韻異同的一部分而已。不過從《切韻》序中
「遂取諸家音韻，古今字書，以前所記者，定之爲切韻五卷……」
來看，切韻是集六朝韻書。有人喜歡說《切韻》是「吳音」，其實
陸法言是魏郡臨漳（今河北省）人，並不是南方人（法言家世和事
略見《隋書·陸爽傳》）。序中所述「劉臻等八人」，根據《廣
韻》所載是：劉臻、顏之推、魏淵、盧思道、李若、蕭該、辛德
源、薛道衡八人，除了蕭該，都是北方人。可見序中「捃選精切、
除削舒緩」的標準是顧慮到「南北是非，古今通塞」。也就是說，
他們分別部居，不是依據當時的某種方言，而是要能包括古今方言
的許多語音系統。

　　2.《切韻》的內容和體例：因爲《切韻》是集六朝韻書之大成，
自書問世後，六朝韻書逐漸湮沒。又因爲一般人遵用，增補修訂逐
漸增多，久之，陸氏原書反而爲人少見。後世講音韻者，都稱陸法
言《切韻》，實際上只是宋修《廣韻》轉錄的陸氏切韻系。直到近
幾十年，我們才能看到《唐寫本切韻殘卷五種》，以及《五代刊本
殘卷一種》，但都不是陸氏原本。根據各項記載以及今存殘卷，可
知《切韻》的內容和體例是：

(1)以平、上、去、入分卷，平聲因字數多，分為上下兩卷，共五卷。

(2)平聲上分二十六韻，平聲下分二十八韻，上聲分五十一韻，去聲分五十六韻，入聲分三十二韻，共一百九十三韻。

(3)所收字數約在一萬二千左右。

(4)韻字的註釋簡單。如王仁昫說《切韻》：「時俗共重，以為典範；然苦字少，復闕字義。」（見王仁昫，《刊謬補缺切韻》，頁2129）

(5)《切韻》不正字形（見濮之珍，《中國語言學史》，頁 212～213，1994 三版，臺北：書林出版）。

(二)唐韻

唐代增訂《切韻》的作者，根據《廣韻》卷首所載及《唐書藝文志》所錄，目前可考知的有：

1. 王仁昫《刊謬補缺切韻》：以前大家看到的唐寫本殘卷有兩種，一出敦煌，一出故宮。近來故宮又出一本寫本出世，可以說是全本。根據王仁昫自序云：「然苦字少，復闕字義」來看，可見其主旨是增字加註，故宮新出寫本對陸氏原書的部目次序都沒有多大變動，只是上聲與去聲各多分一個韻，另一故宮殘本的韻次則差異很多（參看董同龢，《漢語音韻學》，頁 80，1987，臺北：文史哲出版）。

2. 孫愐《唐韻》：現時僅存唐寫本殘葉一卷，其〈唐韻序〉刊載於宋修《廣韻》。《唐韻》根據王國維氏參照卞令氏《式古堂書畫彙考》及魏了翁〈唐韻後序〉考知：

(1)本書又稱《廣切韻》，或略稱《切韻》、《廣韻》。

(2)有開元本與天寶本，差別頗大。開元本部目次序大致與王仁昫《刊謬補缺切韻》同，天寶本分韻加密，平聲多三韻，上去各多四韻，入聲多兩韻。

(3)下平聲韻目序數與上平聲銜接。

　　3.**李舟《切韻》**：今書已佚，只有部次可從徐鉉改定的《說文解字篆韻譜》中考見，分韻參酌《唐韻》各本，特色在整理韻部的次序與平上去入各韻的配合，爲後世遵用。

　㈢**《廣韻》**

　　1.**重要和地位**：《切韻》的語音系統，可以從兩方面來觀察，一是反切，二是韻目。一般所謂的「切韻系統」，也就是《廣韻》的系統。所謂的「反切」和「韻目」，也就是《廣韻》的「反切」和「韻目」。在故宮全本王仁昫《刊謬補缺切韻》尚未出世前，最完整的《切韻》增訂本，以宋朝陳彭年、邱雍等奉敕重修的《大宋重修廣韻》爲最早。所以在古音研究上，《廣韻》一向居於極重要的地位。陸氏《切韻》分一百九十三韻，《廣韻》增至二百零六韻，雖然多出十三韻，只不過是分韻寬嚴的問題，並非系統上有何問題。《廣韻》韻部的次序，依李舟《切韻》，與《切韻》原書也不盡相同來看，可以看出那是陸氏的改正。至於韻書精華所在的反切，以《廣韻》與《切韻》殘卷，以及上述唐人韻書相比，也是大同小異。由此可知，我們一向用《廣韻》考定中古音的主要材料，並沒有走上歧道。新出的全本王仁昫《刊謬補缺切韻》比《廣韻》早得多，價值是否在《廣韻》之上，仍未能確定（見董同龢，《漢語音韻學》，頁81～82）。

　　2.**聲母**

　　(1)**聲類的來源**：韻書是按韻編排的，所以沒有標明聲類，沒有明確的指出有多少個聲母。至於傳統說唐末守溫的三十字母（到了宋代，胡僧了義增至三十六字母，參見林尹，《中國聲韻學通論》，頁56～57，黎明文化），雖是漢語聲母最早的標目，但他只能夠代表唐末宋初期間的語音概況，不能代表「切韻時代」的聲母系統。因此，研究中古聲母的音韻學家，主要是根據《廣韻》裡的反切，利

用反切上字和被切字的聲母必須相同的關係，也就是反切上字和被切字的聲母必須是「雙聲」。如果把《廣韻》裡所有的反切拿來分析一番，看有多少類雙聲字，就可以知道「切韻時代」有多少聲類了！

　　清代音韻學家，廣東番禺人陳澧（1810～1882）在他的《切韻考》這部書裡，根據《廣韻》的上下字反切，歸納出「基本條例」、「分析條例」、「補充條例」等三條例，根據這三條例，採用「繫聯」的方法，認爲凡是反切上下字同用、互用或遞用的，必定屬於同一聲類或韻類。他把零散出現於《廣韻》的反切上字四百五十二個，歸納爲四十聲類，也把一千多字的反切下字繫聯爲三百一十一韻類，這在音韻學史上可算是第一人，居功厥偉。

　　什麼是同用、互用或遞用呢？試各舉一例來說明：

　　①同用例──「冬　都宗切」，「當　都郎切」。「冬」「當」都用「都」字做反切上字，所以「冬」和「當」都屬同一聲類。

　　②互用例──「當　都郎切」，「都　當孤切」。「當」用「都」字做反切上字，「都」又用「當」字做反切上字，所以，「都」「當」二字應屬同一聲類。

　　③遞用例──「冬　都宗切」，「都　當孤切」。「冬」字用「都」字做反切上字，「都」字又用「當」字做反切上字，所以，「冬」「都」「當」三字的聲母應屬同類的。

　　另外有一些不能繫聯的，他又用「又音」和「互見」的反切來考定，將三十六字母的「明、微」二母合併爲「明微」一母，「照穿牀審禪」五母析爲「照二穿二牀二審二照三穿三牀三審三禪三」，「喻」母析爲「喻三喻四」，總共考定了四十個聲類，比三十六字母還多出四個。稍後的學者，也仿照其繫聯法，考出更多的聲類，例如白滌洲、黃粹柏的四十七類，曾運乾、周祖謨、陸志韋等就主

張五十一類。但也有減少的，如李榮的研究結果，中古音只有三十六個字母，但和傳統的三十六字母有些不同。

　　此後，黃侃（字季剛，1886～1935），又將四十聲類「明微」復析為「明」「微」二母，「照二穿二牀二審二照三穿三牀三審三禪三」改為「莊初牀疏照穿神審禪」，「喻三喻四」改為「為喻」，總共為四十一聲類。

　　(2)**聲母的發音部位和方法（清濁）**：中古切韻系發展到《廣韻》的聲母，按反切上字經過「繫聯」之後，黃氏歸為「幫、滂、並、明；非、敷、奉、微；端、透、定、泥；知、徹、澄、娘；精、清、從、心、邪；莊、初、牀、疏；照、穿、神、審、禪；見、溪、群、疑、曉、匣；影、喻、為」等四十一聲類，或稱聲紐（見林慶勳、竺家寧，《古音學入門》，頁57～59，1993，臺北：學生書局）。其中「牀、疏、照、穿、神、審、為、喻」八個聲類，也有學者（如董同龢）擬為「崇、生、章、昌、船、書、以、云」。本文採取後者「崇、生、章、昌、船、書、以、云」名稱。《廣韻》四十一聲母稱聲類，若以「幫」代表「雙唇」這一組，「端」代表「舌尖中」這一組，則稱「幫組」、「端組」。

　　古聲母分清濁，除了發「喉塞音」〔ʔ〕時，因為閉塞要切斷氣管和口腔的空氣交通，聲帶完全關閉，而要聲帶發生均勻震動又需要合攏的時候空氣衝出，因此，除了「喉塞音」外，每一清塞音都有一個濁塞音與之相配。

　　古聲母分清濁，所謂濁聲母即是「帶音」（voiced）聲母，帶音是指聲帶的震動。當聲帶拉緊，但並不完全封閉，空氣可以從聲帶之間的縫隙擠壓而過，並因而使聲帶均勻震動，這就是帶音，所以他們是一種「有聲音」，也是一種「響音」。「有聲音」還包含「元音」、「半元音」、「鼻音」、「邊音」、「顫音」、「閃

音」。其中「半元音」、「鼻音」、「邊音」等，也稱做「次濁聲母」。清聲母則相反，當我們發這些音的時候，聲門是開著的，氣流通過，聲帶不會震動，既然聲帶不震動，事實上這些發不出聲音，也聽不見，是「不帶音」（voiceless）的，因此他們是一種「無聲音」，或稱「清音」。平時我們覺得發ㄅ、ㄆ、ㄉ、ㄍ等或英文p、t、k等聲母，似乎可聽見聲音，那是因爲在其後接了元音〔ə〕的緣故。

《廣韻》音系濁聲母分「全濁」聲母和「次濁」聲母，清聲母分「全清」和「次清」聲母。對於清濁的定義，羅常培以語音學術語解釋如下（見《漢語音韻學導論》，頁32～34）：

全清（un aspirated surd）：即不送氣、不帶音之塞聲、擦聲及塞擦聲。

次清（aspirated surd）：即送氣、不帶音之塞聲、擦聲及塞擦聲。

全濁（sonant）：即送氣、帶音之塞聲、擦聲及塞擦聲。

次濁（liquid）：即帶音之鼻聲、邊聲及半元音。

若根據發音部位、發音方法，《廣韻》四十一聲類列表於下：「今稱」爲語音學新名（其擬音見於本章第二節聲母的對應）。

（下表據林慶勳、竺家寧著《古音學入門》，頁 57～59）

方法	清濁	是否送氣	重唇／雙唇	輕唇／唇齒	齒頭／舌尖前	舌頭／舌尖中	半舌／舌尖中	正齒近齒／舌尖面	正齒近舌／舌面前	半齒／舌面前	舌上／舌面前	牙／舌根	喉／舌根	喉／喉	喉／零聲母	喉／半元音
塞音	全清	不	幫			端					知	見		影		
塞音	次清	送	滂			透					徹	溪				
塞音	全濁	送	並			定					澄	群				
塞擦音	全清	不			精			莊	章							
塞擦音	次清	送			清			初	昌							
塞擦音	全濁	送			從			崇	船							
擦音	全清	不		非	心			生	書							
擦音	次清	送		敷					禪				曉			
擦音	全濁	送		奉	邪					日	娘	疑	匣			
鼻音	次濁		明	微		泥										
邊音	次濁						來									
邊音	次濁	不													以	云

　　3.**韻母**：《廣韻》是按韻部安排的韻書，疊字放在同韻部。元音（韻腹）是每個韻所必需，以國際音標（IPA）標記如下圖：

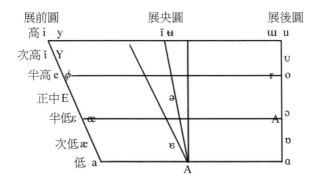

　　《廣韻》二百零六韻，如果除了聲調的分別不算，就只有六十一個韻類（見王力，《漢語音韻》，頁45，2002，北京：中華書局），九十二個韻母。初學者不必完全記住二百零六個韻目（簡稱韻），只須先

記住平聲和入聲的韻目，例如「東屋」、「冬沃」、「鍾燭」，再加上祭、泰、夬、廢四個只有去聲的韻目，就可以了，然後再慢慢記住上去的韻目。本文依照王力（《漢語史稿》，頁51～54，2003，北京：中華書局）的擬音見本章第三節，韻母的對應。

　　4.**聲調**：《廣韻》是按平、上、去、入四聲相承，平聲不分陰陽，共爲五卷。

　㈣《集韻》

　　《廣韻》之後不久，宋丁度又奉詔修了一部《集韻》，蒐集的字比《廣韻》多，切韻系韻書的規制也開始改變了。

　　《集韻》和《廣韻》最大的不同，是各韻之內，字的排列已經約略有音的次序了。例如上平聲一東，一等字與三等字分開，聲母五音同的也分別比鄰而居，這一點可說是韻書受到等韻影響的先聲。其次是《集韻》反切已經把重唇和輕唇分開了，《集韻》的舉動才是徹底改從當時的語音。早三十年的《廣韻》，尚不願改變隋唐體例，唇音反切仍不分輕重。

　㈤**切韻系韻書的特點**

　　1.**切韻系的韻書分卷，都依四聲分卷**：四聲爲平上去入，平聲又分上、下，故爲五卷。平聲分上下卷，完全是字多，完全和聲調無關。也絕對不是表示中古音時代的平聲，像《中原音韻》之後到現代，有「陰平」、「陽平」之別。因爲《中原音韻》作者元代的周德清，是第一個提出平聲分陰陽的人。他在《中原音韻》序中加以辨正說：「上平聲（陰平）非指一東至二十八山而言，下平聲（陽平）非指一先至二十七咸而言。」只不過很多人把《廣韻》的「上平」和「下平」混爲一談。因此，中古時代的平聲，並無所謂「上、下」或「陰、陽」之分，純粹只和上去入一樣，只是一個聲調。

　　2.**韻書所分的韻，可說是各家制定的詩文押韻範圍**：每一個韻目

所包括的字，並不一定都屬同一個韻母。就押韻而言，-uŋ和-iuŋ，或-a與-ua，都是可以合在一個韻裡面。自《切韻》到《廣韻》，諸家分韻小有差異，然分韻的立場，似乎只在詩文用韻的寬嚴，與韻母系統無關。例如：王仁煦比陸法言多了兩個韻，一爲上聲的「广」，一爲去聲的「釅」。事實上，並不是「广」與「釅」所代表的韻在《切韻》裡不存在，而是王「广」與「釅」兩韻的字，《切韻》分別在「琰」韻與「艷」韻之內，系統上也沒有與「琰」、「艷」兩韻的字混同。

因爲切韻系韻書把聲調的不同也認作韻的不同，所以不論是陸法言的一百九十三韻，或是《廣韻》增到二百零六韻，都不表示中古的韻類有二百之多。所以《廣韻》的上平聲「一東」、上聲「一董」、去聲「一送」，甚至入聲「一屋」，都可以合起來稱爲一個韻目。

3.反切，切韻韻書的精華所在

(1)**意義和反切原則**：反切，就是利用雙聲、疊韻的方法，用兩個字拼出來第三個字的讀音。古人稱爲「反」或稱爲「翻」，或稱爲「切」，都適用兩字拼注一字之音之意。反切的方法，比起以前「讀若」、「直音」要進一大步，因爲它已經能夠把一個單字的音，分析爲聲母和韻母了，當然這時的聲調，還包含在韻母中。

反切上字的聲母必定要和被切字的聲母相同，反切下字的韻母必定要和被切字的韻母相同。也就是說：「上字取聲，下字取韻兼調」，這是反切的規律。例如：「都　當孤切」，「都」是被切字，「當」是反切上字，「孤」是反切下字，用國際音標記錄下來，就可以得到下列公式：

都〔tu〕：當〔t（aŋ）〕＋孤〔（k）u〕

「當」和「都」都是雙聲,「孤」和「都」都是疊韻,聲調也是平聲,如此即可拼出「都」的讀音。不過這只是最基本的規律,若用反切來切現代漢語方音,則涉及很多的問題,包含語言的變遷及接觸,濁聲母清化後,送氣與否、聲調分陰陽、聲韻調的簡化和合併等,都會影響用反切來切現代方音的正確與否。

(2)若以臺灣客家話為例,則需要注意到下一些規則(反切上下字都標現代客語音):

①基本條例——聲母取反切上字,韻母、聲調取反切下字。

冬〔tuŋ¹〕:都宗切〔t(u)+(ts)uŋ〕

得〔tet⁴〕:多則切〔t(o)+(ts)et〕

「都」為反切上字(全清)端聲母,今讀 t-;「宗」為反切下字(平聲)多韻,今讀-uŋ。所以「冬」讀舌尖 t 聲母 uŋ 韻(不送氣陰平)。

「多」為反切上字(全清)端聲母,今讀 t-;「則」為反切下字(入聲)德韻,今讀-et。所以「得」讀舌尖 t 聲母 et 韻(不送氣陰入)。

②聲母送氣與否——取反切上字,上字若次清、濁音則送氣,全清則不送氣。

車〔tsʼa¹/tʃʼa¹〕:尺遮切〔(tsʼ/tʃʼa k)+(ts)a〕

道〔tʼo³/⁷〕:徒晧切〔tʼ(u)+(h)o〕

桌〔tsok⁴〕:竹角切〔ts(uk)+(k)ok〕

「尺」為反切上字次清聲母(「遮」為反切下字平聲),所以「車」讀送氣(陰平)。

「徒」為反切上字全濁聲母(「晧」為反切下字去聲),

所以「道」讀送氣（陽去）。

「竹」為反切上字全清聲母（「角」為反切下字入聲），
所以「桌」讀不送氣（陰入）。

③聲調陰、陽——取反切上字。上字若清、次清則陰聲，濁則陽
聲，次濁不定。

東〔tuŋ¹〕：德紅切〔t（et）＋（f）uŋ〕

菜〔ts'oi³〕：倉代切〔ts'（oŋ）＋（t'）oi〕

同〔t'uŋ⁵〕：徒紅切〔t'（u）＋（f）uŋ〕

麥〔mak⁸〕：莫獲切〔m（ok）＋（f）ak〕

脈〔mak⁴〕：莫獲切〔m（ok）＋（f）ak〕

「德」為反切上字全清聲母。「紅」為反切下字平聲，所
以「東」讀（不送氣）陰平。

「倉」為反切上字次清聲母，「代」為反切下字去聲，所
以「菜」讀（送氣）陰去。

「徒」為反切上字全濁聲母，「紅」為反切下字平聲，所
以「同」讀（送氣）陽平。

「麥」「脈」兩字反切上字都是次濁聲母「莫」，反切下
字都是入聲「獲」，客語今讀卻分陰入、陽入，所以不定。

④客語部分次濁上、全濁上讀陰平的特色，無法以反切依中古聲
調切出。

惹〔ȵia¹〕：人者切（ȵ（in）＋（ts）a）、

舅〔k'iu〕：其九切（k'（i）＋（k）iu）

「者」反切下字上聲，「惹」本應讀上聲。客語「部分次
濁上讀陰平」，所以，「惹」無法以反切方法切出聲調。

「其」（渠之切）是古群母屬全濁聲母，「九」屬上聲，依全濁上歸去之條例，「舅」應讀陽去，但客語「部分全濁上讀陰平」。所以，「舅」也無法以反切方法切出聲調。

漢語音韻經過變遷、接觸，有些已經簡化，或造成合併，要用現代音來反切今日漢字音韻，已非易事，仍須許多古音學和方言學的知識。

二、韻圖

㈠等韻圖

《切韻》是現存最早逐字注音的字典，最重要的是反切，也是韻書的精華所在。陳澧說：「反切是隋以前雙聲疊韻的樞紐。」如果反切是知道分析字音的開始，唐朝中葉以後興起的「字母」和「等韻」，則是成系統的講語音的發端。所謂「字母」，就是得梵文和藏文字母的啓迪而定的聲母的類，每類用一個字做代表，同時有把所謂的「五音」和「清濁」排比起來。

所謂「等韻」，則是受到佛經「轉唱」的影響，把韻書各韻比較異同，分做四個「等」，更進而依四個等和四聲相配的關係，合若干韻母爲一「轉」。聲母、韻母、聲調都有了系統的歸納，然後橫列字母，縱分四等，做成若干圖表，把韻書中的字分別填入，所有的字音都可在縱橫交錯的關係中求得，這便是「等韻圖」（見董同龢，《漢語音韻學》，頁111～112）。

㈡韻攝

《廣韻》反切下字有一千餘，依照他們的開合洪細來區別歸納，各家因對材料的解釋和問題的看法有差異，就有二百九十、二百九十四、三百一十一等不同的韻類。等韻學家爲了解釋《廣韻》，他們把二百零六韻歸併爲若干大類，每一大類又按照一定的音理製

成一個或幾個圖表，並用一個字來代表，這就叫做「韻攝」。

在最初宋代的等韻書還只有若干圖表，沒有定出「韻攝」的名稱，如鄭樵的《七音略》和無名氏的《韻鏡》分為四十三個圖，稱為四十三轉。開始標出「韻攝」名稱的大約是南宋的《四聲等子》，元代劉鑑的《經史正音切韻指南》也有了「韻攝」的標目。他們都分為十六攝，名稱大致也相同，分別是通、江、止、遇、蟹、臻、山、效、果、假、宕、曾、梗、流、深、咸。每個攝所包括的韻數也不盡相同，有的只有一個，有的八、九個。可見歸併的情況有他一定的原則，就是必須韻尾相同，韻腹（主要元音）相近的韻部，才可以歸併在同一個攝裡（根據羅常培先生解釋）。例如：通攝「東冬鍾」三韻，韻尾都是收鼻音韻尾的「-ŋ」，東韻的主要元音是〔u〕，冬鍾二韻的主要元音是〔o〕。〔u〕〔o〕都是較高的後部元音歸併的結果。

若以六十一韻類的平聲為代表，十六攝每攝所含的韻類列之於下：

(一)	通攝	1 東 2 冬 3 鍾	(九)	果攝	39 歌 40 戈
(二)	江攝	4 江	(十)	假攝	41 麻
(三)	止攝	5 支 6 脂 7 之 8 微	(十一)	宕攝	42 陽 43 唐
(四)	遇攝	9 魚 10 虞 11 模	(十二)	梗攝	44 庚 45 耕 46 清 47 青
(五)	蟹攝	12 齊 13 佳 14 皆 15 灰 16 咍 17 祭 18 泰 19 夬 20 廢	(十三)	曾攝	48 蒸 49 登
(六)	臻攝	21 真 22 諄 23 臻 24 文 25 欣 26 魂 27 痕	(十四)	流攝	50 尤 41 侯 52 幽
(七)	山攝	28 元 29 寒 30 桓 31 刪 32 山 33 先 34 仙	(十五)	深攝	53 侵
(八)	效攝	35 蕭 36 宵 37 肴 38 豪	(十六)	咸攝	54 覃 55 談 56 鹽 57 添 58 咸 59 銜 60 嚴 61 凡

可見，「韻攝」（16攝）是最大的語音單位，其次是「韻目」（206韻），最小的是「韻類」（311韻類）。

㈢等呼、開合

《廣韻》「東多鍾」有什麼分別呢？「蕭宵」、「耕庚」、「清青」又有什麼不同呢？在現代很多方言裡都已同音了，《廣韻》為何又立在不同的韻目呢？談到韻母的分析，應該有韻頭、韻腹、韻尾的區別。韻頭就是介音，《廣韻》的介音有四種，即〔-∅-〕、〔-i-〕（或-j-、ǐ）、〔-u-〕（或-w-）、〔ju〕（或-jw-），等呼、開合，跟他們都有密切的關係。

所謂「等呼」，現代音韻學家陳新雄說：「夫音之洪細謂之等，唇之開合謂之呼，二者結合謂之等呼。」（見《音略證補》，頁67，文史哲出版）可見「等」和「呼」是兩個不同的概念。「等」和有無介音〔-i-〕（或-j-、ǐ）有莫大關係，有介音〔-i-〕者為細音，反之為洪音。「呼」則是和有無介音〔-u-〕有關。一個韻中沒有介音〔-u-〕或元音〔-u-〕的稱為開口；反之，有介音〔-u-〕或元音〔-u-〕的稱為合口。韻圖的作者把各攝的字分為「開合」兩呼，所謂的開口呼和合口呼，即是根據於此。

所以，等呼、開合、洪細相配的結果，就有開口洪音、開口細音、合口洪音、合口細音等四種。發展成現代音，很多漢語方言開口洪音成為「開口呼」，開口細音成為「齊齒呼」，合口洪音成為「合口呼」，合口細音成為「撮口呼」，稱為四呼。但有一些方言沒有撮口呼，變成「四呼不全」，如梅縣客語、閩南語、西南官話昆明話等。

他們的關係如下：

-i-	-u-	呼　　別	現代四呼
—	—	開口（洪音）——開口呼	
＋	—	開口（細音）——齊齒呼	
—	＋	合口（洪音）——合口呼	
＋	—	合口（細音）——撮口呼	

「＋」代表有，「—」代表無，介音〔-u-〕的有無可以區別開口和合口；介音〔-i-〕的有無，也可判斷洪音與細音。所謂洪細，必須靠等韻圖來決定。《韻鏡》不論開合口或獨圖，凡在一、二等字屬洪音，在三、四等的屬細音。由《廣韻》歸納的韻類，本身無法分別等與呼，必須借助方言外，最重要的是等韻圖。上表所列的六十一組，陳澧把它析成三百一十一韻類，主要的就是以「等呼」做分類的標準。每個韻之中最多只能分到四類，即開洪、開細、合洪、合細，而真正能區分這四類的也只見於庚梗映三韻而已。

韻圖的作者又把每呼分爲四等，如「看」、「慳」、「愆」、「牽」等四字是「山攝開口溪母平聲的四等」。但並不是每一個聲母都具備四等，也不是每一個韻類都具備四等，這些韻類分等的情況，基本上是按照《廣韻》的反切下字的系統來決定的。例如：東韻一等是 uŋ（紅），三等是 ĭuŋ（弓）；庚韻二等開口是ɐŋ，合口是 wɐŋ。事實上，在韻圖中韻類分等的情況相當複雜。

韻圖根據什麼把韻母分爲四等呢？傳統上高本漢認爲一、二等沒有介音，而三、四等用輔音性的〔j〕和元音性的〔i〕來區別（見高本漢，《中國音韻學研究》，頁46，1948，商務印書館；徐通鏘，《語言論》，頁178，1997，東北師範大學）。但王力認爲主要是由元音的發音部位來決定。在真正具備四等的韻攝裡（蟹山效咸）等的主要元音是ɑ，二等是 a，三等ɛ，四等是 e。也就是說，從一等到四等，元音的發

音部位逐漸前移。若以蟹、山攝開口爲例：

蟹一ɑi（泰）　蟹二ai（佳）　蟹三ĭɛi（祭）　蟹四iei（齊）
山一ɑn（寒）　山二an（刪）　山三ĭɛn（仙）　山四ien（先）
（見王力，《漢語史稿》，頁 55～57）

㈣陰陽入

　　所謂「陰陽入」，是指韻尾部分而言。韻尾是〔-Ø〕或元音〔-i〕、〔-u〕尾的，就是陰聲字；收鼻音〔-m〕、〔-n〕、〔-ŋ〕尾的，就是陽聲韻；收清塞音〔-p〕、〔-t〕、〔-k〕韻尾的，就是入聲字。《廣韻》四聲相承的關係，只有發音部位相同，才可以相配，主要是他們的韻尾有相近處。因此，形成鼻音尾和塞音尾相配。

　　　　〔-m〕—〔-p〕；　　〔-n〕—〔-t〕；　　〔-ŋ〕—〔-k〕

　　《廣韻》韻目六十一組收尾的情況，我們可以看到他們整齊的排列，這是唐人李舟改定次序的功勞（見林慶勳、竺家寧，《古音學入門》，頁 65）。

三、臺灣客語音系與中古音系

　　漢語是世界語言系統中漢藏語系的一種語言，分布廣闊，人口眾多，遍布在中國境內及世界華裔地區，是世界上使用人口最多的語言，占有整個中國人口的絕大部分，約占世界五分之一的人口。
　　客家話原列漢語七大方言之一，自《中國語言地圖集》問世後，漢語方言由先前的七區改分爲十區，共分官話、晉語、湘語、閩語、吳語、粵語、贛語、客語、徽語、平話等十大方言〔本地圖集由中國社會科學院和澳大利亞人文科學院合作編纂，由香港朗文（遠東）有限公司於 1987 年和 1990 年分兩冊出版。見李榮著，〈漢語方言分區〉，載於《方言》

1989 年第 4 期，頁 241～259〕。目前客語是漢語十大方言之一，使用地區相當廣泛，但以粵東、閩西、贛南最爲集中，也是目前漢語不冠以地區的方言。

　　目前的臺灣客語，分別有來自廣東舊嘉應州屬的「四縣話」，惠州屬的「海陸話」，潮州屬的「饒平話」、「大埔話」，以及閩南漳州屬的「詔安話」，閩西汀州屬的「永定話」等，其音系都屬客語的次方言系統之一。在語音的發展史上，雖有少數超出《切韻》系統的情況，但客語音系大都如同其他漢語方言，聲、韻、調都承襲上古、中古音系的演變到現代音系，和中古音系的關係，尤爲密切。一般研究漢語方言音系的分野，也以中古音系（《廣韻》）爲中心。

第 2 節　聲母的對應

一、濁音清化

　　古聲母經過語言的演變和接觸，到了現代漢語方言，除了吳語、老湘語外，其他方言大都找不到全濁聲母，而閩南語的 b-（馬）、g-（玉）聲母傳統上認爲是由「明、疑」等次濁聲母演變而來。這些全濁聲母現在大多數漢語方言都已經變成清聲母，稱之爲「濁音清化」。

　　《廣韻》濁聲母現在絕大多數漢語方言已讀清聲母，包含送氣、不送氣塞音，塞擦音或擦音。諸如下列塞音「婆並、條定、步並、池澄」、塞擦音「曹從、狀崇」等，有些方言濁音清化後，只讀「不送氣」，如閩語；有些則分化不同，古平聲今讀「送氣」，古仄聲今讀「不送氣」，如北京官話（華語）；有些則是只讀「送

氣」，如客、贛語。擦音則大部分漢語方言讀清擦音，如「腐奉、
時禪、席邪、穴匣」等（小二號字表中古聲母）。

二、客語聲母的演變

　　中古的這些廣韻聲母，與現代客語的對應，除了極少數例外，
大部分清聲母演變成不送氣聲母；次清聲母演變成送氣聲母；全濁
聲母「塞音、塞擦音」清化今讀送氣清聲母，濁擦音聲母則讀清擦
音；次濁聲母演變成鼻音、流音，少數演變成成音節韻母m、n、ŋ。

　　中古《廣韻》聲母演變至今日臺灣客語，除了上述清濁聲母的
互動外，在發音部位上也產生了分合。輕唇「非組」讀重唇「幫
組」部分，如「飛、蜂」；舌上「知組」讀舌頭「端組」部分，如
「知、中」，都是客語的白讀層。知、精、莊、章四組，四縣話合
併讀如「精組」，如「豬、子、阻、煮」讀〔ts〕；海陸、饒平、
大埔、詔安等次方言則分兩套，知（三等）、章二組讀「舌面前
（舌葉）音」〔tʃ〕；精、莊二組（含知二等）則讀〔ts〕。見組讀
舌根音。影、曉、匣、云、以等母則因受韻母「開合」影響而呈現
較爲複雜的變化。有些喉音，如影、云、以母，四縣演變成「零聲
母」，海陸、饒平、大埔、詔安等次方言則讀濁擦音〔ʒ〕。

三、《廣韻》聲母擬音與母臺灣客語聲母對應

　　《廣韻》聲母的真正音質爲何？音韻學家主張雖有不同，但多
大同小異，本文採用李方桂的擬音表，參考近人潘悟云《漢語歷史
音韻學》頁五十九至六十（2000，上海：上海教育出版社）、董同龢《漢
語音韻學》頁一百四十一至一百五十四的擬音系統爲主。下列在左
上角標示擬音*，列出中古《廣韻》音系的聲母，按唇、齒、舌、
牙、喉的順序排列，與臺灣客語聲母相互對應，並舉出例子，以爲
中古《廣韻》音系聲母在現今臺灣客語的演變概況。

本文有標「／」者，前為四縣，後為海陸。如：味 mi³/mui⁷。

有標「／」為文白兩讀，前文後白，前後都標出聲調。如：飛 fi¹／pi¹（fui¹／pui¹）。

四縣／海陸聲韻調皆不同或聲母相同、韻調不同者，聲韻調皆標出。如：飯 fan³/p'on⁷。

四縣／海陸聲母不同，韻調相同者，標出聲母差異。如：豬 ts/tʃ'u¹。

四縣／海陸聲韻相同，調不同者，標出調號差異。如：萬 van³/⁷。

四縣／海陸聲調相同，若聲母不同，只標後者聲調。如：豬 ts/tʃ'u¹。

下兩節韻母、聲調的對應亦同。

(一)重唇音（雙唇）

幫*p　清塞音，今讀不送氣雙唇清塞音〔p〕，極少數讀雙唇送氣清塞音〔p'〕。

p	巴 pa¹		本 pun²	粄 pan²	布 pu³	八 pat⁴
p'	標~準 p'eu/p'iau¹	譜 p'u²				

滂*p'　次清塞音，今讀雙唇送氣清塞音〔p'〕，極少數讀雙唇不送氣清塞音〔p〕。

p'	偏 p'ien¹	朋 p'en⁵	品 p'in²	判 p'an³	潑 p'at⁴
p	玻 po¹				

並*b　全濁塞音，今讀雙唇送氣清塞音〔p'〕，少數讀不送氣雙唇清塞音〔p〕。

| p' | 婆 p'o⁵ | 爬 p'a⁵ | 陪 p'i/p'oi⁵ | 部 p'u³ᐟ⁷ | 白 p'ak⁸ |
| p | 幣 pi³ | 辮 pien¹ | 並 pin³ | 笨 pun³ | |

明*m　次濁鼻音，今讀次濁鼻音〔m〕，只有「貓 ŋiau⁷」海陸
　　　讀〔ŋ〕。

| m | 買 mai¹ | 明 min⁵ | 母 mu¹ | 木 muk⁴ | 篾 met⁸ |

㈡輕唇音（唇齒）

　　〔f／p〕、〔f／p'〕兩讀者為文白異讀，前文後白。

非*pf　清（塞）擦音，今多讀唇齒清擦音〔f〕，少數讀雙唇不
　　　送氣清塞音〔p〕，或唇齒／雙唇清塞音〔f／p〕兩讀、
　　　雙唇送氣清塞音〔p'〕。

f	非 fui¹	膚 fu¹	府 fu²	廢 fi/fui³	髮 fat⁴
p	斧 pu²	糞 pun³	腹 puk⁴	幅 puk⁴	
f／p	飛 fi／pi¹	發 fat／pot⁴	分 fun／pun¹	放 foŋ／pioŋ³	
p'	楓 p'uŋ¹				

敷*pf'　次清（塞）擦音，今多讀唇齒清擦音〔f〕，極少數讀雙
　　　唇不送氣清塞音〔p〕、送氣唇齒／雙唇不送氣清塞音
　　　〔p'〕或〔f/p'〕兩讀。

f	妃 fi/fui¹	紛 fun¹	赴 fu³	費 fi/fui³	彿 fut⁴
p	捧 puŋ²				
p'	孵 p'u³ᐟ⁷	蜂 p'uŋ¹			
f／p'	覆 fuk⁸／p'uk⁴				

奉*bv　全濁（塞）擦音，今多讀唇齒清擦音〔f〕，少數讀雙唇
　　　送氣清塞音〔p'〕或唇齒／雙唇清塞音〔f／p'〕兩讀。

其中海陸、繞平、詔安、大埔「飯」讀「飯p'on⁷」、四
縣讀「fan³」。

f	扶 fu⁵	鳳 fuŋ³ᐟ⁷	腐 fu³ᐟ⁷	凡 fam⁵	服 fuk⁸
p'	馮 p'uŋ⁵	芙 p'u⁵	肥 p'i/p'ui⁵	輔 p'u²	
f／p'	縫 fuŋ⁵／p'uŋ³ᐟ⁷	墳 fun／p'un⁵	符 fu／p'u⁵	浮 feu／p'o⁵	

微*m̩　次濁鼻音，今有兩種讀音，較多讀次濁鼻音〔m〕，次
　　　為次濁擦音〔v〕，及少數〔v／m〕兩讀（文白兩讀，
　　　前文後白）。

v	文 vun⁵	舞 vu²	未 vi³/vui⁷	萬 van³ᐟ⁷	物 vut⁸
m	巫 mu⁵	微 mi/mui⁵	尾 mi/mui¹	味 mi³/mui⁷	襪 mat⁴
v／m	無 vu⁵／mo⁵		望 voŋ³ᐟ⁷／moŋ³ᐟ⁷		

（三）齒頭音（舌尖前）

精*ts　不送氣清塞擦音，今全讀舌尖前不送氣清塞擦音〔ts〕。

| ts | 左 tso² | 借 tsia³ | 災 tsai¹ | 煎 tsien¹ | 節 tsiet⁴ |

清*ts'　送氣清塞擦音，今讀舌尖前送氣清塞擦音〔ts'〕；極少
　　　部分讀清擦音〔s〕。

| ts' | 妻 ts'i¹ | 千 ts'ien¹ | 切 ts'iet⁴ | 村 ts'un¹ | 請 ts'iaŋ² |
| s | 緝 sip⁸ | 鵲 siak⁴ | | | |

從*dz　全濁塞擦音，今讀舌尖前送氣清塞擦音〔ts'〕；極少部
　　　分讀舌尖前不送氣清塞擦音〔ts〕或清擦音〔s〕。

ts'	坐 ts'o¹	粢~粑 ts'i⁵	才 ts'oi⁵	齊 ts'e⁵	雜 ts'ap⁸
ts	藉 tsia³	贈 tsen³			
s	匠 sioŋ³ᐟ⁷	存 sun⁵	潛 siam⁵		

心*s 清擦音，今讀舌尖前清擦音〔s〕；極少部分讀舌尖前送
氣清塞擦音〔ts'〕。

| s | 簑 so¹ | 私 sï¹ | 四 si² | 三 sam¹ | 索 sok⁴ |
| ts' | 斜 ts'ia⁵ | 膝 ts'it⁴ | 松 ts'iuŋ⁵ | | |

邪*z 濁擦音，今讀舌尖前清擦音〔s〕；一部分讀舌尖前送氣
清塞擦音〔ts'〕。

| s | 序 si⁷ | 祀 sï³ᐟ⁷ | 象 sioŋ³ᐟ⁷ | 席 sit⁸ | 祥 sioŋ⁵ |
| ts' | 徐 ts'i⁵ | 泅 ts'iu⁵ | 詞 ts'ï⁵ | 像毋~ts'ioŋ³ | |

㈣舌頭音（舌尖中）

端*t 清塞音，今讀舌尖中不送氣清塞音〔t〕。

| t | 多 to¹ | 斷決~ton³ | 底 tai² | 凳 ten³ | 得 tet⁴ |

透*t' 次清塞音，今讀舌尖中送氣清塞音〔t'〕。

| t' | 拖 t'o¹ | 土 t'u² | 太 t'ai³ᐟ⁷ | 偷 t'eu¹ | 踏 t'ap⁸ |

定*d 全濁塞音，今讀舌尖中送氣清塞音〔t'〕，極少數讀不
送氣清塞音〔t〕。

| t' | 駝 t'o⁵ | 蹄 t'ai⁵ | 退 t'ui³ | 斷~裁 t'on¹ | 奪 t'ot⁸ |
| t | 肚 tu² | 兌 tui³ | | | |

泥*n　次濁鼻音，今讀舌尖中次濁鼻音〔n〕。

| n | 糯 no³/⁷ | 泥 nai⁵ | 乃 nai¹ | 南 nam⁵ | 納 nap⁸ |

㈤半舌（舌尖中）

來*l　半舌次濁邊音（流音），今讀次濁邊音〔l〕；兩字讀
〔n〕。

| l | 羅 lo⁵ | 呂 li¹ | 慮 li³/⁷ | 辣 lat⁸ | 力 lit⁸ |
| n | 懶 nan¹ | 榔槟~noŋ⁵ | | | |

㈥舌上音（舌面前）

〔ts／t〕、〔ts'／t'〕兩讀者為文白異讀，前文後白。

知*ȶ　清塞音，四縣及海陸二等今讀「舌尖前」不送氣清塞擦
音〔ts〕。三等四縣讀「舌尖前」不送氣清塞擦音
〔ts〕，海陸等其他客語三等讀「舌面前」不送氣清塞
擦音〔tʃ〕。少部分讀〔t〕或〔ts/tʃ〕、〔t〕兩讀，為
文白兩讀，讀〔t〕為白讀層。還有極少部分讀送氣清塞
擦音〔ts'〕。

ts	摘 tsak⁴	桌 tsok⁴			
ts/tʃ	豬 ts/tʃ'u¹	智 tsï/tʃ'i³	晝 ts/tʃu³	轉 ts/tʃ'on²	著~衫 ts/tʃ'ok⁴
ts/tʃ／t	知 tsï/tʃi¹／ti¹		追 tsui¹／tui¹		中 tsuŋ¹／tuŋ¹
t	啄 tuk⁴	蜘 ti¹	蛛 tu¹		
ts'/tʃ'	塚 ts'/tʃ'uŋ²				

徹*ȶ' 次清清塞音，四縣及海陸二等今讀「舌尖前」送氣清塞
擦音〔ts'〕，海陸等其他客語讀「舌面前」不送氣清塞
擦音〔tʃ'〕。少部分讀〔t'〕或〔ts'/tʃ'〕兩讀。

ts'/tʃ'	恥 ts'ï/tʃ'i² 超 ts'/tʃ'au¹ 丑 ts'/tʃ'iu² 徹 ts'/tʃ'at⁸ 寵 ts'/tʃ'uŋ²
ts'	撐 ts'aŋ³
ts'/t'	暢 ts'/tʃ'oŋ²/t'ioŋ³

澄*ȡ 全濁塞音，四縣今讀「舌尖前」送氣清塞擦音〔ts'〕。
三等四縣今讀「舌尖前」送氣清塞擦音〔ts'〕，海陸等
其他客語讀「舌面前」不送氣清塞擦音〔tʃ'〕。極少部
分讀舌尖前清擦音〔s／ʃ〕及〔ts'／t'〕文白兩讀。

ts'	賺 ts'on³ᐟ⁷ 茶 ts'a⁵
ts'/tʃ'	除 ts'/tʃ'u⁵ 趙 ts'eu³/tʃ'au⁷ 程 ts'/tʃ'aŋ⁵ 陳 ts'ïn/tʃin⁵ 宅 ts'/tʃ'et⁸
s	兆 seu³/tʃau⁷ 召 seu³/tʃau⁷
ts'／t'	擇 ts'et/t'ok⁸

娘*ȵ 次濁鼻音，今讀舌面前次濁鼻音〔ȵ〕，後必接細音，
與三、四等韻相拼。

ȵ	娘 ȵ ioŋ⁵ 黏 ȵ iam⁵ 扭 ȵ iu² 念 ȵ iam³ᐟ⁷ 年 ȵ ien⁵

(七)正齒近齒（舌尖面）

莊*tʃ 清塞擦音，今讀舌尖前不送氣清塞擦音〔ts〕。

ts	楂 tsa¹ 盞 tsan² 壯 tsoŋ³ 側 tset⁴ 爭 tsaŋ¹

初*tʃ' 次清塞擦音，今讀舌尖前送氣清塞擦音〔ts'〕。

| ts' | 初 ts'u¹ ／ ts'o¹ | 叉 ts'a¹ | 釵 ts'ai¹ | 炒 ts'au² | 冊 ts'ak⁴ |

崇（牀）*dʒ　全濁塞擦音，今讀舌尖前送氣清塞擦音〔ts'〕
及清擦音〔s〕；極少部分讀舌尖前不送氣清擦
音〔ts〕。

ts'	查 ts'a⁵	助 ts'u³ᐟ⁷	牀 ts'oŋ⁵	狀 ts'oŋ³ᐟ⁷	崇 ts'uŋ⁵
s	字 sï³ᐟ⁷	士 sï³ᐟ⁷	巢 sau⁵	愁 seu⁵	
ts	棧 tsan³	寨 tsai³	炸 tsa³		

生（疏）*ʃ　清擦音，今讀舌尖前清擦音〔s〕；少部分讀舌
尖前送氣清塞擦音〔ts'〕，有少數字四縣／海
陸讀音分流，四縣讀〔ts'〕，海陸讀〔s〕
（「俟」母只有俟、漦兩字，併入「疏」）。

s	沙 sa¹	使 sï²	搜 seu¹	產 san²	色 set⁴
ts'	閂 ts'on¹	杉 ts'am¹			
ts'/s	篩 ts'i/si¹	瘦 ts'eu/seu⁵			

㈧正齒近舌（舌面前）

章（照）*tɕ　清塞擦音，四縣今讀「舌尖前」不送氣清塞擦
音〔ts〕；海陸等其他客語讀「舌面前」不送氣
清塞擦音〔tʃ〕。少部分讀「舌根」不送氣清
塞音〔k〕和送氣清塞音〔k'〕。

ts/tʃ	遮 ts/tʃa¹	煮 ts/tʃu²	指 tsï/tʃï²	周 ts/tʃiu¹	織 tsït/tʃit⁴
k	支 ki¹	枝 ki¹	肢 ki¹	梔 ki¹	
k'	肫 k'in¹				

昌（穿）*tɕ' 　次清塞擦音，四縣今讀舌尖前送氣清塞擦音〔ts'〕；海陸等其他客語讀「舌面前」不送氣清塞擦音〔tʃ'〕。

ts'/tʃ'	車 ts'/tʃ'a¹	齒 ts'ɿ/tʃ'i²	春 ts'/tʃ'un¹	出 ts'/tʃ'ut⁴	尺 ts'/tʃ'ak⁴

船（神）*dʑ 　全濁塞擦音，四縣今讀「舌尖前」清擦音〔s〕；海陸等其他客語讀「舌面前」不送氣清塞擦音〔tʃ'〕。

s/ʃ	蛇 s/ʃa⁵	示 sɿ³/ʃi⁷	船 s/ʃon⁵	神 sïn⁵/ʃin⁵	術 s/ʃut⁸

書（審）*ɕ 　清擦音，四縣今讀「舌尖前」清擦音〔s〕，少部分讀送氣清塞擦音〔ts'〕；海陸等其他客語讀「舌前」清擦音〔ʃ〕，少部分讀清塞擦音〔tʃ'〕。

s/ʃ	捨 s/ʃa²	書 s/ʃu¹	屎 sɿ/ʃi²	燒 sau/ʃau¹	設 s/ʃat⁴
ts'/tʃ'	賒 ts'/tʃ'a¹	深 ts'ïm/tʃ'im¹	鼠 ts'/tʃ'u²	暑 ts'/tʃ'u²	

禪*ʑ 　全濁擦音，四縣今讀「舌尖前」清擦音〔s〕，少部分讀送氣清塞擦音〔ts'〕；海陸等其他客語讀「舌面前」清擦音〔ʃ〕，少部分讀清塞擦音〔tʃ'〕。

s/ʃ	薯 s/ʃu⁵	瑞 sui³/ʃui⁷	常 s/ʃoŋ⁵	蟬 s/ʃam⁵	勺 s/ʃok⁸
ts'/tʃ'	匙 ts'ɿ/ʃ'i⁵	酬 ts'/tʃ'iu⁵			

(九)半齒（舌面前）

日* nʑ 　次濁擦音，今讀無聲母〔Ø〕和舌面前音〔n̠〕，後必

接細音，和三等韻相拼，與娘母混讀〔ȵ〕，極少部分讀舌尖中鼻音〔n〕。

ȵ	耳 ȵi²	染 ȵiam⁷	人 ȵin⁵	弱 ȵiok⁸	日 ȵit⁴
Ø/ʒ	而 i/ʒi⁵	閏 iun³/ʒiun⁷	柔 iu/ʒiu⁵	辱 iuk/ʒiuk⁸	
n	瓢 noŋ¹				

㈩牙音（舌根）

見*k　清塞音，今讀「舌根」不送氣清塞音〔k〕；極少部分讀送氣清塞音〔k'〕。

k	哥 ko¹	家 ka¹	狗 kieu²	挾 kiap⁴	各 kok⁴
k'	戈 k'o¹	鬮 k'ieu¹	菊 k'iuk⁴		

溪*k'　次清塞音，今讀「舌根」送氣次清塞音〔k'〕；少部分讀舌根清擦音〔h〕或〔k'／h〕、〔k'／f〕兩讀。

k'	可 k'o²	開 k'oi¹	看 k'on³	牽 k'ien¹	確 k'ok⁴
h	氣 hi³	起 hi²	渴 hot⁴	客 hak⁴	
f	褲 fu³				
h／k'	肯 hen／k'ien²		□ heu／k'ien²		
f／k'	苦 fu²／k'u²				

群*g　全濁塞音，今多讀舌根送氣次清塞音〔k'〕；極少部分讀〔k〕。

k'	茄 k'io⁵	距 k'i¹	徛 k'i¹	掘 k'ut⁸	極 k'it⁸
k	技 ki¹	妓 ki¹			

疑*ŋ　次濁鼻音，今讀舌根次濁鼻音〔ŋ〕，若接細音則變成

〔ȵ〕。

| ŋ | 鵝 ŋo⁵ | 瓦 ŋa² | 牙 ŋa² | 硬 ŋaŋ³ᐟ⁷ |
| ȵ | 義 ȵi⁷ | 牛 ȵiu⁵ | 逆 ȵiak⁸ | |

(土)喉音（舌根）

曉*x（h）　清擦音，今讀因韻母之開合而不同，「開口」
　　　　　　今讀喉音清擦音〔h〕；合口多讀唇齒清擦音
　　　　　　〔f〕，其次讀〔h〕，極少數讀〔v〕和〔k'〕。

開口

| h | 荷 ho⁵ | 海 hoi² | 孝 hau³ | 休 hiu¹ | 漢 hon³ |

合口

f	火 fo²	花 fa¹	虎 fu²	婚 fuŋ¹	輝 fi/fui¹
h	許 hi²	胸 hiuŋ¹			
v	歪 vai¹	轟 vaŋ¹			
k'	毀 k'ui²	況 k'oŋ²			

匣*ɣ（ɦ）　濁擦音，今讀因韻母之開合而不同，「開口」
　　　　　　今讀〔h〕、極少數讀〔k〕；「合口」多讀
　　　　　　〔f〕，少數讀〔v〕，極少部分讀〔f/v〕、〔h/
　　　　　　f〕、〔f/v/k'〕二～三讀和無聲母〔Ø〕。

開口

| h | 河 ho⁵ | 霞 ha⁵ | 孩 hai⁵ | 學 hok⁸ | 號 ho³ |
| k | 鑑 kam³ | 校學校、校正 kau² | | | |

合口

f	胡 fu⁵	華 fa⁵	懷 fai⁵	活 fat⁸	或 fet⁸
v	禾 vo⁵	完 van⁵	換 von³ᐟ⁷	鑊 vok⁸	
h／f	還 han／fan⁵				
f／v	會 fi³/fui⁷／voi¹				
k'／v／k'	環 fan／van／k'uan⁵				
Ø	縣 ien³/ʒian⁷		丸 ien⁵/ʒian⁵		

(⊥)喉音（喉、零聲母及半元音）：影、云、以

影*ʔ　清塞音，今讀因韻母之開合而不同，「開口」四縣讀無
　　　　聲母〔Ø〕；逢細音海陸及其他客語讀舌面前濁塞擦音
　　　　〔ʒ〕。「合口」唇齒濁擦音〔v〕，少數讀無聲母
　　　　〔Ø〕，海陸及其他客語讀舌面前濁塞擦音〔ʒ〕。

開口

Ø	襖 o²	矮 ai²
Ø/ʒ	衣 i/ʒi¹	煙 ien/ʒian¹

合口

v	窩 vo¹	彎 van¹	委 vi/vui¹
Ø/ʒ	於 i/ʒi⁵		

云*Ø（ɤj）　零聲母或次濁擦音，只和三等韻相拼，今讀亦
　　　　　　受韻母開合制約而不同，「開口」只有「流攝」
　　　　　　字，四縣讀無聲母〔Ø〕；海陸及其他客語讀
　　　　　　舌尖面濁擦音〔ʒ〕。「合口」多讀無聲母，其
　　　　　　次唇齒濁擦音〔v〕；極少部分讀唇齒清擦音

〔f〕和舌根清擦音〔h〕。

開口

Ø/ʒ	有 iu/ʒiu¹	郵 iu/ʒiu⁵	又 iu³/ʒiu⁷

合口

Ø/ʒ	雨 i/ʒi²	雲 iun/ʒiun⁵	韻 iun³/ʒiun⁷	榮 iuŋ/ʒiuŋ⁵	遠 ien/ʒian²
v	芋 vu³/vu⁷	胃 vi³/vui⁷	域 vet⁴		
h	雄 hiuŋ⁵	暈 hin⁵			
f	彙 fi³/fui⁷				

以*ɣj（ji） 次濁無擦通音及半元音，只和三等韻相拼，今
　　　　　讀因韻母之開合而不同。「開口」四縣讀無聲母
　　　　　〔Ø〕；海陸及其他客語讀舌尖面濁擦音〔ʒ〕。
　　　　　「合口」今讀也是無聲母〔Ø〕，極少數讀〔v〕
　　　　　的都在「止攝」字。

開口

Ø/ʒ	爺 ia/ʒia⁵	姨 i/ʒi⁵	贏 iaŋ/ʒiaŋ⁵	葉 iap/ʒiap⁸

合口

Ø/ʒ	余 i/ʒi⁵	鉛 ien/ʒian⁵	營 iaŋ/ʒiaŋ⁵	育 iuk⁴/ʒiuk⁸
v	遺 vi⁵/vui⁵	維 vi⁵/vui⁵	惟 vi⁵/vui⁵	

四、客語聲母的特點

㈠古全濁聲母清化，濁塞音、塞擦音變成送氣清聲母，只有少
數例外。

古全濁聲母不分平仄，客語今讀多爲送氣清聲母。如：

婆並平 p'o⁵　白並仄 p'ak⁸　肥奉平 p'i/p'ui⁵　飯奉仄 p'on⁷　齊從平 ts'e⁵
蹄定平 t'ai⁵　退定仄 t'ui³/⁷　除澄平 ts'u⁵　　箸澄仄 ts'u⁷　查崇平 ts'a⁵

變爲不送氣塞音的例外不多，常用字分布於下：

並母　應讀 p'而讀 p　幣　斃　辮　並　笨
定母　應讀 t'而讀 t　肚　兌　但
從母　應讀 ts'而讀 ts　藉　贈
崇母　應讀 ts'而讀 ts　棧　寨　炸
群母　應讀 k'而讀 k　技　妓　覲　倦

㈡輕唇讀重唇，爲古無輕唇音現象。

客語古輕唇音（非、敷、奉）今讀重唇音除有文白兩讀者外，尚有部分字只讀重唇音。如：

非　p　斧 pu²　　脯 pu²　　糞 pun³　腹 puk⁴　幅 puk⁴
　　　p'　楓 p'uŋ¹　甫 p'u²
敷　p'　孵 p'u³/⁷　蜂 p'uŋ¹
奉　p'　馮 p'uŋ⁵　芙 p'u⁵　肥 pui²　飯 p'on⁷　輔 p'u²

㈢少數舌上音讀舌頭音，爲古無舌上音的殘存。

古無舌上音，舌上音歸舌頭音（端類），客語也殘存此一上古音韻特點。如：

知　ts／t　知 tsï／ti¹　追 tsui／tui¹　中 tsuŋ／tuŋ¹　住 ts'u³／tai³
　　　t　啄 tuk⁴　　蜘 ti¹　　　蛛 tu¹
徹　ts'／t'　暢 ts'oŋ²／t'ioŋ³

澄　ts' ／ t'　擇 ts'et ／ t'ok⁸

　　客語今殘存此一上古音韻特點，大都是文白異讀（前文後白），白讀正在逐漸消退當中，由此可看出此一特點，客語在古音、中古音、近代音的語言過渡層次。

　　㈣章類少數字讀舌根音，反映上古漢字諧聲關係才能點明的現象。

　　閩南話章紐少數字「枝指痣」唸 ki，「齒」唸 k'i，這些《廣韻》歸章母、昌母照三的字，讀同見母、溪母，這是漢字諧聲關係才能點明的現象，其古老不言可喻。這一組字在漢語語音史上很早就併入章組聲母〔稱做「首度顎化」（primary palatalization）〕，一般漢語方言讀法即來自中古時期的章組，唸同閩南舌根音的只有客家話（支唸 ki）和山東牟平方言（痣唸 ki，寫作 ci）。同一類型的古代文物還有「柿」（崇母），閩南唸 khi，歲（心母）閩南唸 hue～he。「柿」khi 在古音考求上屬於逸軌現象，一般多置而不論，客家話也唸 khi（見張光宇在董忠司總編的《臺灣閩南語字典》序，2001，五南圖書出版）。

　　其實臺灣客話，章母除「支」讀 ki 外，尚有「枝、肢、栀」都讀 ki，「肫」讀 k'in。這些古老的語言層次，徐通鏘在其《語言論》（1997）頁一百六十二引王力（1985，頁 166-173）根據陸德明《經典釋文》和玄應《一切經音義》的反切，推斷知組與端組的分離大體始於唐天寶年間，不宜與章、莊並列。另根據馬王堆及漢墓出土的材料，如「冬」假借爲「終」，「定」假借爲「正」，章端、莊精並未完全分化。但到《說文解字》的「讀若」時，章端相混的例子很少，精莊也應視同時期的分化，說明章與端的分離大體是在西漢。至於他們分離的條件是由於〔i〕介音的作用，即舌尖音 t、ts 因受〔i〕介音的影響而顎化：ti->ȶi->tɕi-（章）和 tsi->tʃi-或 tɕi-（莊）。

至於與見組諧聲的章組字，它們原來的讀音應該是 ki，由於 i 介音的作用而使 k 顎化，可能經過 ci-的演變為 tɕi-，與來自 ti-的 tɕi-，形成為獨立的一組章組字。

徐通鏘的看法，章組字形成於東漢之前，有些見組受介音影響混入章組，也應早在東漢之前。而客家話見組逢介音〔i〕至今並未顎化，今章組「支」等少數字讀〔k〕的現象，應是東漢以前上古音的殘存。

㈤曉匣的分合，反映歷史音變現象。

曉母和匣母分別是古喉擦音，一清一濁對立。今日客語聲母與之對應，完全受韻母「開合」之影響。開口今讀兩者都有〔h〕聲母，曉母合口有〔f〕〔h〕〔v〕〔k'〕等四種聲母，讀〔v〕〔k'〕的字甚少。匣母合口也有〔f〕〔h〕〔v〕〔k'〕等四種聲母，讀〔h〕〔k'〕的字甚少。

曉匣兩母客話今讀最大的差別，在於匣母合口字分讀〔f〕、〔v〕的不規則現象，曉母鮮有發生。曉母讀〔f〕的分布在果（火）、遇（虎）、蟹（灰）、山（歡）、臻（婚）、宕（荒）等攝一等、假攝（花）二等和止（輝）、臻（暈）三等；讀〔v〕的只分布在蟹二（歪）、梗二（轟）兩例，〔f〕〔v〕分讀，兩者在韻攝中毫不混雜。可是匣母讀〔f〕的分布在果（和氣）、遇（胡）、蟹（回）、山（活）、臻（魂）、宕（皇）、曾（或）、通（紅）等攝一等，假（華）、蟹（畫）、梗（宏）等二等和蟹（惠）四等；讀〔v〕的分布果（禾）、蟹（會）、山（環）、宕（鑊）等攝一等和蟹（話）、山（滑）、梗（橫）等攝二等。匣母合口讀〔f〕和〔v〕者多有重複，甚至果攝一等「和」、蟹攝一等「會」、蟹攝二等「話」同時有〔f〕、〔v〕兩讀，山攝二等「環」甚至有〔f〕〔v〕〔k'〕三讀。這些重複者，雖然讀〔v〕者在該攝的轄字占極

少數，但不如曉母〔f〕〔v〕的分明（見徐貴榮，《臺灣桃園饒平客話研究》，頁82～85）。

　　客家話部分匣母合口字的不規則現象，曉母並不發生，因此，在這種音變現象發生在匣母未清化時，即曉、匣對立的宋代以前。它演變的途徑應當是ɦu→u→v，首先是全濁輔音*ɦ脫離，然後 u 介音由於唇音緊化作用變為摩擦音v，客話小部分匣母合口字唸v，僅僅反映一種不規則的歷史音變現象（見羅美珍、鄧曉華，《客家方言》，1997，頁37～38，福建教育出版社）。

　　㈥疑母保留〔ŋ〕聲母最為完整。

　　疑母今北方官話多數已演變成無聲母，但客家話完全保留，如原 ŋien²、餓 ŋo³/⁷、外 ŋoi³/⁷ 等。

　　㈦部分古擦音聲母唸塞擦音，可能非《切韻》來源，是南方漢語的殘存。

　　客家話中有部分古擦音聲母唸塞擦音，例如：

心　斜 ts'ia⁵　膝 ts'it⁴　松 ts'iuŋ⁵

邪　徐 ts'i⁵　飼 ts'ï⁵　泅 ts'iu⁵　像母~ts'ioŋ³　袖 ts'iu³/ts'iu⁷
　　謝姓 ts'ia³/tŋia⁷

生　閂 ts'on¹　杉 ts'am¹　篩 ts'i/si¹　瘦 ts'eu/seu⁵

書　賒 ts'/tʃ'a¹　深 ts'ïm/tʃ'im¹　鼠 ts'/tʃ'u²　暑 ts'/tʃ'u²
　　試~看 ts'ï³/tʃi⁷

禪　匙 ts'ï⁵/ʃ'i⁵　酬 ts'u⁵/tʃ'iu⁵

　　這種現象，北方官話是少有的，客語與閩語（有底線者為臺灣閩南語讀塞擦音）相似，可能反映宋代以前「各有土風」的南方古方音「殘存」現象。羅杰瑞（1991）則認為，塞擦音比擦音更古老，這種現象超越切韻系統，是非《切韻》來源。羅美珍、鄧曉華認

為：「這是漢語方言同非漢語方言長期接觸，交互作用的結果，這也是南方漢語的一項重要音韻特徵。」（見《客家方言》，1997，頁39）

　　㈧溪母四縣、海陸讀〔h〕、〔f〕的字，大埔、饒平、詔安仍讀〔k'〕。

　　　　如：客 kak⁴、褲 k'u³、起 k'i²，反映中古的聲母音系。

　　㈨饒平、詔安云母有更多的字讀〔v〕聲母。

　　　　如：圓 vien⁵　遠 vien²、勻 vin⁵。

　　㈩饒平、詔安章組少數字讀〔f〕，超出切韻系統，可能是客家移民痕

　　　　饒平、詔安客語章組少數字讀〔f〕，亦即由擦音讀輕唇音，分布在船（唇 fin⁵　脣 fin⁵）、書（水 fi²　稅 fe³）、禪（睡 fe⁷）三母。以「水[fi³]」為例，這種現象不但在客家地區分布很廣，也見於江西贛語地區吉水等地。華南漢語方言「水」字讀〔f〕的現象在華南主要見於客贛方言而罕見於其他地區，極可能司豫移民足跡所至所留下的殘跡。現代山西南部洪洞、臨汾大部分地區等正是古司州轄境，水字照例均讀 f-聲母。現代華北地區同類現象也散見於山東、甘肅、青海、新疆等部分地區，論其來源，都不脫中原西部方言關係。水字讀〔f〕聲母隨移民南下，至少已有一千五百年的歷史（見張光宇，《閩客方言史稿》，1996，頁 79、246，文中亦有舉出客贛地區及山西汾河片水字讀 f-聲母的方言點）。

《廣韻》與客語　聲母對應表

		全清	次清	全濁	次濁	全清	全濁
重唇		幫:p、p'	滂:p'	並:p'、p	明:m		
輕唇		非:f、p	敷:f、p'	奉:f、p'	微:m、v		
舌頭		端:t	透:t'	定:t'、t	泥:n 來:l、n		
舌上	二等	知 ts	徹 ts'	澄 ts'	娘:ȵ		
	三等	知 ts/tʃ、t	徹 ts'/tʃ'	澄 ts'/tʃ'、s/ʃ、t'			
齒頭		精:ts	清:ts'、s	從:ts'、s、ts	Ø	心:s、ts'	邪:s、ts'
正齒	莊	莊:ts	初:ts'	崇:ts'、s、ts		生:s、ts'	
	章	章:ts/tʃ、k	昌:ts'/tʃ'	船:s/ʃ	日:ȵ、Ø、n	書:s'/ʃ、ts'/tʃ'	禪:s'/ʃ、ts'/tʃ'
牙	開口 合口	見:k、k'	溪:k'、h、f	群:k'、k	疑:ŋ、ȵ、n	曉 h / f、h、v、k'	匣 h、k / f、v、h、k'、Ø/ʒ
喉	開口 洪音	影 Ø					
	開口 細音	影 Ø/ʒ			云 Ø/ʒ 以 Ø/ʒ		
	合口 洪音	影 v					
	合口 細音	影 v、Ø/ʒ			云 Ø、v、h、f 以 Ø、v		

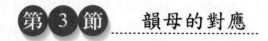

第3節　韻母的對應

一、《廣韻》韻母擬音和客語韻母的對應

　　據《廣韻》六十一組的韻類，在「攝、呼、等、韻」下，依序列出中古聲紐、客語今讀、字例，和臺灣客語的韻母今讀對應。字例每個「聲紐」（如：幫滂並明四個聲類，以「幫」為紐），不論聲調，只各舉一字為代表，如該聲紐讀音只在該紐中極少數字讀音時，則在該聲紐後以（）小字標註聲母。聲紐或字例無相對應時用〇表示。本文是根據王力《漢語史稿》頁五十一至五十四的擬音，並把中古三等介音〔ĭ〕改為〔j〕。

用「／」來區別四縣、海陸讀音，前為四縣，後為海陸。海陸讀音與大埔、饒平、詔安三次方言較近，只是聲調調值不相同，及尚有一些差異，於後面特點說明。如：車，四縣讀ts'a¹，海陸、饒平、詔安讀tʃ'a¹，大埔讀tʃ'ia¹，保留中古三等字有〔i〕介音。肥，三次方言都讀p'ui⁵，只有四縣讀p'i⁵，沒有u介音。南部四縣「ien／iet」韻逢端、見、曉、影組今讀「ian／iat」，如「間」讀「kian¹」不讀「kien¹」，「月」讀「ȵiat⁸」不讀「ȵiet⁸」。

(一)通攝

*1*a.通合一　東董送　uŋ，入聲屋　uk

《廣韻》聲紐	客語今音	例　字　及　標　音					
幫端來精見曉影	uŋ	蒙muŋ⁵	東tuŋ¹	蔥ts'uŋ¹	公kuŋ¹	紅fuŋ⁵	翁vuŋ¹
幫端來精見○影	uk	卜puk⁴	讀t'uk⁸	鹿luk⁸	穀kuk⁴　○		屋vuk⁴

*1*b.通合三　東董送　juŋ，入聲屋　juk

非來知莊章	uŋ	馮p'uŋ⁵	隆luŋ⁵	蟲ts'/tʃ'uŋ⁵	崇ts'uŋ⁵	眾ts/tʃuŋ³
非○知○章	uk	福fuk⁴　○		竹ts/tʃuk⁴　○		叔s/ʃuk⁴
莊	uk/ok	縮suk/sok⁴				
○精日見○影	iuŋ	○	嵩siuŋ¹	絨iuŋ/ʒiuŋ⁵	弓kiuŋ¹　○	雄hiuŋ⁵
來精日見曉影	iuk	六liuk⁴	宿siuk⁴	肉ȵiuk⁴	菊k'iuk⁴	畜(牧)hiuk⁴ 育iuk⁴/ʒiuk⁸

2.通合一　冬○宋　uoŋ，入聲沃　uok

端泥精○	uŋ	多nuŋ¹	農nuŋ⁵	宗tsuŋ¹　○	
端○○見	uk	毒t'uk⁸　○		○	酷k'uk⁴
影	ok	沃vok⁴			

3.通合三　鍾腫用　jwoŋ，入聲燭　jwok

非泥知章	uŋ	蜂 p'uŋ¹	濃 nuŋ⁵	重輕~ts'uŋ¹	鐘 tsuŋ¹		
○○○章	uk	○	○	○	燭 tsuk⁴		
來精日見曉影	iuŋ	龍 liuŋ⁵	從 ts'iuŋ⁵	茸 iuŋ/ʒiuŋ⁵	共 k'iuŋ⁷	胸 hiuŋ¹	用 iuŋ³/ʒiuŋ⁷
來精日見○影	iuk	綠 liuk⁸	足 tsiuk⁴	辱 iuk/ʒiuk⁸	玉 ȵ iuk⁸	○	欲 iuk/ʒiuk⁷

(二)江攝

4.江開二　江講絳　əŋ，入聲覺　ək

幫知○見曉	oŋ	綁 poŋ²	撞 ts'oŋ⁷	○	降霜~koŋ³	降投~hoŋ⁵
幫知莊見曉	ok	剝 pok⁴	桌 tsok⁴	捉 tsok⁴	角 kok⁴	學 hok⁸
知莊	uŋ	撞 tuŋ²	窗 suŋ¹			
知莊	uk	啄 tuk⁴	捉 tsuk⁴（海陸）			
幫（幫）	aŋ	邦 paŋ¹				
見（溪）	ioŋ	腔 k'ioŋ¹				

(三)止攝

5a.止開三　支紙寘　je

幫來知莊（生）章 日見曉影	i	眉 mi⁵	離 li⁵	知 ti¹	篩 ts'i¹	支 ki¹	兒 i/ʒi⁵
		騎 k'i⁵	戲 hi³	移 i/ʒi⁵			
知章	ï/i	池 ts'ï/tʃi⁵	紙 tsï/tʃi²				
精莊	ï	紫 tsï²	差參~ts'ï¹				
幫（明）	oi	糜 moi⁵					
見（疑）	ie	蟻 ȵ ie³/⁷					
精（心）	ai	徙 sai²					

5b. 止合三　支紙寘　jwe

來精章見曉	ui	累 lui³ᐟ⁷	隨 sui⁵	垂 sui⁵	跪 k'ui²	毀 k'ui²
影	i/ui	委 vi/vui¹				
章（禪）	oi	睡 soi³ᐟ⁷				

6a. 止開三　脂旨至　i

幫泥精日見影	i	悲 pi¹	利 li⁷	四 si²	二 ȵi³ᐟ⁷	器 hi³	姨 i/ʒi⁵
精莊	ï	資 tsï¹	師 sï¹				
知章	ï/i	遲 ts'ï/tʃ'i⁵	屎 sï/ʃi²				
泥精	e	膩 ne³ᐟ⁷	姊 tse²ᐟ⁵				

6b. 止合三　脂旨至　wi

來精章見影	ui	類 lui⁷	醉 tsui³	追 tui¹	誰 sui⁵	龜 kui¹	位 vi³/vui⁷
莊	oi	衰 soi¹	帥 soi³				

7. 止開三　之止志　jə

泥日見曉影	i	李 li²	耳 ŋi²	基 ki¹	喜 hi²	醫 i/ʒi¹
精莊	ï	子 tsï²	士 sï³			
精（從）知章	ï/i	㧒 ts'ï³/tʃ'i⁷	恥 ts'ï/tʃi²	市 sï³/ʃi⁷		
莊（初）	e	事 se³ᐟ⁷				

8a. 止開三　微尾未　jəi

見曉影	i	機 ki¹	希 hi¹	衣 i/ʃi¹

8b. 止合三　微尾未　jwəi

見曉影	ui	貴 kui²	揮 fi/fui¹	偉 vi/vui¹
非	i/ui	肥 p'i/p'ui⁵		

㈣遇攝

9. 遇合一　摸姥暮　u

幫端泥精見曉影	u	布 pu³　土 t'u²　奴 nu⁵　蘇 su¹　姑 ku¹　虎 fu²　烏 vu¹
精（精清）	o	做 tso³　錯~誤 tso³
幫（明）	ok	募 mok⁸
見（見）	ieu	箍 k'ieu¹
精（清）	ï	醋 ts'ï³
見（疑）	ŋ	五 ŋ²

10. 遇合三　魚語御　jo

來知莊章	u	盧 lu⁵　豬 ts/tʃu¹　初 ts'u¹　煮 ts/tʃu²
來精日見影	i	呂 li¹　徐 ts'i⁵　如 i/ʒi⁵　語 ȵi¹　許 hi²　余 i/ʒi⁵
莊（生）	o	所 so²
莊（生）	ï	梳 sï¹
泥（泥）見	ŋ	女 ŋ²　魚 ŋ⁵

11. 遇合三　虞麌遇　ju

非知莊章見影	u	斧 pu²　柱 ts'u/tʃiu¹　數 su³　娛 ŋu⁵　樹 su³/ʃiu⁷　芋 vu³
來精日見○影	i	屢 li¹　娶 ts'i²　乳豆腐~i¹/ʒi⁵　句 ki³　○　愉 i/ʒi⁵

㈤蟹攝

12. 蟹開一　咍海代　ɒi

端泥精見曉影	oi	胎 t'oi¹	來 loi⁵	荣 ts'oi²	該 koi¹	海 hoi²	愛 oi³
端泥精○曉○	ai	戴 tai³	耐 nai³ᐟ⁷	賴 lai³ᐟ⁷	災 tsai¹	○	孩 hai⁵

13a. 蟹開一　○○泰　ɑi

見曉(匣)影	oi	蓋 koi³		害 hoi³ᐟ⁷	藹 oi²
端泥來精	ai	帶 tai³		奈 nai³ᐟ⁷	賴 lai³ᐟ⁷ 蔡 ts'ai²
幫	i/ui	貝 pi³/pui³			
見(疑)	ie	艾 ŋ ie³			

13b. 蟹合一　○○泰　uai

端精	ui	蛻 t'ui³	最 tsui³
見	uai	檜 k'uai³	
見(疑)曉(匣)	oi	外 ŋoi³ᐟ⁷	會~毋~voi³ᐟ⁷
曉	i/ui	會開~fi³/fui⁷	

14a. 蟹開二　皆駭怪　ɐi

幫莊曉影	ai	拜 pai³	齋 tsai¹	諧 hai¹	挨 ai¹
見	ie/ai	屆 kie/kai³			

14b. 蟹合二　皆駭怪　wɐi

莊	ui	㧱拉 ts'ui³
見	uai	乖 kuai¹
曉(匣)	ai	懷 fai⁵

*15*a. 蟹開二　佳蟹卦　ai

幫泥莊曉影	ai	擺 pai²	奶 nai¹	債 tsai³	鞋 hai⁵	隘 ai³
見	ie/ai	街 kie/kai¹				
幫（並）見（見）	a	罷 p'a³ᐟ⁷	佳 ka¹			

*15*b. 蟹合二　佳蟹卦　wai

見	ua	掛 kua³
見	uai	拐 kuai²
曉	ai	歪 vai¹
曉（匣）影	a	畫 fa³ᐟ⁷　蛙 va¹

*16*a. 蟹開二　○○夬　æi

幫莊	ai	敗 p'ai³ᐟ⁷　寨 tsai³

*16*b. 蟹合二　○○夬　wæi

見（溪）	uai	快 k'uai³
曉（匣）	a/oi	話 fa³/voi¹

*17*a. 蟹開三　○○祭　jɛi

幫來精見	i	幣 pi³	例 li³ᐟ⁷	祭 tsi³	藝 ŋ i³ᐟ⁷
章	ï/i	製 tsï/tʃi³			
章	ï/e	世 sï³／se³/ʃe⁷			

17b. 蟹合三　○○祭　jwεi

知章影（云）	ui	綴 tsui³		贅 tsui³	衛 vi³/vui⁷
精章	oi	歲萬~soi³	□ soi³/ʃoi⁷		
精	e	脆 ts'e3（歲三~se³）			
日	iui	芮 iui³/ʒiui⁷			

18a. 蟹開三　○○廢　jɐi

見（疑）	i	刈 ŋei³/⁷

18b. 蟹合三　○○廢　jwɐi

非影	i/ui	廢 fi³/fui⁷　穢 fi³/fui⁷
非（奉）	oi	吠 p'oi³

19a. 蟹開四　齊薺霽　iei

幫端來精見曉（匣）	i	米 mi²	提 t'i⁵	禮 li¹	妻 ts'i¹	啓 k'i²	兮 hi¹
○端來○○曉	ai	○	弟 t'ai¹	犁 lai⁵	○	○	○
精（心）曉（匣）	e	洗 se²	係 he³/⁷				
見	ie	計 kie³					
見（見）	ie/ai	雞 kie/kai¹					
見（疑）	a	倪 ŋa⁵					
影	it	縊 it/ʒit⁴					

19b. 蟹合四　齊薺霽　iei, iwei

見	ui	桂 kui³
曉（匣）	i/ui	惠 fi³/fui⁷

20. 蟹合一　灰賄隊　uɒi

幫端○精○ 曉影	oi	妹 moi³	堆 toi¹	○	催 ts'oi¹	○	灰 foi¹	煨 voi¹
幫端來精見 曉○	i/ui	杯 pi/pui¹	隊 ts'ui³ᐟ⁷	雷 lui⁵	罪 ts'ui³ᐟ⁷	魁 k'ui⁵	回 fi/fui⁵	○
見（溪）	uai	塊 k'uai³						

㈥臻攝

21. 臻開一　痕很恨　ən

見曉（匣）	in	根 kin¹	痕 fin⁵
曉影	en	恨 hen³ᐟ⁷	恩 en¹
見（溪）	ien	懇 k'ien²	
端	un	吞 t'un¹	

22. 臻開三　真軫震　jěn, jwěn　入聲質　jět, jwět

幫來精日 見影	in	賓 pin¹	鄰 lin⁵	親 ts'in¹	人 ȵ in⁵	巾 kin¹	引 in/ʒin²
幫來精 日○影	it	筆 pit⁴	栗 lit⁸	七 ts'it⁴	日 ȵ it⁴	○	乙 it/ʒit⁴
知章	ïn/in	鎮 tsïn/tʃin²	神 sïn/ʃin⁵				
知章	ït/it	姪 tsït/tʃit⁸	質 tsït/tʃit⁴				
幫（明）	en	閩 men⁵					
幫（明）	et	密 met⁸					
幫（明）	ien	敏 mien¹					
日見	iun	忍 ȵ iun¹	銀 ȵ iun⁵				
影（以）	i	寅 i⁵/ʒi⁵					

23. 臻開三　欣隱焮　jən　入聲迄　jət

見	in	緊 kin²
見曉影	iun	勤 k'iun⁵　欣 hiun¹　隱 iun/ʒiun²
見	iet	乞 k'iet⁴

24. 臻開三　臻○○　jen　入聲櫛　jet

莊	ïn/in	臻 tsïn/tʃin¹
莊（莊）	iet	櫛 tsiet⁴
莊（生）	et	蝨 set⁴

25. 臻合一　魂混圂　uən　入聲沒　uət

幫端泥精 見曉影	un	本 pun²　鈍 t'un³ᐟ⁷　嫩 nun³ᐟ⁷　村 ts'un¹　困 k'un³　婚 fun¹　溫 vun¹
幫端○精 見曉○	ut	沒 mut⁸　突 t'ut⁸　○　　　卒 tsut⁴　骨 k'ut⁴　忽 fut⁴　○

26. 臻合三　諄準稕　juěn　入聲術　juět

來精知章	un	輪 lun⁵	遵 tsun¹	椿 ts'/tʃun¹	順 sun³/ʃun⁷
○精知章	ut	○	戌 sut⁴	朮 s/ʃut⁸	出 ts'/tʃ'ut⁴
來章○	in	輪 lin³	朕 k'in¹	○	
來○見	it	律 lit/lut⁸	○	橘 kit⁴	
日見影（以）	iun	閏 iun³/ʒiun⁷	均 kiun¹	勻 iun⁵/ʒiun⁵	

27. 臻合三　文吻問　juən　入聲物　juət

非	un	粉 fun^2		
非	ut	佛 fut^8		
見曉影	iun	軍 kiun^1	勳 hiun^1	雲 iun/ʒun^5
見○○	iut	屈 k'iut^4	○	○
見（群）	ut	掘 k'ut^8		

㈦山攝

28. 山開一　寒旱翰　ɑn　入聲曷　ɑt

精（從）見曉影	on	餐 ts'on^1	肝 kon^1	寒 hon^5	安 on^1
○　　見曉○	ot	○	割 kot^4	喝 hot^5	○
端來精	an	單 tan^1	蘭 lan^5	散 san^3	
端來精	at	達 t'at^8	辣 lat^8	擦 ts'at^4	

29a. 山開二　山產襉　æn　入聲點　æt

幫知莊曉	an	扮 pan^3	綻 ts'an$^{3/7}$	山 san^1	莧 han$^{3/7}$
幫○莊○	at	八 pat^4	○	殺 sat^4	○
見	ien	間 kien^1			

29b. 山合二　山產襉　wæn　入聲點　wæt

見	uan	頑 ŋuan^5	
曉	at	滑 vat^8	
影	iet/et	挖 iet/vet^4	

30a. 山開二 刪潸諫 an 入聲‧ at

幫莊	an	班 pan¹ 棧 tsan³
曉（曉）	at	瞎 hat⁴
見影	ien	姦 kien¹ 宴 ien³/ʒian³
曉（匣）	ot	轄 hot⁴

30b. 山合二 刪潸諫 wan 入聲‧ wat

莊	on	閂 ts'on¹
莊	ot	刷 sot⁴
曉（匣）影	an	還 van⁵ 彎 van¹
見	uan	關 kuan¹
見	uat	刮 kuat⁴

31a. 山開三 仙獮線 jɛn 入聲薛 jɛt

幫來精日見影	ien	鞭 pien¹ 連 lien⁵ 仙 sien¹ 然 ien⁵/ʒian⁵ 件 k'ien³/⁷ 演 ien/ʒian¹
幫來精日見○	iet	鱉 piet⁴ 列 liet⁸ 薛 siet⁴ 熱 ȵ iet⁸ 傑 k'iet⁸ ○
知章	an	展 ts/tʃan² 善 san³/ʃan⁷
知章	at	撤 ts'/tʃat⁸ 舌 sat⁸/ʃat⁸
章（禪）	am	蟬 s/ʃam⁵

31b. 山合三 仙獮線 jwɛn 入聲薛 jwɛt

來精見影	ien	戀 lien³/⁷ 選 sien² 捲 kien² 圓 ien/ʒian⁵
○精○影	iet	○ 絕 ts'iet⁸ ○ 閱 iet/ʒiat⁸
精（從）	ien/an	泉 ts'ien/ts'an⁵
精（從）日	ion	全 ts'ion⁵ 軟 ȵ ion¹
知章	on	傳傳達 ts'/tʃ'on⁵ 穿 ts'/tʃon¹
來章	ot	劣 lot⁴ 說 s/ʃot⁴

32a. 山開三　元阮願　jɐn　入聲月　jɐt

見曉	ien	健 k'ien³/⁷	憲 hien²
○曉	iet	○	歇 hiet⁴

32b. 山合三　元阮願　jwɐn　入聲月　jwɐt

見曉影	ien	原 ȵ ien⁵	喧 sien¹	遠 ien/ʒian²
見○影	iet	月 ȵ iet⁸	○	越 iet/ʒiat⁸
非	an	反 fan²		
非	at/ot	發 fat/pot⁴		
非 (奉)	an/on	飯 fan³/p'on⁷		
見 (群)	ut	掘 k'ut⁸		

33a. 山開四　先銑霰　ien　入聲屑　iet

幫端來精 見曉影	ien	邊 pien¹	田 t'ien⁵	蓮 lien⁵	千 ts'ien¹	肩 kien¹	賢 hien⁵	煙 ien/ʒian¹
幫端○精 見○○	iet	撇 p'iet⁸	鐵 t'iet⁴	○	節 tsiet⁴	結 kiet⁴	○	○
幫 (明)	in	眠 min⁵						
幫 (明)	et	篾 met⁸						

33b. 山合四　先銑霰　iwen　入聲屑　iwet

見曉影	ien	犬 k'ien²	縣 ien³/ʒian⁷	淵 ien/ʒian¹
見曉	iet	缺 k'iet⁴	血 hiet⁴	

34. 山合一　桓緩換　uɑn　入聲末　uɑt

端來精見曉	on	端 ton¹	卵 lon²		酸 son¹	官 kon¹	歡 fon¹
端來〇〇〇	ot	脫 tot⁴	捋 lot⁸	〇	〇	〇	
幫見(疑)曉	an	潘 p'an¹	玩遊山玩水 van³ᐟ⁷	完 van⁵			
幫見曉	at	缽 pat⁴	闊 fat⁴		活 fat⁸		
見	uan	款 k'uan²					
見	uat	括 kuat⁴					
曉(匣)	ien	丸 ien/ʒian⁵					
曉	ok	豁 vok⁴					

㈥效攝

35. 效開一　豪皓號　ɑu

幫端泥來精見曉影	o	報 po²	刀 to¹	腦 no²	老 lo²	造 ts'o³ᐟ⁷	高 ko¹	號 ho⁷	襖 o²
幫〇〇〇精見曉〇	au	袍 pau⁵	〇	〇	〇	蚤 tsau²	熬 ŋau⁵	〇	好(喜~)hau³
來(來)	eu	撈 leu⁵							

36. 效開二　肴巧效　au

幫泥知莊見曉	au	包 pau¹	鬧 nau³ᐟ⁷	罩 tsau²	巢 sau⁵	敲 k'au¹	校 kau²
見(溪)	au/iau	巧 k'au/k'iau²					

37. 效開三　宵小笑　j,u

幫精	eu/iau	廟 meu³/miau⁷	笑 seu/siau³
知章	eu/au	超 ts'eu/ts'au¹	燒 seu/ʃau¹
日見影	ieu/iau	饒 ȵieu/ȵiau⁵	嬌 kieu/kiau¹　謠 ieu/ʒiau⁵
來	iau	療 liau⁵	

38. 效開四　蕭篠嘯　ieu

端來	iau	鳥 tiau¹	料 liau³/⁷		
精見曉影	eu/iau	蕭 seu/siau¹	堯 ȵiau⁵	曉 heu/hiau²	杳 meu/miau²
見	ieu/iau	竅 kieu/k'iau²			

(九) 果攝

39a. 果開一　歌哿箇　ɑ

端來精見曉	o	多 to¹	羅 lo⁵	左 tso²	歌 ko¹	荷 ho⁵
端 (定)	ai	大 t'ai³/⁷				
影 (影)	a	阿 a¹				

39b. 果合一　戈果過　uɑ

幫端來精見曉影	o	婆 p'o⁵	妥 t'o²	騾 lo⁵	坐 tso¹	果 ko²	禾 vo⁵	窩 vo¹
幫 (並) 端 (端)	ok	薄 p'ok⁸	剁 tok⁸					

40a. 果開三　戈果過　jɑ

見 (群)	io⁵	茄 k'io⁵

40b. 果合三　戈果過　juɑ

見曉	io	瘸 k'io⁵	靴 hio¹

(十) 假攝

41a. 假開二　麻馬禡　a

幫泥知莊見曉影	a	巴 pa¹	拿 na¹	茶 ts'a⁵	沙 sa¹	家 ka¹	蝦 ha⁵	啞 a²

41b.假合二　麻馬禡　wa

莊見(疑)曉影	a	傻 sa² 　瓦 ŋa² 　花 fa¹ 　蛙 va¹
見	ua	瓜 kua¹

41c.假開三　麻馬禡　ja

精日影	ia	借 tsia³ 　惹 n̯ia¹ 　野 ia/ʒia¹
章	a	遮 ts/tʃa¹

(土)宕攝

42a.宕開一　唐蕩宕　aŋ,uaŋ　入聲鐸　ak,uak

幫端來精見 曉影	oŋ	幫 poŋ¹ 　湯 t'oŋ¹ 　朗 loŋ³/⁷ 　倉 ts'oŋ¹ 　崗 koŋ¹ 　航 hoŋ⁵ 　骯 oŋ¹
幫端來精見 曉影	ok	薄 p'ok⁸ 　托 t'ok⁴ 　落 lok⁸ 　索 sok⁴ 　各 kok⁴ 　鶴 hok⁸ 　惡 ok⁴
幫(明)	o/ia	摸 mo ／ mia¹

42b.宕合一　唐蕩宕　aŋ　入聲鐸　ak

見曉影	oŋ	光 koŋ¹ 　黃 voŋ⁵ 　汪 voŋ¹
見曉○	ok	郭 kok⁴ 　鑊 vok⁸ 　○

43a.宕開三　陽養漾　jaŋ　入聲藥　jak

泥來精日見曉影	ioŋ	娘 n̯ioŋ⁵ 　亮 lioŋ³/⁷ 　牆 ts'ioŋ⁵ 　讓 n̯ioŋ³/⁷ 　薑 kioŋ¹ 香 hioŋ¹ 　秧 ioŋ¹/ʒioŋ¹
○來精日見○影	iok	○ 　略 liok⁸ 　雀 tsiok⁴ 　弱 n̯iok⁸ 　腳 kiok⁴ ○ 　約 iok/ʒiok⁴
知莊章日	oŋ	張 ts/tʃoŋ¹ 　牀 ts'oŋ⁵ 　常 s/ʃoŋ⁵ 　瓢瓜~noŋ¹
知○章○	ok	著~衫ts/tʃok⁴ 　○ 　勺 sok⁸/ʃok⁸ 　○

43b. 宕合三　陽養漾　jwaŋ　入聲藥　jwak

非見曉影	oŋ	方 foŋ¹	狂 k'oŋ⁵	況 k'oŋ²	往 voŋ¹
非見	ioŋ	網 mioŋ¹	筐 k'ioŋ¹		
非見	iok	縛 p'iok⁸	钁 kiok⁴		

㈢梗攝

44a. 梗開二　庚梗映　eŋ　入聲陌　ek

幫來知莊見曉	aŋ	彭 p'aŋ⁵　冷 laŋ¹　撐 ts'aŋ³　生 saŋ¹　坑 haŋ¹　行 ~爲 haŋ⁵
幫○知莊見曉	ak	伯 pak⁴　　○　　拆 ts'/tʃak⁴ 窄 tsak⁴ 客 hak⁴ 嚇 hak⁴
幫莊	en／aŋ	猛 men¹/maŋ¹　　　生 sen¹/saŋ¹
見	ien／aŋ	更 ~加 kien²／五~ kaŋ¹
見	iet／ak	格 人~ kiet／~仔 kak⁴
幫○莊曉	en	孟 men³/⁷ ○　　甥 sen¹／saŋ¹　　杏 hen³/⁷
幫知○○	et	陌 met⁵ 宅 ts'et⁸ ○　　○
幫 (滂) 知 (澄)	ok	拍 p'ok⁴　擇 ~菜 t'ok⁸
見 (疑)	iak	額 ȵiak⁴
端 (端)	a	打 ta²

44b. 梗開三　庚梗映　jeŋ　入聲陌　jek

幫見影	iaŋ	柄 piaŋ²	鏡 kiaŋ³	影 iaŋ/ʒiaŋ²
○見○	iak	○	逆 ŋiak⁸	○
幫○	in／iaŋ	平 ‘pin⁵／p'iaŋ⁵		○
○見	it／iak	○		劇 k'it4／k'iak4
幫見影	in	兵 pin¹	京 kin¹	英 in¹
幫○○	it	碧 it/ʒit⁴	○	○

44c. 梗合二　庚梗映　wɐŋ　入聲陌　wɐk

見	oŋ	礦 k'oŋ²
見 (見)	ok	虢 kok⁴
曉 (匣)	aŋ	橫 vaŋ⁵

44d. 梗合三　庚梗映　jwɐŋ　入聲陌　○

曉影	iuŋ	兄 hiuŋ¹　榮 iuŋ/ʒiuŋ⁵

45a. 梗開二　耕耿諍　æŋ　入聲麥　wæk

幫○○○○○	aŋ	棚 p'aŋ⁵ ○　　　○　　　○　　　○　　　○				
幫知莊見曉影	ak	麥 mak⁸ 摘 tsak⁴ 冊 ts'ak⁴ 隔 kak⁴ 核 ~卵（睪丸） hak⁸ 軛 ak⁴				
莊	en／aŋ	爭 tsen¹／tsaŋ¹				
見	ien／aŋ	耕 kien¹／kaŋ¹				
影	in／en	鸚 in¹／en¹				
幫○曉	en	萌 men⁵ ○　　幸 hen³/⁷				
○莊曉	et	○　　策 ts'et⁴ 核番~het⁴				
見 (見)	iet	革 kiet⁴				
見 (見)	uen	耿 kuen²				
曉 (匣)	uaŋ	莖 kuaŋ²				
曉 (匣)	ut	核果子核 fut⁸				

45b. 梗合二　耕耿諍　wæŋ　入聲麥　wæk

曉 (曉)	aŋ	轟 vaŋ⁵
曉 (匣)	ak	劃 vak⁸
曉 (匣)	en	宏 fen⁵
曉 (匣)	et	獲 fet⁸

46a. 梗開三　清靜勁　jeŋ,jweŋ　入聲昔　jek,jwek

幫來精見影	iaŋ	餅 piaŋ²	領 liaŋ¹	請 ts'iaŋ²	頸 kiaŋ²	贏 iaŋ/ʒiaŋ⁵
幫○精○○	iak	壁 piak⁴	○	蓆 ts'iak⁸	○	○
知章	aŋ	鄭 ts'aŋ³/tʃaŋ⁷		聲 s/ʃaŋ¹		
○章	ak	○	隻 ts/tʃak⁴			
幫來精見	in／iaŋ	名 min⁵/miaŋ⁵	令 lin³／liaŋ⁷	清 ts'in¹／iaŋ¹	輕 k'in¹/k'iaŋ¹	
○○精○	it／iak	○		惜 sit⁴／siak⁴	○	
章	ïn/in／aŋ	成 sïn/ʃin⁵ ／ s/ʃaŋ⁵				
幫精見影	in	聘 p'in²	情 ts'in⁵	勁 kin³	盈 in/ʒin⁵	
幫精○影	it	闢 p'it⁴	跡 tsit⁴	○	益 it/ʒit⁴	
知章	ïn/in	貞 tsïn/tʃin¹		聲 sïn/ʃin¹		
知章	ït/it	擲 tsït/tʃit⁴	釋 sït/ʃit⁴			
章 (船)	a	射 sa³/ʃa⁷				

46b. 梗合三　清靜勁　jɛŋ,jwɐŋ　入聲昔　jek,jwɐk

影 (以)	in／iaŋ	營 in/ʒin⁵ ／ iaŋ/ʒiaŋ⁵
影 (以)	it	役 it⁸
見	ien	頃 k'ien²
見 (群)	iun	瓊 k'iun⁵

47a. 梗開四　青迥徑　ieŋ　入聲錫　iek

端來見	aŋ	頂 taŋ²	零 laŋ⁵	徑 kaŋ³			
端來○	ak	羅 t'ak⁸	曆 lak⁸○				
○精	iaŋ	○	青 ts'iaŋ¹				
幫精	iak	壁 piak⁴	錫 siak⁴				
幫端來○見曉	in	並 pin²	定 t'in³/⁷	靈 lin⁵	○	經 kin¹	形 hin⁵
○端來精見○	it	○	敵 t'it⁸	歷 lit⁸	績 tsit⁴	擊 kit⁴	○
幫端泥精	en	銘 men²	丁 ten¹	寧 nen⁵	星 sen/siaŋ¹		
幫端○○	et	覓 met⁴	踢 t'et⁴	○	○		
見 (見)	iet	吃 k'iet⁴					
曉 (曉)	im	馨 him¹					

47b.梗合四　青迥徑　iweŋ　入聲錫　○

曉 (匣)	in	螢 in/ʒin⁵
曉 (匣)	uen	迴 kuen²

(生)曾攝

48a.曾開一　登等嶝　əŋ　入聲德　ək

幫端泥精見曉 (匣)	en	朋 p'en⁵	能 nen⁵	曾 tsen¹	肯 hen²	恆 hen⁵
幫端來精見曉 (匣)	et	北 pet⁴	德 tet⁴	勒 let⁸	賊 ts'et⁸	黑 het⁴
○○○○見○	iet	○	○	○	○	克 k'iet⁴
見 (溪)	ien/en	肯 k'ien／hen²（林～／～毋～）				
見 (溪)	iet/at	刻 k'iet／k'at⁴				

48b.曾合一　登等嶝　uəŋ　入聲德　uək

見 (見)	uet	國 kuet⁴
曉 (匣)	en	弘 fen⁵
曉 (匣)	et	或 fet⁸

49a.曾開三　蒸拯證　jəŋ　入聲職　jək

幫來○日○曉影	in	憑 p'in⁵	陵 lin⁵	○	仍 in⁵/ʒin⁵	○	興～旺 hin¹	蠅 in⁵
○來精○見○影	it	○	力 lit⁸	鯽 tsit⁴	○	極k'it⁸	○	翼 it⁸
知章	ïn/in	徵 tsïn/tʃin¹	升 sïn/ʃin¹					
知章	ït/it	直 ts'ït/tʃ'it⁸	織 tsït/tʃit⁴					
幫 (幫)	it/et	逼 pit／pet⁴（～迫／～我）						
影 (影)	i／it	億 i³/it⁴						
幫 (幫)○	en	冰 pen¹	○					
○莊 (莊)	et	○	側 tset⁴					
曉 (曉)影 (以)	im	興高～him³	孕 im²					

49b. 曾合三　蒸拯證○入聲職　jwək

影（云）	et	域 vet⁴

㈤流攝

50. 流開一　侯厚候　əu

幫端來精曉影	eu	某 meu¹　頭 teu⁵　樓 leu⁵　走 tseu²　喉 heu⁵　嘔 eu²
見	ieu	狗 kieu²
幫（明）	u	母 mu¹
幫（滂）	o	剖 p'o³

51. 流開三　尤有宥　jəu

來精莊日見曉影	iu	劉 liu⁵　秋 ts'iu¹　縐 tsiu³　柔 iu⁵　九 kiu²　休 hiu¹　有 iu/ʒiu¹
知章	u/iu	抽 ts'u/tʃ'iu¹　周 tsu/tʃiu¹
非	u	富 fu²
幫（明）泥莊	eu	謀 meu⁵　紐 neu²　愁 seu⁵
非（奉）	o/eu	浮 p'o⁵ ／ feu⁵（～菜／～雲）
幫（明）	au	矛 mau⁵
來	iau	廖 liau³ᐟ⁷
見（見）	ieu	闖 k'ieu¹
非（奉）	uk	復 fuk⁸

52. 流開三　幽黝幼　iəu

端見影	iu	丟 tiu¹　糾 kiu²　幼 iu/ʒiu³
幫	eu/iau	彪 peu/piau¹

(宝)深攝

53. 深開三　侵寢沁　jĕm　入聲緝　jĕp

來精日見○影	im	林 lim⁵	心 sim¹	壬 n̠ im⁵	錦 kim²	○	音 im/ʒim¹
來精日見曉○	ip	立 lip⁸	集 sip⁸	入 n̠ ip⁸	急 kip⁴	吸 k'ip⁴	○
知章	ïm/im	沉 ts'ïm/tʃim⁵	針 tsïm/tʃim¹				
○章	ïp/ip	○	汁 tsïp/tʃip⁴				
莊	em	森 sem¹					
莊	ep	澀 sep⁴					
幫 (幫)	in	品 p'in²					
知	ït/it	蟄 ts'ït/tʃit⁸					
來	iap	粒 liap⁸					

(夫)咸攝

54. 咸開一　覃感勘　ɒm　入聲合　ɒp

端泥精見曉影	am	潭 tam⁵	男 nam⁵	蠶 ts'am⁵	感 kam²	含 ham⁵	暗 am³
端泥精見曉○	ap	答 tap⁴	納 nap⁸	雜 ts'ap⁸	鴿 kap⁴	合 hap⁸	○
曉 (曉)	ot	喝 hot⁴					

55. 咸開一　談敢闞　ɑm　入聲盍　ɑp

端來精見曉	am	膽 tam²	覽 lam³/⁷	三 sam¹	敢 kam²	喊 ham²
端來○見○	ap	塔 t'ap⁴	臘 lap⁸	○	磕 k'ap⁴	○
精	iam	暫 ts'iam³				
曉	em	喊 hem¹				

56. 咸開二　咸嫌陷　ɐm　入聲洽　ɐp

知莊見曉(匣)	am	站 tsam³/tʃam⁷　杉 ts'am¹　減 kam²　鹹 ham⁵
知莊見曉(匣)	ap	劄 tsap/tʃap⁴　插 ts'ap⁴　洽 k'ap⁴　狹 hap⁸
莊(莊)	iam	蘸 tsiam²
見曉	iap	夾 hiap⁸　　峽 hiap⁸
知(澄)	on	賺 ts'on³/⁷

57. 咸開二　銜檻鑑　am　入聲狎　ap

莊見曉(匣)○	am	衫 sam¹　監 kam²　鑑 kam²　○
○見曉(匣)影	ap	○　　甲 kap⁴　匣 hap⁸　鴨 ap⁴

58. 咸開三　鹽琰艷　jɛm　入聲葉　jɛp

泥來精見曉影	iam	粘 ȵiam⁵	廉 liam⁵	尖 tsiam¹	染 ȵiam³/⁷	儉 ȵiam³	險 hiam²	鹽 iam/ʃiam⁵
泥來精○○○影	iap	獵 liap⁸	接 tsiap⁴	○	○	○	○	葉 iap/ʒiap⁸
章	iam/am	占 ts/tʃiam³ ／ ts/tʃam³						
章(章)	ap	摺 ts/tʃap⁴						
幫(幫)	ien	貶 pien²						

59. 咸開三　嚴儼釅　ɐm　入聲業　ɐp

見○○	iam	劍 kiam²　○　　　○
○○影	am	○　　○　　腌 am¹
見曉影	iap	業 ŋiap⁸　脅 hiap⁸　腌 iap/ʒiap⁴

60. 咸開四　添忝掭　iem　入聲帖　iep

端泥見曉	iam	店 tiam²　念 ȵiam³/⁷　謙 k'iam¹　嫌 hiam⁵
端泥見曉	iap	疊 t'iap⁸　茶 ȵiap⁴　挾 kiap⁴　協 hiap⁸

61. 咸合三　凡范梵　jwem　入聲乏　jwep

非	am	凡 fam[5]
非	ap	法 fap[4]

二、臺灣客語韻母特色

(一)四呼不齊

只有開口呼、齊齒呼、合口呼，沒有撮口呼，撮口呼或古合口三、四等今多讀齊齒呼。

如：居　讀 ki，龍　讀 liuŋ。

(二)效攝一等和果攝（開合）一等相混

如：效攝：刀 to、毛 mo，果攝：果　ko、窩 vo。

(三)曾攝混入臻攝，韻尾都讀〔-n〕

如：曾攝：朋 p'en，臻攝：恨 hen。

(四)梗攝讀音混入臻攝，也是客語文白異讀最豐富的一攝

梗攝讀音最為複雜，有一部分讀音混入臻攝，韻尾讀〔-n〕。也是客語文白最豐富的一攝，文讀韻尾讀〔-n/-t〕，白讀韻尾讀〔-ŋ/-k〕。

如：文讀：營 in/ʒin[5]、白讀：iaŋ/ʒiaŋ[5]。
　　文讀：惜 sit[4]、白讀：siak[4]。

(五)江通同韻痕跡

江攝少數字讀uŋ/uk，如：窗 uŋ、雙 uŋ、撞 uŋ、捉 uk（海陸），與通攝讀音相同。江通古屬同部，中古分二攝，呈現互補狀態，江攝只有開口二等江韻，通攝只有合口一等東冬韻、三等東鍾韻。江

通攝轄字今客語仍有少數字與通攝讀音相同，保留上古音的殘存現象。

㈥保持一等和二等 o：a 分立的現象

臺灣客語目前大致仍保留一、二等對立的情況：

攝等	果一	假二	蟹一	蟹二	效一	效二	山一	山二	宕一	梗二
例字	多	茶	蓋	賴	老	包	肝	班	湯	棚
今音	to^1	ts'a^5	koi^3	lai$^{3/7}$	lo^2	pau^1	kon^1	pan^1	t'oŋ^1	p'aŋ^5

㈦三、四等不同，反映早期形式

客語目前仍有少數字三、四等讀音不同，三等有介音〔i〕，四等讀洪音，如：蟹攝四等齊韻，齊、細、婿、系都讀〔e〕，「齊、細」文讀則讀〔i〕，「婿、系」則沒有文白讀。齊韻讀洪音，應是反映早期形式。齊韻在《唐韻》中獨用，唐五代西北方音蟹三四等分別，齊韻用 e 對譯，但到宋代，齊和廢祭一起混入止攝（見周祖謨，《宋代汴洛語音考》，《問學集》，1966，中華書局；《唐五代的北方語音》、《周祖謨語言文字論集》，江蘇古籍出版社；羅美珍、鄧曉華，《客家方言》，頁 40）。

效攝三、四等，四縣讀音也不同，效攝三等四縣讀音混入流攝一等讀洪音 eu。如：秒 meu、蕉 tseu。在上古音的韻轉中，幽部一分為二，一部分可能受宵的高化推擠而併入「侯」，就與侯一起演變；一部分來不及高化就被「宵」吞併。幽部的字一半入效攝，一半併入流攝，併入其他攝的極少（徐通鏘引陳復華、何九盈，1987；見徐通鏘，《語言論》，1997，頁 188）。梅縣與海陸在中古的效、流分立，而四縣效攝三等與流攝一等合流，可能是上古「幽」部的殘存。

㈧陽聲韻尾〔-m〕〔-n〕〔-ŋ〕和塞音韻尾〔-p〕〔-t〕〔-k〕完整，完全可和《廣韻》對應。

㈨大埔、饒平、詔安三次方言，和海陸音韻相近，最大的差別在

於：

　1.山攝合口一等桓韻曉、影組、三等仙韻章組部分字，讀 an，不讀 on。如：

　　歡 fan¹，碗、腕 van²，磚 tsan¹（tsen¹）。

　2.山攝合口一等桓韻見組讀合口韻 uan，不讀 on，比四縣海陸客語更多合口韻。如：

　　官 kuan¹　寬 kuan¹　罐 kuan²　灌 kuan²

　3.蟹攝二等「匣影」母字皆佳二韻讀 e 不讀 ai。如：

　　鞋 he²、矮 e²

　饒平、詔安則有更多的「並匣影」母字讀 e，明母和蟹攝四等讀 i。如：

排 p'e²、牌 p'e²、稗 p'e⁷、蟹 he²、埋 mi⁵、買 mi¹、賣 mi⁷、泥 ni²

　4.蟹、梗二攝四等端組部分字及梗攝二等「冷」字，其主要元音為 e，不讀 ai、aŋ。

　　低 te¹　　底 te²　　啼 t'e²　　弟 t'e¹　　犁 le²
　　聽 t'en¹　廳 t'en¹　頂 ten²　冷 len¹

　5.饒平、詔安古遇攝合口三等虞影組云母少數字讀合口呼。如：

　　雨 vu²。

　6.饒平、詔安少數果攝開口一等泥母、合口一等明母，效攝開口一等明母讀〔u〕，如遇攝一等。如：

　　　挪 nu⁵、磨 ~ㄋ nu⁷、毛 mu¹、帽 mu⁷

7.大埔古三等韻今讀尚保留介音〔i〕。如：

　　　車 tʃia¹、順 ʃiun³、著 (~火) tʃiok⁸

臺灣客語韻母與《廣韻》對照表

（開口一、二等）（黑體為少數字，下表同）

韻類	攝	一等							二等						
		幫	端	來	精	見	曉	影	幫	泥	知	莊	見	曉	影
陰聲韻	止														
	蟹	oi i/ui	ai	oi ai	oi ie	oi ai	oi		ai a	ai	ai	ai	ie/ai a		ai
	效	o au	o	o eu		o au		o			au	au			
	果	a ai	o	o	o	o		a							
	假											a				
	(宕)	o ia													
	(梗)		a												
	流	eu u	eu o	eu	eu	ieu eu	eu								
陽聲韻	江								oŋ aŋ	oŋ uŋ	uŋ	oŋ ioŋ	oŋ	oŋ	
	臻		un			in ien	in en	en							
	山		an	on an		on			an		an	ien	an	ien	
	宕				oŋ										
	梗								aŋ en en	aŋ	aŋ en en	aŋ en	aŋ uen	en uaŋ	en in
	曾		en	en	en	en ien	en								
	深														
	咸		am iam	am	am em	am			am		am on	am iam	am		
入聲韻		幫	端	來	精	見	曉	影	幫	泥	知	莊	見	曉	影
	江								ok		ok uk		ok		
	臻														
	山		at	at	at				at		at		at ot		
	宕	ok													
	梗								ak ok et	ak ok	ak et et	ak iak iet	ak et ut	ak	
	曾		et	et	et	et iet	et								
	深														
	咸		ap	ap	ap	ap ot					ap		ap iap		ap

臺灣客語韻母與《廣韻》對照表

（開口三、四等）

聲攝＼等紐		三　等										四　等						
		幫	來	精	知	莊	章	日	見	曉	影	幫	端	來	精	見	曉	影
陰聲韻	止	i oi	i e	ï i ai	i ï ï/i	ï i	i ï/i	i	i ie	i	i							
	蟹	i	i	i		ɤ/i ï/e		i				i	i ai		i e	i ie/ai	i ai e	
	效	eu/iau	iau	eu/iau	eu/au		eu/au			ieu/iau			iau	iau	eu/iau	ieu/iau	eu/iau	
	果						io											
	假		ia			a	ia				ia							
	流	eu/iau	iu	u/iu	iu eu	u/iu	iu											
		幫	來	精	知	莊	章	日	見	曉	影	幫	端	來	精	見	曉	影
陽聲韻	江																	
	臻	in en	in	in	ïn/in		in	iun	iun	in i iun								
	山	ien	ien	an	an am		ien		ien/ian			ien in		ien		ien		ien/ian
	宕		ioŋ		oŋ	ioŋ oŋ	ioŋ											
	梗	iaŋ in	iaŋ	aŋ	aŋ		iaŋ in		iaŋ in	in en	im	in	aŋ in en	iaŋ en	aŋ in	in		im
	曾	i en	in	ïn/in	in/in	in			in im									
	深		im	ïm/im	em	ïm/im	im		im									
	咸	ien	iam			am/iam	iam	iam am	iam				iam			iam		
		幫	來	精	知	莊	章	日	見	曉	影	幫	端	來	精	見	曉	影
入聲韻	江（蟹）																	it
	臻	it et	it	it	ït/it	iet et		it	iet	it								
	山		iet	at		at	iet					iet et	iet			iet		
	宕	it	iok	ok		ok	iok		iok									
	梗	iak it	iak	iak	ït/it	ak ït/it	iak ït/it					iak it et	at et	ak it	iak it	it iet		
	曾	it et	it	ït/it	et	ït/it		it	it i									
	深		ip	ip iap	ït/it	ep	ïp/ip		ip									
	咸		iap			ap	iap						iap			iap		

臺灣客語韻母與《廣韻》對照表

（合口一、二等）

聲攝	等紐	一等							二等			
		幫	端	來	精	見	曉	影	莊	見	曉	影
陰聲韻	止											
	遇	u				uoï	uŋieu	u				
	蟹	i/uoi	uioi	ui	uioi	uiuaioi	i/uioi	oi	ui	uaiua	ai/oi	a
	效											
	果	o										
	假									a		aua
	流											
陽聲韻	通	uŋ										
	江											
	臻	un										
	山	onan		on		uan on an	on ien/ian an		on	uan	an	
	宕					oŋ						
	梗									oŋ	aŋen	
	曾					en						
	(流)											
	深											
	咸											
入聲韻	通	uk					uk ok					
	江											
	(遇)	ok										
	臻	ut			ut							
	山	ot at		ot		atuat	at		ot	ietet uat	atok	
	(果)	ok	ok									
	宕					ok						
	梗										aket	
	曾					uet	et					
	深											
	咸											

臺灣客語韻母與《廣韻》對照表

（合口三、四等）

聲攝	等紐	三等										四等		
		非	來	精	知	莊	章	日	見	曉	影	見	曉	影
陰聲韻	止	i/ui	ui			oi	ui oi		ui			i/ui ui		
	遇	u	uŋ i	iĭ	u	u o i	u	i	uŋ ĭ			i u		
	蟹	i/ui oi		oi e	ui		ui oi	iui				i/ui	ui	i/ui
	效													
	果								io					
	假													
	流													
陽聲韻	通	uŋ	uŋ iuŋ	iuŋ	uŋ		iuŋ							
	江													
	臻	un	un in	un			un in		iun					
	山	an on	ien	ien ion ien/an	on		on		ien			ien		
	宕	oŋ ioŋ		oŋ					ioŋ ien iun	oŋ iuŋ	oŋ iuŋ in/iaŋ			
	梗								ien iun	iuŋ	iuŋ in iaŋ			in uen
	曾													
	(流)	u												
	深													
	咸	am												
入聲韻	通	uk	iuk		uk	uk ok	uk	iuk						
	江													
	(遇)													
	臻	ut	it	ut			ut		it iut ut	iet				
	山	at ot	ot	iet			ot		iet ut	iet		iet		
	(果)													
	宕	iok							iok					
	梗											it		
	曾											et		
	(流)	ok												
	深													
	咸	ap												

第 4 節　聲調的對應

一、古聲調的分化

　　客語聲調如同其他漢語，和中古音發生密切的關係。美國著名漢學家羅杰瑞（Jerry Norman）教授在 Chinese（張惠英先生譯成為《漢語概說》）一書中提到：「在聲調發展中最重要的情況是，中古音的四個調類，各分成陰陽兩類，陰陽兩類的分別是根據聲母的作用。濁音聲母的調值顯然低，清音聲母的調值顯然高，因此各個調類根據聲母的清濁各分陰陽兩類，原來四個調類就變成八個調類。」事實上，經過語言歷史的演變，發生「濁上歸去」，現代的漢語，只有極少數方言保留這八個聲調不變或增為八個以上的。詹伯慧在《現代漢語方言》（1997）一書列表中國漢語方言各方言點中，只有溫州、潮州點有八個聲調；廣州入聲分「上陰入」、「下陰入」、「陽入」而成為九個聲調；廣西博白入聲陰陽都分上下，總共有十個聲調，大概是漢語方言中最多聲調的方言點；其他都在七個以下，過了長江，愈往北、往西，聲調愈少，銀川、天水只剩三個聲調。經過濁音清化，清者今音歸為陰調類，濁音歸為陽調類。

　　漢語聲調的演變，各有不同。今日客語聲調，根據李如龍、張雙慶等主編的《客贛方言調查報告》（1992）：廣東境內客話大致平、入各分陰陽，如梅縣、大埔、翁源、揭西等有六個聲調；但有些地方去聲分陰陽，有七個聲調，如河源；但贛南、閩西客話則不一致，有些有七個聲調，如贛南寧都；有些有六個聲調，如閩西武平、寧化；有些聲調較少，沒有入聲，如長汀等地；閩南詔安秀篆客家話雖也有六個聲調，但其上去二聲分化不同，陰上和陰去合併

爲上聲，陽上和陽去合併爲去聲。另項夢冰在《連城客家話語法研究》（1997）一書中則說連城新泉有七個聲調，呂嵩雁《閩西客語音韻研究》（1999，臺灣師大國文所博士論文）中調查到清流八個聲調齊全。所以客家話與中古聲調的對應，閩、粵、贛各地，顯得相當不一致且複雜。

二、聲調的對應

臺灣客家話來自大陸，四縣話、東勢大埔話「平、入」各分陰陽，濁上歸去，去聲陰陽合流，所以現各有陰平、陽平、上聲、去聲、陰入、陽入六個調；海陸話去聲按古聲母之清、濁而分爲陰去、陽去，多了一個陽去調，則有七個調。饒平話、詔安話雖然也是六個調，但因聲調分化的不同，亦即古陰上和陰去合併爲今上聲，如「苦 k'u² ＝褲 k'u²　把 pa² ＝霸 pa²」，古陽上歸去和陽去合併爲去聲和海陸話相同，如「杜 t'u⁷ ＝度 t'u⁷　市 ʃi⁷ ＝侍 ʃi⁷」。

《廣韻》和今日臺灣客語聲調的對應如下：

㈠平聲

　　1. 清聲母：今讀陰平。碑 pi¹、丹 tan¹、煎 tsien¹、班 pan¹、歌 ko¹。

　　2. 次清聲母：今讀陰平。天 t'ien¹、吞 t'un¹、窗 ts'uŋ¹、千 ts'ien¹、腔 k'ioŋ¹。

　　3. 濁聲母：今讀陽平。情 ts'in⁵、牀 ts'oŋ⁵、神 sïŋ/ʃin⁵、前 ts'ien⁵、邪 sia⁵

　　4. 次濁聲母：今讀陽平，少部分讀陰平。

　　　陽平：來 loi⁵、泥 ȵai⁵、危 ȵui⁵、年 ŋien⁵、窯 ieu/ʒiau⁵。

　　　陰平：蚊 mun¹、拿 na¹、聾 luŋ¹、籠 luŋ¹。

㈡上聲

　　1. 清聲母：讀陰上聲（上聲）。擺 pai²、膽 tam²、載 tsoi/tsai³。

2.**次清聲母**：讀上聲。齒 ts'ï/tʃ'i²、討 t'o²、搶 ts'ioŋ²、可 k'o²。

3.**濁聲母**：與濁去聲合流歸陽去（四縣、大埔和陰去合讀去聲），少部分讀陰平。

　　去聲：腐 fu³ᐟ⁷、待 t'ai³ᐟ⁷、罷 p'a³ᐟ⁷、儉 k'iam³ᐟ⁷、士 sï³ᐟ⁷。

　　陰平：斷 t'on¹、動 t'uŋ¹、弟 t'ai¹、舅 k'iu¹。

4.**次濁聲母**：一部分仍讀上聲，一部分歸陰平，極少部分讀陽去。

　　上聲：李 li²、米 mi²、五 ŋ²、紐 ȵiu²、耳 ȵi²。

　　陰平：馬 ma¹、尾 mi/mui¹、里 li¹、偉 vi/vui¹、咬 ŋau¹。

　　去聲：染 ȵiam³ᐟ⁷、朗 loŋ³ᐟ⁷、覽 lam³ᐟ⁷。

　㈢**去聲**

　　1.**清聲母**：讀陰去聲（去聲），少部分與饒平、詔安客話相同，和上聲合流。

　　　　陰去：晝 tsu³、救 kiu³、鬥 teu³、照 tseu/tʃau³、報 po³。

　　　　上聲：臂 pi²、鎮 tsïn/aʃn²、震 tsïn/tʃin²、較 kau²。

　　　　陰平：構 kieu¹、購 kieu¹、播 po¹（四縣話較多）。

　　2.**次清聲母**：讀陰去聲（去聲），少部分與饒平、詔安客話相同，和上聲合流。

　　　　陰去：派 p'ai³、糙 ts'o³、副 fu³、盼 p'an³、片 p'ien³。

　　　　上聲：聘 p'in²、片 p'ien²、暢 ts'oŋ²、況 k'oŋ²。

　　　　陰平：票 p'eu¹、企 k'i¹（四縣話較多）。

　　3.**濁聲母**：今讀陽去聲（四縣、大埔和陰去合讀去聲）。

　　　　去聲：稗 p'ai³ᐟ⁷、號 ho³ᐟ⁷、轎 k'ieu/k'iau³ᐟ⁷、豆 t'eu³ᐟ⁷、袖 ts'iu³ᐟ⁷。

　　4.**次濁聲母**：讀陽去（四縣、大埔和陰去合讀去聲），有少數字讀陰上聲。

　　　　去聲：麵 mien³ᐟ⁷、類 lui³ᐟ⁷、韌 ȵiuŋ³ᐟ⁷、潤 iuŋ³/ʒiun⁷、嫩 nun³ᐟ⁷。

上聲：面 mien³、妹 moi³。

㈣入聲

1.清：讀陰入，極少部分讀陽入。

陰入：清：割 kot⁴、瞎 hat⁴、伯 pak⁴、法 fap⁴、雪 siet⁴。

陽入：夾 kiap⁸。

2.次清聲母：大部分讀陰入，極少部分讀陽入。

陰入：喝 hot⁴、鐵 t'iet⁴、脫 t'ot⁴、缺 k'iet⁴、窟 fut⁴。

陽入：別~人 p'et⁸　踏 t'ap⁸。

3.濁聲母：讀陽入，極少部分讀陰入。

陽入：達 t'at⁸、活 fat⁸、突 t'ut⁸、薄 p'ok⁸、賊 ts'et⁸。

陰入：跌 tiet⁴、闢 p'it⁴　轄 hot⁴。

4.次濁聲母：一部分讀陰入，一部分讀陽入。

陰入：襪 mat⁴、日 n̠ it⁴、祿 luk⁴、脈 mak⁴、肉 n̠ iuk⁴。

陽入：篾 met⁸、月 n̠ iet⁸、六 luk⁴、脈 mak⁸、玉 n̠ iuk⁸。

三、客語聲調特點

《廣韻》聲調的演化，清聲母今音應歸爲陰調類，濁聲母應歸爲陽調類；不過也會產生一些例外，產生不同的對應。從上述客語聲調的對應，這些不同的對應竟成爲客語聲調特點，也是和贛語最大的差異。

1.古次濁上聲：一部分歸陰平，如：馬、里、咬。

2.古全濁上聲：一部分歸陰平，如：臼、舅、弟。

3.古次濁平聲：少部分歸陰平，如：聾、蚊。

學者咸認古上聲次濁、全濁聲母今讀陰平是客語的特徵，但也有學者質疑，這項特徵是否構成客語與其他方言最大的區分之一，例如王福堂在《漢語方言的語音和層次》（1999，頁 61，北京語文出版社）說：「客家話古次濁上、全濁上、次濁平歸陰平的語音特點，

還不是一個本質的特點，依靠它來和贛語方言相區別，就方言一級來說是不夠的。但用來說明客贛兩方言是同一大方言的兩個次方言，則有相當的說服力。」黃雪貞在〈客家方言聲調的特點〉（1988）中，引趙元任〈臺山語料〉（1981）及顏森〈新淦方言本字考〉說：雖然次濁上聲讀陰平的字例，不限定客語才有，臺山話和江西新淦話也有同樣現象，但他們的字較少。以梅縣話爲例，列表如下：強調古上聲字在客語今音的演變，形成客語聲調的特徵，也是客語和其他方言的區分。黃雪貞並列舉梅縣、興寧等十六個客語方言點，三十六個字古次濁上今讀陰平的字。同時，黃雪貞也在文中提出，古濁上歸去，是一般漢語聲調演變規則，今客語讀陰平，臺山話和新淦話沒有此項特點，這也可證明此爲客語的特徵。

　　4.饒平、詔安客家話的聲調，上、去二聲和其他客家話不同的演變特徵。最大的特徵即在於古陰上和陰去合併爲今讀上聲，如：

$$苦 k'u^2 ＝ 褲 k'u^2 \quad 把 pa^2 ＝ 霸 pa^2 \quad 董 tuŋ^2 ＝ 棟 tuŋ^2$$

古濁上和濁去合併爲今讀去聲，如：

$$杜 t'u^7 ＝ 度 t'u^7 \quad 市 si^7 ＝ 侍 si^7 \quad 道 t'o^7 ＝ 盜 t'o^7$$

四、臺灣古次濁上聲今讀陰平略述

　　古全濁上聲，一部分歸陰平；古次濁平聲，少部分歸陰平，在臺灣各地讀音較無分歧。下表爲臺灣客語次濁上聲讀陰平的六十個字（見徐貴榮，〈臺灣客語聲調演變的例外〉，第一屆客家研究生研討會論文，2001，中央大學），依古次濁聲母排列，有*記號者爲黃雪貞〈客家方言聲調的特點〉的三十六字。

聲母	例　　　　字
明	*馬、*猛、*買、*美、*每、*卯、*某、*滿、*免、勉、碼、瑪、母、姆
微	*尾、武
泥	*暖、*惱、*乃
來	*里、*理、*鯉、*禮、*呂、*旅、*魯、*滷、*嶺、*領、*兩斤~、*懶、*冷、裡、俚、侶、柳~樹、壠
日	*惹、*軟、*忍、乳豆腐~
以	*也、*野、*養、*癢、冶、酉、演、以、與
疑	*咬、我、語、藕
云	*有、*往、偉、友、宇、禹

　　本表六十個字中，大部分都是常用字，比黃雪貞的字多二十四個，足以說明客家話的特徵。其中以「來母」十八字最多，其次是「明母」十四字。

　　這些次濁上聲，臺灣客語四縣全讀陰平；海陸「乳、偉、武、宇、禹」等五字除「乳」外，讀上聲；饒平「武、與、禹、以」等四字讀上聲；東勢「瑪、母、每、猛、武、呂、旅、演、語、偉、往、宇、禹」等十三字多讀上聲。值得注意的是，閩西客話次濁上讀陰平的字比其他方言少得多，可能反映寧化點受非客方言影響較深（羅美珍、鄧曉華，《客家方言》，1997，頁43）。東勢靠近閩南語區，讀上聲較多，或許是受周邊閩南語的影響。海陸、饒平話今讀上聲的少數字，多是次常用字，也有可能受到接觸非客語方言的影響。

古四聲與今日臺灣客語聲調對應表

（小字表較少字）

古四聲	清濁	臺灣客話					
平	全清	陰平					
	次清	陰平					
	全濁		陽平				
	次濁	陰平	陽平				
上	全清	陰平		上聲			
	次清			上聲			
	全濁	陰平			去聲		
	次濁	陰平		上聲	去聲		
去	全清	陰平		上聲	去聲		
	次清			上聲	去聲		
	全濁				去聲		
	次濁				去聲		
入	全清					陰入	陽入
	次清					陰入	陽入
	全濁					陰入	陽入
	次濁					陰入	陽入

臺灣客語次方言聲調的調類、調號、調值、例字一覽表

調　類		陰平	陰上	陰去	陰入	陽平	陽去	陽入
調　號		1	2	3	4	5	7	8
調值	四縣	24	31	55	21	11	同陰去	5
	大埔（東勢）	33	31	53	21	113	同陰去	5
	詔安（崙背）	11	11	31	24	53	55	32
	饒平1	11	11	31	21	53	55	5
	饒平2	11	11	53	21	55	24	5
	海陸	53	13	11	55	55	33	2
例　字		兄	底	布	汁	爬	道	藥

饒平1：包括中壢芝芭里、興南,平鎮、八德,卓蘭、東勢、新屋等地。新屋、八德多出一個「超陰入」,調號9、調值24,例字:屋。

饒平2：包括中壢過嶺、觀音新坡、竹北、新埔、芎林、關西等地。竹北六家、新埔枋寮陽去讀高平55調,同陽平調。

第八章

臺灣客語的詞彙和語法

涂春景

第 1 節 　詞的意義和種類

一、詞的定義

　　詞是能代表一個意義或作用的語言成分，在漢語語法裡，字、詞是有差別的。客語是漢語的一支，所以，客語語法裡的字與詞，也同樣有分別。有時，一個字便有一個意義或作用，稱之為「單音詞」，或簡稱「單詞」。比如：勸人水上活動必得小心謹慎，說：「欺山莫欺水。」句中的「山」、「水」屬具有意義的單詞；稱物以類聚，說：「人同人好，鬼同鬼好。」稱不能怨天尤人，只有怪自己，說：「唉！萬般都是命，半點不由人。」句中的「同」、「唉」是具有作用的單詞。

　　然而，有時一個字並不能表達出一個意義或作用，必須由兩個或兩個以上的字合起來，才具意義或作用，稱之「複音詞」，簡稱為「複詞」。譬如：勸人勤奮些，天下絕沒有可撿的便宜，說：「蟾蜍可食就無路邊跳。」話中的「蟾蜍」是複詞，假使你光說一個「蟾」字，或單說一個「蜍」字，是無法表達出意義的。又如：「嗚呼」也是複詞，拆開來說「嗚」，或說「呼」，是無法表達出哀傷的感嘆的作用。由是觀之，「蟾」、「蜍」、「嗚」、「呼」都只能稱「字」，不能說「詞」。

二、詞的種類

(一)按音節分類

　　1. 單詞：一個字便構成一個詞。譬如：「人」、「神」、「風」、「雨」、「喲」（音 io）、「了」（音 le）……等。

2.**複詞**：由兩個或兩個以上的字組成，只代表一個意義或作用。譬如：「阿公」（祖父）是雙音詞，「阿公婆」（祖先）是三音詞，「阿公婆牌」（祖先牌位）是四音詞。以上屬代表意義的複詞。其他如：「縱定」（縱使）、「阿姆哀」（我的媽呀）。屬於代表作用的複詞。

複詞又可依其構詞的形式不同而分成：衍聲複詞、附加複詞、合義複詞三種。

(1)衍聲複詞

以聲韻關係結合成詞。因其結合的聲韻關係不同，又可分成下列幾類：

①雙聲雙音節——雙音詞的上下兩音節聲母相同。例如：表示身教的重要，說：「上樑不正下參差。」話中的「參差」，讀成 ts'am¹ts'ai¹。其他如：叮噹、玲瓏……等是。

②疊韻雙音節——雙音詞的上下兩音節韻母相同。例如：謂愈關照愈不成材，說：「緊惜緊孤毛，緊惱緊婆娑。」句中的「婆娑」，讀作 p'o⁵so¹。其他如：逍遙、蕭條……等是。

③非雙聲疊韻——雙音詞的構成，上下兩音節既不雙聲也不疊韻，同時構成詞的上下兩個字、詞，並非以義結合，而是因聲音關係合成。例如：一句玩笑話，說：「阿彌陀佛，兩頭尖尖橄欖核。」句中的「橄欖」，讀作 ka²lam²，屬之。其他如：檳榔、芙蓉……等是。

④疊字——構成雙音詞的上下兩音節，由相同的兩個字或詞結合起來，以聲音關係構成。古人稱：「七月秋風漸漸涼。」話中的「漸漸」屬之。其他如：哈哈、咚咚……等是。

⑤多音詞——一個詞，由三個或三個音節以上構成。這種構成，依照構成的形式，說明如次：

　　a.單字加疊字：有句氣象諺語：「三月北風燥惹惹，四月北風水打杈。」句中「燥惹惹」，還有：瘦夾夾、面臭臭、白雪雪、包塞塞……都是。

　　b.疊字加單字：在物資貧乏的年代，餐桌上勸人吃肥肉，說：「精（俗做靚）豬肉滾滾輾，肥豬肉可傍飯。」話中的「滾滾輾」，還有：陣陣上、橫橫擎、合合上、攄攄鑽……都是。

　　c.雙疊詞：稱人日子過得沒啥意義，說：「嘻嘻哈哈又一日。」句子裡「嘻嘻哈哈」屬之，其餘如：喃喃呢呢、武武夫夫……都是。

　　d.三疊詞：三個字、詞相疊成詞，叫做三疊詞，這是客語構詞的特色。三疊詞有加強語氣的作用。譬如：強調果實還很幼嫩、尚未成熟，說：「子子子。」俗話說：「暗晡雞鴨早入籠，天光日頭紅紅紅。」「紅紅紅」強調太陽大、天氣晴朗的意思。其他，像：黃黃黃、青青青、澀澀澀、酸酸酸、濕濕濕、利利利……都是。

　　e.四疊詞：四個字、詞相疊成詞，叫做四疊詞，這也是客語構詞的一大特色。譬如：形容牙周病患牙齒微痛，說：「咻咻咻咻。」其他像：輕聲細語說「咚咚咚咚」、嘮嘮叨叨說「噥噥噥噥」、饞涎欲滴，描寫口水「流流流流」……都是。

　　f.多重雙聲疊韻詞：四音詞中，前後兩字各自疊韻，隔字雙聲，多用來形容聲音之詞。譬如：形容驟雨初臨時的雨聲，說：「雨，嗶力曝落，來囉！」句中「嗶力曝落」（音pit^{8}lit^{8}pok^{8}lok^8）便是。其他如：形容嘈雜的說話聲，說：「嘰哩呱啦」（音ki^{3}li^{3}kua^{3}la^3）；形容細碎的聲音，說：「趣哩喍啦」……

　　g.贅語詞：為了增加音綴效果，雙音詞加上沒什麼意義的字詞，稱為贅語詞。譬如：「阿里不搭」、「糊裡糊塗」、「郎當碎耳」三個詞，詞中「阿里」、「糊裡」、「郎當」都屬贅語。

　　h.駢語詞：四音詞中，前二字詞與後二字詞意義相同，用來加強語氣的，稱之為駢語詞。譬如：責備小孩頑皮，總喜歡攀高，說：「攀籬弔架」屬之；這種駢語詞特別多，例如：「糖甜蜜甘」、「丟籬拂

壁」、「三舞四射」、「攀山過岰」「舐嘴獵鼻」……都是。

(2)附加複詞

附加複詞，指在一個主體詞前後，附加一詞頭或詞尾，前加詞頭的，是前音後義的形式，稱前加複詞；後加詞尾的，屬前義後音的形式，稱後加複詞。基本上附加以後的詞，聽者容易聽清楚。此外，也有三音詞中，中間的字詞，屬沒有意義的附加成分，這裡把它稱爲「中綴複詞」。至於其他，有一個詞中，同時有前加、後加成分的，如：「阿丑伯」；同時有中綴、後加成分的，如：「老阿公兒」。

①前加複詞——俗話說：「伯公無開口，老虎毋敢打狗。」話中的「老虎」，「虎」爲主體詞，「老」是沒有意義的附加詞。其餘附加「老」於詞頭的附加詞有：老鼠、老蟹、老弟、老妹、老公、老婆……

俗話又說：「六月天公無阿公，六月割禾無阿婆。」用此話來形容農曆六月，農忙期間家無閒人的景況。話中的「阿公」、「阿婆」，「公」、「婆」爲主體詞，「阿」是附加詞，不具意義。其他附加「阿」於詞頭的附加詞還有：阿爸、阿姆、阿哥、阿姊、阿伯、阿叔、阿姑、阿舅、阿姨、阿鶩箭、阿不倒……

②後加複詞——譏諷懶惰的人，說：「做事懶定動，食飯擎大碗公。」句中的「碗公」，大碗的意思，是附加「公」於詞尾的後加複詞。其他後加「公」的後加複詞，還有：蝦公、蟻公、蟟公、手指公、腳指公……

客家鄉俗，嬰兒滿月時，外婆要揹小外孫到庭院「喊鷂婆」，也就是說四句好話：「鷂婆飛高高，過年做阿哥；鷂婆飛低低，過年招老弟；鷂婆飛過來，阿孲做秀才；鷂婆飛過去，阿孲做皇帝。」句中的「鷂婆」，是附加「婆」於詞尾的後加複詞。其他以「婆」

爲詞尾的後加複詞有：蝠婆、芒婆、笠婆……

　　小孩在樓上跑跑跳跳，叮咚作響，客話說：「咚咚滾」。類此，以「滾」爲後加複詞詞尾的複詞，多屬形容聲音或想像的聲音之詞彙，是客語後加複詞的特色，其餘有：嘟嘟滾、吭吭滾、喂喂滾、喔喔滾、咻咻滾、哐（音 k'ung³）哐滾……

　　其他，以「牯」爲後加複詞詞尾的複詞，有：硬飯牯、挽籬牯、石牯……

　　以「母」（音 ma⁵，俗做嫲）爲後加複詞詞尾的複詞，有：鯉母、刀母、勺母、笠母、舌母、拳頭母（有頭、母兩個後加詞）、巴掌母……

　　以「哥」爲後加複詞詞尾的複詞，有：猴哥、蛇哥、豬哥、老虎哥……

　　以「兒」（音 e²，俗做仔）爲後加複詞詞尾的複詞，特別多，舉例如次：雞兒、鴨兒、鵝兒、豬兒、狗兒、牛兒、鳥兒、猴兒、蟲兒、魚兒、草兒、樹兒、竹兒、山兒、沙兒、石兒、扇兒、遮兒、球兒、刀兒、車兒、臨晝兒、臨暗兒……

　　以「頭」爲後加複詞詞尾的複詞，有：石頭、山頭、手頭、拳頭、膝頭、灶頭、钁頭、碗頭、钁頭、斧頭、朝晨頭、臨晝頭、當晝頭、下晝頭、臨暗頭、暗哺頭……

　　以「姑」爲後加複詞詞尾的複詞，有：乳姑、麻雀姑……

　　以「上」（音hoŋ）爲後加複詞詞尾的複詞，有：間上、山上、街上、壁上、禾埕上、心肝上、河壩上、碗公肚上……

　　以「下」爲後加複詞詞尾的複詞，有：屋下、廳下、灶下、礱間下、牛欄下、伯公下、竹頭下、稈棚下、戲棚下……

　　③中綴複詞——有一首歌唱「芥菜」的兒歌：「老阿伯，鬚赤赤；鹽來魯，石來躓；礑到七月半，請人客，人客食到嘴叭叭。」

歌中「老阿伯」三音詞，即以「阿」字中綴。其他的中綴複詞，有：老阿公、老阿婆、細阿哥、細阿妹、大老虎、蠊公頭、鷯婆嘴、石頭狗、膝頭腕、柑兒樹……幾乎所有作為詞頭、詞尾的字詞，都可作為中綴之字詞。

(3)合義複詞

合義複詞的構成，不同於衍聲複詞。衍聲複詞是由於聲韻的關係構成，合義複詞則因字詞的意義構成。合義複詞字詞間意義的關係有三種，其構成的複詞分別稱為聯合式合義複詞、組合式合義複詞、結合式合義複詞。

①聯合式合義複詞——聯合式合義複詞，聯合成詞的兩個字、詞，必須緊密聯合，合成一種意義。如果各有其義，就不算合義複詞，只算是一「詞聯」。譬如：「大細」有子女的意思；如果「大細」指「大」和「細」，就不能算合義複詞，只能算「詞聯」。

聯合式合義複詞是由詞與詞的並列構成。依其並列的聯合關係而言，約可分成平行、類似、包含、對立、偏義等關係。

a.平行關係：其構成的上、下兩個詞意義相同。

有一首山歌詩：「阿哥上坵妹下坵，兩儕眼箭丟又丟；保護天公落大雨，打崩田塍做一坵。」句中「保護」一詞，其構成的上下兩個單詞的意義相同。像這種平行關係的聯合式合義複詞，還有：安定、通透、揀擇、歡樂、養育、歇宿、驚怕、燒燗、利便、缺虧、幼秀、錢銀、土地、屋舍……

b.類似關係：其構成的上、下兩個詞意義相似。

俗話說：「人生在世，食著兩事。」句中「食著」一詞，其構成的上、下兩個單詞的意義相似。像這種類似關係的聯合式合義複詞，還有：辛苦、功勞、保養、擁護、裁縫、公婆、兄弟、子孫、手腳、身體、心肝、神仙、富貴、情理、酸澀、風水、米穀……

c.包含關係：其構成的上、下兩個詞，是長短、輕重、大小、多少

等關係所構成。

俗話說：「自家幾多斤兩自家知。」稱自己有多少才能自己知道。句中「斤兩」一詞，其構成的上、下兩個單詞，「斤」包含「兩」。像這種包含關係的聯合式合義複詞，還有：尺寸、分寸、千萬、國家……

d.對立關係：其構成的上、下兩個詞的意義相反，但聯合成複詞後，產生了一個新的意義。

俗話說：「相請無論，買賣算分。」句中「買賣」一詞，其構成的上、下兩個單詞的意義相反，但聯合成詞後有「交易」的新意義。像這種對立關係的聯合式合義複詞，還有：東西、精奀、燒冷、輸贏、出入、老嫩、大細、多少、是非、高低、重輕、長短、加減、鹹淡、開關……

e.偏義關係：其構成的上、下兩個詞的意義也相反，但聯合成複詞後，只保留其中一個詞的意義，另外一個詞的意義消失了。

「毋知事情介利害。」是說不知道事情的害處。句中「利害」一詞，其構成的上、下兩個單詞的意義相反，但聯合成新詞後，只保留「害」的意思，「利」的意思消失了。像這種偏義關係的聯合式合義複詞，還有：來去、忘記、生死、早慢、好壞……

②組合式合義複詞──組合式合義複詞，是由主從關係組合而成。其組合的前後兩個詞，後者為主體詞，前者為附加詞。譬如：俗話「熱貨毋可搶，冷貨等時光。」話中的「熱貨」，屬組合式合義複詞，「貨」是主體詞，「熱」為附加詞，用來修飾主體詞。「冷貨」也相同。組合式合義複詞，前後兩個詞組合成新的詞，必定有新的意義，否則，只能算是「詞組」。像「大路」，指「可以通行車馬的路」，不是指「大的路」，屬組合式合義複詞；「紅燈」，指「紅色的燈」，屬「詞組」。

其他，類此組合式的合義複詞非常多，例如：手指、刀石、桌

圍、手銃、水鞋、笑話、樹盆、面帕、飛機、粄粽、電扇、雞毛
掃、牛筋草……

③結合式合義複詞——兩個詞結合成一個複詞，其結合成複詞
的前後兩個詞，並非並列或主從的關係，而是具有句子形式的結
合。前後兩個詞緊緊的結合後產生新的意義，便稱結合式合義複
詞；否則只能稱爲「詞結」。

有句話說：「捉賊在贓，捉猴在牀。」話中「捉賊」一語，前
後兩詞拼合並未產生新意，只能稱做「詞結」；「捉猴」一詞，
「捉」是動詞（述語），「猴」是「捉」的受詞（賓語），兩詞結
合成「捉姦」的新義。因此，「捉猴」便屬結合式合義複詞。結合
式合義複詞，有多種結合的形式，現在分別敘明如次：

a.主謂格：「主語」＋「謂語」（動詞）。

俗話說：「春分秋分，日夜平分。」話中的「春分」、「秋分」
（都是二十四節氣之一）就是主謂格結合式合義複詞。其餘如：地動
（地震）、心焦（心急）、火著（惱怒）、鬼叫（亂吼）、猴叫（淒
厲的呼喊）、冬至（二十四節氣之一）、霜降（二十四節氣之一）……
也是。

b.修飾主謂格：「主語」＋「謂語」（形容詞或形容性質之詞）。

有一句話說：「人醜好照鏡，命歪好算命。」「命歪」（才能、
遭逢都不好）一詞，「命」是主語，「歪」是謂語，屬修飾主謂格的
結合式合義複詞。其他如：目赤（眼紅）、面紅（羞愧）、心虛（內
心不安）、嘴硬（強辯）……也是。

c.動賓格：「述語」（動詞）＋「賓語」（受詞）。

有句話說：「客家山歌特出名，條條山歌有妹名。」話中「出名」
一詞，「出」是述語、動詞，「名」是賓語、受詞，是有好名聲的意
思，屬動賓格的結合式合義複詞。其他如：食人（坑人）、食粥（容
易）、丟竹（非常快速）、痛腸（傷心難過）、敗腎（腎虧）、局屎

（驕傲）、掛紙（掃墓）、出山（出殯）、食竹兒（被修理）……都
屬。

　　d.後補格：「述語」（動詞）＋後補成分。

　　有句師傅話說：「孔夫子介手帕──包書（輸）。」「包輸」的
「包」是述語，「輸」是後補成分；是穩輸不會贏的意思。其餘，如：
看輕（瞧不起）、看破（認清）、說明（表達清楚）、攀擎（頑皮）、
洗精（音 tsiaŋ，說風涼話）……等都是。

　　e.其他

　　像「傷風」既非組合式、聯合式，又非前述四種結合式合義複詞，
歸之於其他一類。

　㈡按詞性分類

　　1.實詞：表示概念的詞。依其在語法中的任務，分成五類，說
明如次：

　　⑴名詞：實物、哲學、科學等名稱屬之。

　　譬如：天、地、花、草、神、鬼、路、橋、田、林、腳盤、舌
母、精神、社會、道德、莊頭、洗衫機……等。

　　⑵形容詞：表示實物性狀的詞，即用來修飾名詞的詞。

　　譬如：大、細、粗、幼、高、矮、黃、青、赤、白、懶尸、緄
襪、淨俐、燒暖、鬧熱、冷落、瞪線……等。

　　⑶動詞：描寫行為的詞。

　　譬如：食、著、笑、叫、嫖、賭、打、迎、搞、遛、治、醒、
睡、扭、煮、煎、煲、炙、製造、出入、改善……等。

　　⑷副詞：表示實物性狀或行為的程度、範圍、時間、位所、可
能性、否定作用等的詞。

　　譬如：盡、當、恁、真、忒、較、毋、會、做得、實在、還過
……等。

　　⑸代詞：指稱或稱代人、事、物的詞。

①三身指稱詞——如：我、汝（你）、佢（其）、偓（偓兜、偓這兜）、吾、若……等。

②特指指稱詞——如：這、該、這兜、該兜、彼、此……等。

③疑問指稱詞——如：麼介、奈（俗作哪）兒、仰（借音）般、麼儕、麼人、何必、何麼介……等。

④數量指稱詞——如：七、十、百、千、萬、半、逐、每、各、部分……等。

⑤單位指稱詞——如：斤、甲、粒、隻、頭、條、蕊、皮、座、尾……等。

2.**虛詞**：不能表示一種概念，只有語法作用的詞。依照其在語法中作用的不同，分成四類。

(1)**關係詞**：介繫或聯繫詞和詞或句和句的文法作用。

①連詞——聯繫同類的詞和詞或句和句之詞。如：同、騰、再過、因爭、故所、縱使、縱定、作當、總講……等。

②介詞——介於名詞或代詞間，使名詞或代詞與另詞產生關係的詞。如：介、分、對、代、自、爲著、將把……等。

(2)**語氣詞**：表示一種語氣或情緒的詞。

①助詞——用以表示各種語氣的詞。通常有置於句首、句中、句尾三種。如：嗨、咩、呢、無、哪、了、啦……等。

②嘆詞——用以表示各種情緒，如驚訝、讚賞、慨嘆、期待……的詞。又稱獨立的語氣詞。如：啊、哇、哦、哎、哎喲、哎哉、嗚呼、阿姆哀……等。

三、詞與詞的配合關係

就詞性言，詞與詞之間的拼合關係，可分三方面來說：

㈠聯合關係

兩個或兩個以上同詞性的詞（指名詞與名詞、動詞與動詞、形

容詞與形容詞），聯繫而成的關係，稱並列關係，簡稱「詞聯」。

有句話說：「爺娘想子長江水，子想爺娘無該擔竿長。」句中「爺娘」前後兩個詞都是名詞，以並列關係聯合，稱爲「詞聯」。「詞聯」與「聯合式合義複詞」有別，「聯合式合義複詞」所並列的前後兩個詞之間不可以插入關係詞；譬如：「子孫」，指後代，屬「聯合式合義複詞」，不是「子同孫」的意思。「詞聯」所並列的前後兩個詞之間可以插入關係詞：名詞與名詞間得插入「同」、「挼」、「騰」、「以及」……等；動詞與動詞、形容詞與形容詞之間，可加入「又」、「且」、「過」、「同時」、「還過」……等。

㈡組合關係

兩個不同詞類的詞，後者是主體詞，又稱端詞；前者是附加的詞，又稱加詞。主體詞一定是名詞或與名詞相同性質的詞，附加詞則可以是名詞、代詞、形容詞、動詞，但這裡的名詞、代詞、動詞，都形容詞化了。這種詞與詞的組合關係，也稱主從關係、附加關係，簡稱「詞組」。

客家人稱唱高調的人，說：「食番薯，講米價。」「米價」是米的價錢之意，屬於「米」、「價」兩詞的詞與詞之組合關係，即「詞組」。「詞組」是不同於「組合式合義複詞」的，有一個辨識的方法，在主體詞與附加詞之間，能插進關係詞「介」的，就是「詞組」；否則，即爲「組合式合義複詞」。例如：紅紙、烏字、白衫、高山、矮屋，屬「詞組」；電火（電燈）、水筆（毛筆）、火炭（木炭）、胖線衫（毛衣）、大紅花（扶桑花，或稱野杜鵑），屬「組合式合義複詞」。

㈢結合關係

前兩種關係，屬詞與詞的聯合或組合，聯合或組合後的結果僅

屬一「詞群」，意思沒有完足，並不是句子。今有「狗吠」一詞，意思表達已完，此具有句子形式的詞，其詞與詞構成的關係，稱結合關係，又稱造句關係，簡稱「詞結」。例如：

1. 句子形式的詞結

(1)**主語**＋**謂語**

如：花開、貓叫、羊喔、雷鳴、山崩……

(2)**主語**＋**述語**＋**賓語**

如：牛倒草、鴨食穀……

2. 謂語形式的詞結

(1)**述語**＋**賓語**

如：騎馬、過橋、食酒、洗衫、著褲、度人、唱曲……

(2)**副詞**＋**述語**＋**賓語**

如：好看戲、盡會讀書、當殺鼠、十分惜我、毋認分……

(3)**副詞**＋**形容詞**

如：恁靚、當暢、還慶、盡狡猾、較熟、十分研屎……

(4)**副詞**＋**動詞**

如：相罵、慢行、快到、大聲喊、遽遽食、懶定動……

「詞結」是區分簡句與繁句的關鍵，如若有一「詞結」，在句子中作為文法的成分，即為繁句；否則，句子裡的文法成分都沒有「詞結」，是為簡句。

第 2 節　客語生活常用詞舉例

生活常用詞很多，不能盡舉。今依人稱、身體、應酬、自然天候、時令節日、食、衣、住、行、育、樂的順序，舉例如次：

一、人稱用詞

汝／你（你）　　　　我（俗作𠊎）　　　　佢（他）

汝／你等（你們）　　我等（我們）　　　　佢等（他們）

阿爸（爸爸）　　　　阿姆（媽媽）　　　　阿公（祖父）

阿婆（祖母）　　　　阿哥（哥哥）　　　　阿姊（姊姊）

老弟（弟弟）　　　　老妹（妹妹）　　　　賴兒（兒子）

妹兒（女兒）　　　　孫兒（孫子）　　　　孫女

阿伯（伯父）　　　　伯姆（伯母）　　　　阿叔（叔父）

叔姆（叔母）　　　　叔伯兄弟（堂兄弟）叔伯姊妹（堂姊妹）

叔伯阿哥（堂兄）　　叔伯阿姊（堂姊）　　叔伯老弟（堂弟）

叔伯老妹（堂妹）　　表兄弟　　　　　　表姊妹

表哥　　　　　　　　表姊　　　　　　　表老弟（表弟）

表老妹（表妹）　　　大郎伯（夫兄）　　　小郎叔（夫弟）

大娘姊（夫姊）　　　小娘姑（夫妹）　　　妻舅兒（妻之兄弟）

阿姨兒（妻之姊妹）阿姑（姑媽）　　　　姑丈

姐公（外祖父）　　　姐婆（外祖母）　　　阿舅（舅父）

舅姆（舅媽）　　　　阿姨（姨媽）　　　　姨丈

家倌（翁）　　　　　家娘（姑）　　　　　丈人佬（岳父）

丈人哀（岳母）

二、身體用詞

頭顱（頭）　　　　　頭顱毛（頭髮）　　　目珠（眼睛）

額頭　　　　　　　　目眉毛（眉毛）　　　眉𥄉（太陽穴）

鼻空（鼻子）　　　　鼻囊峴（鼻樑）　　　嘴

鬍（鬍子）　　　　　舌母（舌頭）　　　　牙齒

牙牀肉（牙齦）　　　下頷（下巴）　　　　耳空（耳朵）

蛤蟆胲（脖子）	頸莖（頸）	圓／膴身（軀幹）
背囊（背）	胸脯（胸部）	乳姑（乳房）
氣管	肺（肺臟）	心臟
肚笥（肚子）	肚臍	胃腸
肝（肝臟）	禾鐮鐵（胰臟）	糞門（肛門）
膦兒（陰莖）	核卵（睪丸）	屄兒／膣屄（陰道口）
勢窟（屁股）	腳夾（胯下）	手
手睜（手肘）	手腕	手目（手踝）
手指	手指公／頭（大拇指）	棟指（中指）
手指尾（小指）	手指甲	手巴掌（巴掌）
拳頭	手□(音想)（手臂）	肩頭（肩膀）
手夾下（腋下）	手指縛（指縫）	腳
腳臂（大腿）	腳莖（小腿）	腳囊肚（小腿肚）
蛾眉峴（小腿脛前）	腳盤（腳掌）	腳目（腳踝）
腳睜（腳跟）	腳趾	腳趾公（大拇趾）
腳趾尾（小趾）	腳指甲	腳趾縛（趾縫）
腳底		

三、應酬用詞

恁仔細（謝謝）	承蒙（感謝）	相借問（打招呼）
恁早（早安）	打嘴鼓（聊天）	失禮（對不起）
毋怕／無相關（沒關係）		正來遛（再來玩、再見）
來遛（來玩）	落來坐（進來坐）	慢行（慢走）

四、自然天候

日頭（太陽）	月光（月亮）	星兒（星星）
山兒（山）	田	河壩（河流）

地泥（地）　　　　風　　　　　　　　水

落雨／水（下雨）　好天（晴天）　　烏陰（陰天）

發風災（颱颱風）　雨／水毛兒（毛毛雨）落霜（下霜）

響雷公（打雷）　　爧亮（閃電）　　　露水

雲　　　　　　　　天弓／虹（彩虹）　紅霞（彩霞）

水沖／寨（瀑布）　波螺皺／倒滾水（漩渦）

崩崗（懸崖）　　　石頭／牯（石頭）　泥（泥土）

湧塵（灰塵）

五、時令節日

今晡日（今天）　　天光日（明天）　　後日（後天）

昨晡日（昨天）　　前日（前天）　　　今年

過忒／明年（明年）後年　　　　　　　舊年（去年）

前年　　　　　　　朝晨（早上）　　　臨晝兒（傍午）

當晝（中午）　　　臨暗兒（傍晚）　　暗晡頭（晚上）

暗晡夜（今天晚上）星光半夜　　　　　打早（清晨）

三十日／暗晡（除夕）　　　　　　　　過年（春節）

正月半（元宵節）　天穿日　　　　　　清明

五月節（端午節）　七月七（七夕）　　七月半（中元節）

八月半（中秋節）　重陽　　　　　　　冬節（冬至）

熱天（夏季）　　　寒天（冬天）　　　這只月（這個月）

下二只月（下個月）上只月（上個月）　日時頭（白天）

暗晡頭（晚上）　　歸日兒（整天）　　歸暗晡（整夜）

天光（天亮）　　　斷烏（天黑）

六、飲食用詞

食飯（吃飯）　　　食粥／糜（吃稀飯）食茶（喝茶）

食朝（吃早飯）　　食晝（吃中飯）　　食夜（吃晚飯）

食酒（喝酒）　　　食煙（抽煙）　　　食奶（喝奶）

大麵（麵條）　　　米粉　　　　　　　粄條

甜粄（年糕）　　　發粄（發糕）

蘿蔔粄／菜頭粄（蘿蔔糕）　　　　　　菜包兒（菜包）

粄兒圓／圓粄（湯圓）　　　　　　　　粢粑

米篩目　　　　　　粽兒（粽子）　　　仙草

豬肉　　　　　　　雞肉　　　　　　　魚肉

肥豬肉（肥肉）　　精／瘦豬肉（瘦肉）　三層肉（五花肉）

卵（蛋）　　　　　豆腐　　　　　　　豆油（醬油）

鹽（鹽巴）　　　　酸醋（醋）　　　　糖

穀　　　　　　　　番薯（地瓜）　　　芋卵（芋頭）

番／地豆　　　　　包粟（玉米）　　　馬鈴薯

青菜　　　　　　　菠麗菜（高麗菜）　蕹菜（空心菜）

碗公（大碗）　　　盤　　　　　　　　碗

筷兒／箸（筷子）　湯匙／調羹（湯匙）　茶杯兒（茶杯）

飯匙　　　　　　　杓兒（瓢）　　　　酒開兒（瓶蓋起子）

七、衣著用語

衫褲（衣服）　　　衫（上衣）　　　　褲（褲子）

裙（裙子）　　　　襖／外套（夾克）　袂兒（背心）

鞋（鞋子）　　　　襪兒（襪子）　　　帽兒（帽子）

西裝　　　　　　　洋裝　　　　　　　套裝

目鏡（眼鏡）　　　手落兒（手套）　　褲／皮帶兒（皮帶）

手／時錶兒（手錶）禁指（戒指）　　　鈕兒（鈕釦）

買衫（買衣服）　　試著（試穿）　　　搽粉（擦粉）

膏胭脂（塗胭脂）　洗衫（洗衣服）　　晾／曬衫（晾衣服）

著衫褲（穿衣服）　著鞋襪（穿鞋襪）　戴帽兒（戴帽子）
換衫褲（換衣服）　收衫褲（收衣服）　摺衫褲（摺衣服）
衫櫥（衣櫥）　　　吊衫褲（掛衣服）　拭皮鞋（擦皮鞋）

八、住居用語

廳下（客廳）　　　間房（臥室）　　　灶下（廚房）
讀書間（書房）　　洗身間（浴室）　　便所（廁所）
胖凳（沙發）　　　茶桌（茶几）　　　食飯桌（餐桌）
書桌兒（書桌）　　電腦桌　　　　　　憑凳／椅（椅子）
圓凳頭（圓凳子）　長凳（條凳）　　　矮凳兒（矮凳）
電視　　　　　　　收音機　　　　　　錄放音機
錄放影機　　　　　錄音帶　　　　　　錄影帶
冰箱　　　　　　　電鑊兒（電鍋）　　微波爐
洗衫機（洗衣機）　乾碗機　　　　　　乾衣機（烘乾機）
洗衫臺（洗衣臺）　馬桶　　　　　　　洗面槽（洗臉槽）
眠牀（牀）　　　　牀頭櫃　　　　　　梳妝臺
鏡兒（鏡子）　　　被骨（被子）　　　被單
薄被兒（毛巾被）　枕頭　　　　　　　枕頭布（枕巾）
枕頭袋（枕套）　　草蓆　　　　　　　貼被（墊被）
間門（房門）　　　窗門（窗戶）　　　冷氣（冷氣機）
面帕（毛巾）　　　牙搓兒（牙刷）
牙□（音 kok[8]）兒（漱口杯）　　　　牙膏
茶箍（肥皂）　　　梳兒（梳子）　　　亢牀（起牀）
摺被（疊被子）　　梳頭（梳頭髮）
搓牙齒／洗嘴（刷牙）　　　　　　　　盪嘴（漱口）
洗面（洗臉）　　　鎖頭（鎖）　　　　鎖匙（鑰匙）
洗身（洗澡）　　　睡目（睡覺）　　　發夢（做夢）

牽覺（打呼）　　　啄目睡（打瞌睡）　　屙屎／行通（大便）

屙尿／小解（小便）

九、行止用語

行路（走路）　　　爬（爬行）　　　　　走（跑）

車兒（車子）　　　船兒（船）　　　　　飛行機（飛機）

坐車　　　　　　　坐船（乘船）　　　　坐飛機（搭飛機）

自行車／鐵馬兒　　歐到擺／引擎（機車）

計程車　　　　　　轎車／矮母車（私家車）

公車／巴士　　　　火車　　　　　　　　車頭（車站）

渡船頭（碼頭）　　機場　　　　　　　　打車單（買車票）

上下車　　　　　　紅青燈（紅綠燈）　　騎車兒（騎車）

赴車（趕車）　　　過柵（進月臺）　　　散步

蹶山（登山）　　　旅行　　　　　　　　上工／班（上班）

出門　　　　　　　轉屋／歸（回家、下班）

過家遛（串門子）　繚街（逛街）　　　　買辦（採購）

戴帽兒（戴帽子）　戴笠母（戴斗笠）　　擎遮兒（打傘）

十、育兒用語

摜（或做攇）大肚／懷孕　出世（出生）　　雙生（雙胞胎）

降子／生產（生孩子）　　　　　　　　　做月（坐月子）

斷臍／減輕（接生）渡子（帶小孩）　　　餵奶

飼飯（餵食）　　　兜屎（把屎）　　　　兜尿（把尿）

揞子（哄孩子睡覺）搖籃　　　　　　　　蝲蛴車（學步車）

搞介／玩具（玩具）嬌惹（關懷）　　　　做滿月（彌月之慶）

有燒有冷（有病痛）發燒　　　　　　　　寒到（感冒）

熱到（中暑）　　　頭顱痛（頭痛）　　　牙齒痛

肚笥痛（肚子痛）　　讀書（上學）　　　讀書寫字

寫功課　　　　　　　校長　　　　　　　先生（老師）

學生兒（學生）　　　小學　　　　　　　中學

大學　　　　　　　　操坪／運動坪（操場）

教室　　　　　　　　活動中心　　　　　粉牌／烏枋（黑板）

粉筆　　　　　　　　粉拭兒（板擦）　　圖書館

博物館　　　　　　　美術館　　　　　　動物園

植物園　　　　　　　育樂中心　　　　　夏令營

研習會　　　　　　　研討會　　　　　　借書

參觀　　　　　　　　觀賞

十一、娛樂用語

做戲（演戲）　　　　起鼓（開鑼）　　　煞臺（散場）

戲園（戲院）　　　　電影院　　　　　　歌廳

MTV.　　　　　　　　KTV.　　　　　　　唱歌兒（唱歌）

看戲　　　　　　　　跳舞　　　　　　　看電影

看球賽　　　　　　　看表演　　　　　　看影片

迎龍（舞龍）　　　　打獅（舞獅）　　　打紙炮兒／放鞭炮

攬腰跤兒／相撲　　　行棋子／下象棋

跌三烏兒（擲錢幣的博弈）　　　　　　　打四色（玩四色牌）

打麻雀（打麻將）　　打球兒（打球）　　郊遊

露營　　　　　　　　烤肉

洗身兒／泅水（游泳）　　　　　　　　　溜冰

走相逐／追（賽跑）撥索兒（跳繩）　　擲飛盤

打電動

第 3 節　句子的意義和種類

一、句子的定義

　　由兩個以上的詞聯成，能表達完整的意思的就叫做句子。句子的內涵，有兩部分：一爲主語，一爲謂語，謂語包含述語與賓語。主語是句子的主要成分，謂語是說明主語的。

二、句子的種類：

　　句子大概分爲簡句、繁句、複句三大類。

　　㈠簡句

　　句中文法成分，由單詞、複詞、詞聯、詞組構成。簡句又可分爲敘事簡句、有無簡句、表態簡句與判斷簡句四類：

　　1. 敘事簡句：是敘述一件事的句子，事件的中心是行爲（動作）。起詞（主語）即行爲發動者，述詞（動詞）就是行動本身，止詞（賓語）是接受行爲的一方。

　　⑴句型：起詞（主語）＋述詞（動詞）＋止詞（賓語）

　　　例一：細妹煮茶。
　　　說明：起詞「細妹」是組合式合義複詞，述詞「煮」是單
　　　　　　詞，止詞「茶」也是單詞。

　　　例二：好酒沈甕底。
　　　說明：起詞「好酒」屬合義複詞，述詞「沈」是單詞，止詞
　　　　　　「甕底」是詞組。

例三：草蜢撩雞公。

說明：起詞「草蜢」是衍聲複詞，述詞「撩」是單詞，止詞
　　　「雞公」是附加複詞。

(2)**敘事簡句的補語**：敘事句的主要文法成分有三個：起詞、述
詞與止詞。然而，以行爲動作爲中心，來敘述一件事，爲使敘事完
足，必須將這件事或動作相關的人、物都說明清楚，句子裡這些相
關人、物的描述，稱之爲補語。今簡述敘事簡句的八種補語如次：

①受事補語——又稱「受詞」。凡是句中有「給」、「送」、
「告訴」……等意思的動詞做述語，都需要受詞。前人說「雙賓
語」，所謂「直接賓語」，就是「止詞」，所謂「間接賓語」，即
指「受詞」。

a.受詞用關係詞聯繫的受事補語：聯繫受詞的關係詞，用「分」，
這類句型，謂之「間接式」，「間接式」句型有多種變化。

例一：阿姆塞五百個銀分我（媽媽塞五百塊給我）。

說明：「阿姆」是起詞，「塞」是述詞，「五百個銀」是止詞，
　　　「我」是受詞，「分」是關係詞，這裡聯繫受詞「我」。
　　　其句型爲：
　　　起詞＋述詞＋止詞＋關係詞（分）＋受詞

例二：我送分吾夫娘九百九十九蕊玫瑰（我送給太太九百九十九
　　　朵玫瑰）。

說明：「我」是起詞，「送」是述詞，「九百九十九蕊玫瑰」是
　　　止詞，「吾夫娘」是受詞，「分」是關係詞，這裡聯繫受
　　　詞「吾夫娘」。其句型爲：
　　　起詞＋述詞＋關係詞（分）＋受詞＋止詞

b.受詞不用關係詞聯繫的受事補語：不用關係詞聯繫受詞的補語，謂之「直接式」，「直接式」句型也有多種變化。

例一：佢罵我一句了肖話（他罵我一句髒話）。
說明：起詞是「佢」，述詞是「罵」，受詞是「我」，止詞是「一句了肖話」；受詞在止詞之前，不用關係詞聯繫。其句型為：

起詞＋述詞＋受詞＋止詞

例二：佢將技術教厥妹兒（他把技術教他的女兒）。
說明：「佢」是起詞，「教」是述詞，「技術」是止詞，「厥妹兒」是受詞。「將」是關係詞，把止詞提到述詞之前。受詞不用關係詞聯繫。其句型為：

起詞＋關係詞（將）＋止詞＋述詞＋受詞

②關切補語──關切補語是指和一件事有利害關係的人，換句話說，起詞對於這類補語有一種服務關係。

例一：佢同先生洗碗（他幫老師洗碗）。
說明：「佢」是起詞，「洗」是述詞，「碗」是止詞，「先生」（老師）是受詞（關切補語），「同」是關係詞，有聯繫受詞作用。其句型為：

起詞＋關係詞（同）＋受詞＋述詞＋止詞

例二：我代一只朋友揹債（我替一位朋友揹債）。
說明：「我」是起詞，「揹」是述詞，「債」是止詞，「一只朋友」是受詞（關切補語）。「代」是關係詞，有聯繫受詞作用。其句型為：

起詞＋關係詞（代）＋受詞＋述詞＋止詞

③交與補語——交與補語是指和起詞共同行爲動作的人。通常將補語置於述詞之前，且都應用表聯合關係的關係詞，「同」、「挷」、「騰」。

例一：**黃先生騰賴兒去英國**（黃先生跟兒子去英國）。

說明：「黃先生」是起詞，「去」是述詞，「英國」是止詞，「賴兒」是受詞（交與補語）。「騰」是關係詞，有聯繫受詞作用。其句型爲：

起詞＋關係詞（騰）＋受詞＋述詞＋止詞

例二：**大家愛同新同學搞**（大家要和新同學玩）。

說明：「大家」是起詞，「搞」是述詞，「新同學」是受詞（交與補語），「愛」是限制詞（副詞）。「同」是關係詞，有聯繫受詞作用。其句型爲：

起詞＋關係詞（同）＋受詞＋述詞

④憑藉補語——憑藉補語是代表賴以完成行爲動作的事物。通常用來聯繫補語（受詞）的關係詞爲，「用」、「拿」等。

例一：**吾姆用梅兒浸酒**（我媽媽用梅子泡酒）。

說明：「吾姆」是起詞，「浸」是述詞，「酒」是止詞，「梅兒」是受詞（憑藉補語），「用」是聯繫受詞的關係詞。其句型爲：

起詞＋關係詞（用）＋受詞＋述詞＋止詞

例二：**先生拿竹絲兒打人**（老師拿細竹鞭處罰同學）。

說明：「先生」是起詞，「打」是述詞，「人」是止詞，「竹絲兒」是受詞（憑藉補語）。「拿」是關係詞，有聯繫受詞

的作用。其句型為：

起詞＋關係詞（拿）＋受詞＋述詞＋止詞

　⑤處所補語——處所補語是用來說明行為發生的處所的。由於動作和處所之間關係複雜多端，關係詞也很多。

　　例一：**一群鳥兒自樹頂飛到禾頭田上**（一群鳥從樹上飛進稻田裡）。

　　說明：「一群鳥兒」是起詞，「飛到」是述詞，「禾頭田上」是止詞，「樹頂」是受詞（處所補語），「自」是聯繫受詞的關係詞。其句型為：

起詞＋關係詞（自）＋受詞＋述詞＋止詞

　　例二：**上屋叔婆種當多菜在田上**（上家叔婆種許多菜在田裡）。

　　說明：「上屋叔婆」是起詞，「種」是述詞，「當多菜」是止詞，「田上」是受詞（處所補語），「在」是聯繫受詞的關係詞。其句型為：

起詞＋述詞＋止詞＋關係詞（在）＋受詞

　⑥時間補語——時間補語是用來說明事件發生的時間的。聯繫時間補語的關係詞和聯繫處所補語的關係詞相類，有「在」、「自」、「從」等。

　　例一：**吾賴兒在大前年取得法學博士學位**（我兒子在大前年取得法學博士學位）。

　　說明：「吾賴兒」是起詞，「取得」是述詞，「法學博士學位」是止詞，「大前年」是受詞（時間補語）。「在」是聯繫受詞的關係詞，這種受詞有關係詞聯繫的，稱

之爲間接式的。其句型爲：

起詞＋關係詞（在）＋受詞＋述詞＋止詞

例二：**佢舊年熱天發一場大病**（他去年夏天生一場大病）。

說明：「佢」是起詞，「發」是述詞，「一場大病」是止
詞，「舊年熱天」是受詞（時間補語）。這種受詞沒
有關係詞聯繫的，稱之爲直接式的。其句型爲：

起詞＋受詞＋述詞＋止詞

⑦原因補語——原因補語是用來說明事件發生的原因的。聯繫
原因補語的關係詞，有「爲到」、「爲著」、「因爭」等。

例一：**佢因爭這件事，三日無食飯**（他因爲這件事，三天沒
吃飯）。

說明：「佢」是起詞，「無食」是述詞，「飯」是止詞，「這
件事」是受詞（原因補語），「因爭」是聯繫受詞的
關係詞。其句型爲：

起詞＋關係詞（因爭）＋受詞＋述詞＋止詞

例二：**厥爸爲到逃債，移民美國**（他父親爲了躲債，移民美
國）。

說明：「厥爸」是起詞，「移民」是述詞，「美國」是止
詞，「逃債」是受詞（原因補語），「爲到」是聯繫
受詞的關係詞。其句型爲：

起詞＋關係詞（爲到）＋受詞＋述詞＋止詞

⑧目的補語——目的補語是用來說明事件發生的目的的。聯繫
目的補語的關係詞，常常用「爲到」、「爲著」。

例一：佢為到健康戒煙（他為了健康戒煙）。

說明：「佢」是起詞，「戒」是述詞，「煙」是止詞，「健
康」是受詞（目的補語），「為到」是聯繫受詞的關
係詞。其句型為：

起詞＋關係詞（為到）＋受詞＋述詞＋止詞

例二：為著生活，我搬來臺北（為了生活，我搬來臺北）。

說明：「我」是起詞，「搬來」是述詞，「臺北」是止詞，
「生活」是受詞（目的補語），「為著」是聯繫受詞
的關係詞。其句型為：

關係詞（為著）＋受詞＋起詞＋述詞＋止詞

2.有無簡句：有無簡句在於表達事物的有或無，句型結構和敘
事簡句一樣，只不過述詞限用「有」、「無」。

⑴有無簡句的句型：起詞＋述詞（限用有、無）＋止詞

例一：老刀母無鋼。

說明：起詞「老刀母」為複詞，述詞「無」是單詞，止詞
「鋼」為單詞。

例二：老屋唇有一頭桂花樹。

說明：起詞「老屋唇」是複詞，述詞「有」為單詞，止詞
「一頭桂花樹」屬詞組。

例三：蔗無兩頭甜。

說明：起詞「蔗」為單詞，述詞「無」是單詞，止詞「兩頭
甜」為複詞。

　3.**表態簡句**：表態簡句或稱描寫句。是描寫人、事或物的性狀的句子。起詞常為人、事、物，謂語是描述人、事、物性狀，屬形容性質的詞。

　　⑴**表態簡句的句型：主語＋謂語（表語）**

　　　例一：月光華華。
　　　說明：主語「月光」是詞組，謂語「華華」是複詞。

　　　例二：懶人多屎尿。
　　　說明：主語「懶人」、謂語「多屎尿」皆為詞組。

　　　例三：福佬先生假細膩。
　　　說明：主語「福佬先生」是複詞，謂語「假細膩」是詞組。

　4.**判斷簡句**
　　⑴**判斷簡句的句型：主語＋（繫詞）＋謂語（斷語）**
　　繫詞是聯繫主語與謂語的，判斷句的肯定句用「係」，否定句用「毋係」。

　　　例一：佢係縣長伯。
　　　說明：主語「佢」是單詞，謂語「縣長伯」是複詞，繫詞
　　　　　　「係」是單詞。

　　　例二：秤頭就係路頭。
　　　說明：主語「秤頭」是複詞，謂語「路頭」是複詞，繫詞
　　　　　　「係」是單詞，「就」是限制詞，修飾繫辭「係」的。

　　　例三：雞公髻係外來肉。

說明：主語「雞公髻」是詞組，謂語「外來肉」是複詞，主語、謂語間聯繫作用的繫詞是「係」。

(2)準判斷簡句的句型：主語＋（準繫詞）＋謂語（斷語）

準判斷句類似判斷句、敘事句二者，主、謂語之間所用準繫詞或稱動詞，有：「像」、「似」、「猶」、「如」、「情像」、「相似」、「恰似」⋯⋯等。判斷句，繫詞前後人事物的敘述是「相等」的；準判斷句，準繫詞前後人事物的敘述是「類似」的，並不相等。

例一：阿妹情像一蕊花。
說明：主語「阿妹」是附加複詞，謂語「一蕊花」是複詞組，「情像」是準繫詞。主、謂語之間有相類的關係。

例二：目汁恰似大河水。
說明：主語「目汁」是複詞，謂語「大河水」是詞組，「恰似」是準繫詞，本句屬誇飾的修辭，主、謂語之間有相似的關係。

例三：老人家像黃芭樂。
說明：主語「老人家」是複詞，謂語「黃芭樂」是複詞，「像」是準繫詞。主、謂語之間有相類的關係。

㈡繁句

凡敘事句、有無句的起詞、止詞，表態句、判斷句的主語、謂語（表語），是詞結或組合式詞結構成的，稱繁句。

1. 敘事繁句

例一：**閒管心舅毋著裙。**

說明：主語（起詞）「家娘」省略，述語（動詞）「管」單
　　　詞，「閒」是限制詞，以「心舅毋著裙」句子形式的詞
　　　結作爲賓語（止詞）。

例二：**食水念著水源頭。**

說明：主語（起詞）「食水」是動賓結構的詞結，述語（動
　　　詞）「念著」後補格結合式合義複詞，賓語（止詞）
　　　「水源頭」是詞組。

例三：**畜老鼠咬布袋。**

說明：主語（起詞）「畜老鼠」是動賓結構的詞結，述語（動
　　　詞）「咬」單詞，賓語（止詞）「布袋」是組合式合義
　　　複詞。

2. 有無繁句

例一：**舉頭三尺有神明。**

說明：主語（起詞）「舉頭三尺」是謂語形式的詞結，述語
　　　（動詞）「有」是單詞，賓語（止詞）「神明」是修飾
　　　性主謂格的結合式合義複詞。

例二：**老成無蝕本。**

說明：主語（起詞）「老成」是類似關係的聯合式合義複詞，
　　　述語（動詞）「無」是單詞，賓語（止詞）「蝕本」是
　　　動賓結構的詞結。

例三：做媒人無包降賴兒。

說明：主語（起詞）「做媒人」是動賓結構的詞結，述語（動詞）「無」單詞，賓語（止詞）「包降賴兒」是動賓結構的詞結。

3.表態繁句

例一：新打屎缸三日新。

說明：主語「新打屎缸」是動賓結構的詞結，謂語（表語）「三日新」是組合式的合義複詞。

例二：一下雷鳴天下響。

說明：主語「雷鳴」是句子形式的詞結，「一下」是限制詞，謂語（表語）「天下響」是句子形式的詞結。

例三：新官上任三把火。

說明：主語「新官上任」是句子形式的詞結，謂語（表語）「三把火」是組合式的合義複詞。

4.判斷繁句

例一：賺錢像針頭挑笊。

說明：主語「賺錢」是動賓結構的詞結，謂語「針頭挑笊」是句子形式的詞結，「像」是準繫詞，此為準判斷繁句。

例二：有錢就係大伯。

說明：主語「有錢」是動賓結構的詞結，謂語「大伯」是組合式的合義複詞，「係」是繫詞，「就」是繫詞的限制詞。

例三：嫌貨正係買貨人。

說明：主語「嫌貨」是動賓結構的詞結，謂語「買貨人」是組合式的合義複詞，「係」是繫詞，「正」是繫詞的限制詞。

5.**致使繁句**：致使繁句屬於敘事繁句的一種，所不同的是，致使繁句的述詞，可使止詞有所行動或變化。因此，述詞後除了跟著一個止詞外，還在止詞後加一個動詞成第二述詞，或者加個謂語，使原先的止詞合上後加的述詞或謂語，形成一詞結。是故，第一個述詞後的止詞，成為第二個述詞的起詞，或作為後一謂語的主語。

例一：阿姆喊我去買豆腐。

說明：起詞是「阿姆」，「喊」屬致使動詞做述語，「我」是「喊」之止詞，兼為第二個述詞「去」的起詞，動賓結構的詞結「買豆腐」又是「去」的止詞。

例二：汝愛喊佢去奈兒？

說明：起詞是「汝」，述詞是「愛」。「喊佢去奈兒」是「愛」之止詞；它本身就是致使繁句，省略起詞「汝」；「喊」是述詞，「佢」是「喊」的止詞、兼為「去」的起詞，「奈兒」又是述詞「去」的止詞。

例三：大家揀佢出來選縣長。

說明：起詞是「大家」，述詞是「揀」，「佢」是「揀」之止詞、兼為第二個述詞「出來」（後補格結合式合義複詞）的起詞，動賓結構的詞結「選縣長」又是「出來」的止詞。

*6.*意謂繁句：意謂繁句中的述語（動詞），不像致使繁句能使止詞有所行動。

例一：汝料到我係三歲細人兒。

說明：起詞是「汝」，「料到」屬後補格結合式合義複詞作為述語，「我係三歲細人兒」是「料到」之止詞。此止詞本身是句子形式的詞結，「我」是主語，「係」是判斷句的繫詞，當作述詞，組合式合義複詞「三歲細人兒」是謂語。

例二：份家啦介人拿泥沙兒準飯。

說明：起詞是「份家啦介人」，述詞是「拿」，「泥沙兒」是「拿」之止詞，兼為下句的主語。下句，「準」是準繫詞，「當作」的意思，「飯」是謂語。

例三：人家毋聲汝，看我係戀兒。

說明：起詞「人家」是組合式合義複詞，述詞是謂語式詞結「毋聲」，「汝」是「毋聲」之止詞，兼為第二個述詞「看」的起詞，句子形式的詞結（判斷子句）「我係戀兒」為止詞（謂語）。

(三)**複句**

指兩個或兩個以上的詞結，它們之間，並非誰是誰的文法成分，而以聯合、加合、平行、補充、對待、轉折、交替、排除、比較、時間、因果、目的、假設、條件、推論、擒縱、襯托、逼進等關係結合的，稱複句。

*1.***聯合關係**：句子裡的兩個詞結，多不用連詞聯繫，也可以用

「也」、「咩」等連詞。

例一：莊中有一頭大樹大十二儕人圍，高兩丈。

說明：「莊中有一頭大樹大十二儕人圍」、「高兩丈」，前後
　　　兩句誰也不是誰的文法成分，中間也沒有連詞聯繫。

例二：一隻蛤蟆煮三碗公水，灶下還有一杓母。

說明：「煮三碗公水」、「灶下還有一杓母」兩詞結誰也不是
　　　誰的文法成分，其間並沒用連詞聯繫。

　2.**加合關係**：這個關係是聯合關係的加強，通常用「又」表示
其關聯。

例一：理家無恁該，愛樵草又愛米菜。

說明：「愛樵草」、「愛米菜」兩詞結互不為他者的文法成
　　　分，其間以「又」聯繫。

例二：做媒人又愛打出本。

說明：「做媒人」、「愛打出本」兩詞結互不為他者的文法成
　　　分，中間用「又」來聯繫。

　3.**平行關係**：平行關係的複句類似聯合關係的複句，其差異在：
句式整齊的稱平行關係，句式不整齊的稱聯合關係。

例一：教子嬰孩，教婦新來。

說明：「教子嬰孩」、「教婦新來」，兩詞結誰也不是誰的文
　　　法成分，其間並沒用連詞聯繫。

例二：大牛三把秤，細牛秤三把。

說明：「大牛三把秤」、「細牛秤三把」，兩詞結誰也不是誰
　　　的文法成分，也無連詞聯繫。

4.**補充關係**：補充關係的複句，前後兩句的意思互補。

例一：便宜無好貨，好貨無便宜。

說明：「便宜無好貨」、「好貨無便宜」，前後兩句字數相等，
　　　不算做平行關係，是因爲其意思互補。

例二：癢介毋找，痛介緊找。

說明：「癢介毋抓」、「痛介緊抓」，前後兩句意思相互補充，
　　　故稱補充關係的複句。

5.**對待關係**：對待關係的複句，前後兩句的意思必定一正一反。
通常兩句之間，不用關係詞聯繫，其主語可相同也可不同。

例一：左片耳空入，右片耳空出。

說明：前後兩句意思相左，正反兩個小句，有共同的主語「耳
　　　空」。

例二：有福介人雞酒香，無福介人四塊枋。

說明：前後兩句意思一正一反，兩句的主語不同。

6.**轉折關係**：轉折關係的複句，前後兩句所敘之事不合諧，或
兩小句的意思互相乖違。意思是：我們對一件事情本有預期的結
果，但是所敘結果超出了預期。如「視而不見，聽而不聞」，便超
出了預期。

例一：背尾上船，先起岸。

說明：前後兩句意思乖違，超出人的預期，產生一種轉折。

例二：**未種菜瓜，先搭棚；未降賴兒，先安名。**
說明：兩句都超出「事有先後」的預期。

7.**交替關係**：交替關係是「好幾個其中的一個」的關係，表示這種關係，通常國語用「或」，客語用「有時」、「下把」、「一下」來聯繫；有的每句都用，有的第一小句不用。

例一：**人生在世，有時星光，有時月光。**
說明：用「有時」來表示人生時而黯淡，時而光明。「星光」、「月光」，都是句子形式的詞結。

例二：**春天面時時變，一下出日頭，一下落雨。**
說明：用「一下」，來聯繫春天天氣的晴雨不定。

8.**排除關係**：排除關係是把排除的事、物說在前面，通常用「除忒」、「除者」表示這種關係。

例一：**四腳介除忒桌凳，生毛介除忒蓑衣，全部做得食。**
說明：天下之物很多，用「除忒」來排除「桌凳」、「蓑衣」，其餘都可食用。

例二：**除者汝毋肯讀，汝係愛讀，我會賣山江來繳。**
說明：用「除者」來排除子弟不讀書，如果子弟肯上進，將賣家產來供給求學所需。

9.**比較關係**：比較關係的複句，比較事、物的類同或高下。其關係詞用「也」……來表示類同；用「贏過」……來表示高下。

例一：陰筊愛斬，陽筊也愛斬。

說明：譬如擲筊杯，陰陽都不是，動輒得咎之意；用關係詞
　　　「也」表示其類同。

例二：擎爛遮哥贏過揙新擔竿。

說明：用「贏過」來表示兩事的高下。打著破傘出遊比用新扁
　　　擔負重要強。

10.時間關係：以時間關係為主，或僅有時間關係的複句，稱為
時間關係的複句。

例一：人家食飽了，佢正弄等來。

說明：「人家吃飽了」、「他才跑來」，兩子句所敘之事，屬
　　　時間關係。

例二：恁暗了，在這食夜；食飽正轉。

說明：「晚了，在這兒吃飯」、「吃完飯再回家」兩件事，是
　　　純粹時間關係。

11.因果關係：因果關係構成的複句，通常前句為因，後句為果。
「因爭」、「故所」……是常用的關係詞，也有不用關係詞的。

例一：三兩豬肉四兩鹽，因爭無菜放恁鹹。

說明：用「因爭」（因為）把「三兩豬肉放四兩鹽」、「無菜
　　　放那麼鹹」兩子句的因果關係聯繫起來。

例二：山中無老虎，猴哥升大王。

說明：因為「山中無老虎」，所以「猴哥升大王」。是因果關
　　　係，但不使用關係詞來聯繫。

*12.*目的關係：因果關係構成的複句，前後兩句的關係不是因果，而是目的，前句所敘之事，是爲後句所敘之事而做的。

例一：**去學校讀書毋可同人冤家，免得我愁慮。**

說明：後句「免我懸念」，是前句「上學不可和人吵架」的目
　　　的。

例二：**二十九暗晡愛食齋，因爭三十朝晨愛敬天公。**

說明：後句「除夕一大早要拜天神」，是前句「農曆除夕前一
　　　晚要吃素」的目的。這種目的關係，也可用「因爭」
　　　……等關係詞來聯繫。

*13.*假設關係：假設關係構成的複句，前句提出假設，後句說明
假設的後果。後果能否成爲事實，一依前設而轉移，也就是以前者
爲條件。然而條件是一種假設，故稱之爲「假設」關係。通常假設
小句用「係」、「倘使」、「作當」……後句則用「就」……等關
係詞來聯繫。

例一：**毋捹草頭，毋上崁。**

說明：前句「毋捹草頭」是假設，後句「毋上崁」是結果。

例二：**倘使天光日落雨，該就下二日再去。**

說明：假設「倘使天光日落雨」，結果「該就下二日再去」。
　　　這句假設關係的複句，用「倘使」關係詞來聯繫。

*14.*條件關係：條件關係與假設關係有別，前者先假設事實，再
推出結果；後者先提出條件，次依此條件，推出後果。以條件關係
構成的複句，第一小句不用關係詞，第二小句用「就」來聯繫。

例一：**功課係做完，就分汝打電動。**

說明：前句「功課做完」，是後句「給你打電動」的條件。前句用「係」，後句用「就」，作為聯繫。

例二：**汝同我蒔田，我就同汝薅草。**

說明：前句「你幫我插秧」，是後句「我幫你薅草」的條件。前句未用關係詞，後句用「就」來聯繫。

15.**推論關係**：推論關係構成的複句，前句是前提，後句為結論。通常前句用「既然」，後句用「就」，或前句用「就」，後句用「還毋」來聯繫前後句的推論關係。

例一：**既然來了，就莫恁多愁。**

說明：前句「來了」是前提，後句「別擔心這麼多」是結論。用「既然……就……」聯繫。

例二：**頭就洗落去了，還毋剃頭？**

說明：前句「頭洗了」是前提，後句「理髮」是推論。用「……就……還毋……」聯繫。

16.**擒縱關係**：擒縱關係構成的複句，常見的句型是：「雖然……也……」。前後兩句有「欲擒故縱」的關係。

例一：**雖然毋識看馬行，也識看馬腳跡。**

說明：前句「不曾看馬跑路」，後句「曾看馬的腳印」。用「雖然……也……」的句型，來聯繫彼此，有擒縱的關係。

例二：**雖然人家毋會怨汝，汝也毋可揀採做。**

說明：前句「人家不會怪你」，後句「你也不可胡亂做」。用
「雖然……也……」的關係詞來聯繫，有擒縱的關係。

*17.*襯托關係：襯托關係構成的複句，前句是襯托。通常襯托句
使用「毋單」、「毋單止」、「毋單淨」……等關係詞，也有「莫
講……就係……」的句式，以聯繫前後兩句。

例一：**毋單淨罵毋聽，打咩毋驚。**

說明：前句「罵不聽」，後句「打也不聽」。前句用「毋單
淨」來聯絡下句，並顯現出襯托的地位。

例二：**莫講別人，就係我也毋敢做。**

說明：前句「別說他人」，是後句「就是我也不敢做」的襯
托。用「莫講……就係……」的句式，以聯繫前後兩句。

*18.*逼進關係：逼進關係構成的複句，與襯托關係構成的複句不
同。襯托關係的複句，以深證淺；逼進關係的複句，以淺證深。通
常用「莫講」這詞結來做關係詞，但在襯托關係的複句，它用於前
句；在逼進關係的複句，它用於後句。

例一：**未冬節就搓圓，莫講冬節毋搓圓。**

說明：前句「還沒冬至便搓湯圓」，後句「冬至豈不搓湯圓」，
由淺入深。用「……就……莫講……」的句式，聯繫前
後兩句。

例二：**有錢咩買毋出手，莫講無錢？**

說明：後句「無錢」，比前句「有錢也買不下手」理由更強。
這種以深證淺的關係，就是逼進關係，用「……咩……
莫講……」的句式來聯繫。

第4節　客語常用俗語舉例

　　常用客話的俚諺，依其外在形式言，大概可分成押韻的、形象化的、師傅話（有目的語的歇後語）三種，現在舉例如下：

一、押韻的

* 一代富，咬薑啜醋；二代富，著綢毋著布；三代富，不識世務。

（it⁴t'oi³fu³ŋau¹kioŋ¹ts'ot⁴ts'ii³/ts'u³，ŋi³t'oi³fu³tsok⁴ts'u⁵m⁵tsok⁴pu³，sam¹t'oi³fu³put⁴siit⁴sii³vu³）

* 一好無兩好，兩好毋到老。

（it⁴ho²mo⁵lioŋ²ho²，lioŋ²ho²m⁵to³lo²）

* 一餐省一口，一年省一斗。

（it⁴ts'on¹saŋ²it⁴heu²，it⁴ŋien⁵saŋ²it⁴teu²）

* 七坐八爬，九個月生牙。

（ts'it⁴ts'o¹pat⁴pa⁵，kiu²ke³ŋiet⁸saŋ¹ŋa⁵）

* 三分人才，四分打扮；打扮起來像阿旦。

（sam¹fun¹ŋin⁵ts'oi⁵，si⁴fun¹ta²pan³；ta²pan³hi²loi⁵ts'ioŋ³a¹tan³）

* 三日無打，上屋拆瓦。

（sam¹ŋit⁴mo⁵ta²，soŋ¹vuk⁴ts'ak⁴ŋa²）

·

＊三個做官爺，毋當一個乞食母。

（sam¹ke³tso³kon¹ia⁵，m⁵toŋ³it⁴ke³k'iet⁴siit⁸ma⁵）

＊三歲打爺爺歡喜，三十打爺爺激死。

（sam¹se³ta²ia⁵ia⁵fon¹hi²，sam¹siip⁸ta²ia²ia⁵kit⁴si²）

＊上山撿無柴，轉去屋下刨鑊頭。

（soŋ¹san¹kiam²mo⁵ts'eu⁵，tson²hi³vuk⁴ka¹p'au⁵vok⁸t'eu⁵）

＊上夜想該千條路，天光本本磨豆腐。

（soŋ³ia³sioŋ²ke³ ts'ien¹t'iau⁵lu³，t'ien¹koŋ¹pun²pun²mo³t'eu³fu³）

＊上屋搬下屋，毋見一籮穀。

（soŋ³vuk⁴pan¹ha¹vuk⁴，m⁵kien³it⁴lo⁵kuk⁴）

＊不孝心舅三餐燒，賢孝妹兒路上搖。

（put⁴hau³sim¹k'iu¹sam¹ ts'on¹seu¹，hien⁵hau³moi³ie²lu³hoŋ³ieu⁵）

＊乞食毋得三日過，三日一過有官都毋做。

（k'iet⁴siit⁸m⁵tet⁴sam¹ngit⁴ko³，sam¹ŋit⁴it⁴ko³iu¹kon¹tu³m⁵tso³）

＊二月二，迎龍合做戲。

（ŋi³ŋiet⁸ŋi³，ŋiaŋ⁵liuŋ⁵kak⁴ tso³hi³）

＊交人交到鬼，食茶食到水。

（kau¹ŋin⁵kau¹to²kui²，siit⁸ts'a⁵siit⁸to²sui²）

＊人上一百，七鼓八笛。

（ŋin⁵soŋ¹it⁴pak⁴，ts'it⁴ku²pat⁴t'ak⁸）

＊人心節節高，有酒嫌無糟。

（ŋin⁵sim¹ tsiet⁴tsiet⁴ko¹，iu¹ tsiu²hiam⁵mo⁵ tso¹）

＊人怕三見面，樹怕彈墨線。

（ŋin⁵p'a³sam¹kien³mien³，su³p'a³t'an⁵met⁸sien³）

＊人情毋怕闊，冤家毋好結。

（ŋin⁵ts'in⁵m⁵p'a³fat⁴，ien¹ka¹m⁵ho²kat⁴）

＊人牽毋行（成），鬼牽弄弄行。

（ŋin⁵k'ien¹m⁵haŋ⁵（saŋ⁵），kui²k'ien¹nuŋ²nuŋ²haŋ⁵）

＊人愛人打落，火愛人點著。

（ŋin⁵oi³ŋin⁵ta²lok⁸，fo²oi³ŋin⁵tiam²ts'ok⁸）

＊人愛靈通，火愛窿空。

（ŋin⁵oi³lin⁵t'uŋ¹，fo²oi³luŋ⁵k'uŋ¹）

＊人敬有錢人，狗敬拉屎人。

（ŋin⁵kin³iu¹ts'ien⁵ŋin⁵，kieu²kin³lai⁵sii²ŋin⁵）

＊伯公無開口，老虎毋敢打狗。

（pak⁴kuŋ¹mo⁵k'oi¹k'ieu²，lo³fu²m⁵kam²ta²kieu²）

＊信神，了到窮；信命，了到淨。

（sin³siin⁵，liau²to³k'iuŋ⁵；sin³miaŋ³，liau²to³ts'iaŋ³）

＊做官係清廉，食飯愛傍鹽。

（tso³kon¹he³ts'in¹liam⁵，siit⁸fan³oi³poŋ²iam⁵）

＊做事懶定動，食飯擎大碗公。

（tso³se³nan¹t'in¹t'uŋ¹，siit⁸fan³k'ia⁵t'a³von²kuŋ¹）

＊偷食毋飽，偷著毋燒。

（t'eu¹siit⁸m⁵pau²，t'eu¹tsok⁴m⁵seu¹/sau¹）

＊兄弟分家成鄰舍，上晝分家下晝借。

（hiuŋ¹t'i³pun¹ka¹siin⁵lin⁵sa³，soŋ³tsu³pun¹ka¹ha¹tsu³tsia³）

＊先做狐狸後做獺，老了正來無結煞。

（sien¹tso³fu⁵li⁵heu³tso³ts'at⁴，lo²ve⁵tsaŋ³loi⁵mo⁵kat⁴sat⁴）

＊八月半，禾打扮。

（pat⁴ngiet⁸pan³，vo⁵ta²pan³）

＊八月蘿菜芽，當過豬油渣。

（pat⁴ŋiet⁸vun³ts'oi³ŋa⁵，toŋ³ko³tsu¹iu⁵tsa¹）

＊公不離婆，秤不離鉈。

（kuŋ¹put⁴li⁵po⁵，ts'iin³put⁴li⁵t'o⁵）

＊六月旱，斷擔竿。

（liuk⁴ŋiet⁸hon¹，t'on¹tam³kon¹）

＊冤枉錢，水流田；汗酸錢，萬萬年。

（ien¹voŋ²ts'ien⁵，sui²liu⁵t'ien⁵；hon³son¹ts'ien⁵，van³van³ŋien⁵）

二、形象化

＊一下雷鳴天下響。

（it⁴ha³lui⁵miaŋ⁵t'ien¹ha³hioŋ²）

＊一千賒毋當八百現。

（it⁴ts'ien¹ts'a¹m⁵toŋ³pat⁴pak⁴hien³）

＊一尺風三尺浪。

（it⁴ts'ak⁴fuŋ¹sam¹ts'ak⁴loŋ³）

＊一斤黃麻毋當四兩苧。

（it⁴kin¹voŋ⁵ma⁵m⁵toŋ³si³lioŋ¹ts'u¹）

＊一日閹九豬，九日無豬閹。

（it⁴ŋit⁴iam¹kiu²tsu¹，kiu²ŋit⁴mo⁵tsu¹iam¹）

＊一只銅錢打二十四只結。

（it⁴tsak⁴t'uŋ⁵ts'ien⁵ta²ŋi³siip⁸si³ tsak⁴kiet⁴）

＊一枝竹篙打一船人。

（it⁴ki¹tsuk⁴ko¹ta²it⁴son⁵ŋin⁵）

＊一重歡喜一重憂。

（it⁴ts'uŋ⁵fon¹hi²it⁴ts'uŋ⁵iu⁵）

＊一個半斤，一個八兩。

（it⁴ke³pan³kin¹，it⁴ke³pat⁴lioŋ¹）

＊一條腸兒透勢窟。

（it⁴t'iau⁵ts'oŋ⁵ŋe²t'eu³sii³vut⁴）

＊一條豬仔兩片閹。

（it⁴t'iau⁵tsu¹tsii²lioŋ²p'ien²iam¹）

＊一朝天子一朝臣。

（it⁴ts'eu⁵t'ien¹tsii²it⁴ts'eu⁵siin⁵）

＊一層皮包一把骨。

（it⁴ts'en⁵p'i⁵pau¹it⁴pa²kut⁴）

＊一盤魚兒寡寡頭。

（it⁴p'an⁵ŋ⁵ŋe²kua²kua²t'eu⁵）

＊一點錢銀三點汗。

（it⁴tiam²ts'ien⁵ŋiun⁵sam¹tiam²hon³）

＊一擺生兩擺熟。

（it⁴pai²saŋ¹lioŋ²pai²suk⁸）

＊十二月南風透雪骨。

（siip⁸ŋi³ŋiet⁴nan⁵fuŋ¹t'eu³siet⁴kut⁴）

＊七個和尚八樣腔。

（ts'it⁴ke³vo⁵soŋ³pat⁴ioŋ³k'ioŋ¹）

＊入莊問俗，入港隨灣。

（ŋip⁸tsoŋ¹mun³siuk⁸，ŋip⁸koŋ²sui⁵van¹）

＊人心難測水難量。

（ŋin⁵sim¹nan⁵tset⁴sui²nan⁵lioŋ⁵）

＊人生路不熟。

（ŋin⁵saŋ¹lu³put⁴suk⁸）

＊人死留名，虎死留皮。

（ŋin⁵si²liu⁵mian⁵，fu²si²liu⁵p'i⁵）

＊人老骨頭還硬。

（ŋin⁵lo²kut⁴t'eu⁵han⁵ŋaŋ³）

＊人情大過天。

（ŋin⁵ts'in⁵t'ai³ko³t'ien¹）

＊人情好，食水甜。

（ŋin⁵ts'in⁵ho²，siit⁸sui²t'iam⁵）

＊人情愛做，勢窟愛打。

（ŋin⁵ts'in⁵oi³ tso³，sii³vut⁴oi³ta²）

＊人腳跡有肥。

（ŋin⁵kiok⁴tsiak⁴iu¹p'i⁵）

＊人算不如天算。

（ŋin⁵son³put⁴i⁵t'ien¹son³）

＊人精不如命精。

（ŋin⁵tsiaŋ¹put⁴i⁵mian³tsiaŋ¹）

＊八仙過海，各憑本事。

（pat⁴sien¹ko³hoi²，kok⁴p'in⁵pun²sii³）

＊千人識和尚，和尚毋識千人。

（ts'ien¹ŋin⁵siit⁴vo⁵soŋ³，vo⁵soŋ³m⁵siit⁴ts'ien¹ŋin⁵）

＊千斤力，毋當四兩命。

（ts'ien¹kin¹lit⁸，m⁵toŋ³si³lioŋ¹miaŋ³）

＊千打千輸贏，對一只砂砵兒叫。

（ts'ien¹ta²ts'ien¹su¹iaŋ⁵，tui³it⁴tsak⁴sa¹po¹ve²kieu³）

＊千家富難顧一家窮。

（ts'ien¹ka¹fu³nan⁵ku³it⁴ka¹k'iuŋ⁵）

＊三十暗哺奈有閒飯甑。

（sam¹siip⁸am³pu¹nai³iu¹han⁵fan³tsen³）

＊三千年介老狗屎。

（sam¹ts'ien⁵ŋien⁵ke³lo²kieu²sii²）

＊三下勢窟兩下面。

（sam¹ha³sii³vut⁴lioŋ²ha³mien³）

＊三日毋食臭餿飯。

（sam¹ŋit⁴m⁵siit⁸ts'u³seu¹fan³）

＊三日打魚，四日曬網。

（sam¹ŋit⁴ta²ŋ⁵，si³ŋit⁴sai³mioŋ²）

＊三日做一只糞斗，會者無難。

（sam¹ŋit⁴tso³it⁴tsak⁴pun³teu²，voi³tsa²mo⁵nan⁵）

＊三分人才，四分打扮。

（sam¹fun¹ŋin⁵ts'oi⁵，si³fun¹ta²pan³）

＊三兩人講四兩話。

（sam¹lioŋ¹ŋin⁵koŋ²si³lioŋ¹fa³）

＊三個錢割來，兩個錢賣。

（sam¹ke³ts'ien³kot⁴loi⁵，lioŋ³ke³ts'ien⁵mai³）

＊三做四毋著。

（sam¹tso³si³m⁵ts'ok⁸）

＊三領被，毋當人氣衝。

（sam¹liaŋ¹pi¹，m⁵toŋ³ŋin⁵hi³ts'uŋ³）

＊才人無貌，爛扇多風。

（ts'oi⁵ŋin⁵mo⁵mau³，lan³san³to¹fuŋ¹）

＊山中無老虎，猴哥做大王。

（san¹tsuŋ¹mo⁵lo³fu²，heu⁵ko¹tso³t'ai³voŋ⁵）

＊山精毋識出孔。

（san¹tsin¹m⁵siit⁴ts'ut⁴k'uŋ¹）

＊子不嫌母醜，狗不嫌家貧。

（tsii²put⁴hiam⁵mu¹ts'u²，kieu²put⁴hiam⁵ka¹p'in⁵）

＊大牛三把秤，細牛秤三把。

（t'ai³ŋiu⁵sam¹pa²kon²，se³ŋiu⁵kon²sam¹pa²）

＊大目新娘，看灶頭毋到。

（t'ai³mut⁴sin¹ŋioŋ⁵，k'on³tso³t'eu⁵m⁵to²）

＊大石愛細石來楔。

（t'ai³sak⁸oi³se³sak⁸loi⁵siap⁴）

＊大哥懶過蛇，細哥死蛇都無恁懶。

（t'ai³ko¹nan¹ko³sa⁵，se¹ko¹si²sa⁵tu³mo⁵an²nan¹）

＊大欄牛踏無糞。

（t'ai⁷lan⁵ŋiu⁵t'ap⁸mo⁵pun³）

＊大鑊未滾，細鑊跑跑滾。

（t'ai³vok⁸maŋ⁵kun²，se³vok⁸p'au¹p'au¹kun²）

＊分人賣忒來食朝，還嫌早。

（pun¹ŋin⁵mai³t'et⁴loi⁵siit⁸tseu¹，han⁵hiam⁵tso²）

＊孔夫子都毋敢收隔夜帖。

（k'uŋ²fu¹tsii²tu³m⁵kam²su¹kak⁴ia³t'iap⁴）

＊手長衫袖短。

（su³ts'oŋ⁵sam¹ts'iu³ton²）

＊手指伸出有長短。

（su²tsii²ts'uŋ¹ts'ut⁴iu¹ts'oŋ⁵ton²）

＊手骨打斷顛倒勇。

（su²kuk⁴ta²t'on¹tien¹to³iuŋ²）

＊手盤手背都係肉。

（su²p'an⁵su²poi³tu³he³ŋiuk⁴）

＊牛母上嶺，毋知牛子叫。

（ŋiu⁵ma⁵soŋ¹liaŋ¹，m⁵ti¹ŋiu⁵ tsii²kieu³）

＊牛同馬來走，蹄仁會走敓。

（ŋiu⁵t'uŋ⁵ma¹loi⁵tseu²，t'ai⁵in⁵voi³tseu²lut⁴）

三、師傅話

＊七月半介鴨兒——毋知死。

（ts'it⁴ŋiet⁸pan³ke³ap⁴pe⁵——m⁵ti¹si²）

＊八字跌落霜雪肚——命冷。

（pat⁴sii³tiet⁴lok⁸soŋ¹siet⁴tu²——miaŋ³laŋ¹）

＊六月芥菜——假有心。

（liuk⁴ŋiet⁸kie³ts'oi³——ka²iu¹sim¹）

＊五更起濛煙——晨濛（承蒙）。

（ŋ²kaŋ¹hi²muŋ⁵ien¹——siin⁵muŋ⁵）

＊巴掌生毛——老手。

（pa¹ts'oŋ²saŋ¹mo¹——lo²su²）

＊火燒豬頭——熟面。

（fo²seu¹tsu¹t'eu⁵——suk³mien³）

＊日曬棉被——慢慢鬆。

（ŋit⁴sai³mien⁵p'i¹——man³man³suŋ¹）

＊初一十五介月光——無共樣。

（ts'u¹it⁴siip⁸ŋ²ke³ŋiet⁸koŋ¹——mo⁵k'iuŋ³ioŋ³）

＊伯公中崩崗——輾神（贊成）。

（pak⁴kuŋ¹tsuŋ³pen¹koŋ¹——tsan³siin⁵）

＊韭菜開花——一條心。

（kiu²ts'oi³k'oi¹fa¹——it⁴t'iau5sim¹）

＊降子開刀——破產。

（kiuŋ³tsii²k'oi¹to¹——p'o³san²）

＊鬼曬日頭——無影無跡。

（kui²sai³ŋit⁴t'eu⁵——mo⁵iaŋ²mo⁵tsiak⁴）

＊莧菜仁——子（仔）細。

（han³ts'oi³in⁵——tsii²se³）

＊菜刀切蔥——兩頭空。

（ts'oi³to¹tsiet⁴ts'uŋ¹——lioŋ²t'eu⁵k'uŋ¹）

＊麻布做衫——看透透。

（ma⁵pu³tso³sam¹——k'on³hien³hien³）

＊番豆剝殼——還有衣（醫）。

（fan¹t'eu³pok⁴hok⁴——han⁵iu¹i¹）

＊新聞紙做衫著——一身字（數）。

（sin¹vun⁵tsii²tso³sam¹tsok⁴——it⁴siin¹sii³）

＊賣賴兒繳採茶——各人介想頭。

（mai³lai³ie²kieu²ts'ai²ts'a⁵——kok⁴ŋin⁵ke³sioŋ²t'eu⁵）

＊擔竿無戇——顧兩頭。

（tam³kon¹mo⁵ŋat⁴——ku³lioŋ²t'eu⁵）

＊閻羅王介文章——鬼話連篇。

（iam⁵lo²voŋ⁵ke³vun⁵tsoŋ¹——kui²fa³lien⁵p'ien¹）

＊爛茶籃——壞底。

（lan³ts'oi³lam⁵——fai²tai²）

參考文獻

許世瑛，《中國文法講話》，1966，臺灣開明書店。

羅肇錦，《客語語法》，1985，臺灣學生書局。

趙元任著，丁邦新譯，《中國話的文法》，1980，中文大學出版社。

張壽康，《構詞法和構形法》，1981，湖北人民出版社。

何耿鏞，《客家方言語法研究》，1993，廈門大學出版社。

涂春景，《臺灣中部地區客家方言詞彙對照》，1998，自刊。

廖德添，《客家師傅話》，1999，南天書局。

涂春景，《聽算無窮漢》，2002，自刊。

涂春景，《形象化客話俗語 1200 句》，2003，五南圖書出版公司。

陳品卿，〈範文教學「文法剖析」與「虛字使用」之探究〉，國立臺灣師範大學，《教學與研究》，第八期。

第九章

臺灣客語的特性

鍾榮富

第 1 節　引　言

　　雖然已經有人執著的想和原鄉情節一刀兩斷，但是要探究臺灣的客語，正本溯源當然要從原鄉談起。今天臺灣客語的主要分類並不是建立在本土的觀念之上，而是沿用著先賢前輩的祖籍，於是從昔日嘉應州府的平遠、蕉嶺、五華、興寧等四縣移民而來的稱爲「四縣客」，從惠州府境內的海豐、陸豐等地區遷臺者稱爲「海陸客」，來自汀州府的詔安地區者爲「詔安客」，而從大埔地區來臺者是爲「大埔客」，另外還有「饒平客」、「永定客」、「豐順客」等等不一而足。這些客家方言的不同稱謂裡反映了臺灣客語的起源。因此要探研臺灣客語的特性，還是無法避免提及原鄉，或許應該說：臺灣客語的特性是集各種客語於一地，無論從語音、語法、詞彙，以至於語義的角度而言，對外還沒有形成一致的風貌，對內則各種客語還只在融合的階段，迄至目前爲止，還沒有一致的臺灣客語特性❶。

　　儘管如此，本文還是要從千綜萬縷之中，試著從語音、語法、詞彙等層面來分析臺灣客語的特性。

第 2 節　語音及音韻特性

　　語音方面，我們還是從音節結構及音節內部的組成分子：聲

註釋

❶ 有關臺灣各種次方言的語音交錯分布，請參考鍾榮富，2004。

母、韻母及聲調談起。每個部分都先探討臺灣各客語的一致性，然後再介紹差異性。如此綜而合之，必然會對臺灣客語的特性有大略的輪廓。

一、客語的音節

臺灣的客語，一如所有的漢語方言，都有共同的音節結構：

⑴臺灣客語的音節結構

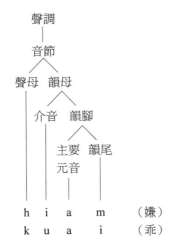

上述臺灣客語的音節內部的結構分子之中，只有主要元音是必備的，共有五個：[a, i, u, e, o]，另一個元音[ɨ]則有少數方言沒有。其他組成分子如聲母、介音及韻尾都可有可無。介音不是[i]就是[u]，而韻尾又分爲兩種：元音韻尾也是[i]或[u]；輔音韻尾則可能是 m/p, n/t, ŋ/k。其中以 p, t, k 結尾的稱爲入聲韻，其他的稱爲舒聲韻。而聲母數在各地客語都不相同，最少的有二十一個：p, pʰ, m, f, v, t, tʰ, n, l, k, kʰ, ŋ, h, ts, tsʰ, ñ, s, tɕ, tɕʰ, ɕ，加上一個所謂的零聲母。最後是聲調，這是臺灣客語最分歧之處，將在後一小節詳加說明。

二、輔音特性

臺灣各客語在聲母上的差別主要有兩點：(a)[ʒ]之有無及(b)[tʃ, tʃʰ, ʃ]之分化。先討論[ʒ]。依楊時逢（1957）之見，「[ʒ] 是舌尖及面的通濁音，它的發音部位與[tʃ]同，但摩擦成分極輕，說快時全無摩擦，近乎半元音的 i-。如「衣友野然云央勇」等是。在四縣話裡凡[ʒ]母（不論快慢輕重）都一致讀成半元音 i－，所以四縣話就不用[ʒ]母，而海陸讀[ʒ]的字，四縣都全為無聲母的起音字，用〇號來代表。」（頁3）。其實，語言學裡用[ʒ]表示的輔音，最常見的是英語的 usual 裡第二音節的起首輔音（類於我們所說的聲母），它的發音部位和方式應該是與[ʃ]相同，而不是與[tʃ]相同。[ʒ]的稱呼繁多，現在一般叫做牙齦後濁摩擦音（post-alveolar voiced fricative）。它的發音和[s]的相同點是：上、下齒都很接近，以迫使氣流產生摩擦。但是發[ʒ]時摩擦點遠比發[s]時還要後面，摩擦面也比[s]要廣、要寬。同時，摩擦點之後的舌面往上挺起（發[s]時舌面是沒有這個動作的），更重要的是嘴唇微微向前凸，略呈圓唇狀態。當然，[ʒ]音的圓唇與否也因語言而不同，英語、法語要圓唇，俄語則不然（見 Ladefoged and Maddieson , 1994：148）。一般而言，苗栗及臺灣南部的四縣客語沒有[ʒ]聲母，其他如海陸、東勢、饒平等都有[ʒ]聲母，其對照如後：

(2)

四縣	海陸		例字
i	ʒ	ʒi	醫
iu	ʒ	ʒu	油
iun	ʒ	ʒiun	雲

　　另一個四縣和海陸客語在聲母上最大的差在於：四縣的[ts, tsʰ, s]在海陸分化為[ts, tsʰ, s]及[tʃ, tʃʰ, ʃ]兩組：

(3)

四縣		海陸		例字
ts	tsui	ts	tsui	最
	tsu	tʃ	tʃiu	晝
tsʰ	tsʰiu	tsʰ	tsʰiu	秋
	tsʰu	tʃʰ	tʃʰiu	抽
s	se	s	se [2]	洗
	su	ʃ	ʃiu	手

　　文獻上，海陸客語的[tʃ, tʃʰ, ʃ]並不一定要出現在[i]介音之前，例如後面(4)是有沒有介音之語音對立：

(4)

	有介音		沒介音	
tʃ	tʃiu	皺	tʃu	蛀
tʃʰ	tʃʰiu	抽	tʃʰu	粗
ʃ	ʃiu	收	ʃu	書

　　但實際的語音是否還有這些介音的對比，則還有討論的空間，因為在許多海陸客語的語感（intuition）裡，這個介音的有無似乎並非絕對的需要。可惜目前還未有人任對這個議題做深入的研究。

　　放大到全臺灣的客語，在[ts, tsʰ, s]及[tʃ, tʃʰ, ʃ]的分布可以(5)來綜合概括：

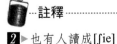
註釋

[2] ▶ 也有人讀成[ʃie]

(5)

次方言名稱 ＼ 音類		舌尖音					
		ts		tsʰ		s	
四縣	苗栗	ts		tsʰ		s	
	六堆	ts		tsʰ		s	
	長樂	ts		tsʰ		s	
海陸		ts	tʃ	tsʰ	tʃʰ	s	ʃ
饒平		ts	tʃ	tsʰ	tʃʰ	s	ʃ
詔安		ts	tʃ	tsʰ	tʃʰ	s	ʃ
東勢		ts	tʃ	tsʰ	tʃv	s	ʃ
永定		ts	tʃ	tsʰ	tʃʰ	s	ʃ
卓蘭		ts	tʃ	tsʰ	tʃʰ	s	ʃ
例字		租	豬	叉	車	儕	舌
		莊	張	牀	腸	爽	賞
		摘	隻	鑿	著	速	叔

　　由前面的討論，應該略知臺灣客語在聲母上的特性：不論哪一種客語，都共同擁有二十一個聲母（含零聲母）。各地客語的聲母最大的差異在於前高元音零聲母處的摩擦音[ʒ]之有無，另外就是所謂知章（ts, tsʰ, s）和精莊（tʃ, tʃʰ, ʃ）之分流。也由此可知，臺灣客語聲母的最大特色是：兼具各客語的聲母量及分類方式。

三、韻母特性

　　中國傳統的韻母結構之中，元音是最重要的部分。客語的元音系統以[ɨ]音之有無分為兩類：(a)多數客語有[ɨ]音，(b)南部六堆客語中的新埤、佳冬及高樹及卓蘭地區的客語沒有[ɨ]音。

(6)

例字	四縣				海陸	永定	饒平		詔安		東勢	卓蘭
	苗栗	六堆		長樂			桃園	卓蘭	桃園	雲林		
		高	其									
資	tsɨ	tɕi	tsɨ	tsɨ	tsɨ	tsɨ	tsɨ	tɕi	tsɨ	tɕi	tsɨ	tsi
池	tshɨ	tɕhi	tshɨ	tshɨ	tʃhi	tshɨ	tshɨ	tɕhi	tshɨ	tɕhi	tshɨ	tshi
屎	sɨ	ɕi	sɨ	sɨ	ʃi	sɨ	sɨ	ɕi	sɨ	ɕi	ʃi	ɕi
醋	tshɨ	tɕhi	tshɨ	tshɨ	sɨ	tshɨ	tshɨ	tshɨ	tshɨ	tshu	tshɨ	tshi
子	tsɨ	tɕi	tsɨ	tsɨ	tsɨ	tsɨ	tsɨ	tsɨ	tsɨ	tsu	tsɨ	tsɨ

再者，臺灣客語的雙元音結構很有規律，大部分遵循異化原則。所謂異化原則即：

(7) **異化限制**

異化限制的意思是：韻母內不能有兩個具有相同[後音]徵性的元音，不能同為前元音，也不可以同為後元音。[α] 表示任何相同的特徵值。換言之，韻母內的元音必須依(8)圖示中的結構才合乎客語音韻：

(8)

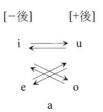

　　上圖中，[i]和[u]的來回雙向配對構成了(9a)中[iu]及[ui]兩個雙元音；[i]和[o]的往還產生了(9b)的[io]及[oi]，[u]及[e]的彼此共存衍生了(9c)內的雙元音[ue]及 [eu]：

(9)

a.	iu	如：ñiu$_{11}$	牛
	ui	kui$_{31}$	鬼
b.	io	k'io$_{33}$	瘸
	oi	hoi$_{55}$	害
c.	ue	k'ue$_{55}$	碗打破之聲
	eu	keu$_{33}$	嬌

因此一般說來，臺灣的客語不會有像(10)中的韻母結構：

(10)

a.	*uo	，*ie
b.	*ie	，*ei

　　其中，(10a)的複合韻母內的兩個元音都同為後元音，而(10b)的兩個結合元音都為前元音，兩種結合都違反了異化限制。但是實地的田野語料顯示：還是有些客家存有[ie]的韻母，如苗栗、中部四縣、卓蘭四縣，及六堆的美濃、長治的「雞」唸[kie33]。對於這個問題，個人認為有三種可能的解釋：第一，這些方言可能是異化限制下的殘存音，因為在很多客家方言裡（如屏東高樹）「雞」只唸[ke]；但也有很多方言是兩者（[kie]及[ke]）都可以的。當然，也可能只是不同觀念下的記音差異。第二，異化限制極可能是和慢才形成的的結構條件，有些方言尚未發展到具有這個條件的時段，因而還不至於受此條件之制約▣。第三，語音的結構限制並非絕對不能

違反的，而是每個語言或方言的結構限制有其層次性，最不能違反的結構限制層次最高，語言從這些層次與結構限制中去挑選最好的，或最宜於該語言的語音限制（參見鍾榮富，1995c；或 Kager , 1999）。

另外，就元音和韻尾的結構而言，臺灣客語很一致地遵循同化原則：

(11)同化原則

同化原則的意思是：元音和韻尾不能具有不同的[後音]徵性。換言之，元音和韻尾必須含有相同的後音徵性。這個原則的運作完全基於(12)的徵性假設：

(12)

韻尾	m/p	n/t	ŋ/k
[後音]徵性值	−		+

對於(12)的徵性值，需要做簡短的說明。首先，[m]及[p]都是雙唇音，發音部位很前面，當然具有[－後音]徵性。再者，舌根音[ŋ]及[k]在發音上已經共認為[＋後音]。唯一要說明的是關於齒齦音[n]及[t]，由於這兩個音的發音部位介於雙唇及舌根之間，又由於齒齦音的特性，很多音韻學家都認為他們的[後音]徵性是空白的（更多的論證，請參見 Paradis and Prunet, 1991）。依據同化原則，客語的元音和韻尾的結合情況是（13c 中的 V 表示所有的元音）：

．註釋

3 ▶這種語料例證並非不常見，請參考 Kiparsky, 1968; Prince and Smolensky, 1994.

(13)

a. i/e + m/p　　　　　b. u/o + ŋ/k　　　　c. V + n/t
　　　　　　　　　　　　　　ŋ/k

im	kim₃₃ (金)	uŋ	kuŋ₃₃ (公)	in	kin₃₃ (斤)
ip	kip₃ (急)	uk	kuk₃ (穀)	it	kit₃ (吉)
em	sem₃₃ (蔘)	oŋ	koŋ₃₃ (光)	en	sen₃₃ (星)
ep	sep₃ (澀)	ok	kok₃ (角)	et	set₃ (色)
				on	son₃₃ (酸)
				ot	sot₃ (說)
				un	sun₃₃ (孫)
				ut	sut₅ (術)

　　細心的讀者必然會發現：低元音[a]還沒有提及。在前面(8)的元音表裡，[a]屬於央元音，所以也被認爲沒有[後音]徵性。以此爲基礎，[a]應該可以接所有的韻尾，如此既不違反異化限制也沒有違反同化原則：

(14)

a. [a] + m/p　　b. [a] + N/k　　　　c. [a] + n/t

am	kam₃₃ (柑)	aŋ	kaŋ₃₃ (耕)	an	pan₃₃ (班)
ap	kap₃ (甲)	ak	kak₃ (格)	at	pat₃ (八)

　　綜合迄今爲止的討論，我們發現臺灣客語的韻母結構的一致性很大，雖然表面上各地方音的韻母差距很大，但是仔細分析，卻僅在於[ɨ]之有無，至於結構上都和同化原則及異化限制大有關係。

四、聲調特性

　　客語的聲調南北差異很大，不但調值彼此不同，調類的數目也不一樣。大體而言，除了海陸客家有七個調之外，其他各個客家次

方言都只有六個調，茲分別列之於後：

⒂**臺灣各客家方言的調值表**

方言		陰平	陽平	上聲	陰去	陽去	陰入	陽入
四縣	楊時逢 1957（北部）	24	11	31	55		22	55
	鍾榮富 1997a（南部）	33	11	31	55		31	55
海陸	楊時逢 1957（桃園）	53	55	13	31	22	55	32
	羅肇錦 1990（竹東）	53	55	13	31	11	55	32
	涂春景 1998a, b（中部）	53	55	24	11	33	5	2
饒平	呂嵩雁 1993（桃園）	11	55	53	24		32	55
	涂春景 1998a（雲林）	11	53	31	55		2	5
詔安	呂嵩雁 1993（桃園）	22	52	31	33		3	43
	涂春景 1998b（雲林）	11	53	31	55		24	5
永定	呂嵩雁 1993（桃園）	33	53	31	11		24	4
東勢	涂春景 1998b	33	224	31	33		2	5
	江敏華 1998	33	113	31	53		31	5
卓蘭	涂春景 1998a	33	113	31	53		2	5

這些調值的記音，不論是音位上的（phonemic）或是語音上（phonetic）基礎，反映了幾個有趣且值得探討之處，分別是低平調、高平調，及高降調。首先，幾個方言的低平調（11 或 22）分別出現在各個不同的調類裡：

⒃

調值	四縣		海陸		饒平		詔安		東勢	卓蘭	永定
	北部	南部	北部	中部	桃園	卓蘭	桃園	雲林			
11	陽平		陽去	陰去	陰平					陽平	去聲

　　平、上、去、入等均爲中國傳統聲韻學的名詞，其分陰陽是基於高低調並參酌聲母的清濁而來，然而我們覺得好奇的是：爲什麼古代不同的調類或調值，會在共時的方言裡展現如此多角的風貌？更值得探究的是，爲什麼同一調值，在各客家方言裡會有去聲與平聲兩個調類？尤有進者，爲什麼同一個調類（平聲），卻在四縣、東勢、卓蘭屬於陽平，而在饒平、詔安屬於陰平？爲什麼同一個調類（去聲），卻在海陸的北部、中部區分成了陰、陽去等完全不同的調類？更進一步的探研，更可以問：傳統聲韻學裡，陰、陽調的劃分如何解釋客語各個次方言裡調類混雜的現象？這些當然都是學術上很有意義的問題，也是未來做客語乃至於做聲韻學研究者，值得注意或進一步研究之處。相信這些問題的解答，多少會幫助我們了解客語的歷史演變，更有助於客語各次方言之間的溝通與理解。然而，就目前的認知與了解而言，這些問題都已經超乎本文所能解答的範圍。

　　這種調類互異的情況，也出現在高平調及高降調之間，且看：

(17)高平調及高降調的對應

調值	四縣		海陸		饒平	卓蘭	詔安		東勢	卓蘭	永定
	北部	南部	北部	中部	桃園		桃園	雲林			
53				陰平	去聲		陽平			去聲	陽平
55	去聲		陽平								

　　這種同一調值卻在各次方言間劃分成不同調類的現象，反映了「客語」歸類的問題。以往文獻，認爲客語的調類特徵是：「次濁上歸陰平在客語內不呈現大面積的一致性」（橋本萬太郎，1973：440-441，轉引自張光宇，1998：83），後來黃雪貞（1988）認爲此說不完整，應補以「全濁上讀陰平」（同上）。對此說法，張光宇（1998）

頗不以爲然，但由⒄表中的調類與調值而言，這些學說或看法，顯然有所不足，因爲不論從哪個角度而言，很難說明爲何同一個調類會衍生出不同的調值，更難以解說爲何同一調類（如陽平）在不同的方言會有不同的調名（如陽平分稱爲陰平及去聲）。總而言之，有關客語調類在臺灣各次方言的比對及研究，尚有待更多的探討才能獲得共清晰的輪廓及更全面的了解。

不過，關於調類與調值的變易，似乎可由擬構中解決。例如，四縣的去聲是高平調⒂，但永定語海陸的去聲卻是低平調⑾，合理的解釋是原去聲是個高降調�51，但在歷史演變中，永定、海陸等方言取其低調，而四縣取高調，遂成共時之現象。換言之，演變圖示如後：

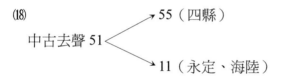

⒅

中古去聲 51 → 55（四縣）

→ 11（永定、海陸）

像上述的演變不但合情合理，也能說明去聲調在各方言間的差異。如果這種分析可以應用於其他調類的演變，當可以進一步揭開客家次方言間的聲調差別。然而，目前我們尚無法就這方面的構音及考證做說明。

第 3 節　構詞特性

臺灣客語的兼容並蓄特性最能從構詞之中反映出來，除了傳統的構詞方式如重複〔酸凍凍、哇哇滾、唉唉默默（拖拖拉拉）〕、主謂結構（心酸、腳痛）、動賓結構（瘸手、歇夜）、並列結構

（清靜、發作、硬直）、動補結構（煮熟、看透）或詞頭詞尾（老蟹、老虎、蟲嬤、笠嬤）等等構詞之方式外，最具特色的應該是：人稱代名詞、綴詞及小稱的構詞。

一、人稱代名詞

臺灣客語的人稱代名詞，種類繁多，以我們所蒐集的語料而言，有：

⒆ a. 單數及複數

	你	我	他	你們	我們	他們
南部（美濃）	ŋ	ŋai	i	ŋnen	ŋai nen	i nen (ien)
南部（萬巒）	ŋ	ŋai	i	ŋten	ŋai ten	i ten
南部（高樹）	ŋ	ŋai	ki	nen	ŋan	ken
北部（苗栗）	ŋ	ŋai	ki	ŋteu	ŋai teu	ki teu
北部（海陸）	ñ	ŋai	ki	ñi teu	ŋai teu	ki teu

b. 所有格

	你的	我的	他的	你們的	我們的	他們的
南部（美濃）	ñia ke	ŋai ke	ʒa	ŋnen ne	ŋai nen ne	i nen ne
南部（萬巒）	ŋye	ŋa ka	i ye	ŋten ne	ŋai ten ne	i ten ne
南部（高樹）	ñia	ŋa	kia	nen ne	ŋan ne	ken ne
北部（苗栗）	ñia ke	ŋa ke	kia ke	ŋteu ke	ŋteu ke	ki teu ke
北部（海陸）	ñia ke	ŋa ke	kia ke	ñi teu ke	ŋai teu ke	ki teu ke

人稱代名詞在很多語言的演變及變化之中具有文化及音變上的意義，例如古英語的人稱代名詞和其他的代名詞（甚至名詞）相同，含有很完整的格位變化。然而，由於歷史演變之中，其他代名

詞和名詞的格位都消失了，但是人稱代名詞的格位卻保留了下來，
如：

⑳

數	格	陽性	陰性
單數	主格	he	she
	所有格	his	her
	與格	him	her
	受格	him	her
複數	主格	they	they
	所有格	their	their
	與格	them	them
	受格	them	them

　　為什麼單單人稱代名詞的格位會保留了下來呢？很多歷史語言
學家的看法是：因為人稱代名詞在生活之中，最為常用，因此得以
保存（Baugh and Cable, 1993; Bynon, 1977）。這種看法，在臺灣南部的保
力村，也足以獲得佐證。保力原為客家村落，全村現在已經沒有人
會講客語，但是依據我們的調查：保力閩南話的人稱代名詞還保留
了客語稱謂：

㉑

	叔叔	伯父	嬸嬸	祖母
閩南話	a tsik	a pe	a tsim	a ma
客語	a suk	a pak	me me	a pʰo
保力閩南話	a suk	a pak	a me	a pʰo

　　然而，回頭詳細察看⑲的語料，我們必然會發現：臺灣客語的
人稱代名詞的用法非常分歧。以人稱代名詞的複數而言，有些是用

teu，有些是用 ten，更有些是早已經合併成一個單一語詞。爲何會有如此的歧異，到現在還沒有人詳加研究，不過這些構詞上的變異在在顯示了客家人在不同時代、不同地方的遷徙，以至於在各個不同的地方感染了地方方言或語言色彩。

二、綴詞

臺灣客語的綴詞，除了表示語法時貌的「nen/ten」〔如：佢企 ten/nen食飯（他站著吃飯）。〕，「歇（het）、了（liau）」〔如：佢食歇飯（他吃了飯）。〕，「過（kuo）」〔如：佢食過飯（他吃過飯了）。〕之外，比較值得注意和討論的是名詞詞尾 e/i/ə。一般而言，四縣客語中的新埤、佳多及高樹等三個地區的客語的名詞詞尾是[i]，其他四縣客語的名詞詞尾則爲[e]，而海陸地區有些客語沒有名詞詞尾，另外有些地區的海陸客語名詞詞尾則爲[ə]。再者，無論哪種客語的名詞詞尾都會有韻尾展延（coda spreading）的情形發生，換言之，只要是名詞有韻尾，則該韻尾（不論是元音韻尾或輔音韻尾）都會伸延而成爲名詞詞尾的聲母（只以四縣客語的-i 詞尾舉例）：

(22)

a.盤子	pʰan	＋ i	⟶	pʰan	ni
b.釘子	taŋ	＋ i	⟶	taŋ	ŋi
c.柑子	kam	＋ i	⟶	kam	mi
d.襪子	mat	＋ i	⟶	mat	ti
e.格子	kak	＋ i	⟶	kak	ki
f.盒子	hap	＋ i	⟶	hap	pi
g.筷子	kʰuai	＋ i	⟶	khuai	i
h.猴子	heu	＋ i	⟶	heu	ui

這組名詞詞尾之所以有趣或值得討論，主要原因在於：過去很多文獻（如羅肇錦， 1984；Hashimito, 1972）都認為：客語的顎化鼻音[ñ]是來自於舌根鼻音在前高元音[i]之前的變化，但是(22b)的韻尾卻沒有變成[ñi]。可見文獻中的論點和舉證都明顯不足，因此這組語料成為很少數可以幫我們辯證：(a)客語的顎化鼻音是來自於[n]和[ŋ]在[i]之前的中立化現象（neutralization）（請參見鍾榮富之論證及討論，2004）。(b)客語的構詞和音韻之間的關係非常緊密，特別是名詞詞尾的音韻關係和一般的詞根（stem）或語詞（word）並不全然相同。由於這種音韻和構詞之間的關係，能有效的幫助我們論證文獻中的分析。因此臺灣客語的名詞詞尾之多元，也顯示了臺灣客語在構詞上的特色在語音分析及研究之上扮演很重要的角色。

三、小稱詞

「小稱詞」是個還沒有清晰完整界定的名詞，過去一般認為名詞的仔尾詞如⑳的語料是為小稱詞的最佳範例，然而經過近年來漢語各方家以不同的角度來切入和分析漢語的小稱詞之後（徐通鏘，1985；麥耘 ，1990，1995；江俊龍， 2003），我們對於小稱詞的認識於是有了多面的訊息。限於篇幅，本小節將把焦點限制在臺灣客語小稱詞在聲調和音段之間的互動，而以東勢客語為對象▊。

臺灣東勢客語源於廣東大埔地區的客語，而最引起討論的是所謂的陰平變調：

註釋

▊▶ 其實有關客語小稱的研究還有許多方言有待整理，目前我手頭上積有的語料很多，將在明年（2006）七月之前整理完畢。目前，限於篇幅，只簡單以東勢客語為例。

⑵東勢客家的陰平變調

[33]──→35 /___ {[113], [31], [31]}

（陰平調在陽平、上聲，或陽入之前要變成35調）

這個變調之所以引起注意，就在於東勢另有其結構性的或音位性的陰平調33，因此這個由「陰平變調」而衍生的35調其實是東勢客語六個音位調之外的新調值。再者，這個35調卻在小稱的變化或對比之中，具有了語義對照的功能（語料取自江敏華，1998）：

⑵

a. p'u 35	「簿」（簿子）	c. jioŋ35	「秧」
b. p'u113	「瓠瓜」	d. jioŋ33	「癢」

不但在單音節詞上有辨義功能，在兩音節共組的複合詞裡，35調也有別義作用：

⑵

天光	33 33 「天亮了」	33 35	「明天」
牛鞭	113 33 「打牛的鞭子」	113 35	「牛的生殖器」

另外，有些35調的字另有33調的唸法，但語意卻不盡相同：

⑵

a. sɨ33	「師父」	： sɨ35	「徒弟」
b. jien33	「煙」	： jien35	「煙（葉）」

有些33調的動詞，其相對應的名詞是35調：

⑵

動詞		名詞	
a. tʃ'ia33	「車」（做動詞）	tʃ'ia35	「車」（名詞）

b. pau33　　　「包」　　　　　pau35　　　「包子」

c. ten33　　　「釘」　　　　　ten35　　　「鐵釘」

　　總結前面這些的觀察，東勢的 35 調具有兩種身分或來源：第一種是由 33 調變化而來，這種情形下，35 調是變化調（derived tone），所以它是可預測的，可以經由音韻規則來掌控。在兒童的語言習得裡，這種可由規則預知的聲調，被認為是不用逐字學習的，而是經由音韻規則衍生而來（Chomsky, 1986）。35 調的另一種身分卻是字詞本身的調（lexical tone），因此是不能預測的，是字詞本身就擁有的。在語言習得過程中，必須每個字詞逐一學習，因為毫無規則可循。

　　不過，這只是表面上或者現在我們唯一能做的分析，因為語料所呈現出來的結果就是如此，這種現象頗類似國語（或者更正確的說是北京話）的輕聲，同樣具有辨義作用，如「東西」可唸[55 ·]（·＝輕聲），也可唸[55 55]，兩者意思不同。也像東勢的 35 調一樣，北京話的有些輕聲是頗有規律可循的（見 Chao, 1968；Cheng 1973）。有趣的是，北京話的輕聲，其地位在語言學上一直還沒得到正名，有人認為是字詞調，是第五聲；有人卻遲遲未能接受第五聲的提議（參見鍾榮富之討論，1993）。

　　如果能更進一步觀察，還是有幾點值得思考。首先，東勢客語裡有語詞對比的 35 調都出現在名詞之上，顯然是由於名詞詞綴或者小稱的附加，只是後來由於小稱詞綴可能因為沒有重音而喪失了音段。這種現象並非北京話或東勢客語特有的現象，在其他漢語方言裡屢見不鮮，例如粵北土話中的北鄉、石陂等方言也有類似的現象（莊初昇，2004）。其次，客語的 35 變調並非局限於東勢客語，在南部的高樹、新埤及佳冬等地，也有 35 變調的現象，只是這些變調不再具有詞義的對比功能，這表示：35 調有可能源自於小稱詞的

綴加，而後小稱詞的音段被省略了，留下聲調。不過，在東勢客語裡，35調還保留了語詞的位階，而在其他的客語裡，種種對比完全由其他的詞彙結構來肩負了。

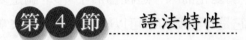

第 4 節　語法特性

　　客語的語法研究，不是過於全面而疏忽了內部的結構獨特性，就是太專注於某個結構性小點而失去了整個客語語法的全面（請參閱鍾榮富第二章之詳細討論，2004）。當然，本文也無法就客語語法的全面及單點做深入的討論，因此本節將以疑問、連副詞、語尾助詞等三個層面，點出客語的語法特性。

一、疑問句

　　疑問句主要有兩類：是非句（類似英語的yes/no question）及疑詞問句（類似英語的Wh-question）。這兩種疑問句之中，客語的疑詞問句並沒有特殊性，因爲客語的疑問詞，如問人的「什人」（man ñin），問事的「麻介」（mak kie），問時間的「哪久」（ne kiu）、麻介時間」，問地方的「哪位」（ne vi）等的用法基本上和國語或華語並沒有太大的不同。然而，客語的是非句則很有特色。

　　客語是非問句最常用的語詞是 mo_{11}，和客語表示否定的「無」（mo）應該是同一個語詞。時下文法學家大都認爲漢語各方言的語助詞多可以看成源自於否定詞，如唐朝白居易〈問劉十九〉詩「晚來天欲雪，能飲一杯無？」的「無」即爲現代客語疑問語助詞的根源（Chao, 1968；呂淑湘，1984）。此外，客語還有其他的疑問語助詞，如 ha_{31}、mia_{33}、ho_{33}、ka_{33} 等。這些語助詞都置於句尾，做問句的表徵，並沒有聲調上的變化。如：

㉘

　　a.佢來過 le（這裡）mo_{11}？（他來過這裡嗎？）

　　b.佢來過 le（這裡）ha_{11}？

　　c.佢來過 le（這裡）mia_{33}？

　　d.佢來過 le（這裡）ho_{33}？

　　e.佢來過 le（這裡）ka_{33}？

　　這五個疑問語助詞中，mo 與 ha 表中性的疑問，ho 表說話者期望得到肯定回答的疑問句，而 mia 表問話者對問題能得到肯定的成分不大，至於用 ka 則表示驚訝、強烈懷疑，或輕蔑之意。因此客語的疑問詞種類繁多，除了表示疑問之外，還兼具有語用的功能，這很顯然是臺灣客語在句法結構上的特色。

二、語助詞

　　另一個很能顯示臺灣客語句法特色的是語助詞。客語最大的特色應該就是語助詞的豐富，很多句子表面之結構完全相同，卻因為有不同的語助詞及語調，而有了很不同的語義表達，這使客語的日常對話有了繁複的語調及曲律，也使客語的句法充滿了活力及變化。

　　先比較後面幾個句子：

㉙

　　a.佢有去過了。

　　b.佢有去過了哇。

　　c.佢有去過了 lio。

　　d.佢有去過了哪。

　　e.佢有去過了 mo？

　　f.佢有去過了 hia？

　　g.佢有去過了 mie？

h.佢怕有去過了哪。

　　前面八個句子，差別只在於語尾助詞之變化及語調的高低起伏，卻因而有了不同的語義及語用表達。(29a)不論是語調的高低，都只是單純的表達「他去過了」一個簡單的概念。然而，(29b)多用了一個「哇」不但表示了「他去過了」的語義，更傳達了說話者不耐煩的的語調及心中不願意講話或對話的厭煩。不但如此，「哇」音如果再提高，則說話者的氣憤更形之於「用語」之中。比較之下，(29c)的「lio」則彰顯了講話者的「幸災樂禍」的語氣，或者是表示「他已經去過了，你怎麼還不知道？」之意。(29d)所用的「哪」[na]，表「不用再問或不用再談了，因為他已經去過了」語氣多少帶有聽者不明究裡之意，也表示講話者對於聽者之輕蔑。從(29e)到(29g)三句都和疑問詞的表達有關，可以參考前一節客家以問詞的討論。最後的(29h)多了一個「怕」表猜測或表講話者心中的不確定性。當然，從(29a)到(29g)等七個句子，也能在動詞之前加個「怕」字表達講者之謙虛或懷疑。

　　臺灣客語的語尾助詞還有很多，無法在此短文一一細論。且看後面一小段取自臺灣南部詼笑廣播劇《李文古》的對話**5**（畫線的部分為語助詞）：

(30)

　　a.文古：唉，先生阿，歪 het 了 ne。（哇，先生，歪到了。）
　　b.地理師：哈，歪 het 了呀，啊！你奈來呀？（哼，歪了嗎？你哪裡來的？）
　　c.文古：倨茅山啦。（我從茅山。）

……註釋………………………………………………………………………

5▶家慶唱片商行《客家笑科劇李文古》，1995。

d.地理師：你行前那來講，這隻細猴仔。（你到前面來講講看，猴崽仔。）

e.文古：偃唔同你講，葬到都蝦公樣 ne，頃頃綣綣。（我不想跟你講，葬得像蝦，彎彎曲曲。）

f.地理師：你再講，煙筒頭就有食哪。（你再講，會用煙筒敲你的頭。）

g.文古：先生，偃同講，風水屋場偃蓋專，地理羅盤最相當，偃講你聽試試看，煙筒放下沒相關，偃naŋ同詳細講。（先生，我跟你講，風水我很專門，地理羅盤我都精，我講講，你就聽聽看，先把煙筒放下，我再詳細講。）

h.地理師：講到好、嘟沒相關，講到不好你 naŋ 看，煙筒直接嘟鼻孔上。（講得有道理，就沒關係，如果講得不好，就直接把煙筒敲在你鼻子上。）

i.文古：好，沒相關。（好，沒關係。）

　　前面(30a)的「唉，阿」及「ne」都是語助詞，其中的「ne」相當於國語的「呢」，不過語氣上表示：很看對方不起的樣子。(30b)的「哈」表不相信或更瞧不起的語氣。後來的「啊！」簡直是驚訝之意，含有「我這麼有經驗，你還說我做的風水會歪掉？」（客語「做風水」即「為死者做墓碑」之意。）接著，風水師更用「你奈來呀？」表示不可置信，所以用完全懷疑的語氣。沒想到李文古以開玩笑或以戲謔的語氣說：「我從茅山來的啦！」「茅山」為道士訓練之處，在此泛指「有道行、有研究」之意。由於本文並非要為李文古的故事做解說，而是要以對話中的語助詞來點出客語在語法上的特色，因此逐字的語助詞之用法及解說，就以(30c)之前句中的語助詞為例即可。(30d)之後的語助詞，也都是含有豐富的語用觀點及語氣。

　　我們由前面兩小節所舉有關臺灣客語語助詞及疑問句的應用及多變，應該可以大約掌握臺灣客語在語法上的特色。要之，臺灣客語的語法充滿了多樣及多種的語詞，而這些語助詞所表現出來的各種語氣，遂使客語在有限的句式結構之中，孕育了豐富及活潑的語句表達方式。從文化的層次而言，客語多種語氣詞正反映了客家多元文化及多種文化內涵的遷徙歷程，也正好和歷史研究中所舉證的客家人播遷於各山區多險要之處。很可惜，從客語句法結構之特色來探討客家文化的研究還屬鳳毛麟角，未來相信會有更多研究人力的投入。

第 5 節　　結　語

　　從語言學的角度而言，臺灣客語並非內部很一致的語言研究個體，而是充滿了分歧的名稱。以內部的差異來劃分，臺灣的客語主要有四縣、海陸、大埔、詔安，及比較不常被提及的永定、饒平及豐順等客語。然而，語言學之所以能作爲單獨的學科，主要在於同中求異及能以很簡潔的規律或限制來區分各個表面上很不相同的語言歸類。因此，本文先以臺灣內部各個不同客語的奇異點爲始，並逐一從語音、構詞及句法等三個層面來探索臺灣客語的特色。

　　簡而言之，臺灣客語的語言特點是兼具各個客語之語音，而以[ʒ]及知章(ts，tsʰ, s)及精莊[tʃ, tʃʰ, ʃ]兩組聲母之分合爲依歸。至於韻母，主要在於前高元音[ɨ]之有無作爲區分的標準。在多達六十四個韻母的結構之中，臺灣客語，不論南北不論次方言，都以簡單的異化及同化兩個原則作爲韻母結構的依據。所謂異化，指的是「雙元音的結構內部不能同爲前元音也不能同爲後元音」，這個原則規範

了三元音的結構。而同化則宣稱：元音和韻尾的結合必定要有相同的後音值，同爲前音或同爲後音。

　　構詞上，客語除了和其他漢語方言一樣有所謂的主動、動賓、並列及重複等等結構之外，我們認爲臺灣客語的特點在於綴詞及小稱的互動。由於這樣的研究在過去鮮少有人去注意，本文的提出希望能帶來更多的研究，期能在客語的構詞結構上有更多的特色顯現出來。當然，就構詞的規律及原則而言，臺灣客語的特色很可能在於詞彙和文化生活之間的互動上，但這並非本文的焦點。

　　最後，臺灣客語的語法特點，限於篇幅我們僅以疑問詞及語助詞兩個小點來做說明。客語的疑問詞分爲是非問句及語詞問句，然而比較有特色的是是非問句語詞的多樣性及其和語用之間的介面互動，而語助詞更加深了我們的觀察和注意。

　　臺灣客語的研究雖然在語料蒐集和中古音之比對上迭有著作問世，但在更深一面的語音、構詞及語法上，顯然還有很大的空間。

參考文獻

Baugh, Albert C. and Thomas Cable, 1993, *A History of the English Language,* Prentice Hall, Englewood Cliffs.

Bynon, Theodora, 1977, *Historical Linguistics,* Cambridge University Press.

Chao, Yuen-Ren, 1968, *A Grammar of Spoken Chinese,* University of California at Berkeley.

Cheng, Chin-Chuan. 1973, *A Synchronic Phonology of Mandarin Chinese,* The Hague: Moutan.

Kager, 1999, *Optimality Theory,* Cambridge University Press.

Kiparsky, 1968, *Explanation in Phonology,* Foris Publications.

Ladefoged, Peter, 2002, *Vowels and Consonants,* Blackwell.

Paradis, Carole and Jean-Francois Prunet, 1991, *Phonetics and Phonology: The Special Status of Coronals,* Academic Press.

Prince, Allen and Paul Smolensky, 1994, *Optimality Theory,* Ms.

江俊龍，《兩岸大埔客語研究》，2003，國立中正大學中國文學研究所博士論文。

江敏華，《臺中縣東勢客家語音韻研究》，1998，國立臺灣大學中國文學研究所碩士論文。

呂淑湘，《漢語語法論文集》，北京：商務印書館。

家慶唱片商行，《客家笑科劇李文古》，1995。

徐通鏘，〈寧波方言的「鴨」[E]類詞和「兒化」的殘餘〉，收錄於《徐通鏘自選集》，1993，頁 70～87，鄭州：河南人民出版社。

張光宇，《閩客方言史稿》，1996，南天書局。

莊初昇，《粵北土話音韻研究》，2004，中國社會科學出版社。

麥耘，〈廣州話的特殊 35 調〉，收於詹伯慧（編）《第二屆國際粵方言研討會論文集》，1990，廣州：暨南大學出版社。

麥耘，〈廣州話的語素變調及其來源與演變〉，1995，收於《音韻與方言研究》，廣州：廣東人民出版社。

黃雪貞，〈客家方言聲調的特點〉，1988，《方言》4: 241～246。

橋本萬太郎（Hashimoto, M.），*The Hakka Dialect,* Prince University Press, 1973。

鍾榮富，〈優選論和漢語音系〉，《國外語言學》3:1～14, 1995, 1995a，北京社會科學院。

鍾榮富，〈說輕聲〉，《華文世界》70:40～48, 1993。

鍾榮富，《臺灣客語語音導論》，2004，臺北：五南出版社。

第十章

臺灣客語教學的檢視

彭欽清

第1節　前　言

《聯合報》在二○○二年三月十至十一日針對臺灣地區母語的傳承與流失做了一項調查，據其資料分析，認為客家話流失情形非常嚴重：

> 愈來愈多客家人不會說客家話，說得流利的人更少。四十歲以上的中老客家人還有五成九客家話很流利，三十到三十九歲的人比率減成為四成四，二十到二十九歲的年輕客家人只有二成三能操流利客語，一成五完全不會說（《聯合報》，2002）。

該報沒有對二十歲以下的人做調查，如果有，相信能操流利客語者的成數必定非常低，完全不會說者也一定相當多。在《語言本能》一書中，作者史迪芬‧平克說：「語言透過孩子而不朽，當語言學家看到一個語言只有大人在用時，他知道這個語言已經去日無多了。」（平克，1998：305）依《聯合報》的調查分析看來，客家話顯然是面臨只有大人在用，去日無多的語言。一個族群的語言流失可比作一個人血液的流失，流失到某個程度變接近死亡邊緣的處境。語言處境的分級方式很多，最常見的是：安全、瀕危及滅亡。Stephen Wurm 的五級法則把重點放在弱勢語言上，他的分法是：

> 可能瀕危的語言：於社會、經濟兩方面，皆處於不利的地位，承受強勢語言施加的沉重壓力，下一代的說話人已經

開始變少；

　　瀕危的語言：下一代已經很少人甚至沒人在學了，最年輕的流利說話人，也已是青年；嚴重瀕危的語言：最年輕的流利說話人，年紀至少也有五十歲了；

　　彌留的語言：只剩屈指可數的幾位流利說話人，大部分都已是耄耄之年；滅亡的語言：再也沒有說話人了（克里斯托，2000：70～72）。

　　依 Wurm 的分法，以《聯合報》調查分析顯示，客語應在二至三級，即瀕危的語言與嚴重瀕危的語言間，若再不自醒自覺，立即採取復興語言的行動，肯定不久即會隨著愈來愈多的語言流失，進入到彌留甚至滅亡的階段。客家人對客語流失的自覺引發了一九八八年的「還我母語」運動，迄今十多年來，廣播電視的客語節目比以前稍有增加，各類客家文化活動日漸增多；中央與地方也設立客家委員會，各類客家社團紛紛成立；中小學先在一九九六年實施鄉土語言教學，二〇〇一年九年一貫教育全面實施；按理，以上各種情況對客語的保存當有所助益，但事實顯然沒有。

　　依克里斯托的看法，在第二階段便應投入心力以阻止或扭轉語言的衰落的趨勢，到了第三階段，對大部分語言算是為時已晚。不過，他在討論語言復興是否有希望一章中，舉出紐西蘭的毛利語、威爾斯語，北愛爾蘭的愛爾蘭語，及尼加拉瓜的拉瑪語為例，只要有心，瀕危語言仍能復興有成（克里斯托，2000，243～5）。

　　一九八九年多位民進黨人士當選縣市長，積極推動母語教學，其中臺北縣、新竹縣、高雄縣、屏東縣先後出版客語教科書，推展客語教學，但是因為種種因素，未能列入課程，利用團體活動時間上課，儘管有許多熱心教師投入，但效果不彰。

　　一九九六年經當時立委不斷催促，教育部在八十五學年度將鄉土語言列入課程，學校可視實際需要教授鄉土語言。教育部委請專家學者編寫客語教材，臺北市政府也自行出版一套，有更多教師在全臺各地展開客語教學工作，加上配合每年全國性的鄉土語文競賽，客家語逐漸在教育系統中受到重視。不過，因為不是正式課程，普遍性不足。

　　九十學年度起九年一貫課程正式實施，九年一貫課程包含語文學習等八大領域，資訊教育等六大議題，負責培養國民教育之十大基本能力。其中語文學習領域除國語文及英文之外，還含本國語文中的原住民、閩南及客家語文教學。學生必須就三種本國語文中選一學習，每週上課一至二節，每節四十分鐘。

　　原住民、閩南及客家語文第一次列入學校正式課程，由於事先的準備不夠充分，因為教育行政當局、學校、教師、學生及家長都有點措手不及（相較於同時實施的英語文教學，由於兩年前便積極甄選培訓教師，學校、學生及家長配合度明顯較佳）。

　　客家語文教學實施近四年以來，成效如何，有待評估。但就目前的成果看來，可能與想像中的美景有段落差，造成落差的主因是許多教育行政主管無心推行，紙上作業可以說得頭頭是道，但對整個客語教學的規劃以及師資甄選、培訓卻失之草率。加上在非客家地區的學校，除非有客籍教師積極掙取，大部分的學校為了排課及教師鐘點的方便，母語教學便成了閩南語教學。種種跡象顯示，母語教學的推行，不但不是客語的推手，反而成為客語的殺手，使得客家語死得更快。

　　九十一學年開始，一、二、四年級同時實施，師資需求馬上暴增，雖然教育部以罕見的效率（不見得有效果）完成鄉土語文教師認證考試，利用兩個週末四天的時間，每天從早到晚上九小時，完

成三十六小時的培訓。這種速成式的養成，對客語教學到底是好是壞，看法不一，不過最起碼有了相當多的客語備用師資，讓有心辦好客語教學的學校聘用。這些客語備用教師，除少部分是退休教師外，絕大部分都是對客語教學熱心，但無教學經驗的人士，如何讓這些人了解語言教學觀、教學法、教學技巧，可能要費一些功夫。

所謂「母語教育」，原指的是兒童在家或周圍環境中自然而然習得（acquire）的語言。臺灣的客家族群，在國語及閩南語二大強勢語言影響下，客家兒童習得的「母語」已非客語，《聯合報》的調查分析報告說：

> 客家人有四成一在家講國語，超過了講客家話的比率（三成七），一成九講河洛語。在公共場合，五成二的客家人講國語為主，二成七講河洛語，只有一成五講客家話。交叉分析發現，只有一成三客家人不論公私場合都以客語為主要語言，四成左右已完全改說河洛語或國語……客家人傳授下一代母語的意願也不強，有未成年子女父母中，四成九認為英文對下一代比重要，四成八覺得客家語比較重要。他們未成年子女，只有百分之八客家話流利，一成八普通，四成會說一些，二成八完全不會說客家話（《聯合報》，2002）。

這種情況下，客語成了和英語一樣，是學生只有在學校，接受教師的指導，靠努力學習才能學會的語言。因此，客語教學幾乎是外語教學，以目前整個大環境來說，行政院已將提升國人英語程度納入重要施政方向，國小國中的英語課將愈受重視，每週堂數必定增加，產生的排擠作用，第一個受害的一定是「娘不疼，爹不愛」的母語教學，尤其是客語。如果要完全靠九年一貫課程來使學童學會客語，應該是一項不可能完成的任務。因為依教育部頒布的九年

一貫客家語文的課程理念與目標，學生不單要學會基本的人際溝通能力，還要學會用客語思考、推理、閱讀、寫作，還要充分運用科技與資訊整理保存客語文。如此重責大任要讓客語教師承擔，真是「生命中不可承受之重」。其實學校的客語教育只是復興客語的一小環節，客語教育應該是整體的。湯廷池在〈「母語教育」理論與實際〉一文中認爲：「母語教育是整體的、文化的、民主的、人本的、終生的。母語教育的成功，不能依賴政策法令的制定來推動，也不能僅靠教育來實行。除了樹立正確的母語教育概念並由學校與家庭雙管齊下的提倡外，我們必須要總體的從文化與生活的實際層面來加以落實。」（湯廷池，1997）

　　如果把客語復興比作是一場生死存亡的戰役看，要打贏這場戰，必須先做好各種前置作業，各種情況，籌畫戰略，再三沙盤推演，並將後勤作業準備妥當，戰地指揮官一聲令下，人人奮勇作戰，這場戰役應該有勝仗的希望。可惜的是，到目前爲止在客語存亡一役中，我們還沒看到系統化的前置作業，也看不出有何戰略，後勤作業也明顯不足。戰事一起，沒有指揮官，士兵雖個個奮勇向前，但必須自己摸索狀況，且戰且走，還要自己負責後勤補給，籌糧籌槍籌子彈，看來這些士兵，不彈盡援絕投降也難。許許多多正在爲客語教學奉獻的老師其實都是這些英勇的士兵，站在第一線，衝鋒陷陣，政府相關單位及客家界應該趁他們未棄械投降前，趕快亡羊補牢，加強補給，提高士氣，或許還有機會扭轉局勢。

　　克里斯托在《語言的死亡》一書中對語言的流失情況這樣描述：

　　　　只要一支文化同化於別的文化，接下來，瀕臨語言會再
　　碰上的事，看來是各地皆然。這過程可以分作三大階段。第
　　一階級（按：應爲段），是族群會承受極大的壓力，必須改

講支配語言不可——這壓力可以從政治來，從社會來，或從
經濟來。這壓力可以「從上而下」的，也就是由政府或是全
國性的機構，以鼓勵、推薦、法令等措施等，在民間推動。
這壓力也可已是「由下而上」的，也就是社會的時尚所趨，
或是同儕壓力，造成社會成員不得不跟隨。不過，這壓力還
可能沒有任何明確的方向，不過，這壓力還沒有任何明確的
方向，不過是社會經濟等因素互相激盪的結果，只是，大家
只看出部分的因素，只了解部分的因素而已。然而，不管壓
力是從哪個方向來，結果都是——進入第二階段——有一段
時期，雙語並行之勢大興，大家的新語言愈講愈流利，但舊
語言也沒忘記。只是，再來，而且往往還來得相當快，雙語
的趨勢消退，舊語言讓位給了新語言。這就進入了第三階
段，年輕一代的新語言，愈講愈流利，對新語言的認同也愈
來愈強，舊語言反而愈來愈不合他們的需求。走到這地步
時，不論是父母一輩，還是子女一輩的人，往往還覺得舊語
言讓他們丟臉。父母愈來愈少跟子女講舊語言，或甚至彼此
在子女面前，都愈來愈少用舊語言交談了；繼而，由於愈來
愈多的下一代是生在新社會裡，父母也就會發現，他們要跟
子女講舊語言的機會，也愈來愈少。這樣發展下去，他們的
語言日益淪為「對內」的語言，愈來愈與眾不同，到最後，
成了「家用方言」。而在家外面，孩子就算會講，彼此也不
會用這「自家的方言」來講話。這樣下去，不出一代——有
時甚至幾十年就夠了——原來家庭相當健康的雙語環境，便
在無形之中，自己滅掉了一半。在後來，就成了道地的單語
獨大，而將固有的語言近一步推向死亡（克里斯托，2000：
167~8）。

　　這一段話幾乎是客家話近幾十年在臺灣迅速流失的寫照。日治時代，除了東亞戰爭末期推廣所謂的國語家庭，有少數當時的所謂仕紳人家甘願背祖外，大部分客家人仍然以客語為家庭及社區的語言。一九四五年，國民政府接收臺灣，各級學校推廣國語教育，但客家地區的家庭及公共領域仍以客語為溝通語言，連外地人（Hoklo及外省人）至客家莊做生意也都以不甚流利的客語交談。一九四九年國民政府撤退臺灣，大批軍公教人員移入，除了學校更積極推行國語教育外，規定機關學校公共場所需使用國語，公共領域使用國語人口日益增多，但客家話在客家地區仍能暢行無阻，尤其是一九五〇年代客語廣播盛行，山歌、採茶戲廣受聽眾歡迎。可惜好景不常，一九六二年臺視開播，國語及 Hoklo 語電視節目直接攻入客家家庭的客廳，大量噴灑所謂的文化神經毒氣，於是，天天在國語的薰陶下，客家人練就正宗的國語。另外，在幾齣像史艷文等的Hoklo布袋戲及楊麗花歌仔戲教導下，客家人老老嫩嫩，不必到Hoklo莊，自然將Hoklo話練得能聽能說。從克里斯托的語言流失三階段來看，繼Hoklo客之後，一九四九至一九六〇是臺灣客語流失的第一階段，一九六〇年代至今後是客語大量流失的第二及第三階段，在國語及Hoklo 話的雙重夾殺下，若再不有所作為，客家話將逐漸步向死亡之路。

　　有鑑於客家語言的流失嚴重及政府的對客家人製播客語電視節目的呼籲推三阻四，一九八八年十二月二十八日，《客家風雲雜誌》發動來自臺灣各地上萬的客家人走上街頭，向政府提出「還我母語」的要求。十六年來，經過許多關心本土文化發展的人士多方面的努力爭取，政府對本土語言的管控開始鬆綁。首先，在一九九三年立法院通過刪除廣電法第二十條對方言的限制，並從九十學年度起，九年一貫課程正式實施，學生必須就原住民、閩南、客家三

種語文選修其一。

　　十六年來，臺灣的政治、社會情況也產生了重大變化，尤其是政權輪替完成後，在政客及媒體的操弄下，族群對立日益嚴重，Hoklo 人很早就儼然以臺灣的主人自居，不少 Hoklo 人視不會講 Hoklo 語者爲非臺灣人，這種情形在以 Hoklo 人居多數的民進黨取得政權後似乎更嚴重；而新住民，不論是曾居高位者或是所謂的「老芋仔」，絕大部分仍還有鄉愁，很難一下子認同他鄉即故鄉；大部分自認是中國人，又是臺胞；夾在中間的原住民及客家人，儘管許多人皆通國語及 Hoklo 語，還是陷於兩大之間難爲小的尷尬地位。

　　弔詭的是，各政黨爲了爭取原住民及客家選票，又不得不費盡心力拉攏他們，中央及地方政府爭相成立原民會即客委會即是明證。不管是中央或是地方的客委會都將恢復客語列爲第一要務，首先，爲了要提高客家人的自信心，從年頭到年尾爭相辦理各類活動，提高客家能見度，這些活動的確讓臺灣其他族群的人多了許多機會來了解他們陌生的客家，各級客委會工作人員的努力，值得肯定。接著，行政院客委會克服萬難，短時間之內成立客家電視專屬頻道，製作各類節目播出，儘管有人說其中有政治目的，但臨危受命，能不辱使命，誠屬不易。政府設了客委會，統籌辦理客家文化事宜，也成立了客家電視頻道，學校也開始教授客語，投入那麼多的人力物力，一九八八年「還我母語」運動遊行後，客家界陸續的要求，表面上看來，政府都一一做到了，可是，客家人拿回了多少客家話？

　　拜臺灣選舉文化之賜，從前被視如草的臺灣的客家人突然成了各黨各派的寶，中央地方紛紛成立客家委員會之後編列預算，主要目的就是希望能保住客家選票。有了客委會，有了人員編制，有了錢，一時之間全臺灣一片客家熱，從年初到年尾不是這個客家季就

是那個客家祭，尤其是選舉期間，爲了配合拉票，全臺灣客家莊更是客家活動連連，將客家的能見度一下子提升許多。各級客委會人員的辛勞，有了立即的成效，相信大家都肯定他們的努力。可是，熱鬧之餘，又回到老問題，客家語復興運動真正落實了嗎？以下分別檢視中央客家政策及臺北市客家政策與客語教學相關部分，看看是否真正落實延續客語的目的。

第2節　中央客家政策與客語教學

　　根據行政院客委會二〇〇二年十一月出版的《客家政策白皮書——先期規劃報告》，中央的客家政策以落實新客家運動爲方向，具體規劃語言傳承、文化發展、產經育成，及永續客家爲政策主軸。

　　其中語言傳承包含客語復甦和傳播發展兩大項。而語言傳承的計畫策略爲：㈠輔助各級學校及社區語言教學；㈡公共領域推廣客家語言；㈢建構客家語言教學中心；㈣推動客家語言基礎建設，促進客家語言活化；㈤開拓客語就業市場，提升客語實用性。

　　傳播發展的執行方法爲：㈠推展電視媒體傳播（推動客家專屬電視頻道；獎勵補助電視臺製作精緻性、多元化之客家節目，並於黃金時段播放；委製各類型客家節目，並提供有線電視臺／海外華人電視臺託播；電視媒體傳播人才與客語演員之培養列爲推廣電視媒體傳播之長期工作）；㈡推展廣播媒體傳播（連結中小功率電臺組成客家廣播全國聯播網；獎勵補助全國聯播網電臺及地方電臺製作、播放優良及多元化客家節目；委製各類型廣播節目，並於全國聯播網及地方性電臺託播；廣播媒體傳播人才之培養列爲推廣廣播

媒體傳播之長期工作）；㈢推展平面媒體傳播：輔助客家刊物之出版及編輯，每年輔助六種期刊；㈣推展媒體傳播：輔助以客語發音、客家爲主題之電影製作。

該白皮書並且明確訂出二○○三年播出的客家專屬電視頻道之節目原則：㈠綜合性頻道；㈡以客家爲主體，促進客家語言、教育、文化之發展；㈢讓客語跟現代公共生活和社會接軌；㈣照顧客家視聽權益，提供客家人最需要的時事與資訊；㈤作爲客家與其他族群有效溝通互動的橋樑；㈥強調互動性：透過節目設計，協助客家族群有表達意見之暢通管道；㈦強調可看性：製播精緻、活潑生動、具創意的節目。

整體而言，行政院客委會的施政皆以達成本白皮書揭櫫的目標爲目的，也有相當具體的成效。但理想與事實終究有落差，在執行各項政策時，由於種種因素，諸如意識形態、溝通不良及人謀不臧等，導致許多白皮書裡的美意無法落實，令人遺憾。

依目前政府單位的職責而言，客語教學由教育部負責，客語教學包含課程規劃、師資培育、教材審定、工具書編審，和教學評鑑等專業，行政院客委會無法越俎代庖，應多想辦法如何與教育部協調落實客語教學才是上策。但是我們看到的是客委會也在出版教科書和工具書，其中一套教科書是教育部當初爲鄉土教育編撰的客語試教本，適用於中年級與高年級，後來爲應付二○○一年九年一貫本國語文（客家語）課程的正式實施，才編低年級課本。九年一貫本國語文（客家語）教材的編寫必須遵照教育部所頒訂的課程綱要，課文的編寫要符合基本理念、課程目標、基本能力，及分段能力指標，每寫一課要考慮的因素非常之多，甚至可說已到綁手綁腳的地步。但若按此綱要編寫的教材，最起碼讓教師及學生可以循序漸進，按部就班的來教學及學習，而這批試教本顯然無法達到此項

要求。我們絕對希望有一個勇於任事的客委會，但是我們也不希望凡事往自己身上攬的客委會，否則其他部會將樂得把自己的業務往客委會推，既省事又省錢，而客委會的預算及人力均有限，最後只會讓工作人員精疲力盡，經費捉襟見肘。

　　事實上在輔助客語教學上，客委會可使力的地方甚多，例如教育部在客語支援教師的甄選、培訓及對鄉土語言教學的評鑑，較諸他科明顯敷衍；某些地區客語教學開班狀況及教學成果並不理想，客委會應多蒐集相關資料，好好與教育部協商改進之道。另外，儘管客家語課本市場有限，但還是有有幾家民間書商投入研發編輯，令人敬佩。有的編得十分用心，但卻經營不善，中途而廢；有些書商則拼拼湊湊，把客語課本當作學校採用主要科目教科書的附送品；加上各家書商採用的客家用字及標音法不一，使得第一線的教師往往無所適從；若是教師或學生轉校或轉學，對不同客語教材的適應造成不少困擾。客委會應該對有心出版優良客語課本的書商給予補助，本身不必花太多人力編輯客語教科書。

　　自二〇〇一年九年一貫課程實施後，客家語首次正式列入小學正式課程，由於匆忙上路，教育行政當局、學校、教師、學生都一時無法適應，教學成效大打折扣。

第 3 節　臺北市政府的客家政策與客語教學

　　臺北市政府的客家政策與中央政府的客家政策大方向上大同小異，以客語傳承及延續文化發展為主軸。不過比較起來，臺北市處理的客家事務遠比中央的客家事務要簡單得多，因此執行起來可以比較有彈性，也可以處理比較細節的問題。事實上，臺北市客委會

主要政策是遵照以馬英九市長在二〇〇二年六月十七日客委會成立時的指示：以客語傳承作爲工作的核心。根據臺北市政府客家事務委員會九十三年九月向市議會提出的報告，提出四項工作方向與目標：一、臺北市客語傳承工作計畫；二、臺北市客家文化營建計畫；三、城鄉及國際交流計畫；四、館室營建經營計畫。

客語傳承工作計畫又分九小項計畫，分別是：㈠客語家庭教育計畫；㈡客語教育中心計畫；㈢持續發展無地域限制的客語教學計畫；㈣移動式的客語教學及文化傳播計畫；㈤教材編製及種子人才的培訓；㈥持續辦理臺北市幼稚園、托兒所開辦客語教學課程之補助計畫；㈦借助客家文化節年度活動，提升客語公共化效果；㈧繼續編印客家文化季刊成爲客語學習輔助教材；㈨臺北客家書院。

爲了推動該項客語傳承工作，臺北市客委會還訂定工作實施計畫及客語教育中心作業要點，還輔導設立六十六個客語教育中心。雄心勃勃的將二〇〇四年定爲客語復興元年，舉辦一系列的活動，大張旗鼓，一副誓師決心收復失土的氣勢，令人對客語的復興滿懷希望，大家對臺北市客委會在這方面的用心也應加以肯定。我們也誠摯的希望臺北市的客語復興能夠有豐碩的成果，而將此模式推行至全臺灣。不過，就如上面提過的，理想與事實終究有落差，在執行政策時，由於種種因素，導致許多計畫的美意無法落實。如何落實計畫最有效的辦法就是嚴格執行追蹤評鑑考核，辦理成效良好的單位，給予獎勵，績效不佳者除了不繼續補助外，亦應有所處罰。

臺北市客委會面臨的問題和行政院客委會相似，把許多該由教育局承擔的工作往自己身上攬。事實上，教育局內設有鄉土語言小組，負責蒐集鄉土教學資料、研究教學法，及舉辦不同程度的教學研討會，對客委會積極要復興客語的努力有密切關係。類似的會議客委會應積極參與，甚至與教育局應有定期的協調會報，一方面可

以教育局有直接對話的機會，一方面也可以共享客家教學資源。

就以客語復興元年整個計畫的重心《生趣介人公書》爲例，一共三本，繪圖生動，印刷精美，所附 CD，除了課文外還加上唱／唸歌謠詞，從編輯到印刷及出 CD，必定是費時費神更費錢。可惜工程如此浩大、角色如此吃重的教科書，仍然有許多地方需要改進，幸好執行單位有先見之明，先出試用版，否則使用起來必會引起諸多困擾。

大家都知道，語言教科書是教師及學生的語言範本，不容出錯。以本套書名《生趣介人公書》爲例，海陸沒問題，但四縣一定要說《生趣介人公仔書》才妥。套書有三冊（CD 說是單元），分別爲《鏡中奇緣》、《細精靈》，及《偃兩儕》，都定位爲客語初級篇。除第一冊（單元）書名與第一課課文相關外，二、三冊都無關，而且書名與內容有落差。另外，編教科書的基本原則是由易到難，由簡到繁，本套書首兩冊大致能把握該原則，但第三冊第一課六句二十九字，第二課三句十個字，落差實在太大。

三冊書的課文都以小孩爲敘事者，充滿童趣，但編者有時或因受限於字數，而有敘事者不明的情事發生，如：「路項介人，擎遮仔，著水衣，盡像太空人。水花洩一身，搞到毋想轉屋去。」前四句是敘事者看到的景象，後兩句應是敘事者的行爲；如此鋪陳，容易混淆。

編一本好的教科書要考慮的層面非常多，稍一不慎，便容易犯錯，如：「做清明，去掛紙。」這句話，第一，不符合客家習俗，大部分客家人清明前已掃完墓；第二，句子有問題，因爲客語說「做清明」、「做重陽」、「做對年」、「做對歲」、「做新生日」等都指涉到該事件的整個儀式過程，因此，「做清明，去掛紙」，是兩回事；改成「清明日，去掛紙」，會比較清楚。又如將「偃係

阿爸，你係細人仔」的句子，替換成「𠊎係細人仔，你係阿爸」，雖然句法都正確，但是語境都不夠真實。

給兒童學習的課文若能押韻而朗朗上口，會比較有趣，容易學習。可是如果為了押韻，而不顧客語的習慣用法，反而會以韻害意。如：「肚屎枵，食點心，包仔、仙草恅水果，害𠊎食到肚嚙嚙，目晶晶。」「心」與「晶」是押韻，但客語沒有「食到目晶晶」的說法。而在問答練習「你係麼介人？」（問句本身有問題）回答有客家人、河洛人，及原住民，獨缺新住民，有欠周延。

所附的 CD 有四縣及海陸腔，內容比課文為多，不過四縣腔只有由小男孩唸唱，許多字發音及聲調都欠準確，對有意以 CD 為學習對象者會有不良影響。海陸腔由老師範讀，學生跟讀，效果較佳。一個奇怪的現象是，「屋下」一詞，四縣應唸 vug² ka²⁴，卻唸成 vug² ha²⁴，海陸應唸 vug⁵ ha³¹，卻唸 vug⁵ ka³¹。

一套好的教材，必須搭配詳細實用的教師手冊和吸引學生興趣的教具，本套教材在這方面似乎未見提供，教師可能要花費較多時間及金錢備課及準備教具，對於教學的效果會有影響。

第4節　臺灣地區客語教學現況

據教育部的資料顯示（感謝教育部國教司民國94年1月提供），九十二學年度國中小實施閩南語、客家語、原住民語教學校數為：閩南語，2,342；客家語，672；阿美語，221；布農語，121；泰雅語，77；排灣語，81；賽德克語，22；卑南語，15；鄒族語，11；魯凱語，9；賽夏語，7；雅美語，6；噶瑪蘭語，1。以下是各縣市開閩南語及客家語的開班學校數及二○○四年十二月行政院客委會委辦

的全國客家人口基礎資料研究對照表（依研究，臺灣總人口數是
22,545,969 人，客家人口推估數爲 4,408,818 人，占 19.5%）。

縣市	閩南語	客家語	總人口數	客家人口推估數	客家人口比例
臺北市	215	139	2,627,844	497,269	18.9
高雄市	85	6	1,510,124	187,364	12.4
宜蘭縣	79	9	462,930	74,491	16.1
臺北縣	205	104	3,681,491	553,402	15.0
桃園縣	145	98	1,826,609	732,600	40.1
新竹縣	28	79	460,349	315,298	68.5
苗栗縣	44	92	560,798	172,438	66.4
臺中縣	162	0	1,528,512	278,688	18.3
南投縣	53	9	539,950	90,404	16.7
彰化縣	175	1	1,316,705	168,366	12.8
雲林縣	156	4	739,166	61,202	8.3
嘉義縣	137	0	559,882	43,460	7.8
臺南縣	184	0	1,206,406	58,012	5.2
高雄縣	136	18	1,237,417	242,810	19.6
屏東縣	134	28	903,401	209,760	23.2
臺東縣	53	16	242,393	49,340	20.4
花蓮縣	64	23	350,829	104,580	29.8
澎湖縣	42	0	92,068	7,279	7.9
基隆市	46	0	392,343	54,111	13.8
新竹市	30	25	383,380	114,893	30.0
臺中市	64	2	1,010,612	129,614	12.8
嘉義市	18	0	269,592	13,088	4,9
臺南市	45	0	750,096	50,349	6.7
金門縣	23	0	資料缺	資料缺	資料缺
連江縣	0	0	資料缺	資料缺	資料缺

　　本表顯示未開設客語的縣市有臺中縣、嘉義縣、臺南縣、澎湖縣、基隆市、嘉義市、臺南市。對照客委會最近公布的臺灣客家人口調查，澎湖縣有七千多客家人，嘉義縣、市，基隆市，臺南市都有一到數萬人，臺中縣高達二十餘萬（據承辦人說未列入原因為未排正課上），但沒有一個學校開客語課。高雄市、彰化縣、臺中市的客家人口都超過十萬，只有一或二校開課。如果客委會的調查無誤，則這些縣市的客語開班數，絕對與客家人口不成比例。

　　比較起來，臺北市對鄉土語言的推動明顯用心，教育局設有國小鄉土語言推動委員會，下設有行政規劃組、研習進修組、課程教學組，及諮詢輔導組，並成立鄉土語言輔導團，積極推動母語教學，獲得教育部評鑑優等獎。據該委員會民國九十三年簡報，九十三學年度計開閩南語 5,891 班，154,936 人參加；客家語 2,467 班，24,796 人參加；原住民 453 班，1,245 人參加。進用母語教學支援人員，閩南語 381 人，客語 255 人，原住民 93 人。另外，特別針對支援老師規劃班級經營課程，提升支援老師教學知能。尤其難能可貴者，對國民小學鄉土語言對教師、學生、家長做問卷調查，加以詳細分析，作為改進之參考。

　　另外，以傳統上所謂的北閩南客的桃園縣為例（感謝桃園縣東勢國小管聖洲老師提供資料），桃園市二十二所國小，只有四所開有客家語文，整理表列如下：

學校	學生數	客語教師數	91 年客語		92 年客語		93 年客語	
			班級數	人數	班級數	人數	班級數	人數
南門	1,642	1	2	70	2	68	2	66
西門	2,127	6	0	0	0	0	6	168
龍山	1,413	1	1	50	1	34	1	34
青溪	2,208	1	3	58	5	96	5	97
慈文	1,758	1	0	0	0	0	1	34

　　這二十二所國小學生總人數為 38,664 人，選修客語者只有 399 人，其中中山國小人數達 4,850 人，竟連一班客語班皆開不成，原因何在？值得探討。

　　大園鄉十二所國小學生數 7,593 人，無一所學校開設客語課。

　　其他閩南語區鄉鎮客語開課學校及學生數皆屈指可數。

　　反觀南區，中壢市二十四所國小，只有山東國小未開客語，但各所學校開課班級與選修人數，與一般的認知差別甚大，茲舉數所教授客語學校為例：

學校	學生數	客語教師數	91 年客語		92 年客語		93 年客語	
			班級數	人數	班級數	人數	班級數	人數
中壢	1,108	1	18	632	11	385	4	142
新明	2,235	29	17	527	25	825	29	986
芭里	146	2	6	145	6	146	6	146
新街	2,084	2	70	2,330	67	2,160	50	1,733
華勳	2,242	20	9	346	15	631	20	658
中原	1,424	13	10	420	12	483	15	684

　　觀音及新屋鄉開設客語小學以一、二百左右學生學校為多，如大潭、保生、富林、啓文、笨港、北湖等，而學生數最多的觀音及新屋國小開課情形差異甚大。

學校	學生數	客語教師數	91 年客語		92 年客語		93 年客語	
			班級數	人數	班級數	人數	班級數	人數
觀音	958	3	30	962	31	962	31	958
新屋	1,795	0	10	350	15	525	18	604

其他客家地區的國小，客家開課情形大致良好。

而根據苗栗縣教育局提供給徐耀昌立委服務處的資料，九十二學年度鄉土語言教學實施況爲：

*1.*開設一種鄉土語言學校：客家，74；閩南，32，泰雅，4。

*2.*鄉土語言教學師資聘用（現職教師培訓）：客家，658；閩南，541；泰雅、賽夏，4。

*3.*鄉土語言教學師資聘用（支援教師）：客家，13，閩南17；泰雅、賽夏，5。

*4.*開設兩種鄉土語言學校：客家、閩南，12；客家、泰雅，2；客家、賽夏，2。

*5.*開設三種鄉土語言學校：客家、泰雅、賽夏，2。

該份資料顯示，全苗栗縣九十三學年度計有八十一所學校開客家語課，班級數分別爲：一年級 249；二年級 252；三年級 501；四年級 265；五年級 264；六年級 529。總計 2,060 班（按：經筆者查證數所學校，實際開班數較少）。讓人驚訝的是海線區儘管現在Ho-klo 人較多，但後龍、通霄、苑裡仍有不少客家人，但客語開課的情形顯然未反映事實。

二〇〇二年《聯合報》所做的調查，四十歲以上的中老年客家人有五成九可說流利客語，二十到二十九歲可說流利客語者降爲二成三。二〇〇三年行政院客委會委託調查的結果，十三歲以下能說流利客語者只有一成七。克勞思（Kraus）說，語言若不再是族群下一代學習的母語，這語言便進入彌留期。看樣子，客語是真的「打到廳下」了。

在社會客語環境營造上，在一九八八年「還我母語」運動最直接的政府反應是在臺視製播「鄉親鄉情」的節目。一星期播一次，短短三十分鐘，三除四扣，大約二十分鐘，播出時間不是晚上十點

後就是清晨，而且常遭更動，但第一次有常態性客家電視節目播出，客家人雖不滿意但也只能勉強接受。後來在客家團體不斷的催促下，臺視、中視、華視三臺又陸續播出「客語新聞」。一九九四年寶島客家電臺首次在臺北發聲，雖然是地下電臺，卻引起大臺北地區客家鄉親的迴響，但屢遭政府多次的抄臺，不但使該臺愈抄愈旺，聽眾更自動自發捐款成立創臺基金，政府逼於情勢，不得不發給執照，成為第一家財團法人客家公益性電臺。其他各地也紛紛成立新的電臺，許多老字號電臺也爭相開設客家節目，帶動另一股客家熱。

新的客語廣播風格，以 call-in 為主，不僅拉近主持人與聽眾的距離，聽眾也可藉機發表自己的看法，對許久不知何處尋知音的眾多都市客家人，提供了一個絕佳的溝通平臺，也讓有意了解客家語言文化的其他族群人士，提供一個可供學習的園地。雖然，客家節目的聽眾年齡偏高，但也吸引一些對客家有使命感的一些年輕人加入，給客家運動注入新血。

一九九八年公視開播，為落實少數族群分享公視的權益，成立客家節目諮詢委員會，積極製播優質的客家節目，將客語電視品質帶往優質化方向，雖然首播時數仍然偏低，但總算給客家人機會可比較完整清晰的呈現自己的文化，也讓外族群人士多一個認識現代客家的窗口。

二〇〇〇年行政院客家委員會成立，積極推行客語無障礙計畫，事實上，在此之前客家團體及立法委員推動的公共空間客語服務，已初具成效。捷運、火車、北市公車，及飛機上都有提供客語服務，部分機關或醫院可以用客語電話查詢。以目前的臺灣環境，要真正達到客語無障礙仍有一大段距離，客委會應多費心想出方法克服障礙，讓客語在臺灣邁向坦途。

　　邁向客語無障礙路上遇到的第一個障礙就是客家人自己，許多研究都顯示不管是都會或鄉區的客家人，家庭語言不是國語便是Hoklo語，能熟練使用客語者，年齡偏高。修習筆者「客家文化概論」的一百名學生中，客家籍者約三分之一，但能講流利客語者不到十人。如何讓這些仍心懷客家的年輕人學會客語，而能與父母長輩用客語暢談心懷，值得好好思考。

　　客語另一個障礙就是臺灣多元文化素養的不足，許多 Hoklo 人總認為客家人都應該懂 Hoklo 話，新住民則認為溝通要方便最好講國語，一個團體中，客家人相互間講客家話容易被認為是搞小圈圈。多元文化的素養應從尊重包容其他文化做起，可是，許多在客家莊傳統市場做生意的 Hoklo 人，用 Hoklo 話高聲吆喝，進入客家傳統市場，彷彿置身Hoklo莊。另一方面，晚近風行的農業休閒業，把不少客家莊變成觀光區，成群結隊的觀光客湧入，強勢的 Hoklo 話隨之攻入。面對這種買也 Hoklo，賣也 Hoklo 的窘境，客語豈能不處處遇障礙？

　　客委會為了布置客語無障礙的環境，不惜花錢請許多電臺錄製播放客語教學節目，此項做法立意甚佳，功效如何？有待評估。有一位自稱是不會講客語的客家名主持人，與另一主持人用打諢插科方式現場教學，講出來的客語不忍卒聽，不知如何教人？待契約一到期，一句客語又聽不到。如果連客家人自己的節目都要買才講客語，電臺的主事者又沒有多元文化的概念，錢花再多，也很難築出客語無障礙的路。後來，又簽約請來影藝界名人客串演出，用意甚佳，主持人教學方式也很活潑。可是，不論哪一種語言教學，教學者的發音語調都要正確，客語廣播教學尤其是，不然以訛傳訛，又有名人推波助瀾，恐怕未來的客語會變得很另類。

　　譬如，有主持人將客家名荼「豬腸炒薑絲」教成「豬腸炒殭

尸」。會有這種錯誤是臺灣四縣客語「絲」字有兩種發音，一讀若國語的「席」，一讀若國語不捲舌的「十」，薑絲的「絲」一定要讀若國語的「席」，若讀成國語不捲舌的「十」，就不是「薑絲」而是「殭尸」了。

　　另外，高麗茱的臺灣客語絕大部分都說「菠麗茱」，六堆客家人有說「高麗茱」的，而這裡的「麗」卻發如國語的「理」，即陽平調，不發「麗」，陰去調，顯然是受到 Hoklo 話影響，把已經約定俗成的大數客家人使用的客語棄而不用，實在令人不解。

　　更離譜的是，把太陽很烈的客語「日頭當烈」，說成「日頭當辣」（太陽很辣），客語的「烈」和「辣」都是入聲字，讀lad，但「烈」是陰入調，「辣」是陽入調，而「當」接「辣」時聲調會變，接「烈」時不會，該主持人將「日頭當（不變調）烈」說成「日頭當（變調）辣」時，就不是客語了。

　　又如把客語「慶腳」，當成國語的「能幹」，如：「若夫娘還慶腳，屋家整理到恁淨。」（你太太真能幹，家裡整理得這麼乾淨。）其實「慶腳」一詞 Hoklo 語也用，只有貶義，通常用來形容精明凶悍的女性，拿來褒揚別人的太太，顯然不妥。

　　客委會花不少人力物力推廣客語，值得肯定，但客委會不要把案子發包出後就了事，必須監督製作單位嚴控教學品質，錄製時發現有錯，必須重錄。否則與其老是任由承包單位將錯就錯，敷衍了事，播出來誤導學習者，倒不如不播來得好。

　　另外，客委會在二〇〇四年總統大選前以極短的時間成立客家電視專屬頻道，這麼匆忙推出來的節目，能用客語播出已屬不易，不能苛求品質。不過在黃金時段節目充斥與性相關及歧視女性之禁忌語，如「你講麼介漦」及「若婆介芭樂」等極其不雅的話語。客語「漦」讀如國語的小，本指精液，引申為廢話，「你講麼介漦」

意爲「你講什麼廢話」，傳神有餘，但卻粗俗不堪。「若婆介芭樂」更是不堪入耳的髒話，「若婆介」意爲「你祖母的」，「芭樂」，讀 bade，d 與 e 連成所謂的拍打音（The flap），而發 le 音。「芭」是客語女性私處諧音字，這樣侮辱性的字眼，出現在電視上，大大不妥。儘管禁忌語是文化的一部分，但大部分禁忌語只能在私領域中流傳，出現在公共領域，尤其是黃金時段的電視上，絕對不妥。

此外，開闢簡短的客語教學單元用意甚佳，主持小姐年紀雖輕，但發音字正腔圓，實屬難得。不過既是教學，就必須正確，可惜前置作業出問題，腳本常有錯。一個單元十句，有的用詞有誤，有的語法不妥。如將「穿雨鞋去田裡工作」說成「著靴筒去田上做事」，「靴筒」是長筒靴，如馬靴。客家話的雨鞋是「水靴（筒）」，兩者截然不同，儘管有客家部分地區如六堆稱雨鞋爲「靴筒」，那只是簡稱，教語言宜先教正確的說法較妥。

又如「現在流行請保全顧家」（國語也不通）說成「現下時行請保全顧家」。「顧家」的客語意思是照顧家庭，如「陳先生盡（非常）顧家」，閩南語及國語亦同。「看顧房子」的客語應該是「掌屋」較恰當。至於語法部分，可能連國語部分都有問題，如「學英文，多讀、多講、多寫」，應該是「要學好英文，要多讀、多講、多寫」。國語的「要」譯成客語是「愛」，所以，「愛學好英文，愛多讀、多講、多寫」才是合語法的客語。又如「日頭恁烈，記得戴帽仔」（陽光這麼毒辣，記得戴帽子），也應該在「記得」前加個「愛」字，才合客語語法。

許多客家鄉親甘願出錢出力，爲的就是不甘心看到客語快速流失的慘象。客家電視臺應在沒有政治力的介入下，善用納稅人的血汗錢，由專業人士好好好經營，將節目愈做愈好，把客家文化精緻

的一面呈現給世人。主事者千萬不要假復興客家文化之名，行一黨或少數人名利之實，對節目的品質卻不加以嚴格管控。不然的話，不只是客家電視臺前途堪憂，更會讓有心透過客家電視臺了解客家文化的客家後生或外族群的人士，誤認爲客家語言文化原來是如此的粗俗膚淺。如此一來，客家電視臺不但沒達到設臺的目的，反而形成客家語言文化的負面樣板，成爲傳承客家語言文化的絆腳石。

第 5 節　結　語

　　中央與地方的客委會都已經重視客語復甦的問題，而且積極投入人力物力著手客語復甦的工作，也初步看到成效。不過，語言復興是個大工程，Valiquettee 這樣說：

> 　　現存語言的生機，要靠族群來維繫，也唯有族群可以維繫。若是族群將這份責任扔給外人，或扔給族群的一小撮人（像學校裡的老師），語言絕對是死路一條。語言的保存工作，一定要族群全體投入才行，不可以只是一部分人。

　　當然，客語的復興除了客家人自己要負責外，也必須有大環境的配合。如今政府設了專責機構，編了預算，號稱優秀的客家人如何完成此一艱鉅的客語「轉魂」任務，大家都「目金金」的看。如果客家人認爲客委會有能力帶領大家完成此一「輪大石上大崎──毋成（生）就死」的任務，而且客委會也自認有自信有此能力的話，客委會與客家人必須有下列共識：

　　1.客家話不分藍綠，不分統獨，只有存不存在的問題。

2.客委會要將自己的角色定位好，少點政治權謀，多點客家心。少辦花花草草曇花一現的活動，多做紮紮實實長長久久的客語扎根工程。

3.不要把客委會當作是政府丟出來的骨頭，大家搶成一團，貽笑大方。客委會的預算，爭來不易，每一分錢都應該用在客語復甦的刀口上，不應用來吃喝玩樂，否則對不起全臺灣許多生活困苦的人民，也會讓其他族群的人認為客家人只會享受特權。

4.全體客家人有權利也有義務隨時監督客委會的績效，要求客委會將預算的執行透明化，將客語復興當作第一要務，大家共同監督教育單位落實客語教學。

老古人言講：「倚恃別人，毋當倚恃自家。」靠自己不是靠天天喊：「寧賣祖宗田，莫忘祖宗言；寧賣祖宗坑，莫忘祖宗聲。」也不是靠時時說客語多優美，客家人多優秀，更不能靠只關心選票的客家政客。靠自己是要靠每個客家人出自內心對自己文化語言的疼惜，靠每一位客家人都有視傳承客家話為己任的熱誠。令人遺憾的是，儘管有許多客家人為客家文化打拚，但是卻有更多的客人任由客語流失而無動於衷。在國語及 Hoklo 的夾擊下，臺灣的客語已經奄奄一息，在這生死存亡之際，如果客委會不能運籌帷幄，伺機反攻，客家人不能人人奮勇向前收復失土，已經被「打到廳下」的客家話，只有等斷氣了。

第十一章

臺灣客語同音字表

劉醇鑫

　　同音字是指一個字音中有許多不一樣的字，且每個字的字形、字義皆不相同。本表所列之字，是以常見常用的客語用字爲主，原則上是除了本字之外，也以謹慎的態度採用了較爲通用的俗字，至於一些看法較爲分歧的用字暫不列入。

　　本表分爲四縣腔和海陸腔，同時列出臺灣客語音標及國際音標，希望能有助於拼讀及使用（本同音字表經過古國順教授費心校正，特此致謝）。

第 1 節　　四縣方言同音字彙

四縣腔				
臺灣客語音標		國際音標		例字
調型	調號	調號	調值	
a ／	a^1	a^1	a^{24}	ㄚ亞啊阿鴉
a ＼	a^2	a^2	a^{31}	啞
ab ＼	ab^4	ap^4	Ap	鴨壓押
ad ＼	ad^4	at^4	at^2	閼
ag ＼	ag^4	ak^4	ak^2	厄軶扼搹
ai ／	ai^1	ai^1	ai^{24}	挨捱
ai ＼	ai^2	ai^2	ai^{31}	矮
ai	ai^3	ai^3	ai^{55}	隘
am ／	am^1	am^1	am^{24}	庵醃盦鵪
am	am^3	am^3	am^{55}	暗
an ＼	an^2	an^2	an^{31}	恁
ang ／	ang^1	aŋ^1	aŋ^{24}	盎
au ／	au^1	au^1	au^{24}	坳
au ＼	au^2	au^2	au^{31}	拗

au	au^3	au^3	au^{55}	謷懊
ba ✓	ba^1	pa^1	pa^{24}	巴芭疤笆粑
ba ＼	ba^2	pa^2	pa^{31}	叭把爸靶
ba	ba^3	pa^3	pa^{55}	霸壩
ba ∨	ba^5	pa^5	pa^{11}	背
bad ＼	bad^4	pat^4	pat^2	八缽撥
bag ＼	bag^4	pak^4	pak^2	百伯柏擘
bai ✓	bai^1	pai^1	pai^{24}	跛掰
bai ＼	bai^2	pai^2	pai^{31}	擺
bai	bai^3	pai^3	pai^{55}	拜簸
bai ∨	bai^5	pai^5	pai^{11}	排擺
ban ✓	ban^1	pan^1	pan^{24}	扳班斑搬頒汴般
ban ＼	ban^2	pan^2	pan^{31}	扳板版粄
ban	ban^3	pan^3	pan^{55}	半扮絆
bang ✓	bang^1	paŋ^1	paŋ^{24}	邦繃
bang ＼	bang^2	paŋ^2	paŋ^{31}	蹦
bau ✓	bau^1	pau^1	pau^{24}	包孢胞褒鮑苞
bau ＼	bau^2	pau^2	pau^{31}	飽
bau	bau^3	pau^3	pau^{55}	豹暴爆
be ∨	be^5	pe^5	pe^{11}	比
bed ＼	bed^4	pet^4	pet^2	北逼迫
ben ✓	ben^1	pen^1	pen^{24}	冰崩
ben	ben^3	pen^3	pen^{55}	憑
beu ✓	beu^1	peu^1	peu^{24}	彪標鏢飆鑣驫
beu ＼	beu^2	peu^2	peu^{31}	表裱錶
bi ✓	bi^1	pi^1	pi^{24}	杯陂飛悲卑啡蜚碑
bi ＼	bi^2	pi^2	pi^{31}	比庇彼臂妣髀
bi	bi^3	pi^3	pi^{55}	泌背祕閉痺幣弊篦貝痱算蔽斃狽秘
biag ＼	biag^4	piak^4	Piak^2	壁
biang ✓	biang^1	piaŋ^1	piaŋ^{24}	抨

biang ˋ	biang²	pian²	pian³¹	丙餅
biang	biang³	pian³	pian⁵⁵	拚柄
bid ˋ	bid⁴	pit⁴	pit²	必畢筆碧
bid	bid⁸	pit⁸	pit⁵	淈觱
bied ˋ	bied⁴	piet⁴	piet²	屄鱉
bied	bied⁸	piet⁸	piet⁵	□
bien ˊ	bien¹	pien¹	Pien²⁴	編鞭邊辮
bien ˋ	bien²	pien²	Pien³¹	扁匾貶楄
bien	bien³	pien³	Pien⁵⁵	變遍
bin ˊ	bin¹	pin¹	pin²⁴	兵彬賓濱檳
bin ˋ	bin²	pin²	pin³¹	秉摒奮
bin	bin³	pin³	pin⁵⁵	並併殯
biong ˊ	biong¹	pion¹	pion²⁴	枋
biong	biong³	pion³	pion⁵⁵	放
biu ˇ	Biu⁵	Piu⁵	Piu¹¹	淲
bo ˊ	bo¹	po¹	po²⁴	波玻煲播襃
bo ˋ	bo²	po²	po³¹	保寶葆
bo	bo³	po³	po⁵⁵	報
bod ˋ	bod⁴	pot⁴	pot²	發
bog ˋ	bog⁴	pok⁴	pok²	剝博膊駁
bog	bog⁸	pok⁸	pok⁵	爆
boi ˋ	boi²	poi²	poi³¹	掊
boi	boi³	poi³	poi⁵⁵	背褙
bong ˊ	bong¹	pon¹	pon²⁴	傍幫
bong ˋ	bong²	pon²	pon³¹	榜
bong	bong³	pon³	pon⁵⁵	矼棒
bu ˊ	bu¹	pu¹	pu²⁴	埔晡
bu ˋ	bu²	pu²	pu³¹	斧補脯
bu	bu³	pu³	pu⁵⁵	布怖
bu ˇ	bu⁵	pu⁵	pu¹¹	哺

bud ＼	bud^4	put^4	put^2	不抔
bug ＼	bug^4	pug^4	puk^2	卜幅腹
bun ／	bun^1	pun^1	pun^{24}	分奔
bun ＼	bun^2	pun^2	pun^{31}	本苯
bun	bun^3	pun^3	pun^{55}	畚笨糞
ca ／	ca^1	ts'a^1	ts'a^{24}	叉車差奢賒撦賒
ca ＼	ca^2	ts'a^2	ts'a^{31}	扯
ca	ca^3	ts'a^3	ts'a^{55}	岔杈
ca ∨	ca^5	ts'a^5	ts'a^{11}	查茶搽
cab ＼	cab^4	ts'ap^4	ts'ap^2	插
cab	cab^8	ts'ap^8	ts'ap^5	雜
cad ＼	cad^4	ts'at^4	ts'at^2	掣擦獺察
cad	cad^8	ts'at^8	ts'at^5	徹撤澈蛰轍
cag ＼	cag^4	ts'ak^4	ts'ak^2	尺赤拆冊
cag	cag^8	ts'ak^8	ts'ak^5	拆柵
cai ／	cai^1	ts'ai^1	ts'ai^{24}	差猜災釵
cai ＼	cai^2	ts'ai^2	ts'ai^{31}	彩採采綵
cai	cai^3	ts'ai^3	ts'ai^{55}	在
cai ∨	cai^5	ts'ai^5	ts'ai^{11}	裁踩
cam ／	cam^1	ts'am^1	ts'am^{24}	參摻攙
cam ＼	cam^2	ts'am^2	ts'am^{31}	慘
cam	cam^3	ts'am^3	ts'am^{55}	杉塹懺站
cam ∨	cam^5	ts'am^5	ts'am^{11}	蠶讒
can ＼	can^2	ts'an^2	ts'an^{31}	剷鏟闡綻
can	can^3	ts'an^3	ts'an^{55}	綻燦棧
can ∨	can^5	ts'an^5	ts'an^{11}	泉殘纏
cang	cang^3	ts'aŋ^3	ts'aŋ^{55}	撐鄭
cang ∨	cang^5	ts'aŋ^5	ts'aŋ^{11}	程瞠
cau ／	cau^1	ts'au^1	ts'au^{24}	抄操
cau ＼	cau^2	ts'au^2	ts'au^{31}	炒

cau	cau^3	ts'au^3	ts'au^{55}	操躁
cau ∨	cau^5	ts'au^5	ts'au^{11}	吵
ce ✓	ce^1	ts'e^1	ts'e^{24}	媸痴
ce	ce^3	ts'e^3	ts'e^{55}	脆滯遳粹
ce ∨	ce^5	ts'e^5	ts'e^{11}	齊
ced ヽ	ced^4	ts'et^4	ts'et^2	惻策測
ced	ced^8	ts'et^8	ts'et^5	賊擇宅澤
cem ✓	cem^1	ts'em^1	ts'em^{24}	賝
cem ∨	cem^5	ts'em^5	ts'em^{11}	涔
cen ✓	cen^1	ts'en^1	ts'en^{24}	呻
cen	cen^3	ts'en^3	ts'en^{55}	襯
cen ∨	cen^5	ts'en^5	ts'en^{11}	曾層
ceu ✓	ceu^1	ts'eu^1	ts'eu^{24}	超
ceu	ceu^3	ts'eu^3	ts'eu^{55}	湊瘦趖
ceu ∨	ceu^5	ts'eu^5	ts'eu^{11}	朝憔潮樵
cii ✓	cii^1	ts'ï^1	ts'ï^{24}	癡雌治
cii ヽ	cii^2	ts'ï^2	ts'ï^{31}	此恥齒
cii	cii^3	ts'ï^3	ts'ï^{55}	次自治柿牸痔試飼翅醋刺
cii ∨	cii^5	ts'ï^5	ts'ï^{11}	池持祠詞慈雉飼磁遲辭蚩匙瓷嗣馳墀
ciid ヽ	ciid^4	ts'ït^4	ts'ït^2	叱斥飭
ciid	ciid^8	ts'ït^8	ts'ït^5	直姪值植殖蟄
ciim ✓	ciim^1	ts'ïm^1	ts'ïm^{24}	深
ciim	ciim^3	ts'ïm^3	ts'ïm^{55}	沉沈
ciim ∨	ciim^5	ts'ïm^5	ts'ïm^{11}	沈沉忱
ciin ✓	ciin^1	ts'ïn^1	ts'ïn^{24}	稱
ciin ヽ	ciin^2	ts'ïn^2	ts'ïn^{31}	逞
ciin	ciin^3	ts'ïn^3	ts'ïn^{55}	秤陣趁稱
ciin ∨	ciin^5	ts'ïn^5	ts'ïn^{11}	呈陳塵澄懲
co ✓	co^1	ts'o^1	ts'o^{24}	坐昨座蹉

co ＼	co²	ts'o²	ts'o³¹	草
co	co³	ts'o³	ts'o⁵⁵	座挫造搓銼錯糙
co ∨	co⁵	ts'o⁵	ts'o¹¹	曹槽
cod ＼	cod⁴	ts'ot⁴	ts'ot²	啜撮
cog ＼	cog⁴	ts'ok⁴	ts'ok²	亍綽戳躅
cog	cog⁸	ts'ok⁸	ts'ok⁵	著鑿濯
coi ∕	coi¹	ts'oi¹	ts'oi²⁴	在吹炊
coi ＼	coi²	ts'oi²	ts'oi³¹	彩
coi	coi³	ts'oi³	ts'oi⁵⁵	脆菜
coi ∨	coi⁵	ts'oi⁵	ts'oi¹¹	才材財
con ∕	con¹	ts'on¹	ts'on²⁴	川穿閂餐
con ＼	con²	ts'on²	ts'on³¹	喘
con	con³	ts'on³	ts'on⁵⁵	串傳撰篆篡賺竄纂
con ∨	con⁵	ts'on⁵	ts'on¹¹	傳
cong ∕	cong¹	ts'oŋ¹	ts'oŋ²⁴	丈滄鯧牀昌倉瘡蒼
cong ＼	cong²	ts'oŋ²	ts'oŋ³¹	敞暢廠闖杖
cong	cong³	ts'oŋ³	ts'oŋ⁵⁵	丈狀唱悵撞仗倡藏臟創
cong ∨	cong⁵	ts'oŋ⁵	ts'oŋ¹¹	牀長場腸藏廠。
cu ∕	cu¹	ts'u¹	ts'u²⁴	抽初苧粗
cu ＼	cu²	ts'u²	ts'u³¹	處暑醜丑楚鼠
cu	cu³	ts'u³	ts'u⁵⁵	住助紵臭措處獸箸
cu ∨	cu⁵	ts'u⁵	ts'u¹¹	除酬綢廚雛櫥籌芻儲
cud ＼	cud⁴	ts'ut⁴	ts'ut²	出齣
cud	cud⁸	ts'ut⁸	ts'ut⁵	捽
cug ＼	cug⁴	ts'uk⁴	ts'uk²	促畜觸
cug	cug⁸	ts'uk⁸	ts'uk⁵	族摍嗾。濁簇碡逐
cui ∕	cui¹	ts'ui¹	ts'ui²⁴	催摧推
cui	cui³	ts'ui³	ts'ui⁵⁵	隊罪翠墜悴瘁
cui ∨	cui⁵	ts'ui⁵	ts'ui¹¹	搥錘槌鎚
cun ∕	cun¹	ts'un¹	ts'un²⁴	伸春村椿

cun ﹨	cun^2	ts'un^2	ts'un^{31}	蠢
cun	cun^3	ts'un^3	ts'un^{55}	寸
cung ╱	cung^1	ts'uŋ^1	ts'uŋ^{24}	沖重窗蔥衝聰囪充
cung ﹨	cung^2	ts'uŋ^2	ts'uŋ^{31}	塚寵
cung	cung^3	ts'uŋ^3	ts'uŋ^{55}	仲重銃
cung ∨	cung^5	ts'uŋ^5	ts'uŋ^{11}	重叢蟲沖虫
da ﹨	da^2	ta^2	ta^{31}	打
dab ﹨	dab^4	tap^4	tap^2	答貼搭褡
dad ﹨	dad^4	tat^4	tat^2	笡
dad	dad^8	tat^8	tat^5	值嗒
dag ﹨	dag^4	tak^4	tak^2	逐
dag	dag^8	tak^8	tak^5	的
dai ╱	dai^1	tai^1	tai^{24}	低
dai ﹨	dai^2	tai^2	tai^{31}	底柢
dai	dai^3	tai^3	tai^{55}	帶戴
dam ╱	dam^1	tam^1	tam^{24}	探擔眈
dam ﹨	dam^2	tam^2	tam^{31}	膽疸
dam	dam^3	tam^3	tam^{55}	擔
dam ∨	dam^5	tam^5	tam^{11}	譫
dan ╱	dan^1	tan^1	tan^{24}	丹單
dan ﹨	dan^2	tan^2	tan^{31}	旦
dan	dan^3	tan^3	tan^{55}	旦誕
dang ╱	dang^1	taŋ^1	taŋ^{24}	釘盯疔
dang ﹨	dang^2	taŋ^2	taŋ^{31}	訂頂
dang	dang^3	taŋ^3	taŋ^{55}	訂
dau ∨	dau^5	tau^5	tau^{11}	投
de	de^3	te^3	te^{55}	埕
deb ﹨	deb^4	tep^4	tep^2	沾
ded ﹨	ded^4	tet^4	tet^2	得德
dem ╱	dem^1	tem^1	tem^{24}	沾

dem ˋ	dem²	tem²	tem³¹	凳
den ˊ	den¹	ten¹	ten²⁴	丁叮登燈
den ˋ	den²	ten²	ten³¹	等
den	den³	ten³	ten⁵⁵	凳
deu ˊ	deu¹	teu¹	teu²⁴	兜
deu ˋ	deu²	teu²	teu³¹	斗陡
deu	deu³	teu³	teu⁵⁵	鬥竇
di ˊ	di¹	ti¹	ti²⁴	知蜘
di ˋ	di²	ti²	ti³¹	抵
di	di³	ti³	ti⁵⁵	帝蒂涕
dia ˊ	dia¹	tia¹	tia²⁴	蹀
dia	dia³	tia³	tia⁵⁵	蹀
diab ˋ	diab⁴	tiap⁴	tiap²	貼
diam ˊ	diam¹	tiam¹	tiam²⁴	砧
diam ˋ	diam²	tiam²	tiam³¹	點
diam	diam³	tiam³	tiam⁵⁵	店
diau ˊ	diau¹	tiau¹	tiau²⁴	刁叼凋鳥貂雕鵰
diau ˋ	diau²	tiau²	tiau³¹	屌
diau	diau³	tiau³	tiau⁵⁵	弔吊眺釣調
diau ˅	diau⁵	tiau⁵	tiau¹¹	著
did ˋ	did⁴	tit⁴	tit²	的嫡滴適
died ˋ	died⁴	tiet⁴	tiet²	跌
dien ˊ	dien¹	tien¹	tien²⁴	顛巔癲
dien ˋ	dien²	tien²	tien³¹	典展
din ˋ	din²	tin²	tin³¹	頂鼎
diu ˊ	diu¹	tiu¹	tiu²⁴	丟
do ˊ	do¹	to¹	to²⁴	刀多
do ˋ	do²	to²	to³¹	倒著搗島
do	do³	to³	to⁵⁵	到倒
dod ˋ	dod⁴	tot⁴	tot²	咄掇

dod	dod⁸	tot⁸	tot⁵	輟
dog ⟍	dog⁴	tok⁴	tok²	琢拙
dog	dog⁸	tok⁸	tok⁵	剁
doi ⟋	doi¹	toi¹	toi²⁴	堆
doi	doi³	toi³	toi⁵⁵	碓
doi ⋁	doi⁵	toi⁵	toi¹¹	咄
don ⟋	don¹	ton¹	ton²⁴	端
don ⟍	don²	ton²	ton³¹	短斷
don	don³	ton³	ton⁵⁵	碫斷段
dong ⟋	dong¹	toŋ¹	toŋ²⁴	當鐺
dong ⟍	dong²	toŋ²	toŋ³¹	檔黨擋
dong	dong³	toŋ³	toŋ⁵⁵	當擋
du ⟋	du¹	tu¹	tu²⁴	都
du ⟍	du²	tu²	tu³¹	肚賭堵
du	du³	tu³	tu⁵⁵	佇貯
du ⋁	du⁵	tu⁵	tu¹¹	堵
dug ⟍	dug⁴	tuk⁴	tuk²	啄涿篤督
dui ⟋	dui¹	tui¹	tui²⁴	追
dui	dui³	tui³	tui⁵⁵	對
dun ⟋	dun¹	tun¹	tun²⁴	敦燉墩
dun ⟍	dun²	tun²	tun³¹	囤頓楯
dun	dun³	tun³	tun⁵⁵	頓
dung ⟋	dung¹	tuŋ¹	tuŋ²⁴	中多東
dung ⟍	dung²	tuŋ²	tuŋ³¹	崠董懂
dung	dung³	tuŋ³	tuŋ⁵⁵	凍棟
e ⋁	e⁵	e⁵	e¹¹	仔
ed ⟍	ed⁴	et⁴	et²	厄
ed	ed⁸	et⁸	et⁵	噎
en ⟋	en¹	en¹	en²⁴	恩鶯鸚鷹
en	en³	en³	en⁵⁵	應

eu ✓	eu¹	eu¹	eu²⁴	歐鷗
eu ＼	eu²	eu²	eu³¹	嘔毆
eu	eu³	eu³	eu⁵⁵	漚熰
fa ✓	fa¹	fa¹	fa²⁴	花
fa	fa³	fa³	fa⁵⁵	畫化話
fa ∨	fa⁵	fa⁵	fa¹¹	華
fab ＼	fab⁴	fap⁴	fap²	法
fad ＼	fad⁴	fat⁴	fat²	發閥髮
fad	fad⁸	fat⁸	fat⁵	活罰乏伐
fai ＼	fai²	fai²	fai³¹	壞
fai	fai³	fai³	fai⁵⁵	壞
fai ∨	fai⁵	fai⁵	fai¹¹	懷槐
fam ✓	fam¹	fam¹	fam²⁴	犯
fam	fam³	fam³	fam⁵⁵	氾汛泛范範飯犯患
fam ∨	fam⁵	fam⁵	fam¹¹	凡帆
fan ✓	fan¹	fan¹	fan²⁴	番蕃翻旛
fan ＼	fan²	fan²	fan³¹	反返
fan	fan³	fan³	fan⁵⁵	販飯
fan ∨	fan⁵	fan⁵	fan¹¹	煩繁還
fed	fed⁸	fet⁸	fet⁵	或獲惑
fen ∨	fen⁵	fen⁵	fen¹¹	宏衡
feu ∨	feu⁵	feu⁵	feu¹¹	浮
fi ✓	fi¹	fi¹	fi²⁴	非恢揮菲翡緋輝麾徽飛匪
fi ＼	fi²	fi²	fi³¹	悔毀
fi	fi³	fi³	fi⁵⁵	肺晦惠費彙會誨廢慧諱燴繪匯賄
fi ∨	fi⁵	fi⁵	fi¹¹	回缶茴迴
fid	fid⁸	fit⁸	fit⁵	拂
fin ∨	fin⁵	fin⁵	fin¹¹	痕
fo ＼	fo²	fo²	fo³¹	火伙夥
fo	fo³	fo³	fo⁵⁵	貨禍

fo ∨	fo⁵	fo⁵	fo¹¹	和
foi ╱	foi¹	foi¹	foi²⁴	灰
fon ╱	fon¹	fon¹	fon²⁴	歡
fon ╲	fon²	fon²	fon³¹	緩
fon	fon³	fon³	fon⁵⁵	幻患煥緩奐
fong ╱	fong¹	foŋ¹	foŋ²⁴	方芳荒慌
fong ╲	fong²	foŋ²	foŋ³¹	訪仿
fong	fong³	foŋ³	foŋ⁵⁵	放
fong ∨	fong⁵	foŋ⁵	foŋ¹¹	妨防房皇楻坊凰煌潢簧
fu ╱	fu¹	fu¹	fu²⁴	夫膚呼敷麩乎
fu ╲	fu²	fu²	fu³¹	府虎苦腐輔撫腑
fu	fu³	fu³	fu⁵⁵	互戶父付附戽訃負赴副婦富賦褲護咐附傅腐駙
fu ∨	fu⁵	fu⁵	fu¹¹	扶和狐胡符湖葫糊蝴鬍鰗壺瑚糊醐
fud ╲	fud⁴	fut⁴	fut²	忽窟
fud	fud⁸	fut⁸	fut⁵	佛拂核
fug ╲	fug⁴	fuk⁴	fuk²	福輻
fug	fug⁸	fuk⁸	fuk⁵	伏服茯斛復複覆袱
fun ╱	fun¹	fun¹	fun²⁴	分吩昏芬紛婚葷
fun ╲	fun²	fun²	fun³¹	粉
fun	fun³	fun³	fun⁵⁵	分份忿混憤奮氛糞
fun ∨	fun⁵	fun⁵	fun¹¹	昏焚暈魂
fung ╱	fung¹	fuŋ¹	fuŋ²⁴	封風烘瘋鋒豐轟峰
fung	fung³	fuŋ³	fuŋ⁵⁵	奉俸鳳
fung ∨	fung⁵	fuŋ⁵	fuŋ¹¹	洪紅逢縫
ga ╱	ga¹	ka¹	ka²⁴	加佳咖枷家袈傢嘉猳
ga ╲	ga²	ka²	ka³¹	假
ga	ga³	ka³	ka⁵⁵	嫁價駕架假
gab ╲	gab⁴	kap⁴	kap²	甲合佮袷鉀閘胛頰鴿
gab	gab⁸	kap⁸	kap⁵	呷

gad ＼	gad⁴	kat⁴	kat²	結
gag ＼	gag⁴	kak⁴	kak²	隔合膈塌
gam ∕	gam¹	kam¹	kam²⁴	甘柑尷
gam ＼	gam²	kam²	kam³¹	敢減感橄
gam	gam³	kam³	kam⁵⁵	間監鑑艦鑒
gan ∕	gan¹	kan¹	kan²⁴	奸
gang ∕	gang¹	kaŋ¹	kaŋ²⁴	更庚耕粳尷羹
gang ＼	gang²	kaŋ²	kaŋ³¹	哽梗
gang	gang³	kaŋ³	kaŋ⁵⁵	徑逕
gau ∕	gau¹	kau¹	kau²⁴	交郊茭教膏膠糕跤
gau ＼	gau²	kau²	kau³¹	狡校絞搞較攪
gau	gau³	kau³	kau⁵⁵	教酵窖較筶誥鉸覺
ge	ge³	ke³	ke⁵⁵	個該介
gi ∕	gi¹	ki¹	ki²⁴	肌妓技居拘枝肢飢機羈支乩基梔箕車
gi ＼	gi²	ki²	ki³¹	莒幾舉杞矩據己紀
gi	gi³	ki³	ki⁵⁵	句既紀記寄嘰鋸繼計鉅髻裾
gi ∨	gi⁵	ki⁵	ki¹¹	佢
gia ∕	gia¹	kia¹	kia²⁴	其
gia	gia³	kia³	kia⁵⁵	崎
giab ＼	giab⁴	kiap⁴	kiap²	挾劫莢浹
giab	giab⁸	kiap⁸	kiap⁵	夾
giag ＼	giag⁴	kiak⁴	kiak²	遽
giam ∕	giam¹	kiam¹	kiam²⁴	兼
giam ＼	giam²	kiam²	kiam³¹	撿檢
giam	giam³	kiam³	kiam⁵⁵	劍
giang ∕	giang¹	kiaŋ¹	kiaŋ²⁴	驚荊
giang ＼	giang²	kiaŋ²	kiaŋ³¹	頸
giang	giang³	kiaŋ³	kiaŋ⁵⁵	鏡
giau ∕	giau¹	kiau¹	kiau²⁴	攪

giau ╲	giau²	kiau²	kiau³¹	餃
gib ╲	gib⁴	kip⁴	kip²	急給級
gid ╲	gid⁴	kit⁴	kit²	吉桔激擊橘
gie ╱	gie¹	kie¹	kie²⁴	街階雞繫
gie ╲	gie²	kie²	kie³¹	解
gie	gie³	kie³	kie⁵⁵	介戒屆芥界計尬解概
gie ∨	gie⁵	kie⁵	kie¹¹	醢
gieb	gieb⁸	kiep⁸	kiep⁵	激
gied ╲	gied⁴	kiet⁴	kiet²	決革揭結潔缺格訣
gien ╱	gien¹	kien¹	kien²⁴	奸肩捐堅間跟艱姦娟涓鵑
gien ╲	gien²	kien²	kien³¹	捲揀眷簡卷筧繭
gien	gien³	kien³	kien⁵⁵	更見建崬梗
gieu ╱	gieu¹	kieu¹	kieu²⁴	勾溝鉤構嬌購鳩
gieu ╲	gieu²	kieu²	kieu³¹	狗枸繳垢
gieu	gieu³	kieu³	kieu⁵⁵	叫夠嗷
gim ╱	gim¹	kim¹	kim²⁴	今金
gim ╲	gim²	kim²	kim³¹	錦
gim	gim³	kim³	kim⁵⁵	禁
gin ╱	gin¹	kin¹	kin²⁴	斤京筋經鯨根經
gin ╲	gin²	kin²	kin³¹	景緊警
gin	gin³	kin³	kin⁵⁵	徑逕竟敬境
giog ╲	giog⁴	kiok⁴	kiok²	腳钁
giong ╱	giong¹	kioŋ¹	kioŋ²⁴	薑殭疆姜
giu ╱	giu¹	kiu¹	kiu²⁴	糾
giu ╲	giu²	kiu²	kiu³¹	九久韭
giu	giu³	kiu³	kiu⁵⁵	糾救究咎柩
giug ╲	giug⁴	kiuk⁴	kiuk²	焗
giug	giug⁸	kiuk⁸	kiuk⁵	趜
giun ╱	giun¹	kiun¹	kiun²⁴	均軍君
giun ╲	giun²	kiun²	kiun³¹	菫僅槿謹

giung ✓	giung¹	kiuŋ¹	kiuŋ²⁴	弓芎供穹拱宮恭躬
giung ✗	giung²	kiuŋ²	kiuŋ³¹	鞏
giung	giung³	kiuŋ³	kiuŋ⁵⁵	供降
go ✓	go¹	ko¹	ko²⁴	高歌戈哥膏篙
go ✗	go²	ko²	ko³¹	果裹稿
go	go³	ko³	ko⁵⁵	過告
go ∨	go⁵	ko⁵	ko¹¹	糊
god ✗	god⁴	kot⁴	kot²	割葛
gog ✗	gog⁴	kok⁴	kok²	各角郭桷閣擱覺
goi ✓	goi¹	koi¹	koi²⁴	該頦
goi ✗	goi²	koi²	koi³¹	改
goi	goi³	koi³	koi⁵⁵	蓋
gon ✓	gon¹	kon¹	kon²⁴	干官乾棺菅觀杆肝竿
gon ✗	gon²	kon²	kon³¹	秆管趕桿館
gon	gon³	kon³	kon⁵⁵	冠貫幹罐灌罐
gong ✓	gong¹	koŋ¹	koŋ²⁴	光扛江岡崗綱缸剛胱
gong ✗	gong²	koŋ²	koŋ³¹	廣講港
gong	gong³	koŋ³	koŋ⁵⁵	降槓鋼
gong ∨	gong⁵	koŋ⁵	koŋ¹¹	晃笍
gu ✓	gu¹	ku¹	ku²⁴	估佝姑孤蛄辜菇傴鴣
gu ✗	gu²	ku²	ku³¹	古股牯鼓
gu	gu³	ku³	ku⁵⁵	固故雇顧
gua ✓	gua¹	kua¹	kua²⁴	瓜
gua ✗	gua²	kua²	kua³¹	剮寡
gua	gua³	kua³	kua⁵⁵	掛卦
guad ✗	guad⁴	kuat⁴	kuat²	刮括
guad	guad⁸	kuat⁸	kuat⁵	鴰
guag	guag⁸	kuak⁸	kuak⁵	硈
guai ✓	guai¹	kuai¹	kuai²⁴	乖
guai ✗	guai²	kuai²	kuai³¹	拐枴

guai	guai³	kuai³	kuai⁵⁵	怪塊
guan ╱	guan¹	kuan¹	kuan²⁴	關綸
guan	guan³	kuan³	kuan⁵⁵	慣
guang ╲	guang²	kuaŋ²	kuaŋ³¹	梗
gud ╲	gud⁴	kut⁴	kut²	骨
gued ╲	gued⁴	kuet⁴	kuet²	國
gued	gued⁸	kuet⁸	kuet⁵	蟈
guen ╲	guen²	kuen²	kuen³¹	迵耿
gug ╲	gug⁴	kuk⁴	kuk²	穀谷轂鵠
gui ╱	gui¹	kui¹	kui²⁴	皈規閨龜鮭歸
gui ╲	gui²	kui²	kui³¹	軌鬼
gui	gui³	kui³	kui⁵⁵	季桂貴癸瑰
gun ╲	gun²	kun²	kun³¹	滾衮
gun	gun³	kun³	kun⁵⁵	棍
gung ╱	gung¹	kuŋ¹	kuŋ²⁴	工公功攻蚣
gung	gung³	kuŋ³	kuŋ⁵⁵	貢
ha ╱	ha¹	ha¹	ha²⁴	下
ha	ha³	ha³	ha⁵⁵	下夏廈
ha ∨	ha⁵	ha⁵	ha¹¹	蛤遐蝦霞
hab	hab⁸	hap⁸	hap⁵	合狹盒闔
had ╲	had⁴	hat⁴	hat²	瞎
hag ╲	hag⁴	hak⁴	hak²	客嚇赫
hai ╱	hai¹	hai¹	hai²⁴	溪
hai ╲	hai²	hai²	hai³¹	唉懈械蟹
hai ∨	hai⁵	hai⁵	hai¹¹	鞋諧骸偕
ham ╱	ham¹	ham¹	ham²⁴	憨
ham	ham³	ham³	ham⁵⁵	陷喊憾
ham ∨	ham⁵	ham⁵	ham¹¹	含喑涵銜蘭鹹
han ╲	han²	han²	han³¹	罕蜆
han	han³	han³	han⁵⁵	限莧

han ∨	han⁵	han⁵	han¹¹	閒還
hang ⁄	hang¹	haŋ¹	haŋ²⁴	坑
hang ∨	hang⁵	haŋ⁵	haŋ¹¹	行桁
hau ⁄	hau¹	hau¹	hau²⁴	皓
hau ⟍	hau²	hau²	hau³¹	效
hau	hau³	hau³	hau⁵⁵	好孝
hau ∨	hau⁵	hau⁵	hau¹¹	餚
he ⁄	he¹	he¹	he²⁴	嘿
he	he³	he³	he⁵⁵	係
hed ⟍	hed⁴	het⁴	het²	劾核黑
hem ⁄	hem¹	hem¹	hem²⁴	喊
hem ∨	hem⁵	hem⁵	hem¹¹	含
hen ⟍	hen²	hen²	hen³¹	肯
hen	hen³	hen³	hen⁵⁵	杏幸恨行
hen ∨	hen⁵	hen⁵	hen¹¹	恒緪狠
heu ⁄	heu¹	heu¹	heu²⁴	後
heu ⟍	heu²	heu²	heu³¹	口
heu	heu³	heu³	heu⁵⁵	后厚後候
heu ∨	heu⁵	heu⁵	heu¹¹	喉猴
hi ⁄	hi¹	hi¹	hi²⁴	希稀虛嬉稽犧義禧攜
hi ⟍	hi²	hi²	hi³¹	起許喜
hi	hi³	hi³	hi⁵⁵	去汽氣棄戲器
hiab	hiab⁸	hiap⁸	hiap⁵	俠峽挾嗋脅協
hiam ⁄	hiam¹	hiam¹	hiam²⁴	馦
hiam ⟍	hiam²	hiam²	hiam³¹	險
hiam ∨	hiam⁵	hiam⁵	hiam¹¹	嫌
hiau ⟍	hiau²	hiau²	hiau³¹	曉
hib ⟍	hib⁴	hip⁴	hip²	翕
hied ⟍	hied⁴	hiet⁴	hiet²	血歇蠍
hied	hied⁸	hiet⁸	hiet⁵	穴

hien ✓	hien^1	hien^1	hien^{24}	掀
hien ✎	hien^2	hien^2	hien^{31}	憲顯
hien	hien^3	hien^3	hien^{55}	現獻
hien ∨	hien^5	hien^5	hien^{11}	玄弦旋賢懸
hieu ✓	hieu^1	hieu^1	hieu^{24}	梟
hieu ∨	hieu^5	hieu^5	hieu^{11}	姣
him	him^3	him^3	him^{55}	翕興
hin ✓	hin^1	hin^1	hin^{24}	鋅興
hin ∨	hin^5	hin^5	hin^{11}	形刑型
hio ✓	hio^1	hio^1	hio^{24}	靴
hiong ✓	hiong^1	hioŋ^1	hioŋ^{24}	香鄉
hiong ✎	hiong^2	hioŋ^2	hioŋ^{31}	享響餉
hiong	hiong^3	hioŋ^3	hioŋ^{55}	向
hiu ✓	hiu^1	hiu^1	hiu^{24}	丘休
hiu ✎	hiu^2	hiu^2	hiu^{31}	朽
hiug ✎	hiug^4	hiuk^4	hiuk^2	畜
hiun ✓	hiun^1	hiun^1	hiun^{24}	欣
hiun	hiun^3	hiun^3	hiun^{55}	訓
hiung ✓	hiung^1	hiuŋ^1	hiuŋ^{24}	凶兄兇胸洶
hiung ∨	hiung^5	hiuŋ^5	hiuŋ^{11}	雄
ho ✓	ho^1	ho^1	ho^{24}	耗
ho ✎	ho^2	ho^2	ho^{31}	好
ho	ho^3	ho^3	ho^{55}	賀號
ho ∨	ho^5	ho^5	ho^{11}	何河毫荷笴豪壕蠔
hod ✎	hod^4	hot^4	hot^2	喝渴轄嚇
hog ✎	hog^4	hok^4	hok^2	熇涸殼
hog	hog^8	hok^8	hok^5	學鶴
hoi ✎	hoi^2	hoi^2	hoi^{31}	海
hoi	hoi^3	hoi^3	hoi^{55}	亥害
hoi ∨	hoi^5	hoi^5	hoi^{11}	頦

hon ✓	hon¹	hon¹	hon²⁴	旱
hon	hon³	hon³	hon⁵⁵	汗捍焊漢銲翰
hon ∨	hon⁵	hon⁵	hon¹¹	寒韓
hong ✓	hong¹	hoŋ¹	hoŋ²⁴	糠
hong	hong³	hoŋ³	hoŋ⁵⁵	巷項
hong ∨	hong⁵	hoŋ⁵	hoŋ¹¹	行降航
i ✓	i¹	i¹	i²⁴	以衣依與踰醫乳
i ＼	i²	i²	i³¹	已羽雨倚椅宇
i	i³	i³	i⁵⁵	以易異意預億諭薏懿愈裔裕譽
i ∨	i⁵	i⁵	i¹¹	如而兒姨寅移愉頤輿於竽與餘儒
ia ✓	ia¹	ia¹	ia²⁴	耶野
ia ＼	ia²	ia²	ia³¹	扡這
ia	ia³	ia³	ia⁵⁵	也夜
ia ∨	ia⁵	ia⁵	ia¹¹	椰爺揶
iab ＼	iab⁴	iap⁴	iap²	腌暗
iab	iab⁸	iap⁸	iap⁵	頁葉
iag	iag⁸	iak⁸	iak⁵	蝶
iam ✓	iam¹	iam¹	iam²⁴	閹
iam ＼	iam²	iam²	iam³¹	掩
iam	iam³	iam³	iam⁵⁵	掞厭豔炎焰
iam ∨	iam⁵	iam⁵	iam¹¹	簷鹽
iang ✓	iang¹	iaŋ¹	iaŋ²⁴	縈
iang ＼	iang²	iaŋ²	iaŋ³¹	影
iang ∨	iang⁵	iaŋ⁵	iaŋ¹¹	營贏
iau ✓	iau¹	iau¹	iau²⁴	枵
ib ＼	ib⁴	ip⁴	ip²	揖
ib	ib⁸	ip⁸	ip⁵	熠
id ＼	id⁴	it⁴	it²	一抑益縊軼
id	id⁸	it⁸	it⁵	役易疫翼臆譯腋逸
ie ✓	ie¹	ie¹	ie²⁴	弛

ie	ie³	ie³	ie⁵⁵	掖
ie ∨	ie⁵	ie⁵	ie¹¹	蝓
ied ＼	ied⁴	iet⁴	iet²	挖揭
ied	ied⁸	iet⁸	iet⁵	悅越閱
ien ∕	ien¹	ien¹	ien²⁴	冤胭菸煙演鴛淵焉
ien ＼	ien²	ien²	ien³¹	遠衍
ien	ien³	ien³	ien⁵⁵	怨宴院燕縣硯
ien ∨	ien⁵	ien⁵	ien¹¹	延沿芫援圓猿鉛筵緣燃九元垣員然園櫞蜒
ieu ∕	ieu¹	ieu¹	ieu²⁴	夭妖腰邀
ieu ＼	ieu²	ieu²	ieu³¹	舀擾
ieu	ieu³	ieu³	ieu⁵⁵	要鷂曜耀
ieu ∨	ieu⁵	ieu⁵	ieu¹¹	搖遙窯謠
im ∕	im¹	im¹	im²⁴	姻音陰
im ＼	im²	im²	im³¹	妊飲
im	im³	im³	im⁵⁵	任蔭
im ∨	im⁵	im⁵	im¹¹	淫
in ∕	in¹	in¹	in²⁴	引因英殷嚚櫻嬰
in ＼	in²	in²	in³¹	穎應
in	in³	in³	in⁵⁵	印應屻
in ∨	in⁵	in⁵	in¹¹	仁仍盈螢營蠅
iog ＼	iog⁴	iok⁴	iok²	約躍
iog	iog⁸	iok⁸	iok⁵	浴藥若
iong ∕	iong¹	ioŋ¹	ioŋ²⁴	秧養癢央庸鴦
iong	iong³	ioŋ³	ioŋ⁵⁵	漾樣
iong ∨	iong⁵	ioŋ⁵	ioŋ¹¹	羊洋氧揚陽楊瘍
iu ∕	iu¹	iu¹	iu²⁴	友有幽悠憂優
iu ＼	iu²	Iu²	Iu³¹	誘
iu	iu³	iu³	iu⁵⁵	又右幼柚佑
iu ∨	iu⁵	iu⁵	iu¹¹	尤由油柔悠游猶郵遊魷

iug	iug⁴	iuk⁴	iuk²	育浴
iug	iug⁸	iuk⁸	iuk⁵	辱鷸欲慾縟
iui	iui³	iui³	iui⁵⁵	銳
iun ˋ	iun²	iun²	iun³¹	允孕永泳隕殞隱
iun	iun³	iun³	iun⁵⁵	閨運潤熨韻
iun ∨	iun⁵	iun⁵	iun¹¹	匀芸雲耘
iung ˊ	iung¹	iuŋ¹	iuŋ²⁴	庸雍壅癰傭
iung ˋ	iung²	iuŋ²	iuŋ³¹	湧擁踴勇恿蛹
iung	iung³	iuŋ³	iuŋ⁵⁵	用
iung ∨	iung⁵	iuŋ⁵	iuŋ¹¹	戎容絨溶榕榮熔熊融茸蓉
ji ˊ	ji¹	tɕi¹	tɕi²⁴	擠
ji ˋ	ji²	tɕi²	tɕi³¹	姊姐
ji	ji³	tɕi³	tɕi⁵⁵	祭漬際濟棲劑
jia ˊ	jia¹	tɕia¹	tɕia²⁴	斜嗟
jia ˋ	jia²	tɕia²	tɕia³¹	姐
jia	jia³	tɕia³	tɕia⁵⁵	借
jiab ˋ	jiab⁴	tɕiap⁴	tɕiap²	接
jiab	jiab⁸	tɕiap⁸	tɕiap⁵	輒
jiag ˋ	jiag⁴	tɕiak⁴	tɕiak²	跡
jiam ˊ	jiam¹	tɕiam¹	tɕiam²⁴	尖
jiam ˋ	jiam²	tɕiam²	tɕiam³¹	蘸
jiam	jiam³	tɕiam³	tɕiam⁵⁵	占僭
jiang ˊ	jiang¹	tɕiaŋ¹	tɕiaŋ²⁴	靚菁
jiang ˋ	jiang²	tɕiaŋ²	tɕiaŋ³¹	井阱
jib	jib⁸	tɕip⁸	tɕip⁵	喞
jid ˋ	jid⁴	tɕit⁴	tɕit²	即責積績鯽跡螂漬稷蹟鶺
jid	jid⁸	tɕit⁸	tɕit⁵	吉喞
jied ˋ	jied⁴	tɕiet⁴	tɕiet²	節截癤
jied	jied⁸	tɕiet⁸	tɕiet⁵	揭
jien ˊ	jien¹	tɕien¹	tɕien²⁴	煎箋

jien ˋ	jien^2	tɕien^2	tɕien^{31}	剪
jien	jien^3	tɕien^3	tɕien^{55}	箭餞荐薦
jim ˊ	jim^1	tɕim^1	tɕim^{24}	唚
jim	jim^3	tɕim^3	tɕim^{55}	浸
jin ˊ	jin^1	tɕin^1	tɕin^{24}	津精晶菁旌睛
jin	jin^3	tɕin^3	tɕin^{55}	晉進
jiog ˋ	jiog^4	tɕiok^4	tɕiok^2	雀爵
jiong ˊ	jiong^1	tɕioŋ^1	tɕioŋ^{24}	漿將
jiong ˋ	jiong^2	tɕioŋ^2	tɕioŋ^{31}	槳獎蔣
jiong	jiong^3	tɕioŋ^3	tɕioŋ^{55}	將醬
jiu ˊ	jiu^1	tɕiu^1	tɕiu^{24}	啾
jiu ˋ	jiu^2	tɕiu^2	tɕiu^{31}	酒糾
jiu	jiu^3	tɕiu^3	tɕiu^{55}	皺縐
jiug ˋ	jiug^4	tɕiuk^4	tɕiuk^2	足
jiung ˊ	jiung^1	tɕiuŋ^1	tɕiuŋ^{24}	縱蹤
jiung ˋ	jiung^2	tɕiuŋ^2	tɕiuŋ^{31}	縱
ka	ka^3	k'a^3	k'a^{55}	較
ka ˇ	ka^5	k'a^5	k'a^{11}	卡
kab ˋ	kab^4	k'ap^4	k'ap^2	恰闔洽
kab	kab^8	k'ap^8	k'ap^5	磕
kad ˋ	kad^4	k'at^4	k'at^2	刻苛
kam ˊ	kam^1	k'am^1	k'am^{24}	勘龕
kam ˋ	kam^2	k'am^2	k'am^{31}	礷
kam	kam^3	k'am^3	k'am^{55}	坎崁
kan ˊ	kan^1	k'an^1	k'an^{24}	刊
kang	kang^3	k'aŋ^3	k'aŋ^{55}	控
kau ˊ	kau^1	k'au^1	k'au^{24}	拷尻
kau ˋ	kau^2	k'au^2	k'au^{31}	巧考烤銬
kau	kau^3	k'au^3	k'au^{55}	敲
ki ˊ	ki^1	k'i^1	k'i^{24}	巨企拒區欺距敲嶇趨軀駆

ki ˋ	ki²	k'i²	k'i³¹	祈豈啓具
ki	ki³	k'i³	k'i⁵⁵	忌俱懼
ki ˇ	ki⁵	k'i⁵	k'i¹¹	岐奇期棋旗騎鰭其蜞渠
kia ˊ	kia¹	k'ia¹	k'ia²⁴	迦
kia ˇ	kia⁵	k'ia⁵	k'ia¹¹	擎
kiab ˋ	kiab⁴	k'iap⁴	k'iap²	怯
kiab	kiab⁸	k'iap⁸	k'iap⁵	脥
kiag ˋ	kiag⁴	k'iak⁴	k'iak²	劇
kiag	kiag⁸	k'iak⁸	k'iak⁵	屐
kiam ˊ	kiam¹	k'iam¹	k'iam²⁴	謙檻
kiam	kiam³	k'iam³	k'iam⁵⁵	欠歉儉
kiam ˇ	kiam⁵	k'iam⁵	k'iam¹¹	鉗
kiang ˊ	kiang¹	k'iaŋ¹	k'iaŋ²⁴	輕
kiang	kiang³	k'iaŋ³	k'iaŋ⁵⁵	慶鏹
kiau ˋ	kiau²	k'iau²	k'iau³¹	巧
kib ˋ	kib⁴	k'ip⁴	k'ip²	吸泣級笈
kib	kib⁸	k'ip⁸	k'ip⁵	及汲岌
kid	kid⁸	k'it⁸	k'it⁵	矻極
kie	kie³	k'ie³	k'ie⁵⁵	契喫
kied ˋ	kied⁴	k'iet⁴	k'iet²	乞吃克刻缺
kied	kied⁸	k'iet⁸	k'iet⁵	傑蹶撅
kien ˊ	kien¹	k'ien¹	k'ien²⁴	牽傾圈
kien ˋ	kien²	k'ien²	k'ien³¹	頃遣墾懇譴犬倦券
kien	kien³	k'ien³	k'ien⁵⁵	健啟鍵勸件綮
kien ˇ	kien⁵	k'ien⁵	k'ien¹¹	拳虔乾凝權
kieu ˊ	kieu¹	k'ieu¹	k'ieu²⁴	箍磽闊
kieu ˋ	kieu²	k'ieu²	k'ieu³¹	口
kieu	kieu³	k'ieu³	k'ieu⁵⁵	叩扣撬翹轎寇竅
kieu ˇ	kieu⁵	k'ieu⁵	k'ieu¹¹	橋僑
kiin ˊ	kiin¹	k'ïn¹	k'ïn²⁴	氫

kim ╱	kim¹	k'im¹	k'im²⁴	矜欽
kim	kim³	k'im³	k'im⁵⁵	撳
kim ∨	kim⁵	k'im⁵	k'im¹¹	琴禽擒尋
kin ╱	kin¹	k'in¹	k'in²⁴	輕胗傾卿
kin ╲	kin²	k'in²	k'in³¹	磬
kin	kin³	k'in³	k'in⁵⁵	劤慶鏗競
kio ∨	kio⁵	k'io⁵	k'io¹¹	瘸茄
kiong ╱	kiong¹	k'ioŋ¹	k'ioŋ²⁴	腔眶框
kiong ∨	kiong⁵	k'ioŋ⁵	k'ioŋ¹¹	強
kiu ╱	kiu¹	k'iu¹	k'iu²⁴	舅臼坵
kiu ╲	kiu²	k'iu²	k'iu³¹	揪
kiu	kiu³	k'iu³	k'iu⁵⁵	舊
kiu ∨	kiu⁵	k'iu⁵	k'iu¹¹	求毬球裘
kiud ╲	kiud⁴	k'iut⁴	k'iut²	屈
kiug ╲	kiug⁴	k'iuk⁴	k'iuk²	曲菊鞠麴
kiug	kiug⁸	k'iuk⁸	k'iuk⁵	局跼
kiun ╱	kiun¹	k'iun¹	k'iun²⁴	近
kiun	kiun³	k'iun³	k'iun⁵⁵	近
kiun ∨	kiun⁵	k'iun⁵	k'iun¹¹	芹菌勤瓊群裙
kiung ╱	kiung¹	k'iuŋ¹	k'iuŋ²⁴	宮
kiung ╲	kiung²	k'iuŋ²	k'iuŋ³¹	恐
kiung	kiung³	k'iuŋ³	k'iuŋ⁵⁵	共虹
kiung ∨	kiung⁵	k'iuŋ⁵	k'iuŋ¹¹	窮
ko ╱	ko¹	k'o¹	k'o²⁴	科戈窠
ko ╲	ko²	k'o²	k'o³¹	可考
ko	ko³	k'o³	k'o⁵⁵	犒課靠
kog ╲	kog⁴	k'ok⁴	k'ok²	恪確擴
kog	kog⁸	k'ok⁸	k'ok⁵	確
koi ╱	koi¹	k'oi¹	k'oi²⁴	開
koi ╲	koi²	k'oi²	k'oi³¹	慨楷概溉愾

kon ╱	kon¹	k'on¹	k'on²⁴	寬
kon	kon³	k'on³	k'on⁵⁵	看
kong ╱	kong¹	k'oŋ¹	k'oŋ²⁴	康
kong ╲	kong²	k'oŋ²	k'oŋ³¹	抗況曠礦
kong	kong³	k'oŋ³	k'oŋ⁵⁵	伉抗囥壙爌
kong ∨	kong⁵	k'oŋ⁵	k'oŋ¹¹	狂
ku ╱	ku¹	k'u¹	k'u²⁴	枯箍
ku ╲	ku²	k'u²	k'u³¹	苦
ku	ku³	k'u³	k'u⁵⁵	庫
ku ∨	ku⁵	k'u⁵	k'u¹¹	跍
kua ╱	kua¹	k'ua¹	k'ua²⁴	誇跨
kua ╲	kua²	k'ua²	k'ua³¹	垮
kuag ╲	kuag⁴	k'uak⁴	k'uak²	梏
kuai	kuai³	k'uai³	k'uai⁵⁵	快檜筷
kuai ∨	kuai⁵	k'uai⁵	k'uai¹¹	劊
kuan ╱	kuan¹	k'uan¹	k'uan²⁴	環
kuan ╲	kuan²	k'uan²	k'uan³¹	款
kuan	kuan³	k'uan³	k'uan⁵⁵	摜
kuan ∨	kuan⁵	k'uan⁵	k'uan¹¹	環圜
kud	kud⁸	k'ut⁸	k'ut⁵	屈矻掘
kug	kug⁸	k'uk⁸	k'uk⁵	酷
kui ╱	kui¹	k'ui¹	k'ui²⁴	虧恢
kui ╲	kui²	k'ui²	k'ui³¹	跪餽
kui	kui³	k'ui³	k'ui⁵⁵	潰櫃瞶
kui ∨	kui⁵	k'ui⁵	k'ui¹¹	葵揆睽
kun ╱	kun¹	k'un¹	k'un²⁴	昆坤
kun ╲	kun²	k'un²	k'un³¹	捆
kun	kun³	k'un³	k'un⁵⁵	困睏
kung ╱	kung¹	k'uŋ¹	k'uŋ²⁴	空
kung ╲	kung²	k'uŋ²	k'uŋ³¹	孔硿

kung	kung³	k'uŋ³	k'uŋ⁵⁵	空控
la ⁄	la¹	la¹	la²⁴	啦
la ⟍	la²	la²	la³¹	垃
la	la³	la³	la⁵⁵	罅
lab ⟍	lab⁴	lap⁴	lap²	塌落
lab	lab⁸	lap⁸	lap⁵	拉臘邋蠟
lad ⟍	lad⁴	lat⁴	lat²	瘌烈
lad	lad⁸	lat⁸	lat⁵	辣列剌
lag ⟍	lag⁴	lak⁴	lak²	壢瀝壢
lag	lag⁸	lak⁸	lak⁵	曆
lai ⁄	lai¹	lai¹	lai²⁴	拉
lai ⟍	lai²	lai²	lai³¹	睞
lai	lai³	lai³	lai⁵⁵	賴癩籟
lai ∨	lai⁵	lai⁵	lai¹¹	犁
lam ⟍	lam²	lam²	lam³¹	濫攬纜覽欖
lam	lam³	lam³	lam⁵⁵	濫覽
lam ∨	lam⁵	lam⁵	lam¹¹	楠籃襤藍闌纜
lan ⁄	lan¹	lan¹	lan²⁴	涎懶
lan	lan³	lan³	lan⁵⁵	亂爛
lan ∨	lan⁵	lan⁵	lan¹¹	攔欄蘭闌彎簡巒瀾
lang ⁄	lang¹	laŋ¹	laŋ²⁴	冷
lang ∨	lang⁵	laŋ⁵	laŋ¹¹	伶聆零鈴
lau ⁄	lau¹	lau¹	lau²⁴	邊
lau	lau³	lau³	lau⁵⁵	落
lau ∨	lau⁵	lau⁵	lau¹¹	流潦
leb ⟍	leb⁴	lep⁴	lep²	垃
led	led⁸	let⁸	let⁵	勒
leu	leu³	leu³	leu⁵⁵	陋嘍漏鏤
leu ∨	leu⁵	leu⁵	leu¹¹	摟撈樓螻
li ⁄	li¹	li¹	li²⁴	里俚旅理裡履鋁禮鯉侶麗醴

li ㇏	li²	li²	li³¹	李荔蠡
li	li³	li³	li⁵⁵	利例厲隸濾吏莉痢慮儷唳麗俐
li ㇏	li⁵	li⁵	li¹¹	梨離籬驢狸璃鰲
liab	liab⁸	liap⁸	liap⁵	粒獵躐
liam	liam³	liam³	liam⁵⁵	斂殮
liam ㇏	liam⁵	liam⁵	liam¹¹	廉簾鐮
liang ㇓	liang¹	liaŋ¹	liaŋ²⁴	領嶺
liang	liang³	liaŋ³	liaŋ⁵⁵	令
liang ㇏	liang⁵	liaŋ⁵	liaŋ¹¹	鈴
liau ㇓	liau¹	liau¹	liau²⁴	鐐簝
liau ㇏	liau²	liau²	liau³¹	了
liau	liau³	liau³	liau⁵⁵	料鷯
liau ㇏	liau⁵	liau⁵	liau¹¹	僚寮撩遼療聊瞭獠
lib ㇏	lib⁴	lip⁴	lip²	笠
lib	lib⁸	lip⁸	lip⁵	立
lid ㇏	lid⁴	lit⁴	lit²	捩
lid	lid⁸	lit⁸	lit⁵	力律栗歷礫率靂瀝
lied	lied⁸	liet⁸	liet⁵	裂烈列
lien	lien³	lien³	lien⁵⁵	煉練輦鍊鏈戀楝
lien ㇏	lien⁵	lien⁵	lien¹¹	連憐蓮聯鰱漣槤
lim ㇓	lim¹	lim¹	lim²⁴	臨
lim ㇏	lim²	lim²	lim³¹	凜
lim	lim³	lim³	lim⁵⁵	蔭
lim ㇏	lim⁵	lim⁵	lim¹¹	淋臨林霖
lin ㇓	lin¹	lin¹	lin²⁴	輪鱗
lin	lin³	lin³	lin⁵⁵	令輪
lin ㇏	lin⁵	lin⁵	lin¹¹	羚陵輪鄰遴靈苓零齡凌鱗
liog	liog⁸	liok⁸	liok⁵	掠略
lion ㇏	lion⁵	lion⁵	lion¹¹	攣
liong ㇓	liong¹	lioŋ¹	lioŋ²⁴	兩

liong ㄥ	liong^2	lioŋ^2	lioŋ^{31}	兩倆
liong	liong^3	lioŋ^3	lioŋ^{55}	量諒亮
liong ˇ	liong^5	lioŋ^5	lioŋ^{11}	涼樑糧良梁量輛
liu ˊ	liu^1	liu^1	liu^{24}	柳溜
liu ㄥ	liu^2	liu^2	liu^{31}	柳
liu	liu^3	liu^3	liu^{55}	嚠溜
liu ˇ	liu^5	liu^5	liu^{11}	流留硫榴劉瘤瀏榴鰡
liug ㄥ	liug^4	liuk^4	liuk^2	六
liug	liug^8	liuk^8	liuk^5	陸綠錄氯
liung ˊ	liung^1	liuŋ^1	liuŋ^{24}	壟
liung	liung^3	liuŋ^3	liuŋ^{55}	壟
liung ˇ	liung^5	liuŋ^5	liuŋ^{11}	龍
lo ˊ	lo^1	lo^1	lo^{24}	拉
lo ㄥ	lo^2	lo^2	lo^{31}	老潦佬
lo	lo^3	lo^3	lo^{55}	老
lo ˇ	lo^5	lo^5	lo^{11}	勞腡螺羅蘿籮鑼牢癆邏
lod ㄥ	lod^4	lot^4	lot^2	劣
lod	lod^8	lot^8	lot^5	捋
log ㄥ	log^4	lok^4	lok^2	絡牽
log	log^8	lok^8	lok^5	洛絡落酪樂駱
loi ˇ	loi^5	loi^5	loi^{11}	來徠
lon ㄥ	lon^2	lon^2	lon^{31}	卵
lon	lon^3	lon^3	lon^{55}	亂
long ˊ	long^1	loŋ^1	loŋ^{24}	囥
long	long^3	loŋ^3	loŋ^{55}	朗浪襠
long ˇ	long^5	loŋ^5	loŋ^{11}	郎狼廊銀榔螂
lu ˊ	lu^1	lu^1	lu^{24}	滷魯鏀鹵
lu	lu^3	lu^3	lu^{55}	路露鑢鷺
lu ˇ	lu^5	lu^5	lu^{11}	擄盧蘆鱸爐顱
lud	lud^8	lut^8	lut^5	律

lug ﹨	lug⁴	luk⁴	luk²	攄磟祿
lug	lug⁸	luk⁸	luk⁵	鹿磟熝
lui ﹨	lui²	lui²	lui³¹	累縷壘蕊褸
lui	lui³	lui³	lui⁵⁵	銇類淚累
lui ∨	lui⁵	lui⁵	lui¹¹	雷擂
lun ╱	lun¹	lun¹	lun²⁴	崙
lun	lun³	lun³	lun⁵⁵	論
lun ∨	lun⁵	lun⁵	lun¹¹	倫論輪侖淪
lung ╱	lung¹	luŋ¹	luŋ²⁴	籠聾
lung ﹨	lung²	luŋ²	luŋ³¹	籠攏
lung ∨	lung⁵	luŋ⁵	luŋ¹¹	隆窿礱籠
m ∨	m⁵	m⁵	m¹¹	毋
ma ╱	ma¹	ma¹	ma²⁴	馬媽瑪碼嬤
ma ﹨	ma²	ma²	ma³¹	麼
ma	ma³	ma³	ma⁵⁵	罵
ma ∨	ma⁵	ma⁵	ma¹¹	麻痲痳蟆
mad ﹨	mad⁴	mat⁴	mat²	抹茉襪
mad	mad⁸	mat⁸	mat⁵	末
mag ﹨	mag⁴	mak⁴	mak²	脈麼
mag	mag⁸	mak⁸	mak⁵	麥
mai ╱	mai¹	mai¹	mai²⁴	買
mai	mai³	mai³	mai⁵⁵	賣
mai ∨	mai⁵	mai⁵	mai¹¹	埋霾
man ╱	man¹	man¹	man²⁴	滿
man	man³	man³	man⁵⁵	慢漫謾
man ∨	man⁵	man⁵	man¹¹	瞞鰻蠻
mang ╱	mang¹	maŋ¹	maŋ²⁴	虻猛
mang ﹨	mang²	maŋ²	maŋ³¹	莽蟒蜢
mang ∨	mang⁵	maŋ⁵	maŋ¹¹	明朦
mau ╱	mau¹	mau¹	mau²⁴	卯

mau ∕	mau^3	mau^3	mau^{55}	貌
mau ∨	mau^5	mau^5	mau^{11}	矛茅錨
me ∕	me^1	me^1	me^{24}	姆
med ﹨	med^4	met^4	met^2	搣
med	med^8	met^8	met^5	密墨篾覓蜜蔑默嵺
men ﹨	men^2	men^2	men^{31}	敏恟猛憫
men	men^3	men^3	men^{55}	孟錳
men ∨	men^5	men^5	men^{11}	盟銘
meu ﹨	meu^2	meu^2	meu^{31}	秒藐杏
meu	meu^3	meu^3	meu^{55}	妙牡貿廟貓茂
meu ∨	meu^5	meu^5	meu^{11}	苗描謀牟
mi ∕	mi^1	mi^1	mi^{24}	尾美瞇密
mi ﹨	mi^2	mi^2	mi^{31}	米
mi	mi^3	mi^3	mi^{55}	泖味媚寐昧
mi ∨	mi^5	mi^5	mi^{11}	抹眉迷微彌麋謎獼嵋楣薇靡
mia ∕	mia^1	mia^1	mia^{24}	摸
miang	miang^3	miaŋ^3	miaŋ^{55}	命
miang ∨	miang^5	miaŋ^5	miaŋ^{11}	名
mied	mied^8	miet^8	miet^5	滅
mien ∕	mien^1	mien^1	mien^{24}	免勉敏
mien ﹨	mien^2	mien^2	mien^{31}	緬
mien	mien^3	mien^3	mien^{55}	面麵
mien ∨	mien^5	mien^5	mien^{11}	棉綿
min	min^3	min^3	min^{55}	命
min ∨	min^5	min^5	min^{11}	民明眠鳴
miong ﹨	miong^2	mioŋ^2	mioŋ^{31}	網
miong ∨	miong^5	mioŋ^5	mioŋ^{11}	芒
mo ∕	mo^1	mo^1	mo^{24}	毛盲摸髦魔
mo	mo^3	mo^3	mo^{55}	冒帽磨
mo ∨	mo^5	mo^5	mo^{11}	無摩磨

mog ＼	mog⁴	mok⁴	mok²	募幕寞
mog	mog⁸	mok⁸	mok⁵	莫漠膜
moi	moi³	moi³	moi⁵⁵	妹
moi ∨	moi⁵	moi⁵	moi¹¹	玫梅脢媒煤黴枚
mong ＼	mong²	moŋ²	moŋ³¹	罔
mong	mong³	moŋ³	moŋ⁵⁵	忘墓妄望
mong ∨	mong⁵	moŋ⁵	moŋ¹¹	忙魍亡芒盲茫
mu ∕	mu¹	mu¹	mu²⁴	母
mu	mu³	mu³	mu⁵⁵	墓慕暮
mu ∨	mu⁵	mu⁵	mu¹¹	巫誣模摩
mud ＼	mud⁴	mut⁴	mut²	歿
mud	mud⁸	mut⁸	mut⁵	沒
mug ＼	mug⁴	muk⁴	muk²	木目苜沐穆
mug	mug⁸	muk⁸	muk⁵	牧目睦
mun ∕	mun¹	mun¹	mun²⁴	蚊悶
mun	mun³	mun³	mun⁵⁵	問悶
mun ∨	mun⁵	mun⁵	mun¹¹	門捫
mung ＼	mung²	muŋ²	muŋ³¹	懵
mung	mung³	muŋ³	muŋ⁵⁵	夢
mung ∨	mung⁵	muŋ⁵	muŋ¹¹	蒙濛曚朦
n ∨	n⁵	n⁵	n¹¹	你
na ∕	na¹	na¹	na²⁴	拿
na	na³	na³	na⁵⁵	若
na ∨	na⁵	na⁵	na¹¹	林
nab	nab⁸	nap⁸	nap⁵	納
nag ＼	nag⁴	nak⁴	nak²	瞌
nag	nag⁸	nak⁸	nak⁵	捺
nai ∕	nai¹	nai¹	nai²⁴	嬭
nai	nai³	nai³	nai⁵⁵	奈耐
nai ∨	nai⁵	nai⁵	nai¹¹	泥

nam ˋ	nam²	nam²	nam³¹	攬
nam ∨	nam⁵	nam⁵	nam¹¹	男南喃腩
nan	nan³	nan³	nan⁵⁵	難
nan ∨	nan⁵	nan⁵	nan¹¹	難
nang	nang³	naŋ³	naŋ⁵⁵	另躝
nau ⁄	nau¹	nau¹	nau²⁴	惱
nau ˋ	nau²	nau²	nau³¹	撓
nau	nau³	nau³	nau⁵⁵	鬧惱
ne ⁄	ne¹	ne¹	ne²⁴	餒
ne	ne³	ne³	ne⁵⁵	系膩
ned ˋ	ned⁴	net⁴	net²	笶捏
nem ⁄	nem¹	nem¹	nem²⁴	淰
nem ∨	nem⁵	nem⁵	nem¹¹	賸
nen	nen³	nen³	nen⁵⁵	乳奶
nen ∨	nen⁵	nen⁵	nen¹¹	能寧嚀
neu ⁄	neu¹	neu¹	neu²⁴	撓
neu ˋ	neu²	neu²	neu³¹	鈕紐
neu ∨	neu⁵	neu⁵	neu¹¹	醹
ng ˋ	ng²	ŋ²	ŋ³¹	女五午仵蜈伍
ng ∨	ng⁵	ŋ⁵	ŋ¹¹	吳梧魚漁
nga ⁄	nga¹	ŋa¹	ŋa²⁴	吾
nga ˋ	nga²	ŋa²	ŋa³¹	瓦雅
nga ∨	nga⁵	ŋa⁵	ŋa¹¹	牙衙芽倪兒
ngab	ngab⁸	ŋap⁸	ŋap⁵	磕
ngad ˋ	ngad⁴	ŋat⁴	ŋat²	齾
ngad	ngad⁸	ŋat⁸	ŋat⁵	嚙
ngai	ngai³	ŋai³	ŋai⁵⁵	耐礙哎
ngai ∨	ngai⁵	ŋai⁵	ŋai¹¹	涯崖
ngam ⁄	ngam¹	ŋam¹	ŋam²⁴	頜
ngam ∨	ngam⁵	ŋam⁵	ŋam¹¹	岩癌巖

ngan ✓	ngan¹	ŋan¹	ŋan²⁴	研
ngan	ngan³	ŋan³	ŋan⁵⁵	岸
ngang	ngang³	ŋaŋ³	ŋaŋ⁵⁵	硬
ngau ✓	ngau¹	ŋau¹	ŋau²⁴	咬
ngau	ngau³	ŋau³	ŋau⁵⁵	傲
ngau ∨	ngau⁵	ŋau⁵	ŋau¹¹	熬遨鰲螯
ngi ✓	ngi¹	ŋi¹	ŋi²⁴	語
ngi ﹨	ngi²	ŋi²	ŋi³¹	耳餌邇
ngi	ngi³	ŋi³	ŋi⁵⁵	二寓義遇毅議詣禦藝
ngi ∨	ngi⁵	ŋi⁵	ŋi¹¹	你宜愚虞疑擬儀誼倪
ngia ✓	ngia¹	ŋia¹	ŋia²⁴	惹
ngia ∨	ngia⁵	ŋia⁵	ŋia¹¹	若
ngiab ﹨	ngiab⁴	ŋiap⁴	ŋiap²	凹攝
ngiab	ngiab⁸	ŋiap⁸	ŋiap⁵	業
ngiag ﹨	ngiag⁴	ŋiak⁴	ŋiak²	額
ngiag	ngiag⁸	ŋiak⁸	ŋiak⁵	孽逆
ngiam ✓	ngiam¹	ŋiam¹	ŋiam²⁴	拈瞼
ngiam	ngiam³	ŋiam³	ŋiam⁵⁵	念染捻驗廿唸
ngiam ∨	ngiam⁵	ŋiam⁵	ŋiam¹¹	閻黏嚴釅
ngiang	ngiang³	ŋiaŋ³	ŋiaŋ⁵⁵	硬
ngiang ∨	ngiang⁵	ŋiaŋ⁵	ŋiaŋ¹¹	迎
ngiau ✓	ngiau¹	ŋiau¹	ŋiau²⁴	藕
ngiau	ngiau³	ŋiau³	ŋiau⁵⁵	尿
ngib	ngib⁸	ŋip⁸	ŋip⁵	入
ngid ﹨	ngid⁴	ŋit⁴	ŋit²	日
ngie	ngie³	ŋie³	ŋie⁵⁵	艾蟻
ngied	ngied⁸	ŋiet⁸	ŋiet⁵	月熱
ngiem	ngiem³	ŋiem³	ŋiem⁵⁵	殮
ngien ﹨	ngien²	ŋien²	ŋien³¹	眼撚
ngien	ngien³	ŋien³	ŋien⁵⁵	雁諺願唁愿

ngien ∨	ngien^5	ŋien^5	ŋien^{11}	元年研原源顏言
ngieu ＼	ngieu^2	ŋieu^2	ŋieu^{31}	偶
ngieu ∨	ngieu^5	ŋieu^5	ŋieu^{11}	堯饒
ngim ∨	ngim^5	ŋim^5	ŋim^{11}	吟
ngin	ngin^3	ŋin^3	ŋin^{55}	認
ngin ∨	ngin^5	ŋin^5	ŋin^{11}	人
ngio ∕	ngio^1	ŋio^1	ŋio^{24}	揉
ngiog ＼	ngiog^4	ŋiok^4	ŋiok^2	虐瘧
ngiog	ngiog^8	ŋiok^8	ŋiok^5	弱
ngion ∕	ngion^1	ŋion^1	ŋion^{24}	軟
ngiong ＼	ngiong^2	ŋioŋ^2	ŋioŋ^{31}	仰
ngiong	ngiong^3	ŋioŋ^3	ŋioŋ^{55}	讓釀
ngiong ∨	ngiong^5	ŋioŋ^5	ŋioŋ^{11}	娘釀
ngiu ＼	ngiu^2	ŋiu^2	ŋiu^{31}	扭
ngiu ∨	ngiu^5	ŋiu^5	ŋiu^{11}	牛
ngiug ＼	ngiug^4	ŋiuk^4	ŋiuk^2	肉
ngiug	ngiug^8	ŋiuk^8	ŋiuk^5	玉獄
ngiun ∕	ngiun^1	ŋiun^1	ŋiun^{24}	忍
ngiun ＼	ngiun^2	ŋiun^2	ŋiun^{31}	刃
ngiun	ngiun^3	ŋiun^3	ŋiun^{55}	韌
ngiun ∨	ngiun^5	ŋiun^5	ŋiun^{11}	銀齦
ngiung	ngiung^3	ŋiuŋ^3	ŋiuŋ^{55}	襛
ngiung ∨	ngiung^5	ŋiuŋ^5	ŋiuŋ^{11}	濃
ngo ∕	ngo^1	ŋo^1	ŋo^{24}	我
ngo	ngo^3	ŋo^3	ŋo^{55}	餓
ngo ∨	ngo^5	ŋo^5	ŋo^{11}	峨蛾鵝娥哦
ngog ＼	ngog^4	ŋok^4	ŋok^2	愕顎
ngog	ngog^8	ŋok^8	ŋok^5	岳樂鱷嶽
ngoi	ngoi^3	ŋoi^3	ŋoi^{55}	外礙
ngoi ∨	ngoi^5	ŋoi^5	ŋoi^{11}	呆獃

ngong ✓	ngong¹	ŋoŋ¹	ŋoŋ²⁴	顎
ngong	ngong³	ŋoŋ³	ŋoŋ⁵⁵	戇
ngu	ngu³	ŋu³	ŋu⁵⁵	娛悟唔誤
nguan ∨	nguan⁵	ŋuan⁵	ŋuan¹¹	玩頑
ngui ＼	ngui²	ŋui²	ŋui³¹	僞
ngui	ngui³	ŋui³	ŋui⁵⁵	魏
ngui ∨	ngui⁵	ŋui⁵	ŋui¹¹	危
ni	ni³	ni³	ni⁵⁵	蒂膩
ni ∨	ni⁵	ni⁵	ni¹¹	尼彌宜妮誼
niau ✓	niau¹	niau¹	niau²⁴	鳥
nid	nid⁸	nit⁸	nit⁵	匿
no ＼	no²	no²	no³¹	腦惱瑙
no	no³	no³	no⁵⁵	糯
no ∨	no⁵	no⁵	no¹¹	挪接
nog	nog⁸	nok⁸	nok⁵	諾
non ✓	non¹	non¹	non²⁴	暖煖
nong ✓	nong¹	noŋ¹	noŋ²⁴	瓤
nong	nong³	noŋ³	noŋ⁵⁵	妄
nong ∨	nong⁵	noŋ⁵	noŋ¹¹	榔囊
nu	nu³	nu³	nu⁵⁵	怒
nu ∨	nu⁵	nu⁵	nu¹¹	奴
nug ＼	nug⁴	nuk⁴	nuk²	蠕
nug	nug⁸	nuk⁸	nuk⁵	忸
nui	nui³	nui³	nui⁵⁵	內
nun	nun³	nun³	nun⁵⁵	嫩
nung	nung³	nuŋ³	nuŋ⁵⁵	弄
nung ∨	nung⁵	nuŋ⁵	nuŋ¹¹	農膿濃膿繷
o ✓	o¹	o¹	o²⁴	阿屙
o ＼	o²	o²	o³¹	襖
o	o³	o³	o⁵⁵	奧澳

o ∨	o^5	o^5	o^{11}	蚵
od ﹨	od^4	ot^4	ot^2	遏
og ﹨	og^4	ok^4	ok^2	惡
oi ╱	oi^1	oi^1	oi^{24}	哀欸
oi	oi^3	oi^3	oi^{55}	愛
on ╱	on^1	on^1	on^{24}	安鞍
on	on^3	on^3	on^{55}	按案
ong ╱	ong^1	$oŋ^1$	$oŋ^{24}$	嬰央
ong ∨	ong^5	$oŋ^5$	$oŋ^{11}$	逛
pa ╱	pa^1	$p'a^1$	$p'a^{24}$	划
pa	pa^3	$p'a^3$	$p'a^{55}$	怕罷帕
pa ∨	pa^5	$p'a^5$	$p'a^{11}$	爬杷耙琶
pad ﹨	pad^4	$p'at^4$	$p'at^2$	伐潑
pad	pad^8	$p'at^8$	$p'at^5$	脖跋潑鈸拔
pag ﹨	pag^4	$p'ak^4$	$p'ak^2$	魄
pag	pag^8	$p'ak^8$	$p'ak^5$	白
pai	pai^3	$p'ai^3$	$p'ai^{55}$	敗稗派湃
pai ∨	pai^5	$p'ai^5$	$p'ai^{11}$	排牌棑
pan ╱	pan^1	$p'an^1$	$p'an^{24}$	伴蟠攀
pan	pan^3	$p'an^3$	$p'an^{55}$	伴叛辦判扮盼瓣袢
pan ∨	pan^5	$p'an^5$	$p'an^{11}$	盤攀
pang	$pang^3$	$p'aŋ^3$	$p'aŋ^{55}$	冇胖轟
pang ∨	$pang^5$	$p'aŋ^5$	$p'aŋ^{11}$	彭棚澎膨
pau ╱	pau^1	$p'au^1$	$p'au^{24}$	抛跑
pau	pau^3	$p'au^3$	$p'au^{55}$	抱泡炮暴曝爆砲
pau ∨	pau^5	$p'au^5$	$p'au^{11}$	刨袍
ped ﹨	ped^4	$p'et^4$	$p'et^2$	迫
ped	ped^8	$p'et^8$	$p'et^5$	別白帛蔔
pen ∨	pen^5	$p'en^5$	$p'en^{11}$	朋塴
peu ╱	peu^1	$p'eu^1$	$p'eu^{24}$	漂標飄票

peu	peu³	p'eu³	p'eu⁵⁵	票漂瘭
peu ∨	peu⁵	p'eu⁵	p'eu¹¹	浮
pi ✓	pi¹	p'i¹	p'i²⁴	批披被婢
pi ╲	pi²	p'i²	p'i³¹	疕
pi	pi³	p'i³	p'i⁵⁵	屁吥被備鼻濞沛輩
pi ∨	pi⁵	p'i⁵	p'i¹¹	皮枇肥疲陪琵脾
piag ╲	piag⁴	p'iak⁴	p'iak²	癖劈
piang	piang³	p'iaŋ³	p'iaŋ⁵⁵	病
piang ∨	piang⁵	p'iaŋ⁵	p'iaŋ¹¹	平坪瓶澎
pid ╲	pid⁴	p'it⁴	p'it²	僻避闢霹匹疋批癖
pid	pid⁸	p'it⁸	p'it⁵	蝠
pied ╲	pied⁴	p'iet⁴	p'iet²	撇
pied	pied⁸	p'iet⁸	p'iet⁵	別
pien ✓	pien¹	p'ien¹	p'ien²⁴	扁偏篇
pien ╲	pien²	p'ien²	p'ien³¹	片
pien	pien³	p'ien³	p'ien⁵⁵	片便遍辨騙辯
pien ∨	pien⁵	p'ien⁵	p'ien¹¹	便
pin ✓	pin¹	p'in¹	p'in²⁴	乒拼
pin ╲	pin²	p'in²	p'in³¹	品聘
pin ∨	pin⁵	p'in⁵	p'in¹¹	平瓶貧萍評硼憑頻蘋屏
piog	piog⁸	p'iok⁸	p'iok⁵	縛
piong ╲	piong²	p'ioŋ²	p'ioŋ³¹	紡
piong ∨	piong⁵	p'ioŋ⁵	p'ioŋ¹¹	房
piu	piu³	p'iu³	p'iu⁵⁵	漂
po ✓	po¹	p'o¹	p'o²⁴	泡波坡
po	po³	p'o³	p'o⁵⁵	剖破
po ∨	po⁵	p'o⁵	p'o¹¹	浮婆鄱
pog ╲	pog⁴	p'ok⁴	p'ok²	拍泊粕
pog	pog⁸	p'ok⁸	p'ok⁵	泊薄雹箔
poi ✓	poi¹	p'oi¹	p'oi²⁴	胚坯

poi	poi^3	p'oi^3	p'oi^{55}	背焙吠倍
poi ∨	poi^5	p'oi^5	p'oi^{11}	賠
pon ／	pon^1	p'on^1	p'on^{24}	翻
pong ／	pong^1	p'oŋ^1	p'oŋ^{24}	碰滂
pong ＼	pong^2	p'oŋ^2	p'oŋ^{31}	乓
pong	pong^3	p'oŋ^3	p'oŋ^{55}	椪膨磅
pong ∨	pong^5	p'oŋ^5	p'oŋ^{11}	旁膀蒡
pu ／	pu^1	p'u^1	p'u^{24}	訃普鋪舖圃埔簿
pu ＼	pu^2	p'u^2	p'u^{31}	捕暯譜甫脯醭哺
pu	pu^3	p'u^3	p'u^{55}	布步部孵
pu ∨	pu^5	p'u^5	p'u^{11}	芙瓠符烳菩葡蒲釜脯
pud ＼	pud^4	p'ut^4	p'ut^2	脖
pud	pud^8	p'ut^8	p'ut^5	渤勃浡
pug ＼	pug^4	p'uk^4	p'uk^2	仆撲覆僕樸
pug	pug^8	p'uk^8	p'uk^5	伏鵓
pun ／	pun^1	p'un^1	p'un^{24}	賁
pun	pun^3	p'un^3	p'un^{55}	噴笨
pun ∨	pun^5	p'un^5	p'un^{11}	盆歕墳
pung ／	pung^1	p'uŋ^1	p'uŋ^{24}	楓蜂鋒
pung	pung^3	p'uŋ^3	p'uŋ^{55}	蓬縫
pung ∨	pung^5	p'uŋ^5	p'uŋ^{11}	捧篷
qi ／	qi^1	tɕ'i^1	tɕ'i^{24}	妻悽棲萋篩趨蛆
qi ＼	qi^2	tɕ'i^2	tɕ'i^{31}	取娶
qi	qi^3	tɕ'i^3	tɕ'i^{55}	砌淬聚趣
qi ∨	qi^5	tɕ'i^5	tɕ'i^{11}	臍粢□
qia ＼	qia^2	tɕ'ia^2	tɕ'ia^{31}	且
qia	qia^3	tɕ'ia^3	tɕ'ia^{55}	謝斜
qia ∨	qia^5	tɕ'ia^5	tɕ'ia^{11}	斜
qiab ＼	qiab^4	tɕ'iap^4	tɕ'iap^2	竊妾
qiab	qiab^8	tɕ'iap^8	tɕ'iap^5	捷

qiag ＼	qiag⁴	tɕ'iak⁴	tɕ'iak²	刺
qiag	qiag⁸	tɕ'iak⁸	tɕ'iak⁵	蓆
qiam ／	qiam¹	tɕ'iam¹	tɕ'iam²⁴	簽殲籤
qiam ＼	qiam²	tɕ'iam²	tɕ'iam³¹	槧塹
qiam	qiam³	tɕ'iam³	tɕ'iam⁵⁵	漸暫
qiang ／	qiang¹	tɕ'iaŋ¹	tɕ'iaŋ²⁴	青菁
qiang ＼	qiang²	tɕ'iaŋ²	tɕ'iaŋ³¹	請
qiang	qiang³	tɕ'iaŋ³	tɕ'iaŋ⁵⁵	淨
qiang ∨	qiang⁵	tɕ'iaŋ⁵	tɕ'iaŋ¹¹	晴
qiau ／	qiau¹	tɕ'iau¹	tɕ'iau²⁴	鍬
qib	qib⁸	tɕ'ip⁸	tɕ'ip⁵	集
qid ＼	qid⁴	tɕ'it⁴	tɕ'it²	七彳漆膝躑戚
qid	qid⁸	tɕ'it⁸	tɕ'it⁵	七疾
qied ＼	qied⁴	tɕ'iet⁴	tɕ'iet²	切
qied	qied⁸	tɕ'iet⁸	tɕ'iet⁵	絕
qien ／	qien¹	tɕ'ien¹	tɕ'ien²⁴	千阡遷韆
qien ＼	qien²	tɕ'ien²	tɕ'ien³¹	淺
qien	qien³	tɕ'ien³	tɕ'ien⁵⁵	賤踐
qien ∨	qien⁵	tɕ'ien⁵	tɕ'ien¹¹	前泉曾錢
qim ／	qim¹	tɕ'im¹	tɕ'im²⁴	侵
qim ＼	qim²	tɕ'im²	tɕ'im³¹	寢
qim ∨	qim⁵	tɕ'im⁵	tɕ'im¹¹	尋蟳
qin ／	qin¹	tɕ'in¹	tɕ'in²⁴	青清親蹌
qin	qin³	tɕ'in³	tɕ'in⁵⁵	盡靜
qin ∨	qin⁵	tɕ'in⁵	tɕ'in¹¹	秦情
qiog ＼	qiog⁴	tɕ'iok⁴	tɕ'iok²	躍
qion ／	qion¹	tɕ'ion¹	tɕ'ion²⁴	吮
qion	qion³	tɕ'ion³	tɕ'ion⁵⁵	旋
qion ∨	qion⁵	tɕ'ion⁵	tɕ'ion¹¹	全銓
qiong ／	qiong¹	tɕ'ioŋ¹	tɕ'ioŋ²⁴	槍鯧鎗

qiong ﹨	qiong²	tɕ'ioŋ²	tɕ'ioŋ³¹	搶
qiong	qiong³	tɕ'ioŋ³	tɕ'ioŋ⁵⁵	像
qiong ∨	qiong⁵	tɕ'ioŋ⁵	tɕ'ioŋ¹¹	牆薔
qiu ╱	qiu¹	tɕ'iu¹	tɕ'iu²⁴	秋鰍
qiu ﹨	qiu²	tɕ'iu²	tɕ'iu³¹	啾
qiu	qiu³	tɕ'iu³	tɕ'iu⁵⁵	袖就
qiu ∨	qiu⁵	tɕ'iu⁵	tɕ'iu¹¹	囚泅酋
qiug ﹨	qiug⁴	tɕ'iuk⁴	tɕ'iuk²	刺
qiung ∨	qiung⁵	tɕ'iuŋ⁵	tɕ'iuŋ¹¹	松重崇從
sa ╱	sa¹	sa¹	sa²⁴	沙砂紗鯊痧裟
sa ﹨	sa²	sa²	sa³¹	舍捨撒灑
sa	sa³	sa³	sa⁵⁵	社射赦續麝舍嗄
sa ∨	sa⁵	sa⁵	sa¹¹	蛇儕
sab ﹨	sab⁴	sap⁴	sap²	眨圾
sab	sab⁸	sap⁸	sap⁵	煠涉
sad ﹨	sad⁴	sat⁴	sat²	殺設煞薩
sad	sad⁸	sat⁸	sat⁵	舌蝕
sag ﹨	sag⁴	sak⁴	sak²	析
sag	sag⁸	sak⁸	sak⁵	石碩
sai ﹨	sai²	sai²	sai³¹	徙
sai	sai³	sai³	sai⁵⁵	晒
sai ∨	sai⁵	sai⁵	sai¹¹	豺
sam ╱	sam¹	sam¹	sam²⁴	三衫
sam ﹨	sam²	sam²	sam³¹	閃陝穇
sam	sam³	sam³	sam⁵⁵	贍
sam ∨	sam⁵	sam⁵	sam¹¹	嬋禪蟬蟾
san ╱	san¹	san¹	san²⁴	山珊搧鱔
san ﹨	san²	san²	san³¹	產散傘
san	san³	san³	san⁵⁵	扇散善煽擅膳
sang ╱	sang¹	saŋ¹	saŋ²⁴	生星鉎聲牲

sang ＼	sang²	saŋ²	saŋ³¹	省
sang	sang³	saŋ³	saŋ⁵⁵	覡
sang ∨	sang⁵	saŋ⁵	saŋ¹¹	成城
sau ╱	sau¹	sau¹	sau²⁴	捎
sau	sau³	sau³	sau⁵⁵	哨嘯
sau ∨	sau⁵	sau⁵	sau¹¹	巢
se ╱	se¹	se¹	se²⁴	舐嘶
se ＼	se²	se²	se³¹	洗
se	se³	se³	se⁵⁵	事細婿勢歲世
seb ＼	seb⁴	sep⁴	sep²	屑澀圾
sed ＼	sed⁴	set⁴	set²	塞色螡虱
sem ╱	sem¹	sem¹	sem²⁴	森蔘參
sen ╱	sen¹	sen¹	sen²⁴	生星牲笙猩甥
sen ＼	sen²	sen²	sen³¹	省
sen	sen³	sen³	sen⁵⁵	擤
seu ╱	seu¹	seu¹	seu²⁴	宵消逍硝搜銷燒簫霄瀟餿
seu ＼	seu²	seu²	seu³¹	小少叟
seu	seu³	seu³	seu⁵⁵	少召兆笑紹肖鞘
seu ∨	seu⁵	seu⁵	seu¹¹	愁
sii ╱	sii¹	sï¹	sï²⁴	司私思施師梳斯絲獅詩尸屍
sii ＼	sii²	sï²	sï³¹	史使始駛屎
sii	sii³	sï³	sï⁵⁵	士巳氏世市示字寺伺似事侍是視誓蒔數賜諡祀思恃勢肆試四豉數
sii ∨	sii⁵	sï⁵	sï¹¹	時匙
siib ＼	siib⁴	sïp⁴	sïp²	溼濕
siib	siib⁸	sïp⁸	sïp⁵	十拾
siid ＼	siid⁴	sït⁴	sït²	失拭適識式室飾釋
siid	siid⁸	sït⁸	sït⁵	食實蝕嗇
siim ＼	siim²	sïm²	sïm³¹	沈甚慎審
siin ╱	siin¹	sïn¹	sïn²⁴	升申伸身昇紳

siin	siin^3	sïn^3	sïn^{55}	乘盛勝腎聖
siin ∨	siin^5	sïn^5	sïn^{11}	丞成臣辰承神晨誠塍
so ╱	so^1	so^1	so^{24}	唆挲簑臊娑梭疏
so ╲	so^2	so^2	so^{31}	所鎖嫂
so	so^3	so^3	so^{55}	掃
so ∨	so^5	so^5	so^{11}	趖
sod ╲	sod^4	sot^4	sot^2	刷說
sod	sod^8	sot^8	sot^5	煞
sog ╲	sog^4	sok^4	sok^2	束索蕭塑溯縮妁朔
sog	sog^8	sok^8	sok^5	杓芍勺
soi ╱	soi^1	soi^1	soi^{24}	衰鰓
soi	soi^3	soi^3	soi^{55}	率稅歲睡賽帥
son ╱	son^1	son^1	son^{24}	痠酸栓閂
son	son^3	son^3	son^{55}	算蒜檨
son ∨	son^5	son^5	son^{11}	船
song ╱	song^1	soŋ^1	soŋ^{24}	上商桑傷霜喪孀
song ╲	song^2	soŋ^2	soŋ^{31}	上爽賞喪償
song	song^3	soŋ^3	soŋ^{55}	上尚喪
song ∨	song^5	soŋ^5	soŋ^{11}	常嫦裳
su ╱	su^1	su^1	su^{24}	收抒書殊紓疏舒酥樞穌輸蘇
su ╲	su^2	su^2	su^{31}	手守首署
su	su^3	su^3	su^{55}	受庶授訴壽數樹恕素賜售
su ∨	su^5	su^5	su^{11}	仇蜍讎
sud ╲	sud^4	sut^4	sut^2	屑
sud	sud^8	sut^8	sut^5	述術
sug ╲	sug^4	suk^4	suk^2	叔速束
sug	sug^8	suk^8	suk^5	塾熟贖屬
sui ╱	sui^1	sui^1	sui^{24}	雖
sui ╲	sui^2	sui^2	sui^{31}	水
sui	sui^3	sui^3	sui^{55}	瑞碎隧遂

sui ∨	sui⁵	sui⁵	sui¹¹	隋隨垂髓
sun ∕	sun¹	sun¹	sun²⁴	孫猻
sun ＼	sun²	sun²	sun³¹	筍損榫
sun	sun³	sun³	sun⁵⁵	殉順瞬舜
sun ∨	sun⁵	sun⁵	sun¹¹	存巡純荀循馴醇旬脣循詢潯
sung ∕	sung¹	suŋ¹	suŋ²⁴	從雙鬆
sung ＼	sung²	suŋ²	suŋ³¹	愯聳
sung	sung³	suŋ³	suŋ⁵⁵	送宋
ta ∕	ta¹	t'a¹	t'a²⁴	他
tab ＼	tab⁴	t'ap⁴	t'ap²	塌塔搭
tab	tab⁸	t'ap⁸	t'ap⁵	踏
tad ＼	tad⁴	t'at⁴	t'at²	躂
tad	tad⁸	t'at⁸	t'at⁵	達
tag	tag⁸	t'ak⁸	t'ak⁵	笛
tai ∕	tai¹	t'ai¹	t'ai²⁴	弟
tai ＼	tai²	t'ai²	t'ai³¹	怠睇
tai	tai³	t'ai³	t'ai⁵⁵	大太汰待怠泰態
tai ∨	tai⁵	t'ai⁵	t'ai¹¹	蹄啼
tam ∕	tam¹	t'am¹	t'am²⁴	探淡貪
tam ＼	tam²	t'am²	t'am³¹	探
tam	tam³	t'am³	t'am⁵⁵	探淡澹
tam ∨	tam⁵	t'am⁵	t'am¹¹	談燂痰潭譚
tan ∕	tan¹	t'an¹	t'an²⁴	攤灘癱
tan ＼	tan²	t'an²	t'an³¹	坦毯袒
tan	tan³	t'an³	t'an⁵⁵	但炭碳蛋嘆歎
tan ∨	tan⁵	t'an⁵	t'an¹¹	彈疊檀壇
tang ∕	tang¹	t'aŋ¹	t'aŋ²⁴	聽廳
tang ∨	tang⁵	t'aŋ⁵	t'aŋ¹¹	埕
ted ＼	ted⁴	t'et⁴	t'et²	忒踼
ten ＼	ten²	t'en²	t'en³¹	挺鋌

ten ∨	ten⁵	t'en⁵	t'en¹¹	謄藤
teu ╱	teu¹	t'eu¹	t'eu²⁴	偷
teu ╲	teu²	t'eu²	t'eu³¹	敆
teu	teu³	t'eu³	t'eu⁵⁵	豆毒透痘
teu ∨	teu⁵	t'eu⁵	t'eu¹¹	投頭
ti ╲	ti²	t'i²	t'i³¹	體
ti	ti³	t'i³	t'i⁵⁵	地弟剃第替遞締悌
ti ∨	ti⁵	t'i⁵	t'i¹¹	提隄醍題堤
tiab ╲	tiab⁴	t'iap⁴	t'iap²	帖墊貼
tiab	tiab⁸	t'iap⁸	t'iap⁵	疊牒碟蝶
tiam ╱	tiam¹	t'iam¹	t'iam²⁴	添
tiam ╲	tiam²	t'iam²	t'iam³¹	痶
tiam ∨	tiam⁵	t'iam⁵	t'iam¹¹	甜
tiau ╱	tiau¹	t'iau¹	t'iau²⁴	挑
tiau	tiau³	t'iau³	t'iau⁵⁵	跳調糶
tiau ∨	tiau5	t'iau⁵	t'iau¹¹	迢條跳调
tid ╲	tid⁴	t'it⁴	t'it²	剔
tid	tid⁸	t'it⁸	t'it⁵	迪特敵
tieb	tieb⁸	t'iep⁸	t'iep⁵	諜
╲	tied⁴	t'iet⁴	t'iet²	鐵
tied	tied⁸	t'iet⁸	t'iet⁵	凸
tien ╱	tien¹	t'ien¹	t'ien²⁴	天
tien	tien³	t'ien³	t'ien⁵⁵	佃奠殿電墊
tien ∨	tien⁵	t'ien⁵	t'ien¹¹	田鈿
tin ╱	tin¹	t'in¹	t'in²⁴	震
tin ╲	tin²	t'in²	t'in³¹	艇
tin	tin³	t'in³	t'in⁵⁵	定
tin ∨	tin⁵	t'in⁵	t'in¹¹	停淳廷亭庭霆騰
tiong	tiong³	t'ioŋ³	t'ioŋ⁵⁵	暢
tiu	tiu³	t'iu³	t'iu⁵⁵	溜

to ↗	to¹	t'o¹	t'o²⁴	拖滔導
to ↘	to²	t'o²	t'o³¹	討
to	to³	t'o³	t'o⁵⁵	套悼道導舵盜稻蹈
to ∨	to⁵	t'o⁵	t'o¹¹	妥桃逃陶綯鴕駝陀萄跎鴕濤
tod ↘	tod⁴	t'ot⁴	t'ot²	脫
tod	tod⁸	t'ot⁸	t'ot⁵	奪
tog ↘	tog⁴	t'ok⁴	t'ok²	拓托託
tog	tog⁸	t'ok⁸	t'ok⁵	擇
toi ↗	toi¹	t'oi¹	t'oi²⁴	胎推梯
toi	toi³	t'oi³	t'oi⁵⁵	代袋貸
toi ∨	toi⁵	t'oi⁵	t'oi¹¹	臺抬臺颱檯苔
ton ↗	ton¹	t'on¹	t'on²⁴	斷
ton	ton³	t'on³	t'on⁵⁵	段緞鍛
ton ∨	ton⁵	t'on⁵	t'on¹¹	揣團糰
tong ↗	tong¹	t'oŋ¹	t'oŋ²⁴	湯盪
tong	tong³	t'oŋ³	t'oŋ⁵⁵	宕蕩燙
tong ∨	tong⁵	t'oŋ⁵	t'oŋ¹¹	唐塘搪糖螳堂棠
tu ↘	tu²	t'u²	t'u³¹	土吐
tu	tu³	t'u³	t'u⁵⁵	杜兔度渡鍍
tu ∨	tu⁵	t'u⁵	t'u¹¹	徒屠塗圖途
tud	tud⁸	t'ut⁸	t'ut⁵	突
tug	tug⁸	t'uk⁸	t'uk⁵	毒獨瀆讀犢
tui ↗	tui¹	t'ui¹	t'ui²⁴	推頹
tui ↘	tui²	t'ui²	t'ui³¹	腿
tui	tui³	t'ui³	t'ui⁵⁵	退蛻
tun ↗	tun¹	t'un¹	t'un²⁴	吞
tun ↘	tun²	t'un²	t'un³¹	遁盾
tun	tun³	t'un³	t'un⁵⁵	鈍褪盾
tun ∨	tun⁵	t'un⁵	t'un¹¹	屯鶉沌豚臀
tung ↗	tung¹	t'uŋ¹	t'uŋ²⁴	動通

tung ˋ	tung²	t'uŋ²	t'uŋ³¹	桶統
tung	tung³	t'uŋ³	t'uŋ⁵⁵	洞痛動
tung ˅	tung⁵	tuŋ⁵	tuŋ¹¹	同童僮銅桐筒
va ˊ	va¹	va¹	va²⁴	娃挖蛙椏
va ˋ	va²	va²	va³¹	偎
va	va³	va³	va⁵⁵	哇話
va ˅	va⁵	va⁵	va¹¹	華
vad	vad⁸	vat⁸	vat⁵	滑斡
vag ˋ	vag⁴	vak⁴	vak²	挖
vag	vag⁸	vak⁸	vak⁵	劃畫
vai ˊ	vai¹	vai¹	vai²⁴	歪
van ˊ	van¹	van¹	van²⁴	輐彎鯇
van ˋ	van²	van²	van³¹	挽婉晚
van	van³	van³	van⁵⁵	萬
van ˅	van⁵	van⁵	van¹¹	還完灣環
vang	vang³	vaŋ³	vaŋ⁵⁵	橫
vang ˅	vang⁵	vaŋ⁵	vaŋ¹¹	橫
ve	ve³	ve³	ve⁵⁵	穢
ve ˅	ve⁵	ve⁵	ve¹¹	噦
ved ˋ	ved⁴	vet⁴	vet²	挖域
vi ˊ	vi¹	vi¹	vi²⁴	委威偉緯痿
vi ˋ	vi²	vi²	vi³¹	慰尉緯
vi	vi³	vi³	vi⁵⁵	未位爲畏胃衛餵謂
vi ˅	vi⁵	vi⁵	vi¹¹	爲惟違維遺圍
vo ˊ	vo¹	vo¹	vo²⁴	窩
vo ˋ	vo²	vo²	vo³¹	喔
vo ˅	vo⁵	vo⁵	vo¹¹	禾和
vog ˋ	vog⁴	vok⁴	vok²	霍豁握
vog	vog⁸	vok⁸	vok⁵	鑊
voi ˊ	voi¹	voi¹	voi²⁴	煨話

voi	voi³	voi³	voi⁵⁵	會
von ↘	von²	von²	von³¹	碗腕
von	von³	von³	von⁵⁵	換
von ∨	von⁵	von⁵	von¹¹	完
vong ↗	vong¹	voŋ¹	voŋ²⁴	往
vong ↘	vong²	voŋ²	voŋ³¹	枉
vong	vong³	voŋ³	voŋ⁵⁵	旺
vong ∨	vong⁵	voŋ⁵	voŋ¹¹	王黃磺
vu ↗	vu¹	vu¹	vu²⁴	汗烏污
vu ↘	vu²	vu²	vu³¹	武侮舞嫵
vu	vu³	vu³	vu⁵⁵	惡芋霧鶩務
vu ∨	vu⁵	vu⁵	vu¹¹	無誣蕪
vud ↘	vud⁴	vut	vut	搵鬱朏
vud	vud⁸	vut⁸	vut⁵	勿物
vug ↘	vug⁴	vuk⁴	vuk²	屋
vun ↗	vun¹	vun¹	vun²⁴	溫瘟
vun ↘	vun²	vun²	vun³¹	醞穩蘊
vun	vun³	vun³	vun⁵⁵	搵
vun ∨	vun⁵	vun⁵	vun¹¹	文炆紋渾聞
vung ↗	vung¹	vuŋ¹	vuŋ²⁴	翁
vung	vung³	vuŋ³	vuŋ⁵⁵	蕹甕
xi ↗	xi¹	ɕi¹	ɕi²⁴	西犀絲須需鬚棲嘻
xi ↘	xi²	ɕi²	ɕi³¹	死
xi	xi³	ɕi³	ɕi⁵⁵	四序敘絮緒
xia ↘	xia²	ɕia²	ɕia³¹	寫
xia	xia³	ɕia³	ɕia⁵⁵	瀉卸
xia ∨	xia⁵	ɕia⁵	ɕia¹¹	邪
xiab ↘	xiab⁴	ɕiap⁴	ɕiap²	楔
xiab	xiab⁸	ɕiap⁸	ɕiap⁵	洩泄
xiag ↘	xiag⁴	ɕiak⁴	ɕiak²	惜錫晳鵲

xiam ∨	xiam⁵	ɕiam⁵	ɕiam¹¹	潛纖
xiang ╱	xiang¹	ɕiaŋ¹	ɕiaŋ²⁴	腥
xiang ╲	xiang²	ɕiaŋ²	ɕiaŋ³¹	醒
xiang	xiang³	ɕiaŋ³	ɕiaŋ⁵⁵	姓性
xiau ∨	xiau⁵	ɕiau⁵	ɕiau¹¹	漦
xib	xib⁸	ɕip⁸	ɕip⁵	習集襲輯
xid ╲	xid⁴	ɕit⁴	ɕit²	息寂惜釋析恤
xid	xid⁸	ɕit⁸	ɕit⁵	夕汐席籍
xied ╲	xied⁴	ɕiet⁴	ɕiet²	雪薛褻鱈
xied	xied⁸	ɕiet⁸	ɕiet⁵	泄洩
xien ╱	xien¹	ɕien¹	ɕien²⁴	仙先宣喧鮮
xien ╲	xien²	ɕien²	ɕien³¹	選癬
xien	xien³	ɕien³	ɕien⁵⁵	線腺
xien ∨	xien⁵	ɕien⁵	ɕien¹¹	旋
xim ╱	xim¹	ɕim¹	ɕim²⁴	心
xim	xim³	ɕim³	ɕim⁵⁵	沁
xin ╱	xin¹	ɕin¹	ɕin²⁴	先辛新薪
xin	xin³	ɕin³	ɕin⁵⁵	性信囟訊
xiog ╲	xiog⁴	ɕiok⁴	ɕiok²	削
xiong ╱	xiong¹	ɕioŋ¹	ɕioŋ²⁴	相廂湘箱襄鑲
xiong ╲	xiong²	ɕioŋ²	ɕioŋ³¹	想
xiong	xiong³	ɕioŋ³	ɕioŋ⁵⁵	相象像橡匠
xiong ∨	xiong⁵	ɕioŋ⁵	ɕioŋ¹¹	祥翔詳牆
xiu ╱	xiu¹	ɕiu¹	ɕiu²⁴	修羞
xiu	xiu³	ɕiu³	ɕiu⁵⁵	秀繡宿鏽
xiug ╲	xiug⁴	ɕiuk⁴	ɕiuk²	夙宿肅熟粟黍蓿
xiug	xiug⁸	ɕiuk⁸	ɕiuk⁵	俗續
xiung	xiung³	ɕiuŋ³	ɕiuŋ⁵⁵	訟頌誦
za ╱	za¹	tsa¹	tsa²⁴	抓遮渣
za ╲	za²	tsa²	tsa³¹	者

za	za³	tsa³	tsa⁵⁵	炸詐榨蔗鷓
zab ˋ	zab⁴	tsap⁴	tsap²	摺鉔匝幣
zad ˋ	zad⁴	tsat⁴	tsat²	折哲桀
zag ˋ	zag⁴	tsak⁴	tsak²	炙隻摘磧
zai ˊ	zai¹	tsai¹	tsai²⁴	齋災栽仔哉
zai ˋ	zai²	tsai²	tsai³¹	宰載
zai	zai³	tsai³	tsai⁵⁵	再債載寨
zam ˊ	zam¹	tsam¹	tsam²⁴	瞻簪
zam ˋ	zam²	tsam²	tsam³¹	斬嶄
zam	zam³	tsam³	tsam⁵⁵	占佔湛站
zan ˊ	zan¹	tsan¹	tsan²⁴	氈
zan ˋ	zan²	tsan²	tsan³¹	展踮盞
zan	zan³	tsan³	tsan⁵⁵	碾戰輾贊讚棧
zang ˊ	zang¹	tsaŋ¹	tsaŋ²⁴	正爭
zang ˋ	zang²	tsaŋ²	tsaŋ³¹	整
zang	zang³	tsaŋ³	tsaŋ⁵⁵	正掙
zau ˊ	zau¹	tsau¹	tsau²⁴	燥糟
zau ˋ	zau²	tsau²	tsau³¹	爪找沼蚤抓
zau	zau³	tsau³	tsau⁵⁵	笊罩
zeb ˋ	zeb⁴	tsep⁴	tsep²	撮
zed ˋ	zed⁴	tset⁴	tset²	昃側測仄則
zem ˊ	zem¹	tsem¹	tsem²⁴	砧
zen ˊ	zen¹	tsen¹	tsen²⁴	爭曾
zen	zen³	tsen³	tsen⁵⁵	增憎贈甑
zeu ˊ	zeu¹	tseu¹	tseu²⁴	招昭朝焦蕉椒
zeu ˋ	zeu²	tseu²	tseu³¹	走
zeu	zeu³	tseu³	tseu⁵⁵	奏詔照醮
ziang ˊ	ziang¹	tsiaŋ¹	tsiaŋ²⁴	菁靚
ziang ˋ	ziang²	tsiaŋ²	tsiaŋ³¹	井阱
zid	zid⁴	tsit⁴	tsit²	即責跡蝍稷積績蹟鯽鶺

zii ╱	zii¹	tsï¹	tsï²⁴	支治脂滋眵資姿諮錙之芝螓知
zii ╲	zii²	tsï²	tsï³¹	子止仔旨指紙紫只址芷趾
zii	zii³	tsï³	tsï⁵⁵	至志制致智置製痣稚誌緻
ziib ╲	ziib⁴	tsïp⁴	tsïp²	汁執
ziid ╲	ziid⁴	tsït⁴	tsït²	質織職摯
ziim ╱	ziim¹	tsïm¹	tsïm²⁴	針斟籛
ziim ╲	ziim²	tsïm²	tsïm³¹	枕
ziim	ziim³	tsïm³	tsïm⁵⁵	朕
ziin ╱	ziin¹	tsïn¹	tsïn²⁴	征珍貞真偵甄蒸徵癥楨
ziin ╲	ziin²	tsïn²	tsïn³¹	拯振賑震整鎮診疹
ziin	ziin³	tsïn³	tsïn⁵⁵	正政症證
zo ╱	zo¹	tso¹	tso²⁴	糟遭
zo ╲	zo²	tso²	tso³¹	左早棗藻
zo	zo³	tso³	tso⁵⁵	灶做
zog	zog	ok	ok	作捉桌著卓酌
zoi ╱	zoi¹	tsoi¹	tsoi²⁴	朘
zoi	zoi³	tsoi³	tsoi⁵⁵	載嘴
zon ╱	zon¹	tson¹	tson²⁴	專磚
zon ╲	zon²	tson²	tson³¹	轉纂
zon	zon³	tson³	tson⁵⁵	鑽
zong ╱	zong¹	tsoŋ¹	tsoŋ²⁴	張莊章裝彰樟贓妝粧璋莊
zong ╲	zong²	tsoŋ²	tsoŋ³¹	長掌
zong	zong³	tsoŋ³	tsoŋ⁵⁵	壯帳葬漲障脹賬嶂
zu ╱	zu¹	tsu¹	tsu²⁴	朱周洲珠硃組蛛週諸豬州舟租誅
zu ╲	zu²	tsu²	tsu³¹	主拄阻祖煮
zu	zu³	tsu³	tsu⁵⁵	咒注晝蛀著註鑄
zud ╲	zud⁴	tsut⁴	tsut²	卒悴
zud	zud⁸	tsut⁸	tsut⁵	啐
zug ╲	zug⁴	tsuk⁴	tsuk²	竹祝粥燭竺築嘱
zui ╱	zui¹	tsui¹	tsui²⁴	追錐椎

zui ＼	zui²	tsui²	tsui³¹	嘴
zui	zui³	tsui³	tsui⁵⁵	醉贅最
zun ／	zun¹	tsun¹	tsun²⁴	尊遵鱒
zun ＼	zun²	tsun²	tsun³¹	準撙准
zun	zun³	tsun³	tsun⁵⁵	圳竣俊峻
zung ／	zung¹	tsuŋ¹	tsuŋ²⁴	中宗忠終舂椶綜鍾鐘盅衷衝鬃
zung ＼	zung²	tsuŋ²	tsuŋ³¹	種踵總腫
zung	zung³	tsuŋ³	tsuŋ⁵⁵	中眾種粽

第2節　海陸方言同音字彙

海陸腔				
臺灣客語音標		國際音標		例字
調型	調號	調號	調值	
a ＼	a¹	a¹	a⁵³	丫亞阿鴉啊
a ／	a²	a²	a²⁴	啞
ab	ab⁴	ap⁴	ap⁵	押鴨壓
ad	ad⁴	at⁴	at⁵	閼
ag	ag⁴	ak⁴	ak⁵	厄扼軛搤
ai ＼	ai¹	ai¹	ai⁵³	挨捱
ai ／	ai²	ai²	ai²⁴	矮
ai ∨	ai³	ai³	ai¹¹	隘
am ＼	am¹	am¹	am⁵³	庵醃盦鵪
am ∨	am³	am³	am¹¹	暗
an ／	an²	an²	an²⁴	恁
ang ＼	ang¹	aŋ¹	aŋ⁵³	盎
au ＼	au¹	au¹	au⁵³	坳
au ／	au²	au²	au²⁴	拗
au ∨	au³	au³	au¹¹	詏懊

ba ⟍	ba¹	pa¹	pa⁵³	巴叭爸芭疤笆粑
ba ⟋	ba²	pa²	pa²⁴	把靶
ba ⋁	ba³	pa³	pa¹¹	霸壩
ba	ba⁵	pa⁵	pa⁵⁵	背
bad	bad⁴	pat⁴	pat⁵	八缽撥
bag	bag⁴	pak⁴	pak⁵	百伯柏擘
bai ⟍	bai¹	pai¹	pai⁵³	掰
bai ⟋	bai²	pai²	pai²⁴	擺
bai ⋁	bai³	pai³	pai¹¹	拜
bai	bai⁵	pai⁵	pai⁵⁵	排跛擺
ban ⟍	ban¹	pan¹	pan⁵³	扳汴班般斑搬頒
ban ⟋	ban²	pan²	pan²⁴	扳阪板版粄
ban ⋁	ban³	pan³	pan¹¹	半扮絆
bang ⟍	bang¹	paŋ¹	paŋ⁵³	邦繃
bang ⟋	bang²	paŋ²	paŋ²⁴	蹦
bau ⟍	bau¹	pau¹	pau⁵³	包孢胞苞鮑
bau ⟋	bau²	pau²	pau²⁴	飽
bau ⋁	bau³	pau³	pau¹¹	豹暴爆
be	be⁵	pe⁵	pe⁵⁵	比
bed	bed⁴	pet⁴	pet⁵	北迫逼
ben ⟍	ben¹	pen¹	pen⁵³	冰崩
ben ⋁	ben³	pen³	pen¹¹	憑
bi ⟍	bi¹	pi¹	pi⁵³	卑陂碑
bi ⟋	bi²	pi²	pi²⁴	比妣庇彼臂髀
bi ⋁	bi³	pi³	pi¹¹	泌祕秘閉痹幣弊箅蔽箆斃
biag	biag⁴	piak⁴	piak⁵	壁
biang ⟍	biang¹	piaŋ¹	piaŋ⁵³	抨
biang ⟋	biang²	piaŋ²	piaŋ²⁴	丙餅
biang ⋁	biang³	piaŋ³	piaŋ¹¹	拚柄
biau ⟍	biau¹	piau¹	piau⁵³	彪標鏢飆鑣驫

biau ✓	biau²	piau²	piau²⁴	表裱錶
bid ˋ	bid⁴	pit⁴	pit⁵	必畢筆碧璧
bid ˋ	bid⁸	pit⁸	pit²	漏霜
bied	bied⁴	piet⁴	piet⁵	屄驚
bied ˋ	bied⁸	piet⁸	piet²	□
bien ˋ	bien¹	pien¹	pien⁵³	編鞭邊辮
bien ✓	bien²	pien²	pien²⁴	扁匾貶撟楄
bien ˇ	bien³	pien³	pien¹¹	遍變
bin ˋ	bin¹	pin¹	pin⁵³	兵彬賓濱檳
bin ✓	bin²	pin²	pin²⁴	秉摒奮
bin ˇ	bin³	pin³	pin¹¹	並併殯
biong ˋ	biong¹	pioŋ¹	pioŋ⁵³	枋
biong ˇ	biong³	pioŋ³	pioŋ¹¹	放
biu	biu⁵	piu⁵	piu⁵⁵	滮
bo ˋ	bo¹	po¹	po⁵³	波玻褒踣
bo ✓	bo²	po²	po²⁴	保葆寶
bo ˇ	bo³	po³	po¹¹	報播
bod	bod⁴	pot⁴	pot⁵	發
bog	bog⁴	pok⁴	pok⁵	剝博膊駁
bog ˋ	bog⁸	pok⁸	pok²	爆
boi ✓	boi²	poi²	poi²⁴	掊
boi ˇ	boi³	poi³	poi¹¹	背褙簸
bong ˋ	bong¹	poŋ¹	poŋ⁵³	傍幫
bong ✓	bong²	poŋ²	poŋ²⁴	傍榜
bong ˇ	bong³	poŋ³	poŋ¹¹	砰棒
bu ˋ	bu¹	pu¹	pu⁵³	埔晡
bu ✓	bu²	pu²	pu²⁴	斧脯補
bu ˇ	bu³	pu³	pu¹¹	布怖
bu	bu⁵	pu⁵	pu⁵⁵	哺
bud	bud⁴	put⁴	put⁵	不抔

bug	bug⁴	puk⁴	puk⁵	卜幅腹
bui ꜘ	bui¹	pui¹	pui⁵³	杯飛悲蜚
bui ꜙ	bui³	pui³	pui¹¹	貝狽痱輩
bun ꜘ	bun¹	pun¹	pun⁵³	分奔
bun ꜕	bun²	pun²	pun²⁴	本苯
bun ꜙ	bun³	pun³	pun¹¹	畚笨糞
ca ꜘ	ca¹	ts'a¹	ts'a⁵³	叉岔差
ca ꜙ	ca³	ts'a³	ts'a¹¹	岔杈
ca	ca⁵	ts'a⁵	ts'a⁵⁵	查茶搽
cab	cab⁴	ts'ap⁴	ts'ap⁵	插
cab ꜘ	cab⁸	ts'ap⁸	ts'ap²	雜
cad	cad⁴	ts'at⁴	ts'at⁵	察擦獺
cad ꜘ	cad⁸	ts'at⁸	ts'at²	蚻
cag	cag⁴	ts'ak⁴	ts'ak⁵	冊拆
cag ꜘ	cag⁸	ts'ak⁸	ts'ak²	柵
cai ꜘ	cai¹	ts'ai¹	ts'ai⁵³	災差猜釵
cai ꜕	cai²	ts'ai²	ts'ai²⁴	采彩採綵
cai	cai⁵	ts'ai⁵	ts'ai⁵⁵	裁踩
cai+	cai⁷	ts'ai⁷	ts'ai³³	在
cam ꜘ	cam¹	ts'am¹	ts'am⁵³	參摻攙
cam ꜕	cam²	ts'am²	ts'am²⁴	慘
cam ꜙ	cam³	ts'am³	ts'am¹¹	杉
cam	cam⁵	ts'am⁵	ts'am⁵⁵	蠶讒
cam+	cam⁷	ts'am⁷	ts'am³³	壍儳站
can ꜕	can²	ts'an²	ts'an²⁴	剗鏟
can ꜙ	can³	ts'an³	ts'an¹¹	棧綻燦
can	can⁵	ts'an⁵	ts'an⁵⁵	泉殘
cang ꜙ	cang³	ts'aŋ³	ts'aŋ¹¹	撐樘
cang+	cang⁷	ts'aŋ⁷	ts'aŋ³³	撐
cau ꜘ	cau¹	ts'au¹	ts'au⁵³	抄操

cau ✓	cau²	ts'au²	ts'au²⁴	炒
cau ∨	cau³	ts'au³	ts'au¹¹	操躁
cau	cau⁵	ts'au⁵	ts'au⁵⁵	吵
ce ∨	ce³	ts'e³	ts'e¹¹	脆
ce	ce⁵	ts'e⁵	ts'e⁵⁵	齊
ced	ced⁴	ts'et⁴	ts'et⁵	惻測策塞
ced ヽ	ced⁸	ts'et⁸	ts'et²	宅賊擇澤
cem ヽ	cem¹	ts'em¹	ts'em⁵³	踩
cem	cem⁵	ts'em⁵	ts'em⁵⁵	涔
cen ヽ	cen¹	ts'en¹	ts'en⁵³	呻
cen ∨	cen³	ts'en³	ts'en¹¹	襯
cen	cen⁵	ts'en⁵	ts'en⁵⁵	曾層
ceu ∨	ceu³	ts'eu³	ts'eu¹¹	湊
cha ヽ	cha¹	tʃ'a¹	tʃ'a⁵³	車奢賒
cha ✓	cha²	tʃ'a²	tʃ'a²⁴	扯
chad	chad⁴	tʃ'at⁴	tʃ'at⁵	掣察
chad ヽ	chad⁸	tʃ'at⁸	tʃ'at²	徹撤澈轍
chag	chag⁴	tʃ'ak⁴	tʃ'ak⁵	尺赤
chan ✓	chan²	tʃ'an²	tʃ'an²⁴	闡
chan ∨	chan³	tʃ'an³	tʃ'an¹¹	輾
chan	chan⁵	tʃ'an⁵	tʃ'an⁵⁵	纏
chang	chang⁵	tʃ'aŋ⁵	tʃ'aŋ⁵⁵	程瞠
chang+	chang⁷	tʃ'aŋ⁷	tʃ'aŋ³³	鄭
chau ヽ	chau¹	tʃ'au¹	tʃ'au⁵³	超
chau	chau⁵	tʃ'au⁵	tʃ'au⁵⁵	朝潮
chau+	chau⁷	tʃ'au⁷	tʃ'au³³	趙
che ヽ	che¹	tʃ'e¹	tʃ'e⁵³	痴媸
che ∨	che³	tʃ'e³	tʃ'e¹¹	滯遞
chi ヽ	chi¹	tʃ'i¹	tʃ'i⁵³	痴嗤癡
chi ✓	chi²	tʃ'i²	tʃ'i²⁴	恥齒

chi ˇ	chi³	tʃ'i³	tʃ'i¹¹	試
chi	chi⁵	tʃ'i⁵	tʃ'i⁵⁵	池持蚩稚馳墀遲
chi+	chi⁷	tʃ'i⁷	tʃ'i³³	治痔
chid	chid⁴	tʃ'it⁴	tʃ'it⁵	彳叱斥飭躑
chid ˋ	chid⁸	tʃ'it⁸	tʃ'it²	直姪值植殖蟄
chim ˋ	chim¹	tʃ'im¹	tʃ'im⁵³	深
chim	chim⁵	tʃ'im⁵	tʃ'im⁵⁵	忱沈沉
chim+	chim⁷	tʃ'im⁷	tʃ'im³³	沈沉
chin ˋ	chin¹	tʃ'in¹	tʃ'in⁵³	稱
chin ˊ	chin²	tʃ'in²	tʃ'in²⁴	逞
chin ˇ	chin³	tʃ'in³	tʃ'in¹¹	秤稱
chin	chin⁵	tʃ'in⁵	tʃ'in⁵⁵	呈陳塵澄懲
chin+	chin⁷	tʃ'in⁷	tʃ'in³³	陣趁
chiu ˋ	chiu¹	tʃ'iu¹	tʃ'iu⁵³	抽
chiu ˊ	chiu²	tʃ'iu²	tʃ'iu²⁴	丑醜
chiu ˇ	chiu³	tʃ'iu³	tʃ'iu¹¹	紂臭獸
chiu	chiu⁵	tʃ'iu⁵	tʃ'iu⁵⁵	酬綢籌
chod	chod⁴	tʃ'ot⁴	tʃ'ot⁵	啜
chog	chog⁴	tʃ'ok⁴	tʃ'ok⁵	亍綽躅
chog ˋ	chog⁸	tʃ'ok⁸	tʃ'ok²	著
choi ˋ	choi¹	tʃ'oi¹	tʃ'oi⁵³	吹炊
chon ˋ	chon¹	tʃ'on¹	tʃ'on⁵³	川穿
chon ˊ	chon²	tʃ'on²	tʃ'on²⁴	喘
chon ˇ	chon³	tʃ'on³	tʃ'on¹¹	串撰篆
chon	chon⁵	tʃ'on⁵	tʃ'on⁵⁵	傳
chon+	chon⁷	tʃ'on⁷	tʃ'on³³	傳
chong ˋ	chong¹	tʃ'oŋ¹	tʃ'oŋ⁵³	丈昌鯧
chong ˊ	chong²	tʃ'oŋ²	tʃ'oŋ²⁴	杖敞廠
chong ˇ	chong³	tʃ'oŋ³	tʃ'oŋ¹¹	倡唱暢悵
chong	chong⁵	tʃ'oŋ⁵	tʃ'oŋ⁵⁵	長場腸

chong+	chong⁷	tʃʼoŋ⁷	tʃʼoŋ³³	丈仗
chu ㇏	chu¹	tʃʼu¹	tʃʼu⁵³	苧
chu ㇏	chu²	tʃʼu²	tʃʼu²⁴	處薯鼠
chu ㇏	chu³	tʃʼu³	tʃʼu¹¹	處
chu	chu⁵	tʃʼu⁵	tʃʼu⁵⁵	除廚雛櫥儲
chu+	chu⁷	tʃʼu⁷	tʃʼu³³	住箸
chud	chud⁴	tʃʼut⁴	tʃʼut⁵	出齣
chug	chug⁴	tʃʼuk⁴	tʃʼuk⁵	畜觸
chug ㇏	chug⁸	tʃʼuk⁸	tʃʼuk²	擉碡濁逐
chui ㇏	chui¹	tʃʼui¹	tʃʼui⁵³	吹
chui	chui⁵	tʃʼui⁵	tʃʼui⁵⁵	搥槌錘鎚
chui+	chui⁷	tʃʼui⁷	tʃʼui³³	隊墜
chun ㇏	chun¹	tʃʼun¹	tʃʼun⁵³	伸春椿
chun ㇏	chun²	tʃʼun²	tʃʼun²⁴	蠢
chung ㇏	chung¹	tʃʼuŋ¹	tʃʼuŋ⁵³	充沖重衝
chung ㇏	chung²	tʃʼuŋ²	tʃʼuŋ²⁴	塚寵
chung ㇏	chung³	tʃʼuŋ³	tʃʼuŋ¹¹	銃
chung	chung⁵	tʃʼuŋ⁵	tʃʼuŋ⁵⁵	蟲重崇
chung+	chung⁷	tʃʼuŋ⁷	tʃʼuŋ³³	仲重
ci ㇏	ci¹	tsʼi¹	tsʼi⁵³	妻悽蛆棲萋趨
ci ㇏	ci²	tsʼi²	tsʼi²⁴	取娶
ci ㇏	ci³	tsʼi³	tsʼi¹¹	砌淬趣刺
ci	ci⁵	tsʼi⁵	tsʼi⁵⁵	臍粢□
ci+	ci⁷	tsʼi⁷	tsʼi³³	翅牸飼聚
cia ㇏	cia²	tsʼia²	tsʼia²⁴	且
cia ㇏	cia³	tsʼia³	tsʼia¹¹	斜
cia	cia⁵	tsʼia⁵	tsʼia⁵⁵	斜
cia+	cia⁷	tsʼia⁷	tsʼia³³	謝
ciab	ciab⁴	tsʼiap⁴	tsʼiap⁵	妾竊
ciab ㇏	ciab⁸	tsʼiap⁸	tsʼiap²	捷

ciag	ciag⁴	ts'iak⁴	ts'iak⁵	刺
ciag ╲	ciag⁸	ts'iak⁸	ts'iak²	蓆
ciam ╲	ciam¹	ts'iam¹	ts'iam⁵³	簽殲籤
ciam ╱	ciam²	ts'iam²	ts'iam²⁴	塹槧
ciam+	ciam⁷	ts'iam⁷	ts'iam³³	漸暫
ciang ╲	ciang¹	ts'iaŋ¹	ts'iaŋ⁵³	青菁
ciang ╱	ciang²	ts'iaŋ²	ts'iaŋ²⁴	請
ciang	ciang⁵	ts'iaŋ⁵	ts'iaŋ⁵⁵	晴
ciang+	ciang⁷	ts'iaŋ⁷	ts'iaŋ³³	淨
ciau ╲	ciau¹	ts'iau¹	ts'iau⁵³	鍫
ciau	ciau⁵	ts'iau⁵	ts'iau⁵⁵	憔樵
cib ╲	cib⁸	ts'ip⁸	ts'ip²	集
cid	cid⁴	ts'it⁴	ts'it⁵	七戚漆膝
cid ╲	cid⁸	ts'it⁸	ts'it²	七疾
cied	cied⁴	ts'iet⁴	ts'iet⁵	切
cied ╲	cied⁸	ts'iet⁸	ts'iet²	絕
cien ╲	cien¹	ts'ien¹	ts'ien⁵³	千遷
cien ╱	cien²	ts'ien²	ts'ien²⁴	淺
cien	cien⁵	ts'ien⁵	ts'ien⁵⁵	前曾錢
cien+	cien⁷	ts'ien⁷	ts'ien³³	賤踐
cii ╱	cii²	ts'ii²	ts'ii²⁴	此
cii ╲	cii³	ts'ii³	ts'ii¹¹	次
cii	cii⁵	ts'ii⁵	ts'ii⁵⁵	祠瓷詞嗣慈飼磁雌辭
cii+	cii⁷	ts'ii⁷	ts'ii³³	巳自
cim ╲	cim¹	ts'im¹	ts'im⁵³	侵
cim ╱	cim²	ts'im²	ts'im²⁴	寢
cim	cim⁵	ts'im⁵	ts'im⁵⁵	尋蟳
cin ╲	cin¹	ts'in¹	ts'in⁵³	青清親蹌
cin	cin⁵	ts'in⁵	ts'in⁵⁵	秦情
cin+	cin⁷	ts'in⁷	ts'in³³	盡靜

ciog	ciog⁴	ts'iok⁴	ts'iok⁵	躍
cioi ∨	cioi³	ts'ioi³	ts'ioi¹¹	脆
cion ＼	cion¹	ts'ion¹	ts'ion⁵³	吮
cion	cion⁵	ts'ion⁵	ts'ion⁵⁵	全銓
cion+	cion⁷	ts'ion⁷	ts'ion³³	旋
ciong ＼	ciong¹	ts'ioŋ¹	ts'ioŋ⁵³	槍鎗鯧
ciong ╱	ciong²	ts'ioŋ²	ts'ioŋ²⁴	搶
ciong ∨	ciong³	ts'ioŋ³	ts'ioŋ¹¹	像
ciong	ciong⁵	ts'ioŋ⁵	ts'ioŋ⁵⁵	牆薔
ciu ＼	ciu¹	ts'iu¹	ts'iu⁵³	秋啾鰍
ciu	ciu⁵	ts'iu⁵	ts'iu⁵⁵	囚泅酋
ciu+	ciu⁷	ts'iu⁷	ts'iu³³	袖就岫
ciug	ciug⁴	ts'iuk⁴	ts'iuk⁵	刺
ciung	ciung⁵	ts'iuŋ⁵	ts'iuŋ⁵⁵	松從重崇
co ＼	co¹	ts'o¹	ts'o⁵³	坐初昨座蹉
co ╱	co²	ts'o²	ts'o²⁴	草楚
co ∨	co³	ts'o³	ts'o¹¹	挫搓銼錯糙措
co	co⁵	ts'o⁵	ts'o⁵⁵	曹槽
co+	co⁷	ts'o⁷	ts'o³³	座造
cod	cod⁴	ts'ot⁴	ts'ot⁵	啜撮
cog	cog⁴	ts'ok⁴	ts'ok⁵	戳
cog ＼	cog⁸	ts'ok⁸	ts'ok²	濯鑿
coi ＼	coi¹	ts'oi¹	ts'oi⁵³	在
coi ╱	coi²	ts'oi²	ts'oi²⁴	彩
coi ∨	coi³	ts'oi³	ts'oi¹¹	采
coi	coi⁵	ts'oi⁵	ts'oi⁵⁵	才材財
con ＼	con¹	ts'on¹	ts'on⁵³	閂餐
con ∨	con³	ts'on³	ts'on¹¹	篡竄
con+	con⁷	ts'on⁷	ts'on³³	賺
cong ＼	cong¹	ts'oŋ¹	ts'oŋ⁵³	倉滄蒼

cong ✓	cong²	ts'oŋ²	ts'oŋ²⁴	闖
cong ∨	cong³	ts'oŋ³	ts'oŋ¹¹	創
cong	cong⁵	ts'oŋ⁵	ts'oŋ⁵⁵	牀藏
cong+	cong⁷	ts'oŋ⁷	ts'oŋ³³	狀撞藏臟
cu ╲	cu¹	ts'u¹	ts'u⁵³	初粗
cu ✓	cu²	ts'u²	ts'u²⁴	楚
cu ∨	cu³	ts'u³	ts'u¹¹	措
cu	cu⁵	ts'u⁵	ts'u⁵⁵	芻
cu+	cu⁷	ts'u⁷	ts'u³³	助
cud ╲	cud⁸	ts'ut⁸	ts'ut²	捽
cug	cug⁴	ts'uk⁴	ts'uk⁵	促
cug ╲	cug⁸	ts'uk⁸	ts'uk²	族簇嗽
cui ╲	cui¹	ts'ui¹	ts'ui⁵³	推催摧
cui ∨	cui³	ts'ui³	ts'ui¹¹	悴瘁翠
cui+	cui⁷	ts'ui⁷	ts'ui³³	罪
cun ╲	cun¹	ts'un¹	ts'un⁵³	村
cun ∨	cun³	ts'un³	ts'un¹¹	寸
cung ╲	cung¹	ts'uŋ¹	ts'uŋ⁵³	囪窗蔥聰
cung	cung⁵	ts'uŋ⁵	ts'uŋ⁵⁵	沖叢
da ✓	da²	ta²	ta²⁴	打
dab	dab⁴	tap⁴	tap⁵	答貼搭褡
dab ╲	dab⁸	tap⁸	tap²	嗒。
dad	dad⁴	tat⁴	tat⁵	笪
dad ╲	dad⁸	tat⁸	tat²	值
dag	dag⁴	tak⁴	tak⁵	的逐
dai ╲	dai¹	tai¹	tai⁵³	低
dai ✓	dai²	tai²	tai²⁴	底柢
dai ∨	dai³	tai³	tai¹¹	帶戴
dam ╲	dam¹	tam¹	tam⁵³	眈探擔
dam ✓	dam²	tam²	tam²⁴	疸膽

dam ∨	dam³	tam³	tam¹¹	擔
dam	dam⁵	tam⁵	tam⁵⁵	譫
dan ﹨	dan¹	tan¹	tan⁵³	丹單
dan ╱	dan²	tan²	tan²⁴	旦
dan ∨	dan³	tan³	tan¹¹	旦誕
dang ﹨	dang¹	taŋ¹	taŋ⁵³	盯疔釘
dang ╱	dang²	taŋ²	taŋ²⁴	訂頂
dang ∨	dang³	taŋ³	taŋ¹¹	訂
dau	dau⁵	tau⁵	tau⁵⁵	投
de ∨	de³	te³	te¹¹	埕
deb	deb⁴	tep⁴	tep⁵	沾
ded	ded⁴	tet⁴	tet⁵	得德
dem ﹨	dem¹	tem¹	tem⁵³	沾
dem ╱	dem²	tem²	tem²⁴	蹬
den ﹨	den¹	ten¹	ten⁵³	丁叮登燈
den ╱	den²	ten²	ten²⁴	等
den ∨	den³	ten³	ten¹¹	凳
deu ﹨	deu¹	teu¹	teu⁵³	兜
deu ╱	deu²	teu²	teu²⁴	斗陡
deu ∨	deu³	teu³	teu¹¹	鬥竇
di ﹨	di¹	ti¹	ti⁵³	知蜘
di ╱	di²	ti²	ti²⁴	抵
di ∨	di³	ti³	ti¹¹	帝涕蒂
dia ﹨	dia¹	tia¹	tia⁵³	蹀
dia ∨	dia³	tia³	tia¹¹	蹀
diam ﹨	diam¹	tiam¹	tiam⁵³	砧
diam ╱	diam²	tiam²	tiam²⁴	典點
diam ∨	diam³	tiam³	tiam¹¹	店
diau ﹨	diau¹	tiau¹	tiau⁵³	刁叼凋鳥貂雕鵰
diau ╱	diau²	tiau²	tiau²⁴	屌

diau ˇ	diau³	tiau³	tiau¹¹	弔吊眺釣調
diau	diau⁵	tiau⁵	tiau⁵⁵	著
did	did⁴	tit⁴	tit⁵	的嫡滴適
died	died⁴	tiet⁴	tiet⁵	跌
dien ˋ	dien¹	tien¹	tien⁵³	顛巔癲
dien ˊ	dien²	tien²	tien²⁴	典展
din ˊ	din²	tin²	tin²⁴	頂鼎
diu ˋ	diu¹	tiu¹	tiu⁵³	丟
do ˋ	do¹	to¹	to⁵³	刀多
do ˊ	do²	to²	to²⁴	倒島著搗
do ˇ	do³	to³	to¹¹	到倒
dod	dod⁴	tot⁴	tot⁵	咄掇
dod ˋ	dod⁸	tod⁸	tod²	輟
dog	dog⁴	tok⁴	tok⁵	拙琢
dog ˋ	dog⁸	tok⁸	tok⁵	剁
doi ˋ	doi¹	toi¹	toi⁵³	堆
doi ˊ	doi²	toi²	toi²⁴	堆
doi ˇ	doi³	toi³	toi¹¹	碓
doi	doi⁵	toi⁵	toi⁵⁵	咄
don ˋ	don¹	ton¹	ton⁵³	端
don ˊ	don²	ton²	ton²⁴	短斷
don ˇ	don³	ton³	ton¹¹	段碫斷
dong ˋ	dong¹	toŋ¹	toŋ⁵³	當鐺
dong ˊ	dong²	toŋ²	toŋ²⁴	擋檔黨
dong ˇ	dong³	toŋ³	toŋ¹¹	當擋
du ˋ	du¹	tu¹	tu⁵³	都蛛
du ˊ	du²	tu²	tu²⁴	肚堵賭
du ˇ	du³	tu³	tu¹¹	佇貯
du	du⁵	tu⁵	tu⁵⁵	堵
dug	dug⁴	tuk⁴	tuk⁵	啄涿督篤

dui ﹨	dui¹	tui¹	tui⁵³	追
dui ∨	dui³	tui³	tui¹¹	對
dun ﹨	dun¹	tun¹	tun⁵³	敦燉墩
dun ∕	dun²	tun²	tun²⁴	囤頓楯
dun ∨	dun³	tun³	tun¹¹	頓
dung ﹨	dung¹	tuŋ¹	tuŋ⁵³	中冬東
dung ∕	dung²	tuŋ²	tuŋ²⁴	崠董懂
dung ∨	dung³	tuŋ³	tuŋ¹¹	凍棟
ed	ed⁴	et⁴	et⁵	厄噎
en ﹨	en¹	en¹	en⁵³	恩鶯鷹鸚
en ∨	en³	en³	en¹¹	應
er	er⁵	ə⁵	ə⁵⁵	仔
eu ﹨	eu¹	eu¹	eu⁵³	歐鷗
eu ∕	eu²	eu²	eu²⁴	嘔
eu ∨	eu³	eu³	eu¹¹	漚熰
eu	eu⁵	eu⁵	eu⁵⁵	甌
fa ﹨	fa¹	fa¹	fa⁵³	花
fa ∨	fa³	fa³	fa¹¹	化話
fa	fa⁵	fa⁵	fa⁵⁵	華
fa+	fa⁷	fa⁷	fa³³	畫
fab	fab⁴	fap⁴	fap⁵	法
fad	fad⁴	fat⁴	fat⁵	發髮闊
fad ﹨	fad⁸	fat⁸	fat²	乏伐活罰
fai ∕	fai²	fai²	fai²⁴	壞
fai	fai⁵	fai⁵	fai⁵⁵	槐懷
fai+	fai⁷	fai⁷	fai³³	壞
fam ﹨	fam¹	fam¹	fam⁵³	犯
fam	fam⁵	fam⁵	fam⁵⁵	凡帆
fam+	fam⁷	fam⁷	fam³³	氾犯汎泛范患範
fan ﹨	fan¹	fan¹	fan⁵³	番蕃翻旛

fan ✓	fan²	fan²	fan²⁴	反返
fan	fan⁵	fan⁵	fan⁵⁵	煩繁還
fan+	fan⁷	fan⁷	fan³³	販飯
fed ╲	fed⁸	fet⁸	fet²	或惑獲
fen	fen⁵	fen⁵	fen⁵⁵	宏衡
feu	feu⁵	feu⁵	feu⁵⁵	浮
fid ╲	fid⁸	fit⁸	fit²	拂
fin ∨	fin³	fin³	fin¹¹	拂
fo ✓	fo²	fo²	fo²⁴	火伙夥
fo ∨	fo³	fo³	fo¹¹	貨禍
fo	fo⁵	fo⁵	fo⁵⁵	和
foi ╲	foi¹	foi¹	foi⁵³	灰
fon ╲	fon¹	fon¹	fon⁵³	歡
fon ∨	fon³	fon³	fon¹¹	幻患煥緩奐
fon+	fon⁷	fon⁷	fon³³	患
fong ╲	fong¹	foŋ¹	foŋ⁵³	方坊芳荒慌
fong ✓	fong²	foŋ²	foŋ²⁴	仿訪
fong ∨	fong³	foŋ³	foŋ¹¹	放
fong	fong⁵	foŋ⁵	foŋ⁵⁵	妨防房皇凰煌榥潢簧
fu ╲	fu¹	fu¹	fu⁵³	夫乎呼敷膚麩
fu ✓	fu²	fu²	fu²⁴	府虎苦腑腐輔撫
fu ∨	fu³	fu³	fu¹¹	互付咐附戽訃負赴副婦富賦駙褲
fu	fu⁵	fu⁵	fu⁵⁵	扶弧狐胡符壺和湖猢瑚葫敷糊蝴醐鬍鰗
fu+	fu⁷	fu⁷	fu³³	父負婦傅腐護戶
fud	fud⁴	fut⁴	fut⁵	忽窟
fud ╲	fud⁸	fut⁸	fut²	佛拂核
fug	fug⁴	fuk⁴	fuk⁵	福輻
fug ╲	fug⁸	fuk⁸	fuk²	伏服茯斛復袱複輻覆
fui ╲	fui¹	fui¹	fui⁵³	非恢飛匪揮菲翡緋輝麾徽

fui ∕	fui²	fui²	fui²⁴	悔毀
fui ∨	fui³	fui³	fui¹¹	肺晦惠費匯賄誨廢諱燴穢卉
fui	fui⁵	fui⁵	fui⁵⁵	回缶茴迴
fui+	fui⁷	fui⁷	fui³³	匯彙會慧繪
fun ＼	fun¹	fun¹	fun⁵³	分吩昏芬紛婚葷
fun ∕	fun²	fun²	fun²⁴	粉
fun ∨	fun³	fun³	fun¹¹	忿憤奮糞
fun	fun⁵	fun⁵	fun⁵⁵	昏焚暈魂
fun+	fun⁷	fun⁷	fun³³	混分份氛
fung ＼	fung¹	fuŋ¹	fuŋ⁵³	封風峰烘瘋鋒豐轟
fung	fung⁵	fuŋ⁵	fuŋ⁵⁵	洪紅逢縫
fung+	fung⁷	fuŋ⁷	fuŋ³³	奉俸鳳
ga ＼	ga¹	ka¹	ka⁵³	加佳咖芥迦枷家袈傢嘉橄猳
ga ∕	ga²	ka²	ka²⁴	假
ga ∨	ga³	ka³	ka¹¹	架假嫁價駕
gab	gab⁴	kap⁴	kap⁵	甲合洽胛莢袷鉀閘袂頰鴿
gab ＼	gab⁸	kap⁸	kap²	呷
gad	gad⁴	kat⁴	kat⁵	結
gag	gag⁴	kak⁴	kak⁵	格合隔膈
gai ＼	gai¹	kai¹	kai⁵³	街階雞
gai ∕	gai²	kai²	kai²⁴	改解
gai ∨	gai³	kai³	kai¹¹	介尬戒屆芥界個概誡解
gai	gai⁵	kai⁵	kai⁵⁵	該
gam ＼	gam¹	kam¹	kam⁵³	甘柑尷
gam ∕	gam²	kam²	kam²⁴	敢減感
gam ∨	gam³	kam³	kam¹¹	間監艦鑑鑒
gan ＼	gan¹	kan¹	kan⁵³	奸
gan ∕	gan²	kan²	kan²⁴	揀筧
gang ＼	gang¹	kaŋ¹	kaŋ⁵³	更庚耕羹
gang ∕	gang²	kaŋ²	kaŋ²⁴	哽梗

gang ∨	gang³	kaŋ³	kaŋ¹¹	徑逕
gau ﹨	gau¹	kau¹	kau⁵³	交郊跤膏膠教
gau ／	gau²	kau²	kau²⁴	狡校絞搞較攪
gau ∨	gau³	kau³	kau¹¹	教窖較筶詨酵鉸覺
geu ／	geu²	keu²	keu²⁴	枸
gi ﹨	gi¹	ki¹	ki⁵³	支乩肌妓技車居拘枝肢飢基梔箕機羈
gi ／	gi²	ki²	ki²⁴	己杞紀矩苣幾據舉
gi ∨	gi³	ki³	ki¹¹	句既紀記寄鉅裾譏踞據鋸髻繼
gi	gi⁵	ki⁵	ki⁵⁵	佢
gia ﹨	gia¹	kia¹	kia⁵³	其
gia ∨	gia³	kia³	kia¹¹	崎
giab	giab⁴	kiap⁴	kiap⁵	劫挾浹莢
giab ﹨	giab⁸	kiap⁸	kiap²	夾
giag	giag⁴	kiak⁴	kiak⁵	遽
giam ﹨	giam¹	kiam¹	kiam⁵³	兼
giam ／	giam²	kiam²	kiam²⁴	撿檢
giam ∨	giam³	kiam³	kiam¹¹	劍
giang ﹨	giang¹	kiaŋ¹	kiaŋ⁵³	荊驚
giang ／	giang²	kiaŋ²	kiaŋ²⁴	頸
giang ∨	giang³	kiaŋ³	kiaŋ¹¹	鏡
giau ﹨	giau¹	kiau¹	kiau⁵³	嬌攪
giau ／	giau²	kiau²	kiau²⁴	餃繳
giau ∨	giau³	kiau³	kiau¹¹	叫噭
gib	gib⁴	kip⁴	kip⁵	急給
gid	gid⁴	kit⁴	kit⁵	吉桔激擊橘
gie ﹨	gie¹	kie¹	kie⁵³	繫
gie ／	gie²	kie²	kie²⁴	解
gie ∨	gie³	kie³	kie¹¹	計
gieb ﹨	gieb⁸	kiep⁸	kiep²	激

gied	gied⁴	kiet⁴	kiet⁵	決革格訣揭結潔缺
gien ＼	gien¹	kien¹	kien⁵³	肩姦娟捐涓堅間跟艱鵑
gien ✓	gien²	kien²	kien²⁴	卷捐捲眷簡繭
gien ∨	gien³	kien³	kien¹¹	更見建峎梗
gieu ＼	gieu¹	kieu¹	kieu⁵³	勾溝鉤鳩
gieu ✓	gieu²	kieu²	kieu²⁴	狗垢
gieu ∨	gieu³	kieu³	kieu¹¹	夠構購
gim ＼	gim¹	kim¹	kim⁵³	今金
gim ✓	gim²	kim²	kim²⁴	錦
gim ∨	gim³	kim³	kim¹¹	禁
gin ＼	gin¹	kin¹	kin⁵³	巾斤京根筋經鯨
gin ✓	gin²	kin²	kin²⁴	景緊警
gin ∨	gin³	kin³	kin¹¹	逕逕竟敬境
giog	giog⁴	kiok⁴	kiok⁵	腳钁
giong ＼	giong¹	kioŋ¹	kioŋ⁵³	姜薑殭疆
giu ＼	giu¹	kiu¹	kiu⁵³	糾
giu ✓	giu²	kiu²	kiu²⁴	九久韭
giu ∨	giu³	kiu³	kiu¹¹	究咎糾樞救
giug	giug⁴	kiuk⁴	kiuk⁵	焗
giug ＼	giug⁸	kiuk⁸	kiuk²	趜
giun ＼	giun¹	kiun¹	kiun⁵³	君均軍
giun ✓	giun²	kiun²	kiun²⁴	菫僅槿謹
giung ＼	giung¹	kiuŋ¹	kiuŋ⁵³	弓芎供穹拱宮恭躬
giung ✓	giung²	kiuŋ²	kiuŋ²⁴	鞏
giung ∨	giung³	kiuŋ³	kiuŋ¹¹	供降
go ＼	go¹	ko¹	ko⁵³	孤哥高歌膏糕
go ✓	go²	ko²	ko²⁴	果裹稿
go ∨	go³	ko³	ko¹¹	告過
go	go⁵	ko⁵	ko⁵⁵	糊
god	god⁴	kot⁴	kot⁵	割葛

gog	gog⁴	kok⁴	kok⁵	各角郭榷閣擱覺
goi ＼	goi¹	koi¹	koi⁵³	該頦
goi ／	goi²	koi²	koi²⁴	改
goi ∨	goi³	koi³	koi¹¹	蓋
goi	goi⁵	koi⁵	koi⁵⁵	醢
gon ＼	gon¹	kon¹	kon⁵³	干杆肝官竿乾棺菅觀
gon ／	gon²	kon²	kon²⁴	桿稈管趕館
gon ∨	gon³	kon³	kon¹¹	冠貫幹盥灌罐
gong ＼	gong¹	koŋ¹	koŋ⁵³	光扛江岡缸剛胱崗綱
gong ／	gong²	koŋ²	koŋ²⁴	港廣講
gong ∨	gong³	koŋ³	koŋ¹¹	降槓鋼
gong	gong⁵	koŋ⁵	koŋ⁵⁵	晃笓
gu ＼	gu¹	ku¹	ku⁵³	估佝姑孤蛄辜菇傴鴣
gu ／	gu²	ku²	ku²⁴	古股牯鼓
gu ∨	gu³	ku³	ku¹¹	固故雇顧
gua ＼	gua¹	kua¹	kua⁵³	瓜
gua ／	gua²	kua²	kua²⁴	剮寡
gua ∨	gua³	kua³	kua¹¹	卦掛
guad	guad⁴	kuat⁴	kuat⁵	刮括
guad ＼	guad⁸	kuat⁸	kuat²	鴰
guag ＼	guag⁸	kuak⁸	kuak²	硈
guai ＼	guai¹	kuai¹	kuai⁵³	乖
guai ／	guai²	kuai²	kuai²⁴	拐枴
guai ∨	guai³	kuai³	kuai¹¹	怪
guan ＼	guan¹	kuan¹	kuan⁵³	綸關
guan ∨	guan³	kuan³	kuan¹¹	慣
guang ／	guang²	kuaŋ²	kuaŋ²⁴	梗脛
gud	gud⁴	kut⁴	kut⁵	骨
gued	gued⁴	kuet⁴	kuet⁵	國
gued ＼	gued⁸	kuet⁸	kuet²	蟈

guen ✓	guen²	kuen²	kuen²⁴	迥耿
gug	gug⁴	kuk⁴	kuk⁵	谷穀斛鵠
gui ↘	gui¹	kui¹	kui⁵³	皈規閨龜鮭歸
gui ✓	gui²	kui²	kui²⁴	軌鬼
gui ∨	gui³	kui³	kui¹¹	季癸桂貴瑰
gun ✓	gun²	kun²	kun²⁴	袞滾
gun ∨	gun³	kun³	kun¹¹	棍
gung ↘	gung¹	kuŋ¹	kuŋ⁵³	工公功攻蚣
gung ∨	gung³	kuŋ³	kuŋ¹¹	貢
ha ↘	ha¹	ha¹	ha⁵³	下
ha	ha⁵	ha⁵	ha⁵⁵	蛤遐蝦霞
ha+	ha⁷	ha⁷	ha³³	下夏廈
hab ↘	hab⁸	hap⁸	hap²	合狹盒闔
had	had⁴	hat⁴	hat⁵	瞎
hag	hag⁴	hak⁴	hak⁵	客赫嚇
hai ↘	hai¹	hai¹	hai⁵³	溪咍
hai ✓	hai²	hai²	hai²⁴	械懈蟹
hai	hai⁵	hai⁵	hai⁵⁵	偕鞋諧骸
ham ↘	ham¹	ham¹	ham⁵³	憨
ham ∨	ham³	ham³	ham¹¹	喊
ham	ham⁵	ham⁵	ham⁵⁵	含唅涵銜蓾鹹
ham+	ham⁷	ham⁷	ham³³	陷憾
han ✓	han²	han²	han²⁴	罕蜆
han	han⁵	han⁵	han⁵⁵	閒還
han+	han⁷	han⁷	han³³	限莧
hang ↘	hang¹	haŋ¹	haŋ⁵³	坑
hang	hang⁵	haŋ⁵	haŋ⁵⁵	行桁
hau ↘	hau¹	hau¹	hau⁵³	皓
hau ✓	hau²	hau²	hau²⁴	效
hau ∨	hau³	hau³	hau¹¹	好孝

hau	hau⁵	hau⁵	hau⁵⁵	餚	
he ＼	he¹	he¹	he⁵³	嘿	
he ∨	he³	he³	he¹¹	係	
hed	hed⁴	het⁴	het⁵	劾核黑	
hem ＼	hem¹	hem¹	hem⁵³	喊	
hen ✓	hen²	hen²	hen²⁴	肯	
hen	hen⁵	hen⁵	hen⁵⁵	狠恒緪	
hen+	hen⁷	hen⁷	hen³³	杏幸恨行	
heu ✓	heu²	heu²	heu²⁴	口	
heu	heu⁵	heu⁵	heu⁵⁵	喉猴	
heu+	heu⁷	heu⁷	heu³³	后厚後候	
hi ＼	hi¹	hi¹	hi⁵³	希稀虛嬉稽羲禧擤犧	
hi ✓	hi²	hi²	hi²⁴	起許喜	
hi ∨	hi³	hi³	hi¹¹	去汽氣棄器戲繫	
hiab ＼	hiab⁸	hiap⁸	hiap²	協俠峽挾脅嗋	
hiam ＼	hiam¹	hiam¹	hiam⁵³	馦	
hiam ✓	hiam²	hiam²	hiam²⁴	險	
hiam	hiam⁵	hiam⁵	hiam⁵⁵	嫌	
hiau ＼	hiau¹	hiau¹	hiau⁵³	梟	
hiau ✓	hiau²	hiau²	hiau²⁴	曉	
hiau	hiau⁵	hiau⁵	hiau⁵⁵	姣	
hib	hib⁴	hip⁴	hip⁵	翕	
hied	hied⁴	hiet⁴	hiet⁵	血歇蠍	
hied ＼	hied⁸	hiet⁸	hiet²	穴	
hien ＼	hien¹	hien¹	hien⁵³	掀	
hien ✓	hien²	hien²	hien²⁴	憲顯	
hien	hien⁵	hien⁵	hien⁵⁵	玄弦旋絃賢懸	
hien+	hien⁷	hien⁷	hien³³	現獻	
him ∨	him³	him³	him¹¹	翕興	
hin ＼	hin¹	hin¹	hin⁵³	鋅興	

hin	hin⁵	hin⁵	hin⁵⁵	刑形型
hio ˋ	hio¹	hio¹	hio⁵³	靴
hiong ˋ	hiong¹	hioŋ¹	hioŋ⁵³	香鄉
hiong ˊ	hiong²	hioŋ²	hioŋ²⁴	享餉響
hiong ˇ	hiong³	hioŋ³	hioŋ¹¹	向
hiu ˋ	hiu¹	hiu¹	hiu⁵³	丘休
hiu ˊ	hiu²	hiu²	hiu²⁴	朽
hiug	hiug⁴	hiuk⁴	hiuk⁵	畜
hiun ˋ	hiun¹	hiun¹	hiun⁵³	欣
hiun ˇ	hiun³	hiun³	hiun¹¹	訓
hiun	hiun⁵	hiun⁵	hiun⁵⁵	痕
hiung ˋ	hiung¹	hiuŋ¹	hiuŋ⁵³	凶兄兇洶胸
hiung	hiung⁵	hiuŋ⁵	hiuŋ⁵⁵	雄
ho ˋ	ho¹	ho¹	ho⁵³	呵耗
ho ˊ	ho²	ho²	ho²⁴	好
ho	ho⁵	ho⁵	ho⁵⁵	何河毫荷笴豪壕蠔
ho+	ho⁷	ho⁷	ho³³	賀號
hod	hod⁴	hot⁴	hot⁵	喝渴嚇轄
hog	hog⁴	hok⁴	hok⁵	涸穀熇
hog ˋ	hog⁸	hok⁸	hok²	學鶴
hoi ˊ	hoi²	hoi²	hoi²⁴	海
hoi	hoi⁵	hoi⁵	hoi⁵⁵	頦
hoi+	hoi⁷	hoi⁷	hoi³³	亥害
hon ˋ	hon¹	hon¹	hon⁵³	旱
hon ˇ	hon³	hon³	hon¹¹	捍焊漢翰
hon	hon⁵	hon⁵	hon⁵⁵	寒韓
hon+	hon⁷	hon⁷	hon³³	汗銲
hong ˋ	hong¹	hoŋ¹	hoŋ⁵³	糠
hong	hong⁵	hoŋ⁵	hoŋ⁵⁵	行降航
hong+	hong⁷	hoŋ⁷	hoŋ³³	巷項

iau ＼	iau¹	iau¹	iau⁵³	枵
ka ∨	ka³	k'a³	k'a¹¹	較
ka	ka⁵	k'a⁵	k'a⁵⁵	卡
kab	kab⁴	k'ap⁴	k'ap⁵	恰洽闔
kab ＼	kab⁸	k'ap⁸	k'ap²	磕
kad	kad⁴	k'at⁴	k'at⁵	刻苛
kam ＼	kam¹	k'am¹	k'am⁵³	勘龕
kam ∕	kam²	k'am²	k'am²⁴	礛
kam ∨	kam³	k'am³	k'am¹¹	坎
kan ＼	kan¹	k'an¹	k'an⁵³	刊
kang ∨	kang³	k'aŋ³	k'aŋ¹¹	控
kau ＼	kau¹	k'au¹	k'au⁵³	拷尻
kau ∕	kau²	k'au²	k'au²⁴	考拷烤銬
kau ∨	kau³	k'au³	k'au¹¹	敲
ki ＼	ki¹	k'i¹	k'i⁵³	巨拒區欺攲嶇趨驅驅距企
ki ∕	ki²	k'i²	k'i²⁴	具豈啓
ki	ki⁵	k'i⁵	k'i⁵⁵	岐其奇期棋渠旗蜞騎鰭祈
ki+	ki⁷	k'i⁷	k'i³³	忌具柿俱懼
kia	kia⁵	k'ia⁵	k'ia⁵⁵	擎
kiab	kiab⁴	k'iap⁴	k'iap⁵	怯
kiab ＼	kiab⁸	k'iap⁸	k'iap²	挾
kiag	kiag⁴	k'iak⁴	k'iak⁵	劇
kiag ＼	kiag⁸	k'iak⁸	k'iak²	屐
kiam ＼	kiam¹	k'iam¹	k'iam⁵³	謙槏
kiam ∨	kiam³	k'iam³	k'iam¹¹	欠歉
kiam	kiam⁵	k'iam⁵	k'iam⁵⁵	鉗
kiam+	kiam⁷	k'iam⁷	k'iam³³	儉
kiang ＼	kiang¹	k'iaŋ¹	k'iaŋ⁵³	輕
kiang ∨	kiang³	k'iaŋ³	k'iaŋ¹¹	慶
kiang	kiang⁵	k'iaŋ⁵	k'iaŋ⁵⁵	鐯

kiau ＼	kiau¹	k'iau¹	k'iau⁵³	蹺
kiau ╱	kiau²	k'iau²	k'iau²⁴	巧
kiau ∨	kiau³	k'iau³	k'iau¹¹	撬竅翹
kiau	kiau⁵	k'iau⁵	k'iau⁵⁵	僑橋
kiau+	kiau⁷	k'iau⁷	k'iau³³	轎
kib	kib⁴	k'ip⁴	k'ip⁵	吸泣級笈
kib ＼	kib⁸	k'ip⁸	k'ip²	及汲岌
kid ＼	kid⁸	k'it⁸	k'it²	矻極
kie ∨	kie³	k'ie³	k'ie¹¹	契喫
kied	kied⁴	k'iet⁴	k'iet⁵	乞吃克刻缺
kied ＼	kied⁸	k'iet⁸	k'iet²	傑撅蹶
kien ＼	kien¹	k'ien¹	k'ien⁵³	圈牽傾
kien ╱	kien²	k'ien²	k'ien²⁴	犬奍倦頃遣墾懇譴
kien ∨	kien³	k'ien³	k'ien¹¹	綮敁勸
kien	kien⁵	k'ien⁵	k'ien⁵⁵	拳虔乾凝權
kien+	kien⁷	k'ien⁷	k'ien³³	件健鍵
kieu ＼	kieu¹	k'ieu¹	k'ieu⁵³	箍鬮
kieu ╱	kieu²	k'ieu²	k'ieu²⁴	口
kieu ∨	kieu³	k'ieu³	k'ieu¹¹	叩扣寇
kim ＼	kim¹	k'im¹	k'im⁵³	矜欽
kim	kim⁵	k'im⁵	k'im⁵⁵	琴禽擒
kim+	kim⁷	k'im⁷	k'im³³	撳
kin ＼	kin¹	k'in¹	k'in⁵³	胗卿氫傾輕
kin ╱	kin²	k'in²	k'in²⁴	罄
kin ∨	kin³	k'in³	k'in¹¹	觔慶
kin	kin⁵	k'in⁵	k'in⁵⁵	鏗
kin+	kin⁷	k'in⁷	k'in³³	競
kio	kio⁵	k'io⁵	k'io⁵⁵	茄瘸
kiong ＼	kiong¹	k'ioŋ¹	k'ioŋ⁵³	框眶腔
kiong	kiong⁵	k'ioŋ⁵	k'ioŋ⁵⁵	強

kiu ˋ	kiu¹	k'iu¹	k'iu⁵³	臼坵舅
kiu ╱	kiu²	k'iu²	k'iu²⁴	揪
kiu	kiu⁵	k'iu⁵	k'iu⁵⁵	求毬球裘
kiu+	kiu⁷	k'iu⁷	k'iu³³	舊
kiud	kiud⁴	k'iut⁴	k'iut⁵	屈
kiug	kiug⁴	k'iuk⁴	k'iuk⁵	曲菊鞠麴
kiug ˋ	kiug⁸	k'iuk⁸	k'iuk²	局跼
kiun ˋ	kiun¹	k'iun¹	k'iun⁵³	近
kiun	kiun⁵	k'iun⁵	k'iun⁵⁵	芹菌勤群裙瓊
kiun+	kiun⁷	k'iun⁷	k'iun³³	近
kiung ˋ	kiung¹ ˋ	k'iuŋ¹	k'iuŋ⁵³	宮
kiung ╱	kiung²	k'iuŋ²	k'iuŋ²⁴	恐
kiung	kiung⁵	k'iuŋ⁵	k'iuŋ⁵⁵	窮
kiung+	kiung⁷	k'iuŋ⁷	k'iuŋ³³	共虹
ko ˋ	ko¹	k'o¹	k'o⁵³	戈科窠
ko ╱	ko²	k'o²	k'o²⁴	可
ko ˅	ko³	k'o³	k'o¹¹	犒課靠
kog	kog⁴	k'ok⁴	k'ok⁵	恪確擴
kog ˋ	kog⁸	k'ok⁸	k'ok²	确
koi ˋ	koi¹	k'oi¹	k'oi⁵³	開
koi ╱	koi²	k'oi²	k'oi²⁴	慨溉愾楷概
kon ˋ	kon¹	k'on¹	k'on⁵³	寬
kon ˅	kon³	k'on³	k'on¹¹	看
kong ˋ	kong¹	k'oŋ¹	k'oŋ⁵³	康
kong ╱	kong²	k'oŋ²	k'oŋ²⁴	抗況礦
kong ˅	kong³	k'oŋ³	k'oŋ¹¹	伉抗囥壙爌曠
kong	kong⁵	k'oŋ⁵	k'oŋ⁵⁵	狂
ku ˋ	ku¹	k'u¹	k'u⁵³	枯箍
ku ╱	ku²	k'u²	k'u²⁴	苦
ku ˅	ku³	k'u³	k'u¹¹	庫

ku	ku^{5}	k'u^{5}	k'u^{55}	跍
kua ˋ	kua^{1}	k'ua^{1}	k'ua^{53}	誇跨
kua ˊ	kua^{2}	k'ua^{2}	k'ua^{24}	桍
kuag	kuag^{4}	k'uak^{4}	k'uak^{5}	榼
kuai ˇ	kuai^{3}	k'uai^{3}	k'uai^{11}	快塊檜
kuai	kuai^{5}	k'uai^{5}	k'uai^{55}	劊
kuai+	kuai^{7}	k'uai^{7}	k'uai^{33}	筷
kuan ˋ	kuan^{1}	k'uan^{1}	k'uan^{53}	環
kuan ˊ	kuan^{2}	k'uan^{2}	k'uan^{24}	款
kuan	kuan^{5}	k'uan^{5}	k'uan^{55}	圜環
kuan+	kuan^{7}	k'uan^{7}	k'uan^{33}	擐
kud ˋ	kud^{8}	k'ut^{8}	k'ut^{2}	屈矻掘
kug ˋ	kug^{8}	k'uk^{8}	k'uk^{2}	酷
kui ˋ	kui^{1}	k'ui^{1}	k'ui^{53}	恢虧
kui ˊ	kui^{2}	k'ui^{2}	k'ui^{24}	跪餽
kui ˇ	kui^{3}	k'ui^{3}	k'ui^{11}	愧潰聵
kui	kui^{5}	k'ui^{5}	k'ui^{55}	揆葵睽
kui+	kui^{7}	k'ui^{7}	k'ui^{33}	櫃
kun ˋ	kun^{1}	k'un^{1}	k'un^{53}	坤昆
kun ˊ	kun^{2}	k'un^{2}	k'un^{24}	捆
kun ˇ	kun^{3}	k'un^{3}	k'un^{11}	困睏
kung ˋ	kung^{1}	k'uŋ^{1}	k'uŋ^{53}	空
kung ˊ	kung^{2}	k'uŋ^{2}	k'uŋ^{24}	孔硿
kung ˇ	kung^{3}	k'uŋ^{3}	k'uŋ^{11}	空控
la ˋ	la^{1}	la^{1}	la^{53}	啦
la ˊ	la^{2}	la^{2}	la^{24}	垃
la ˇ	la^{3}	la^{3}	la^{11}	鎒
la+	la^{7}	la^{7}	la^{33}	鎒
lab	lab^{4}	lap^{4}	lap^{5}	塌落
lab ˋ	lab^{8}	lap^{8}	lap^{2}	拉臘邋蠟

lad	lad⁴	lat⁴	lat⁵	烈瘌
lad ⟍	lad⁸	lat⁸	lat²	列剌辣
lag	lag⁴	lak⁴	lak⁵	壢瀝壢
lag ⟍	lag⁸	lak⁸	lak²	曆
lai ⟍	lai¹	lai¹	lai⁵³	拉
lai ⟋	lai²	lai²	lai²⁴	睞
lai ⋁	lai³	lai³	lai¹¹	賴癩
lai	lai⁵	lai⁵	lai⁵⁵	犁
lai+	lai⁷	lai⁷	lai³³	賴籟
lam ⟋	lam²	lam²	lam²⁴	濫覽攬欖纜
lam	lam⁵	lam⁵	lam⁵⁵	楠藍籃襤纜
lam+	lam⁷	lam⁷	lam³³	濫覽
lan ⟍	lan¹	lan¹	lan⁵³	涎
lan	lan⁵	lan⁵	lan⁵⁵	闌攔瀾欄蘭欒蘭鑾
lan+	lan⁷	lan⁷	lan³³	亂爛
lang ⟍	lang¹	laŋ¹	laŋ⁵³	冷
lang	lang⁵	laŋ⁵	laŋ⁵⁵	伶零鈴
lau ⟍	lau¹	lau¹	lau⁵³	遶
lau ⋁	lau³	lau³	lau¹¹	落
lau	lau⁵	lau⁵	lau⁵⁵	流潦
leb	leb⁴	lep⁴	lep⁵	垃
led ⟍	led⁸	let⁸	let²	勒歷
leu ⋁	leu³	leu³	leu¹¹	嘍
leu	leu⁵	leu⁵	leu⁵⁵	摟撈樓螻
leu+	leu⁷	leu⁷	leu³³	陋漏鏤
li ⟍	li¹	li¹	li⁵³	呂里侶俚旅理裡履鋁禮鯉體
li ⟋	li²	li²	li²⁴	李荔蠡
li	li⁵	li⁵	li⁵⁵	狸梨璃釐離籬驢
li+	li⁷	li⁷	li³³	吏利例俐唳莉痢厲勵隸濾麗儷慮
lia ⟋	lia²	lia²	lia²⁴	這

liab ˋ	liab⁸	liap⁸	liap²	粒獵躐
liam ˇ	liam³	liam³	liam¹¹	斂
liam	liam⁵	liam⁵	liam⁵⁵	廉簾鐮
liam+	liam⁷	liam⁷	liam³³	殮
liang ˋ	liang¹	liaŋ¹	liaŋ⁵³	領嶺
liang	liang⁵	liaŋ⁵	liaŋ⁵⁵	鈴
liang+	liang⁷	liaŋ⁷	liaŋ³³	令
liau ˋ	liau¹	liau¹	liau⁵³	簝鐐
liau ˊ	liau²	liau²	liau²⁴	了
liau ˇ	liau³	liau³	liau¹¹	鷯
liau	liau⁵	liau⁵	liau⁵⁵	聊僚寮撩獠遼療瞭
liau+	liau⁷	liau⁷	liau³³	料
lib	lib⁴	lip⁴	lip⁵	笠
lib ˋ	lib⁸	lip⁸	lip²	立
lid	lid⁴	lit⁴	lit⁵	捩
lid ˋ	lid⁸	lit⁸	lit²	力栗率歷瀝礫靂
lied ˋ	lied⁸	liet⁸	liet²	列烈裂
lien	lien⁵	lien⁵	lien⁵⁵	連漣憐蓮槤聯鰱攣
lien+	lien⁷	lien⁷	lien³³	楝煉練輦鍊鏈戀
lim ˋ	lim¹	lim¹	lim⁵³	臨
lim ˊ	lim²	lim²	lim²⁴	凜
lim	lim⁵	lim⁵	lim⁵⁵	林淋霖臨
lim+	lim⁷	lim⁷	lim³³	蔭
lin ˋ	lin¹	lin¹	lin⁵³	輪鱗
lin ˇ	lin³	lin³	lin¹¹	輪
lin	lin⁵	lin⁵	lin⁵⁵	苓凌羚聆陵零鄰遴齡鱗靈
lin+	lin⁷	lin⁷	lin³³	令
liog ˋ	liog⁸	liok⁸	liok²	掠略
liong ˋ	liong¹	lioŋ¹	lioŋ⁵³	兩
liong ˊ	liong²	lioŋ²	lioŋ²⁴	兩倆

liong	liong^5	lioŋ^5	lioŋ^{55}	良梁涼量樑輬糧
liong+	liong^7	lioŋ^7	lioŋ^{33}	亮量諒
＼	liu^1	liu^1	liu^{53}	柳溜
liu ／	liu^2	liu^2	liu^{24}	柳
liu ∨	liu^3	liu^3	liu^{11}	溜罶
liu	liu^5	liu^5	liu^{55}	流留硫溜榴劉瘤瀏鰡
liug	liug^4	liuk^4	liuk^5	六
liug ＼	liug^8	liuk^8	liuk^2	陸氯綠錄
liung ＼	liung^1	liuŋ^1	liuŋ^{53}	壟
liung	liung^5	liuŋ^5	liuŋ^{55}	龍
liung+	liung^7	liuŋ^7	liuŋ^{33}	壟
lo ＼	lo^1	lo^1	lo^{53}	拉
lo ／	lo^2	lo^2	lo^{24}	老佬潦
lo	lo^5	lo^5	lo^{55}	牢勞腡癆螺羅蘿邏籮鑼
lod	lod^4	lot^4	lot^5	劣
lod ＼	lod^8	lot^8	lot^2	捋
log	log^4	lok^4	lok^5	絡
log ＼	log^8	lok^8	lok^2	洛絡落酪犖樂駱
loi	loi^5	loi^5	loi^{55}	來徠
lon ／	lon^2	lon^2	lon^{24}	卵
lon+	lon^7	lon^7	lon^{33}	亂
long ＼	long^1	loŋ^1	loŋ^{53}	囒
long	long^5	loŋ^5	loŋ^{55}	郎狼廊榔螂鋃
long+	long^7	loŋ^7	loŋ^{33}	朗浪禓
lu ＼	lu^1	lu^1	lu^{53}	鹵滷魯鎓
lu ∨	lu^3	lu^3	lu^{11}	露鑥
lu	lu^5	lu^5	lu^{55}	擄廬爐蘆顱鱸
lu+	lu^7	lu^7	lu^{33}	路鷺
lud ＼	lud^8	lut^8	lut^2	律
lug	lug^4	luk^4	luk^5	碌祿摝

lug ↘	lug⁸	luk⁸	luk²	鹿碌祿燶
lui ╱	lui²	lui²	lui²⁴	累蕊縷樓壘
lui	lui⁵	lui⁵	lui⁵⁵	雷擂
lui+	lui⁷	lui⁷	lui³³	累銇類淚
lun ↘	lun¹	lun¹	lun⁵³	棆
lun	lun⁵	lun⁵	lun⁵⁵	侖倫淪論輪
lun+	lun⁷	lun⁷	lun³³	論
lung ↘	lung¹	luŋ¹	luŋ⁵³	籠聾
lung ╱	lung²	luŋ²	luŋ²⁴	攏籠
lung	lung⁵	luŋ⁵	luŋ⁵⁵	隆窿礱籠
m	m⁵	m⁵	m⁵⁵	毋
ma ↘	ma¹	ma¹	ma⁵³	馬媽瑪碼螞
ma ╱	ma²	ma²	ma²⁴	麼
ma ∨	ma³	ma³	ma¹¹	罵
ma	ma⁵	ma⁵	ma⁵⁵	麻媽痲蟆
mad	mad⁴	mat⁴	mat⁵	抹襪
mad ↘	mad⁸	mat⁸	mat²	末茉
mag	mag⁴	mak⁴	mak⁵	脈麼
mag ↘	mag⁸	mak⁸	mak²	麥
mai ↘	mai¹	mai¹	mai⁵³	買
mai	mai⁵	mai⁵	mai⁵⁵	埋霾
mai+	mai⁷	mai⁷	mai³³	賣
man ↘	man¹	man¹	man⁵³	滿
man	man⁵	man⁵	man⁵⁵	瞞鰻蠻
man+	man⁷	man⁷	man³³	慢漫謾
mang ↘	mang¹	maŋ¹	maŋ⁵³	虻猛
mang ╱	mang²	maŋ²	maŋ²⁴	莽蜢蟒
mang	mang⁵	maŋ⁵	maŋ⁵⁵	明龐□
mau ↘	mau¹	mau¹	mau⁵³	卯
mau	mau⁵	mau⁵	mau⁵⁵	矛茅錨

mau+	mau⁷	mau⁷	mau³³	貌
me ＼	me¹	me¹	me⁵³	姆
med	med⁴	met⁴	met⁵	搣
med ＼	med⁸	met⁸	met²	密覓蜜蔑墨默篾巇
men ∕	men²	men²	men²⁴	敏猛恟憫
men	men⁵	men⁵	men⁵⁵	盟銘
men+	men⁷	men⁷	men³³	孟錳
meu	meu⁵	meu⁵	meu⁵⁵	牟謀
meu+	meu⁷	meu⁷	meu³³	牡茂貿
mi ＼	mi¹	mi¹	mi⁵³	美密瞇
mi ∕	mi²	mi²	mi²⁴	米
mi	mi⁵	mi⁵	mi⁵⁵	抹眉迷嵋微楣彌糜薇謎麋獼
mi+	mi⁷	mi⁷	mi³³	汨媚
mia ＼	mia¹	mia¹	mia⁵³	摸
miang	miang⁵	miaŋ⁵	miaŋ⁵⁵	名
miang+	miang⁷	miaŋ⁷	miaŋ³³	命
miau ∕	miau²	miau²	miau²⁴	杳秒藐
miau	miau⁵	miau⁵	miau⁵⁵	苗描
miau+	miau⁷	miau⁷	miau³³	妙廟
mied ＼	mied⁸	miet⁸	miet²	滅
mien ＼	mien¹	mien¹	mien⁵³	免勉敏
mien ∕	mien²	mien²	mien²⁴	緬
mien ∨	mien³	mien³	mien¹¹	面
mien	mien⁵	mien⁵	mien⁵⁵	棉綿
mien+	mien⁷	mien⁷	mien³³	麵
min	min⁵	min⁵	min⁵⁵	民明眠鳴
min+	min⁷	min⁷	min³³	命
miong ∕	miong²	mioŋ²	mioŋ²⁴	網
miong	miong⁵	mioŋ⁵	mioŋ⁵⁵	芒
mo ＼	mo¹	mo¹	mo⁵³	毛盲摸髦魔

mo	mo⁵	mo⁵	mo⁵⁵	無摩磨
mo+	mo⁷	mo⁷	mo³³	冒帽磨
mog	mog⁴	mok⁴	mok⁵	募寞幕
mog ＼	mog⁸	mok⁸	mok²	莫漠膜
moi ∨	moi³	moi³	moi¹¹	妹
moi	moi⁵	moi⁵	moi⁵⁵	玫梅脢媒煤糜黴
mong ✓	mong²	moŋ²	moŋ²⁴	罔
mong	mong⁵	moŋ⁵	moŋ⁵⁵	亡忙芒盲茫魍
mong+	mong⁷	moŋ⁷	moŋ³³	妄忘望墓
mu ＼	mu¹	mu¹	mu⁵³	母
mu ∨	mu³	mu³	mu¹¹	務墓慕暮
mu	mu⁵	mu⁵	mu⁵⁵	巫誣摩模
mud	mud⁴	mut⁴	mut⁵	歿
mud ＼	mud⁸	mut⁸	mut²	沒
mug	mug⁴	muk⁴	muk⁵	木目沐苜穆
mug ＼	mug⁸	muk⁸	muk²	牧睦
mui ＼	mui¹	mui¹	mui⁵³	尾美
mui	mui⁵	mui⁵	mui⁵⁵	枚微薇
mui+	mui⁷	mui⁷	mui³³	味昧寐
mun ＼	mun¹	mun¹	mun⁵³	蚊
mun ∨	mun³	mun³	mun¹¹	問
mun	mun⁵	mun⁵	mun⁵⁵	門捫
mun+	mun⁷	mun⁷	mun³³	悶
mung ✓	mung²	muŋ²	muŋ²⁴	懵
mung	mung⁵	muŋ⁵	muŋ⁵⁵	蒙濛朦矇
mung+	mung⁷	muŋ⁷	muŋ³³	夢
na ＼	na¹	na¹	na⁵³	拿
na	na⁵	na⁵	na⁵⁵	林
na+	na⁷	na⁷	na³³	若
nab ＼	nab⁸	nap⁸	nap²	納

nag	nag⁴	nak⁴	nak⁵	暱
nag ＼	nag⁸	nak⁸	nak²	捺
nai ＼	nai¹	nai¹	nai⁵³	嬭
nai	nai⁵	nai⁵	nai⁵⁵	泥
nai+	nai⁷	nai⁷	nai³³	奈耐
nam ╱	nam²	nam²	nam²⁴	攬
nam ∨	nam³	nam³	nam¹¹	濫
nam	nam⁵	nam⁵	nam⁵⁵	男南喃腩
nan ＼	nan¹	nan¹	nan⁵³	懶
nan	nan⁵	nan⁵	nan⁵⁵	難
nan+	nan⁷	nan⁷	nan³³	難
nang ∨	nang³	naŋ³	naŋ¹¹	躘
nang+	nang⁷	naŋ⁷	naŋ³³	另
nau ＼	nau¹	nau¹	nau⁵³	惱
nau ╱	nau²	nau²	nau²⁴	撓
nau ∨	nau³	nau³	nau¹¹	惱
nau+	nau⁷	nau⁷	nau³³	鬧
ne ＼	ne¹	ne¹	ne⁵³	餒
ne ∨	ne³	ne³	ne¹¹	系膩
ned	ned⁴	net⁴	net⁵	笍捏
nem ＼	nem¹	nem¹	nem⁵³	淰
nem	nem⁵	nem⁵	nem⁵⁵	脲
nen ∨	nen³	nen³	nen¹¹	奶乳
nen	nen⁵	nen⁵	nen⁵⁵	能寧嚀
neu ＼	neu¹	neu¹	neu⁵³	撓
neu ╱	neu²	neu²	neu²⁴	紐鈕
neu	neu⁵	neu⁵	neu⁵⁵	醸
ng ╱	ng²	ŋ²	ŋ²⁴	女五午伍忤
ng	ng⁵	ŋ⁵	ŋ⁵⁵	吳梧魚蜈漁
nga ╱	nga²	ŋa²	ŋa²⁴	瓦雅

nga	nga⁵	ŋa⁵	ŋa⁵⁵	牙吾兒芽衙倪
ngab ＼	ngab⁸	ŋap⁸	ŋap²	磕
ngad	ngad⁴	ŋat⁴	ŋat⁵	礙
ngad ＼	ngad⁸	ŋat⁸	ŋat²	齧
ngai ∨	ngai³	ŋai³	ŋai¹¹	哎礙
ngai	ngai⁵	ŋai⁵	ŋai⁵⁵	崖涯巖
ngai+	ngai⁷	ŋai⁷	ŋai³³	耐
ngam ＼	ngam¹	ŋam¹	ŋam⁵³	頷
ngam	ngam⁵	ŋam⁵	ŋam⁵⁵	岩癌巖
ngan ＼	ngan¹	ŋan¹	ŋan⁵³	研
ngan ∕	ngan²	ŋan²	ŋan²⁴	眼
ngan ∨	ngan³	ŋan³	ŋan¹¹	岸
ngang+	ngang⁷	ŋaŋ⁷	ŋaŋ³³	硬
ngau ＼	ngau¹	ŋau¹	ŋau⁵³	咬
ngau	ngau⁵	ŋau⁵	ŋau⁵⁵	熬遨螯鰲
ngau+	ngau⁷	ŋau⁷	ŋau³³	傲
ngi ＼	ngi¹	ŋi¹	ŋi⁵³	語議
ngi ∕	ngi²	ŋi²	ŋi²⁴	耳餌邇
ngi	ngi⁵	ŋi⁵	ŋi⁵⁵	你宜愚虞疑儀誼擬倪
ngi +	ngi⁷	ŋi⁷	ŋi³³	禦二寓義詣遇毅藝議
ngia	ngia¹	ŋia¹	ŋia⁵³	惹
ngia	ngia¹	ŋia⁵	ŋia⁵⁵	若
ngiab	ngiab⁴	ŋiap⁴	ŋiap⁵	凹攝
ngiab ＼	ngiab⁸	ŋiap⁸	ŋiap²	業
ngiag	ngiag⁴	ŋiak⁴	ŋiak⁵	額
ngiag ＼	ngiag⁸	ŋiak⁸	ŋiak²	逆孽
ngiam ＼	ngiam¹	ŋiam¹	ŋiam⁵³	拈瞼
ngiam	ngiam⁵	ŋiam⁵	ŋiam⁵⁵	閻黏嚴釅
ngiam+	ngiam⁷	ŋiam⁷	ŋiam³³	廿念染捻驗唸
ngiang	ngiang⁵	ŋiaŋ⁵	ŋiaŋ⁵⁵	迎

ngiang+	ngiang^7	ŋiaŋ^7	ŋiaŋ^{33}	硬
ngiau ＼	ngiau^1	ŋiau^1	ŋiau^{53}	藕
ngiau ∨	ngiau^3	ŋiau^3	ŋiau^{11}	貓
ngiau	ngiau^5	ŋiau^5	ŋiau^{55}	堯饒
ngiau+	ngiau^7	ŋiau^7	ŋiau^{33}	尿
ngib ＼	ngib^8	ŋip^8	ŋip^2	入
ngid	ngid^4	ŋit^4	ŋit^5	日
ngie ∨	ngie^3	ŋie^3	ŋie^{11}	艾蟻
ngied ＼	ngied^8	ŋiet^8	ŋiet^2	月熱
ngiem ∨	ngiem^3	ŋiem^3	ŋiem^{11}	痷
ngien ╱	ngien^2	ŋien^2	ŋien^{24}	撚
ngien ∨	ngien^3	ŋien^3	ŋien^{11}	雁
ngien	ngien^5	ŋien^5	ŋien^{55}	元年言研原源顏
ngien+	ngien^7	ŋien^7	ŋien^{33}	喭愿諺願
ngieu ╱	ngieu^2	ŋieu^2	ŋieu^{24}	偶
ngim	ngim^5	ŋim^5	ŋim^{55}	吟
ngin	ngin^5	ŋin^5	ŋin^{55}	人
ngin+	ngin^7	ŋin^7	ŋin^{33}	認
ngio ＼	ngio^1	ŋio^1	ŋio^{53}	揉
ngiog	ngiog^4	ŋiok^4	ŋiok^5	虐瘧
ngiog ＼	ngiog^8	ŋiok^8	ŋiok^2	弱
ngion ＼	ngion^1	ŋion^1	ŋion^{53}	軟
ngiong ╱	ngiong^2	ŋioŋ^2	ŋioŋ^{24}	仰
ngiong ∨	ngiong^3	ŋioŋ^3	ŋioŋ^{11}	讓釀
ngiong	ngiong^5	ŋioŋ^5	ŋioŋ^{55}	娘釀
ngiu ╱	ngiu^2	ŋiu^2	ŋiu^{24}	扭
ngiu	ngiu^5	ŋiu^5	ŋiu^{55}	牛
ngiug	ngiug^4	ŋiuk^4	ŋiuk^5	肉
ngiug ＼	ngiug^8	ŋiuk^8	ŋiuk^2	玉獄
ngiun ＼	ngiun^1	ŋiun^1	ŋiun^{53}	忍

ngiun ／	ngiun²	ŋiun²	ŋiun²⁴	刃
ngiun	ngiun⁵	ŋiun⁵	ŋiun⁵⁵	銀齦
ngiun+	ngiun⁷	ŋiun⁷	ŋiun³³	靭
ngiung	ngiung⁵	ŋiuŋ⁵	ŋiuŋ⁵⁵	濃
ngiung+	ngiung⁷	ŋiuŋ⁷	ŋiuŋ³³	禮
ngo ＼	ngo¹	ŋo¹	ŋo⁵³	我
ngo	ngo⁵	ŋo⁵	ŋo⁵⁵	哦娥峨蛾鵝
ngo+	ngo⁷	ŋo⁷	ŋo³³	餓
ngog	ngog⁴	ŋok⁴	ŋok⁵	愕顎
ngog ＼	ngog⁸	ŋok⁸	ŋok²	岳樂嶽鱷
ngoi ＼	ngoi¹	ŋoi¹	ŋoi⁵³	我
ngoi	ngoi⁵	ŋoi⁵	ŋoi⁵⁵	呆獃
ngoi+	ngoi⁷	ŋoi⁷	ŋoi³³	外礙
ngong ＼	ngong¹	ŋoŋ¹	ŋoŋ⁵³	顎
ngong ∨	ngong³	ŋoŋ³	ŋoŋ¹¹	戇
ngu+	ngu⁷	ŋu⁷	ŋu³³	娛悟唔誤
nguan	nguan⁵	ŋuan⁵	ŋuan⁵⁵	玩頑
ngui ／	ngui²	ŋui²	ŋui²⁴	偽
ngui	ngui⁵	ŋui⁵	ŋui⁵⁵	危
ngui+	ngui⁷	ŋui⁷	ŋui³³	魏
ni ∨	ni³	ni³	ni¹¹	蒂膩
ni	ni⁵	ni⁵	ni⁵⁵	尼妮宜誼彌
niau ＼	niau¹	niau¹	niau⁵³	鳥
nid ＼	nid⁸	nit⁸	nit²	匿
ne ∨	ne³	ne³	ne¹¹	膩系
no ／	no²	no²	no²⁴	惱瑙腦
no	no⁵	no⁵	no⁵⁵	挪挼
no+	no⁷	no⁷	no³³	糯
nog ＼	nog⁸	nok⁸	nok²	諾
non ＼	non¹	non¹	non⁵³	暖煖

nong ﹨	nong^1	noŋ^1	noŋ^{53}	瓢
nong	nong^5	noŋ^5	noŋ^{55}	囊
nong+	nong^7	noŋ^7	noŋ^{33}	妄
nu	nu^5	nu^5	nu^{55}	奴
nu+	nu^7	nu^7	nu^{33}	怒
nug	nug^4	nuk^4	nuk^5	蠕
nug ﹨	nug^8	nuk^8	nuk^2	忸
nui+	nui^7	nui^7	nui^{33}	內
nun+	nun^7	nun^7	nun^{33}	嫩
nung	nung^5	nuŋ^5	nuŋ^{55}	農噥濃膿襛
nung+	nung^7	nuŋ^7	nuŋ^{33}	弄
o ﹨	o^1	o^1	o^{53}	阿屙
o ✓	o^2	o^2	o^{24}	襖
o ∨	o^3	o^3	o^{11}	奧
o	o^5	o^5	o^{55}	蚵
od	od^4	ot^4	ot^5	遏
og	og^4	ok^4	ok^5	惡
oi ﹨	oi^1	oi^1	oi^{53}	哀欸
oi ∨	oi^3	oi^3	oi^{11}	愛
on ﹨	on^1	on^1	on^{53}	安鞍
on ∨	on^3	on^3	on^{11}	按案
ong ﹨	ong^1	oŋ^1	oŋ^{53}	央嬰
ong	ong^5	oŋ^5	oŋ^{55}	逛
ou ∨	ou^3	ou^3	ou^{11}	澳
pa ﹨	pa^1	p'a^1	p'a^{53}	划
pa ∨	pa^3	p'a^3	p'a^{11}	帕怕罷
pa	pa^5	p'a^5	p'a^{55}	杷爬耙琶
pad	pad^4	p'at^4	p'at^5	伐潑
pad ﹨	pad^8	p'at^8	p'at^2	拔脖跋鈸潑
pag	pag^4	p'ak^4	p'ak^5	魄

pag ﹨	pag⁸	p'ak⁸	p'ak²	白
pai ∨	pai³	p'ai³	p'ai¹¹	派湃
pai	pai⁵	p'ai⁵	p'ai⁵⁵	排牌棑
pai+	pai⁷	p'ai⁷	p'ai³³	敗稗
pan ﹨	pan¹	p'an¹	p'an⁵³	伴蟠攀
pan ∨	pan³	p'an³	p'an¹¹	盼衿
pan	pan⁵	p'an⁵	p'an⁵⁵	盤攀
pan+	pan⁷	p'an⁷	p'an³³	伴判扮叛辦瓣
pang ∨	pang³	p'aŋ³	p'aŋ¹¹	冇胖
pang	pang⁵	p'aŋ⁵	p'aŋ⁵⁵	彭棚膨
pau ﹨	pau¹	p'au¹	p'au⁵³	拋跑
pau ∨	pau³	p'au³	p'au¹¹	抱泡炮砲暴曝爆
pau	pau⁵	p'au⁵	p'au⁵⁵	刨袍
ped	ped⁴	p'et⁴	p'et⁵	迫
ped ﹨	ped⁸	p'et⁸	p'et²	別帛菢
pen	pen⁵	p'en⁵	p'en⁵⁵	朋堋
pi ﹨	pi¹	p'i¹	p'i⁵³	批披被婢
pi ∕	pi²	p'i²	p'i²⁴	疕
pi ∨	pi³	p'i³	p'i¹¹	屁
pi	pi⁵	p'i⁵	p'i⁵⁵	皮枇疲琵脾
pi+	pi⁷	p'i⁷	p'i³³	被備鼻濞
piag	piag⁴	p'iak⁴	p'iak⁵	癖劈
piang	piang⁵	p'iaŋ⁵	p'iaŋ⁵⁵	平坪瓶澎
piang+	piang⁷	p'iaŋ⁷	p'iaŋ³³	病
piau ﹨	piau¹	p'iau¹	p'iau⁵³	漂標飄
piau ∨	piau³	p'iau³	p'iau¹¹	票漂凜
piau	piau⁵	p'iau⁵	p'iau⁵⁵	浮
pid	pid⁴	p'it⁴	p'it⁵	匹疋僻避闢霹批癖
pid ﹨	pid⁸	p'it⁸	p'it²	蝠
pied	pied⁴	p'iet⁴	p'iet⁵	撇

pied ╲	pied⁸	p'iet⁸	p'iet²	別
pien ╲	pien¹	p'ien¹	p'ien⁵³	扁偏篇
pien ╱	pien²	p'ien²	p'ien²⁴	片
pien ∨	pien³	p'ien³	p'ien¹¹	片遍騙
pien	pien⁵	p'ien⁵	p'ien⁵⁵	便
pien+	pien⁷	p'ien⁷	p'ien³³	便辨辯
pin ╲	pin¹	p'in¹	p'in⁵³	拼乒
pin ╱	pin²	p'in²	p'in²⁴	品聘
pin	pin⁵	p'in⁵	p'in⁵⁵	平屏瓶貧萍評硼憑頻蘋
piog ╲	piog⁸	p'iok⁸	p'iok²	縛
piong ╱	piong²	p'ioŋ²	p'ioŋ²⁴	紡
piong	piong⁵	p'ioŋ⁵	p'ioŋ⁵⁵	房
piu ∨	piu³	p'iu³	p'iu¹¹	漂
po ╲	po¹	p'o¹	p'o⁵³	坡波泡
po ∨	po³	p'o³	p'o¹¹	剖破
po	po⁵	p'o⁵	p'o⁵⁵	浮婆鄱
pog	pog⁴	p'ok⁴	p'ok⁵	拍泊粕
pog ╲	pog⁸	p'ok⁸	p'ok²	泊雹箔薄
poi ╲	poi¹	p'oi¹	p'oi⁵³	坏胚
poi ∨	poi³	p'oi³	p'oi¹¹	沛佩配
poi	poi⁵	p'oi⁵	p'oi⁵⁵	陪賠
poi+	poi⁷	p'oi⁷	p'oi³³	吠背倍焙
pon ╲	pon¹	p'on¹	p'on⁵³	翻
pon+	pon⁷	p'on⁷	p'on³³	飯
pong ╲	pong¹	p'oŋ¹	p'oŋ⁵³	乓碰滂
pong ∨	pong³	p'oŋ³	p'oŋ¹¹	椪膨
pong	pong⁵	p'oŋ⁵	p'oŋ⁵⁵	旁膀蒡
pong+	pong⁷	p'oŋ⁷	p'oŋ³³	磅
pu ╲	pu¹	p'u¹	p'u⁵³	訃圃埔普鋪舖簿
pu ╱	pu²	p'u²	p'u²⁴	甫哺捕脯曝譜

pu ∨	pu³	p'u³	p'u¹¹	布
pu	pu⁵	p'u⁵	p'u⁵⁵	芙釜瓠符脯焴菩葡蒲
pu+	pu⁷	p'u⁷	p'u³³	步部孵
pud	pud⁴	p'ut⁴	p'ut⁵	稃
pud ╲	pud⁸	p'ut⁸	p'ut²	勃涆渤
pug	pug⁴	p'uk⁴	p'uk⁵	仆僕撲樸覆
pug ╲	pug⁸	p'uk⁸	p'uk²	伏鵓
pui ∨	pui³	p'ui³	p'ui¹¹	呸
pui	pui⁵	p'ui⁵	p'ui⁵⁵	肥
pun ╲	pun¹	p'un¹	p'un⁵³	賁
pun ∨	pun³	p'un³	p'un¹¹	噴
pun	pun⁵	p'un⁵	p'un⁵⁵	盆墳歕
pun+	pun⁷	pun⁷	p'un³³	笨
pung ╲	pung¹	p'uŋ¹	p'uŋ⁵³	楓蜂鋒
pung ∨	pung³	p'uŋ³	p'uŋ¹¹	蓬
pung	pung⁵	p'uŋ⁵	p'uŋ⁵⁵	捧篷
pung+	pung⁷	p'uŋ⁷	p'uŋ³³	縫
re ╲	re¹	ʒe¹	ʒe⁵³	弛
re	re⁵	ʒe⁵	ʒe⁵⁵	蝓
re+	re⁷	ʒe⁷	ʒe³³	掖
ri ╲	ri¹	ʒi¹	ʒi⁵³	以衣依與踰醫
ri ╱	ri²	ʒi²	ʒi²⁴	已宇羽雨禹倚椅
ri ∨	ri³	ʒi³	ʒi¹¹	以易異意愈裔裕億諭薏譽懿
ri	ri⁵	ʒi⁵	ʒi⁵⁵	如而乳兒於姨竽寅移愉餘儒頤輿
ri+	ri⁷	ʒi⁷	ʒi³³	預
ria ╲	ria¹	ʒia¹	ʒia⁵³	耶野揶
ria ╱	ria²	ʒia²	ʒia²⁴	扡
ria	ria⁵	ʒia⁵	ʒia⁵⁵	爺
ria+	ria⁷	ʒia⁷	ʒia³³	也夜
riab	riab⁴	ʒiap⁴	ʒiap⁵	腌喑

riab ╲	riab⁸	ȝiap⁸	ȝiap²	頁葉
riad	riad⁴	ȝiat⁴	ȝiat⁵	挖揭
riad ╲	riad⁸	ȝiat⁸	ȝiat²	悅越閱
riag ╲	riag⁸	ȝiak⁸	ȝiak²	搖蝶
riai	riai⁵	ȝiai⁵	ȝiai⁵⁵	椰
riam ╲	riam¹	ȝiam¹	ȝiam⁵³	閹
riam ╱	riam²	ȝiam²	ȝiam²⁴	掩
riam ∨	riam³	ȝiam³	ȝiam¹¹	厭
riam	riam⁵	ȝiam⁵	ȝiam⁵⁵	簷鹽
riam+	riam⁷	ȝiam⁷	ȝiam³³	炎揜焰豔
rian ╲	rian¹	ȝien¹	ȝien⁵³	冤朋淵焉菸煙演駕
rian ╱	rian²	ȝien²	ȝien²⁴	衍遠
rian ∨	rian³	ȝien³	ȝien¹¹	怨宴院燕縣硯
rian	rian⁵	ȝien⁵	ȝien⁵⁵	丸元延沿芫垣員援然園圓猿鉛筵緣燃橼蜒
riang ╲	riang¹	ȝiaŋ¹	ȝiaŋ⁵³	縈
riang ╱	riang²	ȝiaŋ²	ȝiaŋ²⁴	影
riang	riang⁵	ȝiaŋ⁵	ȝiaŋ⁵⁵	營贏
riau ╲	riau¹	ȝiau¹	ȝiau⁵³	夭妖腰邀
riau ╱	riau²	ȝiau²	ȝiau²⁴	舀擾
riau ∨	riau³	ȝiau³	ȝiau¹¹	要曜耀
riau	riau⁵	ȝiau⁵	ȝiau⁵⁵	搖遙窯謠
riau+	riau⁷	ȝiau⁷	ȝiau³³	鷂
rib	rib⁴	ȝip⁴	ȝip⁵	揖
rib ╲	rib⁸	ȝip⁸	ȝip²	熠
rid	rid⁴	ȝit⁴	ȝit⁵	一抑益軼縊
rid ╲	rid⁸	ȝit⁸	ȝit²	役易疫腋逸翼臆譯
rim ╲	rim¹	ȝim¹	ȝim⁵³	姻音陰
rim ╱	rim²	ȝim²	ȝim²⁴	妊飲
rim ∨	rim³	ȝim³	ȝim¹¹	蔭

rim	rim⁵	ʒim⁵	ʒim⁵⁵	淫
rim+	rim⁷	ʒim⁷	ʒim³³	任
rin ˋ	rin¹	ʒʒin¹	ʒʒin⁵³	引因英殷嬰罌櫻
rin ˊ	rin²	ʒin²	ʒin²⁴	穎應
rin ˇ	rin³	ʒin³	ʒin¹¹	印彻應
rin	rin⁵	ʒin⁵	ʒin⁵⁵	仁仍盈螢營蠅縈
riog	riog⁴	ʒiok⁴	ʒiok⁵	約躍
riog ˋ	riog⁸	ʒiok⁸	ʒiok²	若浴藥
riong ˋ	riong¹	ʒioŋ¹	ʒioŋ⁵³	央殃秧養鴦癢
riong	riong⁵	ʒioŋ⁵	ʒioŋ⁵⁵	羊洋氧揚陽楊瘍
riong+	riong⁷	ʒioŋ⁷	ʒioŋ³³	漾樣
riu ˋ	riu¹	ʒiu¹	ʒiu⁵³	友有幽悠憂優
riu ˊ	riu²	ʒiu²	ʒiu²⁴	誘
riu ˇ	riu³	ʒiu³	ʒiu¹¹	幼
riu	riu⁵	ʒiu⁵	ʒiu⁵⁵	尤由油柔悠游猶郵遊魷
riu+	riu⁷	ʒiu⁷	ʒiu³³	又右佑柚誘
riug ˋ	riug⁸	ʒiuk⁸	ʒiuk²	育浴辱欲慾鷸
riui ˇ	riui³	ʒiui³	ʒiui¹¹	銳
riun ˊ	riun²	ʒiun²	ʒiun²⁴	允孕永泳隕殞隱
riun ˇ	riun³	ʒiun³	ʒiun¹¹	潤熨
riun	riun⁵	ʒiun⁵	ʒiun⁵⁵	勻芸耘雲
riun+	riun⁷	ʒiun⁷	ʒiun³³	閏運韻
riung ˋ	riung¹	ʒiuŋ¹	ʒiuŋ⁵³	庸傭雍壅癰
riung ˊ	riung²	ʒiuŋ²	ʒiuŋ²⁴	勇惠湧蛹擁踴
riung	riung⁵	ʒiuŋ⁵	ʒiuŋ⁵⁵	戎容茸絨溶榕榮熔熊蓉融
riung+	riung⁷	ʒiuŋ⁷	ʒiuŋ³³	用
sa ˋ	sa¹	sa¹	sa⁵³	沙砂紗痧裟鯊
sa ˊ	sa²	sa²	sa²⁴	撒灑
sa ˇ	sa³	sa³	sa¹¹	嗄續
sa	sa⁵	sa⁵	sa⁵⁵	儕

sab	sab⁴	sap⁴	sap⁵	圾
sab ⟍	sab⁸	sap⁸	sap²	煠
sad	sad⁴	sat⁴	sat⁵	殺煞薩
sag	sag⁴	sak⁴	sak⁵	析
sai ⟋	sai²	sai²	sai²⁴	徙
sai ⋁	sai³	sai³	sai¹¹	晒
sai	sai⁵	sai⁵	sai⁵⁵	豺
sam ⟍	sam¹	sam¹	sam⁵³	三衫
sam ⟋	sam²	sam²	sam²⁴	糝
san ⟍	san¹	san¹	san⁵³	山珊
san ⟋	san²	san²	san²⁴	產傘散
san ⋁	san³	san³	san¹¹	散
sang ⟍	sang¹	saŋ¹	saŋ⁵³	生牲甥鉎
sang ⟋	sang²	saŋ²	saŋ²⁴	省
sau ⋁	sau³	sau³	sau¹¹	嘯
sau	sau⁵	sau⁵	sau⁵⁵	巢
se ⟍	se¹	se¹	se⁵³	嘶
se ⟋	se²	se²	se²⁴	洗
se ⋁	se³	se³	se¹¹	細婿
seb	seb⁴	sep⁴	sep⁵	圾澀屑
sed	sed⁴	set⁴	set⁵	色虱塞蝕
sem ⟍	sem¹	sem¹	sem⁵³	參森蔘
sen ⟍	sen¹	sen¹	sen⁵³	生先星牲笙猩
sen ⟋	sen²	sen²	sen²⁴	省
sen ⋁	sen³	sen³	sen¹¹	擤
seu ⟍	seu¹	seu¹	seu⁵³	搜餿
seu ⟋	seu²	seu²	seu²⁴	叟
seu ⋁	seu³	seu³	seu¹¹	瘦
seu	seu⁵	seu⁵	seu⁵⁵	愁
sha ⟋	sha²	ʃa²	ʃa²⁴	捨

sha ∨	sha³	ʃa³	ʃa¹¹	舍
sha	sha⁵	ʃa⁵	ʃa⁵⁵	蛇
sha+	sha⁷	ʃa⁷	ʃa³³	社舍射赦麝
shab	shab⁴	ʃap⁴	ʃap⁵	眨
shab ㇏	shab⁸	ʃap⁸	ʃap²	涉
shad	shad⁴	ʃat⁴	ʃat⁵	設
shad ㇏	shad⁸	ʃat⁸	ʃat²	舌蝕
shag ㇏	shag⁸	ʃak⁸	ʃak²	石碩
sham ╱	sham²	ʃam²	ʃam²⁴	閃陝
sham ∨	sham³	ʃam³	ʃam¹¹	贍
sham	sham⁵	ʃam⁵	ʃam⁵⁵	嬋禪蟬蟾
shan ㇏	shan¹	ʃan¹	ʃan⁵³	搧鱔
shan ∨	shan³	ʃan³	ʃan¹¹	扇煽
shan+	shan⁷	ʃan⁷	ʃan³³	善擅膳
shang ㇏	shang¹	ʃaŋ¹	ʃaŋ⁵³	聲
shang	shang⁵	ʃaŋ⁵	ʃaŋ⁵⁵	成城
shang+	shang⁷	ʃaŋ⁷	ʃaŋ³³	覎
shau ㇏	shau¹	ʃau¹	ʃau⁵³	捎燒
shau ╱	shau²	ʃau²	ʃau²⁴	少
shau ∨	shau³	ʃau³	ʃau¹¹	少召兆哨紹
she ㇏	she¹	ʃe¹	ʃe⁵³	舐
she ∨	she³	ʃe³	ʃe¹¹	世勢
she+	she⁷	ʃe⁷	ʃe³³	事
shi ㇏	shi¹	ʃi¹	ʃi⁵³	尸屍施詩
shi ╱	shi²	ʃi²	ʃi²⁴	始屎
shi ∨	shi³	ʃi³	ʃi¹¹	諡勢
shi	shi⁵	ʃi⁵	ʃi⁵⁵	時匙
shi+	shi⁷	ʃi⁷	ʃi³³	氏世市示恃是跂視試誓蒔
shib	shib⁴	ʃip⁴	ʃip⁵	溼濕
shib ㇏	shib⁸	ʃip⁸	ʃip²	十拾

shid	shid^4	ʃit^4	ʃit^5	失式室拭飾適識釋
shid ˋ	shid^8	ʃit^8	ʃit^2	食實蝕嚙
shim ˊ	shim^2	ʃim^2	ʃim^{24}	沈甚慎審
shin ˋ	shin^1	ʃin^1	ʃin^{53}	升申身昇伸紳
shin ˇ	shin^3	ʃin^3	ʃin^{11}	乘盛勝腎聖
shin	shin^5	ʃin^5	ʃin^{55}	丞成臣辰承神晨誠塍
shiu ˋ	shiu^1	ʃiu^1	ʃiu^{53}	收
shiu ˊ	shiu^2	ʃiu^2	ʃiu^{24}	手守首
shiu	shiu^5	ʃiu^5	ʃiu^{55}	仇讎
shiu+	shiu^7	ʃiu^7	ʃiu^{33}	受售授壽
shod	shod^4	ʃot^4	ʃot^5	說
shog	shog^4	ʃok^4	ʃok^5	妁
shog ˋ	shog^8	ʃok^8	ʃok^2	勺杓芍
shoi ˇ	shoi^3	ʃoi^3	ʃoi^{11}	稅
shoi+	shoi^7	ʃoi^7	ʃoi^{33}	睡
shon	shon^5	ʃon^5	ʃon^{55}	船
shong ˋ	shong^1	ʃoŋ^1	ʃoŋ^{53}	上商傷
shong ˊ	shong^2	ʃoŋ^2	ʃoŋ^{24}	上賞償
shong	shong^5	ʃoŋ^5	ʃoŋ^{55}	常嫦裳
shong+	shong^7	ʃoŋ^7	ʃoŋ^{33}	上尙
shu ˋ	shu^1	ʃu^1	ʃu^{53}	抒書殊紓舒樞輸
shu ˊ	shu^2	ʃu^2	ʃu^{24}	署
shu	shu^5	ʃu^5	ʃu^{55}	蜍薯
shu+	shu^7	ʃu^7	ʃu^{33}	恕庶樹
shug	shug^4	ʃuk^4	ʃuk^5	叔淑
shug ˋ	shug^8	ʃuk^8	ʃuk^2	塾熟屬贖
shui ˊ	shui^2	ʃui^2	ʃui^{24}	水
shun	shun^5	ʃun^5	ʃun^{55}	唇純脣馴滑醇
shun+	shun^7	ʃun^7	ʃun^{33}	順瞬舜
si ˋ	si^1	si^1	si^{53}	西棲犀絲須需嘻篩鬓

si ✓	si²	si²	si²⁴	死
si ∨	si³	si³	si¹¹	四序敘絮緒
sia ✓	sia²	sia²	sia²⁴	寫
sia ∨	sia³	sia³	sia¹¹	卸瀉
sia	sia⁵	sia⁵	sia⁵⁵	邪
siab	siab⁴	siap⁴	siap⁵	楔
siab ﹨	siab⁸	siap⁸	siap²	泄洩
siag	siag⁴	siak⁴	siak⁵	惜晳錫鵲
siam	siam⁵	siam⁵	siam⁵⁵	潛纖
siang ﹨	siang¹	siaŋ¹	siaŋ⁵³	星腥
siang ✓	siang²	siaŋ²	siaŋ²⁴	省醒
siang ∨	siang³	siaŋ³	siaŋ¹¹	姓性
siau ﹨	siau¹	siau¹	siau⁵³	宵消逍硝銷霄簫瀟
siau ✓	siau²	siau²	siau²⁴	小
siau ∨	siau³	siau³	siau¹¹	肖笑鞘
siau	siau⁵	siau⁵	siau⁵⁵	嫠
sib ﹨	sib⁸	sip⁸	sip²	習集輯襲
sid	sid⁴	sit⁴	sit⁵	析恤息寂惜
sid ﹨	sid⁸	sit⁸	sit²	夕汐席籍
sied	sied⁴	siet⁴	siet⁵	雪薛褻鱈
sied ﹨	sied⁸	siet⁸	siet²	泄洩
sien ﹨	sien¹	sien¹	sien⁵³	仙先宣喧鮮
sien ✓	sien²	sien²	sien²⁴	選癬
sien ∨	sien³	sien³	sien¹¹	腺線
sien	sien⁵	sien⁵	sien⁵⁵	旋
sii ﹨	sii¹	sii¹	sii⁵³	司私思師梳斯絲獅
sii ✓	sii²	sii²	sii²⁴	史使駛
sii ∨	sii³	sii³	sii¹¹	肆數醋思
sii+	sii⁷	sii⁷	sii³³	士字寺伺似事侍祀勢
sim ﹨	sim¹	sim¹	sim⁵³	心

sim ˇ	sim^3	sim^3	sim^{11}	沁
sin ˋ	sin^1	sin^1	sin^{53}	先辛新薪
sin ˇ	sin^3	sin^3	sin^{11}	囟性信訊
siog	siog^4	siok^4	siok^5	削
siong ˋ	siong^1	sioŋ^1	sioŋ^{53}	相廂湘箱襄鑲
siong ˊ	siong^2	sioŋ^2	sioŋ^{24}	想
siong ˇ	siong^3	sioŋ^3	sioŋ^{11}	相像
siong	siong^5	sioŋ^5	sioŋ^{55}	祥翔詳
siong+	siong^7	sioŋ^7	sioŋ^{33}	象橡匠
siu ˋ	siu^1	siu^1	siu^{53}	修羞
siu ˇ	siu^3	siu^3	siu^{11}	秀宿繡鏽
siug	siug^4	siuk^4	siuk^5	夙宿粟肅黍熟蓿
siug ˋ	siug^8	siuk^8	siuk^2	俗續
siung ˇ	siung^3	siuŋ^3	siuŋ^{11}	訟頌
siung+	siung^7	siuŋ^7	siuŋ^{33}	誦
so ˋ	so^1	so^1	so^{53}	唆娑梳梭疏挲簑臊
so ˊ	so^2	so^2	so^{24}	所嫂鎖
so ˇ	so^3	so^3	so^{11}	掃
so	so^5	so^5	so^{55}	趖
sod	sod^4	sot^4	sot^5	刷
sod ˋ	sod^8	sot^8	sot^2	煞
sog	sog^4	sok^4	sok^5	束朔索肅塑溯縮
soi ˋ	soi^1	soi^1	soi^{53}	衰鰓
soi ˇ	soi^3	soi^3	soi^{11}	帥率歲賽
son ˋ	son^1	son^1	son^{53}	栓痠酸樣
son ˇ	son^3	son^3	son^{11}	算蒜
song ˋ	song^1	soŋ^1	soŋ^{53}	桑喪霜孀
song ˊ	song^2	soŋ^2	soŋ^{24}	爽損
song ˇ	song^3	soŋ^3	soŋ^{11}	喪
su ˋ	su^1	su^1	su^{53}	疏酥穌蘇

su ∨	su^3	su^3	su^{11}	素訴數賜
su	su^5	su^5	su^{55}	蜍
sud	sud^4	sut^4	sut^5	屑
sud ╲	sud^8	sut^8	sut^2	述術
sug	sug^4	suk^4	suk^5	束速
sui ╲	sui^1	sui^1	sui^{53}	雖
sui ∨	sui^3	sui^3	sui^{11}	瑞碎隧
sui	sui^5	sui^5	sui^{55}	垂隨髓
sui+	sui^7	sui^7	sui^{33}	遂
sun ╲	sun^1	sun^1	sun^{53}	孫猻
sun ╱	sun^2	sun^2	sun^{24}	筍損榫
sun	sun^5	sun^5	sun^{55}	存旬巡荀循詢
sun+	sun^7	sun^7	sun^{33}	殉
sung ╲	sung^1	suŋ^1	suŋ^{53}	從雙鬆
sung ╱	sung^2	suŋ^2	suŋ^{24}	慫聳
sung ∨	sung^3	suŋ^3	suŋ^{11}	宋送
ta ╲	ta^1	t'a^1	t'a^{53}	他
tab	tab^4	t'ap^4	t'ap^5	塔塌
tab ╲	tab^8	t'ap^8	t'ap^2	踏
tad	tad^4	t'at^4	t'at^5	躂
tad ╲	tad^8	t'at^8	t'at^2	達
tag ╲	tag^8	t'ak^8	t'ak^2	笛
tai ╲	tai^1	t'ai^1	t'ai^{53}	弟
tai ╱	tai^2	t'ai^2	t'ai^{24}	怠睇
tai ∨	tai^3	t'ai^3	t'ai^{11}	太汰泰替態
tai	tai^5	t'ai^5	t'ai^{55}	啼蹄
tai+	tai^7	t'ai^7	t'ai^{33}	大待怠態
tam ╲	tam^1	t'am^1	t'am^{53}	探淡貪
tam ∨	tam^3	t'am^3	t'am^{11}	探
tam	tam^5	t'am^5	t'am^{55}	痰潭談曇燂

tam+	tam⁷	t'am⁷	t'am³³	淡澹
tan ＼	tan¹	t'an¹	t'an⁵³	攤灘癱
tan ╱	tan²	t'an²	t'an²⁴	坦袒毯
tan ∨	tan³	t'an³	t'an¹¹	但炭嘆碳歎
tan	tan⁵	t'an⁵	t'an⁵⁵	彈壇曇檀
tan +	tan⁷	t'an⁷	t'an³³	但蛋
tang ＼	tang¹	t'aŋ¹	t'aŋ⁵³	聽廳
tang	tang⁵	t'aŋ⁵	t'aŋ⁵⁵	埕
tau ∨	tau³	t'au³	t'au¹¹	套
ted	ted⁴	t'et⁴	t'et⁵	忒踢
ten ╱	ten²	t'en²	t'en²⁴	挺鋌
ten	ten⁵	t'en⁵	t'en⁵⁵	謄藤
teu ＼	teu¹	t'eu¹	t'eu⁵³	偷
teu ╱	teu²	t'eu²	t'eu²⁴	敨
teu ∨	teu³	t'eu³	t'eu¹¹	透
teu	teu⁵	t'eu⁵	t'eu⁵⁵	投頭
teu+	teu⁷	t'eu⁷	t'eu³³	豆毒痘
ti ╱	ti²	t'i²	t'i²⁴	體
ti ∨	ti³	t'i³	t'i¹¹	剃
ti	ti⁵	t'i⁵	t'i⁵⁵	堤提隄醍題啼
ti+	ti⁷	t'i⁷	t'i³³	地弟悌第替遞締
tiab	tiab⁴	t'iap⁴	t'iap⁵	帖貼墊
tiab ＼	tiab⁸	t'iap⁸	t'iap²	牒碟蝶疊
tiam ＼	tiam¹	t'iam¹	t'iam⁵³	添
tiam ╱	tiam²	t'iam²	t'iam²⁴	痶
tiam	tiam⁵	t'iam⁵	t'iam⁵⁵	甜
tiau ＼	tiau¹	t'iau¹	t'iau⁵³	挑
tiau ∨	tiau³	t'iau³	t'iau¹¹	跳糶
tiau	tiau⁵	t'iau⁵	t'iau⁵⁵	迢條跳調
tiau+	tiau⁷	t'iau⁷	t'iau³³	調

tid	tid⁴	t'it⁴	t'it⁵	剔
tid ╲	tid⁸	t'it⁸	t'it²	迪特敵
tieb ╲	tieb⁸	t'iep⁸	t'iep²	諜
tied	tied⁴	t'iet⁴	t'iet⁵	鐵
tied ╲	tied⁸	t'iet⁸	t'iet²	凸
tien ╲	tien¹	t'ien¹	t'ien⁵³	天
tien	tien⁵	t'ien⁵	t'ien⁵⁵	田鈿
tien+	tien⁷	t'ien⁷	t'ien³³	佃奠殿電墊
tin ╲	tin¹	t'in¹	t'in⁵³	震
tin ╱	tin²	t'in²	t'in²⁴	艇
tin	tin⁵	t'in⁵	t'in⁵⁵	廷亭庭停淳霆騰
tin+	tin⁷	t'in⁷	t'in³³	定
tiong ∨	tiong³	t'ioŋ³	t'ioŋ¹¹	暢
tiu ∨	tiu³	t'iu³	t'iu¹¹	溜
to ╲	to¹	t'o¹	t'o⁵³	拖滔導
to ╱	to²	t'o²	t'o²⁴	討
to ∨	to³	t'o³	t'o¹¹	套
to	to⁵	t'o⁵	t'o⁵⁵	妥陀桃逃陶萄跎鉈絢駝鴕濤
to+	to⁷	t'o⁷	t'o³³	悼舵盜道稻導蹈
tod	tod⁴	t'ot⁴	t'ot⁵	脫
tod ╲	tod⁸	t'ot⁸	t'ot²	奪
tog	tog⁴	t'ok⁴	t'ok⁵	托拓託
tog ╲	tog⁸	t'ok⁸	t'ok²	擇
toi ╲	toi¹	t'oi¹	t'oi⁵³	胎推梯
toi	toi⁵	t'oi⁵	t'oi⁵⁵	臺抬苔臺颱檯
toi+	toi⁷	t'oi⁷	t'oi³³	代袋貸
ton ╲	ton¹	t'on¹	t'on⁵³	斷
ton	ton⁵	t'on⁵	t'on⁵⁵	揣團糰
ton+	ton⁷	t'on⁷	t'on³³	段緞鍛
tong ╲	tong¹	t'oŋ¹	t'oŋ⁵³	湯盪

tong ∨	tong³	t'oŋ³	t'oŋ¹¹	燙
tong	tong⁵	t'oŋ⁵	t'oŋ⁵⁵	唐堂棠塘搪糖螳
tong+	tong⁷	t'oŋ⁷	t'oŋ³³	宕蕩
tu ／	tu²	t'u²	t'u²⁴	土吐
tu ∨	tu³	t'u³	t'u¹¹	兔
tu	tu⁵	t'u⁵	t'u⁵⁵	徒屠途塗圖
tu+	tu⁷	t'u⁷	t'u³³	杜度渡鍍
tud ＼	tud⁸	t'ut⁸	t'ut²	突
tug ＼	tug⁸	t'uk⁸	t'uk²	毒獨瀆犢讀
tui ＼	tui¹	t'ui¹	t'ui⁵³	推頹
tui ／	tui²	t'ui²	t'ui²⁴	腿
tui ∨	tui³	t'ui³	t'ui¹¹	退蛻
tun ＼	tun¹	t'un¹	t'un⁵³	吞
tun ／	tun²	t'un²	t'un²⁴	盾遁
tun	tun⁵	t'un⁵	t'un⁵⁵	屯沌豚臀鶉
tun+	tun⁷	t'un⁷	t'un³³	盾鈍褪
tung ＼	tung¹	t'uŋ¹	t'uŋ⁵³	動通
tung ／	tung²	t'uŋ²	t'uŋ²⁴	桶統
tung ∨	tung³	t'uŋ³	t'uŋ¹¹	痛
tung	tung⁵	t'uŋ⁵	t'uŋ⁵⁵	同桐童筒僮銅
tung+	tung⁷	t'uŋ⁷	t'uŋ³³	洞動
va ＼	va¹	va¹	va⁵³	娃挖蛙椏
va ／	va²	va²	va²⁴	倕
va ∨	va³	va³	va¹¹	哇話
va	va⁵	va⁵	va⁵⁵	華
va+	va⁷	va⁷	va³³	話
vad ＼	vad⁸	vat⁸	vat²	滑幹
vag	vag⁴	vak⁴	vak⁵	挖
vag ＼	vag⁸	vak⁸	vak²	畫劃
vai ＼	vai¹	vai¹	vai⁵³	歪

van ╲	van^{1}	van^{1}	van^{53}	輓鯇彎
van ╱	van^{2}	van^{2}	van^{24}	挽婉晚
van	van^{5}	van^{5}	van^{55}	完環還灣
van+	van^{7}	van^{7}	van^{33}	萬
vang	$vang^{5}$	$vaŋ^{5}$	$vaŋ^{55}$	橫
vang+	$vang^{7}$	$vaŋ^{7}$	$vaŋ^{33}$	橫
ve V	ve^{3}	ve^{3}	ve^{11}	穢
ve	ve^{5}	ve^{5}	ve^{55}	噦
ved	ved^{4}	vet^{4}	vet^{5}	挖域
vo ╲	vo^{1}	vo^{1}	vo^{53}	窩
vo	vo^{5}	vo^{5}	vo^{55}	禾和
vog	vog^{4}	vok^{4}	vok^{5}	握霍豁
vog ╲	vog^{8}	vok^{8}	vok^{2}	鑊
voi ╲	voi^{1}	voi^{1}	voi^{53}	煨話
voi+	voi^{7}	voi^{7}	voi^{33}	會
von ╱	von^{2}	von^{2}	von^{24}	腕碗
von	von^{5}	von^{5}	von^{55}	完
von+	von^{7}	von^{7}	von^{33}	換
vong ╲	$vong^{1}$	$voŋ^{1}$	$voŋ^{53}$	往
vong ╱	$vong^{2}$	$voŋ^{2}$	$voŋ^{24}$	枉
vong	$vong^{5}$	$voŋ^{5}$	$voŋ^{55}$	王皇黃磺
vong+	$vong^{7}$	$voŋ^{7}$	$voŋ^{33}$	旺
vu ╲	vu^{1}	vu^{1}	vu^{53}	汙污烏
vu ╱	vu^{2}	vu^{2}	vu^{24}	武侮舞嫵
vu V	vu^{3}	vu^{3}	vu^{11}	惡霧鶩務
vu	vu^{5}	vu^{5}	vu^{55}	無誣蕪
vu+	vu^{7}	vu^{7}	vu^{33}	芋
vud	vud^{4}	vut^{4}	vut^{5}	朏搵鬱
vud ╲	vud^{8}	vut^{8}	vut^{2}	勿物
vug	vug^{4}	vuk^{4}	vuk^{5}	屋

vui ↘	vui¹	vui¹	vui⁵³	委威偉痿緯
vui ↗	vui²	vui²	vui²⁴	尉慰緯
vui ∨	vui³	vui³	vui¹¹	畏餒
vui	vui⁵	vui⁵	vui⁵⁵	爲惟圍違維遺
vui+	vui⁷	vui⁷	vui³³	未位爲胃衛謂
vun ↘	vun¹	vun¹	vun⁵³	溫瘟
vun ↗	vun²	vun²	vun²⁴	醞穩蘊
vun ∨	Vun³	Vun³	Vun¹¹	扷紊搵
vun	vun⁵	vun⁵	vun⁵⁵	文汶炆紋渾聞
vung ↘	vung¹	vuŋ¹	vuŋ⁵³	翁
vung ∨	vung³	vuŋ³	vuŋ¹¹	蕹甕
za ↘	za¹	tsa¹	tsa⁵³	抓渣
za ∨	za³	tsa³	tsa¹¹	炸詐榨
zab	zab⁴	tsap⁴	tsap⁵	鍘匝幣
zad	zad⁴	tsat⁴	tsat⁵	紮
zag	zag⁴	tsak⁴	tsak⁵	摘磧
zai ↘	zai¹	tsai¹	tsai⁵³	仔災栽齋哉
zai ↗	zai²	tsai²	tsai²⁴	宰載
zai ∨	zai³	tsai³	tsai¹¹	再債載寨
zam ↘	zam¹	tsam¹	tsam⁵³	簪
zam ↗	zam²	tsam²	tsam²⁴	斬嶄
zam ∨	zam³	tsam³	tsam¹¹	湛
zan ↗	zan²	tsan²	tsan²⁴	盞躔
zan ∨	zan³	tsan³	tsan¹¹	棧碾贊讚
zang ↘	zang¹	tsaŋ¹	tsaŋ⁵³	爭
zang ∨	zang³	tsaŋ³	tsaŋ¹¹	掙
zau ↘	zau¹	tsau¹	tsau⁵³	燥
zau ↗	zau²	tsau²	tsau²⁴	爪找抓蚤
zau ∨	zau³	tsau³	tsau¹¹	笊
ze	ze⁵	ts'e⁵	tse⁵⁵	姊

zeb	zeb⁴	tsep⁴	tsep⁵	撮
zed	zed⁴	tset⁴	tset⁵	仄昃則側測
zem ˋ	zem¹	tsem¹	tsem⁵³	砧
zen ˋ	zen¹	tsen¹	tsen⁵³	爭曾
zen ˇ	zen³	tsen³	tsen¹¹	增憎甑贈
zeu ˊ	zeu²	tseu²	tseu²⁴	走
zeu ˇ	zeu³	tseu³	tseu¹¹	奏
zha ˋ	zha¹	tʃa¹	tʃa⁵³	遮
zha ˊ	zha²	tʃa²	tʃa²⁴	者
zha ˇ	zha³	tʃa³	tʃa¹¹	蔗鷓
zhab	zhab⁴	tʃap⁴	tʃap⁵	摺褶
zhad	zhad⁴	tʃat⁴	tʃat⁵	折哲
zhag	zhag⁴	tʃak⁴	tʃak⁵	炙隻
zham ˋ	zham¹	tʃam¹	tʃam⁵³	瞻
zham ˇ	zham³	tʃam³	tʃam¹¹	占佔站
zhan ˋ	zhan¹	tʃan¹	tʃan⁵³	氈
zhan ˊ	zhan²	tʃan²	tʃan²⁴	展
zhan ˇ	zhan³	tʃan³	tʃan¹¹	戰
zhang ˋ	zhang¹	tʃaŋ¹	tʃaŋ⁵³	正
zhang ˊ	zhang²	tʃaŋ²	tʃaŋ²⁴	整
zhang ˇ	zhang³	tʃaŋ³	tʃaŋ¹¹	正
zhau ˋ	zhau¹	tʃau¹	tʃau⁵³	招昭朝
zhau ˊ	zhau²	tʃau²	tʃau²⁴	沼
zhau ˇ	zhau³	tʃau³	tʃau¹¹	詔照罩
zhi ˋ	zhi¹	tʃi¹	tʃi⁵³	之脂膣眵知
zhi ˊ	zhi²	tʃi²	tʃi²⁴	止只旨址芷指紙趾
zhi ˇ	zhi³	tʃi³	tʃi¹¹	至志制致智痣置製誌緻
zhib	zhib⁴	tʃip⁴	tʃip⁵	汁執
zhid	zhid⁴	tʃit⁴	tʃit⁵	摯質織職
zhim ˋ	zhim¹	tʃim¹	tʃim⁵³	針斟箴

zhim ╱	zhim^2	tʃim^2	tʃim^{24}	枕
zhim ∨	zhim^3	tʃim^3	tʃim^{11}	眈
zhin ╲	zhin^1	tʃin^1	tʃin^{53}	征珍貞真偵楨甄蒸徵癥
zhin ╱	zhin^2	tʃin^2	tʃin^{24}	拯振疹診賑震整鎮
zhin ∨	zhin^3	tʃin^3	tʃin^{11}	正政症證
zhiu ╲	zhiu^1	tʃiu^1	tʃiu^{53}	州舟周洲週
zhiu ∨	zhiu^3	tʃiu^3	tʃiu^{11}	咒晝
zhog	zhog^4	tʃok^4	tʃok^5	酌著
zhoi ∨	zhoi^3	tʃoi^3	tʃoi^{11}	嘴
zhon ╲	zhon^1	tʃon^1	tʃon^{53}	專磚
zhon ╱	zhon^2	tʃon^2	tʃon^{24}	轉
zhong ╲	zhong^1	tʃoŋ^1	tʃoŋ^{53}	張章彰樟璋
zhong ╱	zhong^2	tʃoŋ^2	tʃoŋ^{24}	長掌
zhong ∨	zhong^3	tʃoŋ^3	tʃoŋ^{11}	帳脹漲障嶂賬
zhu ╲	zhu^1	tʃu^1	tʃu^{53}	朱珠硃蛛誅諸豬
zhu ╱	zhu^2	tʃu^2	tʃu^{24}	主拄煮
zhu ∨	zhu^3	tʃu^3	tʃu^{11}	注蛀著註鑄
zhug	zhug^4	tʃuk^4	tʃuk^5	竹竺祝築燭囑
zhui ╲	zhui^1	tʃui^1	tʃui^{53}	椎
zhui ∨	zhui^3	tʃui^3	tʃui^{11}	贅
zhun ╱	zhun^2	tʃun^2	tʃun^{24}	准準
zhun ∨	zhun^3	tʃun^3	tʃun^{11}	圳
zhung ╲	zhung^1	tʃuŋ^1	tʃuŋ^{53}	中忠盅衷終舂衝鍾鐘
zhung ╱	zhung^2	tʃuŋ^2	tʃuŋ^{24}	腫種踵
zhung ∨	zhung^3	tʃuŋ^3	tʃuŋ^{11}	中眾種
zi ╲	zi^1	tsi^1	tsi^{53}	擠
zi ╱	zi^2	tsi^2	tsi^{24}	姐姊
zi ∨	zi^3	tsi^3	tsi^{11}	祭棲漬際劑濟
zia ╲	zia^1	tsia^1	tsia^{53}	斜
zia ╱	zia^2	tsia^2	tsia^{24}	姐

zia ∨	zia³	tsia³	tsia¹¹	借
ziab	ziab⁴	tsiap⁴	tsiap⁵	接
ziab ﹨	ziab⁸	tsiap⁸	tsiap²	輒
ziag	ziag⁴	tsiak⁴	tsiak⁵	跡
ziam ﹨	ziam¹	tsiam¹	tsiam⁵³	尖
ziam ✓	ziam²	tsiam²	tsiam²⁴	蘸
ziam ∨	ziam³	tsiam³	tsiam¹¹	占僭
ziang ﹨	ziang¹	tsiaŋ¹	tsiaŋ⁵³	菁靚
ziang ✓	ziang²	tsiaŋ²	tsiaŋ²⁴	井阱
ziau ﹨	ziau¹	tsiau¹	tsiau⁵³	椒焦蕉
ziau ∨	ziau³	tsiau³	tsiau¹¹	醮
zid	zid⁴	tsit⁴	tsit⁵	即責跡蜘稷積績蹟鯽鶺漬
zid ﹨	zid⁸	tsit⁸	tsit²	唧
zied	zied⁴	tsiet⁴	tsiet⁵	節截癤
zien ﹨	zien¹	tsien¹	tsien⁵³	煎箋
zien ✓	zien²	tsien²	tsien²⁴	剪
zien ∨	zien³	tsien³	tsien¹¹	荐箭餞薦
zii ﹨	zii¹	tsii¹	tsii⁵³	之芝姿滋資諮錙
zii ✓	zii²	tsii²	tsii²⁴	子仔紫
zim ﹨	zim¹	tsim¹	tsim⁵³	嗤
zim ∨	zim³	tsim³	tsim¹¹	浸
zin ﹨	zin¹	tsin¹	tsin⁵³	津旌晶菁睛精
zin ∨	zin³	tsin³	tsin¹¹	晉進
ziog	ziog⁴	tsiok⁴	tsiok⁵	雀爵
ziong ﹨	ziong¹	tsioŋ¹	tsioŋ⁵³	將漿
ziong ✓	ziong²	tsioŋ²	tsioŋ²⁴	槳獎蔣
ziong ∨	ziong³	tsioŋ³	tsioŋ¹¹	將醬
ziu ✓	ziu²	tsiu²	tsiu²⁴	酒
ziu ∨	ziu³	tsiu³	tsiu¹¹	皺縐
ziu	ziu⁵	tsiu⁵	tsiu⁵⁵	啾

ziug	ziug⁴	tsiuk⁴	tsiuk⁵	足
ziung ＼	ziung¹	tsiuŋ¹	tsiuŋ⁵³	縱蹤
ziung ╱	ziung²	tsiuŋ²	tsiuŋ²⁴	縱
zo ＼	zo¹	tso¹	tso⁵³	遭糟
zo ╱	zo²	tso²	tso²⁴	左早棗藻
zo ∨	zo³	tso³	tso¹¹	灶做
zog	zog⁴	tsok⁴	tsok⁵	作卓捉桌
zoi ＼	zoi¹	tsoi¹	tsoi⁵³	朘
zon ╱	Zon²	tson²	tson²⁴	纂
zon ＼	Zon¹	tson¹	tson⁵³	鑽
zon ∨	zon³	tson³	tson¹¹	鑽
zong ＼	zong¹	tsoŋ¹	tsoŋ⁵³	莊妝莊粧裝臟
zong ∨	zong³	tsoŋ³	tsoŋ¹¹	壯葬
zu ＼	zu¹	tsu¹	tsu⁵³	租組
zu ╱	zu²	tsu²	tsu²⁴	阻祖
zud	zud⁴	tsut⁴	tsut⁵	卒悴
zud ＼	zud⁸	tsut⁸	tsut²	崒
zug	zug⁴	tsuk⁴	tsuk⁵	捉燭
zui ＼	zui¹	tsui¹	tsui⁵³	錐
zui ╱	zui²	tsui²	tsui²⁴	嘴
zui ∨	zui³	tsui³	tsui¹¹	最醉
zun ＼	zun¹	tsun¹	tsun⁵³	尊遵鱒
zun ╱	zun²	tsun²	tsun²⁴	撙
zun ∨	zun³	tsun³	tsun¹¹	俊峻竣駿
zung ＼	zung¹	tsuŋ¹	tsuŋ⁵³	宗棕綜鬃
zung ╱	zung²	tsuŋ²	tsuŋ²⁴	總
zung ∨	zung³	tsuŋ³	tsuŋ¹¹	粽

附錄：客家研究參考書目：劉醇鑫

客家人	陳運棟著	臺北：聯亞出版社	1978[民67]
客家源流考	羅香林著	世界客屬總會秘書處	1987[民76]
客家歷史與傳統文化	劉佐泉著	開封：河南大學出版社	1991
客家研究導論	羅香林著	臺北：南天書局	1992[民81]
客家源流新探	謝重光著	福州：福建教育出版社	1995
客家學概論	萬陸著	南昌：江西高校出版社	1995
客家學導論	王東著	上海：上海人民出版社	1996
客家源流探奧	房學嘉著	臺北：武陵出版社	1996[民85]
客家人與客家文化	丘桓興著	北京：北京商務印書館	1998
客家源流新論：誰是客家人	陳支平著	臺北：臺原出版	1998[民87]
臺灣客家文化研究	曾喜城著	臺北：國立中央圖書館臺灣分館	1999[民88]
客家傳統文化概況	吳永章著	南寧：廣西教育出版社	2000
臺灣客家族群史產經篇	張維安等著	南投：臺灣省文獻委員會	2000[民89]
臺灣客家地圖	邱彥貴、吳中杰著	臺北：貓頭鷹出版社	2001[民90]
臺灣客家族群史民俗篇	劉還月著	南投：臺灣省文獻委員會	2001[民90]
臺灣客家族群史政治篇	蕭新煌、黃世明著	南投：臺灣省文獻委員會	2001[民90]
臺灣客家族群史移墾篇	劉還月著	南投：臺灣省文獻委員會	2001[民90]
臺灣客家族群史社會篇	徐正光等著	南投：臺灣省文獻委員會	2002[民91]
臺灣客家史研究	尹章義著	臺北：臺北市客委會	2003[民92]
客家概論	曾逸昌編	自印	2003[民92]
臺灣桃園客家方言	楊時逢著	臺北：中研院史語所	1957[民46]
桃園縣志：卷二‧人民志語言篇	周法高著	桃園：桃園縣政府	1964[民53]
苗栗縣志：卷二‧人民志語言篇	黃基正著	苗栗：苗栗縣文獻會	1967[民56]

臺灣美濃客家方言	楊時逢著	臺北：中研院史語所專刊	1971[民 60]
客語語法	羅肇錦著	臺北：臺灣學生書局	1988[民 77]
瑞金方言	羅肇錦著	臺北：臺灣學生書局	1989[民 78]
新豐方言志	周日健著	廣州：廣東高等教育出版社	1990
臺灣的客家話	羅肇錦著	臺北：臺原出版	1990[民 79]
惠州方言志	劉若雲著	廣州：廣東科技出版社	1991
客家方言語法研究	何耿鏞	廈門：廈門大學出版社	1993
梅縣客方言研究	陳修著	廣州：暨南大學出版社	1993
梅縣客家方言志	謝永昌著	廣州：暨南大學出版社	1994
臺灣客家話的結構與應用	羅肇錦編著	臺北：洪葉文化公司	1994[民 83]
客家方言	羅美珍、鄧曉華著	福州：福建教育出版社	1995
閩客方言史稿	張光宇著	臺北：南天書局	1996[民 85]
客話本字	楊恭桓著	臺北：愛華出版社	1997[民 86]
梅縣方言語法論稿	林立芳著	北京：中華工商聯合出版社	1997
連城客家話語法研究	項夢冰著	北京：語文出版社	1997
臺灣客家話記音訓練教材	古國順編著	臺北：行政院文建會	1997[民 86]
罷免霸王——客話正音手冊	涂春景編著	自印	1999[民 88]
客話正音講義	涂春景編	自印	2000[民 89]
臺灣客家族群史語言篇	羅肇錦著	南投：臺灣省文獻委員會	2000[民 89]
客家方言語音研究	謝留文著	北京：中國社會科學出版社	2003
客話實用手冊	龔萬灶著	自印	2003[民 92]
客語發音學	古國順、何石松、劉醇鑫編著	臺北：五南圖書公司	2003[民 92]
臺灣客家語音導論	鍾榮富著	臺北：五南圖書公司	2004[民 93]
臺灣客家話的源與變	呂嵩雁著	臺北：五南圖書公司	2004[民 93]

國家圖書館出版品預行編目資料

臺灣客語概論／古國順等著. -- 初版. -- 臺
北市：五南, 2005[民94]
　　面；　公分. -- (客語教學叢書)
　　ISBN 978-957-11-4012-4 (平裝)

　1.客家語

802.5238　　　　　　　　　　94010420

1XN2　客語教學叢書

臺灣客語概論

主　　編 ― 古國順（25.2）

作　　者 ― 古國順　羅肇錦　何石松　呂嵩雁　徐貴榮
　　　　　　涂春景　鍾榮富　彭欽清　劉醇鑫

發 行 人 ― 楊榮川

總 經 理 ― 楊士清

總 編 輯 ― 楊秀麗

副總編輯 ― 黃惠娟

責任編輯 ― 高雅婷

出 版 者 ― 五南圖書出版股份有限公司

地　　址：106台北市大安區和平東路二段339號4樓

電　　話：(02)2705-5066　　傳　　真：(02)2706-6100

網　　址：http://www.wunan.com.tw

電子郵件：wunan@wunan.com.tw

劃撥帳號：01068953

戶　　名：五南圖書出版股份有限公司

法律顧問　林勝安律師事務所　林勝安律師

出版日期　2005年 7 月初版一刷
　　　　　 2020年10月初版四刷

定　　價　新臺幣550元

經典永恆·名著常在

五十週年的獻禮 —— 經典名著文庫

五南，五十年了，半個世紀，人生旅程的一大半，走過來了。

思索著，邁向百年的未來歷程，能為知識界、文化學術界作些什麼？

在速食文化的生態下，有什麼值得讓人雋永品味的？

歷代經典·當今名著，經過時間的洗禮，千錘百鍊，流傳至今，光芒耀人；

不僅使我們能領悟前人的智慧，同時也增深加廣我們思考的深度與視野。

我們決心投入巨資，有計畫的系統梳選，成立「經典名著文庫」，

希望收入古今中外思想性的、充滿睿智與獨見的經典、名著。

這是一項理想性的、永續性的巨大出版工程。

不在意讀者的眾寡，只考慮它的學術價值，力求完整展現先哲思想的軌跡；

為知識界開啟一片智慧之窗，營造一座百花綻放的世界文明公園，

任君遨遊、取菁吸蜜、嘉惠學子！